Ina Bach
Goldene Träume

Die Münchner Ärztinnen

Roman

GOLDMANN

Originalausgabe

Der Verlag behält sich die Verwertung der urheberrechtlich
geschützten Inhalte dieses Werkes für Zwecke des Text- und
Data-Minings nach § 44b UrhG ausdrücklich vor.
Jegliche unbefugte Nutzung ist hiermit ausgeschlossen.

Penguin Random House Verlagsgruppe GmbH FSC® N001967

2. Auflage
Originalausgabe Oktober 2024
Copyright © bei Ina Bach
Copyright © dieser Ausgabe bei
Wilhelm Goldmann Verlag, München,
in der Penguin Random House Verlagsgruppe GmbH,
Neumarkter Str. 28, 81673 München
produktsicherheit@penguinrandomhouse.de
(Vorstehende Angaben sind zugleich
Pflichtinformationen nach GPSR)

Dieses Werk wurde vermittelt durch die Montasser
Medianagentur, München
Umschlaggestaltung: UNO Werbeagentur GmbH, München
Umschlagmotiv: akg-images, Nathalie Seiferth / Trevillion Images, arcangel / Mary Wethey
LK · Herstellung: ik
Satz: GGP Media GmbH, Pößneck
Druck und Bindung: GGP Media GmbH, Pößneck
Printed in Germany
ISBN: 978-3-442-20675-9

www.goldmann-verlag.de

Für meine Uromas

Anna Stahr (verh. Preller), geboren 1882 in Paulwitz, Schlesien
Pauline Jaretzke (verh. Janetzky), geb. ca. 1878 in Schlesien
Anna Resch (verh. Ammer), geb. 1883 in Willenbach, Niederbayern
Therese Brunnbauer (verh. Wallner), geb. 1874 in Kirn, Niederbayern

Heiligabend und Silvester 1898

 # Klinikviertel

24. Dezember | Königliche Universitätskinderklinik im Dr. von Haunerschen Kinderspital, Lindwurmstraße 4, Residenzstadt München

Lulu bekam kaum Luft, die glänzenden Christbaumkugeln verschwammen vor ihren Augen zu silbernen Seen. Allein das dumme Korsett war schuld! Es saß viel zu eng. Mutter hatte es anstelle des Dienstmädchens geschnürt und zumindest, wenn es um die perfekte Silhouette der Tochter ging, kannte sie keine Gnade. Erst recht nicht, da sich an diesem Morgen Ihre Königliche Hoheit, Frau Prinzessin Ludwig von Bayern, samt Entourage die Ehre gab.

»… aus des Himmels goldenen Höh'n …«

Nicht einmal mehr die Strophen ihres liebsten Weihnachtsliedes wollten Lulu noch einfallen. Sie fühlte sich elend, ihre Unterlippe zitterte bei jedem Ton, den sie mühsam mitsang, und vom Anblick der kleinen hölzernen Engel, die sich zwischen vergoldeten Nüssen, versilberten Glaskugeln, Goldflitter und Äpfeln beständig in der Kerzenwärme drehten, wurde ihr ganz schummrig.

Zu allem Überfluss stand Prinzessin Marie Therese, wie Ihre Königliche Hoheit eigentlich hieß, keine drei Schritte entfernt, direkt neben dem Direktor der Königlichen Universitätskinderklinik – Lulus Vater. Wenn sie jetzt ohnmächtig wurde, fiel sie Prinzregent Luitpolds Schwiegertochter in dem mit honorigen Gästen voll besetzten Krankensaal direkt in die Arme. Oder sie riss den Tannenbaum um. Eine ebenso beängstigende Vorstellung.

»... Heilige Nacht! Wo sich heut alle Macht väterlicher Liebe ergoss ...«

Ein tadelnder Blick streifte Lulu. Prompt nahm sie das Kinn hoch und wischte sich den kalten Schweiß von der Stirn. Oh, ja, es kam gelegentlich vor, dass sich alle Macht der väterlichen Liebe über die jüngste Tochter ergoss. Der Herr Papa haderte seit jeher mit der angeborenen Neigung des Nesthäkchens zur Eskapade, aber heute konnte Lulu wirklich nichts dafür. Hätte Mutter doch nur nicht so gnadenlos eng geschnürt ...

Als die letzten Takte verklangen, verteilte Prinzessin Ludwig die hübsch eingepackten Geschenke. Ein Anflug von Eifersucht ließ Lulu beinahe ihre Empfindlichkeiten vergessen. In den letzten Jahren hatte stets sie pünktlich um zehn Uhr vormittags an Heiligabend die Gaben verteilen dürfen. Nun aber setzte sich die Prinzessin zu Auguste aufs Bett und legte ihr das Christkindl, wie die Münchner ihre Weihnachtsgeschenke nannten, in den Schoß. Die runden Kinderaugen funkelten heller als das Lametta am Baum, und wenigstens für den Moment vergaß die Kleine ihr Heimweh und den schrecklichen Unfall mit der Dampftrambahn, deren Räder ihr das linke Bein zerquetscht hatten.

Lulu seufzte tief. Das vierjährige Mädchen gehörte zu jenen Patienten, die im Haunerschen unentgeltlich verpflegt und behandelt wurden. Einige von ihnen kamen aus ärmsten Verhältnissen und hatten nie zuvor eine solch prächtige Bescherung erlebt.

»Der Krankenstand liegt aktuell bei sechzig, Eure Königliche Hoheit.« Lulus Vater strich über das blauseidene Band mit dem Verdienstorden der Bayerischen Krone, den er heute zu Ehren des Gastes am Knopfloch trug. Die Erhebung in den erblichen Adelsstand bedeutete ihm viel. »In diesem Jahr wurden eintausend kranke Kinder in die interne und zweihundertachtzig in die chirurgische Abteilung aufgenommen. Das sind insgesamt etwa zwanzigtausend Verpflegtage mit durchschnittlich fünfzehn Verpflegtagen pro Kind.«

»Sehr beeindruckend.« Die Prinzessin lächelte. »Wie ich hörte, wird sich Ihr sehnlichster Wunsch erfüllen, lieber Herr Direktor.«

»Sie sprechen von der Errichtung des neuen Diphterie-Pavillons, Eure Königliche Hoheit?«

Marie Therese nickte und ließ sich das nächste Geschenk reichen.

»In der von der Stadt zugesagten Summe von 79 300 Mark sind zwar die Mittel zur Verbesserung der Wäscherei inbegriffen, aber für die Anschaffung der Krankenbetten und des Mobiliars wird der größte Teil, wenn nicht gar das ganze Vereinsvermögen herhalten müssen und …«

»… somit seiner Bestimmung zugeführt«, vollendete Prinzessin Ludwig den Satz. »Das ist nur recht und billig. Die Behandlung der leider so zahlreichen schwerkranken Wuzerl außerhalb des Spitals bleibt dennoch gesichert, nehme ich an? Immerhin ist dies die vornehmste Aufgabe unseres Vereines.«

Wuzerl! Lulu konnte sich ein Lächeln nicht verkneifen. Niemand in der Familie von Ranke hätte sich so ausgedrückt, obwohl München voll von armen Buzerln und Wuzerln war, die allesamt die vom Unterstützungsverein finanzierte unentgeltliche Fürsorge durch die Ärzte der Poliklinik bitter nötig hatten.

»Selbstverständlich werden alle Vereinsmittel den Statuten gemäß verwendet, Eure Königliche Hoheit. Dank der Großzügigkeit der heute anwesenden und vieler abwesender Wohltäterinnen«, Ranke strich erneut über das hellblaue Band, »mussten wir in diesem Jahr nur eine sehr geringe Barauslage von 173 Mark und 72 Pfennigen für die Weihnachtsgeschenke berappen.«

Die Ankündigung, dass Prinzessin Ludwig als Schutzpatronin des Vereines höchstpersönlich an der Bescherung teilnehmen würde, hatte die Spendierfreudigkeit der Herrschaften ungemein erhöht. Lulu selbst hätte allerdings so oder so ein Christkindl beigesteuert. Für den kleinen Wiggerl nämlich, den sie in den letzten Wochen ins Herz geschlossen hatte. Ihn erwartete am heutigen Tage eine große Aufgabe. Eine zu große, wie Lulu fand, denn die Schwestern hatten den Buben nur seines Namens wegen ausgewählt, vielleicht auch, weil er mit den blonden Ringellöckchen einfach herzallerliebst aussah. Er musste ein Gedicht für Prinzessin Ludwig aufsagen. Der kleine Wiggerl war für so etwas einfach nicht gemacht, und Lulu sah sogar aus der Entfernung, dass seine Wangen vor Angst und Aufregung wie mit Wachs polierte rote Äpfel glänzten.

Ein Räuspern in ihrem Rücken ließ Lulu zusammenfahren. Oh, nein! Eberhard, der zweitgeborene Sohn des Grafen von Königsfeld, pirschte sich schon wieder an, gleich würde er ihr seine immer gleichen plumpen Schmeicheleien ins Ohr schmieren. Da half nur die Flucht nach vorn. Lulu strich über den Litzenbesatz ihres Paletots, brachte den Schlepprock durch eine kleine Drehung der Hüfte in Sicherheit, schlängelte sich geschmeidig durch Vereinsmitglieder, Ärzte und Schwestern und nahm gerade am Fußende von Wiggerls Bett Aufstellung, als Ihre Königliche Hoheit über die Wange des Jungen strich.

Die großen Kinderaugen bohrten sich sogleich hilfesuchend in Lulus, doch ihr waren die Hände gebunden. Kein Argument hatte den Vater überzeugen können, ihren Schützling aus seinem zu schweren Joch zu entlassen.

Immerhin glitt Wiggerl wie einstudiert aus dem Bett. Verlegen zupfte er seinen Krankenkittel über den Popo. Lulu wurde das Herz noch schwerer.

»Unser Ludwig möchte ein Verslein aufsagen. Zu Ehren Eurer Königlichen Hoheit.«

Lulus Vater legte dem Jungen von hinten die Hände auf die Schultern, und Prinzessin Marie Therese tat überrascht, obwohl sie über alles Bescheid wusste, trat einen Schritt zurück und verschränkte erwartungsvoll die Finger auf Taillenhöhe.

»Das freut mich aber sehr, Ludwig. Ich bin mir sicher, du wirst das ganz wunder…«

Ein Schwall Erbrochenes schoss aus Wiggerls Mund und landete auf den königlichen Schuhspitzen. Reihum erklangen mehr oder minder verhaltene Laute der Empörung, doch Prinzessin Marie Therese, die selbst dreizehn Kinder geboren hatte, verzog keine Miene, beförderte stattdessen ein Taschentuch aus den Tiefen ihrer Rocktasche zutage und wischte Wiggerl damit über Mund und Kinn.

»Gar nicht schlimm, mein Bub, brauchst dich nicht zu genieren, das passiert in den besten Familien.«

Schnell griff Lulu vom Wäschewagen einen Kissenbezug und wischte die Bescherung auf. Dann ging sie vor Wiggerl in die Knie, nahm seine Hände und drückte sie im Rhythmus der Verse, summte kaum hörbar die Zeilen mit. So hatte es beim Üben am besten funktioniert. Bei den Kühen auf dem väterlichen Gut in Laufzorn, wo Lulu viele unbeschwerte Kindertage verbracht hatte, musste der Fluss der Milch beim Melken auch erst stimuliert werden, bis sie in den Eimer spritzte, und bei Wiggerl war es ähnlich. Lulu drückte und strich und summte und allmählich lösten sich die Worte von seinen Lippen. Ganz zaghaft erst, kaum vernehmbar, bis schließlich auch die Anwesenden in den hinteren Reihen sie hören konnten.

Nicht ein Fehler, kein Verhaspeln, ja, nicht einmal ein Zögern trübte den Vortrag. Nur würdigte Wiggerl seine Namensvetterin keines Blickes, starrte stattdessen wie hypnotisiert in Lulus Augen, und als das letzte Wort geschafft war, schlang er beide Arme um ihren Hals und schluchzte herzzerreißend.

Über seine Schulter hinweg sah Lulu, wie ihr Vater die Lippen zusammenkniff. Ein untrügliches Zeichen dafür, dass er weder mit dem fulminanten Beginn noch mit dem versöhnlichen Ende der Vorführung zufrieden war. Prinzessin Ludwig dagegen blinzelte verstohlen eine Träne weg und ging neben Lulu in die Hocke.

»Ganz wunderbar hat der kleine Mann das gemacht. Ganz wunderbar!« Fast euphorisch tätschelte sie erst die weiche Wange Wiggerls und ergriff dann Lulus Hände. »Mein liebes Fräulein von Ranke, mit Ihrem liebreizenden, einfühlsamen Wesen werden Sie eine vortreffliche Ehefrau und Mutter abgeben. Ihr Zukünftiger darf sich glücklich schätzen.«

Wie aufs Stichwort drängte sich Eberhard – oder Hardy, wie ihn alle nannten – durch die Reihen und bot Prinzessin Ludwig seine Hand, um ihr aufzuhelfen. Beim Anblick des für die Tochter auserkorenen Verlobten entspannte sich der harte Zug um Direktor von Rankes Mund merklich, und als der junge Graf vor den versammelten Honoratioren nach Ihrer Königlichen Hoheit auch noch seinem Nesthäkchen die Hand darbot, strich er in tiefer Ergriffenheit über den Orden am Bande.

Lulu fühlte sich, als säße sie in der Falle. Sekundenlang starrte sie auf Hardys Finger, und bevor sie wusste, was sie tat, stand sie ohne seine Hilfe auf und sagte: »Vielen Dank für das Kompliment, Eure Königliche Hoheit, aber ich beabsichtige nicht, meine Zeit mit häuslichen Pflichten und Kindererziehung zu verplempern. Ich werde Medizin studieren.«

Graggenau

zur selben Zeit | Maximilianstraße

Fanny sah in den Himmel hinauf. Wie herrlich! Obwohl ihr der kalte Wind unter die viel zu leichte Robe fuhr, fühlte sie sich wie eine Göttin, der zu Ehren das vornehmste Viertel der Residenzstadt in goldenes Licht getaucht war, für die die tapfere Sonne einen heldenhaften Kampf gegen eine Übermacht an streitlustig aufziehenden dunklen Wolken führte. Noch gab sie keinen Millimeter nach, und Fanny wollte jede Sekunde dieses Dramas genießen, in dem sie die Hauptrolle spielte. Endlich!

Nach Tagen des Trübsal-Blasens hatte sie sich am Morgen die Tränen abgewischt, den Schlüssel genommen und war in die Mansardenwohnung hinaufgestiegen. Nicht um den Saustall dieses gemeinen Frauenzimmers aufzuräumen, wie sie es sonst einmal pro Woche tat, nein, Fanny hatte sich am Kleiderschrank der Schauspielerin bedient – nach Herzenslust. Diese Änny Geissler-Lee verdiente es nicht anders. Sie hatte nämlich nicht nur Fannys Fahrschein für die Heimreise zum Weihnachtsfest gestohlen, sondern auch das Herz ihres Bruders, mit dem Fanny im Herbst nach München gekommen war, um ihm den Haushalt zu führen, während er seinen Studien nachging. Eine Frechheit!

Mühsam schluckte Fanny den Ärger hinunter und konzentrierte sich auf die Pracht, die sie umgab. Postgebäude, Hof- und Residenztheater, die Alte Münze, Regierungsgebäude und Nationalmuseum waren wie fast alle Häuser entlang der Maximilianstraße weihnachtlich geschmückt. Tannengrün und Lichterbäume, rote Schleifen und glitzernde Paspeln erfreuten das Auge, und an so mancher Kutsche, die an Fanny vorüberfuhr, bimmelten Glöckchen. Ihr Klingen, zusammen mit dem Rhythmus der Pferdehufe, dem Klackern der vielen Absätze und dem Tocken der Spazierstöcke vermischte sich zu einer Stimme, die Fanny nicht wirklich kannte. Zu Hause in dem kleinen Weiler in Niederbayern, wo sie geboren und aufgewachsen war, lief das Leben beschaulicher ab, auch oder gerade an Weihnachten. Doch Münchens Dienerschaft eilte hierhin und dorthin und erledigte noch schnell die letzten aufgetragenen Botengänge. Menschen, Radfahrer, Fuhrwerke schwirrten durcheinander, überall eiliges, freudiges Gedränge, vor allem vor den Auslagen, die mit den schönsten Gaben lockten. Sogar einige Tannenbäume wurden noch durch die Straßen gezerrt, um sie hinter verschlossenen Türen bis zum Abend reich zu schmücken, ehe man die Kinder zur Bescherung rief.

Bescherung.

Eine solche würde Fanny dieses Jahr nicht erleben. Nicht einmal ein winziges weihnachtlich geschmücktes Zweiglein hatte sie, aber zur Christmette in die Frauenkirche wollte sie um Mitternacht gehen. Wenigstens das.

»Kling, Glöckchen, klingelingeling …«

Von den Stufen des Hoftheaters tönten helle Kinderstimmen herüber. Die adrett zurecht gemachten Buben und Mädchen sammelten Spenden für das städtische Waisenhaus und hofften wohl, dass den Münchnern an einem solchen Tag der Geldbeutel leichter aufging als sonst.

Fanny hauchte etwas warme Atemluft auf ihre Fingerspitzen. Sie hätte die dickeren Handschuhe nehmen sollen, aber nun war es zu spät. Sie ging weiter, roch gebrannte Mandeln, Marzipan und Zimt und versuchte das aufkommende Knurren ihres Magens zu ignorieren. Ein vielleicht fünf- oder sechsjähriger Junge schwankte ihr unter der Last eines gewaltigen Federviehs entgegen. Seine kurzen Ärmchen konnten den Festtagsschmaus kaum halten. Noch etwas, das Fanny wegen dieser Änny versäumen würde. Nur kam in ihrer Familie am ersten Weihnachtstag keine Gans auf den Tisch, sondern eine Mettensau, von der nun das Fräulein Geissler-Lee kosten würde und nicht sie.

Herrje, Schluss damit! Fanny hatte in den letzten Tagen ausgiebig genug im Selbstmitleid gebadet. Sie nahm das Kinn hoch und steckte sicherheitshalber noch einmal die schwarze, perlen- und federngeschmückte Toque mit der Flügelgarnitur im dicken goldblonden Haar fest.

Täuschte sie sich oder hörte sie Pfiffe? Nein, das musste der Wind sein, die warm eingepackten, flanierenden Damen an den Armen ihrer Kavaliere würden das wohl kaum dulden, oder?

Fanny lächelte in sich hinein. Zu Hause hätte sie sich niemals in einem solchen Aufzug auf die Straße gewagt. Die hauchzarte geborgte Gaze aus Seide strich in sanften Wellen über die ebenso zarte Haut ihres Dekolletés. Zwar raffte ein breites Samtband den dünnen Stoff züchtig an ihren langen Hals, zu verbergen vermochte er dennoch kaum etwas. Ein Hauch von nichts. Sehr unschicklich. Ganz besonders auf offener Straße. Und das ärmellose, tief ausgeschnittene, viel zu leichte Jäckchen mit Pelerine, das sie gegen die Kälte umgelegt hatte, tat das Seine dazu. Zusammen mit dem Korsett bauschte es auf, wo es eigentlich nicht viel zu bauschen gab. Wirklich unerhört!

Zum ersten Mal seit Monaten fühlte Fanny sich lebendig. Zum ersten Mal seit Jahren spürte sie nicht die stille Wut, die seit jeher in ihrem Bauch rumorte. Weil sie nur eine Frau war. Weil die Welt den Männern gehörte. Weil die sich nehmen durften, wonach ihnen der Sinn stand. Wie ihr Bruder. Der alles hatte. Und sie nichts. Doch damit war jetzt Schluss. Ein bisschen die Kokette zu spielen, tat niemandem weh und konnte auch nicht so schwer sein.

Fanny wackelte mit dem Po und streckte die Brust heraus. Sie selbst besaß nur einfache Haus- und Straßentoiletten, hatte mit ihren achtzehn Jahren nie zuvor ein Abendkleid getragen und wusste nichts über die mannigfaltigen Fettnäpfchen, die es bei der Wahl der Ausgehtoiletten zu den verschiedenen Anlässen zu vermeiden galt. Aber sie hatte die Kleider der jungen Theaterschauspielerin aus der Mansarde beim Großreinemachen oft genug bewundert, außerdem sehr genau beobachtet, wie Änny darin vor das Haus in der Amalienstraße trat, um über die Theresienstraße Richtung Ludwigstraße zu stolzieren, als gehöre ihr die ganze Welt: ihre Haltung, die weichen Bewegungen der Hüften und vor allem der Blick, den sie jedem männlichen Wesen, dem sie begegnete, unter unverschämt langen, aber züchtig niedergeschlagenen Wimpern zuwarf. Beneidenswert! Fanny hätte fünfzig Pfennige verwettet, dass sich die Hälfte der Herren auf der Stelle unsterblich in Änny Geissler-Lee verliebte – ebenso wie ihr Zwillingsbruder Anton. Dieser Dummkopf!

Liebeskrank lag er jedes Mal auf seinem Bett, wenn Fräulein Änny sich zwischendurch mit anderen Verehrern amüsierte. Es sei nun mal Teil des Geschäfts einer Schauspielerin, für die Herrenwelt der Stadt interessant und frei zu bleiben, auch wenn ihr Herz in Wahrheit nur für Anton schlug, für ihn allein.

Von wegen. Ännys Herz gehörte allen, das hatte sie Fanny nach einem ihrer nächtlichen Ausflüge in die Münchner Bohème gestanden, als der reichlich genossene, mit Eiswasser verdünnte Absinth noch durch ihre grünen Augen schwappte.

Fanny hatte sich auch ein Gläschen *Grüne Fee* genehmigt, ehe sie am Morgen aus den vielen Roben, die bei Änny im Schrank hingen, eine ausgewählt hatte. Das *cabinet de toilette*, wie das Fräulein Geissler-Lee ihr Ankleidezimmer nannte, war ganz nach französischem Vorbild eingerichtet. Ein großer, filigraner Toilettentisch mit prächtiger Elfenbeingarnitur, eine Chaiselongue und ein paar tiefe Sessel verliehen dem Raum behagliche Eleganz. Hier empfing Änny ihre Gäste und damit es noch hübscher aussah, kaufte sie für diese Anlässe auf dem Viktualienmarkt exotische Blumen, die dann in der teuren, geschliffenen Vase vor sich hin welkten, bis Fanny sie wegwarf.

Für sie, die Tochter eines Postbeamten, war eine solche Exaltiertheit geradezu obszön. Sowieso kam ihr Fräulein Änny vor wie ein Wesen aus einem anderen Universum: unendlich weit entfernt und dennoch überaus faszinierend. Fanny wäre gerne Ännys Freundin gewesen. Dass sie Anton den Kopf verdreht hatte, wäre leicht zu verzeihen gewesen, doch dass das Fräulein Schauspielerin außerdem – ohne mit der Wimper zu zucken – einfach die Zugfahrkarte, die eigentlich für Fanny bestimmt gewesen war, an sich genommen hatte, um mit Anton das Weihnachtsfest bei den Eltern daheim zu verbringen, würde sie den beiden nie verzeihen. Niemals.

Das Bimmeln der Pferdebahn riss Fanny aus ihren Gedanken. Schnell machte sie einen Schritt zur Seite und blieb dann stehen. Kindischer Trotz hatte sie am heutigen Heiligabend in diesem Aufzug auf die Straßen getrieben. Wenigstens einmal im Leben wollte sie nicht das tun, was man von ihr erwartete, sondern war auf und ab stolziert wie eine Diva, hatte keck die Lippen geschürzt und die Empörung in den Gesichtern der Damen ebenso genossen wie die anerkennenden Blicke ihrer männlichen Begleiter.

Fanny fühlte sich in der Residenzstadt immer noch fremd. Nicht die Eltern, nicht den Herrn Bruder noch sonst jemanden hatte es interessiert, ob sie als Haushälterin für Anton mit nach

München kommen wollte. Das war einfach über ihren Kopf hinweg bestimmt worden. Aber Fanny hatte Heimweh und weinte sich fast jede Nacht in den Schlaf. Sie konnte sich mit dem Stadtleben partout nicht anfreunden, nur den Blick von hier auf das Maximilianeum, dessen rötlich schimmernde, hundertfünfzig Meter lange Fassade auf dem fernen Isarhochufer jenseits der Maximiliansbrücke eine so prächtige Kulisse abgab, liebte sie vom ersten Tag an.

Weit weniger liebevoll dachte sie über die darin beherbergte Studienstiftung für talentierte bayerische Jünglinge jeglichen Standes, die dort für höhere Aufgaben im Staatsdienst ausgebildet wurden.

Nobel, nobel, doch was war mit den talentierten bayerischen Jungfrauen aus einfachen Verhältnissen? Für sie wurde kein Nationalbau errichtet. Stattdessen mussten die Töchter erst den Brüdern und später den Ehemännern den Haushalt führen, damit diese sich – ganz nach Belieben – ihren Studien, Professionen oder den schönen Künsten widmen konnten.

Fanny ballte die Fäuste, warf den Kopf zurück und stieß einen kurzen, aber unüberhörbaren Laut des Verdrusses aus. Ohne ihre Hilfe hätte ihr Zwillingsbruder Anton die Reifeprüfung niemals bestanden, und nun kochte und putzte sie für ihn, schrubbte Böden und Wände und bügelte seine Hemden. Zwischendurch erledigte sie seine Hausarbeiten und besserte mit Übersetzungen, für die sie sich oft die Nächte um die Ohren schlug, seine Börse auf, um die Eltern, die ohnehin schon jeden Pfennig für das Studium des Sohnes abzwackten, finanziell zu unterstützen, während der feine Herr Student immer öfter den Vorlesungen fernblieb und sich mit Änny in zwielichtigen Spelunken herumtrieb.

»Verzeihung?«

Sie fuhr herum. Ein älterer Herr hob seinen schwarzen, gut gebürsteten, aber viel zu hohen Zylinder. Um ein Haar hätte Fanny lauthals aufgelacht. Ihr war schon aufgefallen, dass gerade die vornehmen Männer von kleiner Statur ihren Makel über die Huthöhe auszugleichen versuchten. Als ob man so irgendjemanden täuschen könnte! Fanny überragte den Fremden jedenfalls um fast einen Kopf, und den stattlichen Bauch, der sich unter dem Rock wölbte, hätte Änny naserümpfend als deutliche Neigung zum Embonpoint bezeichnet.

Du meine Güte, schon wieder dachte sie an diese impertinente Person! Fanny schnaubte und wollte weitergehen, doch der lackierte Winzling streckte ihr fordernd die Hand entgegen.

»Wenn ich um die Visitenkarte bitten dürfte, gnädiges Fräulein.«

Er kam noch einen Schritt näher, und sein Blick verschwand zielstrebig unter dem hauchzarten Schleier ihres Dekolletés.

»Sie wissen schon«, zischte er ungeduldig und sah sich um, »die Karte mit der Adresse.«

Mit der Adresse? Ach, die Adresse! Fanny fasste in die Tasche des Kleides und holte Änny Geissler-Lees Karte hervor, deren kunstvolle Machart sie vorhin ausgiebig bewundert hatte, als sie sich die Hände wärmen wollte. »Meinen Sie die hier?« Sie stutzte. »Woher …?« Woher wusste dieser Mann, dass sie das Kleid der englischen Schauspielerin Änny Geissler-Lee trug, in der die …?

Noch ehe sie den Gedanken zu Ende bringen konnte, schnappte der Zylinder-Mann nach dem fein geschöpften Stück Papier und schritt eilig davon. Seiner Gattin entgegen, die beim Standbild Max II. soeben eine in Zeitungspapier eingeschlagene Portion heiße Esskastanien vom Maronen-Mann entgegennahm und offensichtlich darauf wartete, sich wieder bei ihm unterzuhaken.

Fanny steckte ein weiteres Mal die Hand in die unsichtbar eingenähte Tasche ihrer Glanzrobe und holte eine zweite Karte hervor.

> **Änny Geissler-Lee**
> Schauspielerin
> Amalienstraße 13/III (Mansarde)

Auf der Rückseite entdeckte sie eine handgeschriebene Notiz, die sie vorher übersehen hatte: *Sprechunterricht morgens 9 Uhr bis abends 6 Uhr – nur werktags.*

Natürlich! Die Geissler-Lee gab privaten Englischunterricht und machte Sprechübungen mit angehenden Schauspielern. Deshalb konnte Fanny immer erst nach sechs Uhr am Abend Ännys Wohnung in Ordnung bringen – für ein paar Pfennige die Woche.

»Darf ich?«

Schon hob der nächste Herr die Hand zum Hut. Fanny stockte. Kein Hut. Ein Diensthelm? Dazu eine nagelneue, maßgeschneiderte Uniform, und dieses Exemplar hatte gewiss keine extra hohe Krempe nötig. Der junge Mann sah sehr stattlich aus und neigte keineswegs zum Embonpoint – im Gegenteil. An das Blau des zweireihigen Waffenrockes mit dem hochgeschlossenen Kragen und dem einreihigen Mantel darüber musste Fanny sich hingegen erst gewöhnen. Seit sie denken konnte, hatten die Gendarmen Grün getragen, trotzdem blieb ihr für einen kurzen Moment die Luft weg, und komischerweise fand sie es kein bisschen schockant, als auch sein Blick unter die hauchzarte Gaze schlüpfte und dann in ihren Augen versank, wie um sich für immer dort einzurichten.

Sehr vorsichtig, so als fürchte er, das junge Fräulein könnte jeden Moment wie ein scheues Reh zurückschrecken, näherte sich seine Hand der Karte, die immer noch zwischen Fannys Fingern steckte.

Sie atmete tief ein. Er roch nach Heu und Leder. Ein Hauch von Pferd war auch dabei. Fannys Knie wurden weich, eine entsetzliche Hitze stieg ihr vom Bauch den Hals hoch.

»Sie erlauben?«

»Ähm.« Das glänzend schwarze Haar, die wie in Stein gemeißelten Züge …

»Es tut mir leid, Fräulein«, er drehte die Karte, »Fräulein Geissler-Lee, ich fürchte, Sie müssen mich auf die Wache begleiten.«

# Klinikviertel

gut eine halbe Stunde später | Ecke Goethestraße/ Lindwurmstraße

Elsa stemmte sich gegen die nächste Bö und überquerte die Straße. Die zu Eis gefrorenen Schneeflocken stachen ihr wie Nadelstiche in die Haut. Der Wind zerrte an den Kleidern, hatte das Tuch längst vom Kopf gerissen und ließ es aufreizend hinter ihr herflattern, wie um auf Teufel komm raus Aufmerksamkeit zu erheischen.

Eitelkeit. Ausgerechnet das warf Mutter ihr vor? Außerdem Hochmut, Anmaßung, Vermessenheit. Jedes Wort nach gewiss reiflicher Überlegung in der so geliebten, wunderbar sauberen verschnörkelten Handschrift zu Papier gebracht. Im letzten Brief. Dem ein Billett beilag. Für die überfällige, von den jüngeren Brüdern sehnsüchtig erwartete Heimreise der Schwester.

Die vom Vater vor seinem Tod versprochene finanzielle Unterstützung hatte die Mutter der Tochter bereits vor Monaten gestrichen. Nämlich stante pede, als das Ministerium ihr in einem Schreiben die Zulassung zum Studium der Medizin *mangels getrennter Räume für Präparierübungen* verweigerte. Dabei hatte Elsa im Sommer am Max-Gymnasium als Externe mit Bravour die Reifeprüfung abgelegt – besser als die meisten hoch gelobten Jünglinge.

Sie blieb neben einem Leitungsmast stehen und ließ die Trambahn passieren. Die dick eingemummten Fahrgäste schauten mitleidig zu ihr heraus. Elsa lachte bitter und stampfte mit dem Fuß auf, dass der Matsch nur so spritzte und Strümpfe und Rocksaum endgültig durchnässte. Nicht einmal die zehn Pfennig für die Fahrt hatte sie noch aufbringen können. Die beiden prall gefüllten Koffer in ihren Händen zerrten an den Armen wie Mehlsäcke. Elsa hatte keine Kraft und längst keine Tränen mehr. Alle Hoffnung war dahin, denn wenn sie heute am Centralbahnhof in den Zug Richtung Baden stieg, trug sie damit ihre Träume zu Grabe, so wie vor zwei Jahren, nur wenige Tage vor ihrem sechzehnten Geburtstag, den Vater.

Doch was blieb ihr anderes übrig? Ausgerechnet heute, an Heiligabend, hatte die Hausmutter sie vor die Tür gesetzt. Wie konnte ein Mensch so garstig sein? Wie herzlos waren ihre älteren Brüder, die ihr keine Mark von der großzügigen finanziellen Unterstützung, die sie aus der Hinterlassenschaft des Vaters bezogen, abgeben wollten? Nicht einmal Rudolf, der bis vor einem halben Jahr hier in München an dem von Max von Pettenkofer eingerichteten Hygiene-Institut studiert hatte. Bestimmt steckten sie allesamt unter einer Decke. Mutter. Die Brüder. Ja, sogar die korpulente Vermieterin.

Elsa war gegen den Willen der Mutter nach München gegangen, um die Reifeprüfung abzulegen und anschließend Medizin zu studieren. Natürlich blieb sie nur kurze Zeit, nachdem der Geldstrom versiegte, den Mietzins schuldig. Die aus Verzweiflung angenommene Stellung als Dienstmädchen behielt sie keinen Monat, weil sich der Sohn des Hauses äußerst unstandesgemäß und noch viel unsterblicher in die vorgegaukelte Bäckerstochter aus dem Breisgau verliebt hatte. Die Folgen bekam natürlich nicht er, sondern das schamlose Dienstmädchen zu spüren. In der Baumwollspinnerei griff ihr Obermeister Sauter erst an den Hintern und dann an den Busen und schlug ihr, als sie sich darüber empörte, derart hart ins Gesicht, dass sie zu Boden stürzte und ihr das Blut aus Mund und Nase quoll. Und in der Nähstube der gestrengen Frau Kleinmichel fürchtete Elsa nach nur einer halben Woche um die filigrane Feinmotorik ihrer Finger, mit denen sie doch eigentlich Wunden nähen wollte – nicht Säume.

Ohnehin reichte der so mühsam verdiente Lohn hinten und vorne nicht. Ganz zu schweigen von den endlos langen Arbeitstagen. Wie sollte sie da einem Studium nachgehen? Ein bisschen mehr als sieben Mark hatte sie als Fabrikarbeiterin in der Woche verdient. Davon musste sie allein schon zwei Mark für die Wohnung berappen. Dazu kamen täglich fünfzig Pfennige für eine ausgesprochen karge Verpflegung: kein Tropfen Bier zu den Mahlzeiten, in den Pausen und am Abend nichts als Kaffee und trockenes Brot. Fleisch nur am Sonntag. Nicht zu vergessen die Kosten für Seife, Bügelkohlen, Beheizung, Beleuchtung und Kleidung. Da blieb nichts übrig.

Für Elsa war das ein ungewohnt hartes Leben. Trotzdem hätte sie all die Entbehrungen auf sich genommen, um ihren und Vaters Traum wahr werden zu lassen. Doch auf sich allein gestellt war es unmöglich und ohne Zulassung erst recht, denn keine von Elsas weiteren dringlichen Eingaben beim Ministerium des

Innern für Kirchen- und Schulangelegenheiten hatte Erfolg gehabt. Die Fürsprache ihres Vaters, Doktor Julius Hirschberg, eines hoch angesehenen Medizinalrates und Professors der Universität Gießen, hätte das Zünglein an der Waage sein können, da man durchaus ein paar wenigen Frauen an der Medizinischen Fakultät in München den Hörerinnenstatus gewährt hatte. Sie waren zwar keine ordentlich immatrikulierten Studentinnen und mussten für jede Prüfung eine Sondergenehmigung einholen, dennoch hätte Elsa alles dafür gegeben, eine von ihnen zu sein.

Sie schloss die Augen. Wenigstens strahlte die Sonne nicht mehr von diesem kitschig blauen Winterhimmel, als wäre alles in bester Ordnung. Der altbekannte Schmerz stieg ihr die Brust hoch, legte sich wie Harz von innen an den Hals. Infolge einer Infektion war der Vater gestorben. Nach einem simplen operativen Eingriff! Rudolf hatte es nie ausgesprochen, aber Elsa wusste, dass er nur deshalb zwei Semester am Pettenkofer-Institut für Hygiene hier in München studiert hatte, ehe er an die Charité nach Berlin zurückgekehrt war.

Eine weitere Bö riss das Tuch endgültig aus ihrem Haar. Elsa war es einerlei. In diesem Moment vermisste sie den Vater so schmerzlich, dass sie glaubte, daran zu sterben, denn wenn er sie jetzt sehen könnte … wie sie aufgab, wie sie all ihre Träume unter Feigheit begrub. Wenn er wüsste, was sie getan hatte. Er wäre entsetzlich enttäuscht. Dabei war er auf seine Tochter immer besonders stolz gewesen, hatte früh bemerkt, dass sein einziges Mädel klüger war als all seine Söhne zusammen, dass sie medizinische Zusammenhänge mit Leichtigkeit verstand. Über die Maßen hatte ihm auch die Vorstellung gefallen, dass sie, Elsa Hirschberg, die erste Frau sein könnte, die im Kaiserreich als Professorin lehrte. Und wie die Bache ihre Frischlinge verteidigte er deshalb zu Lebzeiten Elsas großen Traum, ihren Pioniergeist gegen alle, die wegen dieser Ausgefallenheit den Kopf schüttelten und sie auslachten – auch gegen die Familie und viele seiner Kollegen.

Die Mutter hingegen wurde niemals müde zu betonen, dass ein solcher Lebensweg zutiefst unweiblich sei. Sie und Vater waren darüber oft in Streit geraten und die Ablehnung des Ministeriums hatte ihr lediglich ein müdes, aber zufriedenes Lächeln entlockt: *Wenn schon nicht der eigene Vater, so haben doch wenigstens die Oberen einen Funken Verstand im Leib.*

Mühsam hob Elsa den rechten Arm. Die Koffer wogen mit jeder Sekunde schwerer, doch sie im nassen Schnee abzustellen, kam nicht in Frage. Ihre Hand zitterte vor Schwäche, als sie sich nach vorne beugte und mit dem Kinn den Ärmel ihres Mantels hochschob, um auf die Uhr zu sehen.

Du lieber Himmel! Wenn sie den Zug erreichen und Heiligabend nicht auf der Straße verbringen wollte, musste sie sich sputen, denn eine andere Bleibe zu finden – ohne Geld und ohne Leumund –, war aussichtslos. Außerdem machte es keinen Sinn, in München auszuharren, denn auch wenn sie aus eigener Kraft ihren Lebensunterhalt verdienen könnte, die Kosten für das Studium waren damit längst nicht bezahlt.

Wie so oft, seit Mutter ihr die Fahrkarte für die Heimkehr geschickt hatte, überschwemmten die immer gleichen Schemen Elsas Gedanken. Sie sah Schattenbilder von einem Leben, das sie für sich nie wollte. Von stumpfsinniger Konversation in langweiligen Gesellschaften. Ein stetes, gleichwohl bigottes Geplapper über Ansehen, Schicklichkeit, Anstand, Ehe, Kinder, Mode. Tagaus, tagein dieselbe Ödnis, Woche für Woche, Jahr für Jahr dieselbe Leere. Doch in keiner dieser Visionen sah sich Elsa jemals am Centralbahnhof in einen Zug steigen. Stattdessen fiel sie auf die Gleise, hörte das Tuten des einfahrenden Zuges und sah die vor Schreck aufgerissenen Münder der wartenden Fahrgäste, aber ihr Aufprall im Schotterbett fühlte sich jedes Mal an, als lande sie auf Federn. Oder Wolken. Die sie davontrugen. Zu Papa.

Endlich.

Lulu rannte das letzte Stück bis zum Portal. Herr im Himmel! *Ich werde Medizin studieren.* Was war nur in sie gefahren? Beim bloßen Gedanken an ihr Benehmen schoss ihr erneut das Blut in die Wangen. Die väterliche Standpauke hatte sie nach der Spitalsbescherung ohne ein Widerwort über sich ergehen lassen – sie war stolz auf sich –, nur das Ende hatte sie nicht abwarten können. Sie brauchte frische Luft, und zwar so schnell wie möglich.

Etwas außer Atem stemmte Lulu sich gegen das schwere Holz, doch Wind und Schneeflocken, die durch den Türspalt hereinwirbelten, ließen sie zurückweichen.

»Luise!« Ihr Vater erschien auf dem Treppenabsatz des Hocherdgeschosses. »Wirst du wohl stehenbleiben!«

Keinesfalls wollte Lulu das. Der Herr Papa war unerbittlich, wenn es um Anstand und Moral seiner jüngsten Tochter ging, trotzdem konnte er wohl kaum überraschter von ihrer Ankündigung gewesen sein als Lulu selbst.

Ich werde Medizin studieren! Hatte sie das wirklich gesagt? Vor Prinzessin Ludwig und allen versammelten Gönnern des Unterstützungsvereines? Vor ihrem Vater? Und der Mutter?

Energischer als zuvor warf sich Lulu gegen die Eingangstür, schlüpfte hinaus und atmete die Winterluft tief in die Lunge. Ihr Mund verzog sich zu einem grimmigen Lächeln.

Ja, es stimmte. Sie wollte Ärztin werden. Kinderchirurgin, um genau zu sein. Wie Professor Herzog, der Leiter der Chirurgischen Abteilung, der Lulu nicht jedes Mal ansah, als würde sie etwas sehr Dummes fragen – so wie ihr Vater –, wenn sie sich nach allen möglichen medizinischen Details erkundigte. Nur ... laut ausgesprochen hatte sie den kühnsten all ihrer Wünsche noch nie.

Ärztin!

Eine Gänsehaut kroch über Lulus Körper. Dass sie ihr Innerstes endlich nach außen gekehrt hatte, fühlte sich gut an, bedeutete aber gleichzeitig, dass ihr das schlimmste Donnerwetter ihres Lebens blühte.

Sie zog das pelzgefütterte Cape enger um die Schultern und lief die wenigen Stufen vor dem Eingang des Kinderspitals hinunter bis zur Umzäunung. Stand da etwa jemand und sah zu ihr herüber? Am Leitungsträger zwischen den Schienen der Tram? Lulu musste die Augen mit beiden Händen abschirmen, um im Durcheinander der Flocken überhaupt etwas zu erkennen, doch dort drüben zerrte der Wind einem jungen Fräulein mit zwei schweren Koffern gerade das Tuch vom Kopf. Eindeutig. Sie schien es gar nicht zu bemerken, stand still da wie eine Madonnenstatue, auf immer zur Regungslosigkeit verdammt.

Nachdem die Trambahn an ihr vorübergefahren war und der Schneefall kurz nachließ, sah Lulu die Verzweiflung im Gesicht der Fremden. Die Hoffnungslosigkeit. Ihr Herz krampfte sich vor Mitgefühl zusammen wie zuvor bei Wiggerls unrühmlichem Prolog zu Schenkendorfs Gedicht, aber das hier ging sie nichts an, und ihr Vater würde sie jeden Moment einholen, also raffte Lulu die Röcke, um ihren Weg zur Tram-Haltestelle am Goetheplatz und somit die Flucht nach Hause fortzusetzen. Auch von dem jungen Fräulein fiel die Starre ab, sie stemmte sich dem abscheulichen Wetter entgegen, ging über die Straße auf Lulu zu, übersah den Randstein, stolperte und riss auf der Suche nach Gleichgewicht die Arme nach oben. Die Messingverschlüsse der Koffer hielten dem Ruck nicht stand, beide Deckel sprangen auf, und ein buntes Sammelsurium an Kleidungsstücken segelte durch die Luft, wurde vom Wind einige Sekunden hin und her gezerrt und landete schließlich im Schnee.

Lulu stieß einen spitzen Schrei aus und wollte zu Hilfe eilen, doch gerade, als sie auf das Trottoir hinausschritt, kam aus entgegengesetzter Richtung eine andere Passantin angerannt. Mit einem beherzten Sprung rettete sich Lulu hinter den gemauerten Zaunpfahl, konnte einen Zusammenstoß aber nicht mehr verhindern und bekam für den schmerzhaften Stoß gegen die Schulter ein atemloses »Verzeihung!« zugerufen. Staunend sah sie mit an, wie sich die recht unschicklich gekleidete junge Dame Sekunden später in der am Boden liegenden Leibwäsche verhedderte und ebenfalls stürzte. Die Sonne brach durch die Wolken, Schnee und Wind ließen nach, und Lulu konnte nicht anders, sie musste lachen. Die Szenerie zu ihren Füßen kam ihr vor wie eine der frech inszenierten Münchner Possen im Gärtnertheater – es fehlten nur noch Gesang und Tanz.

Doch das Lachen verging ihr, als aus Richtung Sendlingertorplatz ein Mann in Uniform angerannt kam und auf die am Boden liegenden jungen Frauen zustürmte.

»Luise!«, hörte Lulu den Vater nun auch noch im Rücken zetern. »Du bleibst gefälligst hier! Ihre Königliche Hoheit wird jeden Augenblick ...« Weiter kam er nicht, denn der Gendarm packte das herbeigeeilte Fräulein am Oberarm und riss sie wenig behutsam hoch. »Jetzt hab ich dich. Du kommst mir nicht mehr aus!«

»Ja, sind Sie denn verrückt geworden? Lassen'S mich gefälligst los!« Die junge Dame wehrte sich aus Leibeskräften. Als sie Lulus Vater von der Eingangstür im Hochparterre des Kinderspitals die

Stufen herunterkommen und auf das Trottoir hinaustreten sah, hielt sie kurz inne und fing dann umso lauter an zu schreien: »Hilfe! Zu Hilfe, gnädiger Herr, so helfen'S mir doch! Ich weiß nicht, was dieser … Depp, dieser damische, von mir will!«

Tatsächlich lockerte der Schutzmann kurz den Griff, das zeternde Fräulein nutzte den Moment und verschanzte sich hinter Lulus Vater. Der Verfolger sprang hinterher, als sein Blick jedoch den Orden am Bande streifte, hielt er inne, stand stramm und hob die Rechte an den Helm.

»Gestatten, Herr Direktor, Berittene Abteilung der Königlichen Schutzmannschaft München, Schutzmann Schiffer. Zu Diensten.«

»Berittene Abteilung?« In Lulus Vater regte sich offensichtlich der Beschützerinstinkt, er machte einen Schritt nach vorn und streckte die Brust heraus. »Ich sehe weit und breit kein Pferd.«

»Zu Fuß. Ausnahmsweise. Das Ross lahmt.« Gendarm Schiffer räusperte sich, sein Blick huschte zu Lulu, die interessiert näher kam. Er senkte die Stimme. »Dieses Fräulein hier wurde in der Maximilianstraße auf frischer Tat ertappt. Wohl eine Schwarzfahrerin.« Langsam drehte er Lulu den Rücken zu und sprach noch leiser. »Wenn Sie verstehen, was ich meine.«

Oh! Sogar Lulu verstand. Münchens freie Prostituierte brauchten eine polizeiliche Legitimationskarte, weshalb man sie *Kartendamen* nannte, und wenn eins der liederlichen Frauenzimmer keine solche Karte vorweisen konnte, wurde sie zur *Schwarzfahrerin*. Nicht unbedingt die Art Menschen, mit denen sich Lulus Vater gerne umgab. Sein Gesicht färbte sich einige Nuancen dunkler, und er brachte etwas Abstand zwischen sich und die zwielichtige Dame.

»Keineswegs hat man mich auf frischer Tat ertappt. Das ist eine Verwechslung. Ein Irrtum. Nichts weiter!«

»Und was ist das hier?« Triumphierend zog der Gendarm die konfiszierte Visitenkarte aus der Jackentasche.

Doch ehe er sich's versah, riss ihm die junge Dame das Corpus Delicti aus der Hand. »Gar nichts ist das! Die gehört mir nicht, und es steht auch nicht mein Name darauf, sondern …« Sie hielt Lulus Vater das Kärtchen unter die Nase. »Sehen Sie! Ich heiße nicht Änny Geissler-Lee, sondern Fanny Paintner. Das erklärt doch alles. Und außerdem …«, sie tippte mit dem Zeigefinger auf die Rückseite, »hier steht es schwarz auf weiß: Sprechunterricht. Das wird ja wohl kaum verboten sein?«

»Sprechunterricht? In diesem Aufzug? Wer's glaubt!« Gendarm Schiffer lachte abfällig. »Du willst mich wohl für dumm verkaufen.«

Lulu sah, dass ihrem Vater trotz der Kälte der Schweiß aus allen Poren quoll. Er holte ein Taschentuch aus der Rocktasche, doch er kam nicht mehr dazu, sich die Stirn trocken zu tupfen, denn die königliche Equipage bog, von der Goethestraße kommend, in die Lindwurmstraße ein und blieb stehen.

»Du meine Güte!« Er schnappte nach Luft. Mehrmals. »Prinzessin Marie Therese wird jeden Moment das Krankenhaus verlassen. Ein Tumult vor den Toren der Königlichen Universitätskinderklinik ist das Letzte, was ihr von diesem Besuch in Erinnerung bleiben soll.« Er packte Schutzmann Schiffer am Arm. »In Gottes Namen, bringen Sie diese … dieses Subjekt schnellstens von hier weg. Sperren Sie sie meinetwegen bis zum Sankt Nimmerleinstag ein, nur hier will ich so etwas nicht sehen, wenn …«

Lulu hörte vor allen anderen die Stimmen näher kommen. Entsetzt fuhr sie herum. Anscheinend hatte Ihre Königliche Hoheit das Kinderspital samt Gefolge durch das Portal zur Goethestraße verlassen und bog jeden Augenblick um die Ecke. Lulu musste etwas tun. Auf der Stelle. Sonst endete der Besuch von Prinzessin Ludwig im Dr. von Haunerschen Kinderspital mit einem weiteren Eklat.

Kurz entschlossen stürzte sie also auf die Straße, half dem anderen Fräulein, die durchnässten Habseligkeiten zusammenzuraffen und in den Koffern zu verstauen, griff nach ihrer Hand und zog sie mit sich. »Schnell! Folgen Sie mir, alles wird gut. Ich verspreche es.«

Gendarm Schiffer hatte mehr Mühe, seinen wilden Fang zu bändigen. Lulus Vater stand daneben und fuhr in einem fort mit den Fingern durch seinen üppigen grauen Backenbart, eine Geste, die ohne Ausnahme anzeigte, dass er gleich die Beherrschung verlieren würde.

Lulu strich ihm im Vorbeigehen beruhigend über den Arm und scheuchte das Grüppchen mit einem energischen »Lassen Sie uns das drinnen im Warmen klären« die Stufen zum Kinderspital hinauf. Als sie einen letzten Blick zurück auf die Straße warf, bog Prinzessin Ludwig gerade um die Ecke.

Elsa liefen die Tränen über die Wangen bis zur Kinnspitze und tropften auf den Boden. Sie hatte nicht die Kraft, sie abzuwischen, Nässe und Kälte waren ihr bis tief unter die Haut gekrochen, sie zitterte am ganz Leib, und in ihrem rechten Knöchel pochte ein dumpfer Schmerz.

Wenigstens musste sie das Zetern dieser impertinenten Fanny nicht länger ertragen, denn der Gendarm hatte sie auf Weisung einer gestrengen Oberin vorhin entfernt.

»Nicht doch!« Die Tochter des Direktors, die sich ihr als Lulu von Ranke vorgestellt hatte, schlüpfte aus ihrem gefütterten Straßenumhang, wickelte ihn um Elsas Schultern, kniete sich vor sie hin und nahm ihre Hände. »Jeden Moment kommt eine Schwester, die sich um deinen Fuß kümmert. Ich hole uns inzwischen eine schöne heiße Tasse Tee aus der Küche, dann sieht die Welt gleich besser aus.«

Die Fürsorge und Freundlichkeit brachten Elsas Tränen erst recht zum Fließen. Sie schluchzte auf, nickte dankbar und sah Lulu von Ranke hinterher, als diese das Ordinationszimmer verließ. Wären da nicht die offensichtlich kaum zähmbaren roten Haare und der freche Brauenschwung gewesen, man hätte das Fräulein mit den vielen Sommersprossen auf der weißen Haut und den durchdringenden blauen Augen für einen Engel halten können.

Kaum war der Engel draußen, öffnete sich die Tür erneut, und Lulu steckte noch einmal den Kopf herein. »Nicht weglaufen. Versprochen?«

Weglaufen? Elsa wüsste nicht, wohin. Den Zug hatte sie verpasst, und wenn der Knöchel verarztet war, würde man sie nach Hause schicken.

Nach Hause. Elsa schluckte den Kummer herunter, strich ihre wirren Locken glatt, zog den kleineren der beiden Koffer zu sich heran, öffnete die Verschlüsse und fasste mit bangem Herzen in die Seitentasche, in der sie ihr Reifezeugnis, die Geburtsurkunde und eine Fotografie des Vaters aufbewahrte. Sie liebte das Porträt: die warmen, schelmisch dreinblickenden Augen, den üppigen, nach Prinzregent Luitpolds Vorbild geschnittenen Bart. Barett und Talar in klassischem Schwarz, dazu die breiten roten, aufgenähten Samtbesätze, die die Zugehörigkeit zur Medizinischen Fakultät Gießen anzeigten.

Sie seufzte. Wie oft hatte er sie als kleines Mädchen auf den Schoß genommen und ihr erklärt, sie könne alles im Leben erreichen, wenn sie sich nur genug anstrenge. Manchmal hatte er ihr sogar die Augen zugehalten und ins Ohr geflüstert: *Stell es dir vor, mein liebes, gescheites Elschen. Stell dir vor, wie du deinen Talar umlegst. Es kommt nicht darauf an, ob du ein Junge bist oder ein Mädchen, du musst es nur wollen. Von ganzem Herzen. Und wir beide werden dafür kämpfen. Wie es sich für zwei echte bayerische Löwen gehört.*

Danach hatten sie einander verschwörerisch angeblinzelt, die Finger zu Krallen gekrümmt und so laut es ging gebrüllt.

Langsam hob Elsa die Hände, bog wie damals die Finger und kratzte durch die Luft, doch mehr als ein heiseres Fauchen stieg nicht aus ihrer Kehle auf. *Eitle Träume!,* schnitt stattdessen die Stimme der Mutter in ihre Gedanken. *Nichts als eitle Träume. Setz dem Kind keine Flausen in den Kopf.*

Hatte der Vater ihr wirklich Flausen in den Kopf gesetzt?

Elsa seufzte schwer und begann ihre wenigen Habseligkeiten zu durchwühlen. Einmal. Zweimal. Ein drittes Mal. Das Fach war leer, im Koffer nichts als triefende Wäsche, nirgends eine Fotografie, keine Spur von den so gut gehüteten Papieren – auch nicht im anderen Koffer.

»Suchen Sie das hier?«

Elsa fuhr herum, sie hatte niemanden hereinkommen hören. Vor ihr stand eine junge Frau, gekleidet in das schwarze Gewand der Barmherzigen Schwestern. Das Weiß von Flügelhaube, Schultertuch und Schürze schimmerte in ihren tränennassen Augen wie ein Heiligenschein, als sie die gewellte Fotografie und die ihr entgegengestreckten zerfledderten Papiere sah.

»Der Herr Direktor hat sie vor dem Tor aufgelesen, nachdem er den königlichen Besuch verabschiedet hatte, und vermutet, dass sie Ihnen gehören.«

»Gott sei Dank!«, stieß Elsa hervor und drückte die verlorenen Schätze an die Brust.

»Ihr Vater?«

Der Kloß in Elsas Hals schwoll an. Sie nickte.

Die Schwester strich ihr tröstend über die Wange. »Na, dann wollen wir uns mal den Knöchel ansehen. So schlimm wird es hoffentlich nicht sein.« Die junge Ordensfrau half Elsa auf, führte sie zu einem Stuhl, ging vor ihr in die Knie, schnürte beide Stiefel auf, rollte die Strümpfe herunter und strich mit je einer Hand mehrmals über die Fesseln. »Mein Name ist Schwester Rosalia. Ich habe einige Jahre im Ambulatorium Dienst getan und kenne mich gut mit Verstauchungen und Brüchen aus.«

»Sollte sich das nicht ein Arzt ansehen?«

Die Schwester hielt inne und blickte zu Elsa hoch. »Die Herren Assistenzärzte sind anderweitig beschäftigt, und sowohl Professor Herzog als auch Oberarzt Doktor Wittmann haben das Spital bereits verlassen. Es ist Heiligabend. Sie müssen sich wohl oder übel mit mir begnügen.«

»So habe ich es nicht gemeint, ich …«

»Tut das weh?«

Elsa schrie auf.

»Und das hier?« Schwester Rosalia bewegte das Gelenk locker bis zum endständigen Bewegungsgrad durch.

Dieses Mal war Elsa vorbereitet, kein Klagelaut kam ihr mehr über die Lippen. »Ein wenig.«

Mehrfach drückte und tastete die Schwester noch, bis sie endlich zufrieden nickte. »Talusvorschub seitengleich und auch der Druck auf das Fibulaköpfchen löst nur mäßig Schmerz aus.« Sie hob spöttisch eine Braue, lächelte aber. »Soweit ich es beurteilen kann, ist der Knöchel nur gestaucht. Er wird einige Tage wehtun, doch dann ist das Missgeschick auch schon vergessen.« Leichtfüßig kam die Schwester auf die Beine und öffnete eines der Inventarschränkchen. »Sie bekommen jetzt einen Kompressionsverband, und sobald Sie zu Hause sind, legen Sie den Fuß hoch und kühlen ihn. Falls kein Eisbeutel verfügbar ist, nehmen Sie einfach ein Wachstuch, geben etwas Schnee hinein, binden die Ecken mit einer Schnur zusammen und legen es auf den Verband.«

»Wird denn keine Röntgenaufnahme gemacht?« Zu gern hätte Elsa gesehen, wie man den Apparat, von dem sie schon so viel gelesen und gehört hatte, bediente.

Die Schwester hob nun beide Brauen. »Das ist nicht nötig.«

»Natürlich.«

Unangenehmes Schweigen bereitete sich aus, während Schwester Rosalia den Verband anlegte.

»Ist Ihr Vater tot?«

Elsa schluckte, bevor sie antwortete. »Ja.«

»Er fehlt Ihnen wohl sehr?«

»Jeden Tag.«

»Zu wissen, dass er nun an einem besseren Ort ist, wird tröstlich für Sie sein, nicht wahr?«

War es nicht. Aus freien Stücken hätte der Vater sie niemals allein zurückgelassen, sie hatten einen gemeinsamen Plan gehabt – und sie brauchte ihn für ihr Vorhaben mehr denn je. »Am liebsten wäre ich auch tot.«

Schwester Rosalia erschrak. »So etwas dürfen Sie nicht sagen. Das Leben ist ein Geschenk des Herrn, es steht uns nicht zu, es wegzuwerfen.«

»Glauben Sie, ich weiß das nicht?« Elsa holte das kleine Kruzifix hervor, das sie seit Kindertagen unter der Kleidung trug, und drehte es zwischen den Fingern. »Aber gerade ergibt nichts mehr einen Sinn.«

Wie Wasser aus einem berstenden Damm brach der Kummer aus Elsa heraus. Erst nachdem sie der Schwester ihr ganzes Leid erzählt hatte und die letzten Tränen versiegt waren, rückte die

Ordensfrau einen Stuhl heran, setzte sich neben Elsa, nahm ihre Hand und zog sie hinüber in ihren Schoß.

»Ich wurde als achtes Kind von einfachen Bauersleuten geboren. Nach mir kamen noch drei Geschwister. Wir hatten zu viel zum Sterben und zu wenig zum Leben. Mir hat niemand Flausen in den Kopf gesetzt, schon gar nicht mein Vater.« Schwester Rosalia schüttelte lächelnd den Kopf. »Ich musste von klein auf im Stall und auf den Feldern helfen und der Mutter im Haushalt zur Hand gehen. Meine älteren Schwestern gaben die Eltern mit elf, zwölf und dreizehn bei den umliegenden größeren Bauern in den Dienst, ich selbst kam als Fabrikarbeiterin in eine Spinnerei nach München. Mit vierzehn Jahren. Auf Empfehlung einer Tante. Ich war weiß Gott an harte Arbeit gewöhnt, aber was mich dort erwartete, überstieg jede Vorstellung. Über zwei Spindelbänke mit mehr als zweihundert Spulen und fünfhundert Vorgespinstspulen hatte ich als Mittelfleyerin nach nur einem halben Jahr zu wachen. Im Saal bekam man kaum Luft, die Maschinen surrten ohrenbetäubend laut, ständig riss irgendwo ein Faden, stand eine Spule still. Aufziehen, abziehen, Maschinen sauber halten, den ganzen Tag in einem fort. Nach der Fabrik gab es bei meiner Tante meist nur ein karges Abendessen, bevor sie mich zur Hausarbeit antrieb. Nähen, stopfen, putzen, Feuer schüren. Alle acht Wochen war großer Waschtag, entweder am Samstag nach der Fabrik oder am Sonntag.« Schwester Rosalia umfasste Elsas Kinn und drehte ihr Gesicht so, dass sie einander in die Augen sahen. »Jeden Abend beim Zubettgehen habe ich mir gewünscht, dass ich am Morgen nicht mehr aufwache.«

»Aber wie …?«, Elsas Blick tastete über die blütenweißen, steifen Ränder der Flügelhaube, die über beide Schultern der zierlichen Schwester hinausragten.

»Ich bin davongelaufen, heim zur Mutter, doch sie hat mich gleich am nächsten Tag wie eins ihrer Hühner zurück zum Bahnhof gescheucht. In meinem Abteil saßen zwei Mädchen, eine von ihnen war auf dem Weg ins Mutterhaus der Barmherzigen Schwestern. Sie war überglücklich, dass die ehrwürdige Generaloberin ihrer Bitte um Aufnahme entsprochen hatte, fürchtete sich gleichzeitig aber sehr vor der Probezeit im Krankenhaus links der Isar. Sie betete, dass sie sich gut genug anstellen möge, um nach einigen Wochen das Kandidatinnenkleid zu erhalten, denn sie wusste nicht, was sonst werden sollte. Ihre geliebte Mutter war gestorben, der Vater trug seither das ganze Geld ins Wirtshaus, und wenn er heimkam, rutschte ihm fast jedes Mal die Hand aus.«

Elsa wusste längst, worauf Schwester Rosalia hinauswollte. Abgesehen von der Zeit in München, hatte Elsa ein privilegiertes Leben geführt. Ein Leben, von dem viele Mädchen aus einfachen Verhältnissen träumten. Es gab keinen Grund zu hadern. Nicht für sie.

»Noch in derselben Woche habe ich mein Gesuch um Aufnahme an die Generaloberin verfasst und es bis heute keinen einzigen Tag bereut ... im Gegenteil.«

Die Tür ging auf, und Lulu von Ranke kam mit zwei dampfenden Tassen Tee herein. »Wie ich sehe, ist der Fuß versorgt und der ärgste Kummer verflogen.« Sie stellte das Tablett auf einer Konsole ab. »Dann steht einer schönen Feier im Kreise der Familie ja nichts mehr im Wege.«

»Nicht ganz«, Schwester Rosalia strich ihre Schürze glatt. »Das Fräulein Hirschberg hat den Zug verpasst, sie kann erst morgen heimreisen und weiß nicht, wohin heute Nacht. Sie zu einer der städtischen Wärmestuben oder in die Häuser für Obdachlose in der Entenbachstraße zu schicken, wie wir es in solchen Fällen sonst tun, kommt mir an Heiligabend ... unpassend vor.«

Lulu von Ranke nahm eine Tasse und reichte sie Elsa. »Das wäre wahrlich unverzeihlich.« Sie überlegte. »Hat nicht letzte Woche eine Wärterin ihre Sachen gepackt und uns verlassen? Demnach wäre eine der Kammern im Souterrain frei.«

»Ich habe auch schon daran gedacht, aber diese Idee wird weder bei der Frau Oberin noch bei Ihrem Herrn Vater auf große Begeisterung stoßen, Fräulein von Ranke. Da bin ich mir ganz sicher.«

Lulu lachte. »Die beiden müssen es ja nicht erfahren. Es ist doch nur für eine Nacht.«

Gärtnerplatzviertel

ein paar Minuten später | Kohlstraße

Fanny versuchte ihren Arm zu befreien. »Nehmen Sie gefälligst Ihre Finger von mir!«

»Gerade Sie müssten doch daran gewöhnt sein.« Gendarm Schiffer packte fester zu. »Und außerdem ... an der Misere sind Sie selber schuld. Meinen Sie denn, mir macht es Spaß, Sie an Heiligabend wie einen störrischen Esel durch die halbe Stadt zu zerren?«

Fanny wand sich mit letzten Kräften und schnaubte abfällig, dabei fühlte sie längst keine Empörung mehr, ganz im Gegenteil. Seit Direktor von Ranke den Gendarmen pikiert angewiesen hatte, *dieses Subjekt* schnellstmöglich aus der Königlichen Universitätskinderklinik zu entfernen, wäre sie am liebsten im Erdboden versunken. Ihre Verzweiflung nahm mit jedem Schritt zu.

Sie blieb stehen, wurde vorwärtsgerissen, fiel auf die Knie. Die Tränen schossen ihr heiß aus den Augen, und als sie vor sich das Gefängnis in der Baaderstraße auftauchen sah, konnte sie es einfach nicht fassen. Er würde sie doch nicht wirklich …

»Das kann nicht Ihr Ernst sein! Zum hundertsten Mal: Ich habe nichts getan, ich wollte nur …«

»Ja, ja, in den Kleidern einer Schauspielerin spazieren gehen. An Heiligabend. Wer's glaubt!« Schiffer half ihr hoch. »Das Fräulein Geissler-Lee ist stadtbekannt. Mir können Sie nichts vormachen.«

Fanny klopfte ihren Rock ab. »Sie spielt kleinere Rollen im Münchner Schauspielhaus, ich weiß nicht, ob man damit stadtbekannt wird.«

Schiffer verdrehte die Augen. »Sie sollten auch Schauspielerin werden, so überzeugend, wie Sie hier die Unschuld vom Lande mimen. Aber nicht mit mir! Ich bin doch kein Depp, da können Sie mich tausendmal so nennen und dürfen noch froh sein, dass ich es gnädigerweise überhöre. Weil Weihnachten ist. Sonst käme gleich noch eine weitere Straftat hinzu. Wegen Beleidigung.«

Fanny spürte vor Kälte weder ihre Ohren noch ihre Finger und dort, wo ihre Zehen in den durchnässten, zu dünnen Schnürstiefeln steckten, pochte der Schmerz. Nie zuvor hatte sie sich irgendetwas zuschulden kommen lassen, nicht die kleinste Kleinigkeit. »So glauben Sie mir doch! Bitte.«

Völlig ungerührt von ihrem Flehen lief Schutzmann Schiffer weiter, schleifte sie erneut wie ein ungezogenes Kind hinter sich her. »Ich bin seit bald dreißig Stunden im Dienst, also tischen Sie mir bloß keine Lügen auf.«

»Ich lüge nicht!«

Mit hochgezogenen Brauen drehte er sich kurz zu ihr um, nur um sie dann weiter hinter sich herzuziehen.

»Wo bringen Sie mich überhaupt hin?«, fragte Fanny, als sie das Gefängnistor passiert hatten und auf die Kohleninsel zuhielten. »Das Dienstlokal des ersten Bezirks liegt ziemlich genau in entgegengesetzter Richtung. Im Tal nämlich, das müsste Ihnen eigentlich bekannt sein.«

Schiffer ignorierte ihren Einwand und stapfte weiter.

»Wollen Sie mich in der Isar ertränken?«

Er blieb so abrupt stehen, dass Fanny nicht rechtzeitig reagieren konnte und um ein Haar in ihn hineingerannt wäre, als er sich erneut umdrehte. Wieder stieg ihr dieses Männlich-Militärische in die Nase. Sie schluckte.

»Mir soll es recht sein, denn wenn meine Eltern hiervon erfahren, bin ich sowieso tot.« Der schnippische Ton kostete Mühe, Fannys Unterlippe begann verräterisch zu zittern.

»Das hätte sich das verehrte Fräulein besser vorher überlegt. Jetzt ist es zu spät.«

Er sah einmal nach links und einmal nach rechts und schob Fanny blitzschnell durch eine schmale Tür in der Fassade des Flügelbaus, die sie bislang nicht bemerkt hatte. Dann dirigierte er sie um ein paar Ecken herum, zog einen Schlüssel aus der Tasche und entriegelte das Schloss eines scheunenartigen Tores.

»Was soll das denn werden?« Es roch nach Heu. Und Pferd. »Was haben Sie vor?« Fanny wurde flau im Magen. Wieso brachte er sie hierher?

»Ich muss kurz ...« Schiffer lugte in einen abzweigenden Gang. »Hier im Stall herrscht strenge Mittagsruhe, aber ich will unbedingt ...«

An der Wand hing ein Schild, im Vorbeigehen konnte Fanny es gerade so entziffern: *Das Mitnehmen von Hunden in die Stallungen ist nicht gestattet.* Sie bellte.

Wie vom Blitz getroffen blieb Ferdinand Schiffer stehen. »Sind

Sie verrückt geworden?«, zischte er und verschloss ihr mit der Hand den Mund. »Wenn uns jemand hört!«

Sie bellte erneut, aber durch Schiffers Finger drang kaum ein Laut, also biss sie zu, erwischte jedoch nur die eigenen Lippen und wusste im selben Moment, dass die Tränen nun nicht mehr aufzuhalten waren. Wie Sturzbäche schossen sie ihr aus den Augen.

Ganz langsam ließ er die Hand sinken und sah Fanny zum ersten Mal richtig an. Dann gab er ihr mit einem Nicken zu verstehen, ihm zu folgen. Ohne sich noch einmal umzusehen, ging er dem freudigen Wiehern aus der Stallgasse am Ende des Ganges entgegen und bemühte sich vergeblich, das Klacken seiner genagelten Stiefelabsätze auf dem Pflaster zu vermeiden.

Fanny drehte sich mehrfach um die eigene Achse. Den Weg zurück auf die Straße würde sie finden, sie waren nur ein paarmal abgebogen, aber hatte er das Tor wieder abgeschlossen? Sie glaubte, nicht, doch er kannte ihren Namen, sie hatte ihn tausendmal wiederholt und außerdem ... wenn man sie in diesem Aufzug im Heumagazin oder in den Stallungen der Schweren Reiter-Kaserne antraf, dann ...

Auf Zehenspitzen lief sie hinterher, passierte ein halbes Dutzend Pferdehinterteile, bis sie einen Anbindestand fand, bei dem die Abschlusskette ausgehängt war. Vorsichtig legte sie eine Hand auf die schwarz glänzende Kruppe.

»Vor knapp einer Woche hat sie einen Schlag abbekommen, ausgerechnet hier, in der Lücke zwischen Muskeln und Sehnen.« Schiffer strich über den Stützverband am linken Vorderbein der Stute. »Erst sah es gar nicht so schlimm aus, hat nur ein wenig geblutet, aber dann fing sie an zu lahmen. Der Veterinär vermutet eine Knochenfissur und hat vierzehn Tage strengste Ruhe verordnet. Wenn sie danach immer noch lahmt, kommen noch einmal vier Wochen dazu.«

Er klang verzweifelt. Fanny schob sich zwischen Ständerwand und Pferd nach vorne in Richtung Futterkrippe. Sie wusste, dass die Dienstpferde bei der berittenen Schutzmannschaft Eigentum der jeweiligen Reiter waren, die sie wie ihren Augapfel hüteten.

»Ich hoffe nur, dass sie von der langen einseitigen Belastung keine Hufrehe bekommt und dass aus der Fissur keine Fraktur wird, denn dann taugt sie ohnehin nur noch für den Schlachter.« Schiffer nahm den Lederhelm ab, sortierte erst Schuppenkette und Innenfutter, strich danach mit dem Ärmel über das vernickelte bayerische Staatswappen an der Stirnseite und fuhr sich schließlich mit der Rechten durch die Haare, die ebenso schwarz glänzten wie das Fell seines Pferdes. »An eine Kolik will ich gar nicht erst denken, wenn das in der Nacht passiert …«

»Es wird schon alles gutgehen. Bestimmt.«

»Und wenn nicht?«

»Jetzt malen Sie den Teufel mal nicht an die Wand.« Fanny legte eine Hand auf den Widerrist der Stute und strich ihr mit der anderen über den Rücken bis zum Schweifansatz. Die Wärme des Pferdeleibes tat gut.

»Sie ist mein Ein und Alles.«

»Das glaube ich gern.« In ihrem Heimatdorf Unteriglbach besaß niemand ein Pferd wie dieses, dort gab es nur schwere Rösser für die Feldarbeit, trotzdem hatte Fanny auch deren Schönheit, Kraft und Anmut immer bewundert. Als sie die Hände an den Bauch des Tieres legte, begann die Stute nervös mit dem Kopf zu schlagen. »Sie ist wunderschön.«

»Das stimmt. Sie kommt ganz nach ihrer Mutter.« Schiffer seufzte schwer. »Viel edles Blut in den Adern. Das ist auch der Grund, warum sie jetzt schon nicht mehr stillstehen kann, nach nur wenigen Tagen. Sie ist daran gewöhnt, täglich gearbeitet zu werden. Bestimmt wird sie aus Langeweile anfangen zu koppen oder sich an den Gitterstäben die Zähne zu wetzen.« Er griff der Stute zwischen die Ohren, brachte ihren Schopf in Ordnung und sorgte dafür, dass sie stillhielt. »Wir zwei sind vom Pech verfolgt. Nicht wahr, meine Schöne?«

»Wie heißt sie denn?«

»Pechmarie.«

»Oh.«

»Ja, oh!« Schiffer lachte bitter. »Ihre Mutter ist bei der Geburt gestorben. Mein Großvater fand den Namen daher passend. Die Mutter, sie hieß Glücksfee, war seine beste Stute. Er wollte das Fohlen schon aufgeben, weil es partout nicht aus der Flasche trank, aber ich blieb hartnäckig, deshalb hat er es mir geschenkt.« Schiffer drehte sich zu Fanny um. »Wahrscheinlich, weil meine Mutter nur wenige Wochen vorher im Kindbett gestorben war und meine kleine Schwester mit ihr. Wir hatten viel gemeinsam, das Fohlen und ich.«

»Das tut mir leid.«

»So ist das Leben.« Er schnalzte mit der Zunge. »Mir ist durchaus bewusst, dass wir gewisse Dinge tun müssen, um zu überleben, aber ...«

Wie oft musste sie es denn noch sagen? »Nichts und niemand zwingt mich zu irgendwas. Im Gegenteil!«

»Sie tun es freiwillig?«

Fanny wischte die Tränen mit einer trotzigen Geste fort. »Was auch immer Sie mir unterstellen, es ist nicht wahr. Ich habe ja noch nicht einmal einen Mann ...«, geküsst, wollte sie sagen, »geschweige denn ...«

»Wieso stolzieren Sie dann in einem solchen Aufzug«, er ließ den Zeigefinger einmal auf und ab fahren, »die Maximilianstraße entlang, machen mit obszönen Gesten auf sich aufmerksam und stecken den Männern Ihre Karte zu?«

»Obszöne Gesten?«

»Wie Sie sich bewegt haben, die geträllerten Liedchen, der spitze Schrei, das Herumdrehen im Kreis?«

Wenn Fanny jetzt so darüber nachdachte … »Aber ich hatte ja keine Ahnung!«

»Dafür sah es aber recht professionell aus, und die flanierenden Herren haben die Nachricht sehr wohl verstanden. Wie gesagt, ich bin kein Depp!«

»Das ist alles ein riesengroßes Missverständnis. Es war nie meine Absicht«, das Wort Freier ging ihr einfach nicht über die Lippen, »Männer anzulocken. Ich wollte mich nur ein wenig vergnügen.«

»Vergnügen? Na ja. Das ist dann wohl Ansichtssache, was als Vergnügen durchgeht und was nicht.«

Langsam wurde Fanny wütend. »Vielleicht sollten Sie besser die Herren verhaften, die auf derlei Vergnügungen aus sind?« Sie dachte an den Mann mit dem hohen Zylinder, der so penetrant nach ihrer Karte verlangt hatte, obwohl er mit seiner Gattin unterwegs gewesen war. »Liegt das Verbrechen nicht eher bei denjenigen, die solche Dienste erfragen und dafür bezahlen?«

»Das sind ja mal ganz wunderliche Anschauungen«, erwiderte Ferdinand Schiffer schroff, errötete aber bis unter die Haarspitzen. »So weit kommt's noch! Und jetzt vorwärts, die Mannschaft kehrt jeden Augenblick vom Mittagessen zurück. Wir müssen gehen.«

»Was, wenn ich mich weigere?«

»Dann bleiben Sie eben hier.« Er drängte sich an ihr vorbei, hängte die Abschlusskette ein und nahm den Weg zurück, den sie gekommen waren.

Fanny schlüpfte unter der Kette durch und sah ihm hinterher. Erst als sie den Schlüssel im Schloss ratschen hörte, rannte sie los.

»Ach! Auf einmal laufen Sie mir nach wie ein gut dressiertes Hündchen«, merkte er an, als sie sich an ihm vorbei durch das Tor zwängte.

»Habe ich denn eine Wahl?«

»Nein.«

»Und jetzt bringen Sie mich wohl auf die Wache?«, fragte Fanny, als sie wieder draußen auf der Straße standen.

»Wenn Sie darauf bestehen.«

Die Erleichterung schoss ihr in alle Glieder, sie packte Ferdinand Schiffer am Ärmel seines Mantels und zwang ihn, sich zu ihr umzudrehen. »Danke. Tausend Dank.«

»Weil heute Heiligabend ist, will ich mal beide Augen zudrücken, aber wehe, ich erwische Sie noch einmal in Ausübung …«

Wenigstens sprach er nicht weiter, Fanny sandte ein Dankgebet gen Himmel. »Ich bin unschuldig. Wirklich.«

»Das durchschnittliche Strafmaß für unerlaubte Prostitution liegt bei sieben Tagen Gefängnis. Außerdem gehen die Kosten des Verfahrens zu Lasten der Angeklagten.«

»Ich …«

»Im fortgesetzten Wiederholungsfall drohen die Ausweisung aus München oder zwei Jahre Arbeitshaus.« Er rückte den Kragen seiner Uniform zurecht. »Nur damit Sie Bescheid wissen.«

»Ich schwöre bei allem, was mir heilig ist, dass ich nichts dergleichen getan habe. Meinetwegen auf das neugeborene Jesuskindlein.«

Er schob den Helm tiefer ins Gesicht. »Na, wenn das so ist, muss ich Ihnen wohl glauben.«

Erleichtert nahm Fanny beide Hände vor die Brust und machte einen kleinen Knicks. »Danke. Vielen Dank. Ich wünsche Ihnen von Herzen, dass Ihre Pechmarie wieder gesund wird.«

Als sie hochsah, lächelte er, und ein eigenartiger Schwindel erfasste Fanny. Wie von selbst stellte sie sich auf die Zehenspitzen und hauchte Ferdinand Schiffer einen Kuss auf die Wange. Seine Bartstoppeln brannten wie feine Nadelstiche auf ihren Lippen, und ihre Knie zitterten wie Espenlaub, als sie ihm frohe Weihnachten wünschte. Dann lief sie davon.

 **Königsplatzviertel**

am Spätnachmittag desselben Tages | Wohnung der Familie von Ranke, Sophienstraße 3/II

Lulu beugte sich zu ihrer Lieblingsschwester Sissy hinüber. »Sie bauen an die Hauptfront des Rathauses auf voller Länge Arkaden, auch an den bereits fertigen Teil«, flüsterte sie. »Außerdem soll ein achtzig Meter hoher Turm errichtet werden, nur ein paar Meter westlich von der Mariensäule, mit einer Uhr und mechanischen Figuren. Das wird den Leuten gefallen, meinst du nicht?« Sie hatte in der Zeitung darüber gelesen und letzte Woche nach einem Spaziergang über den Viktualienmarkt extra einen Abstecher zum Marienplatz gemacht, um beim Abriss der alten Häuser zuzusehen. »Fast sechs Millionen Mark wird die Chose kosten.«

Sissy verdrehte die Augen, legte einen Finger auf die Lippen und deutete mit einem Nicken an, dass sie nun besser dem Vater lauschten, dessen alljährliche kleine Ansprache zwischen Kirchgang und Bescherung im Hause von Ranke sich dem Ende zuneigte.

Beim Gedanken an den Herrn Papa flammte das mulmige Gefühl in Lulus Magen sofort wieder auf, doch zum Glück war Weihnachten, zum Glück waren einige der Geschwister mit ihren Familien bereits im Haus gewesen, als er aus dem Spital heimgekehrt war, und zum Glück hatten sie nur kurze Zeit später zum Gottesdienst aufbrechen müssen. Das väterliche Levitenlesen musste warten, mindestens bis nach Silvester, denn in den Tagen zwischen den Jahren standen so viele Besuche bei und von Verwandten und Freunden an, dass Lulu normalerweise schier daran verzweifelte. Heute aber war sie ausnahmsweise froh darüber.

Ihr Blick glitt über den festlich geschmückten Tannenbaum. Obwohl Lulus Schwestern und Brüder fast alle schon verheiratet waren und sie selbst ebenfalls in wenigen Jahren das Erwachsenenalter erreichen würde, zelebrierte Mutter die weihnachtlichen Traditionen geradezu liturgisch. Nicht nur für die Enkelkinder. Vor allem auch für Lulu. Das Wunschzettelschreiben, die große Weihnachtsbäckerei, die gemeinsamen Adventsnachmittage, an denen die Frauen der Familie zusammenkamen, um eine ganze Armada an handgemachten und gekauften Geschenken für wohltätige Zwecke zu verpacken, außerdem die Nikolausfeier, das Schmücken des Baumes und das Aufstellen der Krippe.

Ehe der Vater in den bayerischen erblichen Adelsstand erhoben worden war, hatten sie nach dem Vorbild des Königshauses jedes Jahr an Heiligabend einen schlichten Hausgottesdienst abgehalten, inzwischen waren sogar die Kirchgänge um die Feiertage von der allerhöchsten Bestimmung Seiner Königlichen Hoheit des Prinzregenten abhängig.

Allerhöchste königliche, allerhöchste väterliche Bestimmung. Pah! Irgendjemand schrieb Lulu immer vor, was sie zu tun, zu mögen oder zu träumen hatte, und wenn Papa sie tatsächlich mit diesem Grafen verlobte, dann würde das auch in Zukunft kein Ende nehmen.

»Meinst du, mein Wunsch geht in Erfüllung?« Sie lehnte den Kopf an Sissys Schulter. »Ich war bislang immer bescheiden …«

Die ältere Schwester japste nach Luft und musste die Hand vor den Mund schlagen, um ein Lachen zu unterdrücken. »Bescheiden nennst du das? Mutter hat dich von klein auf nach Strich und Faden verwöhnt, du hast immer mehr Geschenke bekommen als wir anderen zusammen, und Papa war viel nachsichtiger mit dir als mit uns.«

»Nachsichtiger? Papa?«

Bei ihrer Geburt war Lulus älteste Schwester Amy, eigentlich Amalie, zweiundzwanzig, der jüngste Bruder Robert Ludwig sieben und ihre Mutter fünfzig Jahre alt gewesen. *Sieh an, das leibhaftige medizinische Wunder*, hatte ein Gast des Hauses Lulu einmal begrüßt, als sie noch sehr klein gewesen war und das Kindermädchen es versäumt hatte, sie rechtzeitig hinaufzubringen. Obwohl sie damals nicht wirklich verstand, was gemeint war, begleitete sie seither wie ein Schatten das diffuse Gefühl, dass etwas mit ihr nicht stimmte. Trotzdem hatte sich Lulu am Alter ihrer Eltern nie ernsthaft gestört, bis sich im vergangenen Frühjahr bei einem Sonntagsspaziergang im Englischen Garten ein entgegenkommender Flaneur als ein alter Schulfreund des Vaters entpuppte und den Liebreiz der Enkelin pries. Lulu wollte den Irrtum korrigieren, doch ihr Vater hielt sie mit einem scharfen Blick davon ab. Die Situation – oder besser gesagt sie – war ihm überaus peinlich gewesen.

»Dieses Jahr muss du dich auf eine Enttäuschung einstellen. Du kennst die Regeln lange genug.«

Ja, Lulu kannte die Regeln. Um die Kinder Bescheidenheit zu lehren, durften die Geschenke auf den Wunschzetteln nur so groß sein, dass sie unter dem Baum Platz fanden. Lulu war ohnehin das einzige der Ranke-Kinder, das noch einen solchen Brief an das Christkind schrieb – der Mutter zuliebe –, und sie hatte sich bisher immer an die Regeln gehalten. Nur dieses Jahr nicht, denn sie brauchte unbedingt ein Velozipied, aber wenn nicht einmal König Otto von Bayern als kleiner Prinz ein Pferd bekommen hatte, nur weil ein solches nicht unter den Baum passte, dann standen die Chancen für ein Fahrrad wohl schlecht.

»Stimmt es, was man sich auf der Straße erzählt, Schwesterchen?« Robert Ludwig, den alle nur Ludwig nannten, zwängte sich zwischen die Schwestern und gab jeder von ihnen einen Kuss auf die Wange.

»Es hat also bereits die Runde gemacht?« Sie wandte den Kopf und sah die Geschwister an.

»Was denkst du denn? Deine Eskapaden erheitern die Familie, seit du auf der Welt bist«, neckte Ludwig sie und ließ sich von einem seiner Neffen in Beschlag nehmen.

»Wieso nur kann Mutter nichts für sich behalten?«, beschwerte sich Lulu.

»Sie musste ihrem Ärger eben Luft machen, als sie von der Bescherung im Spital nach Hause kam, aber ...«

»Aber was?«

»Sie war auch ein bisschen stolz auf dich, glaube ich.«

»Stolz?« Das kam Lulu nun doch sehr abwegig vor, denn die Mutter war das genaue Gegenteil von ihr. Stets tadellos in der Erscheinung, sie handelte nie unbedacht, widersprach dem Vater nur selten – und einer Königlichen Hoheit schon dreimal nicht. Wenn Lulu jetzt darüber nachdachte, hatte sich die Mutter noch nie über irgendetwas beschwert. Sie verstand ihren Willen auf subtile Art durchzusetzen, stets diskret. In einer Gangart, die Lulu absolut nicht beherrschte.

»Um noch mal auf deinen Wunschzettel zurückzukommen«, wechselte Sissy das Thema. »Diese Werbeannonce beizulegen war kein kluger Schachzug. Das hat Papa am meisten erzürnt.«

Die Anzeige, auf die Sissy anspielte, stammte aus *Die Radlerin*. Jemand hatte das Sportblatt in der Tram liegen lassen, und Lulu hatte während der Fahrt kaum den Blick von der Frau in den knielangen Pumphosen abwenden können, die in Siegerpose vor einem Opel-Rad ihre schicke Kappe lüpfte.

Lulu hatte die Zeitschrift geradezu verschlungen. München gehörte weltweit zu den Vorreiterstädten, was das Radfahren anging, und auch die Frauen waren stetig auf dem Vormarsch. Lulu musste unbedingt eine von ihnen werden. Schon bei der bloßen Vorstellung spürte sie den Fahrtwind im Gesicht, witterte sie Freiheit und Abenteuer. Aber nun hatte diese dumme Annonce alles verdorben. Natürlich würde der Vater ihr erst recht nicht erlauben, dass sie auf ein Veloziped stieg, wenn er annehmen musste, dass sie dies in Bloomers tat, denn von Hosen für die Dame hielt der Herr Papa rein gar nichts – nicht einmal beim Sport.

Wie dumm! Lulu hätte sich ohrfeigen können. Enttäuscht ging sie ins Wohnzimmer hinüber, steuerte die Ecke mit ihrem Faulenzerstuhl an und ließ sich äußerst undamenhaft hineinfallen. Was Schwester Rosalia ihr hinter vorgehaltener Hand über das in der Kinderklinik gestrandete Fräulein Elsa erzählt hatte, verdarb ihr ebenfalls die Weihnachtsstimmung. Die junge Frau wollte sich doch nicht wirklich etwas antun, nur weil sie heim zur Mutter musste und ihre Wünsche nicht in Erfüllung gingen? Würde sie selbst so weit gehen? Nein, keinesfalls. Lulu liebte das Leben – im Großen und Ganzen jedenfalls –, aber Elsa hatte auf der Straße so verzweifelt ausgesehen, dass man es fast ...

Wie von der Tarantel gestochen fuhr Lulu auf. Heiligabend einsam in einer Kammer zu verbringen heiterte Elsa ganz bestimmt nicht auf, im Gegenteil. Niemals hätte sie die verzweifelte junge Frau in einem solchen Zustand allein zurückzulassen dürfen, das war grob fahr…

»Was ist dir denn über die Leber gelaufen?«

Nicht auch das noch! Auf die stets bissigen Kommentare ihres Bruders Friedrich, den alle nur Fred nannten, konnte sie gut und gerne verzichten.

»Wie ich höre, fühlst du dich zu Höherem berufen.«

Sie schloss die Augen und drückte Daumen und Mittelfinger auf die Lider.

»Du möchtest das Leben an der Alma Mater genießen? Stimmt das?«

»Mir geht es keineswegs darum, an der Universität Zerstreuung zu finden, so wie du. Ich möchte etwas lernen.«

»Aber Frauen können nicht wissenschaftlich denken und arbeiten.« Der Bruder klopfte Lulu gegen die Stirn. »Dazu fehlt ihnen der Grips.«

»Lass das!« Sie hätte seine Hand am liebsten weggeschlagen. »Wie hätten wir auch wissenschaftlich zu denken und zu arbeiten lernen sollen, wenn man uns in der höheren Töchterschule nichts als Sprachen, Kunst, Musik, Handarbeiten und Kochen beibringt?«

Fred hob die Schultern. »Alles Fertigkeiten, die dir als Gattin und Herrin eines Haushaltes von größtem Nutzen sein werden.«

Unaufhaltsam stiegen Lulu Tränen der Wut und der Hilflosigkeit in die Augen. Ihr ältester Bruder wusste zielsicher, wo er sie treffen konnte, und leider machte er häufig von dieser Gabe Gebrauch.

»Über die gottgewollte Ordnung kannst nicht einmal du dich hinwegsetzen, Luieschen.«

Sie hasste es, wenn er sie so nannte.

»Die anatomische und naturwissenschaftliche Forschung hat schon vor Jahren bewiesen, dass das Weib in seiner ganzen Organisation einen verminderten Entwicklungsgrad hat und das weibliche Gehirn dem eines Kindes ähnlicher ist als dem des Mannes. Falls doch einmal eine Frau die Willenskraft aufbringt, das Studium der Medizin zu absolvieren, und man sie lässt, so ist sie spätestens für die Ausübung des Berufes in körperlicher und geistiger Hinsicht völlig ungeeignet. Ich fürchte gar, ihr Frauenzimmer würdet dem Berufsstand des Arztes Schaden zufügen.«

Lulu richtete sich auf. »Wir sind ja einiges von dir gewohnt, aber dass du solch hinterwäldlerische Reden schwingst, hätte nicht einmal ich dir zugetraut.« Sie kannte den Bruder gut, trotzdem überraschte sein dummes Geschwätz sie. »In Frankreich, in der Schweiz, in Russland, fast überall auf der Welt hat man längst erkannt, dass wir Frauen unterschätzt werden. Nur das Kaiserreich hinkt noch immer hinterher. Doch das wird sich ändern, sei gewiss!« Lulus Zuversicht war längst nicht so groß, wie sie den Bruder glauben lassen wollte.

»Wie du meinst, Luieschen, träum dir die Welt, wie sie dir gefällt.« Fred lachte. »Für die Zulassung an einer Universität ist allerdings immer noch eine bestandene Reifeprüfung Voraussetzung, und wenn ich richtig informiert bin, fehlt dir eine solche.«

»Dieses Versäumnis hole ich bald nach. Verlass dich drauf!«

»Wie denn, wenn ich fragen darf?«

»In Berlin gibt es bereits private Gymnasialkurse für Mädchen, schon vor zwei Jahren haben dort die ersten sechs Frauen als Externe die Reifeprüfung abgelegt, und in München wird es auch bald so weit sein.«

»Und wenn nicht?«

»Dann gehe ich eben nach Karlsruhe ans erste deutsche Mädchengymnasium. In Baden hat man schon vor fünf Jahren verstanden, dass man uns Frauen nicht auf ewig kleinhalten und ausschließen kann.«

»Ausschluss? Kleinhalten? So nennst du das?« Fred überschlug sich schier vor Amüsement. »Es mag ein paar wenige Ausnahmen geben, Frauen, die es in Sachen Verstandesleistung durchaus mit einem Mann aufzunehmen vermögen, aber es wäre wahrlich töricht, von der Ausnahme eine Regel abzuleiten. Das ist Unsinn. Davon abgesehen ...«

»Was?«

»Es sind immer die hässlicheren Vertreterinnen des weiblichen Geschlechtes, die krampfhaft in die den Männern vorbehaltenen Bereiche des Lebens drängen, und das hast du, liebes Schwesterlein, weiß Gott nicht nötig.«

Er musterte sie wohlwollend. Das brachte Lulu erst recht auf die Palme.

»Dieser Eberhard Graf von Königsberg darf sich wirklich glücklich schätzen, wenn er dich zur Frau bekommt. Vorausgesetzt, Mutter schafft es, dir noch etwas Anstand und Demut beizubringen, und dein Zukünftiger ist Manns genug, dich an die Kandare zu nehmen. Aber das sollte dank seiner militärischen Laufbahn kein Problem sein.«

Lulu hatte genug gehört, sie stand auf und wollte gehen, doch in diesem Moment kam Luise von Ranke freudestrahlend auf ihre Kinder zu.

»Hier seid ihr!« Sie küsste Fred auf die Wange und überreichte ihm ein kleines Geschenk. »Ich hoffe, es bereitet dir Freude, mein Lieber.«

»Gewiss, Mama, im Erfüllen von Wünschen bist du unübertroffen. Nur Lulu kommt dieses Jahr nicht ganz auf ihre Kosten, wie ich höre. Stimmt das?« Er kniff die kleine Schwester brüderlich in die Wange, deutete sogar ein Küsschen an und versteckte seine Schadenfreude hinter einem perfekten Lächeln.

Lulu sah ihrer Mutter das schlechte Gewissen an. Es stimmte also. Der letzte Funke Hoffnung erlosch. Als sich Fred entschuldigte, um dem Vater von seinen Erfolgen an der Universität zu berichten – wie er betonte –, kullerte Lulu eine erste Träne über den Lidrand.

»Nicht doch, mein Kind! Heute ist kein Tag für Traurigkeit.« Die Mutter schloss ihre Jüngste fest in die Arme, fasste sie am Kinn und zwang sie, ihr in die Augen zu sehen. »Was sage ich immer?«

Lulu wollte sich wegdrehen, in Luft auflösen. Es stimmte ja, sie war unersättlich. Sie war undankbar und …

»Sag es! Geduld und …«

»… Liebe überwinden alles.«

»Das ist mein Mädchen.« Nach einem raschen Blick über die Schulter hakte sich Luise von Ranke bei ihrer Tochter ein und dirigierte sie hinüber ins Esszimmer. Dort nahm sie die große Zinnkanne vom Bord der umlaufenden halbhohen Holzpaneele und griff hinein. »Für dich, mein Spatz.«

Der Größe nach zu urteilen war es irgendein Schnickschnack für ihr jüngst neu eingerichtetes Fräuleinzimmer. Wenig euphorisch löste Lulu das Band von dem liebevoll verpackten Präsent.

»Geschwind!«, trieb ihre Mutter sie zur Eile an. »Bevor dein Vater noch auf die Idee kommt, nach uns zu sehen.«

Als Lulu das Papier endlich abzog, blieb ihr kurz das Herz stehen. Ungläubig sah sie ihre Mutter an. »Ein Standard-Cyclometer?«

»Modell drei.« Luise von Ranke tippte auf das Schild. »Nach meinen Erkundigungen das beliebteste Modell bei den Rad fahrenden Damen. Ich habe es extra von Arnd und Filius aus Frankfurt per Kurier kommen lassen, weil in München niemand ein solches vorrätig hatte.«

»Aber was soll ich …?«

Der Zeigefinger der Mutter erhob sich mahnend, duldete kein Meckern. »Man montiert es an das Veloziped, um die gefahrenen Kilometer zu zählen. Dieses hier geht bis zehntausend.«

Na wunderbar! Lulu drehte an dem seitlichen Rädchen. »Soll ich es mit dem Finger antreiben?«

»Du Dummerchen!« Mutter zog ein Blatt Papier aus der Verpackung, das Lulu bislang übersehen hatte, und faltete es auseinander.

Fahrschule Friedrich Link, stand da. *Anfängerkurse speziell für Damen.*

Klinikviertel

kurz vor elf Uhr am Abend | Kammer im Souterrain, Kinderspital, Lindwurmstraße 4

Elsa schrak aus dem Halbschlaf hoch. Schlich da jemand durch die Gänge? Die Geräusche hier im Haus waren ihr unheimlich, alles war neu und ungewohnt. Sie hielt den Atem an, drehte sich zum Nachtkästchen, griff nach der Armbanduhr. Fast zwölf. Die verzerrten Rechtecke, die der Mond durch das Gitter des Souterrainfensters an die kahlen Wände warf, sahen gespenstisch aus. Elsa kroch die Angst in den Nacken. Wieso nur hatte sie zugestimmt? Sie hätte bei einer der städtischen Wärmestuben oder im

Obdachlosenasyl unterschlüpfen sollen, anstatt sich hier einzunisten wie eine Laus.

An Heiligabend.

Beim Gedanken, welcher Tag heute war, wurde ihr sofort wieder die Kehle eng, sie drückte die Handballen gegen die leergeweinten Augen. Bestimmt saßen ihre Brüder bereits gähnend mit der Mutter in der Kirchenbank. Ganz gewiss konnte Julius trotz eindringlicher Mahnungen nicht widerstehen, das Emailleschild mit dem Namen Hirschberg um den Nagel zu drehen, bis das Quietschen in den Zahnwurzeln pochte. Und mit absoluter Sicherheit schimpfte die Mutter den jüngsten Bruder deshalb aus – wie jedes Jahr bei der Christmette.

Schritte? Eindeutig! Sie kamen näher. Was in Gottes Namen hatte Elsa sich nur dabei gedacht, ohne die Erlaubnis des Direktors oder der Oberin hier in diesem Kellerloch zu nächtigen? Wenn man sie jetzt erwischte, glaubte doch kein Mensch, dass es nicht ihre Idee gewesen war.

Es klopfte.

Elsas Herz auch. Immer schneller. Wer konnte das sein? Eine Schwester auf dem Weg zum Abort? Drehte die Oberin eine letzte Runde? Hatte sie etwas mitbekommen? Aber alle Ordensfrauen, die nicht im Nachtdienst waren, feierten doch jetzt sicherlich die Christmette? Was, wenn jemand Böses im Schilde führte? Ein Einbrecher? Der wusste, dass um diese Zeit an einem solchen Tag …

Die Klinke wurde nach unten gedrückt. Elsa konnte nicht anders, sie griff nach dem Schlüssel, der auf dem Nachtkästchen lag, und drückte ihn fest gegen die Brust.

Erneut ein Klopfen. Forscher diesmal.

»Elsa? Bist du wach?«

Sie kannte die Stimme.

»Mach auf, ich bin es.«

Was um Himmels willen tat die Tochter des Direktors hier? Um diese Zeit? Wie paralysiert stand Elsa auf, warf sich ihr Cape um die Schultern, versuchte vergeblich mit den Händen ihre strubbeligen Haare zu bändigen und hinkte zur Tür. Ihr Knöchel schmerzte, sie konnte kaum auftreten. Leise legte sie ein Ohr ans Holz.

»Pssst! Elsa! Hörst du mich?«

Sie war es wirklich. Elsa steckte den Schlüssel ins Schloss und öffnete.

»Gott sei Dank, ich dachte schon, ich hätte den Weg umsonst gemacht.« Lulu von Ranke zwängte sich durch den Türspalt, stellte einen Korb auf dem Bett ab und holte eine dick umwickelte Kanne und einen Becher heraus.

Punsch. Elsa schloss die Augen und schnupperte. Sofort begann ihr Magen verräterisch zu knurren. Erst recht als Lulu das Tuch von einer Schüssel zog und darunter Husarenkrapfen, Zimtsterne und Lebkuchen zum Vorschein kamen.

»Greif zu. Du musst völlig ausgehungert sein.«

»Ich ... aber ... was ...?« Elsa holte zweimal tief Luft, ehe sie einen vernünftigen Satz herausbrachte. »Was tun Sie denn hier? Ganz allein, mitten in der Nacht?«

»Du. Wir sollten du sagen, meinst du nicht auch?« Lulu lächelte breit. »Und keine Bange, wenn meine Eltern in die Kutsche steigen, um zur Mette zu fahren, sitze ich schon drin. Keine Sorge, niemand wird bemerken, dass ich weg war. Beim Kutscher Ritthaler habe ich einen Stein im Brett.«

Wohnte sie im Spital? Elsa hatte so viele Fragen, aber Lulu drängte sie, eins von den Plätzchen zu nehmen, also schob sie sich einen Husarenkrapfen in den Mund. Himmlisch.

»Ich bin hergekommen, um dir einen Vorschlag zu machen.«

»Einen Pforschlag?« Elsa war so überrascht, dass sie vergaß zu schlucken.

»Ja. Schwester Rosalia hat mir anvertraut, dass dir etwas schwer auf die Seele drückt und du eigentlich gar nicht nach Hause willst, aber dass du keine Bleibe und auch kein Geld mehr hast. Stimmt das?«

»Ja. Nein.« Elsa senkte den Blick, sie schämte sich. »Es ist ... kompliziert.«

Lulu goss Punsch in den Becher und reichte ihn Elsa. »Weißt du, was Onkel Herzog immer sagt?«

Onkel Herzog? Elsa hatte keine Ahnung, wer das sein könnte. Sie schüttelte den Kopf.

»Woher solltest du auch.« Lulu verdrehte über ihre eigene Dummheit die Augen. »Er sagt: *Wenn sich eine Tür schließt, öffnet sich eine neue.*«

Auch Elsa hätte fast die Augen verdreht. Schlaue Sprüche hatte sie seit dem Tod des Vaters genug gehört. Sie nippte an dem Punsch, um sich eine Antwort zu ersparen.

»Was ich damit sagen will«, fuhr Lulu unbeirrt fort, »du musst nicht heimreisen, wenn du nicht möchtest. Es fehlt eine Krankenwärterin im Spital, du könntest also auf Probe hierbleiben. Wie gefällt dir die Idee?«

Elsa blieb der Mund offen stehen. »Ich soll als Krankenwärterin arbeiten?«

Lulu zuckte mit den Schultern. »Natürlich muss der gestauchte Knöchel erst ausheilen, doch dann ...«

»Ähm, ich weiß nicht. Das kommt etwas ...«

»... überraschend. Natürlich.«

Zu Elsas Erstaunen nahm Lulu ihre Hände und drückte sie, als wären sie die besten Freundinnen.

»Überleg es dir. Morgen früh komme ich vorbei, um dich unbemerkt aus diesem Gefängnis herauszuholen«, sie zeigte auf die Gitter an der Wand, »dann sehen wir weiter.«

Und weg war sie. Wie eine Sternschnuppe, die verglüht, ehe man ganz sicher sein kann, dass man sie wirklich gesehen hat. Elsa rieb sich die Augen. War es ein Traum? Nein. Der Korb stand neben ihr, sie konnte das feine Gebäck und den Punsch riechen und schmeckte noch die Süße im Mund.

Aber Wärterin in der Königlichen Universitäts-Kinderklinik in München? Bettpfannen leeren und Böden schrubben? Nicht gerade das Ziel ihrer Träume. Trotzdem eine Zuflucht. Ein Ausweg. Boden unter den Füßen.

Als um Punkt elf die ersten Mettenglocken ihre Klangfolgen über die in stiller Festtagsruhe liegende Stadt hinwegschickten, ging Elsa zum Fenster und öffnete es. Die Christnacht war, wie sie sein sollte, trocken und kalt, und das Geläut entzündete sogar in Elsa einen Funken Festtagsstimmung, ließ ein bisschen Hoffnung in ihr Herz einziehen. Vielleicht öffnete sich tatsächlich eine neue Tür für sie. Eine, hinter der nicht der nächste Schrecken wartete. Schlimmer konnte es ohnehin nicht mehr werden.

# Universitätsviertel

gegen zehn Uhr am Abend | Wohnung der
Geschwister Paintner, Amalienstraße 13/II

Fanny stand in ihrer Kammer am Fenster und sah auf die Straße hinunter. Vis à vis im *Café Stefanie* drängten sich die Gäste dicht an dicht. Studenten, Maler, Schriftsteller. Auch aus dem Ausland. Russen, Ungarn, Balkanslawen. *Ein Haufen Schlawiner*, würde Fannys Vater sagen. *Pass bloß auf!*

Langsam fuhr sie sich mit dem Daumen über die Lippen. Dieser Gendarm ging ihr einfach nicht mehr aus dem Kopf. Ob Pechmarie in ein paar Tagen wieder mit ihm auf Patrouille gehen durfte? Fanny hoffte es, denn die Sorge Schiffers um sein Dienstpferd hatte sie sehr berührt. Sie hätte gerne gewusst, wie es um die Stute stand, und hielt deshalb seit dieser unglückseligen Begegnung an Heiligabend ständig Ausschau nach Ferdl, wie sie Schiffer insgeheim nannte. Mit ihren Einkäufen war sie vom Viktualienmarkt sogar ein paarmal vor seinem Dienstlokal im Tal auf und ab gelaufen, bis ihr das Stolzieren auf der Maximilianstraße und die peinlichen Missverständnisse danach wieder in den Sinn gekommen waren.

»Ich dumme Gans.«

Sie öffnete einen Flügel des Fensters. Kalte Winterluft strömte herein, mit ihr Stimmen und Heiterkeit, denn allmählich verlegte sich das Treiben im *Café Größenwahn*, wie die Leute das *Stefanie* auch nannten, hinaus auf die Straße. Die Schwabinger Bohème gab sich wieder einmal die Klinke in die Hand. Niemand wollte etwas verpassen, alle mussten sie mittendrin sein. Da unten pulsierte das Leben.

Heute, an Silvester, störte Fanny sich nicht groß daran – im Gegenteil –, aber wenn die notorischen Trunkenbolde sie mehrmals pro Woche zu fortgeschrittener Stunde aus dem Schlaf grölten, hätte sie ihnen liebend gerne sämtliche Nachttöpfe der Stadt vor die Füße geschleudert.

Wieso hatte ihr Bruder ausgerechnet an der Ecke Amalien-/Theresienstraße eine Wohnung anmieten müssen? In direkter Nachbarschaft zu einem der wenigen Lokale in München, die bis drei Uhr morgens geöffnet sein durften. Fanny brauchte ihren Schlaf dringend, denn sie arbeitete von früh bis spät, kochte, putzte, nähte, übersetzte. Manchmal bis ihr die Augen zufielen.

Die Klänge einer Handharmonika ertönten, eine helle Frauenstimme setzte ein. Fanny lehnte sich über das Sims, stützte das Gesicht in die Hände und beobachtete, wie die ersten Paare zusammenfanden.

Der Rhythmus der Musik und das Klacken der Absätze auf dem Pflaster steckten an, Fanny wiegte den Kopf im Takt. Bald würden die Glocken läuten und die Gläser klingen. Sollte sie hinuntergehen und mitfeiern? Sie kannte zwar niemanden, aber …

Ferner Hufschlag drang an ihr Ohr, versetzte ihr Herz sofort in helle Aufregung. Konnte das Ferdl Schiffer sein? Ihre Adresse hatte er aufgeschrieben. Direkt nach ihrer Festnahme vor dem Haunerschen Kinderspital. Und nach dem Abstecher in die Schwere-Reiter-Kaserne hatte er sie angelächelt. Eindeutig.

Der Hufschlag kam näher.

Nein. Es war unmöglich.

Fanny stellte sich auf die Zehenspitzen, beugte sich so weit hinaus, wie es ging, hörte ein zweites Pferd und das Rumpeln von Rädern. Nur ein Fiaker. Die Enttäuschung ließ sie auf die Fersen zurückkippen. Das Gespann hielt direkt vor dem Café, und ein stattlicher, gut gekleideter Mann sprang heraus. Ihr Bruder Anton!

Er verbeugte sich vor der feiernden Meute, verteilte reihum – wie ein König Almosen an die Armen – einige grüßende Worte, entriss eine junge Frau den Händen ihres Tanzpartners, wirbelte sie ein paarmal im Kreis herum und ging dann zum Kutscher, um ihn zu bezahlen.

Jetzt hätte Fanny am liebsten wirklich einen Nachttopf auf die Straße geschleudert. Für die Fahrt zahlte der Bruder, wenn er direkt vom Bahnhof kam, zwei Mark, plus zwanzig Pfennige Wartegeld. Die Beleuchtung kostete nachts zehn Pfennige extra, ab zehn Uhr sogar die doppelte Taxe. Die Tram am Tage oder wenigstens ein Einspänner hätte es auch getan.

Fanny biss die Zähne zusammen. Anton warf das Geld zum Fenster hinaus. So war es immer. Womöglich hatte er mit Änny, die noch im Sitz verharrte, irgendwo fürstlich zu Abend gespeist, wohingegen sie sich über die Feiertage von Buchweizengrütze und Brot ernährt hatte, um die Haushaltskasse zu schonen.

Am liebsten hätte sie den Bruder auf der Stelle erwürgt. Erst recht als sie die vielen Koffer sah, die er gerade abstellte. Noch mal zwanzig Pfennige pro Stück! Formvollendet verbeugte er sich, öffnete den Schlag und bot Fräulein Geissler-Lee, die sich graziös aus ihrem Sitz erhob und nun ihrerseits – als wäre sie die Königin von Pisa – winkte und Luftküsschen verteilte, die Hand.

Klatschten die Leute wirklich Beifall? Für dieses Frauenzimmer? Wenn stimmte, was Schutzmann Schiffer behauptete, dann … Fanny hatte zwar ein Weilchen gebraucht, bis ihr aufgegangen war, was mit *stadtbekannt* gemeint war, aber … Sie sah heute wieder umwerfend aus.

»Schau nur, deine kleine Schwester!« Änny winkte herauf.

Fanny schlug sich den Ellbogen an der Kommode blutig und fiel über den Frisiertisch, als sie sich vom Fenster abstieß und zurückwich. Auf keinen Fall wollte sie den Jahreswechsel in Gesellschaft dieses Frauenzimmers begehen. Und auch nicht mit ihrem Bruder. Diesem verräterischen Scheusal.

Klinikviertel

zur selben Zeit | Kinderspital, Lindwurmstraße 4

Elsas Arme schmerzten. Seit den frühen Abendstunden trug sie die gut ein Jahr alte Clara durch das Isolierzimmer. Der Atem des Kindes ging pfeifend, es war unruhig und ängstlich, und der stetig austretende Dampf aus dem Bronchitiskessel verschaffte ihr kaum noch Linderung.

Behutsam befühlte Elsa die Stirn des Mädchens. Die Kleine war vollkommen erschöpft, der Kopf lag schwer an ihrer Schulter. Hoffentlich kam Schwester Rosalia bald zurück.

Vorsichtig setzte Elsa sich an den Tisch, rückte die Patientin auf dem Schoß zurecht und strich mit einem Löffel warmen Wassers ganz sacht an den verkrusteten Lippen entlang. Keine Reaktion. Nicht die geringste. Elsa ließ die Hand sinken, prüfte den Sitz des Halswickels. Anfänglich hatten die feuchten Umschläge dem Kind das Atmen noch erleichtert, aber jetzt kam es ihr vor, als würden die Tücher alles nur noch schlimmer machen. Sie nahm sie ab, versuchte Clara ein weiteres Mal etwas Flüssigkeit einzuflößen. Vergebens. Das Wasser lief nutzlos über Kinn und Hals abwärts.

Auch sie selbst war sich in den vergangenen Tagen nutzlos vorgekommen. Sie kannte die meisten medizinischen Begriffe, konnte wissenschaftliche Schriften – sogar in lateinischer und griechischer Sprache – lesen und verstehen, aber wenn es darum ging, die einfachsten Arbeiten in der Küche zu verrichten, kam sie schnell an ihre Grenzen.

Die Barmherzigen Schwestern, von denen sie als Hilfskraft ihre Anweisungen bekam, waren kompetent und gut ausgebildet. Sie wussten genauestens über Kinderkrankenpflege Bescheid, konnten Verbände anlegen, Medizin verabreichen, kochen und die Wäsche machen. Sie sorgten für Sauberkeit und Behaglichkeit und waren in all ihren Aufgaben schier unermüdlich. Elsa wusste oft am frühen Nachmittag schon nicht mehr, wie sie noch ein Bein vor das andere setzen sollte – und das lag nicht an ihrem Fuß, denn der schmerzte längst nicht mehr.

Dabei waren ihre Dienstzeiten viel kürzer als die der Schwestern, die fast rund um die Uhr im Einsatz waren und nur zum Schlafen und während der Gebetszeiten die Hände in den Schoß legten. Sogar Elsas Arbeit als Dienstmädchen war gegen die Schufterei im Spital ein Zuckerschlecken gewesen, und vermutlich lag es auch an der ständigen Überforderung, dass sie zu ungeschickt war, die Bettpfannen gründlich genug zu reinigen, die Laken zu glätten, die Betten ordentlich zu machen oder das Geschirr sauber zu spülen. Ihr fielen beim Abtrocknen Tassen aus der Hand, sie zerbrach Milchfläschchen, und wenn einer der Säuglinge weinte, bekam sie Schweißausbrüche und wusste nicht, wie sie ihn beruhigen sollte.

Dass man sie vor knapp zwei Stunden zu diesem Kind ins Separatzimmer zitiert hatte, lag einzig und allein daran, dass einige Schwestern sich im Laufe des Tages eine schlimme Bauchgrippe eingefangen hatten und die verbliebenen mit der Versorgung der

Kranken nicht hinterherkamen. Außerdem waren die Vorkehrungen zum Betreten von Isolierstationen und -zimmern besonders zeitaufwendig. Elsa hatte die Kleine eigentlich nur auf den Arm nehmen und ein bisschen herumtragen sollen, um ihr das Atmen zu erleichtern, doch die Sache gefiel ihr ganz und gar nicht.

Die Tür ging auf, und endlich fädelte Schwester Rosalia ihre Flügelhaube durch den Türspalt. »Doktor Wittmann wird erst in zwei Stunden von seiner Silvestergesellschaft zurückerwartet, aber Doktor Wollenweber müsste jede Sekunde hier sein. Er kleidet sich nur noch schnell an«, flüsterte sie.

Es ging auf Mitternacht zu, trotzdem sollte der diensthabende Arzt jederzeit einsatzfähig sein – auch an Silvester. Das Mädchen wurde von Minute zu Minute schwächer, Elsa hatte kein gutes Gefühl, und die Stimme ihres Vaters drang mahnend an ihr Ohr: *Wenn du zu der Überzeugung gelangst, dass die operative Behebung der Atemnot bei einer Kehlkopfdiphtherie unausweichlich wird, dann warte nicht bis zur völligen Erschöpfung. Tu es!*

Elsa wusste bis heute nicht, ob die sonntäglichen Hausbesuche ihres Vaters bei den armen Leuten rund um Heitersheim allein von wohlfährtiger Veranlassung getrieben gewesen waren oder um der Tochter Gelegenheit zu geben, praktische Erfahrungen zu sammeln.

»Sieh nur, wie blass sie ist.« Elsa fuhr mit den Fingern über Claras Stirn, zeigte Schwester Rosalia die anhaftende Nässe und zog dann vorsichtig das Kinn der Kleinen nach unten. »Auch die Schleimhäute.«

»Aber sie wurde erst am Morgen hergebracht, mit leichten Symptomen. Direktor von Ranke hat die Verabreichung des Behring'schen Heilserums höchstpersönlich überwacht. Clara ist ein Schützling der Comtesse von Pocci. Die Behandlung ist frühzeitig erfolgt, die Dosis letalis war noch nicht erreicht, die Aussichten sind gut.«

»Das mag ja alles stimmen, auf dem Papier, aber schau sie dir an!« Elsa wusste, dass Ausdehnung und Dicke des Belages in Rachen und Kehlkopf bis zu achtundvierzig Stunden nach der Serumgabe zunehmen konnten, außerdem hing es immer auch von der individuellen Reaktionsart des Gewebes ab. »Sie bekommt kaum Luft.«

»Hätte Doktor Wittmann geahnt, dass sich ihr Zustand so rapide verschlechtert, hätte er das Krankenhaus niemals für eine Silvesterfeierlichkeit verlassen«, verteidigte Schwester Rosalia den verantwortlichen Arzt.

Elsa war dem vom Königlichen Kriegsministerium an die Kinderklinik abkommandierten Oberarzt bislang nur einmal über den Weg gelaufen. Er war ihr nicht sonderlich sympathisch gewesen, seine Abwesenheit konnte sie ihm dennoch kaum als leichtfertig anlasten, der Assistenzarzt war schließlich im Haus. Trotzdem. Die Sterblichkeit bei Kruppverläufen war bei Säuglingen und Kleinkindern besonders hoch.

Ein neuerlicher Hustenanfall schüttelte Claras schmalen Körper. Es hörte und hörte nicht auf, Elsa konnte es kaum ertragen. Dann – von einer Sekunde zur nächsten – sank der Kopf der Kleinen schwer und schlapp gegen ihre Schulter. Elsa legte eine Hand auf Claras Rücken.

»Der Doktor wird jeden Moment hier sein«, versuchte Schwester Rosalia sie zu beruhigen.

Elsa hörte gar nicht zu. Sank Claras Atemfrequenz? Sie horchte. Eindeutig! »Ihre Lippen werden blau.«

Nun kam Schwester Rosalia doch ins Zimmer, packte die dünnen Ärmchen und bewegte sie nach oben und unten. »Atme, Kindchen, atme!«

»Ihr fallen die Augen zu. Sie schläft ein!« Elsa begann, alle möglichen Laute von sich zu geben, wiederholte Claras Namen, lauter und lauter, rüttelte, rubbelte, aber nichts konnte das Mädchen zum Atmen animieren. Erst als sie ihm in den Oberarm kniff, machte es die Augen auf – nur um sie gleich wieder zu schließen.

»Wir müssen sie ins Behandlungszimmer bringen und alles für eine Intubation vorbereiten.«

Schwester Rosalia zögerte einen kurzen Moment, dann legte sie Clara eine leichte Decke über den Kopf und öffnete die Tür. »Komm mit.«

Direkt vor dem Behandlungszimmer der Isolierstation liefen die drei Oberin Amalberga in die Arme.

»Was wird das, wenn ich fragen darf?«

»Die Kleine muss intubiert werden. Sofort!«, erklärte Elsa, ohne groß darüber nachzudenken.

»Hat Doktor Wollenweber das angeordnet?« Die Oberin zog Clara die Decke vom Kopf und hob das Kittelchen an, um nach Einziehungen am Rippenbogen zu sehen.

»Noch nicht, aber sobald er angekleidet ist und sieht, in welchem Zustand sich die Patientin befindet, wird er es tun.« Für Elsa gab es keinen Zweifel. »Ich hoffe nur, dass es dann nicht schon zu spät ist.«

Schwester Rosalia sog scharf die Luft ein und senkte ohne ein Wort den Blick.

»Sie sind also nicht nur in häuslichen Dingen ungeschickt, Ihnen fehlt es offenbar auch an Demut und Zurückhaltung«, bemerkte die Oberin spitz, während sie einen Spatel aus der Schürzentasche zog und Clara in den Mund sah. »Sie bringen das Kind sofort zurück ins Isolierzimmer und bleiben dort, bis der diensthabende Arzt eine Entscheidung getroffen hat.«

»Aber …«

»Keine Widerrede, Wärterin Elsa. Wenn Sie hier eine Zukunft haben wollen, müssen Sie die Regeln und Vorschriften in diesem Haus befolgen.« Die Oberin schlug die leichte Decke über Claras verschwitzten Schopf und wandte sich an Schwester Rosalia. »Und Sie hätten diesen Unsinn von vorneherein verhindern müssen, es ist unverantwortlich mit kontagiösen Patienten durch die Gänge zu laufen.«

Clara regte sich, ihre Augen wurden größer und größer, dann fuhren ihre Fingerchen zum Hals, sie versuchte zu atmen, doch es gelang ihr nicht. Nicht nach Sekunden, nicht nach einer halben Minute.

Oberin Amalberga riss die Tür zum OP-Raum auf und packte Elsa am Arm. »Schnell! Den Doktor. Holen Sie ihn!«

»Aber ich weiß nicht, wo …«

»Dann Sie, Schwester Rosalia, und kommen Sie mir nicht noch einmal ohne ihn zurück. Meinetwegen zerren Sie ihn im Schlafkittel hierher.«

Resolut schob die Oberin Elsa mit dem Kind auf dem Arm ins Zimmer, drückte sie auf einen Stuhl, nahm Intubationsbesteck und Leintuch aus dem Oberschrank und legte Letzteres um die Schultern des Kindes. »Wickeln Sie sie fest ein und halten Sie sie gut fest.«

Inzwischen schlug Clara panisch um sich und stieß sich mit den Beinen von Elsas Schoß ab, es war schier unmöglich, sie zu fixieren. In den Augen des Kindes glomm eine solche Angst, dass Elsa fast die Nerven verlor, doch als Oberin Amalberga mit dem Mundspreizer direkt vor Claras Gesicht hantierte, fasste Elsa fester zu, zurrte und zerrte und presste das Kind gegen ihre Brust.

Geschickt schob die Oberin den Mundöffner zwischen Claras Zähne und nahm das Griffstück aus dem Bestecketui. Kurz ließ sie den Zeigefinger über den verschieden großen Tuben kreisen, wählte die drittkleinste und schraubte sie mit dem dafür vorgesehenen Mandarin auf den Griff.

Das panische Wehren unter dem Leintuch ließ allmählich nach, der Kinderkörper wurde schlaffer. Oberin Amalberga starrte zur Tür, als könne sie dadurch den Arzt herbeizaubern. Es verstrichen weitere wertvolle Sekunden, bis sie einen kehligen Laut ausstieß, einen seidenen Faden nahm und ein langes Stück davon abschnitt. Sie legte ihn in die Vertiefung des Wulstes am oberen Ende des Tubus und wickelte ihn einmal um den Mandarin, um ihn schließlich mit dem Zeigefinger der rechten Hand an einem Haken am Handgriff festzuhalten, während sie mit den übrigen Fingern den Intubator umschloss.

»Kopf überstrecken!«

Elsa wusste, sie durfte jetzt nicht zimperlich sein. Sie hatten nur einen Versuch. Claras Atemaussetzer dauerte schon viel zu lange. Die Zeit rann ihnen durch die Finger wie Sand.

Äußerlich vollkommen ruhig tastete sich Schwester Amalberga bis zum Kehlkopfeingang vor. Elsa schloss die Augen, schickte ein Stoßgebet gen Himmel und ihre ganze Kraft in den Körper des Kindes. Sie wusste, dass die Schwester mit der rechten Hand nun den Tubus nachführte, um ihn vorsichtig in den Kehlkopf einzuschieben, ihn genau zum richtigen Zeitpunkt vom Griff zu lösen und gleichzeitig den Intubator herauszuziehen.

Einige bange Sekunden verstrichen, dann – endlich – war ein metallenes Atemgeräusch zu vernehmen.

»Gott sei Dank.« Elsa hatte nicht mehr damit gerechnet, dass Clara ihre Lunge noch einmal füllen würde.

Sofort kehrte etwas Farbe in das Kindergesicht zurück, doch Oberin Amalberga sah keineswegs zufrieden aus.

»Das ist nicht gut. Gar nicht gut. Auf die Intubation folgt gewöhnlich ein heftiger Hustenreiz mit Auswurf von Schleim, eitrigem Sekret und Membranen. Die Kinder erbrechen sich, würgen viel hoch. Das ist notwendig, damit die Atmung freier wird.« Oberin Amalberga klopfte der kleinen Patientin auf den Rücken. »Das Kind war bereits viel zu erschöpft. Sie hatten recht. Wir haben zu lange …«

Die Tür flog auf, und Schwester Rosalia stürmte herein. Sie brauchte einige Sekunden, um die Situation zu erfassen. »Der Herr Doktor ist unpässlich«, sagte sie tonlos. »Als ich an seine Tür geklopft habe, erbrach er sich gerade auf den Fußboden. Er sagte, er sei krank, aber ich habe die Branntweinflasche auf seinem …«

»Genug!«, unterbrach die Oberin sie scharf. »Schicken Sie sofort jemanden in die Sophienstraße. Soweit ich weiß, sind die Herren Professoren von Ranke und Herzog dort zu einer Silvestergesellschaft versammelt. Einer von beiden muss sofort herkommen. Es geht um Leben und Tod.«

Königsplatzviertel

zur selben Stunde | Silvestergesellschaft im Hause von Ranke, Sophienstraße 3/II

Lulus Zeigefinger schlug in der flachen, mit Wasser gefüllten Schale sanfte Wellen.

»*Allez, allez, allez!*«, feuerte sie ihre Jollen an, aber sie musste aufpassen, der Punsch stieg ihr zu Kopf, und eine widerspenstige rote Strähne sprang ihr immer wieder ins Gesicht. Sie durfte nicht übermütig werden, denn wenn eines der Schiffchen kenterte oder ein Wassertropfen die Flammen löschte, war das Spiel vorbei.

Behutsam bewegte sie den Finger noch ein klein wenig schneller, trieb damit die mit Wachs und Docht gefüllten Nussschalen jedoch nur weiter auseinander, also ruckelte sie – auch wenn man es ihr bestimmt als ein verbotenes *corriger la fortune* ankreiden würde – mit der Hüfte ganz sacht gegen die Tischkante, bis ihre Schiffchen endlich auf Kollisionskurs gingen.

»Gleich küssen sie sich«, rief Lulus Freundin Ida Herzog aus, die von ihrem mit geblümter Seide überzogenen Sessel aufsprang und in die Hände klatschte. Ihre Wangen waren wie Apfelbäckchen gerötet. »Du weißt hoffentlich, was du dir wünschst.«

Natürlich wusste Lulu das. Seit eine entfernte Verwandte diesen lustigen Silvesterbrauch vor einigen Jahren aus dem Saarland mitgebracht hatte, wünschte sie sich stets dasselbe. Allerdings war das Veloziped in diesem Jahr eine Verlockung, der sie möglicherweise nicht widerstehen konnte.

»Sie kann sich wünschen, was sie will«, meldete sich ihr Bruder Ludwig vom Klavier aus zu Wort. »Sie hat ihrem Glück wie immer unerlaubt auf die Sprünge geholfen, also zählt es nicht.«

»Luise braucht kein Silvester-Orakel, sicherlich wird ein Ehemann in Zukunft für ihr Glück sorgen.« Hardy lächelte Lulu über den Tisch hinweg zu. »Meine Nussschalen haben sich berührt, und da ich zu hoffen wage, dass mein Wunsch in Erfüllung geht … Na ja. Derlei Aberglaube ist mir ohnehin zuwider. *Fortis fortuna adiuvat.* Den Tüchtigen hilft das Glück. Daran halte ich mich.«

Ida schlug die Hand vor den Mund und lachte glucksend. »*Fortis fortuna adiuvat*«, rief sie aus und hob ihr Glas. »Schön gesprochen, Hardy. Bravo!«

Die versammelten, hübsch herausgeputzten jungen Herrschaften, die um den Spieltisch standen, stießen an, und Lulu hätte ihrer Freundin am liebsten den Kragen umgedreht. Also ruckelte sie erst recht gegen den Tisch – ihre Schiffchen würden jede Sekunde kollidieren, nur noch ein paar Millimeter –, doch dann geschah das Unglück: Eine kleine Wasserfontäne stieg hoch, platschte auf die Nussschalen und ließ sie über Bug sinken.

»*Sacredieu!*« Mit beiden Fäusten schlug Lulu auf den Tisch und diesmal war es keine kleine Fontäne, die aus der Schüssel schwappte, sondern eine Sturzflut, die sich über die feine Spitzendecke und die Teppiche ergoss.

»Lulu!«

Luise von Ranke, die mit einer Freundin auf einer Chauseuse vor dem Fenster saß und ihr die neuen Pertienness zeigte, die auf halber Höhe an den Scheiben hingen, stand auf. Sie winkte das Dienstmädchen herbei und kam zielstrebig auf die Tochter zu, doch Ida Herzog hakte sich schnell bei Lulu ein und zog sie vom Tisch fort, ehe Hardy oder die gestrenge Mutter sie erreichten.

»Du hast es ruiniert. Wie immer«, flüsterte sie lachend.

Ob Ida damit die unleidige, erst seit Kurzem im Raum stehende Verlobung meinte oder ihren Neujahrswunsch? Egal. Hardy verdarb Lulu die Laune, wann immer sie ihm begegnete, und die Eltern sorgten in letzter Zeit häufig dafür, dass sich ihre Wege kreuzten, obwohl sie ihrer Mutter schon tausendmal gesagt hatte, dass …

»Ich an deiner Stelle würde ihn nehmen.« Ida blieb stehen, drehte sich blitzschnell um und warf Hardy eine Kusshand zu. »Sieh doch, wie schneidig er in seiner Uniform aussieht. Und er ist so nett.« Sie seufzte schwer und presste beide Hände gegen ihre Brust.

Lulu schob die Freundin vorwärts, nicht dass sich Hardy am Ende eingeladen fühlte, ihnen zu folgen.

Im Herrenzimmer, das an Silvester nicht nur den Männern vorbehalten war, amüsierten sich einige Damen beim Bleigießen.

Ida übernahm erneut die Führung und steuerte die Ecke mit den alkoholischen Getränken an. »Erzähl mir die Geschichte noch einmal ganz genau.«

»Welche Geschichte?« Lulu schöpfte Punsch in zwei der bunten Gläser, die nur an Silvester hervorgeholt wurden. Sie liebte das Farbenspiel im Schliff, wenn man sie gegen das Licht hielt.

»Du weißt schon, die Kollision vor dem Spital, als die Prinzessin an Heiligabend zu Besuch war.«

»Aber das habe ich dir doch schon in aller Ausführlichkeit erzählt.« Fasziniert drehte Lulu das Glas vor dem Kerzenleuchter hin und her.

»Diese Fanny Paintner, was genau hatte sie an? Meinst du wirklich, sie ist eine ...«

Da fiel Lulu ein, was sie Ida unbedingt noch mitteilen wollte. »Das andere Mädchen, Elsa, sie arbeitet jetzt als Hilfskraft im Spital.«

»Wirklich? Wie hast du das denn hinbekommen?«

Lulu deutete ein leichtes Nicken zur Seite an, wo sich die Herren nur wenige Schritte entfernt unterhielten und ihre schweren Cognac-Gläser schwenkten. »Dein Vater hat bei der neuen Oberin ein gutes Wort für sie eingelegt.«

»Papa?« Ida schüttelte ungläubig den Kopf. »Wenn er mir nur genauso brav aus der Hand fressen würde wie dir.«

»Der neuen Oberin passt dieses Arrangement allerdings überhaupt nicht. Wäre sie nicht erst seit November im Kinderspital, hätte sie sich diese Einmischung niemals gefallen lassen.«

»Weil?«, fragte Ida nach.

»Weil es einzig und allein der Vorsteherin obliegt, das Hilfspersonal auszuwählen.«

»Und wieso setzt du dich so für diese Elsa ein?«
Lulu zuckte mit den Schultern. »Sie hat mir leidgetan.«
»Verletzte Tiere ins Haus schleppen, sich um die Schwachen kümmern, Heilsarmee spielen. Du konntest kaum laufen, da hast du all das schon getan.«
»Woher willst du das wissen?« Lulu hob fragend die Brauen.

Die Freundinnen waren gleich alt, kannten sich aber erst seit Professor Herzog 1891 Oberarzt der Chirurgischen Abteilung im Haunerschen Kinderspital geworden war.

»Deine Mutter hat es meiner und sie hat es Vater erzählt, der dir diese verträumte Warmherzigkeit wie einen weiteren Orden ans Revers geheftet hat. Du weißt ja, er betet dich an.«

Idas schnippisch vorgetragene Eifersucht war gespielt, aber es stimmte: Professor Herzog hatte eine viel zu hohe Meinung von Lulu und konnte ihr kaum einen Wunsch abschlagen, und umgekehrt war es genauso. Für Lulu war er der beste Pädiater im Kaiserreich, wenn nicht sogar auf der ganzen Welt. Im Gegensatz zu vielen anderen Ärzten behandelte er seine Patienten niemals wie seelenlose Anschauungsobjekte, die nur dazu dienten, die Wissenschaft voranzubringen. Er hatte ein mitfühlendes Herz für die Nöte und Leiden kranker Kinder und leitete seine Abteilung – für deren Ausbau er trotz eines bescheidenen Salärs sogar private Mittel abzwackte – mit wahrer Liebe. Seit Anfang des Jahres hatte er endlich auch Titel und Rang eines außerordentlichen Professors für Kinderchirurgie an der Universität München inne. Er war Lulus großes Vorbild, sie wollte sein wie er.

Herzog stand hinter dem großen Sofa, auf dem Lulus Vater und einige andere Männern saßen und sich unterhielten. Lulu pirschte sich näher heran, auch weil Hardy gerade durch die Tür kam und schon wieder Ausschau hielt.

»Erinnern Sie sich an den Bericht über die Immunisationskraft des Diphtherieantitoxins in der Medizinischen Wochenschrift?«

Professor Escherichs markante Stimme hätte Lulu unter hunderten erkannt. Er war einst der erste Assistent ihres Vaters gewesen und hatte schon damals fortwährend an seinem Schnurrbart herumgezwirbelt.

»Durchaus«, antworte Lulus Vater gerade und bedachte seine Tochter mit einem mürrischen Blick. »In New York wurden bei drei in Waisenhäusern ausgebrochenen Diphtherieepidemien ...« Weiter kam er nicht.

Lulus Mutter betrat das Herrenzimmer und eilte auf die Männerrunde zu. »Verzeiht die Störung«, sagte sie, und Lulu wappnete sich bereits für die Zurechtweisung, die sicherlich folgen würde. Doch zu ihrer Überraschung beugte sich Luise von Ranke zum Ohr ihres Gatten. »Es geht um den Schützling der Comtesse von Pocci. Das Kind musste intubiert werden, aber die Behandlung war wohl nicht erfolgreich. Du sollst kommen.«

Lulu horchte auf.

»Doktor Wollenweber wird wissen, was zu tun ist.« Ranke hob die Brauen und zog seine Uhr aus der Brusttasche.

»Es gehe um Leben und Tod, sagte man mir.«

»Ich kann hinfahren«, bot sich Professor Herzog an. »Es wäre doch ein Jammer, wenn der Herr des Hauses die Gesellschaft vor seinen Gästen verlassen müsste.«

Lulus Mutter nickte dem chirurgischen Oberarzt ihres Mannes dankbar zu. »Was täten wir nur ohne Sie, mein lieber Wilhelm.«

Herzog verbeugte sich galant und eilte hinaus, nahm an der Tür Mantel, Stock und Zylinder entgegen und stieg in die bereitstehende Kutsche. Niemand außer Ida bemerkte, dass Lulu über den Dienstboteneingang ebenfalls das Haus verließ.

Die Erleichterung in Schwester Amalbergas Zügen war nicht zu übersehen, als die Tür zum Operationszimmer aufging. Genauso wenig die kurze Irritation darüber, dass der Leiter der Chirurgie um kurz vor Mitternacht mit der aufgetakelten Tochter des Direktors hier erschien.

Lulu wunderte sich, dass Elsa auch da war, gerade strich sie der kleinen Patientin beruhigend über die Stirn. Sie nickte ihr zu und bekam ein kleines Lächeln zurück.

»Wahrscheinlich ist eine losgelöste Membran im Tubus stecken geblieben und hat das Lumen verlegt. Das Kind hat zwar nach einem extremen Brech-Husten-Akt etwas von der Membran herausgewürgt, aber …«

»Wo ist Wollenweber?« Herzog bürstete in der bereitstehenden Schüssel sorgfältig Hände und Fingernägel.

»Indisponiert.«

»Und die Intubation?«

Oberin Amalberga blieb die Antwort schuldig, und Herzog sah reihum nichts als niedergeschlagene Lider.

»Für die Chloroformnarkose ist alles vorbereitet?«

»Natürlich.«

Sein Blick glitt über die medizinischen Instrumente. Er prüfte deren Vollständigkeit, wusste Lulu, die noch damit beschäftigt war, sich einen Mundschutz umzubinden. Lautlos benannte sie jedes einzelne: großer und kleiner Wundhaken, Pinzette, ein- und doppelzinkige Haken, Knopfmesser, Kanülen in verschiedenen Größen und das Skalpell. Wie nannte Herzog diesen speziellen Typus gleich noch mal?

»Spitzbistouri«, verlangte er auch schon danach, und Oberin Amalberga legte es ihm in die Hand.

Lulu presste sich gegen den Schrank in ihrem Rücken, um niemandem im Weg zu stehen. Sie staunte immer wieder über die

Abläufe bei solchen Operationen. Jeder Handgriff, jede Bewegung, jedes Wort löste eine Reaktion aus. Als wäre es ein einstudiertes Stück im Theater. Schwester Rosalia schob der kleinen Clara eine Rolle in den Nacken, die Oberin tropfte Chloroform auf die Maske und näherte sie langsam dem Gesicht des Kindes. Nach wenigen Atemzügen hörte alles Regen und Bewegen auf, und Herzog setzte den Schnitt, beginnend auf Höhe des unteren Randes des …

Lulu schloss die Augen. Warum fielen ihr diese vermaledeiten lateinischen Begriffe nie ein! Wie hieß der Schildknorpel noch gleich? Sie schnippte lautlos mit den Fingern, es lag ihr auf der Zunge, so ähnlich wie … wie … *calligula tyrannus*. Nein, kein wahnsinniger Gewaltherrscher, sondern …

Schwester Rosalia fasste mit den Wundhaken Haut und Unterhautgewebe und hielt sie auseinander, Professor Herzog durchtrennte die Faszie und präparierte nun stumpf in die Tiefe, um keine Venen zu verletzen.

»Ich hoffe, sie kommt durch.«

Elsa war unbemerkt neben Lulu getreten. »Das hoffe ich auch.« Die hellbraunen, ausgefransten Kränze in Elsas riesigen blassblauen Augen waren ihr bislang nicht aufgefallen.

»Dein Vater erlaubt, dass du an Silvester bei operativen Eingriffen an kontagiösen Patienten zusiehst?«

Lulu zuckte mit den Schultern, als wäre es das Selbstverständlichste der Welt, dabei durfte Papa auf keinen Fall davon erfahren. Denn das würde nicht nur sie Kopf und Kragen kosten, sondern auch Ida, die Lulus Abwesenheit deckte, und Professor Herzog, der wie immer viel zu schnell kapituliert hatte, als Lulu hinter ihm in die Kutsche gesprungen war.

Der Vater wahrte nach außen den Schein, wenn es um Professor Herzog ging, deshalb die Einladung zur Silvestergesellschaft, aber es war allseits bekannt, dass der Direktor der Universitätskinderklinik den Leiter der chirurgischen Abteilung nicht sonderlich schätzte. Von Ranke vermisste an Herzog die nötige Ellbogenmentalität, er war für seinen Geschmack viel zu wenig Karrierist. Auch schlug der Leiter der Chirurgie – im Gegensatz zu Lulus Vater und den meisten anderen renommierten Ärzten – im Umgang mit Krankenhauspersonal, Studenten und jungen Ärzten einen ausgesprochen kollegialen Ton an, was von Ranke ihm als weitere Schwäche auslegte.

Elsa faltete die Hände zum Gebet und murmelte vor sich hin. Lulu machte einen Schritt zur Seite, um mitzuverfolgen, wie Herzog nach dem Freilegen der Trachea den Schnitt in die vordere Luftröhrenwand setzte. Sofort zischte Luft hindurch.

»Gott sei Dank!«, entfuhr es ihr.

Schwester Rosalia führte zwei Haken in die kleine Lücke ein, um die vordere Luftröhrenwand von der hinteren abzuheben und für Professor Herzog den Weg freizumachen, den Tubus mit der Pinzette zu greifen und zusammen mit der daran haftenden röhrenförmigen Membran herauszuziehen.

»Du willst Medizin studieren?«, fragte Elsa leise.

»Die Schwestern machen sich über mich lustig, stimmt's?«

»Nein. Soweit ich es mitbekommen habe, sind es die Assistenzärzte und Doktor Wittmann, die sich vor Amüsement kaum halten können.«

Oberarzt Dr. Wittmann. Natürlich! Das wunderte Lulu nicht, aber war da nicht auch ein spöttischer Unterton in Elsas Stimme gewesen? Machte sie, die zusammen mit dem Vater selbst große Pläne gehegt hatte, sich am Ende ebenfalls lustig?

Professor Herzog wischte sich die Hände an der OP-Schürze ab und blickte in die Runde. Etwas zu lange blieb er an Schwester Amalberga hängen, deren Schürze ähnliche Verunreinigungen aufwies wie seine eigene. Auf seiner Stirn erschien eine steile Falte, die Lulu noch nie an ihm gesehen hatte.

»Die Sekretion wird reichlich sein, die innere Kanüle muss vermutlich halbstündlich gewechselt werden. Wer übernimmt das?«

Schwester Rosalia hob die Faust an den Mund, um ein Gähnen zu unterdrücken, und entschuldigte sich sogleich dafür.

»Vier Schwestern sind heute Nachmittag krank geworden, aus dem Mutterhaus kommt erst morgen früh Ersatz, deshalb ist die Nachtschicht leider dünn besetzt«, sagte Oberin Amalberga, während sie Clara einen Latz zum Schutz der Haut umband. »Ich werde selbst bei ihr bleiben.«

»Das kommt nicht in Frage, werte Frau Oberin«, widersprach Professor Herzog. »Zufällig weiß ich, dass Sie seit mehr als vierundzwanzig Stunden auf den Beinen sind, und im Gegensatz zu mir müssen Sie morgen früh ausgeschlafen und hellwach für Wohl und Wehe dieses Hauses sorgen.«

Lulu musste lächeln. Eine Strähne von Herzogs mäßig grauem, für seine knapp fünfzig Jahre noch dichtem Haar, das er meist streng nach hinten gekämmt trug, fiel ihm in die Stirn. Er warf sie mit der für ihn typischen Kopfbewegung zurück, doch der Übermut von früher fehlte. Seit dem Tod seiner Frau umgab ihn stets ein Hauch von Melancholie – und er war so gut wie rund um die Uhr im Krankenhaus. Vermutlich war er froh, die Neujahrsnacht und den darauffolgenden Morgen nicht allein zu Hause verbringen zu müssen, denn Ida schlief meist lange und erinnerte ihn als Ebenbild der Mutter zu schmerzlich an das, was er verloren hatte. Gerade an solchen Tagen.

»Wärterin Elsa wird mich unterstützen.« Er drehte sich so, dass die Schwestern sein Gesicht nicht sahen, und zwinkerte Lulu und Elsa zu.

»Aber die Hilfskräfte werden nicht in der Krankenpflege einge…«

»Manchmal muss man von den Vorschriften abweichen.«

»Aber …«

»Weil die Umstände es erfordern.«

Oberin Amalberga schloss den Mund. Lulu meinte, eine leichte Röte über ihre Wangen kriechen zu sehen. Warum nur?

»Natürlich bleibt es Ihnen überlassen, aber ich meine, wir haben es hier ausnahmsweise einmal mit einer jungen Wärterin zu tun, die lesen und schreiben kann und ein ausgesprochenes Gespür für die Krankenpflege besitzt. Solche Talente sollten wir nicht brachliegen lassen, schon aus ökonomischen Gründen.«

Fast entschlüpfte Lulu ein Kichern, und Elsa berührte mit den Fingern ganz leicht ihre Hand.

Als die Oberin und Schwester Rosalia in den Nebenraum gingen, um die kontaminierten Schürzen zu wechseln und sich die Hände zu waschen, hob Professor Herzog Clara in seine Arme und nickte Lulu und Elsa zu, ihm zu folgen.

Im Isolierzimmer angekommen, legte er das Mädchen zurück in sein Bettchen, das mit Leintüchern zu einem Dampfzelt umgebaut war, und Elsa setzte den Bronchitiskessel erneut in Gang. Clara schlug kurz die Augen auf, schlief aber sofort wieder ein.

»Lasst uns hoffen, dass sie keine Lungenentzündung bekommt.« Herzog kontrollierte ein letztes Mal die Vitalzeichen des Kindes und ging zur Tür. »Ich bin gleich zurück, mir ist danach, Wollenweber ein gutes neues Jahr zu wünschen. Wenn ich wieder da bin, wirst du dich gründlich waschen und nach Hause fahren, verstanden?«

Lulu nickte. Nachdem Herzog weg war, wurde es still im Raum. Für einige Minuten konzentrierten sich die beiden jungen Frauen auf das nicht ganz regelmäßige Luftziehen des Kindes.

»Stell dir vor, die Oberin hat sie intubiert.«

»Wie bitte?« Lulu war fassungslos, als Elsa ihr alles erzählte. »Du meine Güte.«

»Ein Arzt hätte es nicht besser machen können. Definitiv hat Oberin Amalbergas beherztes Eingreifen Clara das Leben gerettet.«

Lulu wusste, dass gerade die erfahrenen und besonders versierten Barmherzigen Schwestern ab und an sehr um Beherrschung ringen mussten, wenn so manch untalentierter junger Arzt unbeholfen an den Kindern herumdokterte. Trotzdem.

Elsa nestelte an den Ärmeln der Überziehschürze. »Ich bin dir noch einen Dank schuldig.«

»Wofür? Etwa den Punsch?«, neckte Lulu sie.

»Für das alles«, sagte Elsa ernst und umfasste das Krankenzimmer, ihre Schürze und die kleine Patientin mit einer ausladenden Handbewegung. »Du hast dich für mich eingesetzt, obwohl du mich gar nicht kennst. Wieso?«

Lulu zuckte mit den Schultern. Ida hatte schon recht. Seit sie klein war, versuchte sie immerzu anderen zu helfen. Es war wie ein angeborener Reflex – schwer zu unterdrücken.

»Ich finde es übrigens sehr mutig.«

Lulu stutzte. »Hierherzukommen? Obwohl mein Vater es mir niemals erlauben würde?«

»Das auch.« Elsa lächelte. »Zu versuchen, gegen seinen Willen deinen Traum zu verwirklichen und Medizin zu studieren.«

Lulu seufzte. Wenigstens hatte Professor Herzog, der wie alle anderen bislang nichts von ihrem Wunsch gewusst hatte, in den Tagen zwischen den Jahren nicht versucht, es ihr auszureden, obwohl er ihr Problem mit den Fachbegriffen kannte. Allerdings hatte er sie mit mehr Nachdruck als sonst daran erinnert, dass sie irgendwie zu einem Reifezeugnis kommen musste und ein solches nicht erlangen konnte, ohne Latein und Griechisch zu beherrschen. Wie hatte er es noch mal formuliert? *Genauigkeit bei der Wahl medizinischer Fachbegriffe ist im klinischen und ambulanten Alltag mitunter lebensentscheidend. Deshalb gilt der korrekte Gebrauch der lateinischen und griechischen Sprachregeln zu Recht als Gütezeichen einer umfassenden ärztlichen Ausbildung.*

Sie ließ sich auf einen Stuhl fallen. »Mein Traum wird niemals wahr werden.«

»Dann sind wir schon zu zweit.«

»Mit dem Unterschied, dass du Medizin studieren könntest, wenn man dich lassen würde und deine Mutter dir die vom Vater versprochene finanzielle Unterstützung auszahlen würde. Du erfüllst alle Voraussetzungen, ich dagegen bin viel zu dumm dafür. Ich kann mir ja nicht einmal die Fachbegriffe merken, auch wenn man sie mir tausendmal vorsagt.«

Elsa wandte sich abrupt zu Lulu um und schüttelte energisch den Kopf. »Nicht doch! Ich hatte damit anfangs auch so meine Schwierigkeiten, aber es gibt ein paar Tricks und Eselsbrücken. Ich kann dir helfen. Das ist das Mindeste, was ich für dich tun kann.«

Universitätsviertel

Mitternacht | Wohnung Geschwister Paintner, Amalienstraße 13/II

Fanny hob die Rechte, als hielte sie ein Glas in der Hand. »Prosit Neujahr«, sagte sie, ließ sich aufs Bett fallen und zog sich das

Plumeau über den Kopf, damit sie die Jubelrufe, das Neujahrsgeläut und die Sektkorken nicht hören musste.

Seit ihrem halben Rückwärtssalto hatte sie nicht mehr gewagt, aus dem Fenster zu schauen, und da sie nicht schlafen konnte und sonst auch nichts Rechtes mit sich anzufangen wusste, hatte sie erst ihr winziges Zimmer und dann den Rest der Wohnung blitzblank geputzt.

Wenigstens fühlte sie sich nun schwer und ausgelaugt und konnte bestimmt bald einschlafen, auch wenn die Lustwandler auf den Straßen bis zum Morgengrauen feiern würden.

Sie verschränkte die Arme hinter dem Kopf und gähnte. Was das neue Jahr wohl für sie bereithielt? Fanny zermarterte sich eine Weile den Kopf, aber ihr fiel – mal abgesehen von diesem berittenen Schutzmann, der andauernd durch ihre Gedanken spukte – nichts ein.

Traurig war das. Sehr traurig sogar. Ihr wurden das Herz und die Lider schwer, und gerade als sie drauf und dran war einzuschlafen, flog die Tür auf.

»Mein liebes Fannylein«, lallte ihr Bruder und schleifte das Fräulein Schauspielerin hinter sich her. »Ein frohes neues Jahr, wünschen wir dir.« Er setzte sich auf die Bettkante, zog Änny auf seinen Schoß und legte ein kleines Geschenk auf die Zudecke.

Schlaftrunken rieb Fanny sich die Augen.

»Mutter hat mir dein Christkindl mitgegeben. Sie war sehr traurig, dass du verhindert warst.«

»Dass ich verhindert war?« Fanny stemmte sich hoch. Antons Worte klangen, als hätte sie nicht die Zeit gefunden, über die Feiertage nach Hause zu fahren. »Was hast du ihr denn gesagt, warum ich nicht heimkommen konnte?«

Er winkte ab und warf den Kopf zurück. »Änny hat sie alle im Sturm erobert. Die Mutter, den Vater, sogar unseren Grantler, den Großvater. Von Unteriglbach bis Ortenburg liegen sie ihr zu Füßen. Es war ein Fest.« Er drückte seiner Angebeteten einen Kuss auf die Wange. »Mutter hat jeden Tag Zwetschgenbavesen gemacht, du weißt ja, mein mit Abstand liebstes Schmalzgebäck.« Umständlich pfriemelte er ein Blatt Papier aus der Rocktasche. »Sie hat alles genau aufgeschrieben, damit du sie wenigstens an den Sonntagen für mich backen kannst.«

Nur zu gern hätte Fanny sich die Finger in die Ohren gesteckt oder die ungebetenen Gäste hochkant hinausgeworfen, aber sie wollte nicht gleich in den ersten Minuten des neuen Jahres einen Streit vom Zaun brechen – obwohl ihr Bruder es nicht anders verdient hätte. Also rang sie sich ein Lächeln ab, ignorierte die *stadtbekannte* Schauspielerin auf ihrer Bettkante, nahm das Rezept entgegen und zog das Band von Mutters Geschenk ab.

Das häusliche Glück –
Ein nützliches Hilfsbuch für alle Frauen und Mädchen, die billig und gut haushalten lernen wollen.

Na bravo!

Ihr Bruder verzog schuldbewusst den Mund. »Ich habe wohl hie und da in meinen Briefen erwähnt, dass deine Haushaltsführung in mancherlei Hinsicht zu wünschen übriglässt und wir deshalb ab und an knapp bei Kasse sind.«

War das zu fassen? Fanny wollte Anton erwürgen, schließlich war es seine Schuld, dass ihr Geld nie bis zum Monatsende reichte, doch erneut schluckte sie ihren Ärger herunter. »Und was hat dir das Christkind gebracht?«

»Ach, nichts Besonderes.« Er fasste in die Hosentasche und klappte ein Messer auf.

Fanny blieb der Mund offen stehen. Ein Skalpell mit Schildpattgriff! Es hatte sicher ein kleines Vermögen gekostet. Die Szene in der Stube daheim sah sie klar und deutlich vor sich: den Christbaum, die Eltern mit dem einzigen Sohn, der sich anschickte, Arzt zu werden. Ihr ganzer Stolz. Fanny selbst hatte ihre Eltern auf diese Schnapsidee gebracht, weil sie ihnen ohne Unterlass mit dem Wunsch in den Ohren gelegen hatte, Medizin zu studieren. Schon als Kind hatte sie davon geträumt, Tierarzt zu werden, doch erst als die Frau des benachbarten Doktors gestorben war und die Mutter sie hinschickte, um ihm den Haushalt zu führen, Fanny bald aber ebenso in der Praxis mithelfen musste, wusste sie, dass ihr Herz nicht der Veterinär-, sondern der Humanmedizin gehörte. Nur kam das im Verständnis der Eltern für eine Frau nicht in Frage, nicht einmal als Doktor Schrettenbrunner ein gutes Wort für Fanny einlegte. *Bist narrisch worn, Alois*, hatte der Vater darauf nur den Kopf geschüttelt und dem Nachbarn einen Schnaps eingeschenkt. *Aber fürn Anton wär's vielleicht was. Des tät mir g'fallen. Da Bub, ein Arzt.*

Zähneknirschend nahm Fanny dem Bruder das Operationsmesser aus der Hand.

»Sei vorsichtig. Die Klinge ist scharf. Außerdem hältst du es falsch, du Dummerchen. Gib lieber wieder her, nicht dass du dir noch wehtust.«

»Das wirst du gut gebrauchen können.«

»Wofür?«

»Wofür? Na, für Rückerts Präparierkurs.«

Die praktischen Übungen begleiteten normalerweise von Studienbeginn an die Vorlesungen über Anatomie, da aber im Seziersaal einige dringliche bauliche Maßnahmen anstanden, hatte man sie ausnahmsweise ins zweite Semester verschoben.

»Rückert?«

»Deskriptive Anatomie des Menschen?« Von allen Vorlesungen, die Anton im ersten Semester hörte, hätte Fanny diese am liebsten besucht, wenn man es ihr erlaubt hätte.

»Ach ja, Rückert.« Anton tippte sich an die Stirn. »Ich habe so viele Vorlesungen, da verliert man schnell den Überblick.«

Änny stand auf und zog Anton hoch. »Du gehst zu Vorlesungen?«

»Natürlich. Ich studiere Medizin«, erwiderte er empört.

Die Schauspielerin setzte eine mokante Miene auf und wuschelte Anton durch die nach hinten gekämmte Stirnlocke. »Du studierst das Leben, mein Schöner. Sehr intensiv, so viel ist gewiss.« Sie wandte sich an Fanny. »Kommst du mit hinunter? Niemand sollte an Silvester allein sein.«

Überrascht schwang Fanny die Beine aus dem Bett. »Mit hinunter? Ins *Café Stefanie*?«

Anton ging zur Tür. »Lass sie, Änny. Fanny weiß doch gar nicht, was sie mit den Leuten reden soll. Im *Stefanie* verkehren nur Intellektuelle und Künstler, da passt sie nicht dazu. Sie würde sich dumm vorkommen.«

Änny ignorierte Antons Einwand, sah Fanny stattdessen lange und ernst in die Augen. »Du bist immerzu am Arbeiten und Lesen. Jeder Mensch sollte sich ab und an amüsieren.«

Amüsieren? Schiffers Worte kamen Fanny in den Sinn, trotzdem freute sie sich über das scheinbar ernst gemeinte Angebot, und bestimmt steckte kein Funken Wahrheit in dem, was Schutzmann Ferdl angedeutet hatte. Fanny konnte sich eine solche Verderbtheit einfach nicht vorstellen.

Anton zog seinen Paletot aus und warf ihn aufs Bett. »Er muss gebürstet werden. Morgen Mittag brauche ich ihn. Am Neujahrstag gehört es sich, dass ein Mann seine Liebste angemessen zum Essen ausführt. Du kannst mitkommen, wenn du willst.«

Wie großspurig er daherredete, seit sie in München waren. Außerdem klang seine Einladung stark nach *wenn es unbedingt sein muss* an. Fanny verdrehte die Augen.

»Hör nicht auf ihn.« Änny schob den Bruder aus dem Zimmer. »Bist du nun dabei oder nicht?«

»In diesem Aufzug?«

»Mein Kleiderschrank hat einiges zu bieten, da finden wir sicherlich etwas Passendes für dich. Das geht ruck, zuck.«

Der Kleiderschrank. Du lieber Himmel! »Besser nicht, es ist schon spät.«

»Dann ein andermal?« Änny setzte ein schenantes Lächeln auf und verzog den Mund, etwas das Fanny an ihr noch nie gesehen hatte. »Tut mir übrigens leid wegen der Fahrkarte. Ich wusste nicht, dass Anton sie dir stibitzt hat, zumal mir die enge Weite der Provinz ohnehin nicht guttut. Sie macht mich melancholisch. Ich hätte ablehnen sollen.« In ihre grünen Augen trat ein schelmisches Funkeln. »Sie haben mich behandelt wie eine Gräfin, sie glauben, ich werde ihn heiraten.«

»Und? Wirst du?«

»Wo denkst du hin!« Änny löste die Nadeln aus ihrer Frisur, setzte das Hütchen ab und schüttelte ihre lange schwarze Mähne aus. »Damit ich ihm den Paletot ausbürsten und den Nachttopf leeren darf?« Sie vergewisserte sich kurz, dass Anton nicht noch in Hörweite war. »Und du solltest das auch nicht länger tun. Du bist nicht seine Dienstmagd.«

»Aber dafür bin ich doch hier.«

»Wirklich?«

»Ich führe ihm den Haushalt, bis er heiratet. Wir sind Zwillinge, ich könnte ihn nie im Stich lassen.« Trotz allem liebte sie ihren Bruder innig, und es war ja nicht seine Schuld, dass das Leben für ihn so viel bereithielt und für sie nichts.

»Du rackerst dich für ihn ab, schreibst seine Hausarbeiten, du betest ihm die medizinischen Begriffe vor, bis er sich wenigstens einige davon merken kann, und du liest all seine Fachbücher, in die er selbst nie einen Blick wirft?«

»Was bleibt mir denn anderes übrig?« Fanny zuckte mit den Schultern. Es wunderte sie, dass Änny so gut Bescheid wusste und dass sie scheinbar auf ihrer Seite und nicht auf der ihres Bruders stand.

»Ich wette, du wärst ein viel besserer Student als er.« Die Schauspielerin kam einen Schritt näher und tippte Fanny auf die Brust. »Du solltest Medizin studieren. Du solltest das Skalpell bekommen, auf dich sollten eure Eltern stolz sein! Dein Bruder wird nie Arzt. Er gibt sich viel lieber dem Müßiggang hin, interessiert sich für Kunst, wie es heutzutage in München jedermann tut, will irgendwann zum Militär. Bislang hat er es nur nicht übers Herz gebracht, es euren Eltern zu beichten. Und er hat es damit auch nicht eilig. Ihm gefällt es, wie es gerade ist, denn in kaum einer anderen Stadt wird so viel gefeiert und so wenig gearbeitet wie in München.«

»Aber die Universität, sie werden ihn ausschließen, wenn er ...« Der Gedanke war so ungeheuerlich, dass Fanny nicht weitersprechen konnte. »Glaubst du wirklich, er wirft eine solche Chance einfach weg?«

»Du siehst es als Chance, für ihn ist es eine Qual. Er hat sich zum Medizinstudium drängen lassen, weil er nicht weiß, was er vom Leben will.« Sie lächelte breit. »Das ist eine Eigenschaft, die ich an deinem Bruder liebe. Er ist immer noch übermütig wie ein Welpe.«

Das stimmte. Übermütig und unbedarft. »Du liebst ihn?«

»Auf meine Art, ja.«

»Und du nutzt ihn aus, oder?«

»Nicht mehr als er mich.«

»Wieso führst du ihn dann hinters Licht?«

Ännys Lächeln erstarb. »Wovon sprichst du?«

Fanny holte die Karte aus der Schublade. Ihr Herz klopfte dumpf. »Davon.« Sie war immer Antons Beschützerin gewesen, sie durfte nicht zulassen, dass ihm jemand Leid zufügte.

Die Augen der Schauspielerin verloren jeden Glanz. Sie strich ihre schwarze Mähne über die Schultern und nahm das Kinn hoch. »Ich wusste gleich, dass sich jemand an meinem Kleiderschrank bedient hat.«

»Stimmt es denn?«

»Was? Dass ich Sprechunterricht gebe? Das weißt du doch.«

Der kleine Moment der Unsicherheit war verflogen. Ännys wunderbares Lächeln kehrte in ihr exotisches Gesicht zurück, erreichte aber ihre mandelförmigen Augen nicht mehr. »Du kannst dir jederzeit wieder etwas von mir leihen«, sagte sie einen Hauch zu gut gelaunt. »Nimm dir, was du willst ... auch im Leben!« Ihre Lippen berührten Fannys Stirn. »*Happy New Year, darling.*«

Als die Schauspielerin die Tür hinter sich schloss, setzte Fanny sich an den Frisiertisch und kam sich schäbig vor. Sie mochte Änny, auch wenn sie sich oft über sie geärgert hatte. Sie wäre liebend gerne ihre Freundin gewesen, aber das war unmöglich, wenn stimmte, was Gendarm Schiffer angedeutet hatte.

Am Fenster vorbei schoss eine Sternschnuppe, ein riesiger, hell leuchtender Meteorit. Fanny schlug vor Überraschung beide Hände an die Wangen, die Kehle wurde ihr eng. Wenn sie als Kind eine Sternschnuppe am Himmel entdeckte, hatte sie sich jedes Mal gewünscht, sie könnte in die Haut des Bruders schlüpfen und all das tun, was ihr als Mädchen verwehrt blieb.

Als am nächsten Morgen die ersten Sonnenstrahlen durch das Fenster fielen, griff Fanny Paintner aus Ortenburg nach der Schere, nahm eine dicke Strähne ihres honigblonden langen Haares zwischen die Finger und schnitt sie ab.

Frühjahr 1899

 # Wiesenviertel

26. Februar | Dampftram Einsteigestelle, Arnulfstraße

Lulu schob die zwanzig Pfennige für das Billett aufgeregt im Inneren ihres Handschuhs umher. Sie wollte sie griffbereit haben und dennoch nicht verlieren, denn an der Einsteigestelle der Dampftram an der Nordseite des Centralbahnhofes herrschte ein ziemliches Gedränge. Der lebhafte Wagenverkehr war nichts Neues, aber dass die wärmeren Temperaturen nach diesem langen Winter so viele Münchner hinaus auf die Straßen lockten, damit hätte sie niemals gerechnet.

»Ich wünschte, die Festwiese und die Vergnügungen wären geöffnet und es würden noch Radrennen im Velodrom stattfinden.«

Obwohl um diese Jahreszeit nur die Hauptrestauration geöffnet hatte, wollten Lulu und Ida zum Volksgarten nach Nymphenburg hinausfahren und dort das milde Wetter genießen.

Ida kippte den Schirm zur Seite und streckte das Gesicht unter dem dünnen Schleier ihres Hutes der Sonne entgegen. »Wen interessiert schon das Gestrampel? Viel wichtiger ist doch, dass Pelz und Muff endlich passé sind.« Sie fasste die Freundin am Arm. »Ich brauche dringend neue Promenadentoiletten, nichts passt mehr zusammen und die Schneiderin ...« Sie verdrehte die Augen so, dass ihre Tante, die nur ein paar Schritte entfernt stand, es nicht mitbekam. »Die Frau ist zwar handwerklich eine wahre Meisterin, liefert aber erstens niemals pünktlich und hat zweitens absolut keine Ahnung von Mode.«

Lulus Freundin sah mit den blonden Haaren und der zierlichen Figur sogar in den ältesten Fetzen hinreißend aus. Heute trug sie ein mit Edelweißblüten besticktes Batistkleid mit breitem Kragen und Volants mit durchbrochener Randstickerei über einem seidenen rosa Unterrock. Es gab nirgendwo abgewetzte Stellen oder Flecken, wie sie manchmal nach einem langen, trüben Winter zum Vorschein kamen. Wenn jemand stets tadellos und nach der neuesten Mode gekleidet war, dann Ida.

»Du solltest wirklich besser auf deinen Teint achten«, tadelte die Freundin. »Nie brennt man leichter ein oder riskiert neue Sommersprossen als im Frühling.«

»Sehr witzig.« Lulu knuffte Ida in die Seite. Obwohl ihre Mutter sie als Kind bei Sonnenschein weitgehend im Haus gehalten hatte, bedeckte eine Armee an großen und kleinen Sommersprossen ihr Gesicht, nur Kinn und Stirn waren bislang verschont geblieben. »Außerdem ist es längst noch nicht Frühjahr.«

Ida ignorierte den Einwand, denn alle paar Schritte begegnete sie Bekannten, Verwandten, Freunden, nickte hierhin und dorthin, wechselte ein paar freundliche Worte und schob sich dabei unbemerkt weiter nach vorne in Richtung der Gleise. »Meinst du, wir bekommen überhaupt noch einen Platz?«

Bei diesem Auflauf? Lulu bezweifelte es. Jedes Drängen und Schieben war in der Öffentlichkeit verpönt, dennoch versuchte sie sich mit derselben Grazie nach vorn zu mogeln, wie Ida es tat, denn gerade fuhr bereits ein Dampfzug mit fünf Anhängern ein und entließ seine Fahrgäste auf die Straße. Die Bahnwärter sorgten dafür, dass der Rangierbereich frei blieb, die Lok wurde abgekuppelt, fuhr über die Weiche und wurde am Zugende wieder angekuppelt.

Völlig außer Atem trat endlich auch die Tante neben Lulu und

Ida. »Ein Durcheinander ist das! Wo soll das nur hinführen? Ich kann gut verstehen, dass die Dampftrambahnstrecke wegen Gefährdung des Königlichen Verkehrs von der Nymphenburger Straße in die Blutenburgstraße verlegt werden musste. Dass der Magistrat wider besseres Wissen die Elektrifizierung dennoch so vehement vorantreibt, wird uns alle noch Kopf und Kragen kosten.«

Lulu und Ida wechselten Blicke. Die Tante verteufelte jeden technischen Fortschritt. Wenn es nach ihr ginge, dürfte nicht einmal die Pferdebahn durch München fahren.

Als der Wärter zum Einsteigen aufforderte, zogen zwei junge Herren die Hüte und ließen ihnen mit fast synchronen, etwas geckenhaft wirkenden Verbeugungen den Vortritt.

»Wer ist das?«, fragte Lulu hinter vorgehaltener Hand und steuerte den einzigen offenen Wagen an, weil sie wusste, dass Idas Tante Zugluft nicht gut vertrug und deshalb in einem geschlossenen Anhänger mitfahren würde.

»Man hat uns einander an Weihnachten vorgestellt.« Ida setzte sich neben Lulu, die auf einer der hinteren Bänke entgegen der Fahrtrichtung Platz genommen hatte. »Am Stephanitag, glaube ich. Der große mit der langen Nase heißt Franz Marc und hat mich mit seinem Gerede über die Werke von Friedrich Nietzsche entsetzlich gelangweilt, aber der andere«, Ida zog die Brauen hoch, »war ausgesprochen interessant.«

Erst als das Signal zur Abfahrt ertönte und sich die Tram langsam in Bewegung setzte, sprangen die jungen Männer auf, kassierten dafür eine scharfe Rüge vom Schaffner, blieben aber trotzdem auf der hinteren Plattform stehen – den Freundinnen schräg gegenüber.

Auf dem ersten Streckenabschnitt bis zur Blutenburgstraße herrschte wie üblich Chaos. Erst kollidierte die Tram um ein Haar mit einem hochbeladenen Brückenwagen, dann scheute ein Kutschpferd vor ihrem Tuten und ging durch, und zu guter Letzt musste der Heizer abspringen und einem Velozipedisten auf den Gleisen zu Hilfe eilen, dessen Reifen in der Trambahnklemme stecken geblieben war.

»Er sieht unheimlich gut aus, findest du nicht?« Lulu spürte Idas warmen Atem am Ohr. »Er gehört zur Brauereidynastie Pschorr, und sagte mir, er habe die ständigen Gesellschaften in der Villa auf der Theresienhöhe satt.« Fast angewidert verzog sie den Mund. »Wie um alles in der Welt kann man derlei schillernde Abende satthaben?«

Sogar Lulu wusste, dass die Pschorrs zu den reichsten Familien Münchens gehörten und ein reges Kunstmäzenatentum pflegten. Alles, was Rang und Namen hatte, jeder, der etwas von Kunst, Musik, Theater oder Politik verstand, ging dort ein und aus. Außerdem hatte man den Vorfahren Joseph Pschorr, Erfinder des Münchner Hell und einst größter Brauherr der Stadt, im letzten Jahr, auf Betreiben des Prinzregenten höchstpersönlich, mit der Aufnahme seiner Marmorbüste in die Ruhmeshalle der Bavaria auf der Theresienhöhe gewürdigt. Das wurde durchaus als Paradoxon wahrgenommen, denn Brauer hingen in den heiligen Hallen sonst nicht an den Wänden, sondern ausschließlich Persönlichkeiten aus Kunst und Wissenschaft.

Ein anderer Pschorr hatte dem Kinderspital einmal eine hohe Summe gespendet. Zehntausend Mark, wenn Lulu die Zahl richtig im Kopf hatte. Sie war zwar zu der Zeit noch nicht einmal auf der Welt gewesen, da aber der Vater bei jedem Münchner Hell darauf anstieß und wohl hoffte, dass auch ihm in seiner Zeit als Klinikdirektor einmal eine so großzügige Zuwendung zuteilwürde, war das Haus Pschorr seit Langem mit der Familie von Ranke verbunden – zumindest was die Treue zur Biersorte betraf.

»Er hat sich mir als Thaddy vorgestellt, doch einen Thaddäus Pschorr gibt es im Adressbuch München nur im Glockenbachviertel. Und das kann er nicht sein.«

Das klang tatsächlich interessant. Lulu wagte einen schnellen Blick. Der junge Mann sah nicht aus, als verfüge er über Geld. Er trug auch keinen der sonst üblichen Straßenanzüge, stattdessen saß ein verbeulter Kalabreser schräg auf seinem Kopf, und darunter lugte gelocktes, fast schwarzes Haar hervor. Viel zu lang natürlich. Zumindest das Manschettenhemd erstrahlte in tadellosem Weiß, wenn auch die Hälfte der Knöpfe seiner Weste offen standen. Wie ein ungezähmtes Tier stand er etwas seitlich über die Plattform hinausgeneigt und genoss den Fahrtwind.

»Sie gehen gemeinsam zur Schule und werden im Sommer ihre Reifeprüfung am Luitpold-Gymnasium ablegen. Dieser Franz Marc will Altphilologie oder Theologie studieren, aber was Thaddy mit seinem Leben anfangen will, das hat er nicht gesagt.«

Schlagartig war Lulus Interesse an Idas neuen Bekannten verflogen. »Ich finde, wir sollten auch ein Gymnasium besuchen. Lass uns nach Karlsruhe gehen und dort die Reifeprüfung ablegen.«

Ida drehte sich zu Lulu um, als hätte ihr jemand ein Glas Wasser ins Gesicht gekippt. »Wozu?«

Wozu? Wozu? Wozu! Lulu hätte ihre Freundin am liebsten am Kragen gepackt und durchgerüttelt. »Weil heutzutage nur noch die Töchter der oberen Zehntausend untätig zu Hause sitzen und sich vom Leben ausschließen lassen. Es gibt doch nichts Erfüllenderes als eine sinnvolle Beschäftigung.«

»Aber wir gehören zu den oberen Zehntausend. Gott sei Dank!«

»Willst du dich etwa auf immer von irgendwelchen Ehegatten abhängig machen?«

»Es werden nicht irgendwelche Ehegatten sein, sondern unsere.«

»Dennoch werden sie über uns bestimmen, genau wie unsere Väter.«

»Na und? Du weißt, es gibt Mittel und Wege, sich den Willen seines Ehemannes nach Belieben zurechtzubiegen.« Ida zuckte unbekümmert mit den Schultern.

Das war wieder einmal typisch! »Nur weil dein Vater niemandem etwas abschlagen kann, heißt das nicht, dass es bei deinem zukünftigen Gatten genauso sein wird.«

»Dafür werde ich schon sorgen. Und außerdem ...« Ida holte ihr Portemonnaie aus dem perlenbestickten Täschchen, das sie am Handgelenk trug, und überreichte dem Schaffner die zwanzig Pfennige für die Fahrt nach Nymphenburg. »Du willst wirklich weiter die Schulbank drücken und dich dann auch noch mit einem Medizinstudium belasten? Ausgerechnet du? Ich konnte es erst gar nicht glauben, als Vater mir erzählt hat, dass es dir wirklich ernst damit ist.«

Idas letzte Worte trafen Lulu wie ein Schlag ins Gesicht. Die Freundin hatte sich in der Höheren Töchterschule nie anstrengen müssen, ihr flog alles zu. Manchmal hatte sie sich über Lulus verbissenen Eifer sogar lustig gemacht. *Wieso mühst du dich so ab?*, hatte sie gefragt. *Wir sind hier, damit sich unsere Ehemänner mit uns nicht langweilen, damit wir eine kultivierte Unterhaltung bestreiten und einen Haushalt führen können. Meinst du wirklich, es interessiert irgendjemanden, ob du ein paar französische oder englische Wörter mehr oder weniger beherrschst?*

Lulu liebte Ida, sie war das lustigste, treuste und charmanteste Wesen auf Erden, aber manchmal lagen Welten zwischen ihnen. Wie konnte es das einzige Lebensziel der Freundin sein, irgendwann Ehefrau und Mutter zu werden? Wieso kümmerte es sie so wenig, dass nicht sie selbst, sondern andere bestimmten, wie weit sie sich entwickeln, wie weit sie denken, was sie tun durfte? Genau aus diesem Grund hatte sie Ida nie etwas von ihrem großen Traum erzählt.

Als Lulu den Handschuh auszog, um beim Kondukteur ebenfalls das Billett zu lösen, entglitt ihr eines der Zehnpfennigstücke und fiel zu Boden. Es rollte ausgerechnet in Richtung der rückwärtigen Plattform, dem angeblichen Pschorr-Anverwandten direkt vor die Füße. Er bückte sich, hob die Münze auf und lüpfte frech den Kalabreser.

»Ein Pfennig Frohsinn ist ein Pfund Kummer wert«, sagte er blumig und bot ihr das verlorene Geldstück zwischen Zeige- und Mittelfinger dar. »Ich könnte behilflich sein, den Frohsinn einzufordern.«

Frohsinn einfordern? Was faselte er da? Erst jetzt spürte Lulu, dass Idas unbedarfte Bemerkungen ihr den Hals zuschnürten. Tränen brannten in ihren Augen. Vielleicht dauerte es deshalb noch einige Atemzüge mehr, ehe sie verstand, worauf der junge Mann anspielte. Man konnte ihr den Kummer vom Gesicht ablesen. Wie peinlich! Langsam streckte sie ihm den Arm entgegen, um die Münze anzunehmen. Doch ehe sie zugreifen konnte, warf er das Geldstück in die Luft, fing es mit der Linken auf, schloss die Faust darum, ergriff Lulus Hand, verneigte sich tief und drückte seine Lippen eine halbe Ewigkeit lang auf ihre Fingerkuppen.

Ida schnappte vor Überraschung nach Luft, und das Räuspern der Matrone, die ihnen gegenübersaß, sollte wohl daran erinnern, dass kein junger Mann eine junge Dame ansprechen, geschweige denn ihr auf diese unverschämte Art die Hand küssen durfte, wenn er nicht in den Verdacht kommen wollte, aufdringlich zu sein.

Doch das störte den Burschen augenscheinlich kein bisschen. Er überreichte dem Schaffner die Münze, nahm für Lulu den Fahrschein entgegen und gab ihn ihr. »Gestatten, Thaddäus Pschorr, gerne Thaddy«, sagte er vollkommen ungeniert. Elegant machte er dem Schaffner Platz und sah dabei erst Ida, dann der entrüsteten Matrone und schließlich Lulu tief in die Augen. »Diese Traurigkeit bricht mir das Herz.« Theatralisch griff er sich mit beiden Händen an die Brust und verzog schmerzlich das Gesicht.

Lulu saß da wie ein Kaninchen vor der Schlange, spürte den Abdruck von Thaddy Pschorrs Lippen wie ein Brandmal auf der Haut und schaffte es nicht, die Augen niederzuschlagen. Nicht einmal Ida fand Worte, und das wollte etwas heißen.

»Wie ist Ihr Name, wenn ich fragen darf?«

Diese Anmaßung erweckte Ida dann doch zum Leben. »Dürfen Sie nicht, solange Sie uns nicht Ihren richtigen verraten.«

Ein wissendes Lächeln umspielte seinen Mund. »Wie gesagt, Thaddäus Pschorr. Wenn ich mich recht erinnere, hat man uns einander bereits vorgestellt, Fräulein Herzog. Es ist noch nicht allzu lange her. Können Sie sich daran etwa nicht erinnern? Dabei dachte ich, sie hätten meine Gesellschaft sehr genossen. Zu sehr vielleicht sogar?«

Ein Hauch von Rot überzog Idas Wangen, ansonsten ließ sie sich nichts anmerken. »Ich erinnere mich durchaus, es gibt nur leider keinen Thaddäus Pschorr in München, der mit der Bierdynastie etwas zu tun hätte, wie ich inzwischen weiß.«

»Sie haben Erkundigungen eingeholt? Ich fühle mich geschmeichelt«, lachte er übermütig.

»Jetzt ist es aber genug!«, plusterte sich die Matrone erneut auf und stieß ihrem Ehemann den Ellbogen in die Rippen, damit er ihr zur Seite spränge.

Doch der dachte gar nicht daran, schien die Neckerei zwischen den jungen Leuten vielmehr zu genießen, also entriss ihm seine Frau den Spazierstock und führte diesen selbst wie einen Säbel gegen den unverschämten Jüngling.

Es war Franz Marc, der dem Treiben schließlich ein Ende bereitete und den Freund kopfschüttelnd zurück auf die Plattform begleitete. »Verzeihung, die Damen«, sagte er galant und verneigte sich in alle Richtungen. »Der junge Mann wollte nur behilflich sein, Fräulein Herzog, aber er schießt leider allzu oft ein wenig über das Ziel hinaus.«

»Ein wenig ist stark untertrieben, werter Herr Marc«, konterte Ida und versuchte die alte Dame zu beruhigen, die sich weiterhin über den Verfall der Sitten echauffierte.

Lulu saß still daneben. Ihr schlug das Herz bis zum Hals. Gleichzeitig herrschte in ihrem Kopf eine solche Leere, dass sie fürchtete, die wenigen medizinischen Begriffe, die sie dank Elsas Hilfe inzwischen sicher beherrschte, könnten sich erneut in Luft auflösen.

»Lulu? Alles in Ordnung?«

»Ja, ja, alles bestens.«

»So ein Flegel!«, sagte Ida laut und fügte leise genug hinzu, sodass nur Lulu es hören konnte: »Habe ich es nicht gesagt. Interessant. Sehr interessant sogar. Mir scheint, du gefällst ihm.«

Sofort begannen Lulus Wangen zu glühen.

»Gut, dass dein Hardy das nicht mitansehen musste, er hätte von diesem Lümmel mit Sicherheit Wiedergutmachung gefordert.«

»Kein Mensch duelliert sich mehr, Ida.«

»Und ob! Erst neulich habe ich in der *Ratsch-Kathl* gelesen, dass ein gewisser Premierleutnant Pfeiffer einen gewissen Major Seitz bei Neufreimann im Duell erschossen hat. Grund: das Weib.« Sie lachte. »Die Vorstellung, dass jemand bereit wäre, für meine Ehre sein Leben zu opfern, finde ich ausgesprochen romantisch.«

»Nicht deine Ehre, Ida. Die Herren tun es, um ihre eigene Ehre wiederherzustellen. Es geht dabei einzig und allein um die Eitelkeit des Mannes. Deshalb wurde dieser Unsinn auch verboten.«

»Mir jedenfalls würde es gefallen, wenn dein Wolferl sich meinetwegen duellieren würde.«

Sie sprach von Hardy. Er hieß mit vollem Namen Eberhard August Wolf Graf von Königsfeld. Alle männlichen von Königsfeld hießen mit drittem Vornamen Wolf, deshalb nannte man das Adelsgeschlecht gemeinhin auch die Wölfe von Königsfeld. »Er ist nicht *mein* Wolferl, und du kannst ihn gerne haben.«

»Vorsicht, sag es nicht zu oft, sonst komme ich noch auf dumme Gedanken.« Ida hakte sich ein und ignorierte den finsteren Blick der Matrone gegenüber, denn auch allzu große Vertraulichkeiten zwischen Freundinnen waren in der Öffentlichkeit nicht gern gesehen. »Was hältst du davon, wenn wir uns demnächst bei Landauer in der Kaufingerstraße umsehen?«

Ein schwärmerischer Glanz trat in Idas Augen, und Lulu kam der abrupte Themenwechsel sehr gelegen, doch die Euphorie über die neuesten Stoffe und Bordüren, die sie normalerweise mit der Freundin teilte, wollte sich trotzdem nicht einstellen. Dieser Thaddy Pschorr stand nach wie vor keine zwei Meter entfernt auf der Plattform, vereinnahmte ihr gesamtes Blickfeld, und es kostete sie große Mühe, ihn nicht wie eine Zirkusattraktion anzustarren.

»Die Mode der Saison trägt den Stempel des vornehmen künstlerischen Geschmacks, habe ich gelesen. Mattes Blau, ganz mattes Rosa, Mauve und zartes Grün spielen dieses Frühjahr eine große Rolle. Ebenso Terrakotta, Bronze und Tabak.« Idas Wangen röteten sich vor Begeisterung. »Stell dir vor, auch gestreifte und schwarze Stoffe sind im Kommen. Crêpe de Chine. Drap de Russe. Popelins. Weiche, glänzende Seide mit türkischer Musterung, reichen Dessins und besonders schöner Eckenbildung für Fichus, Westen, Schärpen oder in Miedern verarbeitet. Alles, was das Herz begehrt, und noch viel mehr. Wir müssen unbedingt hinfahren. Bald. Versprich es mir! Man muss die Stoffe berühren, man muss sie fühlen, erst dann hat man sie wirklich gesehen.«

»Au!«

Schon kniff Ida erneut zu, diesmal in den Arm. Es tat weh. »Nun sag schon, wann fahren wir?«

»Wann immer du willst«, gab sich Lulu geschlagen und rieb die schmerzende Stelle.

»Die Schneiderin hat mir gezeigt, wie man Maß nimmt und alles auf Papier überträgt. Ich war neulich den ganzen Nachmittag in ihrer Werkstatt und habe gar nicht bemerkt, wie rasch die Zeit verging.«

Überrascht drehte Lulu den Kopf. »Genauso geht es mir im Kinderspital.«

Ida winkte ab. »Für mich ist das nur ein Zeitvertreib, nichts weiter. Wenn ich erst verheiratet bin, werde ich Gesellschaften geben, wie sie München noch nicht gesehen hat. Die Leute werden sich darum reißen, auf meiner Gästeliste zu stehen.«

»Hast du denn schon einen Kandidaten in Aussicht, der über das nötige Vermögen verfügt?«

Beleidigt wandte sich Ida ab, zog den Vorhang zurück und spähte hinaus. Sie passierten gerade das Rondell Neuwittelsbach, die Signalfahne, die zum Befahren der eingleisigen Strecke berechtigte, wurde gerade übergeben. In wenigen Minuten würden sie den Volksgarten erreichen. »Vater sagt, es ist zu früh.«

Ida war eine stadtbekannte Schönheit, bei der die Verehrer Schlange standen, wie Lulu wusste. Auch einige sehr wohlhabende Herren aus besseren Kreisen waren darunter, leider in etwas zu fortgeschrittenem Alter, und Idas Vater hatte sich bislang für keinen von ihnen begeistern können.

»Ich werde bald siebzehn. Soll ich warten, bis ich eine alte Jungfer bin?«

Lulu lachte. Ida war nur vier Monate älter als sie selbst, und bis man sie spätes Mädchen nennen würde, mussten beinahe noch einmal so viele Jahre vergehen.

»Er hat mir ein Veloziped geschenkt.«

Die Neuigkeit raubte Lulu kurz den Atem. »Ein Fahrrad? Wirklich?«

Ida zuckte gleichgültig mit den Schultern.

»Aber dein Geburtstag ist doch erst im März!«

»Trotzdem.«

»Hast du dir überhaupt eines gewünscht?«

»Beileibe nicht.« Ida winkte ab.

»Wieso erzählst du mir das erst jetzt?« Ida wusste haargenau, dass Lulu sich regelmäßig am Schaufenster der Fahrradhandlung Härting in der Neuhauserstraße die Nase plattdrückte und sie das brennend interessiert hätte.

»Es wurde erst gestern geliefert, und ich weiß nichts damit anzufangen. Radfahrende Damen sind doch ordinär!«

»Darf ich es mal ausprobieren?«

»Jederzeit. Wenngleich deine Mutter sicher einen Weg finden wird, deinen Vater zu überzeugen. Sei unbesorgt.«

»Das glaube ich erst, wenn ich im Sattel sitze.« Lulu lächelte, obwohl ihr schon wieder zum Weinen zumute war. Wieso war Professor Herzog nicht ihr Vater?

»Neulich hat er mir außerdem das hier gegeben.« Ida öffnete ihr Täschchen und drückte Lulu ein Papier in die Hand. »Er meinte, das interessiere dich garantiert brennend.«

Verein zur Gründung eines Mädchengymnasiums in München, stand in verschnörkelten Lettern darauf. *Niederschrift der Sitzung vom 23. Februar 1899.*

»Mein Vater ist der Protokollant«, erklärte Ida und tippte auf seine Unterschrift.

Aufgeregt begann Lulu zu lesen: *Wie in anderen Städten Deutschlands, so machte sich auch in München schon seit geraumer Zeit das Bedürfnis geltend, jungen Damen Gelegenheit zu Gymnasialstudien und damit zur Vorbereitung auf akademische Berufsarten zu bieten. Um diesem Bedürfnis entgegenzukommen, gründete sich bereits im Jahr 1894 unser Verein, welcher den Plan fasste, eine diesen Zwecken dienende Anstalt ins Leben zu rufen. Obwohl es nicht an vielfacher Anerkennung unserer Bestrebungen fehlte, ist es bis jetzt nicht gelungen, die entgegenstehenden Schwierigkeiten zu überwinden. Es reifte daher der Entschluss bei mehreren Mitgliedern, dem allseitig anerkannten Bedürfnis zunächst auf dem Wege des Privatunterrichts entgegenzukommen.*

Lulus Herz schlug ihr schon zum zweiten Mal an diesem Tage bis zum Hals. Ungläubig sah sie die Freundin an. »Warum hast du mir das nicht schon vorhin gezeigt, als ich …«

»Lies weiter.«

Unterstützt von mehreren Herren Kollegen aus allen Fächern sowie unter tätiger Beihilfe angesehener Mitglieder des Vereins wird es daher der Königliche Gymnasialprofessor und Rektor a. D. Adolf Sickenberger in München unternehmen, ab dem Herbste des Jahres 1900 einen Privat-Gymnasialunterricht für Damen ins Leben zu rufen.

»Das ist großartig.«

»Wie man's nimmt.«

»Dein Papa will, dass du daran teilnimmst?«

»Er lässt sich mit keinem Argument davon abbringen.« Ida

holte noch ein Pamphlet aus ihrem Täschchen. »Außerdem möchte er, dass ich hierhin gehe. Er hat die Mitgliedschaft meiner Mutter auf mich überschreiben lassen, als sie starb. Er meinte, dafür sei ich jetzt alt genug.«

Verein für Fraueninteressen – Sechste Generalversammlung am 2. März 1899, wie üblich im Restaurant Eckel, Burgstraße 17.

»Das ist kommenden Donnerstag.« Lulu überlegte kurz. »Gehst du hin?«

»Damit ganz München mich für eine Frauenrechtlerin hält? Vergiss es!«

»Ich könnte dich begleiten. Was wäre so verkehrt daran, für unsere Rechte einzutreten?«

»Ganz ehrlich, Lulu, ich weiß nicht, was ich da soll. Wenn mich dort jemand sieht, finde ich niemals einen Mann.«

Mit einem kleinen Ruck kam die Tram zum Stehen. Die Zwiebelhauben des Eingangsportals zum Volksgarten ragten über ihnen auf, die Fahrgäste erhoben sich und strebten den Ausstiegen am vorderen und hinteren Ende des Waggons zu. Als Ida und Lulu von der Plattform auf den Antritt herabsteigen wollten, tauchte der junge Pschorr wie aus dem Nichts vor den beiden auf und reichte ihnen die Hand. Ida schlug sie empört aus, doch Lulu konnte sich nach den wunderbaren Nachrichten über die in Aussicht stehenden Gymnasialkurse für Damen hier in München nicht zu einer solchen Grobheit durchringen.

»Mir scheint, das Pfund Kummer war gut investiert, Sie haben augenscheinlich mehr als nur einen Pfennig Frohsinn dafür erhalten. Sie strahlen heller als die Sonne, und das ganz ohne mein Zutun. Wie ärgerlich!«

Ohne Lulus Hand loszulassen, beugte er sich zu ihr herab, zog sie gleichzeitig näher an sich heran und hauchte ihr etwas ins Ohr, das Lulu die Knie weich werden ließ. Das verschmitzte

Lächeln, das der junge Pschorr ihr direkt nach seinen unerhörten Worten servierte, rammte sich wie ein Pfahl tief in Lulus Herz.

 ## Hackenviertel

am nächsten Tag | vor dem Reisingerianum,
Sonnenstraße 17

Fanny blieb wie angewurzelt stehen. Galt der Pfiff etwa ihr? Sehr langsam drehte sie sich um.

»Ich glaub, mich trifft der Schlag! Paintner, sind Sie das?«

Um ein Haar hätte Fanny laut aufgeschrien.

»Mein lieber Scholli, Sie sind's wirklich. Kurz dachte ich, ich sähe Gespenster.«

Ein überaus kameradschaftlicher Schulterklopfer brachte Fanny ins Wanken.

»Gut, dass Sie sich entschlossen haben, wieder einmal vorbeizuschauen, Paintner. Die Herren Professoren vermissen Sie schon und stellen allmählich unangenehme Fragen.«

»Ähm, ich …«

»Wo in drei Gottes Namen haben Sie sich die ganze Zeit herumgedrückt? Was haben Sie gemacht? Waren Sie krank?«

Fannys Finger flogen zum Hemdkragenknopf und wanderten weiter zum Krawattenknoten, der sie am Morgen so viel Mühe gekostet hatte. Sie bekam kaum Luft. Die Sache war noch viel nervenaufreibender als angenommen, dabei hatte sie die von Professor Franz Reisinger gestiftete Poliklinik in der Sonnenstraße, wo sie am Kursus über physikalische Untersuchungsmethoden für Anfänger teilnehmen wollte, noch gar nicht betreten.

»Mit Verlaub, Sie sehen grässlich aus. Nur noch Haut und Knochen. Man könnte meinen, Sie wären geschrumpft. Geht es Ihnen gut?«

Ein fingierter Hustenanfall ersparte Fanny zwar die Antwort, brachte ihr jedoch gleich den nächsten kräftigen Schlag auf den Rücken ein. Und Berührungen waren genau das, was sie unbedingt vermeiden musste.

»Es ist doch hoffentlich nicht die Schwindsucht?«

Fanny winkte ab, zerrte erneut am Kragen, den sie erst gestern in mühsamer Stunden Arbeit enger genäht hatte, und schöpfte endlich Atem. Bloß nicht in Panik geraten. Ganz ruhig bleiben.

Der andere trat indes einen Schritt zurück, schirmte mit der Hand die Augen gegen die Morgensonne ab und musterte sie. Fanny kam sich vor wie ein besonders skurriles Stück aus einem Kuriositätenkabinett, und im Prinzip war sie das auch, nur hätte sie nicht gedacht, dass ihr Schwindel gleich am ersten Tag auffliegen würde – noch bevor sie eins der Gebäude der Medizinischen Fakultät betreten hatte.

Der fremde feine Herr Student klemmte sein Ränzel unter den Arm und senkte vertraulich die Stimme: »Mir müssen Sie nichts vormachen, Paintner, jedermann weiß, dass Sie den nächtlichen Vergnügungen recht zugetan sind. Aber dass man derart über die Stränge schlagen kann?« Er schnalzte mit der Zunge. »Ich sollte Sie demnächst unbedingt begleiten.«

»Ähm, wie war ...« Viel zu hoch, herrje! Fanny räusperte sich. So eine Dummheit! Dabei hatte sie sich auf dem Weg hierher eingeschärft, niemals zu vergessen, die Stimme zu verstellen. »Wie war noch gleich Ihr Name?«

Der junge Mann sah sie mit großen Augen an, sein Blick wurde mit jeder Sekunde finsterer. Gleich würde er sie enttarnen, Fanny war sich absolut sicher und trat vorsichtshalber einen Schritt zurück.

»Hofbräuhaus? Löwenbräukeller? Turnplatz Oberwiesenfeld?« Er runzelte die Stirn. »Klingelt's bei Ihnen? Nein?«

Sie schüttelte den Kopf.

»Dinglreiter? Auch nicht? Rupert Dinglreiter? Oder einfach Rupp?«

Gott sei Dank! Fanny schlug sich gegen die Stirn. »Natürlich, Dinglreiter! Es lag mir auf der Zunge.«

»Jedenfalls gut für Sie, dass wir uns hier getroffen haben. Professor Moritz ist krank, deshalb bittet Rückert, nachdem die Umbauarbeiten endlich abgeschlossen sind, nun doch schon vor Beginn des zweiten Semesters in den Präpariersaal. Er wird den verlorenen Sohn sicherlich freudig in die Arme schließen.«

Verlorener Sohn? Fanny verstand nicht ganz, aber ihr blieb keine Zeit, sich darüber Gedanken zu machen, denn der neue alte Kommilitone lief im Stechschritt voraus.

»Marsch, Marsch, werter Kollege, wir sind spät dran.«

Im Erdgeschoss des nördlichen Flügels der Anatomischen Anstalt und allen angrenzenden kleinen Zimmern und engen Gängen drängten sich die Studenten mit Instrumenten und Präparaten in Händen aneinander vorbei. Es ging zu wie in einem Taubenschlag, nur dass trotz der regen Betriebsamkeit eine fast andächtige Ruhe herrschte.

Dinglreiter entdeckte ein Schild im Gewusel – Präparierübung Prof. Dr. Rückert – und zog Fanny hinter sich her bis in die vorderste Reihe der darum versammelten Menschentraube. Von dort führte eine Hilfskraft die Studenten zum Waschraum, der zugleich als Garderobe für die Präparierschürzen und -mäntel diente, und weiter zu den Schränken für die Saalutensilien.

»Ein Zustand ist das«, zischte Dinglreiter viel zu nah an Fannys Ohr. »Die Präparanten werden immer mehr. Dabei war das Anatomische Institut sogar direkt nach der letzten Erweiterung schon wieder zu klein. Hoffentlich stimmt wenigstens, was die Leute sagen, und das Königliche Staatsministerium folgt der dringenden Empfehlung der Universität und kauft den Bauplatz Ecke Pettenkofer- und Schillerstraße für die künftigen Neubauten der medizinischen Institute.«

Fanny versuchte das Geplapper zu ignorieren. Wie ein Schwamm sog sie all die neuen Eindrücke auf, konnte sich nicht sattsehen an den vielen wissbegierigen Studenten, an all den Präparaten in den Regalen, an der Atmosphäre des Wissens, die sie umgab und von der sie so oft geträumt hatte. Nicht einmal der anhängliche Dinglreiter störte ihre Glückseligkeit, obwohl er, seit sie ihm vor dem Reisingeranium in die Falle gegangen war, ohne Unterlass redete. Das einzig Gute daran: Er erwartete keine Antworten, und er hatte ihre Maskerade bislang nicht durchschaut.

Zum Glück waren Fanny und ihr Bruder Zwillinge. Mit den kurzen Haaren war die Ähnlichkeit frappierend. Trotzdem. Sie war einen halben Kopf kleiner und deutlich schmaler gebaut als Anton, und besonders die verräterische, recht groß geratene Lücke zwischen den oberen Schneidezähnen konnte ihr gefährlich werden. Lachen war deshalb verboten, solange sie Antons Kleider trug. Wenigstens hatte die Natur, was Fannys weiblichen Reize anbelangte, nicht aus den Vollen geschöpft, dennoch war sie nicht sicher, ob die Binden, die sie am Morgen angelegt hatte, ihren Zweck erfüllten.

Als sie die Jacke ausziehen musste, zitterten ihre Hände deshalb erbärmlich. Rasch band sie sich die Präparierschürze um und schlüpfte in die dazugehörigen Armstulpen.

»Hier entlang, meine Herren.«

Fanny nahm das Präparierbesteck aus dem Fach, das mit *Paintner* beschriftet war, und folgte dem Pulk zurück in den nördlichen Flügel, wo alle Neulinge ihre fortan festen Tische zugeteilt bekamen. Die Leichen lagen schon bereit, und Fanny erfasste ein Schaudern, als ihr Blick über die unterschiedlichen Körperkonturen unter den angefeuchteten weißen Baumwolltüchern glitt.

Ein junger Mann, dessen Schild am Revers seines Mantels ihn als Präparationsassistenten auswies, kam an ihren Tisch.

»Gestatten, Gustav von Rittershausen, wir werden in den nächsten Wochen und Monaten viel Zeit miteinander verbringen.« Er schlug das Tuch bis unter das Kinn der Toten zurück. »Decken Sie nur ab, was abgedeckt werden muss, da es von immenser Wichtigkeit ist, das Material feucht zu halten. Leichen sind im Hause zu unser aller Leidwesen Mangelware geworden.«

»Deshalb behandeln wir sie stets mit Sorgfalt.« Professor Rückert war unbemerkt an den Tisch getreten, tippte seinem Assistenten auf die Schulter und nahm dessen Platz ein. »Ohne auf die Einzelheiten der verschiedenen Verfahren eingehen zu wollen, möchte ich kurz drauf hinweisen, dass alle Körper zuerst durch Einspritzung einer desinfizierenden Flüssigkeit in die Blutgefäße konserviert werden und dann entweder im Leichenkeller bei exakt acht Grad Celsius auf Granitplatten aufgebahrt liegen oder in eigens konstruierten Behältern den Dämpfen von Karbol und anderen konservierenden Substanzen ausgesetzt sind.«

Der Professor legte eine Hand an die Wange der Toten. »Außerdem muss ich Sie bitten, sich jederzeit respektvoll zu verhalten, sonst fliegen Sie raus.«

Dinglreiter schnappte neben Fanny überrascht nach Luft, und Rückert schlug das Tuch noch ein Stück weiter zurück.

»Darf ich vorstellen? Mit dieser Schönheit werden Sie fortan ein sehr enges Verhältnis pflegen. Ein engeres, als sie es je mit einem Weibsbild unterhalten haben … nicht einmal mit Ihren Müttern.«

Fanny spürte, wie ihr bei den Worten des Professors die Röte in die Wangen stieg, und war froh zu sehen, dass es den meisten anderen ähnlich erging. Zwei, drei Studenten allerdings stießen sich freudig die Ellbogen in die Seiten.

»Meine Herren, wenn ich bitten dürfte!« Rückerts schütterer Haaransatz schob sich ein gutes Stück nach vorne, als er die Brauen zusammenkniff und mit bohrendem Blick jede Schelmerei im Keim erstickte. »Es mag sein, dass einige von Ihnen über keinerlei Erfahrung verfügen, weder mit dem Antlitz des Todes noch mit dem weiblichen Geschlecht, und dass Sie das eine oder andere entweder schockiert, brüskiert oder in Verzückung versetzt. Doch ich versichere Ihnen, Sie werden sich schnell daran gewöhnen, denn wie bereits gesagt, werden Sie in meinen Präparierübungen reichlich Gelegenheit erhalten, sich mit jedem Zoll des Körpers dieser Dame und dieses Herren dort drüben«, Rückert wies mit einem Arm zum Nebentisch, »vertraut zu machen. Ich rate Ihnen daher, diese Gelegenheit zu nutzen, sonst wird nie ein verständiger Arzt aus Ihnen.«

Bei seinen letzten Worten sah Professor Rückert Fanny direkt in die Augen.

»*Abusus non tollit usum.* Zwar hat sich die richtig verstandene und richtig gebrauchte Lernfreiheit, die man dem studierenden Volk fürderhin zugesteht, im Großen und Ganzen bewährt, aber einige unter Ihnen missbrauchen diese Freiheit, indem sie gar nichts tun oder ihre Studien jämmerlich einseitig gestalten. Um es mit den Worten des alten Schuppius zu sagen: *Studiosus est animal aut nihil aut aliud agens.* Was sieht man anderes auf den deutschen Universitäten als einen Haufen Tabaksäufer, welche meinen, fressen und saufen und sich des Nachts auf den Straßen herumschlagen sei eine der sieben freien Künste. Nicht bei uns. In der medizinischen Fakultät werden Sie kein Jahr überstehen, wenn Sie sich nicht regelmäßig blicken lassen.«

Ohne Fanny aus den Augen zu lassen, deckte der Professor den Rest des Leichnams ab, schloss, am Fußende angelangt, die Augen und verharrte für einige Sekunden, wie um Andacht zu halten. »Das Phantom Paintner hat endlich ein Gesicht. Ich bin hocherfreut.«

Wie bitte? Fanny konnte nicht glauben, was gerade passierte. Ausnahmslos alle Augen richteten sich auf sie. Liebend gern hätte sie sich auf der Stelle in den tiefsten Brunnen der Stadt gestürzt.

Rückert wechselte erneut zum Kopfende und umschloss mit beiden Händen das Haupt der jungen Frau. »Wir tasten uns von außen nach innen vor. Sie werden Strukturen freilegen, diese studieren, sie anfassen und sich die tatsächlichen Lage- und Größenverhältnisse vor Augen führen. Mit etwas Glück werden Sie natürliche, von fremder Hand beigebrachte oder krankhafte Abweichungen von der Norm zu Gesicht bekommen. Nicht jeder von Ihnen kann an jeder Region arbeiten, aber Sie müssen selbstverständlich alle Regionen des männlichen und weiblichen Körpers erlernen und beherrschen. Gegenseitiges Zeigen am Tisch ist deshalb eine unverzichtbare Notwendigkeit, wenn Sie am Ende die mündlichen Testate bestehen wollen.«

Zum ersten Mal umspielte ein Lächeln den Mund des Professors. »Da Studiosus Paintner mit der deskriptiven Anatomie des Menschen bestens vertraut sein muss … warum sonst sollte er all meinen Vorlesungen fernbleiben ... wird er uns sicherlich gern seine Expertise demonstrieren.«

Hätte sie die Schürze mit dem Namen ihres Bruders doch nur nie angezogen! Fanny spürte, wie ihre Wangen immer heißer wurden. Sie schämte sich. Hatte Anton Professor Rückert wirklich kein einziges Mal gehört?

»Was Sie, meine Herren, in meinen Vorlesungen normalerweise erst mühsam erlernen mussten, beherrscht Paintner offensichtlich aus dem Effeff.«

Rückert ging zum Nebentisch, die Studenten folgten ihm wie ein gut abgerichtetes Rudel und drängten sich um die Leiche.

»Bei diesem Herrn gibt es eine Abweichung von der Norm. Paintners geschultes Auge wird es gewiss jede Sekunde entdecken.«

Rein gar nichts entdeckte Fannys ungeschultes Auge. Ihr Kopf fühlte sich an, als würde siedend heißes Wasser darin herumschwappen, doch seit sie mit Anton nach München gekommen war, hatte sie ihre Nase jede freie Minute in dessen Bücher gesteckt, obwohl er sie stets damit aufzog. Eine Frau verstehe derlei komplizierte Zusammenhänge doch gar nicht, da könne Fanny sich noch so sehr anstrengen, das weibliche Gehirn sei, anatomisch gesehen, nun mal zu klein.

Von wegen. Die altbekannte Wut stieg aus Fannys Magen auf. Sie trat einen Schritt vor. Trotz ihres angeblichen Mangels an Gehirnmasse wollte sie wenigstens versuchen, eine Auffälligkeit zu finden, auch wenn sie vielleicht scheiterte.

Die Haut des toten Mannes sah aus wie Wachs. Fanny wusste, das kam von der Konservierung, und freilich hatte sie alles über anatomische Präparation gelesen. Aber eine echte Leiche vor sich liegen zu haben, um all die verborgenen Strukturen bis zum letzten Nerv freizulegen, um ihr alle Geheimnisse auf solch invasive Art und Weise zu entlocken, damit überschritt man eine Grenze.

Nur war es nicht genau das, was sie sich immer gewünscht hatte? Den menschlichen Körper zu erforschen, ihn in- und auswendig zu kennen, um kranken Menschen helfen zu können?

»Na, wird's bald, Paintner! Das sieht doch jedes Kind.«

Sie klemmte die Unterlippe zwischen die Schneidezähne und atmete tief durch. Am Handrücken blätterte die Haut ab. War es das? Wohl eher nicht. Fanny meinte sich zu erinnern, dass dies an Stellen, wo die Epidermis von Natur aus dünn war, nach dem Tode häufig vorkam, gerade bei alten Leuten. Also glitt ihr Blick weiter über jeden Zoll des Leichnams. Nur wenn sie systematisch alles abarbeitete, entdeckte sie vielleicht etwas. Bald nahm sie die Finger zu Hilfe, tastete. Auf Höhe des dritten Rippenbogens rechts entdeckte sie eine Geschwulst.

Sie sah auf. »Meinen Sie diesen Tumor hier, Herr Professor? Nach Lage und Größe wäre ein Lipom wahrscheinlich.«

Rückert trat neben Fanny und tastete. »Die gutartige Fettgeschwulst, eine häufige Auffälligkeit, wohl wahr. Nur eine histologische Untersuchung kann allerdings Gewissheit bringen. Ich wollte allerdings auf eine andere Abweichung der Norm in einer Region hinaus, die ich in meinen Vorlesungen noch nicht behandelt habe.«

Die Sexualorgane!

Fanny wusste, zu diesem Themengebiet las Rückert immer erst im Sommersemester. Und natürlich, der Professor wollte das Phantom Paintner vorführen, den größten aller Schwänzer demütigen, ihn in seine Schranken weisen. Vollkommen zu Recht, wie Fanny fand. Sie selbst hätte niemals eine Vorlesung versäumt, wenn es ihr nur gestattet gewesen wäre, diese zu besuchen. Doch auch wenn sie vor einigen Wochen um ein Haar wegen gewerbsmäßiger Unzucht verhaftet worden wäre, verfügte sie über keinerlei Erfahrung im Umgang mit dem männlichen Geschlecht.

Sie machte zwei Schritte nach links, schluckte ihre Angst, ihre Scham und was ihr sonst gerade die Kehle zuzuschnüren drohte herunter und griff dem Toten ohne Zögern zwischen die Beine. Sie hob an, inspizierte, drückte, schob beiseite ... und tatsächlich, in einem von Antons Bücher hatte sie es schon gesehen. Sie war sich absolut sicher.

»Wir haben es hier mit einer radikalen Zirkumzision zu tun. Die Vorhaut wurde entfernt und die Eichel dabei vollständig freigelegt, wie auch die feine Naht auf Höhe der Furche zwischen Eichel und Penisschaft ...«

»Fachbegriffe, Paintner, Fachbegriffe! Wir sind hier nicht beim Bader.«

Fanny atmete tief ein und schloss kurz die Augen, ehe sie von vorne begann. »Bei unbeschnittenen Männern wird die *Glans penis* vom Präputium bedeckt, im vorliegenden Fall jedoch ist sie durch eine radikale Zirkumzision freigelegt, was die kaum sichtbare Naht in Höhe des *Sulcus* ...«

»Genug!« Rückert fuhr sich mit der Hand übers Gesicht, legte sein Präparierbesteck auf die Marmorplatte des Tisches, löste das Band der ledernen Hülle und entnahm das Skalpell.

»Nun denn, meine Herren, lassen Sie uns zur Tat schreiten und prägen Sie sich eine Sache hier und heute ein: Verwenden Sie das Skalpell nie, wirklich nie zum Zeigen, sondern nur zum Schneiden respektive dazu, Strukturen freizuschaben. Sie halten es außerdem weder wie eine Waffe noch wie ein Besteck, sondern wie Ihre Schreibfeder. Der Griff ruht zwischen Daumen und Zeigefinger.« Rückert demonstrierte seinen Studenten sämtliche verbotenen Varianten und schien Studiosus Paintner völlig zu vergessen. »Mit der Zange verfahren Sie ebenso. Denken Sie stets an Ihren Füllfederhalter.«

Mit dem kleinen Finger der rechten Hand fuhr der Professor langsam über das Brustbein der Leiche. »Bevor wir jedoch mit der Präparation beginnen können, müssen wir mehrere Hautschnitte setzen, denn um die Strukturen darzustellen, muss vorher die Haut entfernt werden. Wir hier an der Medizinischen Fakultät in München halten uns dabei an ein vorgegebenes Schnittmuster, wenn Sie so wollen, aber im Prinzip kommt es vor allem darauf an, dass Sie nicht zu tief schneiden. Die Klinge«, jetzt zeigte Rückert das Skalpell doch in die Runde, »sollte nie tiefer in die Haut eindringen als bis zur Oberkante der geschliffenen Fläche, sonst werden Nerven, Venen oder andere Strukturen verletzt, die Sie intakt sichtbar machen wollen.« Ein selbstgefälliges Lächeln umspielte ein weiteres Mal seinen Mund. »Studiosus Paintner wird uns nun den Hautschnitt am Thorax vorführen.«

Fanny zögerte, als Rückert ihr Skalpell und Zange darbot und offenbar erwartete, dass sie die Aufforderung demütig ausschlug, doch dann dachte sie an die vielen mit tumben Tätigkeiten vertanen Stunden ihres Lebens und griff zu. Sie tastete nach Schlüsselbein, Klavikula, dem Sternum und machte einen medianen Schnitt, beginnend *incisura sternalis*. Zügig setzte sie die Klinge an, zog sie schnurgerade bis zum *processus xiphoideus*, dem Schwertfortsatz des Brustbeins, um schließlich am Rippenbogen entlang den Schnitt kreisförmig an der lateralen Bauchwand ablaufen zu lassen. Als sie am Schlüsselbein erneut das Messer ansetzte, nahm sie Professor Rückert und die im Kreis um sie stehenden Studenten schon gar nicht mehr wahr.

Sie hätte die ganze Welt umarmen können vor Glück.

 # Klinikviertel

am frühen Abend | Kinderspital, Lindwurmstraße 4

Elsa öffnete mit dem Ellbogen die Tür zu ihrer Kammer und stellte den schweren Krug auf dem Waschtisch neben der Schüssel ab. Sie fühlte sich elend, den ganzen Tag schon. Die Erschöpfung kribbelte dumpf in ihren Gliedern. Endlich die Beine hochlegen, die Augen schließen, schlafen. Es gab nichts Schöneres – vorausgesetzt dieser entsetzliche Traum ließ sie nicht wieder schreiend aus dem Schlummer hochschrecken.

Im Zimmer war es eiskalt, doch sie hatte es inzwischen liebgewonnen. Es war ihr Reich, ihr Unterschlupf geworden, und das Beste: Sie hatte es ganz für sich allein.

Schnell schlüpfte Elsa aus Schürze und Kleid und zog das knöchellange, weite Nachthemd über den Kopf. Sie musste eine Entscheidung treffen. Bald. So konnte es nicht weitergehen, denn zwischen Oberin Amalberga und Professor Herzog war eine Art Machtkampf entbrannt. Wegen ihrer Arbeit als Wärterin.

Vorsichtig goss Elsa etwas Wasser in die Schüssel, tunkte den aus Wolle gestrickten Lappen ein und schäumte das letzte winzige Stückchen Steckenpferd-Lilienmilch-Seife auf, die ihr die Mutter im vergangenen Jahr zum Geburtstag geschenkt hatte und mit der sie all die Monate äußerst sparsam umgegangen war.

Die Erinnerung an die letzte, beinahe unbeschwerte Feier im Kreise der Familie schnürte ihr die Kehle zu. Damals hatte sie noch daran geglaubt, dass ihr Traum – auch ohne Hilfe des Vaters – wahr werden könnte.

Sie wrang den Lappen aus und fuhr damit über Gesicht, Hals und hinter die Ohren.

Der Krieg um ihre Aufgabenbereiche fand nicht vor aller Augen statt. Oh, nein! Es waren versteckt ausgetragene Scharmützel, in denen beide Parteien Elsa in die Schlacht schickten. Für Oberin Amalberga erledigte sie die für eine Hilfskraft üblichen hauswirtschaftlichen Aufgaben. Professor Herzog hingegen zog Elsa immer häufiger hinzu, wenn er einen interessanten Fall zu begutachten hatte, wenn die Pflege eines Kindes nach seinem Dafürhalten ein besonderes Maß an Einfühlungsvermögen verlangte oder wenn er wollte, dass jemand da war, der selbst die kleinste Veränderung hin zum Schlechteren erkannte – wie bei Clara. Das schmeichelte Elsa natürlich, brachte aber Schwester Amalberga in Rage, weil Herzog damit selbstredend unterstellte, eine im wahrsten Sinne des Wortes dahergelaufene junge Frau verstünde mehr von Krankenpflege als die sorgfältig ausgebildeten Schwestern. Und sie hatte recht. Von Pflege verstand Elsa herzlich wenig, aber sie lernte schnell, und selbstverständlich war das medizinische Wissen nützlich, das sie sich mit Hilfe ihres Vaters angeeignet hatte. Sehr sogar.

Elsa fuhr sich ein letztes Mal mit dem Seifenlappen über das Gesicht, tunkte ihn erneut in die Lauge und begann unter dem Nachthemd den Rest ihres Körpers abzureiben. Das warme Wasser, das im Haunerschen Spital direkt aus der Leitung kam, war purer Luxus. Es machte nach einem langen Tag im Krankenhaus die notwendige gründliche Wäsche, die ihr der Vater so sehr ans Herz gelegt hatte, um einiges angenehmer. *Man muss sich und andere vor Krankheitskeimen schützen, mein liebes Kind. Denk immer daran.*

Obwohl sich Elsa sehr darüber freute, dass sie dank Lulus Fürsprache für Professor Herzog mehr geworden war als eine einfache

Hilfskraft, ging ihr das Hin-und-Her-Gezerre langsam an die Substanz. Ihr wurde aus heiterem Himmel schwindelig, sie bekam Herzrasen und brachte oft den ganzen Tag keinen Bissen hinunter.

Gähnend schüttete sie das Waschwasser in den Eimer, wischte die Schüssel mit dem benutzten Lappen aus und goss erneut sauberes Wasser hinein. Sie nahm einen frischen Lappen und begann von vorne – diesmal ohne Seife. Gerade als sie nach der Haarbürste greifen wollte, hörte sie Schritte, wenig später klopfte es an der Tür. Bestimmt war das Lulu. Sie stattete Elsa häufig Besuche ab.

»Darf ich reinkommen?« Ohne die Antwort abzuwarten, steckte sie auch schon den Kopf herein. »Ich weiß, es ist spät, aber Mutter hat Vater eine Kutsche geschickt, um ihn heimzuholen, da wir Gäste haben und er längst hätte zu Hause sein sollen.« Sie trat in Elsas Kammer, ihre Wangen glühten. »Ich muss dir unbedingt schnell etwas erzählen.«

Elsa griff nach ihrem Morgenrock und schlüpfte hinein.

»Stell dir vor, es wird vielleicht ab nächsten Herbst Gymnasialkurse für Damen hier in München geben. Professor Herzog will, dass Ida hingeht, und mit etwas Glück kann ich Vater überzeugen, es mir ebenfalls zu gestatten. Du musst mir unbedingt bei Latein und Griechisch helfen, vielleicht auch in Mathematik und Physik. In allen Fächern. Hauptsache ich bestehe.«

Sie nahm Elsas Hände in ihre und blickte sie aus ihren blauen Augen so treuherzig an, dass Elsa lachen musste. Seit dem Kampf um Claras Leben in der Silvesternacht und den Tagen und Wochen danach waren sie Freundinnen geworden. Die Sorge um die Kleine hatte sie zusammengeschweißt, und als Clara vor vierzehn Tagen nach vielen Rückschlägen endlich entlassen werden konnte, hatten sie alle beide vor Glück geweint.

»Wenn du mit Ida hingehst, wie du sagst, solltest du besser mit ihr lernen. Macht das nicht mehr Sinn?« Denn auch wenn Elsa die Stunden liebte, in denen sie Lulu mit den medizinischen Fachbegriffen half, konnte sie sich beim besten Willen nicht noch mehr aufhalsen.

»Das funktioniert nicht. Hat es noch nie.«

Die Tochter des Direktors drückte Elsa auf den Stuhl, nahm ihr die Bürste aus der Hand und kämpfte sich durch ihre wirren Locken.

»Idas Vater ist Protokollant im Verein zur Gründung eines Mädchengymnasiums in München, und seine verstorbene Frau war Mitglied im Verein für Fraueninteressen.« Sie sagte es, als hätte Herzog in einer Jolle die Welt umsegelt.

Elsa musste schon wieder lachen. »Das erklärt so einiges.« Es war ihr immer sonderbar vorgekommen, dass Herzog sie so bereitwillig an seinem medizinischen Wissen teilhaben ließ, ja, sie sogar ermunterte. *Fragen sind das Eintrittsportal in die Welt des Wissens*, sagte er nicht nur zu den Studenten und Assistenzärzten, wenn sie noch schüchtern schwiegen, sondern auch zu Lulu und Elsa.

»Wären alle Männer wie Onkel Herzog, müssten wir Frauen gar nicht um unsere Rechte kämpfen.«

Das waren ja ganz neue Töne. Elsa drehte sich erstaunt zu Lulu um.

»Ida und ich gehen zur Generalversammlung des Vereins für Fraueninteressen. Du musst unbedingt mitkommen. Wir holen dich ab, es ist alles arrangiert.«

»Aber ...«

»Kein Aber. Du kommst mit!« Lulu legte die Bürste beiseite und sah zur Tür. »Ich muss los, nicht dass Vater noch ohne mich fährt. Ich erzähle dir morgen, wie ich das mit Oberin Amalberga deichseln werde.«

Elsa musste an die Silvesternacht denken. Im Deichseln war Lulu unübertroffen, sonst könnte sie kaum – direkt unter der Nase ihres Vaters – all die Dinge tun, zu denen er niemals seine Erlaubnis geben würde, so gut kannte sie die Verhältnisse inzwischen schon. Trotzdem wünschte Elsa, dass Lulu nicht auch noch ihre Ruhephasen verplanen würde. Sie war entsetzlich müde.

»Vergiss nicht, die Eingabe beim Ministerium auf Zulassung zum Medizinstudium zu erneuern. Du darfst nicht aufgeben, auf keinen Fall.«

Elsa nickte.

»Dann gute Nacht und bis morgen.«

»Ja, gute Nacht.«

Als Lulu draußen war, setzte Elsa sich auf die Bettkante, öffnete die Schublade des Nachttisches und nahm wie jeden Abend vor dem Schlafengehen das Foto ihres Vaters in die Hand. Lulu lag ihr seit Wochen damit in den Ohren, ihr Ersuchen um eine Zulassung zu erneuern. Ihrem Papa hätte die Hartnäckigkeit der jungen Dame gewiss gefallen.

Ein neuerliches Klopfen riss Elsa aus ihren Gedanken. Hatte Lulu etwas vergessen? »Herein.«

Es war Schwester Rosalia, sie blieb in der Tür stehen. »Hast du dich schon entschieden?«

Erst war Elsa die Idee völlig abwegig vorgekommen, aber je länger sie im Kinderspital Dienst tat, je genauer sie die Arbeit der Barmherzigen Schwestern kennenlernte, umso mehr konnte sie Rosalias Argumente nachvollziehen.

»Du würdest nicht nur deine von Gott gegebenen Talente zu seinem Gefallen einsetzen, sondern dein irdisches Leben ganz in seine Dienste stellen. Es wäre der sicherste Weg zur Selbstheilung.« Die Schwester lächelte. »Bei mir jedenfalls war es so, ich habe mir nie wieder gewünscht …«

Elsa wusste, worauf Rosalia anspielte. Sie hätte niemals erwähnen dürfen, dass sie sich manchmal nach dem Tod sehnte, um mit ihrem Vater vereint zu sein, aber vielleicht hatte die Schwester recht und Elsa fand als Ordensfrau wirklich Erfüllung.

»Oberin Amalberga hat mir wenig Hoffnungen gemacht. Sie sagt, ich wäre in meiner Jugend viel zu sehr verhätschelt worden, außerdem bekämen arme Jungfrauen aus kleinen bis mittleren Landwirtschaften und kleinen Handwerksbetrieben den Vorzug, weil sie in tiefer Frömmigkeit erzogen werden und an hartes Arbeiten und Entbehrungen gewöhnt sind.«

»Faulheit kann man dir bestimmt nicht vorwerfen, das hast du bereits bewiesen.«

»Sie glaubt dennoch nicht, dass ich den Anforderungen gewachsen bin. Das hat sie wortwörtlich gesagt.«

»Die Generaloberin entscheidet das. Sie allein.«

Elsa fielen ihre schrecklichen Träume wieder ein, sie räusperte sich. »Ich würde außerdem nur einer Kandidatin den Platz wegnehmen, die ihn mehr verdient als ich.«

Kurz nach Weihnachten hatte Elsa der Mutter einen Brief geschrieben, um ihr zu erklären, was sie an Heiligabend von der Heimfahrt abgehalten hatte. Es war keine Antwort zurückgekommen. Auch nicht nach einem zweiten und dritten Brief. Aber nach dem letzten, in dem sie eine mögliche Zukunft in der Kongregation angedeutet hatte. Auf einmal konnte die Mutter das Geld für die geforderte Mitgift und die nötige Mindestausstattung an Wäsche aufbringen. Sie hatte ihrer Antwort sogar die vorgeschriebene elterliche Erlaubnis, sämtliche Schul-, Gesundheits- und Impfzeugnisse beigelegt und beteuert, wie stolz die Familie sei, dass Elsa endlich ihren Weg gefunden habe. Auch mit dem in enger Freundschaft verbundenen Pfarrer habe sie bereits gesprochen, er werde mit Freude das geforderte Sittenzeugnis ausstellen und für ihre Aufnahme beten.

»Natürlich ist es ein ausgesprochen hartes Leben, das wir führen. Die langen Arbeitstage, das ständige Elend um einen herum, die oft todkranken Kinder, aber ich weiß, du wirst darin Erfüllung finden.«

Vielleicht hatte Schwester Rosalia recht.

»Ich will dich nicht drängen, die Absicht, in die Gemeinschaft einzutreten, muss reiflich überlegt und gefestigt sein, aber das nächste Noviziat beginnt Anfang April. Ostern ist dieses Jahr recht spät, und es dauert oft Wochen, manchmal sogar Monate, bis über ein Aufnahmegesuch entschieden ist. Wenn dich Professor Herzog weiterhin so beansprucht und Oberin Amalberga dir dennoch keine Entlastung zugesteht, hältst du das nicht mehr lange durch.«

»Das stimmt allerdings«, sagte Elsa und unterdrückte ein neuerliches Gähnen.

Schuldbewusst trat Schwester Rosalia den Rückzug an und verabschiedete sich. Als sie die Tür hinter sich schloss, legte Elsa das Foto ihres Vaters in die Schublade zurück, zog den Schlafrock aus und schlüpfte endlich unter die Decke. Sowohl die junge Ordensschwester als auch Lulu von Ranke waren sich absolut sicher, dass Elsas Sturz an Heiligabend vor dem Kinderspital nichts anderes sein konnte als ein Fingerzeig Gottes. Nur gingen ihre Meinungen darüber, in welche Richtung dieser Finger wies, weit auseinander.

Elsa schloss die Augen. Beide Briefe waren längst geschrieben. Die neuerliche Eingabe ans Ministerium um Zulassung zum Medizinstudium genauso wie das Aufnahmegesuch an die Generaloberin der Barmherzigen Schwestern. Nur konnte sie sich nicht entscheiden, welchen von beiden sie abschicken sollte.

Die Würfel Gottes fallen immer richtig, pflegte ihre Mutter zu sagen. Vielleicht musste Elsa ebenfalls darauf vertrauen.

Universitätsviertel

zur selben Zeit | Ännys Wohnung, Mansarde, Amalienstraße 13/III

Fanny knallte die Tür zu. Die Elfenbeingarnitur vibrierte auf dem filigranen Toilettentischchen. Anton fuhr wie ein Irrwisch hoch, schaffte es aber nicht auf Anhieb, sich aus dem tiefen Sessel in Ännys *cabinet de toilette* zu befreien. Er und die Schauspielerin starrten Fanny an, als stünde ein Geist vor ihnen.

»*Studiosus est animal aut nihil aut aliud agens.*« Fanny stemmte die Arme in die Seiten und übersetzte, weil sie wusste, dass ihr Bruder eine Null in Latein war. »Der Student ist ein Tier, das entweder nichts tut oder nicht das, was es soll.« Des Professors Worte hallten in ihren Gedanken nach. Immer lauter. »Wie oft warst du in Rückerts Vorlesungen? Einmal? Zweimal?«

Bei Tagesanbruch hatte Fanny die beiden auf der Treppe kichern hören. Betrunken. Wie fast immer. Danach hatten sie die Vorratskammer geplündert und ihr als Morgengruß eine verwüstete Kochstelle hinterlassen. Nach dem Aufräumen hatte Fanny beschlossen, dass die Zeit gekommen war, anstelle des Bruders die Vorlesungen zu besuchen.

»Hast du die Universität seit Neujahr überhaupt schon von innen gesehen?« Anton musste seiner großen Schwester – sie war ein paar Minuten älter als er – keine Antwort geben, das Flackern in seinen Augen sprach Bände. »Kein einziges Mal? Du warst kein einziges Mal dort! Ich fasse es nicht.«

Fanny stapfte durch das Ankleidezimmer und riss das Fenster auf. Seit Silvester war sie dem Bruder und vor allem Änny aus dem Weg gegangen. Eigentlich hatte sie vorgehabt, erst längere Zeit auszutesten, ob ihre Maskerade funktionierte, doch die am heutigen Tag erlangte Erkenntnis, dass Anton der schlimmste Schwänzer von allen war, ließ sie diesen Plan in den Wind schießen. Vollendete Tatsachen und Drohungen waren die einzige Sprache, die er verstand – nur dann würde er vielleicht mitspielen. Und er musste mitspielen, denn alles andere wäre zu riskant, das hatte sie gleich am Morgen verstanden, als ihr vor dem *Café Stefanie* ein Bekannter des Bruders begegnet war. Nur wenn Anton und Änny ihr halfen, bestand eine winzig kleine Chance, dass ihr Vorhaben gelang. Nur dann.

»Vater wird der Schlag treffen, und Mutter wird an ihrem Kummer ersticken, wenn ich ihnen erzähle, wie du ihr sauer verdientes Geld verprasst, anstatt zu studieren.«

Der Bruder stemmte sich überraschend behände hoch und baute sich vor Fanny auf. »Das wirst du schön bleiben lassen, Schwesterchen. Wenn ich das hier«, sagte er und sah sie dabei von oben bis unten an, »richtig interpretiere, hast du getan, wovon du träumst, seit du eine picklige kleine Göre bist. Meinst du, unsere Eltern würden frohlocken, wenn sie dich jetzt so sehen könnten?« Er lachte siegesgewiss, entriss ihr mit einer schnellen Bewegung die Kladde, die sie unter dem Arm klemmen hatte, und schleuderte sie auf die Chaiselongue. Der vordere Deckel riss ab, und einige lose Blätter rutschten heraus. »Du wirst Mutter und Vater gegenüber mit keinem Sterbenswörtchen mein studentisches Engagement erwähnen, sonst verpfeife ich dich nämlich, und das wäre viel schlimmer.«

Oh Gott! Es stimmte. Die Erkenntnis fuhr wie ein Giftpfeil in sie hinein. Natürlich würden die Eltern glauben, sie hätte den Bruder dazu gedrängt, ihr seinen Platz zu überlassen. Anton mochte faul sein, aber er war nicht dumm. Er konnte eine echte Bedrohung durchaus von ein bisschen Imponiergehabe unterscheiden, und er war wie ein Trüffelschwein, wenn es um seinen eigenen Vorteil ging.

»Ich denke allerdings, dass du gar kein Interesse daran hast, meinen ... nennen wir es Schlendrian, auffliegen zu lassen. Vielmehr nehme ich an, du willst dauerhaft in meine Rolle schlüpfen? Deine Faszination für alles Medizinische war schon immer krankhaft. Das wissen Mutter und Vater nur zu gut.« Er hob ihren Hut an und wuschelte ihr durch die kurzen Haare. »Ich muss zugeben, du siehst beinahe so gut aus wie ich.«

Fanny duckte sich weg. »Heißt das, du spielst mit? Einfach so?«

»Nicht ganz. Eine Bedingung muss ich stellen.«

»Die da wäre?«

»Ich lebe mein Leben weiter wie bisher. Alles bleibt, wie es ist.«

»Aber ...«

»Kein Aber.«

»Das geht nicht. Oder soll ich mich vierteilen?« Schließlich musste sie kochen, waschen, die Wohnung in Ordnung halten und nebenher noch für ihren Lebensunterhalt etwas dazuverdienen.

»Das ist allein dein Problem.« Anton streckte ihr die Rechte entgegen. »Ich kann Mutter und Vater auch gerne sagen, dass ich keine Zukunft in der Medizin sehe und stattdessen zum Militär gehen werde. Früher oder später muss ich das ohnehin tun. Lieber ein Ende mit Schrecken als ...«

... ein Schrecken ohne Ende. Fanny schlug ein.

Zufrieden ließ Anton sich zurück in den Sessel fallen und füllte sein Weinglas auf. »Es wäre auch wirklich jammerschade gewesen, die Zelte in München abzubrechen, wo es doch gerade anfängt, amüsant zu werden. Das freie, unbürgerliche Leben gefällt mir.«

Ihr Bruder war ein Schuft, in jeder Beziehung. Wie die meisten Bohemiens in Schwabing oder anderswo lebte er dank der familiären Apanage unbeschwert in den Tag hinein und zählte sich inzwischen sogar zu den Künstlern, nur weil er ab und an Leinwände beschmierte.

Fanny drehte ihm schnell den Rücken zu, streckte den Kopf zum Fenster hinaus und holte tief Luft, ehe ihr noch etwas Dummes herausrutschte. Sie konnte es kaum abwarten, die nächste Vorlesung zu besuchen. Sie wollte es so sehr, dass sie jeder Bedingung zugestimmt hätte. Tief in ihrem Innern brannte ein Glücksgefühl, wie sie es nie zuvor in ihrem Leben gespürt hatte, gleichzeitig stieg ihr die Angst die Kehle hoch. Wie sollte sie das alles unter einen Hut bringen? Was würden die Eltern sagen?

»Hat wirklich niemand deine Posse durchschaut?« Änny hatte die Auseinandersetzung der Geschwister bislang über den Spiegel beobachtet, sich nicht einmal umgewandt. Seit dem Vorfall an Silvester hatten sie kaum miteinander gesprochen. »Kein Mensch kann ernsthaft annehmen, du wärst ein Mann.«

Anton stellte sein Glas ab, sprang erneut auf, riss Fanny vom Fenster weg, drückte seine Wange an ihre und zwang sie, mit ihm zusammen über Ännys Schulter hinweg in den Spiegel zu schauen. »Nicht mal unsere Mutter konnte uns auseinanderhalten, als wir Babys waren, außerdem sehen die Leute immer nur das, was sie glauben, vor sich zu haben. Niemand denkt im Traum daran, dass eine junge Dame derart schamlos sein könnte, sich als Mann zu verkleiden, um Vorlesungen zu besuchen. Man würde dich lynchen, wenn das herauskäme.« Er kniff seine Schwester in die Wange. »Oder wenigstens hinter Gitter bringen.«

»Mal den Teufel nicht an die Wand, Bruderherz.«

»Wenn sie damit durchkommt, hat sie das vor allem deiner monatelangen Abwesenheit zu verdanken«, warf Änny ein.

»Stimmt«, fügte Fanny hinzu. »Mit Ausnahme von Professor Rückert kannte kaum jemand deinen Namen, nur ein gewisser Dinglreiter argwöhnte, du wärst geschrumpft oder schwindsüchtig. Er war übrigens anhänglich wie ein ausgesetztes Hündchen. Aber zumindest beweist das, dass du überhaupt schon mal bei einer Vorlesung warst.«

Anton und Fanny standen einander gegenüber. Sie waren fast gleich groß, höchstens einen halben Kopf überragte der Bruder die Schwester. Beide schlaksig, geschmeidig wie Panter. Als Kinder hatten sie einander nach einem Streit umarmt, doch die Zeiten waren vorbei.

»Ich muss zugeben, so viel Schneid hätte ich dir nie im Leben zugetraut«, brach Änny in den vertrauten Moment der Zwillinge ein. Es klang wie eine Provokation. »Wie gedenkst du, das Fräulein und auch den Jüngling auf Dauer zu verbergen?« Mit ihrer Bürste deutete Änny in Richtung Fannys Kopf.

»Die Haare meinst du?«

»Willst du ab jetzt immerzu ein Kopftuch tragen?«

Fanny zog die Finger durch den blonden Schopf. Es fühlte sich nach wie vor fremd an, und manchmal, vor allem wenn sie in ihr Nachtgewand schlüpfte, ertappte sie sich dabei, wie sie nach hinten griff, um ihre nicht mehr vorhandenen, normalerweise für die Nacht zu Zöpfen geflochtenen dicken Haare aus dem Nacken zu holen.

Keine zwei Stunden, nachdem sie am Neujahrsmorgen die Schere aus der Hand gelegt hatte, bereute sie die Tat bereits, gab vor, an einer Ohrenentzündung zu leiden und band sich ein Kopftuch um. Vierzehn Tage lang. »Es hat einige Versuche und unzählbar viele winzige Stiche gebraucht, aber mit der weichen, anschmiegsamen Tresse von der Kostümschneiderin, die für das Theater Perücken näht, habe ich ein fast perfektes Haarteil hinbekommen.« Am liebsten hätte Fanny es aus ihrem Zimmer geholt, um Änny zu zeigen, wie gut es funktionierte. »Mit Hilfe einer dünnen Schnur und ein paar Spangen klippe ich die abgeschnittenen Strähnen fest.« Ihr Bruder trug das Haar für ihren Geschmack seit jeher viel zu lang, doch jetzt kam Fanny genau das zugute. »Die kurzen Enden fallen über die längeren und verdecken den Ansatz, und wenn ich die Haare hochstecke und mit Hüten und Schleifen drapiere, merkt kein Mensch etwas.«

»Wann hast du sie abgeschnitten?«

»Am ersten Januar.«

Änny klatschte in die Hände. »Das kann nicht sein. Ich habe nichts bemerkt.«

»Ich genauso wenig«, Anton stand auf, »aber ich kann mir Erquicklicheres vorstellen, als die Einzelheiten der Frisurenlüge mit euch zu erörtern, also entschuldigt mich. Ich werde mich jetzt anziehen, und dann sollten wir einen kleinen Spaziergang unternehmen.«

»Um dabei die Details zu besprechen. Einverstanden?« Fanny fürchtete sich ein wenig vor der Antwort, doch ihr Bruder nickte.

»Meinetwegen.«

Wenigstens schien Anton klar zu sein, dass es einige Dinge zu regeln gab, damit ihr eben getroffenes Arrangement für beide Seiten funktionierte. Sie ging zur Tür und wollte dem Bruder folgen.

»Bist du dir im Klaren, worauf du dich da einlässt, Fanny?« Ännys Stimme klang wenig euphorisch.

»Habe ich denn eine Wahl?«

»Durchaus.« Die Schauspielerin griff in die Schublade ihres Frisiertisches und streckte ihr ein bedrucktes Blatt entgegen. »Du solltest dich nicht verkleiden müssen, um das zu tun, was du tun willst.«

»Ich sehe keinen anderen Weg.«

»Dann suche nach einem.«

Fanny zuckte mit den Schultern. »Ich suche schon mein ganzes Leben.«

Das ließ Änny nicht gelten. Sie schüttelte den Kopf. »Wie stellst du dir das langfristig vor? Im Detail?«

Fanny kannte die Schwächen ihres Vorhabens selbst, nur wollte sie nicht daran erinnert werden. Nicht jetzt. »Du warst es doch, die mich ermutig hat.«

»Doch nicht dazu. Wo, meinst du, führt das hin? Du besuchst Antons Vorlesungen, legst seine Prüfungen ab, aber er wird am Ende auf dem Papier der Arzt sein. Nicht du.« Sie wedelte mit dem Zettel durch die Luft, wollte, dass Fanny ihn nahm. »Wenn es überhaupt so weit kommt, denn ich würde mein letztes Geld darauf verwetten, dass deinem Bruder euer Spielchen schon vorher lästig wird und er sich seinen eigenen Zielen zuwendet, anstatt sein Leben zu vergeuden.«

»Ich hatte bislang nicht den Eindruck, dass ein solcher Sinneswandel kurz bevorsteht oder du ihn dazu ermunterst. Im Gegenteil.«

»Darauf willst du dich verlassen? Um irgendwann in *seiner* Praxis *seine* Patienten zu behandeln? Damit gibst du dich zufrieden?«

Allmählich ärgerte sich Fanny über Ännys Moralpredigt. Sollte sie zu Hause sitzen bleiben, wie sie es immer getan hatte, und darauf hoffen, dass die Welt zur Vernunft kam und Frauen gestattete, ihre Talente zu nutzen? Sie hatte lange genug gewartet.

»Mach dich nicht kleiner, als du bist.«

»Das sagst ausgerechnet du mir? Eine ... eine, die ...«

Durch den Spiegel sah Änny Fanny lange an, dann stand sie auf und lief die paar Schritte zur Chaiselongue. »Ich glaube, du gehst jetzt besser. Aber vergiss deine Aufzeichnungen nicht, Fräulein Student. Du wirst sie brauchen, wenn dein Bruder die Promotion mit *summa cum laude* abschließen soll.« Sie sortierte die herumliegenden losen Blätter in die Kladde, doch mitten in der Bewegung erstarrte sie und taumelte rückwärts.

Fanny war mit zwei Schritten bei ihr und wollte sie am Arm fassen, doch die Schauspielerin wehrte ab und zeigte auf die Tür.

»Raus hier!«

 ## Graggenau

drei Tage später | Restaurant Eckel, Burgstraße 17

Lulu hätte Ida am liebsten den Mund zugehalten. Sie wollte hören, was die neue Rednerin zu sagen hatte.

»Im Vergleich zum Vorjahr können wir mit 433 Namen auf der Liste einen Zuwachs von achtundachtzig Mitgliedern vermelden, hiervon 383 aus München, und wenn man die Ortsgruppen hinzugerechnet, noch einmal …«

Schon wieder stieß Ida sie unter dem Tisch an. »Bist du dir sicher?«

Die hübschen weißen Decken im *Restaurant Eckel* hingen weit über die Tischkanten herab, leisteten Idas Ungeduld also ungehindert Vorschub. Sie, Lulu und Elsa hatten einen Platz direkt am Kachelofen ergattert, allmählich wurde ihnen heiß, und Ida fing offensichtlich an, sich zu langweilen.

»Erhebungen über die Lohnverhältnisse auf den Arbeitsgebieten der Frauen konnte leider noch nicht begonnen werden, da ...«

Wieder spürte Lulu ein Rempeln am Knie. »Er schlägt ein Tête-à-Tête auf der Magdalenendult vor? Im Ernst?« Der Atem der Freundin zischte vor Missbilligung, sie legte Lulu eine Hand mit vier ausgestreckten Fingern in den Schoß. »Das wären von heute an gerechnet noch vier Monate und zwanzig Tage. Du musst dich verhört haben.«

»Dagegen ist das vom Verein herausgegebene Buch über die Wohlfahrtseinrichtungen Münchens fast fertig. Frau von Trentini ...«

Lulu gab es auf, dem Bericht über das abgelaufene Vereinsjahr zu folgen. Ida würde keine Ruhe geben, ehe sie jedes noch so kleine Detail kannte. Nur gab es leider nicht viel mehr zu berichten. Lulu hatte sich keineswegs verhört. *Am Magdalenensonntag um zwölf Uhr auf der Alm*, das waren Thaddy Pschorrs geflüsterte Worte gewesen. Keines mehr und keines weniger und er konnte damit nur den 23. Juli gemeint haben, den Sonntag des Magdalenenfestes eben, und die *Alm* war ganz gewiss die oberbayerische Almhütte im Volksgarten. Was sonst? Eine echte Alm in den Bergen?

»Wünscht man sich ein Stelldichein mit einer Dame, lässt man sie doch nicht monatelang warten?«

Genau die gleiche Frage hatte sich Lulu in den letzten Tagen wieder und wieder gestellt. War kein früherer Termin frei gewesen? Weil vor ihr so viele andere Damen an der Reihe waren, die alle – auf die womöglich allzu freizügig verteilten Einladungen dieses Halunken hin – zu heimlichen Treffen mit ihm eilten? Bestellte er sich gar jeden Tag ein Fräulein auf die Alm?

»Ich gehe sowieso nicht hin.«

Ida verkniff sich ein Lachen. »Oh doch, das wirst du.«

»Niemals. Ich lasse mich doch nicht einbestellen wie eine dahergelaufene ...«

»Wieso mussten wir dann am Sonntag im Volksgarten gleich dreimal an der Almhütte vorbeilaufen, obwohl sie nicht einmal geöffnet war?«

Lulus Wangen fingen Feuer, am liebsten wäre sie zu Elsa hinübergerutscht, die mit dem Rücken am Kachelofen lehnte und aussah, als würde sie jeden Moment einschlafen. Sie und Ida hatten bislang nur wenige Worte gewechselt, Liebe auf den ersten Blick war das mit den beiden nicht. Schade.

»Weshalb hast du dann andauernd dein Näschen in den Wind gereckt, als wärst du ein Jagdhund auf Fährte?«

Es stimmte. Den ganzen Sonntag lang hatte Lulu nach diesem Schlawiner Ausschau gehalten. Jeder vorbeiflanierende Kalabreser ließ ihr das Herz bis zum Hals klopfen.

»Wenn Hardy wüsste, wie leicht dich ein paar Unverschämtheiten entflammen, vielleicht könnte er dich dann auch endlich erobern. Soll ich ihm verraten, wie er es anstellen soll?« Übermütig puffte Ida unter dem Tisch gegen das Knie der Freundin.

»Untersteh dich!«

»... Fräulein Oberlehrerin Schmid plädiert für die Aufrechterhaltung unserer Zeichenklasse, die den Verein allerdings mit einer jährlichen Ausgabe von 150 Mark belastet, die sich aber bald als nützlich ...«

»Hast du sie schon gesehen?«

»Wen?«

»Na, die Schauspielerin.« Ida nickte in Richtung des Tisches gegenüber. »Sie hat in diesem naturalistischen Drama von Gerhart Hauptmann mitgespielt. *Fuhrmann Henschel*, im Münchner Schauspielhaus. Hat die Gattin gemimt, allerdings mehr schlecht als recht, wenn du mich fragst. Wie hieß sie noch gleich?«

Lulu drehte den Kopf ein wenig und sah möglichst unauffällig hinüber.

»Hanne ... Anne. Nein, Änny. Und wie noch?«

»Geissler-Lee?«

Ida nickte. »Sie ist etwas blass geblieben, fandest du nicht?«

»Mir hat sie gefallen. Die Intensität ihres Blickes, die ...« Lulu stockte, fasste Ida am Arm, zog sie zu sich heran und schnippte mit den Fingern in Elsas Richtung, um deren Aufmerksamkeit ebenfalls auf den Nebentisch zu lenken. »Jetzt ratet mal, wer noch dort drüben sitzt.«

Fanny kontrollierte zum hundertsten Mal die Nadeln, mit denen sie das Haarteil und den Hut festgesteckt hatte. Sie versuchte Änny zu ignorieren, die ein paar Plätze weiter gerade »Könnten wir bitte die Plätze tauschen?« zu ihrer Sitznachbarin sagte.

»Die Mittel für die Herstellung eines Flugblattes müssen dringend bereitgestellt werden. Mit unseren wichtigsten Gedanken und Forderungen in leicht verständlicher Sprache, schlicht und überzeugend geschrieben, um endlich auch all jene zu erreichen, die der Frauensache bisher nichts abgewinnen können oder in Vorurteilen darüber befangen sind.«

Allgemeine Zustimmung machte sich im Saal breit, Änny rückte ein weiteres Mal auf und saß nun direkt neben Fanny.

»Du bist ja doch gekommen. Das überrascht mich.«

Fanny hob die Schultern. Sie hatte das Programm der Generalversammlung des Vereins für Fraueninteressen am Sonntag nach dem Streit in ihrer Kladde gefunden. Änny musste es kurz vor dem Rauswurf aus ihrem *cabinet de toilette* hineingeschoben haben. Fanny verstand durchaus: Nicht jede junge Frau hatte einen Zwillingsbruder, für den sie sich ausgeben konnte, um ihren Traum zu leben. Es musste sich dringend etwas ändern. In der Gesellschaft. In den Köpfen der Menschen. Sie mussten für ihre Rechte eintreten. Natürlich! Den Ausschlag für ihr Kommen hatte aber ihr lieber Zwillingsbruder gegeben, der sie am Abend mit seinem Gezeter über den Zustand der Wohnung, die Kälte und die nicht vorhandene Nahrung aus der Heimstatt vertrieben hatte.

»Erspar mir eine weitere Moralpredigt. Du wirst mich nicht davon abbringen, zur Universität zu gehen.«

Fanny hatte inzwischen eine ganze Reihe von Professoren gehört und jeden Kurs besucht, der im Vorlesungsverzeichnis stand. Sie war von früh bis spät in der Universität gewesen und hatte jede Sekunde davon genossen. Die anderen wunderten sich zwar über Studiosus Paintners so unerwartet entflammten Fleiß, und sie bekam von Professoren wie Kommilitonen deshalb Hohn und Spott zu hören, doch niemand schöpfte bislang auch nur den leisesten Verdacht.

Sogar Anton spielte brav mit. Er erwachte ohnehin meist erst in den Abendstunden so richtig zum Leben, daher war es für ihn kein großes Opfer, nicht aus dem Haus zu gehen, solange Fanny in seinen Kleidern steckte. Nur die Wohnung verwahrloste zusehends, sie kam nicht dazu, für ihn zu kochen, und auch das Geld wurde immer knapper, denn Anton sah nicht ein, sich einzuschränken oder gar selbst zur Aufbesserung der Kasse etwas beizusteuern. Ganz im Gegenteil, er verprasste in letzter Zeit noch mehr Geld in den Kneipen als zuvor, und wenn nichts Warmes auf dem Tisch stand, sobald ihn der Hunger plagte, ging er einfach ins Wirtshaus und bestellte sich eine Portion Schweinebraten mit Knödel. Er war von klein auf daran gewöhnt, dass sich alles um ihn drehte, dass man ihm jede Last abnahm. Die Welt war so einfach für ihn. Es gab für ihn nicht den geringsten Zweifel daran, dass jede Mark, die die Eltern schickten, allein ihm zustand. Fanny musste für das, was sie brauchte, selbst aufkommen, aber immer öfter schlief sie am Küchentisch ein, wenn sie nach den dringlichsten Hausarbeiten vor dem Zubettgehen noch versuchte, die liegengebliebenen Übersetzungsaufträge zu erledigen. Seit Sonntag hatte sie erst zehn Seiten des neuen Prévost übersetzt.

Änny hob abwehrend die Hände. »Keine Moralpredigt. *I promise.*«

Überrascht wandte Fanny den Kopf. Woher der Sinneswandel? Inzwischen tat es ihr ohnehin leid, dass sie bei der kleinen Meinungsverschiedenheit erneut auf die Kartensache angespielt hatte, aber wenn sie sich über etwas ärgerte, rutschten ihr manchmal Dinge heraus, die sie hinterher bereute. Das zog sich durch ihr ganzes Leben, und es hatte ihr schon oft genug Ärger eingebracht. Vermutlich hätte sie sich sogar bei Änny entschuldigt, wenn sich dafür eine Gelegenheit ergeben hätte, aber die Schauspielerin hatte sich in den letzten Tagen – ganz entgegen ihrer Gewohnheit – kein einziges Mal unten blicken lassen. Fannys Zweifel an ihrer Moral hatten sie wohl sehr gekränkt. Himmel! Änny wäre deshalb um ein Haar ohnmächtig geworden und hatte Fanny danach hochkant hinausgeworfen. So reagierte nur jemand, der sich zu Unrecht beschuldigt fühlte. Oder? Dieser Ferdl musste da etwas verwechselt haben, es konnte gar nicht anders sein.

Ferdl.

Ein beängstigend warmes Glimmen erwachte in Fannys Bauch. Sie lächelte.

»Kann ich dich etwas fragen?«, flüsterte Änny.

»Jetzt?« Eine neue Rednerin erläuterte gerade die Gründe für die nötig gewordenen Änderungen der Statuten.

»Draußen?« Änny nickte in Richtung Ausgang. »Auf der Tagesordnung stehen nur noch der Rechenschaftsbericht und die

Ergänzungswahl. Das ist nicht sonderlich aufregend, und du hast sowieso noch kein Stimmrecht.«

Der ausgefüllte und unterschriebene Aufnahmeantrag lag vor Fanny auf dem Tisch. »Aber ...«

»Richtig interessant wird es erst bei den Mitgliederabenden, glaub mir. Immer donnerstags um acht Uhr treffen wir uns hier im *Eckel* zum Meinungsaustausch. Manchmal sind wir zwanzig, manchmal dreißig Frauen, und nach den Vorträgen zu den verschiedensten Themen debattieren wir über das Gehörte. Eine jede kann ganz ungezwungen üben, ihre Meinung nicht nur laut zu äußern, sondern sie auch mit Hilfe von klugen Argumenten zu untermauern. Wie sonst sollen wir tüchtige Vertreterinnen der Frauensache werden?« Änny trank einen Schluck aus ihrem Weinglas. »Du wirst dich noch wundern, wie viele Vorurteile es gegenüber unseren Bestrebungen gibt, wie groß die Gleichgültigkeit ist und vor allem wie feindselig uns manche Menschen begegnen. Dagegen kommen wir nur an, wenn wir schlagfertig, besonnen und mit entsprechender Sachkenntnis argumentieren.«

Jeden Donnerstag? Dafür fehlte Fanny die Zeit. Andererseits erinnerte sie sich an zu viele Gelegenheiten, bei denen sie nicht die richtigen Worte parat gehabt hatte, wenn es darum ging, die Ungerechtigkeiten des Lebens anzuprangern, die den Frauen wie selbstverständlich zugemutet wurden. Auch an der nötigen Besonnenheit mangelte es ihr oft.

»Einige von uns sind außerdem versierte Velozipedistinnen. Nächste Woche startet ein neuer Anfängerkurs. Du solltest dich einschreiben, dann könntest du auf dem Weg von und zur Universität viel Zeit sparen. Das Rad deines Bruders steht doch tagsüber sowieso meist nutzlos im Hauseingang.«

»Es ist ein Herrenrad.«

»Eben.«

»Pssst!« Eine Dame mittleren Alters warf ihnen böse Blicke zu.

»Bitte lass uns kurz hinausgehen, ich muss dich unbedingt etwas fragen. Bitte!«

Also stand Fanny auf, schlängelte sich wie Änny durch die dicht besetzten Tische hinaus auf die Burgstraße und lief ihr in Richtung Marienplatz hinterher.

Vor dem Alten Rathaus blieb die Schauspielerin unter einer Laterne stehen, holte ein Blatt Papier aus der Tasche und streckte es Fanny entgegen. »Was ist das?«, fragte sie mit belegter Stimme. »Und wo hast du es her?«

Es war die Skizze, nach der Fanny bereits gesucht hatte. Von der Toten aus Rückerts Präparierkurs. »Die Frage müsste wohl eher lauten: Wo hast du das her?«

»Sie lag auf der Chaiselongue. Ist vermutlich aus deiner Kladde gefallen, als ...«

... sie sich neulich gestritten hatten. Fanny nickte. Das konnte gut sein. »Und wieso hast du sie mir nicht zurückgegeben?«

»Weil ...« Änny winkte ab. »Wo ist diese Zeichnung entstanden?«

»Im Anatomischen Institut. Wo sonst?«

»Hast du das gezeichnet?«

»Ja.«

»Hat sie Modell gesessen?«

Was war das für eine Frage? Zwar sah das Gesicht der Frau beinahe unversehrt aus, aber die Kopfschwarte über der Schädeldecke fehlte. Im Gegensatz zu ihrem Bruder war Fanny eine recht talentierte Zeichnerin, und wie die meisten Kommilitonen hielt auch sie die freipräparierten Strukturen als Erinnerungsstütze skizzenhaft in ihren Aufzeichnungen fest. Das Gesicht der Toten war ihr besonders gut gelungen, und sie hatte sehr viel Zeit darauf verwendet, worüber Rückert sich prompt lustig gemacht hatte.

»Nein. Sie war kein Modell. Ich wurde ihrem Tisch zugeteilt. Im Präparierkurs.«

Ännys Gesichtsausdruck verriet, dass sie kein Wort verstand, also erzählte Fanny von ihrem ersten Tag an der Universität. Je lebhafter und ausführlicher sie berichtete, umso mehr sackte Änny in sich zusammen.

»Dann ist sie tot?«

»Tja, das ist die Grundvoraussetzung, um als Leichenmaterial in der Anatomischen Anstalt zu landen.«

Änny schlug die Hände vors Gesicht, und Fanny schämte sich sofort für ihre flapsigen Worte.

»Du kennst sie?« War Änny deshalb nach dem Streit vor ein paar Tagen fast umgekippt? Weil sie die Zeichnung gesehen hatte?

»Ich wusste es. Ich wusste es! Er hat sie umgebracht.«

»Umgebracht? Das kann nicht sein. Für die Präparierkurse werden nur Leichen verwendet, die eines natürlichen Todes gestorben sind, alle anderen kommen ins Pathologische Institut. Deshalb sind es meistens ältere …«

Änny sah Fanny entsetzt an. »Mir ist das die ganze Zeit schon komisch vorgekommen. Rosa hat nie erwähnt, dass sie nach Amerika wollte.«

»Amerika?«

»Ja! Von einem Tag auf den anderen war sie wie vom Erdboden verschluckt. Ihre Vermieterin sagte, sie wäre am Tag vor Silvester nach Hamburg gereist, um von dort eine Schiffspassage nach New York zu nehmen.« Änny drehte sich einmal im Kreis, fasste sich an die Stirn, als hätte sie Fieber. »Sie hat mir sogar einen Prospekt von der Hamburg-American Line gezeigt.«

»Vielleicht stimmt es ja.«

»Rosa war meine engste Freundin.«

»Womöglich hat sie sich nicht getraut, es dir zu sagen.«

»Und das Bild?«

»Es ist nur eine Zeichnung.«

»Kann ich sie sehen?«

Fanny hielt die Skizze noch immer in der Hand, sie streckte sie Änny entgegen. »Hier.«

»Nicht auf dem Papier. Bring mich ins Anatomische Institut. Wenn ich sie vor mir habe, werde ich wissen, ob sie es ist.«

»Unmöglich.«

»Warum?«

»Weil ...« Es gab tausend Gründe, die dagegensprachen, aber einer ganz besonders. »Weil von ihrem Gesicht kaum noch etwas übrig ist.« Seit dem ersten Präparierkurs waren zwar erst ein paar Tage vergangen, aber seither hatten verschiedene Studenten täglich an allen Regionen des Körpers gearbeitet – auch am Kopf.

»Trotzdem.«

»Außerdem kann ich dort nicht aus und ein gehen, wie es mir beliebt.«

»Bitte! Ich brauche Gewissheit. Sie war schwanger. Wenn das wirklich Rosa ist«, sagte Änny und tippte auf die Zeichnung, »werde ich diesen ...«

Weiter kam sie nicht. Drei schrille, kurz aufeinanderfolgende Pfiffe durchschnitten die Nachtluft, und mit ihnen kam eine abgerissene Gestalt aus Richtung des Alten Hofs angelaufen. Hinterdrein ein Schutzmann mit Signalpfeife im Mund, offensichtlich am Ende seiner Kräfte, denn als zwei kurze Pfiffe aus Richtung Viktualienmarkt retour kamen, blieb er stehen und stützte sich auf den Oberschenkeln ab, um zu verschnaufen.

Es dauerte einen Moment, ehe Fanny erkannte, dass der Mann von der Polizei verfolgt wurde und direkt auf sie zuhielt. Sie fasste Änny am Handgelenk und zog sie in den Schutz der Arkaden. Keine Sekunde später passierte der Verfolgte ihr Versteck, überlegte es sich im letzten Moment anders, machte kehrt und flüchtete sich ebenfalls unter den Säulenbogen des Alten Rathauses. Er sog scharf die Luft ein, als er ihnen direkt vor die Füße stolperte. Ein saurer Gestank nach Schweiß, Bier und Rauch hüllte Fanny ein, und ehe sie richtig darüber nachdachte, stieß sie den Kerl mit aller Kraft von sich. Er taumelte rückwärts, ruderte mit den Armen durch die Luft, landete auf dem Hosenboden und wollte sich gerade fluchend hochrappeln, als ein weiterer Schutzmann um die Ecke bog. Auf einem Dienstrad. Fanny wäre um ein Haar in die Knie gesackt. Es war Ferdinand Schiffer.

»Festnehmen und schließen!«, schrie der andere Gendarm, während er heftig schnaufend im Stechschritt herbeieilte. »Ein Malheur bei der Festnahme, das asoziale Subjekt ist mir dummerweise entwischt.«

Doch so einfach war es nicht. Ferdl hatte Mühe mit dem Delinquenten, denn der wehrte sich nach Leibeskräften. Mitten im Gerangel flog ein zerfleddertes Heft durch die Luft und landete vor Fannys Füßen. Vorsichtig stieß sie es mit der Stiefelspitze an und verbarg es unter ihren Sohlen, ohne zu wissen warum. Ihr Herz pochte wie wild, setzte ihren Verstand schachmatt. Ferdl war keine zehn Schritte entfernt und drehte dem Verfolgten endlich den Arm auf den Rücken. Ob er sich wohl an sie erinnerte?

Ein Schmerzensschrei hallte von den Mauern wider und brachte Fanny zur Vernunft. Bang verfolgte sie, wie die Polizisten dem Mann gemeinschaftlich Handschellen anlegten, ihn hochzogen, gründlich durchsuchten und zwischen sich nahmen. Noch immer standen sie mit dem Rücken zu ihnen.

»Ins Dienstlokal des Ersten Bezirks, Stationskommandant Fabris?«, fragte Schutzmann Schiffer.

»Das übernehme ich selbst. Bis ins Tal sind es ja nur ein paar

Schritte.« Fabris wandte sich um. »Mit den Damen alles in Ordnung?«

Erst jetzt bemerkte auch Ferdl die beiden Fräulein unter den Arkaden. Er erkannte sie sofort, Fanny sah es in seinem Gesicht, und es gefiel ihr.

»Hat der Mann Sie bedroht?«

Äny knipste ihr bestes Lächeln an und schilderte dem Stationskommandanten die Sachlage. Fabris hörte aufmerksam zu, und je länger Äny sprach und lächelte, desto fiebriger glänzten die Kommandantenaugen.

»Es ist erste Pflicht der Königlichen Schutzmannschaft, für die Aufrechterhaltung von Moral und Sicherheit in dieser Stadt zu sorgen«, eiferte sich Fabris und ließ sich dazu hinreißen, ein wenig aus dem Nähkästchen zu plaudern.

Fanny verstand nur wenig von dem, womit er sich brüstete, spürte stattdessen Ferdls forschenden Blick, der zwischen ihr und Äny hin und her sprang, dachte immerzu an die Visitenkarten, hörte seine Stimme *stadtbekannt, fortgesetzter Wiederholungsfall, Strafmaß* sagen und wollte dennoch so gern wissen, wieso er auf einem Fahrrad Dienst tat und nicht im Sattel seiner Pechmarie saß. Die Stute war doch nicht wirklich beim Schlachter gelandet? Fanny wurde ganz flau im Magen.

»Dank akribischer Ermittlungsarbeit unserer Station haben wir diesen Kuppler dingfest gemacht.«

Kuppler? Spätestens jetzt sackte Fanny das Blut in die Fußsohlen, doch in ihrem Oberstübchen blieb gerade genug übrig, um endlich zu verstehen, was sie vorhin erst unter der Schuhsohle verborgen und dann vom Boden aufgelesen hatte. Sie ließ das Büchlein fallen. Wie eine heiße Kartoffel.

»Hoppla!« Ferdl bückte sich. Sein Blick sprach Bände. »Interessant.«

»Ist das etwa …?«, Fabris konnte sich nur mit Mühe von Änny losreißen und nahm Schiffer das kleine Geheft aus der Hand, »das gesuchte Beweisstück?« Er wandte sich an Fanny. »Woher haben Sie das?«

»Es muss … Der Mann … Es lag auf einmal …«

»Es ist meiner Freundin vor die Füße geflogen«, übernahm Änny. »Vorhin, als der Schutzmann den Flüchtigen überwältigt hat. Vermutlich wollte er es loswerden.« Sie zeigte auf den Festgenommenen.

»So ein Schmarrn! Des g'hört mir ned. Des hob i noch nie g'sehn. I schwör aufs Leb'n von da Mutta.«

»Mäßigen Sie Ihre Stimme, Breitenberger, sonst setzt's was«, intervenierte Fabris und wollte von Fanny erfahren, wieso sie das nicht früher erwähnt hatte.

»Ich …« Keinen vernünftigen Satz brachte sie über die Lippen, nur die Namen ratterten in einem fort durch ihre Gedanken: Regina Knurr, Lisbeth Niederhöfer, Lina Schlenz und Marie Serini. Dazu waren jeweils das Datum und ein Geldbetrag notiert. Immer zwischen drei und zehn Mark. Ferdl musste glauben, dass sie … Erst recht, da er sie hier in Begleitung von Änny Geissler-Lee antraf, der stadtbekannten …

»Lieber Stationskommandant Fabris«, sprang Änny ihr ein weiteres Mal bei und hakte sich bei dem Polizisten ein. »Sie nehmen doch hoffentlich nicht an, dass zwei unbescholtene junge Damen wie wir mit so einem Luis«, sie lachte keck, »oder Strizzi, wie man hier in München sagt, gemeinsame Sache machen?

»Natürlich nicht, gnädiges Fräulein. Ich wollte nur sichergehen, dass alles seine Richtigkeit hat.«

Ferdl verdrehte die Augen, fasste Breitenberger fester am Oberarm und beugte sich nach kurzem Zögern ans Ohr seines Vorgesetzten.

»Ach was, Schiffer. Da täuschen Sie sich.«

»Wir wollten nur kurz frische Luft schnappen«, begann Änny von Neuem, so treuherzig dreinblickend, wie ein Dackel es nicht besser könnte. »Eigentlich sind wir gerade auf der Generalversammlung unseres Vereins im Restaurant *Eckel*.«

Die Neuigkeit schien Fabris erstmals nicht noch mehr für die fesche junge Schauspielerin zu begeistern – im Gegenteil. »Aha, zu diesen Emanzipierten gehören Sie?«

»Ganz recht«, bestätigte Änny zuckersüß, als hätte sie den mokanten Tonfall überhört. »Würden Sie uns freundlicherweise wieder hineinbegleiten? Nach diesem Schrecken.«

Der Stationskommandant rang sich ein Lächeln ab und wies in Richtung Eingang des Weinlokals. »Wir haben die Lage ja nun im Griff, und es sind nur ein paar Schritte.« An Schiffer gewandt sagte er: »Es wird so sein, wie die Damen sagen, die Hauptsache ist doch, dass das gesuchte Beweismittel aufgetaucht ist.«

»Wie Sie wollen, Herr Stationskommandant.«

»Jetzt aber schleunigst zurück mit Ihnen auf Patrouille und vergessen Sie mir nicht, den Zwischenfall wie vorgeschrieben ins Dienstbuch einzutragen.«

Ferdl tippte an seinen Helm, schwang sich aufs Fahrrad und sah Fanny im Vorbeifahren in die Augen. Auf genau die gleiche Weise, wie es die Mutter tat, wenn sie überhaupt nicht gut auf sie zu sprechen war. Am liebsten wäre Fanny im Erdboden versunken. Wieso hatte sie dieses dumme Heft auch fallen lassen, als wäre sie in flagranti bei irgendeiner Gaunerei ertappt worden? Er musste ja denken, sie hätte …

»Was war das denn zwischen dir und diesem jungen Gendarmen?« Änny packte Fanny am Arm und dirigierte sie resolut in die andere Richtung, zurück zum Restaurant, weil sie dem Schutzmann weiterhin wie paralysiert hinterherstarrte, obwohl er längst das Turmtor des Alten Rathauses passiert hatte. »Woher kennst du ihn überhaupt? Ich dachte, du gehst nicht aus. Nur wie sonst findet man einen schneidigen Verehrer wie ihn?«

»Verehrer?« Fanny lachte viel zu laut. »Da liegst du weit daneben.« Und dann erzählte sie Änny einfach die ganze dumme Geschichte. Fing damit an, wie sehr sie sich an Heiligabend über die stibitze Zugfahrkarte geärgert hatte, und ließ nichts, aber auch gar nichts aus, auch nicht den Moment, als ihre Lippen vor der Reiterkaserne die Wange des Schutzmanns berührt hatten.

»Du lieber Himmel!« Änny schwankte zwischen Heiterkeit und Entsetzen. »Das erklärt zumindest, wieso du vorhin so komisch reagiert hast. Dabei bin ich diejenige …«

Das Unausgesprochene geriet ihnen wie Treibsand unter die Füße, machte die wenigen Schritte bis zum *Eckel* schier unüberwindbar. Erst als Fanny erneut begann, Hut und Haare zu sortieren, fasste Änny sie am Ellbogen und zog ihn nach unten.

»Hör auf damit! Alles sitzt perfekt. Heutzutage täuschen die meisten Damen mit falschen Strähnen und Lockenpuffen mehr Pracht vor, als wirklich vorhanden ist.« Änny lächelte mühsam. »Außerdem danke.«

»Wofür?«

»Dass du mich nicht an Anton verraten hast.«

Fanny erstarrte. Hatte Änny gerade zugegeben, dass sie …?

»Ich an deiner Stelle hätte es getan. Immerhin ist er dein Bruder.«

»Dann stimmt es also?«

»Ja. Das Geld, das ich mit der Schauspielerei verdiene, reicht hinten und vorne nicht.«

Eine bleierne Schwere fuhr Fanny in die Glieder, sie schloss die Augen. Sie hatte so sehr gehofft, Ferdinand Schiffer habe sich getäuscht.

Änny hob die Schultern und ließ sie wieder fallen. »Keine Moralpredigt. Bitte. Ich kann viel ertragen, aber nicht das. Nicht aus deinem Mund. Ab hier gibt es für dich und mich ohnehin nurmehr zwei Möglichkeiten: Entweder du akzeptierst, was ich bin, oder du drehst dich jetzt um und gehst. Aber versprich mir noch eine Sache, ehe du dich entscheidest. Bring mich ins Anatomische Institut. Ich muss wissen, ob die Frau auf deiner Skizze wirklich meine Freundin Rosa ist.«

Fanny war sprachlos. Wie konnte Änny in einem Atemzug die schlimmste aller Beichten ablegen und zugleich Forderungen stellen? Gerade rechtzeitig beugte sie sich ein Stück zur Seite und verhinderte damit, dass Änny ihren Arm griff.

»Ich bezahle dich, wenn du mich zu ihr bringst. Einhundert Mark? Dann könntest du dich zwei oder gar drei Monate ganz auf die Universität konzentrieren.«

»Ist sie auch …?«

»Eine Dirne? Wie ich?« Änny ließ die Hand sinken. »Ja. Wenngleich ich die Bezeichnung *grande amoureuse* vorziehe.«

Mehr konnte Fanny beim besten Willen nicht ertragen. Erst dieses neuerliche, mehr als unrühmliche Aufeinandertreffen mit Ferdl und jetzt das. Sie rannte die letzten Schritte, riss die Tür zum *Eckel* auf, um Cape und Schirm zu holen, und rauschte mit Karacho in ein Grüppchen junger Damen, das gerade den Heimweg antreten wollte.

Fanny war nach der Karambolage noch damit beschäftigt, ihren ausladenden Samthut zurechtzurücken, als sie erkannte, wen sie da vor sich hatte.

»Sie?«, hörte sie auch schon diese Lulu von Ranke sagen, als sie sich dicht an Fanny vorbei in Richtung Ausgang schob und dabei das Gesicht verzog, als stinke es nach Fisch. Änny – der echten Bordsteinschwalbe – hingegen, die noch unentschlossen auf der

Türschwelle stand, schmierte sie lächelnd ein paar freundliche Worte hin.

»Wir haben Sie in *Fuhrmann Henschel* sehr bewundert, Fräulein Geissler-Lee«, sagte sie zuckersüß und tippte die blonde Schönheit an, die sie im Schlepptau hatte und die Fanny musterte, als wäre sie eine Attraktion im Volksgarten. »Nicht wahr, Ida?«

Himmel, Arsch und Zwirn! Fanny rang um Fassung, sie atmete tief durch. Auch die Verzweifelte gehörte offensichtlich zum Fräulein-Dreigestirn, wenngleich sie sich abseits hielt und mit sich selbst beschäftigt war. Ihre Wangen waren voller als an Heiligabend auf der Straße, sie sah auch nicht mehr aus wie ein halb ertränktes Kätzchen, doch es war die tiefe Blässe um ihre Nase, weshalb Fanny sie fast nicht wiedererkannt hätte und die gewiss nichts Gutes verhieß. Doch ehe Fanny sich weiter um den Allgemeinzustand von Fräulein Traurig Gedanken machen konnte, schwänzelte schon die ausnehmend hübsche Ida um sie herum. Sie fand eine vermeintliche Kartendame, für die sie Fanny ganz offensichtlich hielt und was ihr nur Lulu erzählt haben konnte, weitaus interessanter als Änny.

»Ida Herzog mein Name. Sehr erfreut. Sie sind mit dieser stadtbekannten Schauspielerin hier, nicht wahr?«

Stadtbekannt? Schon wieder dieses Wort. Fanny hätte sich am liebsten die Ohren zugehalten.

»Waren Sie wirklich im Gefängnis wegen dieser Sache an Heiligabend?«

Dieser Sache? Fanny konnte nicht fassen, dass die junge Frau ihr eine solche Frage stellte. Jetzt trat sie auch noch vertraulich an sie heran, ihre Augen funkelten vor Sensationslust. »Die Verhaftung wegen … Sie wissen schon«, flüsterte sie und räusperte sich.

»Nein«, entrüstete sich Fanny. »Das war ein Missverständnis. Wie oft soll ich es denn noch sagen?«

»Ach so.« Ida Herzog klang eindeutig enttäuscht.

Und dann brach es aus Fanny heraus. »Kreizbirnbamundhollerstauern! Ja san denn alle deppert wor'n? Niemand wurde verhaftet, Herrschaftszeiten!«

Ida trat einen Schritt zurück und zog Lulu zu sich heran. »Was sagt sie?«

»Kreuz, Birnbaum und Hollerstauden«, erklärte Lulu seelenruhig. »So rettet sich unsere Köchin auch immer gerade noch, wenn ihr fast schon ein Kreuzkruzifix über die Lippen rutscht.«

Das wurde ja immer schöner. Fanny schnaubte. Machten sich die feinen Fräulein etwa lustig? Dabei lagen ihr noch ganz andere Kaliber auf der Zunge. Fanny konnte schelten wie ein Kutscher. Schon immer. Und nach allem, was in den letzten Monaten passiert war, erst recht nach den falschen Anschuldigungen, tat es gut, etwas Dampf abzulassen. Außerdem hielten die versammelten Damen nun endlich den Mund, nur Änny kicherte in Fannys Rücken. Anfangs leise und verhalten, dann immer lauter, und erstaunlicherweise fielen erst Ida und nur zwei, drei Atemzüge später auch Lulu ein. Selbst Fanny vergaß darüber ihren Ärger, und bald konnten sie sich kaum mehr halten vor Lachen. Einzig Elsa verzog keine Miene, starrte auf eine unbestimmte Stelle über der Eingangstür, als gäbe es dort Hieroglyphen zu entziffern.

»Was ist mit ihr?«, fragte Fanny und wischte die Tränen aus den Augenwinkeln.

»Sie fühlt sich schon den ganzen Abend nicht gut«, erwiderte Lulu.

»Wir sollten schleunigst eine Kutsche rufen«, schlug Ida vor.

Daraufhin öffnete Elsa ihr braunes Rindsledertäschchen und erbrach sich hinein.

»Wenn da mal nicht jemand schwanger ist«, sagte Änny.

 **Klinikviertel**

am nächsten Tag | Haunersches Kinderspital, Lindwurmstraße 4

Elsas Gedanken drehten sich im Kreis, sie vermochte Professor Herzogs Ausführungen kaum zu folgen.

»Je früher man die Kanüle nach einer Tracheotomie entfernen kann, umso besser, da sich sonst womöglich Granulationsgeschwülste in der Luftröhre bilden.«

Es konnte, es durfte nicht wahr sein! Elsa wurde ganz flau im Magen. Und sie schämte sich. Vor Lulu. Vor den Barmherzigen Schwestern. Vor ihrer Mutter. Vor den Ärzten. Vor sich selbst.

»In manchen Fällen muss man es auf einen Versuch ankommen lassen, auch bei Paul. Seine Tracheotomie liegt nur zwei Tage zurück, beste Voraussetzungen also. Zeigt sich die Atmung nach der Herausnahme des Rohres frei, lässt man die Kanüle weg, andernfalls legt man sie für weitere ein bis zwei Tage ein.«

»Aber Clara hat nach kleineren anfänglichen Schwierigkeiten recht ruhig geatmet und dennoch Anzeichen von D…«

Elsa hörte, wie Lulu genervt Luft holte. Die medizinischen Begriffe machten ihr immer noch Schwierigkeiten. Bestimmt warf ihr Lulu in diesem Moment einen hilfesuchenden Blick zu, nur brachte es Elsa nicht über sich, sie anzusehen.

»Zeichen von Dyspnoe«, beendete Lulu den Satz und stieß einen langen Atemzug aus. »Nach über eineinhalb Tagen.«

»Das kommt hin und wieder vor«, bestätigte der Professor. »Auch wenn die Diphtheriemembranen verschwunden sind, führen die entzündlichen Schwellungen in der Kehlkopfschleimhaut manchmal zu Erstickungserscheinungen. Deshalb stehen die Kinder in den ersten Tagen nach dem *décanulement* unter ständiger Aufsicht einer sachverständigen Person, die imstande ist, die Kanüle falls nötig wieder durch den Wundkanal in die Luftröhre einzulegen.«

Dafür hatte Professor Herzog Elsa rufen lassen. Möglichst unauffällig lehnte sie sich gegen den Türrahmen. In ihrem Kopf pochte schon wieder dieser Schmerz, der ihr in den letzten Wochen zu einem treuen Begleiter geworden war. Am liebsten hätte sie das Vorzimmer zur Isolierstation fluchtartig verlassen, sich in ihrem Bett verkrochen und wäre nie wieder aufgestanden.

»Da sich der Kanal oft sehr schnell verengt«, fuhr Herzog fort, »benutzen wir, besonders wenn Komplikationen zu erwarten sind, sogenannte Entwöhnungskanülen. Das innere Rohr endet blind und dient als Verschlussstift, auch …«

»… Obturator genannt.«

Diesmal kam der Begriff wie aus der Pistole geschossen. Elsa freute sich für Lulu, auch wenn es ihr lieber gewesen wäre, die Tochter des Direktors wäre nicht schon um sieben Uhr früh mitten im größten Trubel der Frühstücksausgabe aufgetaucht. Um zu beobachten. Um sich Gewissheit zu verschaffen. Ob stimmte, was diese Änny tags zuvor einfach in die Welt hinausposaunt hatte, ohne Elsa zu kennen. Eine Frechheit.

Natürlich gab Lulu vor, alles wäre wie immer, aber ihre unschuldig, etwas verängstigt dreinblickenden blauen Augen ließen keinen Zweifel daran aufkommen, dass sie hier war, um nach Anzeichen zu suchen. Nach Hinweisen. Ob eine solche Ungeheuerlichkeit wahr sein konnte.

»Manchmal verlernen die Kinder, durch den Kehlkopf zu atmen, auch dann sind Entwöhnungs- oder gefensterte Kanülen gute Hilfsmittel, um die Patienten allmählich wieder an das richtige Atmen zu gewöhnen.«

Die Tür in Elsas Rücken ging auf, und obwohl sie nicht sehen konnte, wer hereinkam, las sie in Professor Herzogs Gesicht, dass es die Oberin war. Schnell trat sie zur Seite, um ihr Platz zu machen, und merkte, dass sich der Blick des Professors zwar verfinsterte, gleichzeitig aber ein angriffslustiges Funkeln in seine Augen trat, wie immer, wenn er Schwester Amalberga begegnete.

»Frau Oberin, was verschafft uns die Ehre?«

Er hatte sie in der Hand. So viel wusste Elsa inzwischen, denn laut Hausordnung, in der die Rechte und Pflichten der Barmherzigen Schwestern im Haunerschen Kinderspital festgeschrieben standen, durften die Ordensfrauen in allen medizinischen Belangen – im Gegensatz zum pflegerischen und hauswirtschaftlichen Bereich – nur auf Anweisung eines Arztes hin handeln. Unter keinen Umständen durften sie eigenmächtig Behandlungen durchführen, schon gar keine Intubationen. Käme ein solches Fehlverhalten dem Direktor des Kinderspitals je zu Ohren, würde die erst im November berufene Oberin gewiss ihres Amtes enthoben werden.

Zum Glück ahnte Oberin Amalberga nicht, dass Herzog sie niemals verraten hätte. Ihr beherztes Eingreifen hatte Clara vermutlich das Leben gerettet, das wusste er, und eine solche Entschlossenheit imponierte ihm. Das hatte er gegenüber Lulu offen zugegeben, die es Elsa brühwarm weitererzählt hatte. Aber Herzog wusste auch, dass er ein Druckmittel brauchte, um die Oberin in Schach zu halten, wenn er Elsa und Lulu wie versprochen weiter in ihren medizinischen Ambitionen protegierte, denn das war nur im Verborgenen möglich – zumindest weitestgehend.

Bis gestern war Elsa Professor Herzog für seine Unterstützung überaus dankbar gewesen, auch wenn es für sie neben ihren anderen Pflichten noch mehr Arbeit bedeutete. Doch wenn stimmte, was Änny ins Blaue hinein verkündet hatte, spielte das alles keine Rolle mehr.

»Wärterin Elsa wird in der Wäscherei gebraucht«, sagte Schwester Amalberga, ohne sich mit Begrüßungen aufzuhalten. »Ich muss Sie erneut daran erinnern, Herr Doktor Herzog, dass mir als Oberin dieses Hauses die innere Leitung des Spitals und damit die Oberaufsicht über die Schwestern sowie über das gesamte Hilfspersonal zusteht. Man erwartet von mir, dass alles reibungslos vonstattengeht: die Pflege und Versorgung der Kinder, die Bestellung der Küche, die Wäsche und deren Instandhaltung. Doch wenn Sie mir ständig dazwischenfunken und meine Planungen durcheinanderbringen, funktioniert das nicht.«

Sie sagte es, als würde sie über das Wetter plaudern. Sowieso ließen sich die Barmherzigen Schwestern – mit Ausnahme von Schwester Rosalia – kaum je zu großen Gefühlsregungen hinreißen.

»Sie machen das ganz wunderbar, Frau Oberin. Ich höre von allen Seiten nur Lobeshymnen, was Ihre Arbeit hier im Hause angeht. Seien Sie unbesorgt.«

Derlei Schmeicheleien perlten an der Ordensfrau ab wie Wasser auf einem gut gefetteten Entengefieder. »Ich kann heute nicht auf Wärterin Elsa verzichten. Auf keinen Fall.«

Herzog hob die Hände, als gebe er sich geschlagen. »Dann muss unser kleiner Patient wohl warten, bis die Wäsche erledigt ist und ich ihm mit Ihrer Erlaubnis endlich die Kanüle entfernen darf. Es ist zwar meines Erachtens genau der richtige Zeitpunkt, und Sie wissen selbst, wie wichtig in so einem Fall die Überwachung durch eine sachverständige Person ist, aber ...«

»Das kann eine der Schwestern übernehmen, sobald die öffentliche Sprechstunde im Ambulatorium vorbei ist.«

»Ich dachte, alle Schwestern sollen sich hinterher bei Professor von Ranke in der Inneren Abteilung melden? Vielleicht statte ich ihm dort ebenfalls einen Besuch ab. Ich wollte ohnehin mit ihm über die Zuständigkeitsbereiche im Haus sprechen.«

Oberin Amalberga schloss für einen Moment die Augen und wandte sich zur Tür. »Elsa ist für diese Aufgabe nicht qualifiziert. Wenn sie einen Fehler macht, hat das schwerwiegende Konsequenzen. Das will ich hiermit deutlich gesagt haben.«

»Ich übernehme die volle Verantwortung.« Herzog legte die Hand auf die Brust und neigte den Kopf in Ehrfurcht, bis Oberin Amalberga grußlos den Raum verlassen hatte.

»Damit wir uns nicht falsch verstehen«, sagte er, während ihre eiligen Schritte auf dem Gang allmählich verhallten, »die neue Vorsteherin ist eine mehr als verständige Frau, sie und die Barmherzigen Schwestern sind ein Segen für uns im Speziellen und das Krankenhauswesen im Allgemeinen. Wenn unser Patient nicht in einem Separatzimmer liegen würde, könnte selbstverständlich die Stationsschwester über ihn wachen. So aber lassen wir die Umstände zu unseren Gunsten gelten.«

Eine gute Stunde später war Elsa endlich allein mit dem kleinen Paul. Direkt nach Ziehen der Kanüle hatte sich der Fünfjährige sehr aufgeregt, seine mühsamen Atemgeräusche waren ihr durch Mark und Bein gegangen, und sie hätte es niemals für möglich gehalten, dass gutes Zureden und eine ruhig gesummte Melodie so viel bewirken konnten. Je mehr er sich beruhigte, desto besser atmete er, und vor wenigen Minuten war er erschöpft eingeschlafen.

Ein Kind. Ein kleines unschuldiges Kind. Ihr Kind.

Eine ungeheuerliche Vorstellung. Elsa rückte sich auf ihrem Stuhl zurecht und schluckte hart. Egal wie oft sie mit den Handflächen über die Wangen fuhr, die Tränen fielen unablässig in ihren Schoß. Was, wenn Änny recht hatte? Wie sollte es dann weitergehen?

Paulchens Stupsnase verschwamm hinter den Tränen. Ob der Junge wieder gesund wurde? Immerhin die Hälfte der Mädchen und Buben in seinem Alter überlebten eine Diphtherie mit Kruppverlauf und Tracheotomie. Aber viele Kinder starben eben auch. Tagtäglich. Vor, während und nach der Geburt. In den ersten Lebensjahren. Zu Hause. Auf der Straße. Auch oder erst recht in Krankenhäusern. Im Haunerschen Kinderspital zählte man drei bis vier tote Kinder pro Woche. Im deutschen Reich waren es angeblich eine halbe Million, die nicht älter als ein Jahr wurden. Das war normal. Es gehörte zum Leben dazu. Welche Familie hatte nicht schon den Tod eines Kindes betrauert? Elsa fiel keine ein. Deshalb durfte man sein Herz nicht zu stark an sie hängen, das hatte schon ihr Vater immer gepredigt. Aber galt das auch für eine Mutter?

Pauls Atem zischte. Elsa schreckte hoch. Der Junge drehte sich im Schlaf hin und her und stöhnte. Sofort stimmte sie erneut das Lied an, das ihre Mutter ihr beim Zubettgehen so oft vorgesungen hatte.

Als kleines Mädchen hatte sie fest darauf vertraut, dass der liebe Gott sie vor jedem Unglück bewahrte, und hatte selbst dann nicht daran gezweifelt, als ihr jüngster Bruder gestorben war.

Für ein Kind hing viel davon ab, in welche Verhältnisse es hineingeboren wurde. Vom Beruf des Vaters. Auch von dem der Mutter. Je ärmer, je kinderreicher eine Familie war, desto höher die Wahrscheinlichkeit, dass eines oder mehrere der Nachgeborenen starben. Auch die Religion machte einen Unterschied. Katholische Kinder starben deutlich häufiger als jene von Protestanten oder von Eltern mosaischen Glaubens. Weil die beiden letztgenannten Gruppen länger die Schulbank drückten, weil sie auch bei den Mädchen mehr Wert auf Bildung legten. Weil sie deshalb schlauer waren oder einfach mehr wussten. Elsas Vater hatte dazu Strichlisten geführt. Über zwanzig Jahre lang. Der Tod seines eigenen Sohnes war als Ausreißer in der Statistik markiert, und Elsa konnte ihm lange nicht verzeihen, dass er das kurze Leben ihres Bruders dadurch zu einem Strich auf einer Liste zusammenschrumpfen ließ.

Doch die Medizin hielt sich nun mal gerne an Zahlen. In der Universitätskinderklinik hatte man – neben den vielen Infektionskrankheiten im Kindesalter – die Ernährung mit Kuhmilch als das größte Übel in der Säuglingspflege ausgemacht. Weil die Mutter den ganzen Tag in der Fabrik schuftete. Weil sie so viel arbeitete, dass die Milch schnell versiegte. Oder weil sie ledig war. Kinder von ledigen Müttern starben am häufigsten. Illegitime Kinder.

Elsa ließ sich nach vorn fallen und schlug mit den Fäusten gegen die Schläfen. Es durfte nicht wahr sein. Es war doch ganz und gar unmöglich!

Jedermann wusste, was mit außerehelichen Kindern geschah. Man schickte sie aufs Land. Als Kostgänger. Für wenig Geld. Damit es kein Gerede gab. Ob es ihnen dort gut ging? Ob sie ausreichend gefüttert, ob sie geliebt wurden? Das spielte keine große Rolle.

Wurde wahr, was dieses Sprichwort besagte? *Aus den Augen, aus dem Sinn?* Oder obsiegte ein anderes? *Eine Mutter trägt ein jedes ihrer Kinder auf immer im Herzen?*

Elsa richtete sich auf, sie zitterte. Wenn ein Kind zur Welt kam, dann war die Freude in den allermeisten Fällen groß, es wurde geliebt, gehegt und gepflegt, so gut es eben ging. Doch es gab auch die Ausnahmen. Die Ausrutscher. Bankerte. Sie wurden weggegeben. Zurückgelassen. Getötet. Entsorgt. Oder schon vor der Geburt zerstückelt, wenn sie nicht von selbst abstarben. Den Engelmacherinnen ging die Kundschaft nie aus. Weil es keinen anderen Ausweg gab. Weil die Schande zu groß und die Last zu schwer war. Und weil man den armen Wuzerln damit vielleicht Schlimmeres ersparte.

Hackenviertel

ein paar Straßen weiter | Anatomische Anstalt, Schillerstraße 25

Fanny könnte auf die Bibel schwören, beim Leben ihrer Mutter oder gleich bei allen Heiligen zusammen. Dass sie sich an Heiligabend auf der Maximilianstraße nichts hatte zuschulden kommen lassen, spielte keine Rolle, etwas blieb immer hängen bei so was. Doch nicht sie, die vermeintliche Schwarzfahrerin, das als nicht registrierte Prostituierte in allen Köpfen abgestempelte Fräulein war schwanger, sondern diese Hirschberg, die aussah wie die fleischgewordene Unschuld. Wenn es denn stimmte, was Änny vermutete. *Stille Wasser sind tief.* Das hatte ihre Großmutter schon immer gesagt.

Gütiger Gott! Fanny musste sich beruhigen, aber wie sollte das gehen? Denn das Allerallerschlimmste war die Gewissheit, dass ihr Bruder eine Frau liebte, die ihre Schauspielgagen mit bezahlten Liebesdiensten aufbesserte. In welche Schlangengrube waren sie da nur geraten? Sie hätten niemals aus Unteriglbach fortgehen dürfen.

Ein spitzer Finger bohrte sich zwischen ihre Schulterblätter und holte sie aus ihren Gedanken. Dinglreiters Atem wärmte schon wieder ihren Nacken. Am liebsten hätte sie sich umgedreht und ihm eine ...

»Nicht mal Sie, Paintner?«

Sofort war Fanny hellwach. Präparationsassistent von Rittershausen legte gerade das Herz der männlichen Leiche auf dem Leintuch ab. Amüsiert zog er eine Braue hoch. »Sie wissen doch sonst alles.«

Doch Fanny konnte sich beim besten Willen an keine Frage erinnern, die irgendwer gestellt hatte. Zum Glück war der treue Dinglreiter zur Stelle und hauchte dicht hinter ihrem Ohr: »Auffälligkeiten.«

Schon wieder? Fanny dachte an ihre erste Präparierübung bei Professor Rückert und seine Schikanen zurück, aber gleichzeitig gingen in ihrem Kopf bereits die relevanten Schubladen auf. Sie sah die Seiten der Bücher vor sich. Herzen und Fäuste. Fäuste und Herzen. »Zu groß«, sagte sie schroff, weil alle sie anstarrten, und erntete einige Lacher für die ungewohnt knappe, unpräzise Antwort.

Doch von Rittershausen nickte. »Ein durchschnittliches Herz hat in etwa die Größe einer Faust. Das Herz dieses Mannes ist deutlich vergrößert, möglicherweise ein Fall von sogenannter idiopathischer Hypertrophie. Zumindest würde es zu seinem Beruf passen. Er war Brauknecht.«

»Ein Münchner Bierherz?«, sagte Dinglreiter ehrfürchtig, drängte sich nach vorn und streckte seine Wampe heraus. »Auch ich werde eines Tages mit einem solchen Befund hier zu liegen kommen.«

Die versammelten jungen Männer lachten übermütig, nur Fanny presste die Lippen aufeinander, um die verräterische Lücke zwischen ihren Schneidezähnen zu verbergen, auch wenn sich an den echten Paintner inzwischen wahrscheinlich niemand mehr erinnerte.

»Erst vor wenigen Wochen wurde im Allgemeinen Krankenhaus ein dreiundzwanzigjähriger Mann behandelt. Ein extremer Säufer. Eigenen Angaben zufolge trank er an die sieben bis neun Liter Bier pro Tag, fühlte sich aber bis eine Woche vor seiner Einlieferung völlig gesund. Er klagte über Appetitlosigkeit, bekam nur noch schwer Luft, und seine Beine schwollen an. Nach knapp vierundzwanzig Stunden im Krankenhaus dann Kollaps und Tod.« Von Rittershausen hob den Zeigefinger und sah in die Runde. »Jetzt könnte man annehmen, der Mann wäre Brauknecht, Kutscher oder Schankkellner gewesen, aber nein, er war Student der Philosophie. Wiegen Sie sich also nicht in Sicherheit, meine Herren. Von übermäßigem habituellem Bierkonsum rate ich dringend ab.«

Wenn Fanny daran dachte, wie viel Anton für Bier ausgab, wurde ihr schlecht, und auch einige Kommilitonen überschlugen wohl gerade ihre üblichen Trinkmengen im Kopf.

»Wie Ihnen bekannt sein dürfte«, fuhr von Rittershausen fort, »geht es beim anatomischen Präparieren nicht in erster Linie um Todesursachen. Dass dieser Brauknecht hier bei uns gelandet ist, liegt vermutlich daran, dass er nicht in einem Krankenhaus behandelt wurde, sondern laut Begleitzettel eines Morgens tot in seinem Bett lag. Umso genauer sollten die Herren Studiosi, wann immer sich ihnen ein solches Schmankerl präsentiert, hinsehen und sich alles gut einprägen. Die Kehrseite der Medaille ist, dass die Strukturen dieses Herzens von der Norm abweichen. Behalten Sie das bitte im Hinterkopf, wenn wir uns als Nächstes an die

Fensterung wagen, damit Sie alle einen Blick in sein Inneres werfen können ... Dinglreiter, wenn ich bitten dürfte.«

Nach vorn gerufen zu werden, machte Rupp sichtlich nervös. Fanny hingegen genoss es, denn sogar Professor Rückert, der anfangs jede Gelegenheit genutzt hatte, um sie vorzuführen, hatte längst verstanden, dass kein Student am Tisch Paintner das Wasser reichen konnte. Der faulste Schwänzer schickte sich an, in allen Disziplinen zum Klassenprimus aufzusteigen. Fanny lächelte in sich hinein, doch die Freude währte nur kurz, denn am Ende würde Anton die Lorbeeren für ihre herausragenden Leistungen ernten, genau wie Änny es vorhergesagt hatte. Allerdings fiel es Fanny nach Ännys gestriger Offenbarung umso schwerer, das zuzugeben. Sie musste ihrem Bruder schleunigst die Augen über die *alternativen Einnahmequellen* seiner Angebeteten öffnen.

Ihr Blick wanderte hinüber zum Nebentisch. Noch hatte niemand den weiblichen Leichnam aufgedeckt. Erst wenn Dinglreiter die Herzfensterung an Gustl, wie die Studenten die männliche Leiche nannten, gemacht hatte, war das weibliches Pendant Frieda an der Reihe.

Frieda? Oder doch Rosa?

Auch diese Sache beschäftigte Fanny – mehr als ihr lieb war. Eigentlich war es unmöglich, was Änny vermutete. Opfer von Gewaltdelikten kamen nicht als Leichenmaterial in die Anatomische Anstalt. Friedas Körper wies keine Läsionen auf, nichts deutete auf ein Verbrechen hin. Gift? Möglich. Doch bislang waren bei der Präparation keine entsprechenden Gewebsveränderungen aufgefallen. Natürlich gab es auch heimtückischere Gifte, die ohne grobe anatomische Veränderungen zum Tod führten, doch um das nachzuweisen, müsste ein Chemiker die Leichenteile untersuchen und obendrein eine quantitative Bestimmung durchführen, und das würde nicht geschehen. Erst recht nicht bei einer

Toten, die dem horizontalen Gewerbe zuzurechnen war, und gewiss auch nicht auf Drängen einer Dame mit ähnlich zweifelhaftem Ruf.

Es war zum Aus-der Haut-Fahren! Die Nähe zu Änny entpuppte sich als toxisch. Vielleicht konnte Fanny ihren Bruder überzeugen, umzuziehen. Wenn er erst die Wahrheit kannte, hatte er sicher keine Einwände, egal wie sehr er die Nachbarschaft zum *Café Stefanie* schätzte und wie mühselig es war, eine neue Wohnung zu finden.

Fanny zwang sich, wieder dem Geschehen an Gustls Tisch zu folgen. Dinglreiter eröffnete gerade den rechten Vorhof, setzte zu nah an der Trikuspidalklappe an, sodass von Rittershausen eingreifen musste.

Rupp tat Fanny leid. Sobald es darum ging, menschliches Gewebe zu durchtrennen, verließen ihn die Nerven. Dabei hatten sie bislang ausschließlich an Leichen oder tierischen Organen geübt. Wie in drei Gottes Namen wollte er kleine oder größere Operationen an Lebenden durchstehen?

Vor ungefähr vierzehn Tagen war der Kummer aus ihm herausgebrochen. Mitten in Professor Bumms klinischer Vorlesung in der Kreisirrenanstalt hatte er Fanny sein Leid geklagt. Der arme Kerl studierte Medizin, weil sein Vater es so wollte. Nach außen hin mimte er die Frohnatur, war stets zu Scherzen aufgelegt, doch Fanny glaubte, es besser zu wissen, denn manchmal, wenn er sich unbeobachtet fühlte, trat ein trauriger Glanz in seine Augen.

Nicht umsonst ertränkte Dinglreiter seinen Kummer allabendlich in Schwabings Kneipen und bekniete Fanny immer öfter, ihn endlich einmal zu begleiten. Unter anderen Umständen hätte sie sich vielleicht seiner erbarmt, doch die Gefahr, dabei Menschen zu begegnen, die den echten Paintner gut genug kannten, um die Maskerade zu durchschauen, war einfach zu groß. Fanny musste für sich bleiben, das hatte sie sich fest vorgenommen, aber es war schwer, und manchmal ertrug sie es kaum, wenn ihre Kommilitonen nach einer gemeinsam durchzechten Nacht noch vertrauter miteinander umgingen. Dauernd gab es etwas zu erörtern, zu lachen, zu scherzen. Es war, als drehe sich das ganze Leben nur darum, wann, wie und wo sie die nächste Dummheit begehen konnten.

Fanny wollte nicht undankbar sein. Dass sie anstelle ihres Bruders die Universität besuchte, war großartig, sie sollte damit zufrieden sein, trotzdem war sie ... neidisch. Ja. Sie hätte es niemals für möglich gehalten, aber sie wollte Teil dieser unbekümmerten Gemeinschaft sein. Stattdessen schnappte sie nach jeder freundlichen Hand, die sich ihr entgegenstreckte, und alle außer Dinglreiter hatten ihre Lektion längst gelernt. Sie bewunderten zwar Paintners schnelle Auffassungsgabe und sein überreiches Vorwissen, ließen ihn aber sonst in Ruhe, weil sich niemand auf Dauer ruppige Antworten und überheblich hochgezogene Brauen gefallen ließ. Nur Rupp kam immer wieder angelaufen.

Oh, wie sehr Fanny ihre beiden besten Freundinnen vermisste. Hier in München gab es bislang niemanden, mit dem sie ihre Sorgen und Ängste, ihre Hoffnungen und Träume teilte. Für einen kurzen Moment hatte sie gestern geglaubt, Änny könnte dieser Mensch sein, denn es hatte sich gut und richtig angefühlt, ihr das Herz auszuschütten, aber sie durfte sich nicht mit einer solchen Person gemein machen. Das war ausgeschlossen.

»Beim zweiten Fenster ist die Orientierung leichter, hier schneidet man unter Sicht«, erklärte von Rittershausen und korrigierte ein weiteres Mal Dinglreiters hölzerne Bemühungen.

Fanny schämte sich für ihn. Vor allem, weil er ihr in der Kreisirrenanstalt auch anvertraut hatte, dass sein Herr Papa höchstpersönlich dafür sorgte, dass er zusätzlich Zeit zum Üben bekam. Als hohes Tier in der Stadtverwaltung verfügte er über beste Kontakte, und so unterwies der erfahrenste Präparator der Anatomischen Anstalt Dinglreiter außertourlich an mindestens einem Abend pro Woche. Und hinterher musste er saubermachen. Manchmal bis spät in die Nacht. Allein.

Fanny schoss das Adrenalin ins Blut, ihre Handflächen wurden feucht.

Allein? Im Keller. Der Anatomischen Anstalt!

 ## Kreuzviertel

später am Nachmittag | Neuhauser Straße/Kaufingerstraße

Lulu dachte seit dem gestrigen Abend an nichts anderes mehr und war deshalb am Morgen in aller Herrgottsfrüh ins Spital geeilt, um Gewissheit zu erlangen. Natürlich, im Nachhinein betrachtet passte die vermutete Schwangerschaft perfekt zu Elsas Verzweiflung an Heiligabend und ihrer stillen Traurigkeit in den Wochen danach. Junge Frauen brachten sich in Schwierigkeiten. Aus Liebe. Aus Dummheit. Aus vielen Gründen. Das sagte zumindest Lulus Mutter andauernd. Deshalb vermutlich Elsas strikte Weigerung ins Elternhaus zurückzukehren. Alles ergab auf einmal einen Sinn, doch ehe Lulu irgendetwas zu Elsa sagen konnte, verschwand – oder besser gesagt flüchtete – sie in Paulchens Separatzimmer.

»Da ist bestimmt nichts dran.« Ida hakte sich bei der Freundin unter und zog sie weiter. »Diese Änny Geissler-Lee und

Elsa kennen sich doch gar nicht, woher sollte sie so etwas denn wissen?«

»Aber blass war sie. Auffallend blass.«

»Genau wie du, wenn man dir Schildkrötensuppe vorsetzt.«

»Auch wieder wahr.«

Natürlich verstand Lulu, dass es – sollte es wirklich wahr sein – nicht leicht war, ein derart folgenschweres Malheur zuzugeben und sich jemandem anzuvertrauen, aber sie und Elsa waren Freundinnen geworden. Zumindest hatte Lulu das angenommen, bis ihr Schwester Rosalia vorhin beim Verlassen des Spitals in freudiger Erregung von Elsas Aufnahmegesuch bei den Barmherzigen Schwestern berichtet hatte. Jetzt war sie sich nicht mehr sicher. Wieso hatte ihr Elsa nichts davon erzählt? Stattdessen hatte sie Lulu glauben lassen, sie bemühe sich erneut um eine Zulassung zum Medizinstudium. Gab es noch weitere Geheimnisse? Lulu geriet mehr und mehr ins Grübeln.

»Wieso verschwendest du überhaupt einen zweiten Gedanken an so ein boshaft in die Welt gesetztes Gerücht?« Ida zupfte die Schleife des Bandes zurecht, das ihre perfekte Sanduhrtaille betonte und farblich exakt zur Flitterstickerei ihres neuen Tüllkleides passte.

»Wenn nichts dran wäre, hätte sie es doch sofort richtiggestellt, oder?«

Ida blieb stehen. »Vielleicht gibt es einfach rein gar nichts richtigzustellen? Deshalb sollten wir die Sache auch schnellstens vergessen und mit niemandem darüber sprechen. Wenn dein Vater etwas davon erfährt, dann …«

… würde er Elsa wegschicken. Und Oberin Amalberga? Jedes Kind wusste, dass nur junge Frauen für ein Leben als Barmherzige Schwester in Frage kamen, die eine tadellose, jungfräulich reine Vita vorweisen konnten. Hatte Elsa bei den Angaben für das Aufnahmeprozedere gemogelt? Der Gedanke war ungeheuerlich. In die Kongregation aufgenommen zu werden war eine Ehre, eine riesengroße Auszeichnung. Die Menschen brachten dem Orden der Barmherzigen Schwestern vom heiligen Vinzenz von Paul höchsten Respekt entgegen, denn die Schwestern kümmerten sich zu jeder Tages- und Nachtzeit selbstlos um die Kranken und Schwachen. Eigentlich unvorstellbar, dass Elsa die Dreistigkeit besaß, sich als untadelige Jungfrau anzutragen, obwohl …

»Wo möchten'S denn sitzen?«

Erst jetzt realisierte Lulu, dass sie nicht wie geplant Richtung Kaufingerstraße weitergegangen waren, sondern mit Ida direkt unter dem Fassadengemälde im Hof der Pschorr-Bierhalle stand. »Was tun wir hier, Ida? Wolltest du nicht ins Kaufhaus Landauer?«

»Ich bin durstig«, sagte die Freundin und winkte ein Biermädel herbei. »Sag dem Herrn Pschorr, dass wir da sind.«

Lulu japste nach Luft, und die Kellnerin, eine dralle, kleine Person, fast breiter als hoch, versuchte vergeblich ihre Mundwinkel im Zaum zu halten.

»Falls mit dem Herrn Pschorr ein Münchner Hell gemeint ist, das bring ich gern, aber falls nicht, dann müssten'S mir schon sagen, welchem Pschorr ich Bescheid geben soll. Von denen gibt's nämlich einen ganzen Haufen in München, und wen ich melden soll, müsst ich bittschön auch erfahren.«

»Der Herr Thaddäus Pschorr ist gemeint«, sagte Ida, als wäre es die natürlichste Sache der Welt, »und der weiß schon, auf wen er wartet, machen Sie sich da mal keine Gedanken.«

Lulu schoss das Blut in die Wangen. Am liebsten hätte sie Reißaus genommen. »Bist du verrückt geworden? Er wird denken, ich laufe ihm hinterher«, flüsterte sie, sobald die Kellnerin außer Hörweite war.

»Im Gegenteil, wir lassen ihn wissen, dass es eine unerhörte Frechheit ist, eine Dame so lange zu vertrösten.«

»Aber ...«

Weiter kam sie nicht. Die Kellnerin war zurück, stellte sieben überschäumende Steinkrüge auf dem Nachbartisch ab und drehte sich kurz zu den beiden um.

»So leid es mir tut, ich muss die gnädigen Fräuleins enttäuschen, nirgends ein Thaddäus Pschorr, der auf wen wartet. Nicht einmal der Aster weiß was.«

»Der Aster?« Ida zog fragend die Brauen hoch, woraufhin sich das Schankmädel mit erhobenen Händen im Kreis drehte. »Na, der Pächter von der schönen Bierhalle hier.«

»Der Pächter. Aha.« Ida lächelte bemüht. »Jedenfalls können'S diesem unverschämten Lümmel die allerherzlichsten Grüße bestellen. Er hat das Fräulein von Ranke verpasst. Vielleicht endgültig.«

Vielleicht endgültig! In Lulus Ohren hob ein Rauschen an, das ihr schier den Verstand raubte. Noch nie in ihrem Leben war ihr etwas so peinlich gewesen.

»Komm, wir gehen.« Ida hakte sich ein weiteres Mal bei der Freundin unter und marschierte erhobenen Hauptes mit ihr hinaus auf die Neuhauser Straße. Draußen prustete sie in ihr Samttäschchen, dass ihr Körper nur so bebte.

»Sag mal, Ida, spinnst du? Was bitte ist daran so lustig?«, fragte Lulu wenig amüsiert.

»Du hättest mal dein Gesicht sehen sollen. Du warst rot wie eine Tomate. Dabei habe ich nur Spaß gemacht.«

»Spaß? Heißt das ...?«

»Dass Thaddy uns natürlich nicht erwartet hat. Dummerchen.«

»Und die Kellnerin?«

»Angeschmiert.«
»Du bist ein Scheusal!«
»Verzeih, aber ich musste wissen, wie es um dich steht, liebste Freundin. Nun bin ich im Bilde.«
»Na bravo! Wärmsten Dank dafür. Du hättest mich auch einfach fragen können.«
»Und hätte wieder keine ehrliche Antwort bekommen.«
»Aber jetzt weißt du's?«
»Oh, ja.«

Am ursprünglichen Ziel ihres Ausflugs angelangt, brachte der hydraulische Personenaufzug im Kaufhaus Landauer die Freundinnen in das Stockwerk mit den fertigen Kostümen.
»Vom einfachen Hauskleid bis zum elegantesten Pariser oder Wiener Modell führen wir alles«, sagte eine adrett gekleidete Verkäuferin und dirigierte Lulu und Ida durch die pompös ausgestatteten Verkaufshallen. »Außerdem gibt es seit dem letzten Jahr eine Abteilung für fertige Wäsche. Allerdings …«
Lulu wusste, worauf das Fräulein hinauswollte. Die Dame von Welt, für die Geld keine Rolle spielte, ließ sämtliche Toiletten für die verschiedenen Anlässe und vor allem das kostbare Korsett nach wie vor von Hand fertigen – vorzugsweise beim Hoflieferanten Lewandowski am Marienplatz. Doch auch die weniger Betuchten und letztlich jedes heiratsfähige Mädchen wollte verführerisch aussehen und Busen, Hüfte und Po betonen, wie es die Mode seit vielen Jahren diktierte. Die Wespentaille war das erklärte Ziel, egal welchem Stand man angehörte. Wenn Lulu nur daran dachte, bekam sie keine Luft mehr. Das vermaledeite Korsett war wie ihr Leben. Immerzu versuchte jemand sie in Form zu pressen, ihr eine Schablone überzustülpen.
Einige Schritte weiter griff die Verkäuferin auf Idas Bitte hin

nach einer mit Seidenpapier ausgelegten Schachtel und holte eines der fertigen Mieder heraus. »Bei diesem Modell ist der obere Rand mit Spitze besetzt.«

Ida prüfte Nähte und Steifigkeit und kratzte vorsichtig mit dem Fingernagel über die Stickereien. Wenn es um Kleidung ging, wollte sie immer alles ganz genau wissen. »Das dürfte weitaus komfortabler zu tragen sein als ein herkömmliches Korsett oder die einfachen Unterrockbänder, die sich unsere Dienstmädchen um den Leib schnüren.«

Während Ida die Verkäuferin nach allen möglichen Details ausfragte, strich Lulu über Blusen und Schlafröcke, Halsrüschen, seidene Theater-Echarpes, Ballentrées, Pariser Straußenfederboas, Japanfächer, Muffen und Jupons. Auch ein großes Sortiment an Krawatten und Lavallières lag zur Auswahl bereit. Bestimmt hatte Ida recht. Elsa konnte nicht schwanger sein. Sonst hätte sie sich niemals um Aufnahme in die Kongregation bemüht. Eine solche Unverfrorenheit traute Lulu ihr beim besten Willen nicht zu.

Sie sah sich um. Weiter hinten pries eine Reklame das Reformkleid an. Neugierig ging Lulu darauf zu. Natürlich hatte sie darüber gelesen, auch schon Frauen auf der Straße damit gesehen, häufig sogar, doch in ihren Kreisen war es nach wie vor verpönt. Ihre Mutter, da war Lulu sich absolut sicher, hätte sie niemals in einem solchen Aufzug aus dem Haus gehen lassen. Dabei wusste jedes Kind und erst recht die Gattin eines Mediziners, dass man mit eingeschnürtem Brustkorb nicht frei atmen konnte, dass – zumindest, wenn man es übertrieb – eine Schnürleber drohte. Rippen verformten sich, Ungeborene nahmen Schaden, Muskulatur erschlaffte, aber das unbedingte Streben nach Anmut und Schönheit, nach Verführung wischte alle Bedenken beiseite.

Lulu nahm eines der Kleider in die Hand. Hübsch war es nicht gerade, aber angenehm leicht. Sie schwenkte es hin und her. Verglichen mit dem, was sie sonst am Leib trug, wog es kaum mehr als eine Feder. Und es war sehr kurz. Es reichte höchstens bis zu den Knöcheln. Neulich hatte sie irgendwo gelesen, dass in Meran und anderen Badeorten für Schwindsüchtige das Tragen von Schleppen bei Strafe verboten war. Die langen Röcke standen im Verdacht, nicht nur Staub und Schmutz aufzuwirbeln, sondern auch schädliche Bazillen. Vielleicht konnten solche fußfreien Röcke auch in München mithelfen, die Tuberkulose einzudämmen?

Lulu sah sich nach Ida um. Um die Freundin hatte sich ein Grüppchen Verkäuferinnen geschart, niemand nahm Notiz von ihr, also hielt sie das Kleid kurz an ihren Körper, schloss die Augen und stellte sich vor, wie es sich anfühlte, wie es aussah. Sie kicherte. Hardy hätte mit Sicherheit kein Interesse mehr an einer Verlobung, wenn sie ihm so unter die Augen käme. Eine sehr verlockende Vorstellung, doch sogar für Lulu, die das Dienstmädchen oder ihre Mutter stets anflehte, nicht zu fest zu schnüren, war es unvorstellbar, sich ohne Taille auf die Straße zu wagen.

Die Anleitung zur ordnungsgemäßen Handhabung eines Korsetts hatte die Mutter den Töchtern von klein auf eingebläut. Besonders ihre ständigen Mahnungen zur Mäßigung beim Essen klangen Lulu in den Ohren. Nimm nicht so viel davon! Nimm nicht so viel hiervon. Du hast doch schon genug!

Sie drehte sich im Kreis herum. Mit einem solchen Reformkleid könnte Lulu getrost ein zweites Stück Prinzregententorte naschen. Oder eine riesige Portion Semmelpudding. Was für eine himmlische Vorstellung!

Mutters Schnürbank durchkreuzte Lulus Träumereien und ließ sie schaudern. An manchen Tagen dauerte es mehr als zwei Stunden, bis Mama endlich Ruhe gab. Obwohl sie inzwischen siebenundsechzig Jahre alt war und zehn Kinder geboren hatte, gab sie sich erst mit dem Umfang ihrer Taille zufrieden, wenn das Maßband unter fünfundfünfzig Zentimeter anzeigte.

Es war eine Obsession, Mutters einziges Laster. Sie hielt sich strenger an die sieben goldenen Regeln für eine gute Figur aus dem *Brevier der Damen* als an Gottes zehn Gebote.

Lulu liebte ihre Mutter heiß und innig, aber über die Bedeutung einer verführerischen Taille für das Leben jeder Frau gerieten sie regelmäßig in Streit.

Apropos verführerisch. In letzter Zeit zitierte Mama immer häufiger eine neue, anscheinend bislang ausgesparte Figur-Regel aus ihrer Bibel: *Sogar im Negligé – obwohl es die Körperkontur nicht nachzeichnet – darf man niemals auf das Korsett verzichten, um den Herrn Gemahl nicht zu schockieren.*

Den Herrn Gemahl! Schockieren? Wenn Lulu sich dazu Hardy vorstellte, wurde ihr übel. Gewiss, das Wolferl war eine gute Partie, sein Vater Kurator und Vermögensverwalter König Ottos von Bayern, außerdem enger Freund und Berater des Prinzregenten. War Luitpold nicht sogar Hardys Taufpate? Trotzdem, Lulu mochte ihn nicht. Seit das Wort Verlobung Ende letzten Jahres erstmals gefallen war, wachte sie nachts manchmal schweißgebadet auf, weil sie von Wölfen träumte. Erst neulich hatte ihr der jüngste Wolf von Königsfeld, der seinem widerwärtigen Pendant aus *Rotkäppchen* im Traum verblüffend ähnlich sah, bei der Hochzeit den Ring an den Finger gesteckt. Das musste man sich mal vorstellen.

Sowieso war sie viel zu jung für die Ehe. Wieso diese Eile? Sissy war schon dreißig und auch noch nicht verheiratet. Lulu hatte immer angenommen, es wäre bei ihr genauso. Sie wollte frei sein, wenigstens bis sie ähnlich alt war wie ihre Schwester, doch wie es aussah, war ihr das nicht vergönnt.

Ein Negligé! Anstelle des bösen Wolfes schob ihr ein junger Mann mit Kalabreser die Träger des Nachthemds von den Schultern. Schnell hängte Lulu das Reformkleid zurück an den Ständer und versuchte das aufgeregte Flattern in ihrem Bauch zu ignorieren. Sie musste sich zusammenreißen. Wirklich.

»Woran denkst du?« Plötzlich sah Lulu sie über ein Arrangement mit ausgefallenen Hutkreationen hinweg an. »Du strahlst ja wie ein Maikäferlein.«

Lulu lief rot an.

Ida bemerkte es natürlich. »Oha«, sagte sie und umrundete die Auslage. »Das ist ja noch viel schlimmer, als ich gedacht habe.« Sie hakte sich ein. »Aber jetzt Schluss mit den Träumereien. Lass uns zum eigentlichen Grund unseres Besuchs hier schreiten. Fräulein Lissmann erwartet uns bereits. Sie ist bei Landauer die Fachkraft auf diesem Gebiet.«

Lulu verstand nur Bahnhof, ließ sich aber, dankbar für die Ablenkung, ein Stockwerk höher dirigieren. Diesmal nahmen die Freundinnen die Treppe, und als der Absatz in Sicht kam, sah sie es. Ein echtes Velociped, daneben ein Mannequin in ganz ähnlichen knielangen Pumphosen, wie sie in *Die Radlerin* abgebildet waren. Auch eine schicke Kappe saß auf dem Kopf der wächsernen Sportlerin.

Lulu sah Ida überrascht an. »Ich dachte, du findest Radfahren ordinär?«

»Das tue ich auch, aber dir zuliebe und für Paps muss ich etwas Begeisterung zeigen.« Ida stupste Lulu an. »Um ehrlich zu sein, freue ich mich sogar ein wenig, in diesem Aufzug bei dem Kursus aufzutauchen. Das wird sicher lustig.«

»Du kommst mit?«

»Was bleibt mir denn anderes übrig, wenn ich weiter deine Freundin bleiben will?«

Obwohl es ganz und gar unschicklich war, schloss Lulu Ida fest in die Arme. »Du bist die Beste.«

»Ich weiß. Viel lieber wäre mir trotzdem, Vater hätte ein Automobil erworben. Soweit ich weiß, gibt es in München bislang nur etwas mehr als zwanzig Autobesitzer mit Fahrerlaubnis. Ich am Steuer. Eine Frau. Stell dir das mal vor! Das wäre eine Schau.«

Da musste ihr Lulu recht geben. »Was nicht ist, kann ja noch werden.«

Wenig später eilte ihnen Fräulein Lissmann schwer bepackt mit einer Auswahl an Fahrradtoiletten entgegen und lud ihre Last auf einem Präsentiertisch ab. »Am weitesten verbreitet ist nach wie vor das ohne Unterrock getragene fußfreie Rockkostüm. Um ein Hochwehen zu verhindern, sind Bleiplättchen oder, wie in diesem Fall, Schrotkörnchen eingenäht« Die Verkäuferin ließ Ida und Lulu den Saum fühlen. »Für den Fall, dass es dennoch passiert, trägt man dunkle Unterbeinkleider.«

»Ich dachte, der Rock wird mit Kniebändern am Bein befestigt? Dann wäre ein Hochwehen unmöglich.« Ida suchte nach entsprechend eingenähten Schnüren.

»Diese Modelle gibt es, aber sie schränken die Bewegungsfreiheit empfindlich ein.«

Lulu zog den Rock auseinander. »Ziemlich schmal geschnitten.«

»Das stimmt. Tatsächlich empfiehlt sich eine Weite von allerhöchstens drei Metern. Das mag Ihnen, verglichen mit herkömmlichen Straßen- und erst recht mit Balltoiletten wenig vorkommen, aber es ist immer noch eine beträchtliche Stofffülle, die beim Fahren gleichmäßig auf beide Seiten verteilt werden muss. Gerade beim Aufsteigen tun sich ungeübte und oft sogar fortgeschrittene Fahrerinnen umso schwerer, je weiter der Rock ist.«

»Weshalb Sie uns zur Ballonhose raten?« Lulu strich über die verschiedenen auf dem Tisch gestapelten Modelle.

»Pumphose, Knickerbocker, Kniebundhose, Pantalon oder Bloomer«, Fräulein Lissmann lächelte, »das Beinkleid der Rad fahrenden Dame hat viele Namen und ja, ich würde Ihnen dazu raten, wenn Sie sich trauen.« Sie wies auf ein Exemplar mit sehr kurzem, weitem Bein. »Modelle wie dieses werden meist nur von sportlich ambitionierten Fahrerinnen getragen, doch es gibt auch moderatere Varianten mit Bein bis zum Knöchel. Allerdings ist der praktische Nutzen damit fast dahin. Man läuft erneut Gefahr, mit dem Stoff in die Speichen zu geraten, ihn in der Kette einzuklemmen, *et cetera et cetera*.« Fräulein Lissmann seufzte. »Eine Alternative wären die sogenannten Kombinations- oder Verwandlungskostüme.« Sie zog die Teile der entsprechenden Röcke auseinander. »Sie unterscheiden sich kaum vom normalen Rock und lassen sich mit etwas Mühe nach dem Radfahren zurück in eine Promenadentoilette verwandeln, aber es ist doch recht umständlich, und man muss mit weit mehr Stoff zurechtkommen als beim einfachen Rock.«

Lulu inspizierte das Zugseilsystem, mit dem sich das Verwandlungskostüm raffen ließ. »Nein, nein, nein, das ist zu kompliziert«, beschied sie. »Ich nehme ein Modell für ambitionierte Fahrerinnen.«

Ida lachte wie ein Glöckchen. »Wieso wundert mich das nicht? Ich tendiere zur knöchellangen Variante.«

»Beides eine hervorragende Wahl. Vor allem, was Ihre Sicherheit angeht, denn auch wenn die Damenfahrräder mit Speichen- und Kettenschutz ausgestattet sind, passieren mit Rock weitaus mehr Unfälle als mit Hose. Letztlich können Sie nur in Bloomers ungehindert in die Pedale treten.« Fräulein Lissmann legte die aussortierten Kostüme zur Seite und breitete die verbliebenen Modelle nebeneinander aus. »Natürlich sollten Sie, ganz egal für welche Beinlänge Sie sich am Ende entscheiden, am Ankunftsort nicht unbedingt damit spazieren gehen. Selbst äußerst liberal eingestellte, ambitionierte Radfahrerinnen ziehen einen an der Lenkstange mitgeführten Rock über. Bei mir dauert das höchstens eine Minute.«

»Sie fahren auch Rad?«, fragte Lulu.

»Selbstverständlich. Jede moderne junge Frau in München, die sich ein Veloziped leisten kann, fährt heutzutage Rad oder betätigt sich anderweitig sportlich.«

»Dann wohnen die modernen jungen Frauen wohl in einem anderen Teil der Stadt als ich«, bemerkte Ida spitz und begann Nähte, Verarbeitung und Schnitte zu inspizieren. »Wieso nur Braun, Blau, Grün und Grau? Mich sehnt es nach etwas mehr Farbe.«

Fräulein Lissmann biss sich auf die Unterlippe. »Davon muss ich abraten. Das ruft nur die Kritiker auf den Plan. Als Rad fahrendes Fräulein ziehen Sie sowieso schon alle Blicke auf sich.«

Lulu überraschte das nicht. »Dezent und unsichtbar, so will man uns haben.«

»Da muss ich leider zustimmen.«

»Wie schade!«, seufzte Ida.

»Um diese Jahreszeit würde ich außerdem zu einer Wetterpelerine raten. Nicht nur als Schutz gegen Regen, sondern auch zum Warmhalten.«

»Dann sollten Sie uns eine solche unbedingt auch noch zur Anprobe bringen. Als künftige Velozipedistinnen wollen wir schließlich bestens ausgestattet sein. Und bitte vergessen Sie die schneidigen Kappen nicht.«

Fräulein Lissmann eilte davon, und Lulu lachte in sich hinein. Ida hatte Feuer gefangen, gut so, und sie selbst würde sich heute Nacht in ihren Träumen nicht wieder vor dem bösen Wolf fürchten, sondern stattdessen frech und frei in Bloomers durch die Stadt radeln. Vielleicht in Begleitung eines Kalabresers.

 # Königsplatzviertel

gut eine Woche später | Karolinenplatz

Elsa hetzte über den weitläufigen Platz. Es braute sich etwas zusammen. Eindeutig. Die Wolken wurden von Minute zu Minute dunkler, und einige wenige vorwitzige Regentropfen fielen bereits vom Himmel herab.

Sie hätte einen Schirm mitnehmen müssen. Wenigstens das Regencape. Doch nach Tagen des Zögerns war sie heute viel zu überstürzt aufgebrochen. Eine Stunde, höchstens zwei, ehe jemand ihr Fehlen bemerken würde. Sie musste sich beeilen.

Mit klopfendem Herzen schlängelte sie sich durch die im rechten Winkel angelegten Wege zwischen den Grünflächen. Über ihr ragte der Obelisk knapp dreißig Meter in die Höhe. Ein aus eroberten Geschützen gegossenes Mahnmal zur Erinnerung an die dreißigtausend im Russlandfeldzug von 1812 gefallenen bayerischen Soldaten. Nur zwei Jahre später leistete Bayern in der Schlacht von Brienne und im französischen Städtchen Bar an der Seite Österreichs seinen Beitrag, Napoleon zu stürzen.

Elsa blieb stehen und sah nach oben. Ihr Vater hatte an derselben Stelle von patriotischen Tendenzen und schmachvoller Abhängigkeit von Frankreich gesprochen, aber sie erinnerte sich nicht mehr an die genauen Worte, mit denen er ihr Bayerns Wankelmütigkeit zu erklären suchte, nur dass sie hier, mit Brienner und Barer Straße, die sich auf dem Karolinenplatz im Obelisken kreuzten, allgegenwärtig war.

Ein Windstoß fuhr Elsa unter die Kleider, ließ sie die durchgeschwitzte Chemise wie eine dünne Eisschicht an ihrem Rücken spüren. Sie musste weiter, durfte nicht länger darüber nachdenken, ob es richtig war, was sie vorhatte, sonst kehrte sie am Ende noch um.

Wie hatte sie sich nur in diese Lage bringen, wie so lange die Augen verschließen können? Sie blutete seit Monaten nicht, dennoch hatte sie nie auch nur eine Sekunde an eine Schwangerschaft gedacht, denn ihre Menses war immer schon unregelmäßig gewesen. Dazu die harte Arbeit im Spital, und weil außerdem nicht sein konnte, was nicht sein durfte.

Doch Elsa träumte. Fast jede Nacht. Von Dingen, die sich bislang, sobald sie schweißgebadet die Augen aufschlug, gnädig im Nirgendwo zerstreut hatten. Bis zu jenem Abend im Verein für Fraueninteressen vor gut einer Woche, als von einer Sekunde zur nächsten – so als hätte jemand ein Glühlicht angeknipst – alles wieder präsent gewesen war. Wie ein Faustschlag aus dem Nichts. Der sie in die Knie zwang und lähmte. Für sieben lange Tage, in denen sie Lulus Annäherungsversuche hartnäckig abwehrte und sich mit der dummen Hoffnung zu beruhigen versuchte, dass es unmöglich wahr sein konnte.

Weitaus entschlossener, als sie sich fühlte, bog Elsa in die Gabelsberger Straße ein und ging auf das herrschaftliche Wohnhaus mit den Erkern und Giebelkrönungen aus Muschelkalk zu. Sie spürte keine Kindsbewegungen, und ob der kartoffelgroße Knubbel, den sie zwischen Symphyse und Nabel tasten konnte, nun wirklich zum zweiten Trimenon passte oder bloß eine harmlose Geschwulst, ein Myom oder sonst etwas war, das wusste sie natürlich nicht mit Sicherheit. Woher auch?

Sie sah nach vorn. Vielleicht noch dreihundert Schritte, dann musste Elsa das einstudierte Verslein aufsagen. Ohne sich unterbrechen zu lassen. Ohne einzuknicken. Denn die winzige Hoffnung, an die sie sich bis zuletzt klammerte, hatte sich in Luft aufgelöst, als sie der aus dem Laboratorium gestohlenen jungen Maus ihren Morgenurin unter die Haut spritze, ihr achtundvierzig Stunden später den Bauch aufschlitzte und der ausgelöste Eisprung überdeutlich zu sehen war.

Ein lautes Wiehern ließ Elsa zusammenfahren und die eindeutig gereiften Eizellen sowie den vergrößerten Uterus der Maus vergessen. Aus Nymphenburger Richtung preschte eine herrschaftliche Equipage heran. Die vier prächtigen Rappen wirbelten den Staub des verdichteten Schotterbelages auf, die makadamisierte Straße war trocken wie die Wüste Gobi. Regen tat not, nur nicht gerade jetzt. Elsa sandte ein Stoßgebet gen Himmel.

Die Kutsche blieb stehen. Der Sohn des Hauses sprang heraus, lief behände die Stufen hinauf und verschwand wenig später hinter der Tür.

Adolf. Ohne Zweifel. Die zu langen Haare, der raubtierhafte Gang, die immerzu geduckte Haltung. Elsa kroch eine Gänsehaut über die Haut, fast meinte sie, die wässrig blauen Augen würden wie damals bis auf den Grund ihrer Seele blicken. Es war noch keine drei Monate her, dass Theodor von Schenk, Adolfs Vater, sie aus dem Haus gejagt hatte, aber daran zu denken kam ihr vor wie eine Reise in eine weit zurückliegende Vergangenheit, an die man sich besser nicht erinnerte.

Sie nahm den Kopf hoch und zwang sich weiterzugehen, erklomm die Stufen und schlug den Türklopfer gegen die gusseiserne Platte. Einmal. Zweimal. Ein drittes Mal.

»Sie wünschen?«

Eine Hausangestellte. Elsa atmete auf. Die Herrschaft öffnete nur äußerst selten die Tür. Die erste Hürde war genommen.

»Der Direktor der Bayerischen Handelsbank schickt mich. Ich soll eine dringliche Nachricht an Herrn von Schenk überbringen.« Die Geschichte hatte Elsa sich ausgedacht, um vorgelassen zu werden. Sie zog das präparierte Kuvert aus der Rocktasche.

Das Dienstmädchen wollte danach greifen, doch Elsa war schneller.

»Ich darf das Schreiben nur persönlich überbringen.«

»Aber der gnädige Herr hat sich gerade ins Herrenzimmer zurückgezogen und will nicht gestört werden.«

»Glaub mir, er will gestört werden.« Elsa wedelte mit dem Briefumschlag. »Das hier ist wichtig.«

Die junge Frau brauchte einige Sekunden, um abzuwägen, was schlimmer war: den Hausherrn trotz anders lautender Anweisung zu stören oder eine Botin mit wichtiger Kunde fortzuschicken. Sie entschied sich schnell. »In Gottes Namen, folgen Sie mir.«

Durch die Vordertür hatte Elsa das Haus noch nie betreten, der Dienstboteneingang wie auch die dazugehörigen Zimmer und Wirtschaftsräume lagen im Tiefparterre des rückläufigen Teils des Wohn- und Geschäftshauses. Die Herrschaft logierte im ersten Stock. Über die große Treppenflucht am Ende des Entrees gelangten sie in den oberen Korridor und vor die Tür des Herrenzimmers.

Das Dienstmädchen klopfte, wartete auf Antwort und drückte die Klinke. »Entschuldigen Sie vielmals, aber hier ist eine Botin mit einer persönlichen Nachricht von Herrn von Sternfeld.«

»Vom Direktor?«, ließ sich die überraschte Stimme des Hausherrn hören.

Das Knarzen des alten Wabenparketts, das Elsa jeden Tag erst sauber gefegt, dann mit der Bohnerbürste poliert und schließlich noch einmal gefegt hatte, verriet ihr, dass Theodor von Schenk vor dem Kamin auf und ab ging. *Dieser letzte Besenstrich ist die Hauptsache*, hatte die Hausherrin Elsa stets gemahnt. *Darauf kommt es an.*

Wieso sie ausgerechnet jetzt daran dachte?

»Schick die Botin herein, Lisbeth, einer solchen Dringlichkeit kann ich mich kaum verwehren.«

Ehe Elsa über die Schwelle trat, schloss sie für einen Moment die Augen, nahm noch einmal die Schultern zurück und hob das Kinn. Goethe hatte recht, die Schwierigkeiten wuchsen, je näher man dem Ziel kam. Vor allem, wenn am Ende die Verdammnis wartete, die unausweichliche Strafe für Elsas eitles Streben. Umso mehr, da sie mit der Bitte um Aufnahme bei den Barmherzigen Schwestern nun vermutlich auch noch Gott gegen sich aufgebracht hatte.

Der Raum hatte sich verändert. Die dunklen, geschnitzten Möbel, das breite Sofa, die mit Decken belegte Chaiselongue und die mit Leder oder einfarbigem Tuch bezogenen Stühle standen an Ort und Stelle, nur der alte wuchtige Diplomatenschreibtisch war einem amerikanischen Modell gewichen. Es sah hübsch aus, fand Elsa und zwang sich, den Blick noch ein paar Sekunden länger schweifen zu lassen, bis Lisbeth die Tür hinter sich geschlossen hatte.

»Die Bäckerstochter aus dem Breisgau. Sieh an.«

Als solche hatte sich Elsa ausgegeben, um die Stellung als Dienstmädchen zu bekommen. Sie ging einen Schritt weiter in den Raum hinein. Nur ein einziges Mal war sie mit ihrem ehemaligen Dienstherrn hier allein gewesen. Kurz bevor er sie des Hauses verwiesen hatte.

Sie schluckte. »Seid Ihr zufrieden mit dem neuen Mädchen? Ich nehme an, sie wurde als Ersatz für mich eingestellt?«

»Was willst du?«

Elsa spürte ihren Herzschlag in den Schläfen, sie zwang sich, den Mund aufzumachen. »Ich erwarte ein Kind.«

»Ein Kind?« Er lachte. »Und was geht das mich an?«

»Immerhin seid Ihr der …«

Theodor von Schenk hob den Zeigefinger an den Mund, umrundete den Schreibtisch und baute sich vor Elsa auf. Er war nur unmerklich kleiner als sein Sohn, ebenso elastisch in den Bewegungen, aber anders als Adolf hielt er sich aufrecht – jederzeit. »Du wagst es!«

»Ich …«

Er kam noch einen Schritt näher. »Wir haben dich in diesem Haus aufgenommen, dir ein Auskommen gegeben und dich gut behandelt. Und zum Dank verdrehst du meinem einzigen Sohn und Erben mit deinen großen, traurigen Augen den Kopf und ringst ihm ein Heiratsversprechen ab, das er sicherlich nur auf dein Drängen hin vor dem Hauskaplan wiederholt hat. Nun glaubst du, wir schulden dir etwas? Denkst du ernsthaft, eine schamlose Verführerin wie du, kommt damit durch?«

Jeder Mumm und all die zurechtgelegten Worte stoben auseinander wie trockene Blätter bei einem Herbststurm.

Von Schenk drehte sich zum Vertiko um, hob den mit Enten verzierten Deckel des Humidors an und nahm eine Zigarre aus dem Kasten. »Willst du behaupten, in dem Balg, das in dir wächst, falls nicht das schon eine dreiste Lüge ist, fließt das Blut der Familie von Schenk? Bist du deshalb hergekommen?« Er nahm den Cutter zur Hand, stanzte eine Kerbe in den Zigarrenkopf und strich bedächtig über das Deckblatt. »Es gibt viele schneidige Burschen in der Stadt. Wie könnten wir jemals sicher sein?«

Elsa schoss alles Blut in die Wangen. Diese Unterstellung war so niederträchtig, so demütigend. So gemein. »Aber …«

»Schschsch.« Er neigte leicht den Kopf. »Wenn du gescheit bist, hältst du schön den Mund, denn mit einer solchen Geschichte zur Polizei zu laufen wäre ein großer Fehler. Weißt du, wie viele Tage Gefängnis auf Verleumdung stehen? Auf üble Nachrede?«

Verleumdung? Wie konnte er nur so etwas sagen? »Bitte! Ich verfüge über keinerlei Mittel, ich brauche Geld, um … Maßnahmen zu ergreifen. Für Sie wäre es nur eine unbedeutende Summe, doch ich kann sie niemals aufbringen. Mehr will ich gar nicht.« Sie faltete die Hände vor der Brust. »Ich flehe Sie an, gnädiger Herr. Danach sehen Sie mich nie wieder. Das schwöre ich.«

»So stehen die Dinge also. Interessant.« Von Schenk griff in aller Seelenruhe nach dem Feuerzeug, schnippte es an und drehte die Zigarrenspitze in der Flamme. Als der Rand sich grauschwarz verfärbte, beugte er sich hinab, nahm einige Züge und blies Elsa den Rauch ins Gesicht. »Zufällig weiß ich, dass eine Schwangere, die ihre Frucht vorsätzlich abtreibt oder im Mutterleib tötet, mit Zuchthaus bis zu fünf Jahren bestraft wird.«

Elsa erschrak. Der Polizeidirektor war mit Frau von Schenks Schwester verheiratet und häufig hier zu Gast. Ein dickbäuchiger, auf eine sehr subtile Art furchteinflößender Mann. »Aber …«

»Du hast die Wahl: üble Nachrede, vorsätzliche Fruchtabtreibung oder wir tun so, als wärst du nie hier gewesen.« Er nahm noch einen tiefen Zug, blies den Rauch diesmal genüsslich an seiner Nasenspitze vorbei in Richtung Zimmerdecke. »Such es dir aus.«

Sie brauchte das Geld. Zwar hatte sie daran gedacht, es selbst zu tun, aber die Erinnerung an ihren Vater verbot es ihr. Wie oft hatte er sich über die dummen, verzweifelten Frauen aufgeregt, die sich halbtot in seine Sprechstunde schleppten, weil sie keinen anderen Ausweg gesehen und deshalb ihr Leben riskiert hatten.

Trotzdem half er ihnen, informierte nie die Polizei, wie viele seiner Kollegen. Womöglich hatte er sogar selbst Schwangerschaftsabbrüche vorgenommen, obwohl ihn die Härte des Gesetzes noch schwerer getroffen hätte als die Schwangeren selbst.

Zuchthaus. Fruchtabtreibung. Verleumdung. Armut. Elend. *Eine glänzende Zukunft steht dir bevor, mein liebes Kind.* Die warme Hand des Vaters strich tröstend über Elsas Wange, nur fühlte es sich hier, in diesem Haus, in diesem Raum, bitter an. Langsam drehte sich Elsa zur Tür.

»Du bist ein kluges Mädchen.« Theodor von Schenks leise geklatschter Beifall verhöhnte sie mehr als jedes Wort. »Ich werde unsere gemeinsame Zeit ver…«

Den Rest verschluckte das laute Ächzen der Tür, als sie hinter Elsa ins Schloss fiel. Sie schluchzte auf, schlug die Fäuste gegen die Stirn, dann gegen den Bauch, wieder und wieder, und setzte sich schließlich langsam in Bewegung. Gewohnheitsmäßig hielt sie auf den Dienstboteneingang zu, überlegte es sich im letzten Moment anders, kehrte um und stolperte im Entree der Hausherrin in die Arme.

»Elsa? Bist du es?« Frau von Schenk packte ihr ehemaliges Dienstmädchen am Arm und half ihr, sich zu fangen. »Was machst du hier?«

»Ich …« Die alte Gewohnheit ließ Elsa knicksen, fast im selben Augenblick erkannte sie den Rhythmus der Schritte, die über die Treppe näherkamen. Ihr wurde heiß und kalt.

Die wässrig blauen Augen würden sie finden und ansehen, das silberne Schimmern der kleinen Narbe würde beim Sprechen unter dem Oberlippenbärtchen hervorblitzen. Wie damals. Das ertrug Elsa nicht auch noch. Sie riss sich los und lief davon.

 ## Königsplatzviertel

zur selben Zeit nur ein paar Häuser weiter | Gabelsberger Straße 66

Lulu drückte die Stirn gegen die Scheibe und sah hinaus. »Was ist denn hier los?«

Sofort rutschte Ida näher heran und beugte sich ebenfalls nach vorn. »Ein Protest? Wogegen?«

Obwohl es draußen in Strömen regnete, hielten auf dem Trottoir vor dem Haus mindestens ein Dutzend Männer und fast ebenso viele Frauen Schilder in die Höhe.

Mannweiber. Emanzen. Pfui Teufel!
Männer, wehrt euch! Behaltet die Hosen an!
Schluss mit der Unweiblichkeit!
Haus und Kinder: Das ist eure nobelste Pflicht!

»Du meine Güte!« Idas Augen weiteten sich vor Entsetzen. »Sollen wir umkehren? Oder wenigstens Alfred bitten, uns in einer anderen Straße aussteigen zu lassen?«

»Und dein Veloziped?«

Mit einem sanften Ruck kam die Kutsche zum Stehen. Lulu und Ida kippten nach vorn, lehnten sich jedoch sogleich weit zurück, als eine besonders dreiste Protestlerin mit der flachen Hand gegen die Scheibe schlug und völlig ungeniert ins Wageninnere spähte.

»Ist das zu fassen?« Die Freundinnen sahen einander an.

»Das wird noch viel aufregender, als ich gedacht habe«, sagte Ida. »Womöglich zu aufregend?«

»Oh, nein, davon lassen wir uns gewiss nicht aufhalten«, beschied Lulu. Sie erhob sich von der Sitzbank und öffnete so unvermittelt die Wagentür, dass sie der Dame draußen eine Kopfnuss verpasste und sie zum Zurücktreten zwang. Der Lodenhut verrutschte, dämpfte aber den ärgsten Aufprall, und Lulu musste lachen. Sie reichte der Freundin die Hand, und so stiegen sie hoch erhobenen Hauptes nacheinander über den Antritt hinaus auf die Straße.

»Auch noch Lesbierinnen, was?«

»Typisch!«

»Schamloses Pack!«

Jede Heiterkeit verflog auf der Stelle, entsetzt ließ Lulu Idas Hand los. Wie gemein! Doch damit nicht genug, munter prasselten weitere Bosheiten auf sie nieder, eine ältere Frau spuckte, ein Mann hob die Faust und drohte, bis endlich ein auffällig groß gewachsener Gendarm aus dem Hauseingang eilte und der Hetze ein Ende bereitete.

»Ich darf doch sehr bitten, die Herrschaften. Mäßigen Sie sich auf der Stelle.« Er drängte sich durch den Kreis, der sich um Ida und Lulu zu schließen drohte. »Die beiden jungen Damen wollen das Radfahren erlernen, kein Verbrechen begehen. Eine solche Hysterie ist da völlig fehl am Platz. Vielleicht sollten Sie selbst einmal auf ein Velociped steigen, dann wüssten Sie, wie lächerlich Sie sich aufführen.« Er beugte sich zu Lulus Ohr. »Sie wollen doch zur Fahrschule, oder?«

Sie musste nicht antworten, denn Alfred, der Kutscher der Familie Herzog, hatte Idas Damenfahrrad inzwischen vom Gepäckträger gehoben und schob es rabiater als nötig durch die skandierenden Frauen und Männer.

»Hier entlang.« Der Gendarm hielt ihnen die Tür auf und führte sie im Laufschritt durch einen Korridor auf den rückwärtigen Lichthof und von dort in eine angeschlossene Halle mit einer zur Hofseite durchgehenden Glasfront. *Friedrich Link – Winterfahrschule in der Gabelsberger Straße 66 & Liebigstraße 22 – Sommerfahrschule am Freien Sportplatz Nymphenburger Straße*, stand in großen Lettern über die ganze Breite geschrieben.

»Schnell. Der Kurs fängt jede Minute an, Amelie Rother hält eine kurze Ansprache zum Auftakt, die dürfen Sie nicht verpassen.«

Als Lulu den Saal betrat, klopfte ihr das Herz bis zum Hals. Amelie Rother, die Radfahrpionierin aus Berlin? War sie wirklich …?

»In schnelles Tempo geriet die Bewegung 1895, bis endlich ein Jahr später der volle Sieg errungen war. Von da an bezeichneten in Berlin nur noch vereinzelte alte Perückenstöcke die Radfahrerinnen als unweibliche Wesen, aber ich vermute, ganz aussterben werden sie wohl nie, wie die lächerliche Ansammlung hier vor der Fahrschule beweist. Lassen Sie sich davon bloß nicht entmutigen, denn wenn Sie alle erst einmal draußen in der freien Natur angelangt sind und unter dem grünen Laubdach auf schönen Chausseen dahinfliegen, wenn sich die Brust weitet und das Herz höherschlägt, spätestens dann werden Sie dem Radsport ewige Treue schwören und wenn es noch neunmal doller käme als heute hier in München.«

Sie war es! Lulu konnte es kaum glauben. Amelie Rother saß auf einem Rad mit Diamantrahmen, einem Herrenrad, und fuhr – während sie sprach – kreuz und quer durch den Saal, als wäre es die leichteste Übung der Welt.

»Und vergessen Sie um Himmels willen all die praktischen Ratschläge, wie wir Frauen unsere Zeit besser verbringen sollten, statt Rad zu fahren. Bei den Kindern. Am Stickrahmen. Im Haus.

Einen Schritt hinter dem Gatten.« Amelie Rother lachte. »Dabei kann ich mir kaum eine sinnvollere Beschäftigung vorstellen, denn abgesehen vom Genuss, von der schnellen, allein mit dem Fliegen zu vergleichenden Bewegung, den das Fahren in der freien Gottesnatur bietet, stärkt es außerdem Körper und Geist.« Sie beschleunigte an der langen Seite und querte dann direkt durch die Mitte. »Besonders wir Städterinnen sind mehr oder minder zum Stubenhocken verurteilt. Es dürstet uns nach frischer Luft, aber wie ins Freie, ins Grüne kommen?«

Ein Raunen ging durch die Reihen, Amelie Rother nahm die Hände vom Lenker und fuhr mit seitlich ausgestreckten Armen freihändig quer durch die Bahn, in die Kurven, um die Hindernisse. Lulu packte Idas Handgelenk und drückte begeistert zu.

»Bald wird Sie nichts mehr aufhalten, denn das Velociped oder die Maschine, wie ich das Fahrrad bevorzugt nenne, ist stets einsatzbereit. Kein versäumter Zug mehr, keine überfüllte Pferdebahn, kein Droschkenmangel. Frei und unabhängig werden Sie sein.«

»Ich liebe es jetzt schon«, raunte Lulu ihrer Freundin zu, breitete ebenfalls die Arme aus und schloss die Augen. »Das wird fantastisch.«

Formvollendet stieg Fräulein Rother vor dem Inhaber der Fahrschule aus dem Sattel. »In diesem Sinne wünsche ich Ihnen einen möglichst blessurenfreien Start in Ihr von nun an freieres Leben und übergebe das Wort an Friedrich Link. All Heil!«

Applaus hob an. Lulu lief eine Gänsehaut über Nacken und Arme. »All Heil!«, gab sie den Radfahrergruß zurück. »All Heil!«

»Eine Sache vielleicht noch«, meldete sich Amelie Rother erneut zu Wort und blickte reihum in die vor Aufregung geröteten Gesichter. »Lassen Sie alle überflüssigen Unterkleider einfach weg. Am besten eignen sich sowieso Hosen. Und noch etwas: Verbannen Sie das Korsett in die Rumpelkammer. Wie soll der Brustkorb sich denn bitte weiten, wenn er in einem Stahlpanzer steckt. Nehmen Sie einen Büstenhalter, den Pariser Gürtel oder etwas anderes. Am freiesten und wohlsten fühlt man sich allerdings ganz ohne.«

Ein vieltönendes, teils missfälliges Raunen wurde laut. Lulu spürte Idas Atem an ihrem Ohr.

»Jetzt verstehe ich, warum die Leute draußen Schilder hochhalten. Du lieber Himmel! Das ist wirklich sehr radikal.«

Sichtlich brüskiert hob nun auch Fahrschulinhaber Friedrich Link die Hände, um nach dieser Irritation die Gemüter zu beruhigen und die Aufmerksamkeit wieder auf die Sache zu lenken. »Meine Damen, wenn ich bitten dürfte! Natürlich liegt es ganz bei Ihnen, was Sie beim Radfahren tragen wollen oder nicht, aber wie es auch in unserem Prospekt steht, sind fußfreie Röcke unbedingt zu empfehlen.« Er räusperte sich mehrmals. »In den nächsten zwei Lehrwochen werden Sie die Grundfertigkeiten des Radfahrens erlernen. Im Anschluss daran bieten wir einen Fortgeschrittenenkursus an, der bei hoffentlich angenehmerem Wetter auf dem Freien Sportplatz in der Nymphenburger Straße stattfinden wird. Von dort aus werden Sie mit Ihren Fahrlehrern oder Fahrlehrerinnen Ausflüge unternehmen, um sich auf das Tourenfahren vorzubereiten, die Krone unseres schönen Sports.«

Lulu schlug das Herz gleich nochmal um einige Takte schneller. »Das müssen wir unbedingt machen, Ida.«

Nie im Traum hätte sie sich vorstellen können, einmal selbst mit dem Fahrrad im Velodrom ihre Kreise zu ziehen. Frauen war dort der Zutritt zu den Kabinen untersagt gewesen, bei den Rennen starteten immer nur Männer. Und jetzt? Zwar war Lulu nicht damit einverstanden, dass der reiche Hotelier aus Zürich, der letzten August den bankrotten Volksgarten aufgekauft hatte, als Erstes die Radrennen eingestellt hatte, aber dass die Rennbahn nun für Lehr-, Übungs- und Trainingszwecke zur allgemeinen Benutzung freigegeben war, versöhnte sie etwas.

Eine Frau in modischen Bloomers trat vor, stellte sich als Fräulein Mantler vor und wies auf eine Reihe von Fahrrädern, die am kurzen, hinteren Ende der Halle nebeneinander aufgereiht standen.

»Wer kein eigenes Fahrrad mitgebracht hat, möge nicht erschrecken, auch wenn der Anblick unserer Schulmaschinen, dieser schwer lädierten Veteranen aus hundert Fahrschulschlachten, so mancher Novizin eine Gänsehaut über den Rücken jagt. Seien Sie versichert, wir tun unser Möglichstes, um Sie sturzfrei durch die ersten Übungen zu bringen.« Sie stemmte die Arme in die Seiten. »Schließlich wollen wir unsere Maschinen noch eine Weile behalten.«

Wie erhofft, wurde gelacht, doch Lulu sah auch die Angst in den Gesichtern ihrer Mitstreiterinnen. Sie stutzte. Ganz hinten, am anderen Ende des Saales, waren das nicht …?

»Bevor wir beginnen, müssen wir Sie in Gruppen einteilen. Da nicht jede Frau über ein eigenes Damenfahrrad verfügt, sondern einige das Rad des Gatten oder Bruders mitbenutzen, andere wiederum das Radfahren als ambitionierte Sportlerinnen auszuüben gedenken, stellen wir Ihnen frei, das Radfahren auf einer Damen- oder einer Herrenmaschine zu erlernen. Wer von Ihnen sich also an das Diamantrahmenrad wagen will und entsprechend gekleidet ist, möge nun bitte die Hand heben.«

Lulus Arm schnellte hoch.

Ida packte sie am Ellbogen und zog ihn wieder herunter. »Darf ich dich daran erinnern, dass ich ein Damenfahrrad besitze?«, flüsterte sie. »Und du wirst auch ein solches bekommen. Wenn überhaupt. Ein Herrenrad wird dein Vater erst recht nicht erlauben. Wozu auch?«

»Oh doch, das wird er.« Lulu befreite sich aus dem Griff der Freundin und ließ ihren Arm erneut in die Luft schnellen. »Und ich werde Rennen fahren.«

»Schau, wie sie zanken!«

Fanny ignorierte Änny und brachte wieder etwas Abstand zwischen sich und die Schauspielerin. Es war zu ärgerlich. Da wollte sie vorhin dem Bruder endlich die Wahrheit über seine Angebetete sagen, und wer war dazwischen geplatzt? Natürlich sie! Zu allem Überfluss war sie auch noch spontan mit zur Fahrschule gekommen. Dabei wollte Fanny nichts mehr mit ihr zu tun haben. Endgültig.

»Hörst du schlecht?« Änny zupfte äußerst penetrant an Fannys Ärmel. »Das Fräulein von Ranke und diese Ida Herzog werden gleich handgreiflich.«

Auf ein derart plumpes Ablenkungsmanöver fiel sie bestimmt nicht herein. Erst war ihr Änny im Verein für Фraueninteressen auf die Pelle gerückt, und jetzt verfolgte sie sie bis hierher. Sicherlich wollte sie nur wieder wegen ihrer verschollenen Freundin nachhaken.

»Du solltest dich für eine Herrenmaschine melden, immerhin wirst du mit Antons Rad vorliebnehmen müssen, denn ein eigenes kannst du dir so schnell nicht leisten. Es sei denn ...«

... sie ließe sich dafür bezahlen, Änny in den Leichenkeller der Anatomischen Anstalt zu schmuggeln. Fanny verstand schon, sie war nicht dumm. Fahrräder aus deutscher Herstellung kosteten zwischen hundertsiebzig und knapp über zweihundert Mark. Sie hatte sich erkundigt. Amerikanische Importräder waren für ungefähr die Hälfte zu haben, aber auch das war vollkommen aussichtslos. Fanny blieb gar nichts anderes übrig, als das Veloziped ihres Bruders zu nehmen. Sie hob die Hand. Änny ebenfalls. Auch das noch!

»Hast du ihn gesehen?«

»Wen?«

»Na, deinen schneidigen Verehrer?«

»Meinen was?« Fannys Herz sackte in ihre Eingeweide, ein heißes Kribbeln durchlief ihre Lippen, sie spürte Bartstoppeln.

»Dort drüben.« Änny wies in Richtung Eingang. »Er kam zu spät und hatte unsere *neuen Freundinnen* im Schlepptau, stand dann aber die meiste Zeit hinter der Säule. Ich dachte, du hättest ihn bemerkt und bist deshalb so wortkarg.«

Nichts hatte Fanny mitbekommen. Viel zu beschäftigt war sie damit gewesen, Änny abzuschütteln. Mit dem Ärger wegen Rosa. Mit den hundert Mark, die ihr gehören könnten.

»Was er wohl hier zu suchen hat?« Änny beugte den Oberkörper hin und her, um besser zu sehen.

Diesmal packte Fanny sie am Ärmel. »Nicht so auffällig, er soll nicht denken, dass ich …«

»Dass du nach ihm Ausschau hältst?«

»Nein!«, empörte sich Fanny. »Er hat mich durch die halbe Stadt gejagt, wieso sollte ich nach ihm Ausschau halten?«

»Du hast ihn geküsst, das hast du mir selbst erzählt.«

Inzwischen bereute Fanny die Vertraulichkeiten. Sie durfte sich mit so einer Person doch nicht gemeinmachen.

»Was dann? Was soll er nicht denken?«

»Na, dass mich seine Anwesenheit auch nur im Geringsten kümmert.«

»Ah, natürlich.« Änny zog die Brauen hoch und machte einen Schritt zur Seite. »Wie es aussieht, verlässt er uns ohnehin gerade.«

»Na, Gott sei Dank.« Der freudige Tonfall geriet außer Kontrolle. »Vermutlich hat man ihn nur wegen des Protests herbeordert«, beeilte Fanny sich, die Sache zu überspielen. Ferdls Anwesenheit machte sie nervös und wischte ihre Vorsätze, der liederlichen Schauspielerin die kalte Schulter zu zeigen, einfach beiseite. Außerdem schien Änny – im Gegensatz zu Fanny – die abgelegte Beichte kein bisschen zu belasten, sie benahm sich, als wären sie nun die besten Freundinnen.

»Fast alle wählen die Damenmaschine. Oh Wunder!« Änny nestelte an den Verschnürungen um ihre Mitte. Sie faltete den Gürtel zusammen und legte ihn aufs Fenstersims, öffnete ein paar Knöpfe, nahm den Rock ab und voilà, da stand sie. Ganz in Schwarz, mit einem in ausladende, weiche Wellen gelegten Chemisette-Kragen, der die Fülle von Pumphose und Puffärmeln aufgriff und wunderbar mit der unverschämt schmalen Taille, den engen, knielangen Strümpfen und den an den Unterarmen anliegenden Ärmeln kontrastierte. Die Schauspielerin trug natürlich ein Korsett, ein eng geschnürtes sogar. Sie sah aus, als sollte sie für ein französisches Modemagazin fotografiert werden. Dagegen kam Fanny sich in ihrem labbrigen Mieder, das sie zu Hause in Unteriglbach immer bei der Gartenarbeit getragen hatte, und ihrer selbstgenähten knöchellangen Pluderhose vor wie ein Bauerntrampel.

»Wie ich sehe, wagen sich nur vier von Ihnen an den Diamantrahmen«, zählte Fräulein Mantler ab. »Damit bilden Sie und Sie«, sie wies erst auf Fanny und Änny, dann auf Ida und Lulu, die in gegenüberliegenden Ecken standen, »eine Gruppe. Die restlichen sechzehn Damen finden sich bitte ebenfalls in Vierergruppen zusammen.«

»Das hat mir gerade noch gefehlt«, zischte Fanny.

Bei ihrem letzten Aufeinandertreffen hatte es zwar – ähnlich wie mit Änny – einen kurzen Moment der Unbeschwertheit zwischen ihnen gegeben, der von einer Sekunde zur nächsten jegliche

Ressentiments und Standesdünkel in Luft aufgelöst hatte, aber genauso schnell war er wieder verflogen, kaum dass Änny das Wort *schwanger* hinausposaunt hatte.

Obwohl sie damit rein gar nichts zu tun hatte, schämte Fanny sich für diese Unverfrorenheit. Es wunderte sie außerdem, dass Elsa nicht auch hier war. Hoffentlich bedeutete das nicht, dass Ännys boshafte Unterstellung zutraf. Es gab im Leben einer Frau – neben einem gewalttätigen Ehemann oder schwerer Krankheit – kaum etwas Schlimmeres als ein lediges Kind.

»Leider hat sich unser Spezialist für das Herrenfahren bei einer ausgedehnten Frühjahrstour vor einigen Tagen das Bein gebrochen. Er fällt mehrere Wochen aus, aber die Polizeidirektion war so freundlich, einen versierten jungen Dienstmann aus der Fahrradstaffel abzukommandieren, der die Diamantrahmengruppe bestens anleiten wird. Sein Name ist Ferdinand Schiffer, und er ist Ihnen sicherlich schon aufgefallen.« Fräulein Mantler sah sich um und stutzte. »Gerade eben war er noch da, weiß jemand …?«

»Vielleicht ist er davongelaufen. Zu viel geballte Weiblichkeit für einen feschen Jungspund wie ihn«, ließ sich eine recht rundliche Dame mittleren Alters vernehmen und lachte schallend.

Ihre noch fülligere Freundin wackelte mit dem Hintern. »Mich meinst, gell, Babettchen? Aber vor mir muss das Burschi sich nicht fürchten. Wirklich nicht. Im Gegenteil, der hätt eine Mordsgaudi mit uns.«

Die andere entblößte daraufhin eine massive Wade. »Unsere Gazellenstelzen schwingen wir jedenfalls noch mit Leichtigkeit über so ein Oberrohr.« Sie riss ihre Beine in Cancan-Manier abwechselnd hoch. »Aber wir wollen den vier mutigen jungen Damen ja nicht die Schau stehlen.«

Babettchen zeigte in Fannys Richtung, wo Ida und Lulu gerade zu ihr und Änny stießen.

»Glücklich vereint«, sagte Ida etwas zaghaft.

»Man muss es allmählich schicksalhaft nennen, dass sich unsere Wege ständig kreuzen«, fügte Lulu hinzu und machte sich daran, die Herrenmaschinen zu inspizieren.

Änny hingegen interessierte sich mehr für das äußere Erscheinungsbild ihrer Mitstreiterinnen. »Ihre Fahrradtoiletten sind *très chic*. Wirklich. Oder, wie meine Mutter sagen würde, *absolutely stunning!* Wir werden uns sicher prächtig amüsieren.«

»Unter Velozipedisten ist das Du üblich«, vermeldete Lulu und legte besitzergreifend die Hände auf den Lenker ihres favorisierten Fahrschulveteranen. »Ich glaube, das hier passt perfekt zu mir.«

Fanny schwieg. Auch wenn Ida und Lulu sich freundlich gaben, bemerkte sie doch die Skepsis in ihren Augen. Begeistert waren die beiden bestimmt nicht, mit ihr in einer Gruppe zu sein. Dabei war Änny eigentlich der Stein des Anstoßes, nicht sie, außerdem ärgerte es sie, dass Idas und Lulus Kostüme Ännys in nichts nachstanden. Wenn wenigstens Dienstmann Schiffer verschollen geblieben wäre, doch da kam er schon angelaufen.

»Ich bitte vielmals um Entschuldigung. Ich wollte nur kurz auf der Straße nach dem Rechten sehen, aber …«

Sein Blick blieb an Fanny hängen. Er starrte sie an wie einen Geist. Änny ebenfalls. Fanny wusste haargenau, was er gerade dachte. *Schon wieder in Begleitung dieser stadtbekannten Schauspielerin?* Am liebsten hätte sie ihm einen Klaps auf den Hinterkopf verpasst, damit dieser peinliche Moment endlich vorüberging.

»Die beiden kennen sich«, erklärte Änny kurz und knapp.

»Stimmt«, sagte Lulu. »Sie kamen mir vorhin schon so bekannt vor. Sind Sie nicht der Dienstmann, der an Heiligabend vor dem Haunerschen …?«

Fanny wäre am liebsten im Erdboden versunken. Hörte das denn nie auf? Jetzt dachten schon wieder alle an den Grund der polizeilichen Verfolgung.

»Der bin ich, ganz recht.« Schiffer räusperte sich. »Das war allerdings ein Missverständnis.«

»Ein Missverständnis?«, fragte Ida nach.

»Fräulein Paintner wurde zu Unrecht beschuldigt. Vielleicht sollte ich das klarstellen. Sie kam noch am selben Tag auf freien Fuß. Sie ist eine völlig unbescholtene Bürgerin.«

Fanny traute ihren Ohren nicht. Wieso tat er das? Besonders nach dem für ihn sicherlich äußerst verdächtig anmutenden Zwischenfall am Alten Rathaus vor gut einer Woche. Verstohlen schielte sie in seine Richtung.

»Na, dann ist ja alles geklärt«, bemerkte Lulu ungeduldig und folgte mit beiden Händen der Biegung des Lenkers, als wäre es etwas Sakrales. »Ich kann es kaum abwarten, damit durch München zu steuern.«

»Dann sollten wir zusehen, Sie alle schnellstmöglich auf die Maschinen zu bekommen.« Ferdinand Schiffer übernahm Lulus auserwähltes Herrenrad. »Wie Sie vielleicht wissen, wird ein Diamantrahmenrad von hinten bestiegen. Dazu nehmen Sie in Spreizhaltung Aufstellung, greifen mit beiden Händen die Lenkstange, neigen das Fahrrad leicht nach links und setzen den linken Fußballen auf den Auftritt der ...«

Schiffers Worte verflüchtigten sich im Nirgendwo. Nichts davon kam bei Fanny an.

»Um an Fahrt zu gewinnen, stoßen Sie sich in kurzen Abständen mit dem rechten Fuß federnd vom Erdboden ab und schieben dabei mit Handballen und Körper das Rad ebenfalls vorwärts. Ein weit verbreiteter Anfängerfehler ist, mit Händen und Körper gegen den Anschub des rechten Beines zu arbeiten.«

Er machte es einmal richtig und einmal falsch vor und grinste dann etwas schüchtern in die Runde. Fanny wunderte sich, dass sie das tiefe Grübchen am Kinn und die auffallend weißen, schnurgeraden Zähne bislang nicht bemerkt hatte. Es gefiel ihr ausgesprochen gut.

»Fangen Sie mit dem ersten Teil der Übung an, und erst wenn dieser sitzt und Sie sich sicher fühlen, nehmen Sie den Anschub dazu. Klappt das ebenfalls, können Sie sich bereits durch die ganze Halle bewegen, die Abstände zwischen den Anschüben vergrößern und Ihr Körpergewicht stärker auf den Auftritt verlagern. Immer schön linksherum, um Kollisionen zu vermeiden.« Er zeigte die Fahrtrichtung an. »Steigen Sie aber bitte noch nicht in den Sattel, es geht jetzt nur darum, ein Gefühl zu bekommen und das Gleichgewicht zu halten. Zwischendurch lassen Sie das Rad immer wieder ausrollen, steigen ab und beginnen von vorne.«

»Wie langweilig«, hörte Fanny Lulu flüstern und wurde Zeugin, wie die Direktorentochter den linken Fuß auf den Auftritt setzte, sich mit dem rechten kräftig abdrückte und durch die halbe Halle rollte.

»Perfekt, Fräulein von Ranke. Sie scheinen ein Naturtalent zu sein«, lobte Ferdl, und Fanny verdrehte die Augen.

Wenigstens Änny hatte einige Schwierigkeiten, vor allem, weil sie das mörderisch eng geschnürte Korsett behinderte. Trotzdem schlug sie sich wacker, als Schiffer ihr mit kleineren Korrekturen half. Ida ging die Sache weitaus zaghafter an, verbuchte aber nach etwas Zuspruch bald ebenfalls erste Erfolge, die sie mutiger werden ließen.

Fanny dagegen hatte sich schon zweimal das Schienbein an den Pedalen angeschlagen und war gerade wieder mit dem Fuß vom Auftritt gerutscht. »Kreizbirnbamund…«

Ein mildes Räuspern ließ sie verstummen. Wie angewurzelt blieb sie stehen.

»Sie gehen die Sache zu verkrampft an. Sie müssen lockerlassen.« Ferdl drehte ihre Handgelenke nach innen und umfasste dann ihre Arme auf Höhe der Ellbogen. »Hart wie Stöcke. Ich sagte doch, ohne Anspannung durchdrücken.«

Oh, Gott! Schon wieder dieser herbe Ledergeruch. Falls Gendarm Schiffer Fanny jetzt auf das Verloziped scheuchte, fuhr sie todsicher gegen die nächste Säule und blamierte sich.

»Trauen Sie sich ruhig. Soweit ich mich erinnere, sind Sie eine sehr schnelle und noch zähere Läuferin, da fällt Ihnen das Radfahren bestimmt leicht.«

Das tat es nicht. Fanny hatte vom ersten Moment an gespürt, dass sie mit dieser Höllenmaschine auf Kriegsfuß stand. Schon als Kind hatte sie alles Neue, wenn es nicht gerade in Büchern stand, mit großer Skepsis beäugt, war fast zwei Jahre alt gewesen, ehe sie zu laufen begann. Nicht weil sie es nicht konnte, sondern weil sie erst bereit war, es zu wagen, als sie wusste, sie würde es perfekt hinbekommen. Das sei bei allem so gewesen, erzählten die Eltern. Jedem, der es hören wollte.

»Ernst und Humor, Lust und Ärger, Eifer und Verzagen, rotglühende Wangen und blaue Flecken. All das gehört anfangs zum Radfahren dazu.«

Ein Poet war er also auch noch. Fanny spürte, wie anstelle der Aufregung ein Wutflämmchen in ihr züngelte. Nicht gut. Gar nicht gut!

»Keine Sorge. Es geht allen gleich.«

»Eben nicht.« Fanny funkelte Ferdl angriffslustig an. »Schauen Sie doch nur hin! Alle fahren, bloß ich nicht.«

Er lachte. »Niemand fährt. Alle üben noch immer den Anschub und das Gleichgewicht zu halten. Das holen Sie mit Leichtigkeit auf, vor allem da Sie viel geeignetere Kleidung tragen als die anderen. Sie müssen sich nur etwas mehr anstrengen.«

Geeignetere Kleidung? Lumpen meinte er wohl! Und außerdem: mehr anstrengen? Fanny strengte sich bereits an. Sehr sogar. »Das gute Zureden können Sie sich für Ihren Gaul aufsparen.« Das Grübchen verschwand und Fannys Wutflämmchen auch. »Wie geht es ihr denn?«, fragte sie und biss sich auf die Unterlippe.

»Wem?«

»Na, der Pechmarie. Wem denn sonst?«

»Sie erinnern sich an ihren Namen?«

»Natürlich.« Fanny hatte fast jeden Tag an die Rappstute gedacht. Und an ihren Reiter.

»Nicht gut.«

Musste sie ihm jedes Wort aus der Nase ziehen? »Sie ist doch nicht etwa beim Schlachter …«

»Nein.« Ferdl schüttelte heftig den Kopf. »Das hätte ich nicht zugelassen, aber nach acht Wochen lahmte sie immer noch, deshalb wurde sie vom Dienst freigestellt und steht seit Anfang März bei meinem Großvater in Halsbach auf der Weide. Meine letzten Ersparnisse sind für die Behandlung und den Transport draufgegangen.« Er hob die Hände. »Drahtesel statt Dienstpferd, zumindest bis ich das Geld für ein neues zusammen habe.«

»Besteht denn gar keine Hoffnung, dass Pechmarie wieder ganz gesund wird?«

»Kaum. Aber einen Lichtblick gibt es. Dank ihrer guten Abstammung taugt sie noch für die Zucht. Mit etwas Glück wird sie nächstes Jahr ein Fohlen haben.« Er rang sich ein Lächeln ab. »So, auf geht's, versuchen Sie es noch mal, sonst hängen Ihre Freundinnen Sie wirklich ab. Denken Sie an die Ausflüge ins Grüne, die Sie im Fortgeschrittenenkursus machen werden. Da wollen Sie doch dabei sein, oder?«

Das hörte sich in der Tat verlockend an, auch wenn Fanny nicht wusste, woher sie die Zeit nehmen sollte. »Werden Sie dann auch unser Lehrer sein?«

»Das steht noch nicht fest.« Ferdl schielte in Ännys Richtung. »Mit Verlaub, von Zufall kann man nun beim besten Willen nicht mehr sprechen. Sie sollten sich von der Dame fernhalten. Unbedingt!«

»Das versuche ich ja, aber wir wohnen im selben Haus«, seufzte Fanny. »Übrigens danke, dass Sie vorhin auf das Missverständnis hingewiesen haben, obwohl ich mich bei unserem letzten Aufeinandertreffen ausgesprochen verdächtig verhalten habe. Das Büchlein mit den Namen ist mir wirklich vor die Füße gefallen.«

Ferdl winkte ab. »Reden wir nicht mehr davon, heute bin ich als Fahrlehrer hier, nicht als Dienstmann der Königlichen Schutzmannschaft.«

»Es ist nur«, Fanny suchte nach den rechten Worten, »so eine Anschuldigung bleibt an einem kleben wie …«

»… Spelz am Honig.«

Er lachte ihr so offen und freundlich entgegen, dass Fanny am liebsten ein Tänzchen aufgeführt hätte. »Oder die Blicke der Herren an den entblößten Waden der Velozipedistinnen«, kam es unbedacht aus ihrem Mund.

Vorbei war's mit der Leichtigkeit. Ferdl sah sie entgeistert an und Fanny hätte sich am liebsten in den Allerwertesten gebissen, dass ihr ausgerechnet jetzt, da er ihr endlich zu glauben schien, eine derart anzügliche Bemerkung über die Lippen rutschte.

Himmel, Arsch und Zwirn!

»Bei denen hat's gefunkt.« Änny ließ sich formvollendet ausrollen.

Lulu brachte ihr Rad ebenfalls zum Stehen und sah zu Fanny und Ferdl hinüber. »Eine Liaison zwischen Schutzmann und reingewaschener Delinquentin? Höchst unwahrscheinlich.«

»Deswegen umso romantischer.« Änny zupfte an ihren Puffärmeln. »Außerdem ist nichts dran an der dummen Geschichte. Du hast es vorhin selbst gehört.«

»Was eine Erleichterung ist, muss ich zugeben.«

Änny wandte sich ab, machte ein paar Dehnübungen und benutzte dazu ihr Rad, als wäre es ein Tanzpartner.

Lulu fand das etwas affig. »Man muss schließlich nicht mehr als nötig mit so einer verkehren.«

»Mit so einer? Nein, um Himmels willen. Das wäre eine Zumutung.« Die Schauspielerin ging ins Plié, nutzte den Lenker nun als Barre. »Ballettunterricht. Als Kind. Eine Tortur, aber in so mancher Lebenslage hilfreich.« Sie nickte erneut bedeutungsschwer zum anderen Ende des Saales. »Mir schwant, die Turteltäubchen arrangieren ein Stelldichein für eine Privatfahrstunde.«

»Wer könnte das erraten, wenn nicht Sie. Fanny ist Ihre Freundin, nicht meine.« Lulu brachte ihre Maschine wieder in Aufstiegsposition.

»Deine. Wir sind Velo-Kameradinnen, du hast es vorhin selbst gesagt.« Änny schob ihr Rad näher an Lulu heran. »Ah, jetzt verlässt er sie. Aber sie hat schnell Ersatz gefunden. Wie es aussieht, freunden sich deine Ida und meine Fanny gerade an. Schau nur.«

Tatsächlich. Sie steckten die Köpfe zusammen und gaben sich offensichtlich gegenseitig Tipps.

Lulu lachte. »Das Radfahren ist den beiden nicht in die Wiege gelegt, so viel steht fest.«

»Bei dir dagegen sieht es kinderleicht und vor allem vollkommen natürlich aus. Als wärst du dafür geboren. Wie machst du das?«

Lulus Herz hüpfte vor Freude über das Lob. »Du hältst dich ebenfalls sehr wacker.«

»Ich weiß nicht, ob ich *wacker* als Kompliment verbuchen will.« Änny lehnte das Fahrrad gegen ihr Hinterteil, griff mit beiden Händen an ihre Taille und schob und drückte. »Vielleicht sollte ich mir den skandalösen Ratschlag zu Herzen nehmen und beim nächsten Mal wirklich das Korsett weglassen?« Sie warf Lulu einen herausfordernden Blick zu. »Vor allem, da ich annehme, dass dich deine Mutter nicht *ohne* aus dem Haus lässt und ich dich dann vielleicht überflügeln könnte.«

Lulu musste schon wieder lachen, obwohl sie dieser Änny für ihre unverschämte Äußerung, Elsas angeblichen Zustand betreffend, eigentlich den Hals umdrehen wollte. »Das kannst du vergessen! Nicht mal in Balltoilette lasse ich dich an mir vorbeiziehen.«

»Schau, schau, das Fräulein von Ranke beweist Kampfgeist. Noch eine Überraschung.«

»Noch eine?«

»Erst der extravagante Aufzug, dann diese Courage. Hätte ich dir nicht zugetraut. Bis heute dachte ich, du wärst eine langweilige Schnepfe.«

»Ha! Und ich dachte, du wärst eine eingebildete Poseurin mit einem losen Mundwerk.«

»Poseurin?« Änny zuckte mit den Schultern. »Du machst mir Spaß. Natürlich bin ich eine Blenderin, eine Hochstaplerin, eine Großtuerin. Ich bin Schauspielerin! Es ist mein Beruf, die Leute hinters Licht zu führen.«

Vor allem aber war sie Lulu überaus sympathisch. Außerdem faszinierte sie das exotische Aussehen der jungen Frau, ihre Ausstrahlung, die wie Bronze glänzende Haut. Änny war wunderschön. »Wo wohnst du eigentlich?«

»In der Amalienstraße, direkt gegenüber vom *Café Stefanie*. Du kannst mich gerne einmal besuchen kommen. Und du?«

»Sophienstraße.«

»Ach, beim Glaspalast. Schöne Gegend. Und Elsa?«

Es sollte wohl beiläufig klingen, aber Lulu hörte etwas anderes.

»Im Kinderspital. Warum?«

»Nur so. Ist sie Krankenwärterin?«

»Ja.«

»Und die Tochter des Direktors geht mit einer Wärterin zu den Treffen des Vereins für Fraueninteressen?«

Diesmal zuckte Lulu mit den Schultern. Natürlich würde ihr Vater, wenn er davon wüsste, das ebenfalls befremdlich finden.

Änny nahm die Unterlippe zwischen die Zähne. »Geht es ihr gut? Nach meiner … na ja, nennen wir es provokanten Äußerung?«

Lulu verspürte einen Stich in der Magengegend. »Ich weiß es nicht, um ehrlich zu sein.«

»Du hast nicht mit ihr darüber gesprochen?«

»Sie geht mir aus dem Weg.«

»Oh«, sagte Änny, als wären damit all ihre Fragen beantwortet. Sie wischte sich einen Schweißtropfen von der Stirn. »Manchmal ist mein Mund schneller, als das Gehirn denken kann. Ich hätte das nicht sagen dürfen.«

»Wieso hast du es dann getan? Obwohl du sie gar nicht kennst?« An Elsas Stelle hätte Lulu gegen Änny ein Heer an Verwünschungen ausgesprochen.

»Es war ein Fehler, ich weiß. Und es tut mir leid, aber eine Freundin von mir … bei ihr habe ich die Zeichen übersehen. Bis es zu spät war. Elsa hat mich an dem Abend an sie erinnert und auf dem Weg hierher, da dachte ich …«

»Was dachtest du?« Es geriet barscher als beabsichtigt, doch Änny schien es nicht zu kümmern.

Sie wies auf Babettchen, die sich immer noch mit der ersten Übung abmühte. »Kennst du unsere Cancan-Tänzerin?«

Lulu schüttelte den Kopf.

»Sie heißt Babette Rauch und ist Hebamme. Nur ein paar Häuser weiter hängt ihr Schild an der Tür.«

Lulu verstand nicht, worauf Änny hinauswollte. »Und?«

»Wenn mich nicht alles täuscht, ist Elsa vorhin aus ihrem Haus gekommen.«

Lulu griff sich an den Kragen ihres Kostüms, lockerte ihn mit zwei Fingern. »Dann stimmt es also wirklich? Aber sie hätte doch niemals das Aufnahmegesuch an die ehrwürdige Generaloberin ...«

»Elsa will Nonne werden?«, fragte Änny entsetzt.

»Wie es aussieht.«

»Hm. Ich bin mir dennoch fast sicher, dass sie vor Babette Rauchs Tür stand. Ist keine zwei Stunden her.«

»Das kann nicht sein. Man sieht ihr doch noch rein gar nichts an. Wieso sollte sie jetzt schon eine Hebamme aufsuchen?«

»Herrjemine!« Änny verdrehte die Augen. »Es ist immer das Gleiche mit euch behüteten höheren Töchtern: Ihr habt keine Ahnung vom Leben.« Sie seufzte. »Babette holt nicht nur Kinder auf die Welt.«

»Sondern kümmert sich auch um die Wöchnerinnen. Ich weiß.« Die frisch entflammte Sympathie schwand. Lulu ärgerte sich, dass Änny mit ihr sprach wie mit einem kleinen Kind.

»Sie hilft Frauen, wenn sie in Schwierigkeiten sind, du Dummerchen.«

In Schwierigkeiten? Oh! Lulu spürte Röte in ihren Wangen aufsteigen. »Eine Engelmacherin?«, hauchte sie und sah sich um. Die Hebamme hatte nichts mit den monströsen Weibsbildern gemein, die als Engelmacherinnen verschrien waren. Sie scherzte und lachte und schien sich köstlich zu amüsieren. »Bist du sicher?«

Änny nickte.

»Woher weißt du das?«

»Ich weiß es eben.«

Lulu wagte noch einen Blick. War das lustige Babettchen wirklich mit dem Teufel im Bunde? *Verlass dich nie nur auf den äußeren Schein*, mahnte die Mutter stets.

»So etwas würde Elsa niemals tun.«

»Frauen tun so einiges, wenn sie nur verzweifelt genug sind. Glaub mir, Kindchen.«

In Lulus Kopf tauchten schreckliche Bilder auf, wischten das sonst übliche Aufbäumen gegen das verhasste *Kindchen* beiseite. »Aber sie kann es nicht gewesen sein«, stellte sie erleichtert fest.

»Im Spital hat man mir gesagt, sie hätte Dienst. Bis spät in die Nacht. Das war vor ungefähr drei Stunden.«

»Hoffentlich stimmt das. Trotzdem solltest du sicherheitshalber auf dem Heimweg nach ihr sehen.«

»Das wäre ein riesiger Umweg, Mutter und Vater erwarten mich pünktlich zurück.« Lulu machte einen Schritt zur Seite. Dieses Gespräch wurde immer merkwürdiger. Wieso sorgte Änny sich dermaßen um eine wildfremde junge Frau?

»Dann morgen?«

Lulu nickte widerstrebend. Sie musste sowieso etwas mit Professor Herzog besprechen, und man traf ihn sonntags meistens in der Kinderklinik an.

»Na, haben Sie schon aufgegeben?«

Wie vom Blitz getroffen, fuhren Lulu und Änny zu Ferdinand Schiffer herum.

»Ähm, nein. Keineswegs«, beeilte sich Lulu richtigzustellen.

»Dann könnten Sie beide jetzt das Aufsitzen versuchen.«

Schiffer nickte aufmunternd. »Natürlich nur, wenn Sie es sich zutrauen.«

»Und ob!«

»Sie auch?« Er sah Änny an.

Die Schauspielerin nickte.

»Es hat sich bewährt, erst rechts das Treten zu erlernen und dann den linken Fuß dazuzunehmen. Den Rotationen der Pedale zu folgen ist anfangs nicht einfach.« Er sah Lulu und Änny an. »Wer fängt an?«

»Ich.« Lulu trat vor.

»Sehr schön. Ich gebe Ihnen Hilfestellung.«

Schutzmann Schiffer griff ein Zipfelchen Stoff unterhalb der Schulternaht an Lulus linkem Ärmel und nahm seitlich hinter ihr Aufstellung.

Lulu klopfte das Herz nun doch bis zum Hals. Sie ging im Kopf noch einmal alle Schritte durch und setzte schließlich den linken Fuß auf den Auftritt. Beim dritten Versuch gelang es ihr, den rechten Fuß aufs Pedal zu bringen und nicht sofort wieder den Kontakt zu verlieren. Beim vierten nahm sie – Schiffers eindringliche Mahnung *Treten, treten und nochmals treten* im Ohr – den linken dazu. Der Gendarm lief neben ihr her und feuerte sie lautstark an. Applaus ertönte. Das Eins-zwei, Eins-zwei aus den Kehlen ihrer neu gewonnenen Kameradinnen ließ Lulu mutiger werden. Sie nickte dem Schutzmann zu, er ließ ihren Arm los und … du meine Güte!

Lulu fuhr. Ganz allein.

Amelie Rother hatte nicht zu viel versprochen. Es war wie fliegen.

 # Klinikviertel

später am Abend | Waschhaus Kinderspital, Lindwurmstraße 4

Elsa schraubte den Glaszylinder der Petroleumlampe ab, tauchte ihn ins Spülwasser, fuhr mit dem Lappen über sämtliche Flächen und stellte ihn zum Abtropfen auf das Tuch. Die Liste, die sie nach ihrer Heimkehr aus dem Papierkorb gefischt hatte, steckte tief in ihrer Schürzentasche. Dennoch hatte sie alle Optionen, die sie in den letzten Tagen erst in die engere Auswahl genommen und dann doch wieder durchgestrichen hatte, deutlich vor Augen.

~~Arsen~~
~~Sadebaumöl/Thuja/Eibe~~
~~Leuchtgas~~
~~Kohlensäuredusche~~
~~Jodkali in Wasser 4:150~~
~~Chloroform~~
~~Salicylsäure~~
~~Mutterkorn~~
~~Terpentin~~
~~Opium~~

Zu unsicher. Zu heikel die Dosierung. Zu toxisch. Ein echtes Abortivum, das nach Einnahme zuverlässig Wehen auslöste und diese so lange aufrechterhielt, dass es tatsächlich zur Austreibung kam, ohne die Schwangere zu gefährden oder gar zu töten, gab es nicht. Das sagten zumindest die Bücher.

Wirklich erfolgversprechend war nur die mechanische Fruchtabtreibung. In der Geburtshilfe fand sie unter bestimmten Voraussetzungen Anwendung, wurde außerdem von gewissenlosen Hebammen und Ärzten gegen Bezahlung, von wohlmeinenden Helfern stümperhaft und in den seltensten Fällen von den Schwangeren selbst durchgeführt.

Deshalb war Elsa im Hause von Schenk vorstellig geworden. Deshalb war sie bereit gewesen, die zu erwartende Demütigung in Kauf zu nehmen, wollte an Barmherzigkeit und Ehrgefühl appellieren, zur Not auch drohen, doch was war stattdessen passiert? Sie hatte ihren ehemaligen Arbeitgeber mit Gnädiger Herr angesprochen, hatte vor dessen Gattin geknickst und war wie ein aufgescheuchtes Huhn davongelaufen. Erst als sie in einem Hauseingang kurz Atem holte und ihr das Hebammenschild wie eine weitere Schmähung direkt vor die Nase kam, hätte sie fast noch einmal kehrtgemacht. Fast.

Mut war noch nie eine ihrer vorstechenden Tugenden gewesen. Dafür Fleiß und Bescheidenheit. Nur halfen ihr die in dieser Situation kein bisschen weiter. Elsas einst so klar und deutlich vorgezeichneter Lebensentwurf lag in Trümmern.

Sie nahm ein Tuch aus dem Regal und trocknete sich damit die Hände ab.

Immer dann, wenn Elsa trotz aller Erschöpfung nicht einschlafen konnte, wenn die schlimmen Träume sie nachts weckten oder sie einfach traurig war, flüchtete sie in die Wäscherei. Hier, wo werktags die Stimmen der Arbeiterinnen wie Sperrfeuer gegen das Rumpeln und Zischen der Wasch- und Bügelmaschinen anklangen, wo eine solche Geschäftigkeit tobte, dass einem schwindelig werden konnte, herrschte in den Nächten und von Sonnabend an – abgesehen von den gelegentlichen Geräuschen aus dem Kesselhaus – eine tröstliche Stille.

Genau das brauchte Elsa jetzt. Stille. Konzentration. Und Raum. Sie atmete tief durch, tauchte nun die Instrumentenwannen ins Waschwasser und stellte sie zum Abtropfen neben den Glaszylinder. Das mitgebrachte Leintuch lag noch im Korb. Langsam und bedächtig wischte sie die nassen Hände an der Schürze ab, bückte sich und packte es an den kurzen Enden. Sie hob beide Arme weit über den Kopf und schüttelte es über dem nah an die Anrichte herangerückten Bottich aus, um es langsam herabsinken zu lassen.

Frau Holle schüttelt die Betten aus.

Elsa taumelte. Die Erinnerung an des Vaters Worte, wenn die ersten Schneeflocken vom Himmel fielen, schnürte ihr die Kehle zu. Doch es war kein Federbett, das ausgeschüttelt wurde. Es war ein dünnes Leintuch. Ein speckiges, von der dauernden Beanspruchung fadenscheinig gewordenes Stück Stoff. Die Gedanken an ihre süße, behütete Kindheit mussten weg, sie machten Elsa schwach. Also riss sie das Leintuch wieder aus dem Bottich, knüllte es zusammen und warf es zurück in den Korb. Kein Stück Wäsche wollte sie verschwenden. Nicht dafür.

Elsa musste sich zusammenreißen, ihr Innerstes abriegeln. Aufhören zu denken.

Entschlossenheit. Das brauchte sie jetzt.

Außerdem Seife, Bürsten, Nagelputzer und ein Handtuch. Ihr Finger schwebte der Reihe nach über den mitgebrachten Dingen, schob jedes benötigte Utensil noch näher an die Kante heran. Einzig die Schöpfkelle lag abseits neben dem Kessel mit dem heißen Wasser. Alkohol, Essig, Lysin und Sublimat standen beim Abtropfbrett. Im Labor bereits in der richtigen Menge abgefüllt.

Dazu der Messbecher. Das provisorische Spekulum. Die Wannen. Der gefüllte Eisbeutel. Die Nadel.

Die Päckchen mit der sterilen Watte und die Fadenrolle steckten noch in ihrer zweiten Schürzentasche. Sie griff hinein. Sollte sie wenigstens eines im Vorhinein öffnen, damit es sie später nicht zu lange aufhielt? Nein, besser nicht. Verunreinigungen schleppten sich schnell ein. Sehr schnell. Und sonst war ja alles bereit. Nichts fehlte. Außer Zuversicht.

Wieder kamen Elsa die Worte ihres Vaters in den Sinn: *Gib stets dein Bestes, nur das wird gut genug sein.*

Wenigstens daran wollte sie sich halten. Sie fixierte einen Punkt an der Wand, bis ihre Hände aufhörten zu zittern. Trotzdem machte ihr die Schnürung am Rücken Mühe, erst nach drei Anläufen bekam sie das Schleifenband zu fassen, legte die Schürze ab, knöpfte Taille und Korsettschutz auf und schlüpfte heraus. Die alte Gewohnheit zwang sie die Nähte zu prüfen, nach Flecken Ausschau zu halten. In ihrer Kammer hätte sie die Bürste zur Hand genommen, den Flanelllappen. *Auf die Kleidung zu achten gehört zu eben jenen Tugenden, die ein junges Mädchen nicht früh genug erlernen kann.* Die Mutter. Wie jene des Vaters wirkten auch ihre Mahnungen und Ratschläge in Elsa fort. Vorsichtig stieg sie aus Rock und Unterröcken, lockerte das Mieder, rollte die Strümpfe ab und schlüpfte aus den Schuhen. Sie schüttelte aus, klopfte ab, strich glatt, faltete und sortierte Weißwäsche und Oberbekleidung. Bei den Unaussprechlichen zögerte sie. Erst kürzlich hatte ihr eine Wäscherin berichtet, dass man neuerdings Unterhosen kaufen konnte, die im Schritt geschlossen waren. Zugenäht! Weil die Röcke enger waren, die Zahl der Unterröcke schrumpfte und sich die Frauen aus den besseren Schichten außerdem sportlich betätigen wollten.

Elsa musste an Lulu denken. Ein kleines, wehmütiges Lachen erstickte sie fast. Wie die Direktorentochter vom Radfahren schwärmte. War nicht heute der Tag, an dem sie zum ersten Mal zur Fahrschule gehen wollte? Seit Wochen lag sie ihr damit in den Ohren. Dass sie unbedingt mitkommen müsse. Wie herrlich es sein werde. Wie wunderbar.

Hoffentlich wurde Lulu nicht enttäuscht. Nicht noch mehr, denn Elsa hatte durchaus den traurigen Glanz in ihren Augen gesehen, weil sie nicht die Zeit hatte mitzukommen, aber mehr noch, weil sie Lulu aus dem Weg gegangen war, weil sie sich ihr nicht anvertraut hatte. Doch wie könnte sie es aussprechen? Darüber reden? Es ging nicht. Niemals.

Ob sie, wenn alles vorbei war, noch Freundinnen sein konnten? Elsa bezweifelte es.

Mit beiden Daumen fuhr sie unter das Bündchen der Unterhose. Anbehalten oder ausziehen? Es war ein altmodisches Modell, es wäre nicht im Weg. Aber Blutflecken machten Mühe.

Also war es entschieden.

Universitätsviertel

zur selben Zeit | Ecke Theresienstraße / Türkenstraße

Fanny hätte sich ohrfeigen können. *Entblößen!* Wieso ausgerechnet dieser Vergleich?

»Jetzt komm, sei kein Spielverderber.«

Änny ließ nicht locker, dabei tat Fanny jeder Knochen, jeder

Muskel weh, und sie hinkte. Sie wollte ins Bett. Sich ausruhen. Die eben in der Fahrschule erlittenen Peinlichkeiten verdauen. Schlafen. Bis in alle Ewigkeit. Außerdem wollte sie Abstand halten zu Änny. Unbedingt.

»Morgen ist Sonntag!«

»Eben deswegen.«

Immer sonntags versuchte Fanny die häuslichen Arbeiten nachzuholen, die während der Woche liegenblieben, und wurde doch niemals damit fertig. Auch mit den Übersetzungen war sie dermaßen im Rückstand, dass sie bald keine neuen Aufträge mehr bekommen würde. Und dann? Was sollte dann werden?

Änny hob die Hand, als eine Mietdroschke vorbeifuhr.

»In diesem Aufzug können wir doch nicht …«

Der Kutscher wendete vor der Türken-Kaserne, kam zurück und blieb vor ihnen stehen. Fanny war viel zu müde und ausgelaugt, um sich gegen Änny zu wehren, die sie am Handgelenk packte, den Schlag öffnete und hineinschob. »Zum Schauspielhaus«, wies sie den Kutscher an.

Linker Hand passierten sie die Einfahrt zur Amalienstraße, fuhren über Glückstraße, Wittelsbacher Platz, an Feldherrnhalle und Residenz vorbei in die Maximilian-Straße. Ausgerechnet. Der einst geliebte Blick auf das Maximilianeum trieb Fanny seit Heiligabend jedes Mal den Schweiß auf die Stirn, weil sie an die eindeutigen Zeichen dachte, die sie zusammen mit ihrem unpassenden Aufzug damals beinahe ins Gefängnis gebracht hatten.

»Es wird dir gefallen. Sie ist umwerfend.«

»Wer?«

»Fräulein L'Arronge. Sie mimt Madame Beaubuisson und ist eine der besten Darstellerinnen, die ich kenne. Ihr sanftes, ansprechendes Organ, die klassische Ruhe in Sprache und Bewegungen, die durchaus leidenschaftliche Aufwallung, die aber nie

Übertreibungen oder falsches Pathos aufkommen lässt, die feinsinnige Ausarbeitung und Charakterisierung ihrer Partien.«
Ännys Augen glänzten. »Eines Tages will ich spielen wie sie.«
»Wie heißt das Stück?«
»*Die Rosa-Dominos*. Eine amüsante französische Posse.«
»Aha.«
Fanny war in München noch nie im Theater gewesen. Gerne hätte sie eine der vielen Volksbühnen besucht oder sich eine Operette angesehen, wenn es die knappe Haushaltskasse hergegeben hätte, aber das Münchner Schauspielhaus galt als Heimstätte des modernen Dramas. Die hier inszenierten, teils naturalistischen Stücke kamen nicht immer durch die polizeiliche Zäsur, wie man hörte.
»Was kostet eine Eintrittskarte?«
»Sperrsitz eins fünfzig, sonst eine Mark. Loge ......« Änny winkte ab. »Wie du vielleicht weißt, mussten wir aus der Pracht des Deutschen Theaters in der Schwanthalerstraße ausziehen und spielen nun stattdessen in einem kleinen, schmucklosen und unbequemen Saal an der Neuturmstraße«.
Fanny wusste nichts von alledem. Leise seufzend holte sie ihr Portemonnaie hervor und zählte die Pfennigstücke ab.
»Lass. Wir gehen durch den Bühneneingang hinein. Kasse war ab sieben.« Änny sah auf ihr Handgelenk. »Es sind ohnehin nur noch zwanzig Minuten, dann hebt sich schon der Vorhang.«
Wenig später zügelte der Kutscher die Rösser, Änny bezahlte und dirigierte Fanny zum Hintereingang. Nach dreimal kurz, zweimal lang öffnete ein abgerissener Bursche, ein Geldstück wechselte den Besitzer, Fanny eilte Änny über Gänge, einige Abzweigungen und Treppen hinterher und betrat schließlich eine für sie völlig fremde Welt. Die Stimmen der Zuschauer drangen noch durch den Vorhang, es wurden Seile gespannt, Kulissen ver-

schoben, Schleifen gebunden, Handschuhe hochgezogen, Stimmübungen gemacht, Passagen ein letztes Mal geübt, Gesichter gepudert, über Schultern gespuckt und, und, und. All die Eindrücke aufzunehmen war unmöglich, es ging drunter und drüber, und doch wirkte jeder Handgriff, jede Geste auf eine entrückte Art einstudiert. Änny grüßte, küsste, umarmte, warf Damen, Herren und Mädchen im Vorbeigehen mal Frechheit, mal Freundlichkeit, mal Aufmunterndes zu, strich über Wangen, Arme, Rücken. Die Menschen hier drinnen sahen nicht nur ganz anders aus als draußen auf den Straßen oder an den Orten, an denen Fanny normalerweise verkehrte, sondern hatten auch eine andere Körperlichkeit. Sie bewegten sich geschmeidiger, fast tänzerisch, hielten weniger Abstand zueinander. Der Ausdruck *Paradiesvögel* kam Fanny in den Sinn. Künstlervolk. Entrückte.

»Komm!«

Aus einer leeren Garderobe stibitzte Änny einen Teller mit Hasenöhrl und ein Theaterglas und kletterte über eine schmale Treppe auf eine windige Balustrade. Der Gong ertönte, das Licht ging aus, alle Geräusche verklangen, bis das schwere Wallen des Vorhangs den ersten Applaus brachte.

Geduckt schlichen sie bis zum Beleuchter und hockten sich auf ein Brett, das schon zur Hälfte besetzt war. Änny verteilte ihr Diebesgut und legte Arme und Kinn auf die Brüstung, um hinunterzuschauen.

»Worum geht es in dem Stück?«, flüsterte Fanny und biss hungrig in den pluderigen Teig des Schmalzgebäcks.

»Zwei Frauen wollen die Treue ihrer Männer testen, daraus entsteht ein wildes Durcheinander an Verwechslungen. Du wirst es lieben.«

Genau das tat Fanny. Nie zuvor hatte sie eine vergleichbare Bühneninszenierung gesehen. Die freche Leichtigkeit, die vielen

Irrungen und Wirrungen, aber vor allem die heitere Koketterie und das ewige Hin und Her zwischen gefoppten Mannsbildern und foppenden Frauenzimmern, die stets an der Grenze zur Anzüglichkeit agierten und zugleich unschuldig genug blieben, um nicht zu brüskieren, trieben ihr und dem verzückten Publikum die Tränen in die Augen. Als der Vorhang zum ersten Mal fiel, fühlte Fanny sich ganz leicht vom vielen Lachen. Eine angenehme Abwechslung.

»Meisterhaft, findest du nicht?«

»Ja, himmlisch.«

»Dann freu dich auf den zweiten und dritten Aufzug, da geht es erst richtig rund.«

»Was ist eigentlich mit deinem Engagement? Welche Rolle spielst du gerade?« Trotz allem schämte Fanny sich ein wenig, dass sie bislang nie so genau nachgefragt hatte.

»Malchen, die Gattin in *Fuhrmann Henschel*. Eine kleinere Rolle. Leider. Und auch erst seit Anfang Februar. Bei der Premiere an Weihnachten stand noch die Erstbesetzung auf der Bühne. Als dann auch die Zweitbesetzung erkrankte, kam ich ins Spiel.«

Es reicht hinten und vorne nicht. Fanny hatte es nicht vergessen. »Und wie lange läuft das Stück noch?«

»Ein paar Wochen.«

»Und dann?«

»Bin ich die Zweitbesetzung der Else in *Das Lumpengesindel* von Ernst von Wolzogen, das Mitte April Premiere feiern wird.«

»Eine einträgliche Rolle?«

»Wie man's nimmt.« Änny stand auf und lehnte sich gegen das Geländer. »Weißt du, was sie mir gesagt haben, als ich nach meiner Bezahlung fragte?«

Fanny hob die Schultern, sie hatte keine Ahnung.

»Wozu brauchen Sie eine Gage? Sie sind doch ein hübsches Mädchen.«

Es dauerte drei Atemzüge, bis die Bedeutung der Worte durchsickerte. »Oh!«

»Oh! Ja. So ist es üblich in unserer Branche. Außerdem müssen wir selbst für die nötigen Toiletten und Kostüme aufkommen, und sogar wenn Sold bezahlt wird, reicht er nicht einmal für die Hälfte dessen, was an Staffage notwendig ist. Lediglich die Hofbühnen statten ihre Schauspielerinnen aus, hohe Gagen bekommen aber auch dort nur die großen Stars, bei allen anderen Damen wird eine andere Erwerbsquelle vorausgesetzt.« Änny zog die letzten Worte in die Länge. »Kleinere Privatbühnen vergeben die Rollen sowieso nach der Größe der Börse, die man bereit ist zu zahlen, nicht nach Talent und Eignung.«

»Du meine Güte! Was für eine Ungerechtigkeit.«

»So ist das Leben, Fanny. Gerade du müsstest das inzwischen wissen.«

»Nichts als Lug und Trug also?«

»Es ist der schöne Schein, der zählt. Direkt hinter dem Vorhang findet man sich in der reinsten Schlangengrube wieder.«

»Warum machst du dann nicht etwas anderes?«

Ännys Miene wurde finster. »Dafür gibt es tausend Gründe.«

»Zum Beispiel?«

»Das Theater ist die einzige Familie, die ich noch habe, andere Erwerbsmöglichkeiten gibt es für uns Frauen kaum, und ich liebe es. Das Schauspiel ist mein Leben, meine Berufung. Warum verkleidest du dich als dein Bruder und gibst vor, Student zu sein?« Ihr Finger tippte hart an Fannys Schulter. »Wir zwei sind nicht so unterschiedlich, wie du denken magst.«

»Trotzdem würde ich niemals …«

»Bist du sicher?«

»Absolut.«

»Gut für dich.« Änny verschränkte die Arme vor der Brust.

»Aber ich«, die Worte kamen Fanny nur schwer über die Lippen, »beginne zu verstehen, wieso du tust, was du tust.«

»Sehr großmütig«, sagte Änny schnippisch.

Der erste Gong ertönte, und die anderen Brettergäste drückten sich vorbei, um ihre Plätze wieder einzunehmen.

»Deine Mutter war auch Schauspielerin, hat mein Bruder einmal erwähnt. Eine recht bekannte sogar. Und sie lebt noch. Stimmt das?«

Änny nickte.

»Hattest du jemals Unterricht?«

»Die beste Schule ist die Bühne selbst«, sagte der junge Beleuchter, der gerade wieder Stellung bezog. »Fräulein Geissler-Lee ist der lebende Beweis dafür. Sie wird es noch weit bringen.«

Es hörte sich sehr ehrfürchtig an, das imponierte Fanny.

»Ein halbes Jahr lang habe ich eine Theaterakademie besucht, aber noch vor meinem achtzehnten Geburtstag schloss ich mich einem Wandertheater an, das gerade in Berlin gastierte. Eineinhalb Jahre bin ich mit der Truppe durch ganz Europa gezogen.«

»Wieso?«

»Was ist das denn für eine Frage?« Änny stieg über das Brett und setzte sich.

»Eine sehr offensichtliche, wie ich finde.« Fanny zog die Brauen hoch. »Du wolltest Schauspielerin werden wie deine Mutter. Sie hätte dich doch sicher unterstützt, ihre Kontakte wären hilfreich für dich gewesen. Oder etwa nicht?«

»Mutters Kontakte? Oh, ja, sie waren hilfreich. Sehr sogar.«

Das hörte sich kein bisschen nach Dankbarkeit an. Fanny wunderte sich darüber. Dann zählte sie eins und eins zusammen. »Bist du davongelaufen?«

Doch Änny zuckte nur gleichmütig mit den Schultern. »So würde ich es nicht nennen. Aber ich wollte meine eigenen Wege gehen. Berlin ist mir zu eng geworden, die Stadt hat mich damals fast erdrückt. Ich musste raus, alles Bekannte hinter mir lassen.«

Auch deine Eltern? Die Familie? Fanny schob sich das letzte aufgehobene Stück des Schmalzgebäcks in den Mund. Sie vermisste Vater und Mutter, ihre Freundinnen und die enge Vertrautheit der Dorfgemeinschaft.

»Ich war jung. Und dumm. So wie Lulu.«

»Wie kommst du denn jetzt auf sie?«

»Weil sie keinen blassen Schimmer hat, wie schnell junge Frauen in Schwierigkeiten geraten können, gerade wenn sie ganz allein auf der Welt sind.«

»So wie du?«

Wieder zog Änny nur die Brauen hoch. »Nicht wie ich. Wie Elsa zum Beispiel.«

»Oder Rosa?«

»Auch sie, ja.«

»Bloß weil Lulu von Ranke nicht immer das Schlimmste annimmt, hältst du sie für dumm?« Jetzt wollte Fanny es genau wissen.

»Naiv trifft es vielleicht besser.«

»So naiv kann sie nicht sein, sie hilft im Spital, so oft sie kann. Dort sterben unschuldige Kinder. Jede Woche.« Fanny hatte im Studium schon einiges über die Universitätskinderklinik gehört. Das war kein Ort für dumme, naive Mädchen, und es hatte ihr imponiert, in der Fahrschule von Ida zu erfahren, wie sehr Lulu für die Arbeit im Krankenhaus des Vaters brannte.

»Trotzdem. Es ist, wie ich sage. Sie hat keine Ahnung vom Leben, und bei Ida ist das vermutlich nicht anders«, beharrte Änny. »Aber jetzt genug der Worte, es geht weiter.«

Fanny fegte ein paar letzte Brösel von ihrer Bluse und setzte sich ebenfalls. Änny reichte ihr Theaterglas an sie weiter. »Achte vor allem auf Madame Beaubuisson.«

Als Betty L'Arronge wenig später erneut die Bühne betrat, war Fanny von der ersten Sekunde an hingerissen. Die schlichte Echtheit ihres Spiels war ihr im ersten Akt nicht weiter aufgefallen, nun ging sie ihr tief unter die Haut. Was sie noch weitaus mehr berührte, war die Hingabe, mit der Änny ihr großes Idol von der Empore aus beobachtete, wie sich fortwährend ihre Lippen bewegten, weil sie den Text mitsprach. Wort für Wort.

Es stimmte. Sie und Änny waren gar nicht so unterschiedlich, wie sie gedacht hatte. Beide nahmen sie viel in Kauf, um ihre Träume zu verwirklichen. Änny noch mehr als sie selbst. Viel mehr. Und schuld an ihrer Misere waren allein die Herren Theaterdirektoren, die keinen anständigen Sold bezahlten. Ebenso der Prinzregent und die Regierungsbeamten, die nicht erlaubten, dass Frauen sich an der Universität immatrikulierten, und all die anderen Männer, die dafür sorgten, dass Frauen in so vielen Bereichen des Lebens das Nachsehen hatten.

Ihr Bruder Anton war keinen Deut besser, denn er war viel zu beschäftigt mit sich selbst, um zu erkennen, dass *die Liebe seines Lebens*, wie er Änny oft nannte, eigentlich Unterstützung nötig hatte. Ihn scherte es außerdem kein bisschen, dass seine Zwillingsschwester nicht wusste, wie sie das Geld aufbringen sollte, das nun, da sie an seiner Stelle zur Universität ging, in der Kasse fehlte. Er dachte nicht im Traum daran, etwas beizutragen oder sich wenigstens einzuschränken. Fanny ballte die Fäuste. Wieso sollte sie ihm also beistehen und ihn von der wenig künstlerischen Erwerbsquelle seiner Angebeteten in Kenntnis setzen, wenn er doch keinen Finger für sie krümmte? Anton hatte Augen und

Ohren. Wenn er die Wahrheit wissen wollte, beschloss Fanny, dann musste er nur hinsehen.

Dieser Idiot.

 ## Königsplatzviertel

am selben Abend | Wohnung der Familie von Ranke, Sophienstraße 3/II

»Gut, dass du endlich da bist.« Luise von Ranke strich ihrer Jüngsten eine verschwitzte Strähne aus der Stirn und reichte ihr eins der hauchzarten Porzellantellerchen. »Dein Vater hat dummerweise bemerkt, dass du nicht da warst, als die Gäste kamen«, fügte sie leiser hinzu und legte Lulu das Heft des Kredenzmessers in die Hand.

»Was hast du ihm gesagt?«

»Dass dir nicht wohl war und du dich kurz hinlegen musstest.«

Lulu nickte grimmig. Auch wenn es niemand laut aussprach, dieses *dîner* fand hauptsächlich ihretwegen statt, nur deshalb hatte Papa überhaupt bemerkt, dass seine Jüngste mit Abwesenheit glänzte. An normalen Tagen, wenn sich Lulu nicht gerade einen Fauxpas leistete, nahm er kaum Notiz vom Nesthäkchen – auch dann nicht, wenn Gäste im Haus waren.

Vorsichtig bugsierte sie mit dem breiten Vorlegemesser zwei russische Eier, eines mit Kaviar und eines mit Scheiben vom schwarzen Trüffel, auf ihren Teller. Natürlich ging etwas daneben. Lulu sah sich um, Mutter gab der Aufwartefrau und den Mädchen gerade letzte Anweisungen, Vater unterhielt sich, also stieß sie die ruinierte Eihälfte mit der Schuhspitze unter den Tisch, legte das Vorlegemesser beiseite, nahm die Finger und steckte sich ein Malakoff-Bällchen in den Mund. Der Käse unter der krossen Kruste zerging auf der Zunge, es schmeckte göttlich. Sie schob gleich noch ein zweites hinterher. Velozipedieren machte definitiv hungrig.

Wenigstens wurden die Hors d'œuvres nun auch im Hause von Ranke nach russischer Art stehend am Büfett eingenommen. Das ersparte Lulu einen Teil der angestrengten Konversation mit den Tischnachbarn. Sie war nicht fürs leichte Plaudern gemacht, und manchmal beneidete sie ihre Schwester Sissy oder Ida, die sich so vortrefflich darauf verstanden.

Ah, die Heringshappen sahen ebenfalls sehr verführerisch aus, die musste Lulu unbedingt probieren. Sie wagte einen neuen Anlauf mit dem Kredenzmesser.

»Genug.« Luise von Ranke nahm ihr den Teller aus der Hand. »Mäßige dich, Liebes, die Köchin und ich haben ein wahrhaft exquisites Menü auf die Beine gestellt, du wirst noch etwas Platz brauchen.« Sie schlug mit ihrem Fächer leicht gegen Lulus Taille. »Wie war es?«

»Wunderbar.«

»Die sportliche Ertüchtigung wird deiner Figur guttun.« Luise von Ranke lächelte. »Jetzt müssen wir nur noch deinen Vater überzeugen.«

Wie aufs Stichwort kam er durch die Tür, flankiert von Alfons Graf von Mirbach-Geldern-Egmont, dem königlich bayerischen Kämmerer und kaiserlichen Gesandtschaftsattaché, der samt Familie im Nachbarhaus wohnte. Gefolgt von August Graf von Königsfeld, Hardys Vater, und eine kleine Abordnung der männlichen von und zu Aufseß. Hinterdrein marschierten die Gemahlinnen und erwachsenen, aber noch unverheirateten

Söhne und Töchter, denn alles sollte möglichst ungezwungen ablaufen. *Unverbindliches Beschnuppern* nannte es Mutter. Das Wort *Verlobung* nahm in der Öffentlichkeit niemand in den Mund, ehe das *fait accompli* nicht wasserdicht verhandelt vorlag. So schrieb es die Etikette vor.

Lulu nickte höflich und folgte der kleinen Menschentraube ins Esszimmer. Wie zu erwarten lag Hardys Platzkarte direkt neben ihrer, doch wenigstens saß Sissy auf ihrer anderen Seite, vermutlich um die kleine Schwester in Schach zu halten und ihr notfalls Konversationsstoff einzuflüstern.

»Dein neues Kleid sieht sehr hübsch aus«, hörte Lulu auch schon Sissys Stimme im Rücken. »Wenn du ihm damit nicht den Kopf verdrehst, weiß ich auch nicht mehr weiter.«

Als ob es ihr darum ginge! Dass man sie am heutigen Abend in eine Balltoilette in Prinzessform aus Bengaline mit Federnbordüre und allzu reicher Perlenstickerei steckte, hatte der hell lodernden Euphorie nach den ersten Runden in der Fahrschule von einer Sekunde zur nächsten den Garaus gemacht. Normalerweise hielten sich die Gastgeber mit ihrer Garderobe zurück, um die Gäste nicht in Verlegenheit zu bringen. Lulu kam sich vor wie eine Kuh aus Vaters Zucht, der man das Euter polierte, ehe man sie auf den Markt trieb.

»Neue Frisur?«, hieb Sissy eine weitere Kerbe in die offene Wunde. »Ausgesprochen lieblich.«

Als die Kammerjungfer nach dem Ankleiden Lulus Haare von Ohr zu Ohr gescheitelt, das Stirnhaar in Löckchen und den Rest in tiefe Wellen gebrannt hatte, um es danach lose aufzustecken, hatte Lulu auf jede einzelne Frage immerzu nur ja, ja, ja und noch mal ja gesagt, weil sie selig und ungestört in Fahrschulerinnerungen schwelgen wollte. Erst als Maria die letzten Strähnen in Pussen legte, zu übergroßen Schleifen zusammenführte und daran das Samtband und die Libelle aus geschliffenen Glassteinen befestigte, hatte sie in den Spiegel geblickt. Doch für einen Einwand war es da schon zu spät gewesen.

»Man gewöhnt sich daran.«

Lulu hätte Sissy am liebsten gemeuchelt. Ganz besonders, da sie nicht das geringste Problem damit zu haben schien, dass man sie für das Wiedersehen mit Siegfried Freiherr von und zu Aufseß fast ebenso herausgeputzt hatte wie ihre kleine Schwester. Agnes, wie Sissy eigentlich hieß, gefiel die Vorstellung, dass der werte Herr Papa gedachte, seine beiden jüngsten Töchter zu Gräfinnen zu machen. Der feine Unterschied war, dass Siegi und Sissy einander mochten und niemand sie in Lulus Alter zu einer Heirat gedrängt hatte. Doch die Eltern wurden nicht jünger, und Lulus Vater erwähnte immer öfter, wie sehr er den Tag herbeisehne, an dem endlich auch die letzten beiden Töchter eine gute Partie gemacht hätten.

»Fräulein Luise, wie schön Sie wiederzusehen.« Hardy verneigte sich tief. Er trug Uniform und sah wie immer stattlich aus. Diesmal schlug Lulu seine Hand nicht aus, so wie sie es an Heiligabend getan hatte.

»Darf ich?« Er zog für Lulu den Stuhl unter dem Tisch hervor, damit sie sich setzen konnte.

»Sie wurden zum Oberleutnant befördert. Ich gratuliere.«

Mutter hatte Lulu die Sätze so oft vorgesagt, dass sie tatsächlich aus ihrem Mund kamen, und Hardy zeigte sich hocherfreut über so viel Interesse. Ausschweifend berichtete er von seiner Jugend als Edelknabe in der Königlichen Pagerie und seinen militärischen Anfängen als junger Fähnrich im 1. Schwere-Reiter-Regiment der Bayerischen Armee.

Lulu hörte nur mit halbem Ohr hin, während sie die Hände über die Damasttischdecke gleiten ließ, die wie immer bei solchen

Anlässen mit einer dicken Multanlage unterfüttert war, um das Klirren von Geschirr, Gläsern und Besteck abzudämpfen. Am liebsten hätte sie den Kopf darauf gelegt, so schwer und wohlig ausgelaugt fühlte sie sich nach der ungewohnten Anstrengung, doch schon drückte die liebe Sissy unter dem Tisch ihre Schuhspitze schmerzhaft gegen Lulus Knöchel, um sie dazu zu bewegen, sich wieder am Gespräch zu beteiligen.

»Dann sind Sie wohl ein guter Reiter?«

»Nicht besser als viele andere«, gab sich Hardy bescheiden. »Im September des vergangenen Jahres war mir allerdings das Glück hold, und ich konnte bei den Rennen der Kavallerie-Division die Steeple-Chase gewinnen.«

»Die Steeple-Chase!«, meldete sich sofort Lulus Bruder Ludwig zu Wort, ebenfalls ein begeisterter Reiter. »Das ist in der Tat eine ganz bemerkenswerte Leistung. Wie viele Stürze gab es denn diesmal?«

»Zwei, doch weder Pferde noch Reiter haben ernsthafte Blessuren davongetragen.«

»Was für ein Glück. Soweit ich mich erinnere, gibt es fast jedes Jahr Todesopfer zu beklagen«, meldete sich Lulus Mutter zu Wort. »Ist das nicht ein viel zu hoher Preis für ein bloßes Wettstreiten?«

»Mit Verlaub, verehrte Frau Direktor, diese Art Rennen kommen dem Einsatz im Felde recht nahe, insofern sind sie eine hervorragende Übung, die uns gut auf den Krieg vorbereitet.«

Lulu atmete auf. Dieses Wort versetzte Herren jeden Alters verlässlich in Verzückung. Sofort drehten sich die Gespräche am Tisch um die Heldentaten von König- und Kaiserreich im Siebzigerkrieg.

Ein junger Mann im Frack, den Lulu noch nie zuvor gesehen hatte, füllte reihum die Gläser. Anscheinend ließ Mutter heute zur Feier des Tages schon zu den Austern Champagner servieren und hatte außerdem einen Lohndiener herbestellt. Dabei war man im Hause von Ranke eigentlich in der glücklichen Lage, über ausreichend Personal für solche Anlässe zu verfügen, und musste dafür keine Extrahilfen beanspruchen, so wie es in anderen Häusern häufig der Fall war. Vor allem die niederbayerische Köchin war ein Juwel, sie zauberte die spektakulärsten Menüs, besser als jeder französische Meisterkoch, nur durfte man sie nicht darum bitten, auszusprechen oder aufzuschreiben, was sie servierte, denn dann wurde aus *Huitres à la Moscovite* oder *Kromeskis de foie gras* etwas, das man nicht wiedererkannte. Lulu liebte vor allem Josefas einfache Gerichte, die nur dann auf den Tisch kamen, wenn Vater und Mutter außer Haus dinierten: Dampfnudeln. Strudel. Grießnockerlsuppe. Fleischpflanzerl.

Die kriegerische Unterhaltung am Tisch war nicht nach Mamas Geschmack, Lulu sah es an ihrer steilen Stirnfalte, doch da vor allem die älteren Herren Inhaber diverser Verdienstorden sowie Träger in- und ausländischer Ehrenzeichen waren, wäre es ein Affront gewesen, das Gespräch in andere Gefilde zu lenken. Lulu störte es indes kein bisschen, im Gegenteil, es half ihr, sich dezent durch die ersten Gänge zu schlemmen und zu schweigen. Sautierte Kalbsmilch mit Trüffelsoße und Spargel, warmer Hummer, Wildenten mit Endiviensalat, Gänseleberpastete und Schinken in Burgunder mit Champignons. Dazu roter Portwein, ein 1892er Avelsbacher, ein 1890er Mouton Rotschild Schlossabzug und eine 1893er Maximiner Grünhäuser Herrenberg-Auslese. Allmählich stieg ihr der Alkohol zu Kopf. Vom Fürst-Pückler-Eis schaffte sie nur noch die Hälfte, und von der frischen Ananas, den Käsestangen und den Konfitüren ließ sie gleich ganz die Finger.

»Luise?«

Sie erschrak und verschüttete etwas von der Orangeade, die ihr Sissy anstelle des Weins hatte bringen lassen.

Hardy schenkte ihr ein zerknirschtes Lächeln. »Ich bitte um Verzeihung, wir langweilen Sie. Ihre verehrte Frau Mutter sagte gerade, Sie interessieren sich für das Radfahren. Stimmt das?«

»Sehr sogar.«

»Oh, ich bin selbst ein begeisterter Velozipedist. Da Sie leider selbst nicht fahren, wie Ihre Mutter soeben berichtet hat, wollen Sie mich vielleicht zum Radrennen in den Volksgarten begleiten? Anlässlich des Radfahrer-Bundesfestes findet am Magdalenensonntag noch einmal ein Profirennen statt, obwohl das Aus für die Rennbahn bereits im letzten August bekanntgegeben wurde.«

»Am Magdalenenfest? Wirklich?« Durch Lulus leicht beschwipstes Sichtfeld flanierte ein Kalabreser. Auch das Negligé kam ihr wieder in den Sinn.

»Das ist immer ein großes Spektakel. Sehr spannend. Auch für die Damen.«

»Eine wunderbare Idee«, mischte sich Sissy ein, »Siegi und ich kommen gerne mit. Und ihr solltet euch duzen«, fügte sie etwas leiser hinzu.

»Die Königlichen Hoheiten Prinz Ludwig Ferdinand und Prinz Alfons von Bayern sind ebenfalls begeisterte Radfahrer, auch meine Schwester Johanna gehört zu jenen jungen Damen, die auf zwei Rädern die Welt erobern«, merkte Sissys auserkorener Verlobter an, und Lulu meinte ein verschwörerisches Blitzen in Siegfrieds Augen zu sehen.

»Wäre ich nur ein paar Jahre jünger, würde ich es auch versuchen«, nahm Luise von Ranke die Vorlage gerne auf. »Wie man hört, ist es der Gesundheit sehr zuträglich. Was sagst du dazu, Heinrich?«

Lulus Vater rang sich ein Lächeln ab, er wusste genau, was gespielt wurde. »Es ist sicherlich eine gute Möglichkeit Körper und Geist zu gymnastizieren, da will ich gar nicht widersprechen, aber ich bevorzuge die Kutsche, das ist und bleibt die vornehmste Art der Fortbewegung.«

»Nur nicht für jedermann erschwinglich und auch nicht allzu praktikabel. Bald wird die Zeit kommen, da man das Radfahren als etwas Selbstverständliches erlernen wird, wie man in seiner Kindheit das Gehen lernt oder das Lesen und Schreiben«, prophezeite Friedrich Freiherr von und zu Aufseß.

Lulu beobachtete mit Freuden, wie ihr Vater eine Erwiderung herunterschluckte, stattdessen die Tafel aufhob und ein Fass Bier für die Herren auflegen ließ.

Die Gespräche drehten sich noch eine Weile um die Zukunft des Velozipeds, ganz besonders um die des Damenfahrens, dennoch war Vater Ranke in bester Stimmung. Die älteren Herren begannen Schwänke und Heldentaten ihrer Jugendjahre zu erzählen, taten sich am Bier gütlich, und so hatten die Mütter und Väter keine Einwände, dass die Jugend zu vorgerückter Stunde für einen improvisierten Tanz eine Ecke im Salon freiräumte.

Als Sissy und Lulu sich weit nach Mitternacht gegenseitig beim Entkleiden halfen, waren sie sich in zwei Dingen einig: Der Vater würde dem Nesthäkchen das Radfahren nun ganz sicher gestatten, allein um das Gesicht zu wahren, und mit den Partien, die er so eifrig für sie beide arrangierte, hätten sie es schlechter treffen können.

Weitaus schlechter.

 # Klinikviertel

in derselben Nacht | Waschhaus Kinderklinik, Lindwurmstraße 4

Elsa schöpfte Kelle um Kelle aus dem Heißwasserbottich in die Schüssel und schäumte das Wasser mit der Seife auf. Ihre Hände zitterten, Wasser schwappte über den Rand und platschte auf den Boden.

Erschöpft ließ Elsa die Arme sinken und starrte an die Decke. Ihre erste Operation hatte sie sich anders vorgestellt. Das hier beschmutzte das Andenken an ihren Vater, der sie schon als Dreikäsehoch das so unentbehrliche, gründliche Händewaschen gelehrt hatte, um sie auf *ihren großen Tag* vorzubereiten.

Damals war es ein albernes Spiel gewesen. Das Auf und Ab und Hin und Her mit der Bürste, immer schneller und schneller, bis ihnen die Arme schwer wurden. Elsa war flink gewesen, sie hatte jedes Mal gewonnen und viel gelacht, wenn sich der Vater erschöpft und besiegt in den Sessel fallen ließ.

Mein braves Kind, nun sag mir noch, was ist erste Pflicht eines verständigen Operateurs?

»Nägel kurzhalten und glätten. Die Hände zwei Minuten in Seifenlauge bürsten, dann mit dem Nagelputzer letzte Verunreinigungen entfernen, eine Minute nachbürsten. Hierauf je eine Minute durch Alkohol und ein Promille Sublimat bürsten.«

Du weißt, was Promille heißt?

»Ein Tausendstel.«

Und Sublimat?

»Quecksilberchlorid.«

Was sollst du um deinetwillen nicht vergessen, wenn die täglich notwendigen Waschungen zahlreicher werden?

»Einprozentige Lysollösung, um einer Quecksilbervergiftung vorzubeugen.«

Sehr gut. Du bist ein schlaues Kind.

Nicht schlau genug. Elsa hätte vor den Waschungen die Wattepäckchen aufreißen müssen, doch ihre triefend nassen Hände schwebten bereits über der letzten Wanne mit der Lysollösung.

Sie sah sich um, entdeckte auf dem Fenstersims das kleine Messer, mit dem die Wäscherinnen die Bleichsoda-Packungen aufschlitzten. Es ging durch viele Hände, landete oft auf dem Boden und wurde an schmutzigen Schürzen abgewischt. Trotzdem reckte sich Elsa auf die Zehenspitzen und versuchte, es zu erreichen, streckte sich noch etwas mehr, bis es durch die Finger glitt und in die alte Waschwiege fiel, die direkt unter dem Fenster stand und nur noch zum Einweichen der ärgsten Schmutzwäsche verwendet wurde. Sämtliche Alarmglocken schrillten, als Elsa durch Wundauflagen, Verbände und Windeln wühlte, das Messer packte und damit in wilder Raserei auf die Wattepackungen einhackte. Ein Dutzend Mal. Und mehr.

Erst das ferne Angelusläuten, die tägliche Einladung zum Gebet, brachte sie zur Räson. Früher hatte Elsa den Angelus stets gesprochen, wenn sie das Läuten morgens, mittags oder abends hörte.

Der Engel des Herrn brachte Maria die Botschaft,
und sie empfing vom Heiligen Geist.

Hier und heute klangen die Worte wie blanker Hohn. Wollte Gott sie aufhalten? Sollte sie sich seinem Plan fügen?

Der Vater glaubte nicht an göttliche Pläne. *Das Universum ist unvorstellbar groß,* sagte er immer. *Gott kann nicht alles regeln. Du musst für dich einstehen, dein Glück selbst in die Hand nehmen, nicht blind darauf vertrauen, dass andere es für dich tun.*

Stets trieb den Vater die Angst um, dass die ständigen Einimpfungen seiner allzeit schicksalsergebenen, gottesfürchtigen Gemahlin eines Tages doch sein blitzgescheites Töchterchen infiltrieren könnten. Noch eine märtyrerische Kirchbankrutscherin in der Familie hätte er nicht ertragen, und Elsa spürte bis heute die Zerrissenheit, die daraus in ihr erwachsen war. Sie wollte die Anerkennung und Liebe ihres so geliebten Vaters *und* das Wohlwollen Gottes. Und der Mutter. Um jeden Preis.

Ein tiefes Knurren drang aus ihrer Kehle, als sie die zerstückelte Watte von den Verpackungsresten befreite, aus einem Teil davon eine Kugel formte, die sie mit dem mitgebrachten Faden umwickelte und in eine Schale mit Essig tauchte. Zwei der übrigen, einigermaßen heil gebliebenen Wattebahnen warf sie in die Lysollösung. Dann nahm Elsa den Topf vom Herd, fischte mit der Holzzange Glaszylinder und Stricknadel aus dem kochenden Wasser, legte sie auf den Tüchern ab und stieg in den ovalen Bottich.

Wenn sie mit dem Gesäß ganz nach hinten rutschte, sich mit den Fersen vorne dagegenstemmte und die Knie an die seitlichen Bretter presste, blieb alles in Reichweite und dennoch hatte sie genügend Halt. Probehalber fasste Elsa mit beiden Händen zwischen ihre Beine. Langsam zog sie die Chemise über den Kopf. Nackt.

So war sie in die Welt gekommen und so würde sie …

Ehe sie es sich anders überlegen konnte, tastete sie mit der Rechten nach oben, fand die lysolgetränkte Watte und wischte damit einmal von vorne nach hinten über ihre Scham. Alles war mit einem Mal nass und kalt. Elsa schloss die Augen.

Schon seit Hunderten von Jahren wurden Eihäute mit spitzen Gegenständen durchstoßen, um das Fruchtwasser ablaufen zu lassen oder die Ungeborenen zu perforieren. Zu durchlöchern. Sklavinnen hatten es getan. Ihre Herren. Prinzessinnen. Mägde. Dirnen. Bauersfrauen. Hebammen. Und sie, die Tochter eines angesehenen Arztes, würde daran nicht scheitern. Nein.

Sie warf den Kopf zurück, nahm Stricknadel und Glaszylinder von der Tischkante. Letzterer musste als Spekulum herhalten, damit die scharf geschliffene Spitze der Nadel nicht schon verletzte, ehe sie verletzen sollte.

Barmherzige Mutter Gottes!

Elsa beugte sich, so weit es ging, nach vorn und hielt die Luft an. Als die erste Träne von der Kinnspitze in ihren Nabel tropfte, stach sie zu.

Lulu drehte den Schlüssel geräuschlos im Schloss, drückte die Klinke herunter und betrat das Hauptgebäude des Spitals durch den östlichen der beiden Hintereingänge. Sie hätte den Morgen abwarten sollen, sich verhalten wie eine Erwachsene, das Für und Wider abwägen, anstatt kopflos in die Nacht hinauszurennen. Aber erst war sie zu aufgedreht gewesen, um einschlafen zu können, dann war ihr schlecht geworden, und als sie sich in ihre Waschschüssel übergab, musste sie auf einmal an Schwangerschaft denken. Und daran, was Änny in der Fahrschule gesagt hatte: *Du solltest auf dem Heimweg nach Elsa sehen.*

Wenn ihr wenigstens etwas Mondlicht den Weg ins Spital erhellt hätte, aber nichts, kein noch so fahler Schimmer hatte ihr geleuchtet. Die Handlaterne war Lulu vorgekommen wie ein halbtotes Glühwürmchen in den Weiten des Universums.

Sie ließ die Lampe sinken und hielt sich einen kurzen Moment am Treppengeländer fest. Mit einigen tiefen Atemzügen versuchte sie das latente Schwindelgefühl, das vom vielen Alkohol noch übrig war, zu vertreiben. Herrjemine! Sie vertrug aber auch gar nichts.

Oh, ihre Furcht war groß gewesen, als sie sich in der schwärzesten Stunde der Nacht aufgemacht hatte. Vor allem davor, einem Schutzmann auf Patrouille zu begegnen, der sie aufhalten könnte, weil man ihr aus hundert Metern Entfernung ansah, dass sie nichts Rechtes im Schilde führte. Um diese Uhrzeit. Doch es war keiner gekommen, stattdessen fand die Angst überraschend schnell einen Begleiter, der mit jedem Schritt, den Lulu rannte, ebenbürtiger wurde. Es war dieselbe Energie, die sie bei ihrer ersten Solofahrt mit dem Velociped vor nur wenigen Stunden gespürt hatte. Es hatte sich angefühlt wie ein Rausch, der durch ihre Adern flutete. Das Verbotene machte Lust auf mehr. Lulu spürte in sich eine bislang unbekannte Gier nach Abenteuer, nur war sie nicht hergekommen, um ein Abenteuer zu erleben. Sie wollte nach Elsa sehen, auch wenn bestimmt nichts dran war an Ännys Ahnungen.

Oberin Amalbergas Dienstzimmer lag im Hochparterre, fast das gesamte weibliche Dienstpersonal hatte schon die neuen, luftigeren Wohnungen im Dachraum bezogen, doch ein Teil der Hilfskräfte und Schwestern war noch im Niederparterre untergebracht. Lulu musste leise sein.

Auf Zehenspitzen schlich sie weiter, die letzten Stufen hinunter, an Küche und Refektorium vorbei bis zu Elsas Kammer. Kurz musste sie an ihren Besuch an Heiligabend denken. Sie drückte die Klinke. Abgeschlossen.

»Elsa? Bist du da?«, hauchte sie gegen das Holz. »Hörst du mich?« Sacht schlug sie die Knöchel gegen das Türblatt.

Nichts.

Schlief Elsa so fest? Hatte sie Dienst bei einem Kind? Wie damals bei Carla, die überlebt hatte, obwohl niemand mehr daran glauben wollte, oder Paulchen, der gestorben war, als alle dachten, er wäre über den Berg.

So viele Namen. Kein einziger verschwand jemals aus Lulus Gedächtnis. Nicht wenn sie bei der Behandlung des Kindes dabei gewesen war. Die griechischen und lateinischen Bezeichnungen dagegen bereiteten ihr immer noch Mühe.

Sulcus – Rinne. *Supra* – oberhalb. *Sulcus supraacetabularis*. Rinne oberhalb des *acetabulum*, der Hüftpfanne. Erst seit Elsa ihr klargemacht hatte, dass sie die Begriffe nicht stur auswendig lernen durfte, sondern das Ganze wie beim Erlernen einer neuen Sprache angehen musste, funktionierte es besser.

Sie klopfte lauter. »Elsa! Ich bin's.«

Wieder keine Reaktion. Lulu lehnte die Stirn gegen das Holz. In spätestens einer halben Stunde würde die Haunersche Kinderklinik hier unten im Souterrain zum Leben erwachen. Zwar waren die Schwestern, Ärzte und Helferinnen daran gewöhnt, dass die Tochter des Direktors zu fast jeder Tages- und Nachtzeit im Kinderspital auftauchte, aber vor Tagesanbruch? Lulu hauchte in die hohle Faust. Mit einer Alkoholfahne? Das wäre doch arg auffällig. Also schlich sie zurück zum Ausgang und schlüpfte erneut in die Nacht hinaus.

Draußen schalt sich Lulu eine Närrin. Es war kalt, und die Aussicht auf den zwanzigminütigen Fußmarsch zurück in die Sophienstraße war nicht gerade erbaulich. Die erste Tram der blauen Linie, die sie stets für die Fahrten von zu Hause ins Kinderspital und zurück nutzte, fuhr erst um sieben Uhr in Neuhofen los. Das war in über zwei Stunden. Besäße sie ein Fahrrad, wäre sie im Nu hin und wieder zurück gefahren, aber so?

Sie gähnte. Täuschte sie sich oder brannte drüben im Kesselhaus Licht? Direkt neben dem niederen Anbau lag das Waschhaus. Ob es die ausrangierte Pritsche in der Bügelkammer noch gab? Das Waschhaus blieb an den Sonntagen geschlossen, Lulu könnte sich hinlegen und zwei oder drei Stunden schlafen.

Ob Josef ihr den Schlüssel lieh? Der Maschinist musste selbstverständlich auch am Tag des Herrn dafür sorgen, dass der neuen Dampfmaschine mit ihren fünf Pferdestärken das Brennmaterial nicht ausging, sonst standen Wasserpumpe, Ventilatoren und werktags auch die Spül-, Wasch- und Bügelmaschinen still. Dank der Dampfwasserheizung herrschten in allen Krankensälen und den anderen Zimmern unabhängig von der Außentemperatur wohlige zwanzig Grad. In ein wohlig warmes Bett hätte sich Lulu jetzt auch gerne gekuschelt, am liebsten in ihr eigenes, aber eine alte Pritsche war besser als nichts.

Josef erschrak kaum, als Lulu ihm von hinten auf die Schulter tippte und er sich zu ihr umdrehte.

»Ich bräuchte bitte kurz den Schlüssel für die Wäscherei.« Kein Nachfragen. Kein Wundern über Uhrzeit oder Beweggründe. Gar nichts. Lulu hätte ihn am liebsten umarmt. »Danke. Ich bringe ihn später zurück.«

Der Eingang zur Wäscherei lag nur ein paar Meter vom Kesselhaus entfernt. Dummerweise wurde das Glühwürmchen mit jedem Schritt schwächer. Ein sachtes Kippen der Laterne genügte zwar, um den Glühstrumpf aus Baumwolle mit dem letzten Rest Lampenöl zu versorgen und noch einmal heller brennen zu lassen, doch gerade als Lulu die Tür entriegelte, erlosch er.

Das Waschhaus. Eigentlich kein Ort, an dem Lulu sich gerne aufhielt. Das Klopfen, Rumpeln und Dampfen hatte ihr als Kind Angst eingejagt. Hier wurden täglich an die dreitausend Wäschestücke gereinigt und wieder für den Gebrauch hergerichtet, und obwohl das Kinderspital über einen hohen Grad an maschineller Hilfe verfügte, blieb gerade das Wäschemachen eine höllische Schinderei, bei der man den Frauen besser nicht unter die Füße kam.

Lulu gab sich einen Ruck und tastete sich an der Wand entlang vorwärts. Ihre Finger fanden schnell den Lichtschalter, fast hätte sie ihn aus Gewohnheit gedreht, aber was, wenn eine Schwester vom Haupthaus sie bemerkte? Besser nicht.

Als sie endlich den Türrahmen zum Bügelzimmer erfühlte, stieg Lulu ein scharfer Geruch nach Desinfektionsmittel in die Nase. Roch es nach Lysol? Sie wandte sich um. Brannte in der Waschküche gegenüber Licht? Von draußen war durch die Fenster nichts zu sehen gewesen, doch der Türspalt hob sich um eine Nuance heller vom Rest der Dunkelheit ab.

Vorsichtig drückte Lulu die Tür weiter auf und lugte hinein. War jemand hier? Die schwache Lichtquelle kam von der gegenüberliegenden Seite. Sie ging darauf zu, machte im Lampenschimmer wenig später einen Bottich aus, der nicht dorthin gehörte. Irgendjemand musste ihn gefüllt haben mit ...

Und dann sah sie ihn. Den leblosen Körper. In sich zusammengesunken. Oh Gott!

War das etwa ... Elsa!

Lulu stürzte näher, berührte eine eiskalte Schulter, legte zwei Finger an die Stelle am Hals, wo der Puls ... Nichts.

Panik machte sich breit. Lulus Herz überschlug sich, ihr wurde schwarz vor Augen. Änny hatte recht gehabt. Mit allem. Doch jetzt war nicht die Zeit, sich dies reumütig einzugestehen. Lulu brauchte Licht. Sie lief zurück zur Tür, stieß gegen Regale, schlug sich den Zeh am Tischbein an, stolperte über einen Sack und drehte endlich den Schalter.

Der Anblick brannte sich für immer in ihr Gedächtnis. Scherben. Eine Stricknadel. Die entsetzlich große, glänzende Blutlache. Elsas Nacktheit. Ihre Verletzlichkeit.

Lulu kniete sich neben den Bottich, der sie auf einmal grausam an das Schweineschlachten auf Gut Laufzorn erinnerte. Sie packte

Elsas Handgelenk und hielt die Luft an, drückte fester. Sandte ein Stoßgebet gen Himmel. Was hatte ihr Onkel Herzog noch mal beigebracht? Fühlen. Sehen. Hören. In dieser Reihenfolge. Spürte sie etwas? Hob sich der Bauch? Atmete Elsa? Lulu war viel zu aufgeregt, um sicher zu sein. Da! Ein schwacher Impuls gegen ihre Fingerkuppen.

»Gott sei Dank!«

Sie fasste Elsas Kinn, schlug der Freundin links und rechts ins Gesicht, kniff sie in die Haut und drehte. Einmal, zweimal, ein drittes Mal, bis endlich ein tiefes Stöhnen aus ihrer Kehle drang, etwas Spannung in den schlaffen Körper zurückkehrte und die Lider zuckten. Nie waren Lulu Elsas Augen größer vorgekommen als jetzt, da sie sie aufschlug, aber der flammende hellbraune Kranz, das Feuer darin war erloschen.

»Wo bin ich?«, hauchte die Freundin und schreckte im nächsten Moment vor dem zurück, was sie sah. Als ihr Rücken gegen die hintere Wand des Bottichs rammte, floss ein neuerlicher Schwall Blut aus ihr heraus.

»Ich hole den diensthabenden Arzt«, keuchte Lulu und sprang auf, doch Elsas Finger krallten sich um ihr Handgelenk. Erstaunlich fest.

»Nein. Du ... Niemand darf es erfahren ... Meine Mutter, sie ...«

»Aber ...« Das blanke Entsetzen in Elsas Augen ließ Lulu verstummen.

»Geh. Geh einfach!« Elsas Rechte wanderte nach oben an die Tischkante, fasste in eine Schüssel und fischte in der Flüssigkeit.

Essig? Watte? Mit Faden umwickelt? Hatte Elsa etwa eine Tamponade vorbereitet? Für den Fall, dass sie Gefäße verletzte und es zu Blutungen kam? Oh Gott! Lulu stand da wie erstarrt, beobachtete fassungslos, wie die Freundin versuchte, die Wattekugel in sich hineinzuschieben. Aber sie hatte nicht genug Kraft und sackte wieder in sich zusammen.

Schnell raffte Lulu einige leidlich saubere Wäschestücke zusammen, warf sie auf den Boden und breitete ein Leintuch darüber aus, das sie in einem Korb fand. »Ich helfe dir. Komm!« Sie räumte Scherben und Nadel beiseite und griff Elsa unter die Arme. »Du musst dich ausstrecken, sonst geht es nicht.«

Nach einigen missglückten Anläufen lag Elsa endlich flach auf dem Boden, ihr Blick starr an die Decke gerichtet. Tränen liefen links und rechts an den Schläfen herab, doch ihre Lippen bewegten sich. »Drehen und schieben, so weit und so fest es geht. Der Faden muss …«

»… draußen bleiben. Keine Sorge, ich passe auf«, unterbrach Lulu sie sanft, kniete sich vor Elsa auf den Boden und legte ihre Hände auf die angewinkelten Knie. »Bist du bereit?«

Elsa nickte, und Lulu atmete noch einmal tief durch. Wenn ihr Vater je hiervon erführe, dann …

Ein Räuspern ließ sie zusammenfahren. »Was in drei Gottes Namen ist hier los?«

# Universitätsviertel

am nächsten Tag | Wohnung Geschwister Paintner, Amalienstraße 13/II

Fanny sah auf die Straße hinunter. Sie gähnte. Es war stockdunkel, nur das Licht einer einzelnen Handlaterne wackelte mit seinem Träger durch die letzten Minuten der Nacht. Bald würde die Dämmerung einsetzen und die Stadt zum Leben erwachen.

In der Kochnische riss sie ein Zündholz an, hielt es an den Docht der Lampe und drehte am Rädchen, bis die Flamme hell loderte. Trotzdem drang kaum Licht durch den Glaszylinder, die Innenseite war völlig verrußt, wie bei fast allen Lampen in der Wohnung. Sie hatten eine gründliche Reinigung in Seifenlauge dringend nötig. Nur wann? Fanny hatte keine Zeit. Ehe sie sich wie jeden Sonntag an die Übersetzungen machte, musste sie heute die Wohnung aufräumen und den Ofen auf Vordermann bringen, sonst verlangte die Vermieterin am Ende wirklich noch etwas extra. Wegen Verwahrlosung der Mietsache. Das hatte sie beim letzten Mal, als sie den Mietzins kassierte, angedroht. Mehrmals sogar.

Dabei war es gestern spät geworden. Sehr spät. Änny hatte darauf bestanden, sie nach der Vorstellung noch mit in die schillernde Welt des Theaters zu nehmen, ihr einige Leute vorzustellen, Fanny ihre Welt zu zeigen. Doch die *Schlangengrube*, wie Änny es selbst genannt hatte, war nichts für ein einfaches Mädchen aus Niederbayern. Fanny hatte sich fehl am Platz gefühlt. Vielleicht hätte sie sogar heimlich Reißaus genommen, wäre da nicht dieser magische Glanz in Ännys Augen gewesen. Die glühende Leidenschaft, aus der ohne Zweifel die Entschlossenheit entsprang, sich zu nehmen, wofür ihr Herz brannte.

Eine vorwitzige blonde Strähne hüpfte Fanny zum hundertsten Mal auf die Nase. Sie blies sie nach oben, warf den Kopf zurück, wieder schnellte sie nach vorn. Sie pfefferte den Lappen auf die Herdplatte, stellte das Petroleumfläschchen daneben, griff nach dem Tuch, das immer bereitlag, falls es an der Tür klopfte, und band es sich um den Kopf. Ihre Haare mussten dringend nachgeschnitten werden. Alles war inzwischen dringend, duldete keinen Aufschub, war unaufschiebbar geworden. Nie kam Fanny mit der Hausarbeit, ihren Studien, den Übersetzungen und den Besorgungen hinterher. Der Tag hatte nicht mehr genügend Stunden, die Woche nicht genug Tage. Es war zum Verzweifeln. Grimmig bestrich sie die rostig gewordenen Stellen des kleinen Küchenherdes mit Petroleum, nahm etwas Steinkohlenasche dazu, um auch den letzten Patina-Anflug wegzubekommen. Hätte sie ihre Aufgaben stets gewissenhaft erledigt, so wie es in dem kleinen, schlauen Büchlein stand, das Mutter ihr zu Weihnachten geschenkt hatte, wäre es angeblich nur halb so mühselig, das häusliche Glück aufrechtzuerhalten. Das häusliche Glück.

Wann immer Fanny in den praktischen *Ratgeber für Hausfrauen* hineinschaute, ärgerte sie sich. Besonders über Mutters zahlreiche Anmerkungen. All ihr Sorgen drehte sich um das Wohlergehen des *Bubis*. Anton stand im Hause Paintner über allem. Schon immer. Es mochte teilweise damit zusammenhängen, dass er als Kind zu dünn, zu bleich und recht kränklich gewesen war. Mit acht Jahren wäre er um ein Haar an den Masern gestorben und brauchte lange, um sich davon zu erholen. Fanny hingegen war stets rotbackig, kerngesund und gut genährt gewesen. Sie machte den Eltern nie Kummer, zumindest nicht, bis sie anfing, vom Medizinstudium zu träumen.

Wenn Fanny an ihre Kinder- und Jugendjahre zurückdachte, gab es neben vielen unbeschwerten, glücklichen Momenten auch dieses ewige Mahnen, das Auf-die-Finger-Klopfen, das Zurechtgewiesen werden, etwa wenn sie in den schöneren Apfel biss, für sich den größten Knödel aus dem Wasser fischte, schneller lief als ihr Bruder oder seine Kegel beim *Eile-mit-Weile*-Spiel triumphierend vom Brett fegte. Immerzu musste sie dem Bruder den Vortritt lassen, ihm ein gutes Gefühl geben, sich um ihn kümmern und ihn beschützen. Es war Fanny in Fleisch und Blut übergegangen, sie kannte es nicht anders, und auch wenn sie sich damals wie heute ab und an über diese Ungerechtigkeit aufregte, liebte sie Anton, wie nur ein Zwilling sein Gegenstück lieben konnte.

Fanny griff eine Handvoll Sand aus dem Eimer, streute ihn auf die Herdplatte und begann mit dem groben Lappen zu scheuern. Anton war längst kein Bubi mehr, was hauptsächlich seinem Eintritt bei der Freiwilligen Feuerwehr Ortenburg zu verdanken war. Die Löschmannschaft hatte sich schon vor seiner Zeit zur körperlichen Ertüchtigung dem Turnsport verschrieben, und daraus war ein eigener Turnverein entstanden. In der dortigen Ballsport- und Laufgruppe hatte sich Anton in den letzten beiden Jahren zu einem hartgesottenen Mannsbild gemausert, ehe ihn die stolzen Eltern, vom Geld einer ledigen Tante mit feinster neuer Garderobe ausgestattet, zum Medizinstudium nach München geschickt hatten.

Verdrossen fegte Fanny den überschüssigen Sand mit der Hand auf die Ascheschaufel, holte die letzten Reste mit dem Federwisch aus den Ritzen und öffnete die Dose mit dem Pottloh, die sie gestern gekauft hatte. Gute Eisenschwärze erkannte man an den glänzenden Stückchen, die sich fettig anfühlten und leicht zerdrücken ließen. So stand es in Mutters schlauem Buch. Fanny tunkte den Finger probehalber in die schwarze Schmiere, die ihr die Verkäuferin im Geschäft als erstklassige Ware angepriesen hatte. Fühlte sich recht trocken an. Hatte sie das Fräulein etwa übers Ohr gehauen? Seis drum. Das Verhätscheln und Rücksichtnehmen jedenfalls mussten ein für alle Mal aufhören. Wenn ihr Bruder sich die Nächte in Münchens Kneipen um die Ohren schlagen und neuerdings bis zur völligen Erschöpfung diesen lächerlichen englischen Sport betreiben konnte, bei dem ein Haufen erwachsener Männer einem Lederball hinterherjagte, dann war er auch in der Lage, etwas zum Lebensunterhalt beizutragen.

Fanny griff sich noch eine Handvoll Sand aus dem Eimer. Damit würde sie dem Bruder Vernunft einreiben. Jetzt gleich! Das hätte sie längst tun sollen. Erst vor gut einer halben Stunde war er nach Hause gekommen. Betrunken. Das hörte sie an seinen Schritten und an den Lauten, die er von sich gab. Niemals darum bemüht, sie nicht aufzuwecken. Ob sie genug Schlaf bekam, kümmerte ihn nicht. Auch das musste sich ändern. Alles musste sich ändern.

Fest entschlossen trat Fanny auf den schmalen Gang hinaus und wollte gerade die Klinke zu Antons Kammertür herunterdrücken, als sie ein komisches Klacken aus ihrer Kammer hörte. Dann noch eines. Und ein drittes. Lauter diesmal.

Warf jemand Steine an ihr Fenster? Ferdl vielleicht?

Elsa blinzelte. Dunkelheit. Über ihr. Um sie herum. Auf ihrem Gesicht lag etwas, machte das Atmen schwer. Sie bewegte die Finger, wollte auch die Hand heben, um Mund und Nase zu befreien. Waren ihre Arme festgebunden? Träumte sie?

Ein schmerzhaftes Ziehen stieg in Wellen von ihrem Bauch nach oben und spülte Bilder in ihren Kopf. Entsetzliche Bilder. Und mit ihnen die Erinnerung. Sie spürte die Nadel in der Hand. Den Widerstand, den sie überwinden musste. Sah Lulu. Die Flügelhaube. Den strengen Blick der Oberin. Ihr Vater schimpfte. Die Mutter zeterte. Ihre Brüder lachten. Die Bilder formierten sich zu einem Strudel, der sich schneller und schneller drehte und sie in die Tiefe zog.

»Hier. Nimm einen größeren Stein.«
»Damit das Glas zerspringt?«

»Ist mir egal, Hauptsache sie hört uns endlich und öffnet die Tür. Wir müssen von der Straße weg, jeden Moment kann jemand kommen.«

»Was, wenn es gar nicht ihre Wohnung ist?«

Lulu war noch da? Und er auch? Der Maschinist? Wieso? Er hatte im Waschhaus nichts zu suchen. Hatte Oberin Amalberga ihm etwa aufgetragen, die Sünderin fortzuschaffen? Sie in der Isar zu ertränken? Hauptsache weit weg vom Kinderspital und dem heiligen Wirken der Barmherzigen Schwestern?

Ein Scharnier quietschte. War das in ihrem Kopf, oder öffnete jemand ein Fenster?

»Wer ist da?«

Die Stimme kam Elsa bekannt vor, sie hatte aber kein Gesicht dazu. Das Denken fiel ihr unendlich schwer.

»Gott sei Dank! Ich bin's, Lulu. Kannst du Änny wecken?«

»Änny? Wieso?«

Die Schauspielerin? Elsa sah die Worte aus dem Mund dieses Frauenzimmers schießen wie giftige Pfeile. *Wenn da mal nicht jemand schwanger ist*, hatte sie gesagt und das Unaussprechliche damit erst wahr gemacht.

Änny hat mir in der Fahrschule aufgetragen, nach Elsa zu sehen ... Bitte lass uns rein ... Ichweißnichtwoichsiesonst ...

Das Rauschen in Elsas Kopf wurde lauter, es verschluckte jedes weitere Wort. Sie sank. Dem Vergessen entgegen.

Elsa fielen die Augen zu. Zwischen Blut und Verzweiflung schimmerte Lulus milchweißes Gesicht, dann erblickte sie erneut die Konturen einer Flügelhaube. Davor hatte sich Elsa trotz allem am meisten gefürchtet.

Vor dem Zorn Gottes. Und der Verachtung.

Fanny öffnete die Faust. Der Sand, mit dem sie ihrem Bruder eine Abreibung verpassen wollte, rieselte aufs Fensterbrett. Wen wohin bringen? Hierher? Sie verstand nicht ganz.

Die Decke über ihr knarzte, Schritte tappten. Wenig später ging ein Fenster auf, und Ännys Stimme drang von oben herunter.

»Was ist los?«

Fanny stellte sich auf die Zehenspitzen und drehte den Oberkörper, obwohl Ännys Mansardenfenster hinter der Dachkante lag. »Diese Lulu steht unten vor der Tür. Sie will zu dir. Irgendetwas ist mit Elsa. Woher weiß sie überhaupt, wo wir …?«

Weiter kam Fanny nicht, die Schritte tappten erneut, schneller diesmal, kamen die Treppe herunter, eilten den Gang entlang zur nächsten Treppe. Änny machte doch nicht etwa auf? Fanny ging zur Wohnungstür und sah ihr hinterher.

»Komm!«

»Aber …«

Sie kannte den Mann nicht, der das Tuch von dem sargartigen Handkarren zog und … Oh, mein Gott! War das Elsa, die er gerade wie ein kleines Kind in die Arme hob? War sie tot?

Änny hielt ihm die Tür auf, fasste Lulu am Arm und sagte: »Danke.« Warum auch immer.

Und diese Lulu nickte. »Sie hat versucht, das …«

»Was hat sie versucht?«, wollte Fanny endlich wissen und erhielt die Antwort, als Lulu von Ranke die Laterne in Richtung Elsas Unterleib schwenkte und die Decke anhob.

Die dunklen Flecken, war das Blut? »Wir müssen einen Arzt holen. Sie ins Krankenhaus bringen.« Ihr brach der Schweiß aus. Frauen starben andauernd bei und nach solch verzweifelten Versuchen, ihr Leben wieder in Ordnung zu bringen. Oder war das Kind von allein abgegangen?

»Nein, keinen Arzt ... kein Krankenhaus. Lieber sterbe ich.«
Elsas Stimme klang dünn, dennoch wagte niemand zu widersprechen. Also führte Änny die kleine Schar nächtlicher Besucher hinauf in ihre Schlafkammer, warf eine Decke über die Matratze und half Lulu, die Freundin darauf zu betten.

Fanny starrte auf das Blut zwischen deren Beinen. Ihre Chemise war damit durchtränkt. Die Binden. Elsa selbst hatte die Augen geschlossen, aber sie war nicht bewusstlos, dafür war ihr Muskeltonus zu hoch. Das arme Ding!

Der Mann, der sie hinauf in die Mansarde getragen hatte, stand neben dem Bett wie bei einer Hausaufbahrung, drehte seine Kappe in den blutigen Händen, als wäre sie ein Rosenkranz, dessen Perlen er durch die Finger schob. Seine Kiefermuskeln bewegten sich. Nicht als würde er beten, sondern als wäre er ein Pferd, das Hafer fraß.

Änny schob ihn etwas zur Seite, holte ein Glas Wasser aus dem Ankleidezimmer und blieb hinter Fanny stehen. »Weißt du, wer er ist?«, flüsterte sie.

»Nein.«

Er war nicht sonderlich groß, dafür breit gebaut. Er sah aus wie ein Ringkämpfer. Oder ein Preisboxer. Durch zusammengekniffene Lider sah er zu ihnen herüber, stierte sie ein, zwei Sekunden lang finster an, setzte dann die Kappe zurück auf seinen Kopf und stürmte aus der Wohnung.

»Josef?« Lulu ließ Elsas Hand los und stand von der Bettkante auf. »Wo geht er hin?«, fragte sie in Fannys und Ännys Richtung.

»Sag du es uns«, erwiderte Änny leise und winkte Lulu näher. »Ist er der Vater?«

Die Augen der Direktorentochter wurden groß. Sie schüttelte den Kopf, hob gleichzeitig die Schultern. »Ich weiß es nicht.«

»Kann man ihm trauen?«

Erneut ein Schulterzucken. »Er ist Maschinist im Kinderspital.« Als ob das eine Antwort wäre. »Wieso ist er hier?«, wollte Fanny wissen.

»Er hat uns überrascht.«

»Euch?« Fanny fiel fast in Ohnmacht. »Du hast ihr dabei geholfen?«

»Nein!«, rief Lulu entsetzt. »Als ich sie gefunden habe, stand er auf einmal hinter mir. Aber ohne seine Hilfe hätte ich sie niemals herbringen können.«

»Was besser gewesen wäre«, knurrte Fanny. »Sie braucht einen Arzt.«

»Den sie nicht will«, erinnerte Änny. »Hat euch sonst jemand gesehen? Im Kinderspital oder auf der Straße?«

»Ich glaube nicht.«

»Keine von den Schwestern?«

Wenigstens schüttelte Lulu ein weiteres Mal den Kopf. Fanny atmete auf, doch als Änny sie an den Schultern packte und zwang, sie anzusehen, schwante ihr nichts Gutes.

»Du musst die Hebamme holen!«

»Welche Hebamme?«

»Babettchen. Die von der Fahrschule.«

»Aber ich weiß nicht, wo sie wohnt.«

»Doch, das tust du. Es war Elsa, die wir in dem Hauseingang gesehen haben. Wie ich gesagt habe.«

Fanny erinnerte sich. Sie hatte es nicht hören wollen, war zu sehr damit beschäftigt gewesen, Änny loszuwerden, weil sie mit einer wie ihr nichts zu tun haben wollte.

»Es ist nicht weit. Beeil dich! Wir versuchen ihr inzwischen etwas Wasser einzuflößen.«

Wasser einflößen? Fanny lachte auf. »Das wird ihr nicht helfen, wenn sie innerlich verblutet. Sie braucht einen richtigen Arzt.«

»Der sie garantiert hinhängen würde.«
»Besser als sterben.«
»Babette kennt sich mit solchen Geschichten aus.«
»Wirklich!«, blaffte Fanny. »Auch die Hebammen müssen *solche Geschichten* anzeigen.«
»Das wird sie nicht tun.«
Fanny ballte die Hände zu Fäusten. Wo war sie da bloß hineingeraten? Nach dieser dämlichen Kartendamensache nun auch noch Beihilfe zur Fruchtabtreibung? Sie ging zur Tür und verließ Ännys Wohnung. Im Leben wusste man nie, wie die Würfel fielen, aber seit sie mit ihrem Bruder nach München gekommen war, geriet sie von einem Schlamassel ins nächste.

Lulu spürte die Erschöpfung in allen Gliedern wummern. Über den Dächern von München ging gerade die Sonne auf, doch von der goldenen Pracht hob sich der hölzerne Bottich wie ein unheilvolles Vorzeichen ab, sah Lulu erneut die lange Stricknadel und die Scherben in der Blutlache liegen. Sie hatte gedacht, Elsa wäre tot. Verblutet. Und wäre Josef nicht plötzlich aufgetaucht, um nach dem Rechten zu sehen, hätte Lulu in jedem Fall den diensthabenden Assistenzarzt geholt. Doch da Elsa sie mit letzter Kraft anflehte, ihr das nicht anzutun, und der Maschinist eine solch stoische Ruhe ausstrahlte, als würde er mit derlei Dingen jeden Tag umgehen, hatte Lulu Elsa mit seiner Hilfe die Chemise übergestreift, ihr die vorbereitete Eisblase auf den Bauch gebunden, sie in einen Umhang gewickelt und zugedeckt auf dem alten Handkarren des Spitals in die Amalienstraße gebracht. Weil sie nicht wusste, wohin sonst mit ihr, und weil es Änny gewesen war, die ihr aufgetragen hatte, nach Elsa zu sehen.

»Kein Herzschlag.«

Verstohlen wischte Lulu eine Träne fort und wandte sich um. Das Blut der Freundin klebte schon jetzt an ihren Händen, und wenn sie starb, würde Lulu sich das nie verzeihen.

»Dann ist es tot?«, fragte Änny leise nach.

Gott sei Dank. Die Hebamme sprach von dem Kind, nicht von Elsa.

»Möglich.« Babette Rauchs Stimme klang, als hätte sie schon alles im Leben gesehen. »Genauso gut kann es sein, dass die Schwangerschaft dafür noch nicht weit genug fortgeschritten ist oder sie gar nicht schwanger war.«

Änny trat neben Fanny. »Sie würde doch niemals …«

Die Hebamme drückte ihr Hörrohr ein weiteres Mal behutsam gegen Elsas Bauch. »Vier solche Fälle sind mir in meiner Laufbahn schon begegnet, und es werden nicht die letzten sein. Für das Vorhandensein einer Schwangerschaft gibt es zwar alle möglichen, auch recht frühe Anzeichen, als sicher gelten aber nur drei, und die zeigen sich erst ab der zweiten Hälfte: hörbare Herztöne, spürbare Bewegungen des Kindes und das Tasten des kindlichen Körpers bei äußerer wie innerer Untersuchung.« Sie streckte nacheinander Daumen, Zeige- und Mittelfinger in die Höhe. »Keines dieser Anzeichen liegt vor.«

»Aber ihr Bauch? Im Liegen ist doch eine deutliche Wölbung zu sehen.«

»Sicher wissen wir nur«, unterbrach die Hebamme Fanny und legte ihr Stethoskop zurück in den Koffer, »dass eure Freundin viel Blut verloren hat. Deshalb kann ich nicht so energisch von außen nach dem Gebärmuttergrund tasten, wie es nötig wäre, und es kommt auch keine innere Untersuchung in Frage, um die Fruchtwassermenge zu bestimmen oder nach Teilen eines kindlichen Körpers zu suchen. Die Tamponade jetzt zu entfernen wäre viel zu riskant, und ob es ein Kind gibt, ob es lebt oder nicht, ist momentan nicht meine größte Sorge, sondern …«

»… dass die Blutung nicht aufhört, wieder stärker wird oder erneut einsetzt. Außerdem septikämische und pyämische Prozesse, akute Metritis, Endometritis, Peritontis. Das würde vermutlich Elsas Tod bedeuten, auch wenn sie die akute Krise übersteht«, zählte Fanny leise auf.

Lulu wandte abrupt den Kopf, und auch Babette Rauchs Brauen wanderten nach oben. Sie sah Änny an und nickte mit dem Kinn in Fannys Richtung. »Wieso schickst du nach mir und bringst mich damit in diese heikle Situation, obwohl du bereits medizinischen Beistand hast?«

Änny winkte ab. »Ihr Bruder studiert Medizin, sie plappert nur nach, was in den Büchern steht, hat aber keine Ahnung von der Praxis. Schon gar nicht auf diesem Gebiet.«

»Das hört sich für mich ganz und gar nicht nach Plapperei an, aufsteigende Infektionen sind in der Tat eine große Gefahr bei solchen Geschichten. Eine Bauchfellentzündung wäre fatal.« Die stämmige Hebamme legte die Eisblase zurück auf Elsas Bauch, zog ihr vorsichtig die Chemise über die Knie und breitete das Federbett über ihr aus. »Hoffnung macht mir, dass sie zwar blass ist, ihre Haut aber weder eine ins Grünliche spielende Wachsfarbe hat, noch die Augen trüb und eingefallen sind. Auch war sie halbwegs ansprechbar, als ich hier ankam. Hätte sie mit der Nadel eine Arterie verletzt, wäre sie vermutlich schon auf dem Weg hierher verblutet. Wenn es nur eine Vene war, dann werden die selbstgebastelte Tamponade und der Eisbeutel ihren Zweck erfüllen. Allerdings ist die Gebärmutter bei fast allen Frauen immer leicht nach vorne oder hinten geneigt, wenn also ein starres Instrument in den Bauchraum hochgeschoben wird, ist die Gefahr groß, das hintere Scheidengewölbe zu durchstoßen und eventuell sogar den Darm zu verletzen.«

»In dem Fall tritt kein Blut aus, weil es sich im Bauchraum sammelt.«

Lulu wunderte sich sehr, dass Fanny all diese Dinge wusste, obwohl doch ihr Bruder derjenige war, der Medizin studierte. Aber es stimmte wohl, was sie sagte, denn die Hebamme bestätigte es gerade.

»Das eine schließt das andere leider nicht aus«, seufzte sie. »Am klügsten wäre gewesen, ihr hättet sie zu Frau Doktor Bridges Adams Lehmann gebracht. Sie wohnt nur ein paar Häuser von mir entfernt.«

Lulu horchte auf. »Frau Doktor?«

»Die erste Frau, die in Deutschland ein medizinisches Staatsexamen abgelegt hat.«

»Sie praktiziert?«

»Seit zwei Jahren ungefähr«, sagte Babette, als wäre das allein ihr Verdienst. »Zwar steht ihr Name nicht draußen angeschlagen, jedenfalls noch nicht, aber viele Frauen werden nur ihretwegen in der Praxis ihres Mannes vorstellig. Ich schicke meine Kundinnen auch zu ihr, wenn ich selbst nicht mehr weiterweiß.«

»Kann man ihr in solchen Dingen vertrauen?« Ännys Kinn ruckte in Elsas Richtung.

»Für die Frau Doktor lege ich die Hand ins Feuer, aber da sich Elsas Bauch nicht bretthart anfühlt, dürfen wir zaghaft optimistisch sein, dass sie keine innere Blutung hat. Somit ist es hoffentlich nicht nötig, noch jemanden ins Vertrauen zu ziehen. Je kleiner der Kreis bleibt, umso sicherer ist es für uns alle.« Die Hebamme blickte aufmunternd in die Runde, fasste dann mit beiden Händen an ihre Lendenwirbel und drückte den Rücken durch, bis es knackte. »Mir schwant, ich bin zu alt, um das Radfahren noch zu lernen. Mir tut jeder Knochen weh. Für dich und das andere junge Fräulein dagegen scheint es das reinste

Kinderspiel zu sein«, sagte sie an Änny gewandt und senkte die Stimme. »Ist sie wirklich die Tochter des Direktors der königlichen Universitätskinderklinik? Es wäre ein entsetzlicher Skandal, wenn herauskäme, dass sie in so etwas verwickelt ist.«

Lulu räusperte sich, um Babettchen daran zu erinnern, dass sie noch da war.

»Kommt mit«, sagte Änny und dirigierte die Besucherinnen ins Ankleidezimmer. »Gönnen wir Elsa etwas Ruhe.« Sie lehnte die Tür nur an, holte vier Gläser aus dem Kabinett und goss Benediktiner ein. »Das wird uns guttun.«

Lulu nippte nur, aber Babette Rauch leerte den Kräuterlikör in einem Zug und ließ sich einen zweiten einschenken.

»Wenn eure Freundin wirklich schwanger ist und sie die Eihaut durchstoßen hat, geht die Frucht normalerweise in den nächsten Stunden ab. Es kann allerdings auch drei, acht oder sogar vierzehn Tage dauern. Das lässt sich nicht vorhersagen, Letzteres ist aber eher selten. So oder so solltet ihr sie fürs Erste nicht allein lassen. Sie braucht Ruhe, muss viel trinken und gut essen, damit sich neues Blut bilden kann. Eine heiße Hühnerbrühe wirkt da oft wahre Wunder. Sollte sie Fieber bekommen, zögert nicht, mich zu holen. Oder die Frau Doktor.«

»Was, wenn sie es wieder tut?« Änny nahm am Frisiertisch Platz und lud die anderen ein, sich auf Chaiselongue und Sessel niederzulassen. »Oder es auf andere Weise versucht. Die Schwester einer Freundin hat in ihrer Verzweiflung die Köpfe von drei Päckchen Zündhölzchen in ihrem Morgenkaffee aufgelöst und getrunken. Nach zwei Tagen ging das Kind ab und eine Woche später war sie tot. Mit kaum zwanzig Jahren.«

»So alt ist Elsa noch gar nicht«, sagte Lulu und begann das trockene Blut von ihren Händen zu reiben. Änny tunkte einen Lappen in die Waschschüssel und warf ihn ihr zu.

»Phosphor ist beliebt, weil jeder Streichhölzer zu Hause hat«, wusste Babette. »Aber das ist nicht das einzige vermeintlich sichere Mittelchen, das unter vorgehaltener Hand weiterempfohlen wird. Im letzten Jahr hatte ich einige öffentliche Mädchen in Behandlung, die täglich ein bis zwei Teelöffel Salpetersäure einnahmen, um zu abortieren. Die Vergiftungserscheinungen traten erst fünf bis sechs Wochen später auf. Bei zweien erfolgte der Abort im dritten Monat, eine ist vollständig genesen, die andere leidet seither an schrecklichen Leibschmerzen. Eine dritte wurde im Spital geisteskrank.«

»Es ist entsetzlich, was sich die Frauen antun«, sagte Fanny.

»Nur weil sie keine Wahl haben«, fügte Änny hinzu.

»So ist es«, pflichtete Babette Rauch ihr bei. »Deshalb verstehe auch ich nicht, wieso man die Möglichkeiten der Kontrazeption so verteufelt, wieso der Verkauf von Verhütungsmitteln verboten wird und man selbst die Reklame dafür in den Unzuchtparagrafen des Reichsstrafgesetzbuches aufnehmen will. Wir Frauen sollen ins Gefängnis gehen und Geldstrafen bis zu tausend Mark zahlen, nur weil wir uns vor einer Schwangerschaft schützen wollen?«

»Es sind eben Männer, die darüber entscheiden«, konstatierte Änny.

»Und sie bringen damit nicht etwa sich selbst, sondern uns Frauen in Lebensgefahr«, spie Babettchen aus. »Dabei könnten wir, im Gegensatz zu den Herren der Schöpfung, ohne Weiteres auf das damit verbundene Vergnügen verzichten.«

Lulu spürte, wie ihr die Röte in die Wangen stieg. Nie zuvor in ihrem Leben hatte sie andere Frauen über solche Dinge reden hören. Das von der Mutter thematisierte obligatorische Korsett unter dem Negligé war die intimste Unterhaltung gewesen, die sie bislang mit jemandem geführt hatte – abgesehen von Ida vielleicht. Fanny schien ähnlich zu empfinden, ihre Ohren glühten.

Allmählich glaubte Lulu, dass an der Kartendamensache rein gar nichts dran war. Vorsichtig hob sie den Blick und beobachtete, wie Babettchen sich gestenreich weiter echauffierte. Bislang hatte Lulu der Hebamme kein einziges Mal in die Augen geblickt, weil die Worte der Schauspielerin noch in ihren Gedanken festhingen. *Sie hilft Frauen, wenn sie in Schwierigkeiten sind.* Sie tat genau das, was Elsa in diesem Bottich fast umgebracht hätte.

»Kommt sie durch?« Wissen musste sie es dennoch.

»Das hoffe ich.« Babette Rauch drehte sich zu Lulu um und lächelte aufmunternd. »Die nächsten Stunden und Tage sind entscheidend. Es wäre gut, wenn sie fürs Erste hierbleiben könnte. Was sie jetzt am dringendsten braucht, sind Sicherheit und das Gefühl, dass sie nicht allein auf der Welt ist. Oder gibt es sonst einen Ort, an dem sie sich verkriechen kann?«

Lulu schüttelte den Kopf. »Nicht dass ich wüsste.«

Änny seufzte. »Es wird Gerede geben, wenn die Hebamme des sechsten Bezirks bei mir ein und aus geht.«

»Du könntest behaupten, ich nehme Schauspielunterricht und wäre der aufgehende Stern am Theaterhimmel.« Babette bewegte ihren recht massigen Körper wie eine Tänzerin und verneigte sich, als hätte sie Publikum.

Ihren Mienen nach zu urteilen schien sich weder Babette noch Änny allzu große Sorgen um mögliches Gerede zu machen. Aber was, wenn Elsa starb? Was, wenn sie das Kind verlor und sich nur langsam oder gar nicht erholte? Und was, wenn das Kind nicht abging? Was dann? Es gab so viele Unwägbarkeiten, und jede einzelne jagte Lulu schreckliche Angst ein. Wie musste es da erst Elsa gehen?

Lulu sah auf die Uhr. »Schon so spät?« Sie sprang auf. »Im Waschhaus geht jeden Moment die Arbeit los. Ich muss zurück.« Das Blut aufwischen. Die Wannen wegräumen. Die Watte. Und vor allem die Nadel. Die Schwestern würden sofort wissen, was geschehen war, und wenn Elsa nicht zum Dienst erschien und auch nicht in ihrer Kammer anzutreffen war, dann ...

Ein Rascheln der Bettdecke drang durch den Türspalt, ein langgezogener Klagelaut folgte.

Babette stand auf. »Ich glaube, es geht los.«

Klinikviertel

vierzehn Tage später | Haunersches Kinderspital

Elsa öffnete leise die Tür und trat in den abgedunkelten Raum. Schwester Amalberga stand hinter dem Kinderbett und betete. Die Konturen ihrer Flügelhaube zeichneten sich gegen das schwache Licht ab, das durch den zugezogenen Vorhang fiel. Es war wie ein Déjà-vu. Elsa wurden die Knie weich, sie fühlte die rauen Wände des Bottichs. Die spitze Nadel. Roch das Blut. Spürte Ekel. Vor sich selbst.

»Gut, dass Sie zurück sind.« Die Vorsteherin bekreuzigte sich. »In den letzten Tagen gab es so viele Aufnahmen, so viele schwere Fälle, die individuelle Betreuung benötigen. Sie schickt der Himmel.«

Der Himmel? Elsa kam direkt aus der Hölle. Sie brachte es nicht über sich, der Oberin in die Augen zu sehen. Die vielen Lügen. Das Täuschen. Ihr Aufnahmegesuch. Dazu die Erinnerungsfetzen, die sie Tag und Nacht heimsuchten wie böse Geister. Die Vorsteherin war dagewesen. Ihr Gesicht stand so deutlich vor Elsas Augen, es konnte keine Einbildung sein, wie ihr Lulu in den vergangenen Tagen weiszumachen versuchte. Elsa hatte ja sogar die Stimme erkannt.

Die aber fleischlich sind, können Gott nicht gefallen.

Wieder und wieder hatten sich Amalbergas Worte wie neuerliche Nadelstiche in ihren Leib gebohrt. Besonders als das Fieber immer höher stieg und sie glaubte, von innen zu verglühen. Zwischen undurchdringlicher Schwärze und Delirium.

Aber hätte Elsa zurückkehren dürfen, wenn die Oberin wirklich in der Waschküche gewesen wäre? Wenn sie gesehen hätte, was Elsa getan hatte? Ihr Verstand sagte Nein, dennoch schnürte ihr die Angst die Kehle zu.

»Ihrer Mutter geht es besser?«

»Ja.«

»Das freut mich.« Die Flügelhaube geriet in gefährliche Schieflage, als Schwester Amalberga Elsa durchdringend ansah. »Sie müssen mir später davon berichten, ich werde in der Inneren gebraucht. Sie wissen Bescheid?«

»Ja.«

Die Oberin kam einen Schritt näher und legte eine Hand auf Elsas Arm. »Die Prognose bei *Tetanus neonatorum* ist nicht absolut infaust, das wissen Sie, aber die Chancen stehen schlecht. Wappnen Sie sich für das Schlimmste.«

Aus genau diesem Grund hatte die Oberin Elsa herbestellt. Weil sie ihre hervorragend ausgebildeten Schwestern dort einsetzte, wo mehr Aussicht auf Erfolg bestand. Das war keine Kaltherzigkeit, nein, es war nötiger Pragmatismus, flankiert von dem unbedingten Willen, mit den zur Verfügung stehenden Kräften so viele Leben wie möglich zu retten.

»Na dann.«

Der forschende Blick der Ordensfrau fraß sich durch Elsas Haut. Wenn sie wirklich nicht in der Waschküche gewesen war, wie Lulu behauptete, dann ahnte sie zumindest etwas. Elsa musste auf der Hut sein, denn das Lügengebäude, das Lulu für sie errichtet hatte, war fragil. Jede falsche Bemerkung, jedes Zögern, jede unnatürliche Emotion konnte es zum Einsturz bringen.

Als die Oberin endlich leise die Tür hinter sich schloss, stieß Elsa die angehaltene Luft aus. Hätten Fanny, Änny und Lulu sie nicht so sehr bedrängt, sie wäre auf keinen Fall ins Kinderspital zurückgekehrt.

Niemals.

Der Junge schlief. Das Beruhigungsmittel wirkte. Elsa wollte ihn nicht ansehen, wollte gar nicht hier sein. Dass man sie ausgerechnet zu einem Neugeborenen gerufen hatte, machte alles nur noch schlimmer. Auch dass der kleine Bub vermutlich sterben würde. Wieder ein Kind, das dem Untergang geweiht war. Dabei hätte ihm ein solches Schicksal sehr leicht erspart bleiben können, zumal die Eltern so lange auf seine Ankunft gewartet und diese von Herzen herbeigesehnt hatten.

Elsa schluckte. Früher waren viele Neugeborene an neonatalem Wundstarrkrampf gestorben. Doch seit der Einführung der aseptischen Nabelversorgung kam das glücklicherweise nur noch selten vor. Wenn aber der Tetanusbazillus von schmutzigen Händen, Instrumenten oder Verbandszeug erst einmal über das absterbende Gewebe des Nabelstranges oder die Nabelwunde eingeschleppt war, dann raffte die eingedrungenen Bakterien die Kinder bei schweren Verläufen oft schon nach wenigen Tagen oder gar Stunden dahin.

Die Wärterinnentracht raschelte, als Elsa sich auf dem Stuhl zurechtsetzte. Ihre Mutter sei todkrank. Lungenentzündung. Damit hatte man der Oberin ihre vorgeschobene überstürzte Abreise erklärt. Lulu, Fanny und vor allem auch Änny hatten in den letzten Tagen nichts anders getan, als Pläne zu schmieden. Wie es weitergehen sollte. Wie niemand etwas merkte. Wie Elsa ungeschoren davonkam.

Ungeschoren. Kein Wort, das Elsa benutzt hätte. Bis gestern hatte sie apathisch in Ännys Bett gelegen und aus dem Fenster gestarrt. Die drei übereifrigen jungen Frauen, allen voran Änny, hatten sie gefüttert, ihr gut zugeredet und sie in Watte gepackt. Fast so, wie Elsa es nun bei diesem Jungen tun musste. Es galt, alle krampfauslösenden Reize von ihm fernzuhalten. Deshalb war das Bettchen in die abgelegene Kammer geschoben worden, um ihn vor lauten Geräuschen, Erschütterungen, Überhitzung oder zu großer Abkühlung zu schützen. Wenn die Krämpfe trotzdem kamen, würde Elsa ihm mit Chloral, Sulfonal und wenn nötig auch mit kleinsten Dosen Chloroform die Schmerzen nehmen, ihn zurück in den Schlaf versetzen. Solche Kinder starben nämlich meist an Erschöpfung und Abmagerung, weil sie so viel Kraft brauchten, aber kaum oder gar keine Nahrung aufnehmen konnten, wenn die Schlundmuskeln beteiligt waren. Wenn gar Kehlkopf und Zwerchfell krampften, erstickten sie.

Sollte es Elsa nicht schaffen, ihm in den nächsten Stunden ein wenig Muttermilch einzuflößen, würden die Ärzte dem Kleinen eine Schlundsonde durch die Nase einführen.

Sie beugte sich nach vorn. Verzog sich der winzige Mund? Runzelte der Junge die Stirn? Seine Mutter hatte die ersten unspezifische Symptome für harmlos gehalten. Die Unruhe, das scheinbar grundlose Schreien. Doch dann fiel ihrem neugeborenen Sohn das Saugen immer schwerer. Bald presste er ihre Brustwarze mit den Lippen so fest zusammen, dass sie aufschrie und Gewalt brauchte, um seine Kiefer auseinanderzudrücken.

Der Bub kniff die Augen zusammen und spitzte die Lippen zu einem Rüssel. Als Elsa die Decke zurückschlug, sah sie, wie sich der kleine Körper versteifte, wie die tetanische Starre sich ausbreitete. Das Kind ballte die Fäustchen, zog sie zum Gesicht und überstreckte den Kopf. Wie ein Brett lag es da, nur noch die Fersen und der Hinterkopf berührten das Laken.

Wappnen Sie sich.

Elsa stand auf, nahm die Schultern zurück und hob das arme Wuzerl aus seinem Bett. Schon zu Beginn seines Lebens musste er einen so schweren Kampf ausfechten. Einen Kampf, der kaum zu gewinnen war. Falls er die nächsten Stunden, die nächsten Tage und auch die nächste Woche überstand, würden die Krämpfe leichter werden, dann konnte er sich von Unterernährung und Hinfälligkeit, die keine Sonde und auch die beste Pflege nicht verhinderten, erholen. Seine Eltern würden ihn heimholen und in die Arme schließen. Eltern, die ihn liebten. Die um ihn bangten. Die Gott Tag und Nacht um seine Rettung anflehten.

Elsa hatte auch gefleht. Und gebetet. Bis gestern. Als Babette es zum ersten Mal hörte. Das Herz. Weil sie außerdem Körperteile ertastete. Die kritische Zeitspanne war verstrichen, die Fruchtwassermenge normal. Das Kind in Elsas Bauch lebte.

Alles war umsonst gewesen.

Sommer 1899

 Königsplatzviertel

12. Juli | Botanischer Garten

Lulu hätte am liebsten die Schuhe ausgezogen und die Füße ins Wasser gesteckt.

»Skandalös«, hauchte Ida ihr ins Ohr und kicherte. »Aber immerhin gibt uns das einen Eindruck davon, womit wir es zu tun bekommen.«

»Einen recht vagen Eindruck, wenn du mich fragst. Die entscheidenden Regionen sind verdeckt«, blaffte Lulu.

Idas Kopf ruckte nach rechts, sie blieb stehen. »So schlimm?«

Der nur mit einem Lendenschurz bedeckte Neptun im Brunnen vor der Südfront des Glaspalastes, an dem Lulu bei ihren Spaziergängen im Botanischen Garten fast täglich vorbeiflanierte, war es nicht, der ihr die Laune verdarb, sondern der vermaledeite Brief. »Der Postbote hat die Einladung gestern zugestellt.«

»Oh.«

Ja, oh! »Mir bleibt aber auch nichts erspart, dabei dachte ich, sie hätten es vergessen.«

»Du Ärmste«, spottete Ida. »Sommerfrische am Genfer See, eine wahrhaft grässliche Vorstellung.«

»Mach dich nur lustig. Niemand hat vor, dich von Ende Juli bis Mitte September ins Exil zu schicken.«

»Exil ist nicht das Wort, das mir bei Évian-les-Bains einfällt. Eher schon Ziel meiner Träume. Mondäner Badeort. Treffpunkt der internationalen Hautevolee. Einzigartiges Erlebnis. Ich könnte ewig so weitermachen.«

»Oder Sklavenmarkt«, beharrte Lulu. »Erst putzt man uns Töchter heraus, schickt uns jahraus, jahrein in den Ballsaal wie Zuchtvieh in die Auktionshallen, damit das Auge eines Herren mit Wohlgefallen auf uns ruhe, und wenn die Wintersaison nicht den gewünschten Erfolg bringt, ist der Badeort die letzte Hoffnung. Wo wir uns dann so lange präsentieren und bewundern lassen müssen, bis doch noch einer anbeißt.«

»Eine radikale Sichtweise«, lachte Ida und schüttelte den Kopf. »Und sehr deprimierend. Wirklich. Außerdem war es unsere erste Saison im Ballsaal. Von jahraus, jahrein kann keine Rede sein, und dir ist ja auf Anhieb ein kapitaler Fang ins Netz gegangen. Ein ziemlich kapitaler sogar.«

Lulu winkte ab. »Vermutlich hofft Papa, dass ich in Frankreich eine noch bessere Partie mache.«

»Schwer vorstellbar.« Ida verneigte sich geschmeidig vor dem Gott der fließenden Gewässer und springenden Quellen und steuerte einen schmalen Weg im Schatten der Bäume an. Es war heiß an diesem Julitag. »Wenn ich doch nur an deiner Stelle fahren könnte.«

Sofort regte sich in Lulu das schlechte Gewissen. Professor Herzog musste mit seinen Mitteln haushalten, er konnte seiner Tochter nicht alles bieten, was sie sich wünschte. Deshalb verbrachte Ida den Sommer meist mit der Familie von Ranke auf Gut Laufzorn. Dort traf man Kühe auf der Weide an oder ein paar einfache Bauernburschen, nicht jedoch die feine Gesellschaft Europas beim rauschenden Fest.

Ida träumte seit Jahren von einer Sommerfrische am Genfer See, und unter anderen Umständen hätte Lulu womöglich arrangieren können, dass sie mitkam, aber die Einladung galt eigentlich Sissy. Die Bekanntgabe der Verlobung mit Siegi von und zu Aufseß war für den Herbst geplant, und man wollte den Familien vorher noch einmal Gelegenheit geben, sich näher kennenzulernen. Die von und zu Aufseß waren bekannt dafür, in dieser Hinsicht nichts zu überstürzen. Lulu sollte Sissy und die Mutter begleiten und sich darauf freuen, dass Hardy gnädigerweise vorhatte, ebenfalls für ein oder zwei Wochen vorbeizuschauen.

Der Wolf – oder eher das Wolferl. Schon wieder. Zwar verstand Lulu sich seit dem *dîner* und dem spontanen Tanz danach ganz gut mit ihm, was hauptsächlich daran lag, dass er sich nach ihren Plänen das Medizinstudium betreffend erkundigt und sie kein bisschen ausgelacht hatte, aber der Aufenthalt in Évian kam Lulu trotzdem vor wie eine Falle. »Was, wenn Hardy es darauf anlegt?«

»Worauf?«

»Eine Verlobung.« Lulu hob den Fächer ans Gesicht und ließ ihn flattern wie ein Kolibri seine Flügel. »Dabei habe ich ihm gesagt, dass ich mich zu jung fühle und auf jeden Fall erst das Abitur machen und studieren will.«

»Das ist nicht dein Ernst?« Ida war schockiert.

»Ich hoffte, er würde darauf Rücksicht nehmen.«

»Hat er?«

»Ich bin mir nicht sicher.« *Er werde bis an sein Lebensende auf sie warten*, hatte er Lulu geantwortet. Sie verdrehte die Augen. »Keine zwei Tage später hat er verlautbaren lassen, dass er an den Genfer See zu reisen gedenke, um ganz zwanglos etwas Zeit mit mir zu verbringen.«

»Wie romantisch.«

»Oder er hat vor, mich so sehr mit Aufmerksamkeit zu überhäufen und zu bedrängen, dass er die entscheidenden Worte aussprechen muss, um mich nicht ins Gerede zu bringen und seinen Ruf als Ehrenmann zu gefährden.«

»Du übertreibst. So etwas würde Hardy niemals tun. Ich glaube sogar, er mag dich wirklich von Herzen gern.«

»Er kennt mich doch gar nicht.«

»Weil du ihn dich nicht kennenlernen lässt. Évian ist die perfekte Gelegenheit dafür.«

»Aber ich will nicht!«, Lulu stampfte mit dem Fuß auf.

»Leider gestattet Papa nicht, dass ich in München bleibe.«

»Du hast darum gebeten?«

»Ja, aber er hat mich meine Gründe erst gar nicht vorbringen lassen.«

In Lulus Ohren klangen noch seine Worte: *Du hast doch ohnehin nichts Besseres zu tun.* War das ihre Schuld? Seit sie im letzten Jahr zusammen mit Ida die Höhere Töchterschule abgeschlossen hatte, beherrschte eine Frage alles Denken der Eltern: Was sollte mit dem Nesthäkchen geschehen? Heirat stand selbstverständlich ganz oben auf ihrer Wunschliste – erst recht seit Hardy mit seinem übermäßigen Interesse und dem Grafentitel aufgetaucht war. Wenigstens Mutter hielt noch daran fest, dem Nesthäkchen erst einmal eine angenehme Stellung als Fräulein Lehrerin zu gönnen, wofür sie vorher natürlich das Lehrerinnenseminar besuchen musste. Auch keine erhebende Vorstellung, wenn Lulu ehrlich war. Sie wollte nicht Hunderte von Kilometern von ihrem geliebten Kinderspital entfernt den ungezogenen Sprösslingen wohlmeinender Eltern mit Gewalt etwas Bildung einbläuen. Allein die Vorstellung war ein Albtraum. Und ein Funken Wahrheit lag durchaus in Vaters Worten, denn wenn Lulu sich nicht ins Kinderspital davonstehlen konnte, übermannte sie tatsächlich oft die Langeweile, dann wusste sie nichts Rechtes mit sich anzufangen. Dagegen richteten selbst die diversen privaten Unterrichtsstunden nichts aus: Kunstgeschichte bei einem jungen Gymnasiallehrer, Porträtmalen bei einem angeblichen Lenbach-Schüler, außerdem trichterte ihr ein greises Fräulein Literaturgeschichte und Ästhetik ein und Italienisch ein gewisser Signor Silvestri.

Den Höhepunkt ihres Lebens hatte man Lulu für vergangenen Herbst angekündigt. Einführung in die Gesellschaft. Besuche. Abendgesellschaften. Tänze. Liebhaberaufführungen. Bald machten ihr Leutnants, Assessoren und schließlich Hardy den Hof. Beladen mit Blumen kam sie von den Gesellschaften heim, ihre Tanzkarten waren zwar nicht dreifach überzeichnet wie Idas, aber dennoch gut gefüllt. Jedes Wort, das ihr über die Lippen kam, fand bei der anwesenden Herrenwelt ausgiebig Beachtung, und es dauerte nicht lange, bis sie tatsächlich das Gefühl beschlich, so etwas wie ein Ausnahmegeschöpf zu sein. Sie fühlte sich wie auf einem Sockel. Über den Dingen schwebend. Ausgestellt und bewundert. Fast wäre ihr dieser Zustand zu Kopf gestiegen, aber die gestohlenen Stunden im Kinderspital holten sie jedes Mal auf den Boden der Tatsachen zurück. Sie hätte am liebsten den ganzen Tag dort verbracht, aber sie musste zwischendurch bei Bazaren und Wohltätigkeitsfesten mitwirken, am Vormittag manchmal eine Kochschule besuchen und mit einigen Freundinnen aus der Höheren Töchterschule ein Kränzchen unterhalten. Ein Kränzchen!

Allein das Wort bereitete Lulu Übelkeit. Sie wollte nicht an irgendwelchen Kränzchen teilnehmen. Nichts von alledem machte sie zufrieden, die Sehnsucht blieb und hatte sich erstmals Bahn gebrochen, als Prinzessin Ludwig ihre Qualitäten als künftige Ehefrau und Mutter pries.

Im Kinderspital dagegen vergaß sie die Zeit. Neuerdings auch, wenn sie auf dem Velociped saß, und am lebendigsten, weil frei wie ein Vogel, hatte sie sich damals nachts auf der Straße gefühlt, als sie nach Elsa sehen wollte.

Schnell schob Lulu den Gedanken beiseite. Ida wusste nichts von den Vorgängen im Waschhaus und den Tagen danach. Je weniger Menschen Elsas Geheimnis kannten, umso sicherer war sie.

Aber Lulu wollte ihre beste Freundin nicht belügen, sie hätte viel lieber ihren Kummer mit ihr geteilt, denn Elsa machte ihr Sorgen – große Sorgen sogar. Zwar erledigte sie ihre Arbeit im Kinderspital, als wäre nichts geschehen, und jedes Mal, wenn Lulu versuchte, mit ihr über die anstehenden Vorkehrungen und nötigen Maßnahmen zu sprechen, hörte Elsa zwar scheinbar aufmerksam zu, aber noch kein einziges Mal hatte sie dazu etwas gesagt oder nachgefragt. Elsa versteckte ihre Schwangerschaft, das war der Plan. Es blieb ihr ja gar nichts anderes übrig. Dennoch beschlich Lulu immer häufiger das Gefühl, dass Elsa nicht nur verdrängte, was geschehen war, sondern vor allem auch, was in einigen Wochen unweigerlich folgen würde.

»Woran denkst du?«

An eine heimliche Geburt, nichts weiter. Lulu wich Idas Blick aus und zupfte ein Blatt von einem Ast. »Nur daran, was ich alles tun könnte, während Mutter mit Sissy am Genfer See weilt und Vater im Kinderspital beschäftigt ist.«

»Ich hoffe doch sehr, dass ich in deinen Plänen vorkomme, solltest du wider Erwarten den Sommer über tatsächlich in der Stadt bleiben dürfen.«

Was nicht geschehen würde. »Du kennst Papa. Das erlaubt er niemals.« Lulu seufzte schwer. Dabei hing das Gelingen ihrer kühnen Pläne hauptsächlich von ihr ab, wenn es Anfang September darauf ankam. Weil nur sie sich im Spital frei bewegen konnte, ohne aufzufallen. Vorher wollte sie außerdem die Stadt erkunden, sehr gerne mit Ida, denn seit ihrem siebzehnten Geburtstag vor genau zehn Tagen war Lulu stolze Besitzerin einer Herrenmaschine. Sie war der glücklichste Mensch auf Erden. Gewesen. Zwar hatte sie sofort am nächsten Tag wie vorgeschrieben im zuständigen Polizeizimmer ihre Personalien in die Fahrradkarte eintragen lassen, was keine zwei Minuten gedauert hatte, doch das dazugehörige Schild mit der entsprechenden Nummer hatte man ihr nicht aushändigen können. Das musste erst noch angefertigt werden! Lulu wäre um ein Haar ausfallend geworden, und der angekündigte Bote, der das sehnlichst erwartete Schild eigentlich längst hätte zustellen sollen, war bislang nicht in der Sophienstraße aufgetaucht.

»Palmenhaus oder Süßwasser-Aquarium?«, fragte Ida.

»Egal.«

»Oder lieber doch die Aquarelle?«

»Meine Saisonkarte liegt zu Hause.«

Die Sophienstraße zog sich vom Karlsplatz halbkreisförmig um die Nordseite des Glaspalastes und des königlichen botanischen Gartens bis zur Luisen- und Elisenstraße. Die Nähe zur Wohnung der Familie von Ranke brachte zwangsläufig viele Besuche in den jeweiligen Ausstellungen mit sich, also rentierten sich die fünf Mark für eine Dauerkarte.

»Soll ich sie holen?«

»Mir ist ohnehin mehr nach Fischen, und im Grunde ist es egal, womit wir uns die Zeit vertreiben.« Ida zupfte ihren Hut zurecht. »Gibt es eigentlich Neuigkeiten, was das Radrennen am Magdalenensonntag angeht?«

»Nein.«

»Heißt?«

»Hardy hat es nicht vergessen. Er wird mit Siegi alles arrangieren.«

»Mist!«, zischte Ida und ließ nun ihren Fächer wie ein Vöglein fliegen.

 # Hackenviertel

zur selben Zeit | Präpariersaal Anatomische Anstalt, Schillerstraße 25

Fanny konnte nicht fassen, dass Rupp Dinglreiter schon wieder damit anfing. »Meine Kasse ist leer. Wann kapierst du das endlich?«

»Aber ein Wannenbad kostet doch nur zehn Pfennige für Studenten. Was ist so verkehrt daran?«

Alles! Rupp würde Augen machen, wenn er sie ins Wasser steigen sähe. Dennoch war Fannys notorischer Geldmangel beileibe nicht nur bloß ein Vorwand, zu Hause wurde es tatsächlich immer schwieriger. Fanny hatte nach einigen Säumnissen keine neuen Übersetzungsaufträge mehr bekommen, und die dringend nötige Abreibung, die sie dem Bruder nur zu gerne verpasst hätte, war immer noch ausständig, seit Lulu Elsa wie ein aus dem Nest gefallenes Vögelchen in der Amalienstraße angeschleppt hatte. Schließlich musste Anton weiterhin ahnungslos bleiben, was Elsas Zustand betraf, und dies gelang umso leichter, wenn man ihn nicht reizte.

Fanny und Änny hatten ihm deshalb eine Weile nahezu jeden Wunsch von den Lippen abgelesen. Leider wollte er sich nun erst recht nicht mehr einschränken. Auch weil seiner Ansicht nach, das Schwesterchen ohnehin nicht so arg viel Zeit ins Studium stecken musste, um einen guten Abschluss zu schaffen, und alle Müh doch sowieso umsonst war. Der Traum von der eigenen Praxis würde sich nämlich nie erfüllen.

Fanny legte das Skalpell aus der Hand und öffnete einige Male die Faust, um die Muskeln zu entspannen. Es fiel ihr schwer, es zuzugeben, aber Anton hatte recht. Mit allem.

Dinglreiter streckte sich, stand auf, tigerte im Präpariersaal einige Male auf und ab und stellte sich schließlich dicht hinter sie. Er begann in ihrem Rücken penetrant mit seiner Börse zu klimpern, die er in der Jackentasche trug.

»Ich bezahle. Wie oft muss ich das denn noch sagen? Ohne dich wäre ich längst untergegangen.«

Auch das stimmte. Rupp mühte sich redlich und arbeitete viel mehr als andere, aber die Medizin lag ihm nun mal nicht im Blut. Kein bisschen. Da konnte er noch so viele Extraübungen machen. Bis vorhin hatte er fleißig an *seinem Bein* herumpräpariert, nun gedachte er wohl, über Fannys Schulter hinweg zuzusehen, wie sie sich Stück für Stück im Bauchraum vorarbeitete. Nicht mit ihr. Sie ergriff das Präpariermesser, fuhr herum und focht sich mit der scharfen Klinge etwas Freiraum aus. Rupps Anhänglichkeit wurde immer invasiver. Anscheinend war das unter Studenten normal, auch die anderen Kommilitonen balgten sich ab und an wie junge Hunde, doch Fanny musste auf der Hut sein. Sie brauchte Abstand. Wenigstens gab Rupp sich geschlagen, trat zurück und hob die Hände.

»Ich will doch nur wissen, soll es ein normales Wannenbad oder ein Dampfbad sein? Oder lieber ein Kiefernnadelkastenbad? Such es dir aus.« Er steckte die Nase unter seine Achsel und grinste. »Man muss den Leichengestank abwaschen, bevor er sich manifestiert.«

Besonders nach den Nächten im Keller. Nach seinen Sonderstunden. Erst vor einigen Tagen hatte er Fanny von dieser Marotte erzählt. Wieso er dafür ein öffentliches Bad aufsuchte, obwohl es im neuen Haus der Dinglreiters mit Sicherheit ein

Badezimmer mit Warmwasser gab, wusste Fanny auch nicht. »Hast du eigentlich nachgesehen, als du letztes Mal im Keller warst?«

»Was auf den Begleitzetteln steht?«

Sie nickte.

Rupp unterdrückte ein Gähnen, lehnte sich zurück, strich umständlich die Stirnlocke in Form, um seine hohe Stirn zu verdecken, und legte dann beide Hände auf den Kopf. »Wieso willst du das so dringend wissen?«

»Es interessiert mich einfach, weil …«

»… dich eben alles interessiert. Ich weiß.« Er lächelte breiter. »Name, Alter, Todeszeitpunkt und Todesursache. Letzter Wohnort. Angehörige. Einfach alles steht drauf.«

Fanny spürte, wie sich Aufregung in ihrer Magengrube breitmachte. »Dann spann mich nicht länger auf die Folter. Wie heißt unsere Frieda wirklich?«

Rupp beugte sich nach vorn und legte zwei Finger ans Kinn. »Man könnte meinen, du willst um Friedas Hand anhalten.«

»Da bin ich bestimmt nicht …« Fanny brach ab. Um ein Haar hätte sie sich verplappert und »die Einzige« gesagt. Schnell umfasste sie in einer übertriebenen Geste den Saal. »Jeder Student macht ihr Avancen. Also? Was gibt es da groß zu wundern?«

»Na ja, ihre Schönheit hat zuletzt gelitten. Sie altert recht unvorteilhaft, wie ich finde.« Er gluckste vergnügt. »Bis auf einige unversehrte Stellen an Armen und Beinen und die linke Gesichtshälfte ist alles in Auflösung begriffen. Kein allzu erbaulicher Anblick. Trotzdem stehst du treu zu ihr?«

»In guten wie in schlechten Zeiten. In Gesundheit und Krankheit, bis dass der Tod uns scheidet.« Fanny lachte ebenfalls. »Spuckst du es nun aus, oder muss ich dich auf Knien darum bitten? Wie heißt sie? Sag es!« Ännys Sorge um Rosa ging ihr nicht aus dem Kopf. Und was schadete es schon, sich Gewissheit zu verschaffen, vor allem, da es keine große Mühe machte? Wenn der Name der toten Frau wirklich Rosa war, konnte Fanny immer noch entscheiden, ob sie das Risiko auf sich nahm, Änny in die Anatomische Anstalt zu schmuggeln. Immerhin hatte die Schauspielerin Elsa in ihrer schlimmsten Not beigestanden, ohne auch nur eine Sekunde lang daran zu denken, welchen Strick man ihr daraus drehen konnte, wenn es herauskam.

»Leider muss ich dich enttäuschen. Ausgerechnet bei Frieda stand nicht viel. Name unbekannt. Nur das Wort Zigeunerin in Großbuchstaben mit einem dicken Ausrufezeichen dahinter, und dann noch: Kreislaufversagen. Badetod.« Rupp zuckte mit den Schultern. »Hört sich für mich nach einer handfesten Tragödie an. Vielleicht wollte sie einer Festnahme entgehen? Wie man hört, führt die Polizei immer häufiger Razzien durch, um das Gesindel in München unter Kontrolle zu halten. Womöglich konnte sie sich entziehen, ist auf der Flucht aber in die Isar gestürzt? Kurz vor dem Jahreswechsel ist das Wasser kalt genug, um ein Herz zum Stillstand zu bringen. Es könnte passen.«

»Sie ist Ende Dezember gestorben?«

»Ja, das Todesdatum stand dabei. Am dreißigsten Dezember.«

Das passte. Haargenau sogar. Fanny schauderte.

»Sie ist die Einzige da unten, deren Name nicht bekannt ist.«

Die Einzige? Ännys Flehen rauschte durch ihre Ohren. *Bitte bring mich zu ihr! Ich muss es wissen.*

»Dass sie Zigeunerin ist, erklärt außerdem, warum sie bei uns in der Anatomie gelandet ist. Um diese Leute wird weniger Aufhebens gemacht als um unsereins. Da geht's nicht so genau. Durchaus verständlich, oder?«

War es das? Fanny wusste nicht recht, was sie denken sollte, aber sie konnte Ferdl fragen. Als Dienstmann der Königlichen

Schutzmannschaft kannte er sich bestimmt mit dem seit Anfang des Jahres für ganz Bayern zentralisierten Nachrichtendienst über Zigeuner aus.

Ferdl. Fanny biss die Zähne zusammen und schabte weiter. Das Velocipèd war unter ihrem Sattel immer noch störrisch wie ein Esel, sie blamierte sich regelmäßig, und trotzdem fieberte sie den Treffen am Freien Sportplatz in der Nymphenburger Straße entgegen wie ein kleines Kind der Weihnachtszeit. Am Sonntag unternahm die Gruppe ihre Abschlussfahrt, dann war es vorbei. Ob sie Gendarm Schiffer danach je wiedersah?

»Wieso machst du nicht morgen weiter? Frieda läuft dir gewiss nicht davon.«

»Die Zeit aber schon.« Fanny schluckte alle aufkommenden Sentimentalitäten weg. »Und du solltest auch keine Löcher in die Luft starren, sondern lieber noch ein bisschen üben. Die Gewissheit, alles benennen und jede Frage beantworten zu können, ist das beste Mittel gegen Aufregung.«

Die ersten beiden mündlichen Testate hatte Rupp nur mit Müh und Not überstanden. Das lange Warten in der Schlange, bis er endlich an der Reihe war, ohne zu wissen, welcher Dozent hinter der Tür auf ihn warten und welche Fragen er zu Hals und Thorax oder den Bewegungsapparat stellen würde, ließ ihn fast die Nerven verlieren. Sogar Fannys Hände hatten gezittert, als man sie hereinrief, auch wenn sie am Ende – im Gegensatz zu ihm – jede Frage richtig beantworten konnte.

»Du hast wie immer recht«, sagte Rupp, wechselte zurück zu seinem Tisch, nahm das Messer wieder in die Hand und kniff die männliche Leiche in die Backe. »Wenn du dich wirklich nicht entschließen kannst, mich nachher in die Lämmerstraße zu begleiten, muss eben Gustl mit mir ein Wannenbad nehmen.«

»Er hat es nötiger als ich. So viel steht fest«, sagte Fanny leichthin. Sie war müde und ausgelaugt, die Aussicht auf ein Bad war überaus verlockend. Sich das letzte Stück bis ins kleine Becken vorzupräparieren hatte länger gedauert als erwartet. Anfangs war sie nicht glücklich darüber gewesen, dass Rückert ihr den Bauchraum – ein vergleichsweise leichtes Gebiet – zugeteilt hatte. Viel lieber hätte sie sich durch die komplexen Strukturen des Kopfes gearbeitet, aber wenigstens war es Friedas Bauch, der naturgemäß einige Organe mehr zu bieten hatte als Gustls. Außerdem war Abdomen-Frieda-Zwo einer von der ganz lahmen Sorte, was bedeutete, Fanny konnte fast alles selbst präparieren, obwohl jeden zweiten Tag ein Kommilitone an Friedas Bauch herumschabte.

Sie gähnte und fuhr sich mit dem Unterarm über die Stirn. Allmählich kam die Gebärmutter in Sicht. Fanny schabte und staunte. War ein Uterus in natura wirklich so groß? Unter dem dünneren inneren Blatt des Bauchfells war eine Kugel eingebettet, die nicht mehr viel mit der lehrbuchmäßigen Birnenform gemein hatte. Ein Myom? Fanny legte das Skalpell beiseite und tastete sich mit bloßen Händen weiter in das kleine Becken vor. Vorsichtig drückte sie mit dem Finger gegen den Ballon. Wabbelig wie die Blase auf Elsas geschundenem Bauch, nachdem das Eis darin geschmolzen war. Fruchtwasser? Von Eihaut umspannt. Die womöglich erst nach einem Querschnitt sichtbar würde? *Ein Schmankerl*, wie Rückert solch unerwartete Entdeckungen nannte. Eine Abweichung.

Fannys Gedanken gerieten in einen Strudel, der sich schneller und schneller zu drehen begann. Elsas prekäre Lage vermischte sich mit einem Schutzmann auf Razzia, mit winzigen Gliedmaßen, die ihre Finger in diesem Moment erfühlten, mit Friedas Todestag. Mit Schiffspassagen, leichten Mädchen und verbotenen Fruchtabtreibungen.

Konnte all das noch Zufall sein?

Oder lag hier wirklich Rosa auf dem Seziertisch? Ännys Freundin.

 Klinikviertel

zur selben Zeit | Mutterhaus Barmherzige Schwestern, Nußbaumstraße 5

Elsa klopfte der Pinzgauerin mit einer Hand auf die Flanke und drückte mit der anderen gegen das knochige Hinterteil, doch die Braungescheckte dachte nicht im Traum daran, ihren auserkorenen Fressplatz mitten im Beet aufzugeben. In aller Seelenruhe rupfte sie Salatköpfe und jungen Mangold.

»Dieses Mistvieh!«

Schwester Rosalia rannte über die sorgsam angelegten Wege zwischen den Beeten auf die Ausreißerin zu und fuchtelte mit einem Stock in der Luft herum, wo doch sogar Elsa wusste, dass mit Hektik bei Kühen nichts auszurichten war.

»Schon das zweite Mal in diesem Monat. Wenn man auch nur eine Sekunde nicht aufpasst, macht sie sich davon.«

Ganz so war es nicht. Liesel stand normalerweise im Stall und konnte nicht so ohne Weiteres ausbüxen, aber die junge Ordensfrau hatte einen Narren an der alten Kuh gefressen und ließ sie manchmal am Strick entlang der Umzäunung ein paar Büschel Gras auszupfen und sich die Füße vertreten.

Die Barmherzigen Schwestern betrieben auf dem Mutterhausareal an der Nußbaumstraße eine kleine Landwirtschaft und hielten auch etliche Stück Vieh. Mit dem, was sie über das ganze Jahr an Gemüse, Obst und Milch erwirtschafteten, deckten sie nicht nur ihren eigenen Bedarf, sondern versorgten auch die direkt angrenzende Ziemssenklinik, das benachbarte Haunersche Kinderspital und so manch anderes Krankenhaus in der Stadt, wenn gerade genug da war.

»Schwester Agatha bringt mich um.«

Elsa war schon zu Ohren gekommen, dass die für die Ökonomie zuständige Ordensfrau keinen Spaß verstand, wenn es um ihren sorgsam angelegten Garten ging. Jedes Pflänzchen wuchs am rechten Fleck, wurde gehegt und gepflegt, jedes schädliche Insekt rechtzeitig abgeklaubt, und kein Unkraut, sollte es auch noch so unscheinbar sein, überlebte länger als einen Morgen, wenn es unbedarft sein erstes Blatt durch die lockere Erde bohrte.

Schwester Rosalia klopfte der Kuh mit dem Stock gegen die Hinterläufe und fasste nach dem Strick. Liesel rührte sich keinen Millimeter und fraß genüsslich weiter.

»Tu mir einen Gefallen, Elsa, bitte hol Schwester Agatha her. Wir berichten ihr besser gleich von dem Malheur.«

Wir? Elsa hatte mit der Verwüstung rein gar nichts zu tun, denn sie hatte – wie von Oberin Amalberga aufgetragen – den fürs Haunersche Spital bereits am Morgen geernteten Lauch, die Frühkartoffeln, die Rüben und die Kirschen auf den Karren geladen und die Erdbeeren gepflückt, während sich Schwester Rosalia glückselig pfeifend in Richtung Stall davongemacht hatte.

»Und wo finde ich sie?«

»In der Küche wahrscheinlich. Oder in der Bierschänke. Ihrem natürlichen Habitat sozusagen, denn das war ihre erste Wirkungsstätte als Novizin. Seitdem trinkt sie bei jeder sich bietenden Gelegenheit ein Seidel Bier. Gerne auch am Morgen schon.«

Schwester Rosalias Augen funkelten übermütig, gleichzeitig lag ein Flehen darin. Sie wollte ihre liebste Wärterin endlich wieder fröhlich sehen. Doch Elsa fühlte sich wie unter einer Haube gefangen. Das Leben um sie herum ging weiter, als wäre nichts geschehen, ihr eigenes dagegen stand still. Seit Monaten.

Mit beiden Händen hob sie ihren Rocksaum an und schüttelte die Erdklumpen von den Schuhen, ehe sie auf den Weg zwischen den Beeten trat. Zwei lange Wochen hatte sie in Ännys Wohnung zugebracht. Die jungen Frauen hatten sie keine Sekunde allein gelassen, umsorgt und aufgemuntert, ihr Mut zugesprochen, Suppe eingeflößt und eine Perspektive gegeben. Besonders Babette Rauch, die Hebamme, hatte einige von Elsas verqueren Sichtweisen zurechtgerückt und ihr klargemacht, dass sie keineswegs das einzige unschuldige Mädchen auf der Welt war, dem so etwas passierte. Dass sie erst recht nicht die Alleinschuldige an ihrem Missgeschick war und deshalb nicht vor Scham vergehen musste. *Am Ende sind es immer wir Frauen, die die Suppe auslöffeln*, so ihre Worte. *Aber wir sind gut darin. Wir sind stark.*

Trotzdem war es schwer. Entsetzlich schwer. Und manchmal konnte die beste Pflege, die liebevollste Fürsorge nichts ausrichten. Wie bei dem Jungen mit Wundstarrkrampf, der in Elsas Armen gestorben, wie bei ihr selbst, die sie innerlich abgestorben war. Ohne einen zweiten Gedanken daran zu verschwenden, hätte sie mit dem Würmchen den Platz getauscht, denn an den meisten Tagen wünschte sie noch immer, sie wäre verblutet.

Als sie das Tor passierte und abbog, kamen ihr unter den Arkaden zwei Kandidatinnen mit den typisch weißen Schürzen über den blaugrauen, mit Nadelstreifen durchzogenen Kleidern entgegen. Die Gesichter unter den schwarzen Hauben mit den umlaufenden steifen braunen Rüschen und den großen schwarzen

Schleifen erinnerten Elsa an ihre Puppen. Und an ihre Bitte um Aufnahme bei den Barmherzigen Schwestern.

Jungfrau Elsa. So wurden Kandidatinnen angesprochen, ehe sie bei Eintritt ins Noviziat ihren Ordensnamen erhielten. *Jungfrau.*

Weil die Jungfräulichkeit unbedingte Voraussetzung für die Aufnahme war. Bis Änny Elsa bei der Sitzung des Vereins für Fraueninteressen auf den Kopf zugesagt hatte, sie sei schwanger, hatte sie nicht daran gezweifelt, ein von Kindheit an tadelloses, unschuldiges und jungfräulich reines Leben geführt zu haben – so wie es verlangt war, so wie es der Pfarrer und Kenner der Familie Hirschberg in ihrem Sittenzeugnis bestätigt hatte. Die Ereignisse im Hause von Schenk waren wie ausradiert gewesen, tief vergraben in ihrem Inneren, und nur Elsas Träume hatten sie manchmal an die Oberfläche gespült. Aber es war leicht gewesen, die Bilder als Albträume abzutun. Zu leicht?

Wenn sie jetzt darüber nachdachte, hatte es durchaus den einen Moment des Zögerns gegeben, als ihr Schwester Rosalia in der Abschrift der Bedingnisse und notwendigen Eigenschaften zur Aufnahme in den Orden der Barmherzigen Schwestern des heiligen Vinzenz von Paul den Abschnitt mit den sittlichen Eigenschaften vorgelesen hatte. Etwas in ihrem Hinterkopf hatte geklingelt. Laut genug. Aber Elsa wollte es nicht hören, wollte nicht, dass es dadurch wahr wurde, dass sich schon wieder eine Tür für sie schloss. Sie hatte nicht nur Gott, sondern auch sich selbst betrogen. Doch sogar die Hebamme hatte gesagt, dass die Verkennung einer Schwangerschaft durchaus nicht so selten vorkam, wie man vielleicht annehmen mochte, im Gegenteil. *Ihr habt ja keine Vorstellung*, hatte sie gesagt.

Über einen Seiteneingang betrat Elsa das Mutterhaus und wäre um ein Haar mit jemandem zusammengestoßen.

Josef.

Wie erstarrt blieb sie stehen. Josef Bauer, der Maschinist!

Umständlich wischte er sich die Hände an der Joppe ab, zog dann die speckige Kappe vom Kopf und drückte sie gegen seinen Bauch. »Fräulein Hirschberg«, sagte er tonlos.

Elsa bekam keine Luft, am liebsten wäre sie davongelaufen. Von Lulu wusste sie um Josefs – im wahrsten Sinne des Wortes – tragende Rolle bei ihrer Rettung. Dass er mitgeholfen hatte, sie anzuziehen und zu Änny zu bringen. Dass er sie gesehen hatte. Im Bottich. In ihrem Blut. Vollkommen ausgeliefert und entblößt. Erniedrigt.

Niemand hatte Elsa je nackt gesehen, seit sie kein kleines Kind mehr war. Der Gedanke daran war einfach unerträglich, besonders da Josef sie anstarrte, als würde er sich in diesem Augenblick daran erinnern.

Die bloße Vorstellung schickte Elsa Blitze durch den Kopf, sie wusste nicht, was sie sagen sollte, und schaffte es nicht, ihm in die Augen zu sehen. Dabei war er es gewesen, der im Waschhaus alle Spuren beseitigt hatte, ehe die Schwestern bei Tagesanbruch den Ort des Geschehens entdecken konnten. Ehe Lulu viel zu spät in die Kinderklinik zurückgekehrt war. Der sogar anstelle der Direktorentochter bei der Mutter Oberin vorstellig geworden war, um ihr zu sagen, dass die neue Wärterin wegen eines Krankheitsfalles in der Familie Hals über Kopf abgereist war.

Elsa hätte sich längst bei ihm bedanken müssen, aber mit jedem Tag, der vorüberging, mit jedem Mal, da sie auf dem Absatz kehrtgemacht hatte, sobald sie ihn irgendwo entdeckte, und mit jedem Zentimeter, den ihr Bauchumfang zunahm, war es schwerer geworden. Bis es unmöglich wurde. Und jetzt? Sie musste weg von hier. Schnell.

Forscher, als sie sich fühlte, drängte sie sich an ihm vorbei, strichen ihre Augen im Vorübergehen doch kurz durch seine. Mit seiner gedrungenen Statur erinnerte er sie an den Jungen aus der Volksschule, der Elsa manchmal das Pausenbrot stibitzt hatte. Seine grauen Augen maßen sie wie ein waidwundes Tier, dem man den Gnadenstoß verwehrt hatte.

»Ihr Geheimnis ist bei mir sicher«, sagte er wie aus dem Nichts, so sanft und leise, dass Elsa es kaum hörte.

Sprach er von den Vorkommnissen im Waschhaus oder … ahnte er noch mehr?

»Ich rede nicht viel. Und ich vergesse schnell. Meinetwegen können wir so tun, als wüsste ich von nichts. Wäre es dann leichter?«

Viel leichter! Sie nickte. Es ging ganz von allein.

»Also.«

Also was? Wollte er etwa eine Gegenleistung für sein Schweigen?

»Reden wir über das Wetter.«

»Das Wetter?«

»Ja, das Wetter.« Sein roter, an den Seiten aufgedrehter Schnauzer tanzte, als er den Mund zu einem kleinen Lächeln verzog. »Es ist ziemlich heiß draußen … und schwül.«

»Heiß und schwül? Stimmt.« Schon seit Elsa auf die Straße hinausgetreten war, schwitzte sie unter den schweren Stoffen von Kittel und Schürze.

»Ob es wohl heute noch regnet?«

»Regnen? Das glaube ich kaum, sonst …«

»… hätte Schwester Rosalia einen Schirm mitgenommen?«

Elsa lächelte. Josef hatte recht. Keine Barmherzige Schwester verließ – und sei der Weg auch noch so kurz – jemals das Haus ohne Schirm, wenn mit Regen zu rechnen war, denn schon wenige Tropfen brachten die innig geliebten, allerorts hoch angesehenen Flügelhauben aus gestärktem Leinen zum Einsturz.

»Was führt Sie ins Mutterhaus?«, fragte Elsa, der allmählich aufging, worin der Sinn der Übung bestand.

»Der hiesige Maschinist wollte meinen Rat. Die Dampfmaschine hat den Geist aufgegeben.«

»Und? Konnten Sie helfen?«

»Ein bisschen.«

Obwohl Josef noch keine dreißig war, stand er im Ruf, sich mit Maschinen auszukennen wie kein Zweiter. Das wusste sogar Elsa.

»Und Sie?«

»Lebensmittel für die Küche holen.«

»Was gibt es denn heute?«, fragte er in leicht mokantem Tonfall. »Suppe oder Mehlspeise?«

»Zweiteres. Und zum Nachtisch Erdbeeren mit Zucker und Rahm.«

Er fuhr sich mit der Zunge über die Lippen. »Hoffentlich bleibt für mich ein Schälchen übrig.«

Das unverfängliche Plaudern wirkte tatsächlich heilsam. Elsa fühlte sich viel besser. »Ich werde mich persönlich dafür einsetzen, dass eines aufgespart …«

Die Tür flog auf, und Schwester Rosalia kam herein. »Wo bleibst du denn so lange?«

»Ich …«

Josef grüßte die Ordensfrau, setzte die Kappe zurück auf den Rotschopf, wünschte einen schönen Tag und … flüchtete? Elsa sah ihm hinterher.

»Er spricht?« Schwester Rosalia stemmte die Arme in die Seiten und zog eine Braue in die Höhe. »Viel wichtiger aber ist die

Frage: Konntest du Schwester Agatha Liesels Unverschämtheit schon beichten?«

»Beichten? Nein, ich …«

»Dann werde ich das erledigen«, konstatierte Schwester Rosalia und rauschte davon.

Elsa stand da wie erstarrt. Beichten? Sie wünschte, sie hätte die ihre bereits abgelegt. In wenigen Monaten begann das nächste Noviziat, bislang hatte sie weder eine Zu- noch eine Absage erhalten. Sie musste ihr Aufnahmegesuch zurückziehen. Das war längst überfällig, aber sie schämte sich so sehr. Welchen Grund sollte sie nennen? Noch eine Lüge? Da konnte Babette poltern, wie sie wollte. Elsa schämte sich. Punkt.

Und sie hatte Angst. Entsetzliche Angst vor dem, was vor ihr lag.

Klinikviertel

gegen Abend | orthopädischer Turnsaal, Kinderspital, Lindwurmstraße 4

Lulu nickte der kleinen Madame aufmunternd zu. »Nur noch einmal, dann hören wir auf. Versprochen.«

Gundi lag bäuchlings auf dem Massagetisch. Ihr Oberkörper ragte bis zur Symphyse über dessen Rand hinaus, schwebte also – mit Lulus Unterstützung – frei in der Luft. Gundis Mutter drückte die Beine ihrer Tochter gegen die Unterlage.

»Auf mein Kommando.« Lulu legte die Arme des Kindes um ihren Hals. »Los geht's.« Behutsam richtete sie sich auf und übte gleichzeitig mit den Händen Druck auf die Lumbalkrümmung aus. Ein ersticktes Schluchzen drang an ihr Ohr. »Nur noch ein bisschen länger. Gleich hast du's überstanden.«

Die kleine Patientin war acht Jahre alt. Ein skrupelloser Kurpfuscher hatte die Naivität und Armut der Eltern ausgenutzt, ihnen das Blaue vom Himmel versprochen, das Mädchen in einer Art Gipsbett willkürlich mit Gurten fixiert und über Wochen darin liegen lassen. Ihre ausgeprägte linkskonvexe Lumbalskoliose war dadurch nur schlimmer geworden und von der ohnehin schwachen Muskulatur nun kaum etwas übrig.

»Geschafft.« Lulu brachte Gundi zurück in die Waagrechte und half ihr, sich aufzusetzen. »Sie müssen täglich mit ihr üben, Sie dürfen nicht nachlassen, egal wie sehr Gundi sich sträuben mag.«

Die Mutter nickte, doch Lulu wusste, gerade in den ärmeren Familien waren die Kinder meist viele Stunden sich selbst überlassen, während die Eltern ihrem Tagwerk nachgingen. Gundi und ihre Geschwister machten da keine Ausnahme. Vermutlich hätte dieser Scharlatan seine Patientin bis in alle Ewigkeit auf diese Weise weiterbehandelt und abkassiert, hätte Gundi nicht eine Mandelentzündung bekommen und der herbeigerufene Arzt dabei den Missstand entdeckt. Als man sie aus ihrem Gefängnis befreite, konnte sie nicht einmal mehr aufrecht stehen oder gehen.

Lulu seufzte. Im vergangenen Jahr hatten die Ärzte der inneren Abteilung und der Poliklinik des Hofspitals über tausend Kinder in Privatwohnungen in der Stadt unentgeltlich behandelt. Wieso sich die Kurpfuscherei trotzdem so hartnäckig hielt, war ihr ein Rätsel.

Die Mutter zog ihrer Tochter die hinten offene Turnjacke von den Armen und reichte sie Lulu. »Vergelt's Gott, Fräulein von

Ranke. Tausendfach vergelt's Gott und bestellen'S mir dem Herrn Professor schöne Grüße, gelln'S.«

»Das mache ich. Vielen Dank.« Lulu ging in die Hocke und nahm Gundis Hände in ihre, nachdem ihr die Mutter in das eigene Leibchen hineingeholfen hatte. »Immer dran denken: schön regelmäßig üben, dann kannst du bald wieder mit deinen Geschwistern und den anderen Kindern herumtollen und spielen. Aber ohne Fleiß kein Preis, das weißt du ja, weil du ein kluges Köpfchen bist.«

Ein schüchternes Lächeln, gefolgt von einem ernsten Nicken belohnte Lulu für ihre Mühen und die Geduld, die es manchmal kostete. Sie verabschiedete sich und geleitete Mutter und Kind zur Tür, über der die große Uhr hing. Der Zeiger rückte gerade auf die volle Stunde vor. Schon so spät? Die heutige Malstunde beim vermeintlichen Lenbach-Schüler war längst vorbei. Von ihm ging keine Gefahr aus, er nahm Vaters Geld auch, ohne sich mit ihr herumzuplagen, aber bei der Ästhetik-Paukerin musste Lulu auftauchen, denn sie brachte jede Abwesenheit pflichtschuldig zur Anzeige.

Doch wenigstens für etwas Ordnung wollte Lulu noch sorgen, ehe sie ging. Sie legte zwei Decken zusammen, steckte Gymnastikstäbe und -reifen in ihre Halterungen und rollte das Gurtgestell in seine Ecke zurück. Außerdem wischte sie mit einem feuchten Lappen über den Beelyschen Barren, den Barwellschen Apparat zur Rhachilysis und ließ auch den Lorenzschen Wolm nicht aus, obwohl heute niemand damit geübt hatte.

Vor fünf oder sechs Jahren hatte Lulu zum ersten Mal in den damals noch provisorisch eingerichteten Turnsaal hineingelinst und fasziniert beobachtet, wie Professor Herzog, der neu eingesetzte Leiter der chirurgischen Abteilung, bei einem Jungen eine mobilisierende Behandlung nach einem Hüftbruch durchführte.

Es dauerte nicht lange, bis er sie entdeckte und hereinwinkte. Und als er begann, dem kleinen neugierigen Mädchen, das Lulu damals war, wie einer Erwachsenen zu erklären, was er gerade tat, war es um sie geschehen. Seither liebte sie Onkel Herzog heiß und innig, seither interessierte sie alles, was er machte, und seither half sie im Turnsaal mit, so oft sie konnte. Die von Professor Herzog eingeführten, bald zweimal wöchentlich stattfindenden heilgymnastischen Übungen wirkten wahre Wunder – ganz ohne Operationen, ohne Stützkorsette und ohne teure Apparaturen. Durch die frühzeitig begonnenen mobilisierenden Maßnahmen verkürzte sich die Behandlungsdauer bei Knochenbrüchen stark, und es blieben viel seltener dauerhafte Schäden zurück. Was Lulu jedoch damals wie heute am meisten wunderte: Nicht nur bei Erkrankungen und Verletzungen des Bewegungsapparates halfen die Turnübungen, sondern auch bei Erkrankungen der Atmungs- und Verdauungsorgane, des Nervensystems und sogar bei Haut-, Augen- und Ohrenerkrankungen.

Lulu ging zum Fenster und öffnete beide Flügel, um frische Luft hereinzulassen. Die laue Brise brachte zwar kaum Abkühlung, tat aber trotzdem gut. Sie reckte die Nase in den Wind und schloss kurz die Augen. Es roch herrlich nach Heu.

»Und wenn es sie zur Mastur…«

Eindeutig die Stimme des Vaters. Lulu beugte sich nach vorne, um zu erkennen, mit wem er sprach.

»Was sagst du? Sprich etwas lauter, Heinrich, ich kann dich nicht verstehen.«

Mutter? Was machte sie denn hier? Standen die Eltern auf den Stufen vor dem Portal?

»Wenn das Radfahren sie zur …« Direktor von Ranke räusperte sich. »Du weißt schon, wenn es sie zur Masturbation verleitet?«

Masturbation? Das Wort kannte Lulu nicht. Sie stellte sich auf die Zehenspitzen.

»Was für ein Unsinn, Heinrich! Schäm dich.«

»Warum bereitet ihr das Radfahren dann so abnorm großes Vergnügen?«

»Aber das hat doch gänzlich andere Gründe und außerdem … Ich habe gelesen, es kommt nur selten vor.«

»Was kommt selten vor?«

»Heinrich!« Luise von Ranke schnappte entnervt nach Luft und sprach dann so leise weiter, dass Lulu sie nur noch mit Müh und Not verstehen konnte. »Deine Bedenken sind völlig unbegründet. Es kommt erstens nur selten vor und zweitens vorrangig bei solchen Frauen, die schon verdorben sind und deren Moral durch das Radfahren nicht mehr geschädigt werden kann.«

»Es bereitet dir also auch Sorgen? Sonst hättest du dich doch nicht erkundigt, Luise.«

»Keineswegs, Heinrich. Sittliches Wohlverhalten wird nicht durch das Radfahren erworben oder verdorben, sondern ist anerzogen, und in dieser Hinsicht haben wir uns wahrlich nicht das Geringste vorzuwerfen.«

»Meinst du?«

»Gewiss doch.«

»Doktor Mendelsohn ist da anderer Meinung, und hätte ich seine Abhandlung früher gelesen, hätte ich der Anschaffung eines Velozipeds niemals zugestimmt. Ich will ja gar nicht abstreiten, dass viele Aspekte für das Radfahren sprechen, auch für Damen, aber gerade in Lulus Fall scheinen mir die Nachteile und Gefahren bei Weitem zu überwiegen. Du weißt selbst, wie sehr sie zur Übertreibung neigt.«

»Ach was! Es wird ihr guttun, und ich bin sogar überzeugt davon, dass das kleine bisschen Freiheit, das wir ihr damit zugestehen, ihren Hang zur Rebellion etwas abschwächen wird. Es ist wie bei jungen Pferden, ohne Auslauf werden sie verrückt.«

Mutter und ihre Tiervergleiche. Lulu schmunzelte.

»Dein Wort in Gottes Ohr.«

»Viel mehr Sorgen macht mir, dass das Radfahren während der Monatsblutung zu Geschwüren und Unfruchtbarkeit führen soll.«

»Aber Luise! Das ist Unsinn. Und das aus deinem Mund.«

»Du musst gerade reden.«

»Bist du über ihre neueste Schnapsidee im Bilde? Sicherlich hat sie dich schon ins Vertrauen gezogen und als Verbündete angeworben?«

»Nicht dass ich wüsste.«

»Wirklich?«

Lulu sah es direkt vor sich, wie ihr Vater skeptisch die Brauen hochzog.

»Ich weiß von nichts, Heinrich. Ehrenwort.«

»Na schön. Sie will den Sommer über in München bleiben. Allein. Mir schwant, dieser Unsinn hängt auch mit dem Veloziped zusammen.«

Mist! Gar nicht gut. Lulu biss sich auf die Knöchel.

»Das kommt überhaupt nicht in Frage, ich hoffe, da sind wir einer Meinung. Eine solche Einladung darf sie nicht ausschlagen, außerdem wird Hardy auch dort sein.«

»Für eine Woche oder zwei. Wenn überhaupt.«

»Trotzdem.«

»Bestimmt ist es wegen Ida.«

»Was hat denn Wilhelms Tochter damit zu tun? Setzt sie unserem Nesthäkchen etwa Flausen in den Kopf?«

»Aber nein, im Gegenteil. Ida träumt seit Jahren davon, in die Sommerfrische zu gehen, sie würde eine solche Einladung mit

Kusshand annehmen, aber sie muss aus Gründen, die uns nur allzu bekannt sind, in der Stadt bleiben. Und du weißt ja, wie treuherzig unsere Lulu ist, wenn es um das Wohlbefinden ihrer besten Freundin geht.«

Lulu spürte ein Glücksgefühl im Magen aufglimmen. Ihre Mutter lieferte Papa gerade das schlagendste Argument auf dem Silbertablett. *Chapeau!*

»Auch so ein Punkt, der mir Sorge bereitet.«

»Wovon sprichst du denn jetzt schon wieder, Heinrich?«

Das interessierte Lulu ebenfalls. Sie legte eine Hand ans Ohr.

»Diese unnatürlich enge Freundschaft zwischen den beiden. Das ist doch nicht normal.«

»Jetzt hör aber auf!«, schalt Luise von Ranke ihren Gatten. »Sieh nicht Gespenster, wo es keine gibt.«

»Trotzdem bin ich froh, wenn die Verlobung zustande kommt und sie bald verheiratet ist.«

»Als Sissy im selben Alter war, hast du jeden Verehrer vergrault, und bei Lulu kann es dir nicht schnell genug gehen?«

»Das ist nun wirklich etwas völlig anderes.«

»Inwiefern?«

»Sissy ist in jeder Beziehung eine untadelige junge Frau, die stets vernünftige Entscheidungen trifft. Lulu dagegen ist unberechenbar. Man weiß nie, was als Nächstes passiert, und je älter ich werde, desto schlechter verkrafte ich das.«

Vater bot seiner Gattin den Arm, Lulu konnte es gerade so sehen.

»Außerdem können wir eine solche Gelegenheit unmöglich ausschlagen. Eberhard entstammt einem alten bayerischen Adelsgeschlecht mit zahlreichen Schlössern und Besitzungen zwischen Inn und Isar. Es wundert mich ohnehin, dass er sich schon so früh binden will. In seinen Kreisen ist das nicht üblich. Er muss völlig vernarrt sein in unser Kind, also lass uns die Gelegenheit beim Schopfe packen.«

»Ich weiß nicht. Lulu ist gerade erst siebzehn geworden. Wenn wir sie so früh verheiraten, wird es Gerede geben.«

»Ach was! Ich werde nächstes Jahr siebzig. Worauf also warten? Auf eine noch bessere Partie? Die wird nicht kommen.«

»Du hast ja recht, Heinrich, und wenn er sie aufrichtig liebt, dann wird es schon kein Fehler sein. Aber jetzt lass uns gehen, sonst verpassen wir noch …«

Den Rest konnte Lulu nicht mehr verstehen. Sie glitt zurück auf die Fersen. Ihr Herz sank. Wenn Mutter schon kaum mehr Einwände hatte, dann war die Sache mit der Verlobung so gut wie entschieden.

Lulu schloss das Fenster und überlegte. Sie konnte keinesfalls den Sommer am Genfer See verbringen. Elsa brauchte ihre Hilfe. Außerdem wollte sie das letzte bisschen Freiheit genießen, wenn Papa wirklich ernstmachte und sie mit Hardy verheiratete …

Das Uhrwerk knisterte. Oje! Wenn sie rechtzeitig bei Fräulein Zierhut eintreffen wollte, war Eile geboten. Ein Abstecher in die Bibliothek musste allerdings vorher noch sein. Lulu wollte unbedingt ein Wort nachschlagen, ehe sie sich auf ihre Herrenmaschine schwang.

Masturbation.

 # Lehel

16. Juli | Prinzregentenstraße

Fannys Herz machte einen Hüpfer. Alles sah so schön aus. Die Sonne strahlte vom wolkenlosen Himmel und verklärte das ohnehin schon opulente Fest zusätzlich mit ihrem Zauber. Sie hatte diesen Tag herbeigesehnt und sich gleichzeitig davor gefürchtet. Ob sie wohl den Mut aufbringen würde, ihm …

»Oh, oh, oh, oh, ooooooh!« Nicht schon wieder!

Der Absprung geriet außer Kontrolle, war viel zu rückwärtig. Fanny knickte mit dem rechten Fuß um, der Lenker entglitt ihr, das Rad schoss wie eine Rakete vorwärts, trudelte nach einigen Metern aus, ohne Schaden anzurichten, touchierte im letzten Aufbäumen aber das ausladende Hinterteil einer älteren Dame, ehe es in Zeitlupe – dafür laut und scheppernd – umkippte.

»Was fällt Ihnen ein!«

»Verzeihung, Gnädigste.« Ferdinand Schiffer sprang seinem Fahrschul-Sorgenkind ritterlich bei und hob das Rad auf. »Die junge Dame ist meine Schülerin, eine fortgeschrittene Velozipedistin, das hier ist ein rarer und sehr bedauerlicher Ausrutscher.«

Von wegen rar. Fanny rieb sich den Knöchel.

»Ich hoffe, Sie und Ihre Garderobe haben keinen Schaden genommen?«

Es sah nicht danach aus, trotzdem plusterte sich der Gatte der Geschädigten auf wie ein Pfau.

»Dieser Unsinn bringt uns noch alle um! Wo kommen wir denn hin, wenn jetzt auch noch die Damen in Scharen mit diesen

Höllenmaschinen die Straßen unsicher machen. Früher war das Fahren wenigstens tagsüber polizeilich untersagt, dieses Verbot hätte niemals aufgehoben werden dürfen.«

Das Fahren mit Hochrädern war in München tatsächlich tagsüber verboten gewesen, aber das war lange her, was den Pfau offensichtlich herzlich wenig kümmerte. Er musterte Fanny abschätzig, und natürlich blieb er an ihren neumodischen Bloomers hängen, die sie sich extra für den heutigen Tag genäht hatte.

»Jeder Ausflug, jeder für Körper und Geist so wichtige gedankentiefe Spaziergang wird einem vergällt. Man kann ja bald keinen Weg mehr nutzen, ohne fürchten zu müssen, von einem Radfahrer entweder überfahren oder aufgeschreckt zu werden. Die ohnehin übergroße Nervosität der Volksschichten sowie die Erkrankungen der Herzorgane werden deswegen noch zur Massenerscheinung.«

Herzorgane? Massenerscheinung? »Nun übertreiben Sie mal nicht«, gab Fanny forsch zurück und richtete sich auf. Gerade wollte sie noch vor Scham im Erdboden versinken, aber eine solche Impertinenz und dazu das geschwollene Palaver brachten sie auf die Palme. »Wollen Sie näher treten, um meine Waden noch länger anzustarren?«

Ein Hauch von Röte flammte in den Wangen des Mannes auf, und Fanny stellte nun erst recht ihr Bein zur Schau. Die Gattin lief ebenfalls rot an, packte ihren Gockel pikiert am Arm und zog ihn mit sich fort.

»Jetzt hör auf, Johann! Beeilen wir uns lieber, ehe wir gar nichts mehr von dem Spektakel mitbekommen. Sie hat mich ja kaum erwischt.«

Ferdl sah dem Paar hinterher und schüttelte den Kopf. »So ein Depp, so ein damischer«, sagte er, löste den mitgeführten Rock von Fannys Lenker und reichte ihn ihr. »Nervosität der Volksschichten. Gedankentiefer Spaziergang. Was für ein Stuss.«

»Wegen uns bekommt der keinen Herzinfarkt, eher schon wegen seiner Wampe.«

Einen kurzen Moment schien Ferdl die deftige Ausdrucksweise zu schockieren, doch dann lachte er laut und schallend. Sein Grübchen bohrte sich tiefer denn je ins Kinn, und Fannys Knie wurden weich wie Pudding. Himmel, Arsch und Zwirn! So gefühlsduselig konnte doch kein Mensch sein, oder?

»Schick.« Jetzt maß Ferdl sie mit Blicken. »Obwohl mich deine alte Pluderhose auch nicht gestört hat. Selbst genäht?«

»Merkt man das?«

»Aber nein, keineswegs. Sie steht dir ganz ausgezeichnet.« Er lächelte zerknirscht. »Ich dachte nur ...«

Ferdl wusste um Fannys finanzielle Not. Da sie sich weitaus dussliger anstellte als die anderen, verbrachte er in den Fahrschulstunden viel Zeit mit ihr. Sie hatten in den letzten Wochen und Monaten über Gott und die Welt, über Pechmarie, über ihr Leben, ihre Wünsche und Träume gesprochen. In fast allen Punkten war Fanny ehrlich gewesen, nur eines band sie dem Vertreter der Königlichen Schutzmannschaft natürlich nicht auf die Nase: dass sie in den Kleidern ihres Bruders täglich wie eine verdeckt operierende feindliche Armee in der Universität einmarschierte. Änny behauptete stur, Fanny stelle sich absichtlich ungeschickt an, aber das würde ihr im Traum nicht einfallen. Sie wollte immer die Beste sein, egal in welcher Disziplin. Dass ihr aber das Unterbewusstsein möglicherweise ein Schnippchen schlug, konnte Fanny nicht gänzlich ausschließen.

»Das wäre fast ins Auge gegangen. Wir hatten Glück. Ich dachte, du hast geübt?«

Fanny liebte es, wenn er *wir* sagte. »Hab ich auch.«

»Wie oft?«

Sie beugte sich nach vorn, das Knopfloch an ihrem Überrock verbarg sich hartnäckig zwischen den Falten.

»Einmal? Keinmal?«

Sie zuckte mit den Schultern. Die Vorlesungen, die Arbeit zu Hause, ebenso der eng geschnittene Paletot und ihre neuen Bloomers hatten sie viel Zeit und Mühe gekostet. Wenigstens bei ihrem letzten gemeinsamen Ausflug wollte Fanny annähernd so gut aussehen wie Änny, doch die war ausgerechnet heute im Reformkostüm aufgetaucht. Jetzt kam sie sich noch hinterwäldlerischer vor als sonst.

Der letzte gemeinsame Ausflug. Ihr wurde ganz flau im Magen.

»Wenn du beim Absteigen weiter jedes Mal dein Hinterteil herausstreckst wie eine Ente vor dem Tauchgang, wird das nie etwas. Du musst schön gerade bleiben und dich von der letzten Umdrehung des Pedals aus dem Sattel heben lassen. Warte den rechten Moment ab.«

Der rechte Moment. Wenn das so einfach wäre. Entweder drehten sich die Pedale zu schnell oder zu langsam. Fannys Mitstreiterinnen hingegen beherrschten ihre Maschinen längst aus dem Effeff. Ida, Änny, Lulu, Babette Rauch und deren Freundin Tilly warteten vor der Brücke und winkten schon ungeduldig. Sie hatten einen der letzten guten Plätze ergattert und fürchteten wohl, den Raum für zwei weitere Schaulustige nicht mehr viel länger verteidigen zu können.

Ferdl ließ sich davon aber nicht aus der Ruhe bringen, er stellte Fannys Fahrrad zu den anderen und bot ihr galant den Arm. »Tuts weh?«

»Ein wenig.«

Vorsichtig setzte sie den Fuß auf. Es schmerzte eigentlich kaum, trotzdem stieß sie einen spitzen Laut aus und hängte sich hilfsbedürftig bei ihm ein. Als er von oben auf sie herabsah und ihr für eine Sekunde sein unwiderstehliches Lächeln in dem sonst viel zu ernsten Gesicht zeigte, brannte ihr Innerstes, als hätte jemand ein Feuer entfacht. Sie fühlte sich geborgen wie nie zuvor in ihrem Leben und gleichzeitig so aufgekratzt, dass es kaum auszuhalten war.

»Du lernst es wohl nie mehr«, konstatierte Lulu trocken, als sie direkt am Übergang zur Prinzregentenbrücke zu den anderen stießen.

»So schlimm?«, fragte Änny, als wüsste sie genau, was gespielt wurde. Sie reichte den Neuankömmlingen eins der Theatergläser, die sie extra für den heutigen Anlass mitgebracht hatte.

Ferdl ließ Fanny den Vortritt, doch sie lehnte ab, wollte all die Eindrücke erst einmal pur und unverfälscht aufnehmen. Außerdem fürchtete sie, ihre Hände könnten zittern, denn Ferdl Schiffer stand im Gedränge so dicht hinter ihr, dass sie seinen Atem im Nacken spürte und er ab und an mit seinem kantigen Körper an ihrem Rücken anlandete. Ein Umstand, der das Feuer jedes Mal auflodern ließ. Himmelherrgott noch mal! Fanny musste sich beherrschen, ihre Sinne beisammenhalten, wenn sie diese Hitze überstehen wollte.

Jenseits der Brücke ragte das verhüllte Friedensdenkmal auf der Prinzregenten-Terrasse imposant in den Himmel. Die Freitreppen und Rampen, die zu ihm hinaufführten, waren mit Blumengirlanden reich geschmückt, darunter erhoben sich hinter einem wahren Dickicht von Palmen und Lorbeerbäumen die Herrscherbüsten von Kaiser- und Königreich. Hunderte Wimpel und Bänder in den deutschen und bayerischen Farben flatterten von dicht stehenden Masten, die Plateau und Terrasse in einem weiten Kreis umschlossen. Direkt vor der Fontäne mit den Blumenparterres hatte man für die Mitglieder des königlichen Hauses einen Pavillon errichtet – überaus elegant und beeindruckend, mit einer mächtigen Königskrone über dem Eingang. Das alles sah Fanny auch ohne Fernglas.

Ein besonders schönes Bild gab die Prinzregentenbrücke selbst ab. Dort standen auf der einen Seite die Fahnendeputationen der Vereine, auf der anderen die Chargierten sämtlicher Korporationen der hiesigen Hochschulen Spalier. Irgendwo unter ihnen musste Rupp Stellung bezogen haben, der zwar die Sache mit dem Wannenbad endlich aufgegeben hatte, Fanny aber seither damit in den Ohren lag, einmal gemeinsam zum Corps Bavaria ins Bayernhaus zu gehen. Sie ließ den Blick über die Reihen gleiten. Ob er in ihr den Kommilitonen Anton Paintner erkennen würde, sollten sie einander im Gewusel zufällig über den Weg laufen? Bestimmt durfte er seinen Platz nicht vor Ende des Festaktes verlassen, denn die mit goldenen und silbernen Schnüren verzierten Pekeschen der Corpsstudenten, die blitzenden Schläger in ihren Händen und die kostbaren Fahnen bildeten einen schönen Kontrast zu den ganz in Weiß gekleideten Mädchenabteilungen der Volksschulen.

Ferdls Hand mit dem Theaterglas tauchte in Fannys Blickfeld auf, seine Lippen berührten hauchzart ihr Ohr, als er sich zu ihr herabbeugte. »Das musst du dir ansehen. Drüben bei der Fontäne.«

Fanny gehorchte, doch wie befürchtet zitterte ihre Hand erbärmlich, als sie das Glas hochnahm und an die Augen führte. Schutzmann Schiffer, allzeit zu Diensten, legte sofort die seine darüber und gab ihr Halt. Kurz nur. Mit derselben Sanftmut, mit der er damals Pechmarie beruhigt hatte.

Und es half. Trotz des Aufruhres in ihrem Innern entdeckte Fanny die in mehreren Reihen um die Fontäne herum aufgestellten Schulmädel in weißen Kleidern und blauen Schärpen. Sie sahen herzallerliebst aus zwischen den Abordnungen der Veteranenvereine auf der einen und der großen Sänger- und Musikerschar auf der anderen Seite.

Änny wandte sich zu Fanny um. »Es geht jeden Moment los.« Und tatsächlich. Pünktlich um halb zehn rollte Karosse um Karosse an ihnen vorbei über die Brücke, um vor dem Pavillon die Fahrgäste aussteigen zu lassen und über die rechte oder linke Auffahrt wieder aus dem Sichtfeld zu verschwinden. Bald füllten sich die für die geladenen Gäste abgegrenzten Räume mit Hof- und Staatsbeamten, dem Offizierskorps und den Gemeindekollegien. Unter ihnen Bürgermeister von Borscht, zahlreiche Freiherren von und zu, Grafen, Zeremonienmeister, Regierungspräsidenten, Gesandte und Stiftspröbste. Überall blinkten Uniformen, blitzen Ordenssterne in der Sonne.

»Oh mein Gott«, ertönte Idas schwärmerische Stimme. »Seht euch die Sommertoiletten der Prinzessinnen an. So duftig und leicht. Und diese Farben. Einfach hinreißend.«

Nach kurzer Suche entdeckte Fanny durch das Spektiv Prinz und Prinzessin Ludwig mit den Töchtern Mathilde und Hildegard sowie den Prinzen von Bourbon mit Gemahlin, Prinz Rupprecht und außerdem Prinz und Prinzessin Ludwig Ferdinand mit ihren drei Kindern. Ida hatte recht. Die königlichen Sommertoiletten waren bestechend schön.

Eine Salve Böllerschüsse ließ Fanny zusammenzucken und die Pracht vergessen, fast im selben Augenblick spürte sie, wie sich eine Hand von hinten auf ihre Hüfte legte. Die Hand blieb auch an Ort und Stelle, als der Aufruhr vorüber war, machte keine Anstalten, sich zu entfernen. Also kein versehentliches Berühren, keine Schubserei im Gedränge? Die Hand verharrte, wo sie war, und es konnte nur die von Ferdl sein, denn er stand immer noch dicht hinter ihr. Fanny schmiegte sich zaghaft hinein, wie um es zu erlauben, und ihr Herz jubilierte. Auch wenn sie es sich lange nicht eingestehen wollte, hatte sie nichts jemals so sehr herbeigesehnt, hatte manchmal geglaubt, vage gehofft, inbrünstig gefleht, dass er ebenso empfand wie sie, war sich aber nie sicher gewesen. Wer schloss einen Tollpatsch wie sie schon ins Herz? Sie wollte Ferdl gestehen, dass sie immerzu an ihn dachte. Am Tag. Bei Nacht. Vielleicht nicht in den Vorlesungen, nein, da waren ihre Gehirnzellen doch zu sehr beschäftigt, aber sonst fast immer. Sie wusste, dass es töricht war, und konnte das Sehnen dennoch nicht abstellen.

Sie lehnte sich noch ein bisschen stärker an ihn. Er wich nicht zurück, im Gegenteil, die zweite Hand berührte ihre andere Hüfte. Mein Gott, es fühlte sich so gut an, unbeschreiblich gut, und wem sollte ein solch skandalöses Benehmen im Gedränge schon auffallen? Alle Augen waren nach vorn gerichtet, wo Seine Königliche Hoheit der Prinzregent gerade im vierspännigen Wagen mit Piqueur und vom kleinen Dienst begleitet an ihnen vorbeifuhr. Nur wenige Meter entfernt stieg er aus, um sich von den Vorständen der städtischen Kollegien in Empfang nehmen zu lassen. Die Fanfaren erschallten, die Fahnen und Schläger senkten sich, und Bayerns Reichsverweser trat den Weg über *seine* Brücke, die er aus eigener Tasche bezahlt hatte, ans andere Ufer an.

»Und an Max ham's vagift ... und an Ludwig datränkt, jetzt steht's nimma lang o, da werd da Otto aufg'hängt.«

Sofort lösten sich Ferdls Hände von Fannys Hüften. Er sah sich um, konnte aber nicht ausmachen, wer das Liedchen trällerte.

Prinzregent Luitpold hatte immer um die Liebe der Bayern ringen müssen. Beim einfachen Volk war er nicht sonderlich gut gelitten, besonders die Anfänge 1886 waren katastrophal gewesen. Erst die spektakuläre Entthronung von Ludwig II., und dann ertrank der unglückliche König auch noch im Starnberger

See. Wie ein Fähnchen im Wind hatte sich die vehement gegen Ludwigs Verschwendungssucht gerichtete Volksstimmung in der Hauptstadt auf einmal gegen Luitpold gerichtet, den man der Mitwisserschaft beschuldigt oder – schlimmer noch – gar als Auftraggeber geheimer Meuchelmörder bezichtigt hatte. Trotzdem setzte sich die ihm nach Ludwigs Entthronung zugefallene Regentschaft natürlich auch nach dessen Tod fort, weil der rechtmäßige König, Ludwigs jüngerer Bruder Otto, seit Jahren wegen Geisteskrankheit entmündigt war.

»Hast du gesehen, wer da gerade gesungen hat?«, fragte Ferdl, der ein großer Bewunderer Luitpolds war.

Fanny schüttelte den Kopf, ihr war es einerlei. Ohnehin hörte man den Refrain des Liedes nur noch selten, trotzdem hätte sie dem Sänger stante pede den Hals umgedreht, wäre er ihr in die Finger gekommen, denn Ferdls Hände waren nun weg. Stattdessen stimmten die anwesenden Musikcorps die Festouvertüre an, Prinzregent Luitpold begrüßte die Mitglieder des königlichen Hauses und die anderen Gäste, während zu beiden Seiten des Pavillons die Fahnendeputationen in langer Reihe vorüberzogen und sich auf den Freitreppen aufstellten. Als der Wind die letzten Takte davontrug, setzten die zu einem gemischten Chor vereinten Sängervereine und die Zentralsingschule ein.

Dann betrat Bürgermeister von Borscht die Rednertribüne, und Babette erinnerte sich daran, wie sie als achtjähriges Mädchen das Ende des Siebzigerkrieges erlebt hatte.

»Ich weiß es noch ganz genau, wie die bayerische Armee nach dem Sieg über Frankreich und dem Friedensschluss in die über und über geschmückte Landeshauptstadt einzog. Sämtliche Glocken läuteten, den Geschützdonner spürte man im ganzen Körper, und die Jubelrufe nahmen kein Ende. Der Enthusiasmus, mit dem die Münchner die heimkehrenden Sieger begrüßt haben, war unbeschreiblich.« Babettes Stimme klang belegt. »Dieser Tag war das strahlendste Ereignis meines ganzen Lebens. Nicht einmal die Geburt meiner Kinder konnte das überbieten. Mein Vater kehrte heim und wurde als Held gefeiert, und die Leute haben von nichts anderem mehr geredet als von der glorreichen bayerischen Tapferkeit. Völlig zu Recht, immerhin hatte die bayerische Armee einen Riesenanteil daran, den Kyffhäuser-Traum von Kaiser Barbarossa zu verwirklichen: ein mächtiges, geeintes deutsches Vaterland.«

Fanny hatte nicht viel Ahnung von Kyffhäuser-Träumen und bayerischer Tapferkeit, dafür war sie viel zu jung, und im Grunde war es ihr auch einerlei. Bald würde die Rede des Bürgermeisters enden und der Regent die Friedenssäule enthüllen. Sie musste Nägel mit Köpfen machen, wenn sie Ferdl wiedersehen wollte. Noch stand er hinter ihr, aber wenn sie erst alle zusammen den Heimweg antraten, war die Gelegenheit vielleicht vertan. Sie lehnte sich zu Änny hinüber, die sich gestenreich mit Lulu unterhielt.

»Wie geht es denn nun mit unseren Fahrradambitionen weiter, wenn das hier vorbei ist?« Sie hatten schon einige Male darüber sinniert, einen weiteren Kursus zu belegen.

»Ich wusste gar nicht, dass du Ambitionen hast«, neckte Lulu sie und lachte übermütig.

»Zumindest nicht, was das Radfahren betrifft«, schob Änny hinterher. Gott sei Dank so leise, dass Ferdl es unmöglich hören konnte.

Nur Ida blieb ernst und war ganz Fannys Meinung. »Oh, ja, lasst uns alle gemeinsam einen weiteren Kurs belegen. Es hat so Spaß gemacht.«

»Wie wäre es mit Tourenfahren?«, schlug Lulu vor.

»Zu zeitaufwendig«, gab Babette zu bedenken.

»Und viel zu anstrengend für uns alte Grazien«, meldete deren Freundin Tilly Zweifel an.

»Aber was dann?«, wollte Ida wissen. »Saalfahren vielleicht? Dann wären wir auch dem Wetter nicht so ausgesetzt.«

»Das ist doch gerade das Schöne«, widersprach Lulu.

»Wir sollten unseren Lehrer fragen.« Änny drängte Fanny zur Seite und tippte Ferdinand Schiffer an die Brust, der immer noch nach dem Liedchenträllerer Ausschau hielt. »Lieber Ferdinand, wir brauchen deinen Rat.«

»Wie kann ich dienen?«

»Womit sollen wir uns von nun an die Zeit vertreiben?«

»Wenn der Kurs vorbei ist, meinst du?«

»Jawohl.«

»Die ganze Welt steht euch offen.« Er breitete die Arme aus und lächelte. »Ihr könnt gemeinsam München erkunden oder die weitere Umgebung. Sogar im Zug kann man sein Veloziped mitnehmen. Es gibt so viele Möglichkeiten.«

»Und wenn wir noch ein Weilchen unter deiner Anleitung üben wollen?« Änny stieß Fanny mit dem Ellbogen in die Seite, diesmal so, dass Ferdl es sehr wohl bemerkte. »Einige von uns sind für die große Freiheit noch nicht bereit.«

»Ah, ich verstehe.« Zerknirscht sah er Fanny in die Augen, weil ihm wohl schwante, was Änny eigentlich sagen wollte. »Da muss ich euch enttäuschen. Der alte Fahrlehrer ist genesen, meine Tage bei der Fahrschule Link sind gezählt. Genauer gesagt ist heute mein letzter Einsatz.«

Fanny kroch die Enttäuschung in alle Glieder, obwohl die Nachricht nicht ganz unerwartet kam. Ferdl hatte es ein paarmal durch die Blume angedeutet.

»Auch keine Einzelstunden? Privat bezahlt?«

»Das hast du gar nicht nötig.«

»Ich nicht, das stimmt«, nuschelte Änny, und Fanny spürte, wie sie unauffällig ihre Hand drückte.

»Ab August bin ich wieder bei der Berittenen und dann ...«

... gab es keine Ausfahrten mit jungen Damen mehr. Nicht einmal in seiner dienstfreien Zeit durfte er sich dann, ohne Erlaubnis des nächsten Vorgesetzten, aus seinem Stadtbezirk entfernen. Lediglich an Sonntagen war es den Schutzmännern gestattet, einen Gottesdienst zu besuchen. Die Remonte, Ferdls neues Dienstpferd, traf in den nächsten Tagen mit einem Transport aus dem Norden des Reiches ein. Die Polizeidirektion hatte dem Ankauf zugestimmt und auch einen Teil des Geldes vorgestreckt. Ferdl hatte es Fanny erzählt. Nicht nur einmal. Und sie hatte sich für ihn gefreut. Von ganzem Herzen.

»Auf ein Wort?« Er packte ihren Ellbogen und zog sie aus der vorderen Reihe mit sich nach hinten.

»Wir anderen finden den Weg allein zurück. Macht euch darum keine Gedanken«, rief Änny ihnen hinterher.

Fanny registrierte es kaum, ihr schlug das Herz bis zum Hals, und auch Ferdl sah nicht gerade unbekümmert aus.

»Ich muss dir etwas sagen«, begann er, als er sie etwas abseits des Trubels an den Stamm eines Baumes dirigierte.

»Ich dir auch.«

Sein Finger flog auf ihre Lippen. Er lächelte dünn. »Ich zuerst.«

Wie es aussah, kostete es ihn einige Überwindung, ihr zu sagen, was ihn bedrückte, denn er starrte in den Himmel hinauf und rang offensichtlich nach Worten. Sein Adamsapfel glitt auf und ab, Fanny zählte mit, sie konnte nicht anders. Ob das Rauschen in ihren Ohren vom Tosen der Isar kam, wusste sie nicht, jedenfalls hielt sie es nach dem siebten Auf und Ab nicht länger aus, es musste raus.

»Ich ... liebe dich.«

Entsetzen machte sich auf seinem Gesicht breit, er schüttelte den Kopf, dann lächelte er. »Nein, tust du nicht.«

»Oh doch.« Fanny wusste nicht, woher sie auf einmal den Mut nahm. Oder die Torheit. Keine Frau sagte die Worte zuerst. Unter keinen Umständen. Und sie hatte es auch gar nicht vorgehabt. Es war ihr herausgerutscht. Man hielt sich mit verbalen Liebesbekundungen dezent zurück. Das gab es nur in Büchern. Oder auf Hochzeiten. Im Theater.

»Aufmüpfig wie eh und je.«

Wenn er wüsste. In seiner Gesellschaft war sie ein Lämmchen.

»Ich …«

Weiter kam sie nicht. Ferdls Finger verschlossen erneut ihre Lippen, er sah ihr so tief in die Augen, dass sie es kaum aushielt, und dann küsste er sie. Ganz behutsam. Wie eine Kostbarkeit. Das Feuer in ihren Eingeweiden wurde unerträglich, sie packte seinen Kragen, zog ihn näher zu sich heran, küsste zurück. Wild und stürmisch, wie der Tollpatsch, der sie manchmal war. Seine Bartstoppeln piksten, seine Finger wanderten hoch zu ihren Haaren.

Oh, nein! Erschrocken schubste sie ihn weg. Die Klammern in ihrer Frisur durfte er nicht entdecken. Trotzdem war Fanny ganz leicht ums Herz. Sie lachte, fasste ihn frech an beiden Ohren und holte ihn wieder zu sich heran, doch seine Finger umschlossen ihre Handgelenke und stoppten sie, ehe ihre Lippen sich erneut berührten. Er schüttelte den Kopf und zog sie noch ein gutes Stück weiter isaraufwärts. Erst dann blieb er stehen.

»Ich werde heiraten.«

Heiraten?

»Die Hochzeit ist für nächstes Jahr geplant. Oder übernächstes.« Er strich Fanny über die Wange. »Sie heißt Theres und kommt aus meinem Dorf.«

»Halsbach.« Fanny erinnerte sich.

Er nickte. »Wir sind einander seit Ewigkeiten versprochen.«
Versprochen ist versprochen und wird auch nicht gebrochen. Auf einen Schlag verlor der Reim aus Kindertagen jede Leichtigkeit.
»Sie kümmert sich um Pechmarie.«
Als ob das alles erklären würde. Fanny spürte seine Berührung am Rücken, seine Lippen an ihrem Ohr, auf ihrem Mund. Diese gestohlenen Momente waren auch ein Versprechen gewesen.
»Wir sind zusammen aufgewachsen.«
Wie Bruder und Schwester vermutlich.
»Wie Geschwister.«
Fanny lachte auf. Bitter diesmal.
»Wenn ich frei wäre, ich …«
Böllerschüsse ertönten, rissen den Augenblick in Fetzen. Fanny fuhr herum und sah gerade noch, wie die Hülle fiel. Es sah aus, als ob die stolze, schlanke Säule den Friedensengel zum Himmel emporhob. Segnend schwebte er über der Stadt, das Gold glänzte in der Sonne, und in seiner Rechten lag der Palmenzweig, in der Linken Pallas Athene, die Beschützerin der Städte, der Kunst und Wissenschaft. Keinen herrlicheren Platz hätte man für ein solches Denkmal finden, keinen glanzvolleren Abschluss für die prächtige Perspektive der monumentalen Prinzregentenstraße schaffen können. Doch Ferdls Geständnis machte Fanny blind für jede Schönheit, für jede Symbolkraft.
»Ich bin so dumm. So dumm, so dumm!«, sagte sie leise vor sich hin, während die Menschen um sie herum jubelten und applaudierten und ihre Hüte in die Luft warfen, sich gar nicht sattsehen konnten an dem strahlenden Engel, der von nun an bis in alle Ewigkeit über ihr München wachen würde.
Ein Freudentag für alle, nur Fanny hatte nicht aufgepasst und sich am Feuer verbrannt.

 # Klinikviertel

19. Juli | Hörsaal Kinderspital, Lindwurmstraße 4

Lulu drückte vorsichtig die Klinke herunter. Inzwischen wusste sie, dass die Tür bei einem Öffnungswinkel von etwa zwanzig Grad verlässlich quietschte. Wie immer ruckten ein paar Köpfe in ihre Richtung, Augenbrauen hoben, Nasen rümpften sich, und es galt, einige Minuten reglos zu verharren, um dann, kaum beachtet, in den Hörsaal zu schlüpfen.

Es war Onkel Herzogs Idee gewesen. Wenn schon jede Woche Vorlesungen der Universität im Kinderspital stattfänden, hatte er vor einigen Wochen zu ihr gesagt, müsse sie unbedingt austesten, ob sich ihre Vorstellungen vom Medizinstudium mit der Realität deckten. Lulu verstand, worauf er hinauswollte, und schmollte. Tagelang. Dass ihr Vater ihr nichts zutraute, war nichts Neues, aber nun auch noch Herzog?

Seit sie jedoch das erste Mal seinem Rat gefolgt war, wusste sie, dass er Recht hatte. Die Aura der Lehre und des Wissens schüchterte Lulu ein. Mit jedem Mal, da sie herkam, wurde es schlimmer. Wäre sie alldem gewachsen?

Schnell schüttelte sie die Zweifel ab, die ihr wie schwere Mehlsäcke auf die Schultern zu fallen drohten, schloss leise die Tür hinter sich und machte einen Schritt in den Hörsaal hinein.

Den Namen hatte das Kabuff eigentlich nicht verdient. Der akademische Unterricht der Chirurgischen Abteilung der königlichen Universitätskinderklinik im Dr. von Haunerschen Kinderspital fand in einer ehemaligen Assistentenwohnung statt, in die man vor Urzeiten notdürftig einige Bänke gestellt hatte, um Platz für gut drei Dutzend Studenten zu schaffen. Außerdem wurde der OP-Saal manchmal als Hörsaal genutzt, was jedoch den elementaren Erfordernissen der Asepsis zuwiderlief. Die ebenfalls für Vorlesungen umgewandelte Zwei-Zimmerwohnung eines Hausarztes mit siebzig Plätzen gab es zwar auch noch und eigentlich gehörte sie zu Herzogs Bereich, aber die hatte Lulus Vater für Unterrichtszwecke der Inneren Abteilung in Beschlag genommen.

Untragbare Zustände also, doch Lulu war es im Prinzip ganz recht, denn in diesem Dauerprovisorium musste sie wenigstens nicht fürchten, bei Herzogs Vorlesung *Chirurgische und Orthopädische Klinik* von ihrem Vater erwischt zu werden.

»Der *pes varus congenitus* zählt zu den häufigsten angeborenen Deformationen. Nach Bessel-Hagen kommt ein Fall auf eintausendzweihundert Geburten und mindestens jeder zweite ist doppelseitig ausgeprägt. Knaben trifft es häufiger als Mädchen.«

Pes varus congenitus? Davon hatte Lulu definitiv schon mal gelesen oder gehört.

»Bei einem Zehntel aller Klumpfüße sind noch andere Bildungsfehler vergesellschaftet.«

Ah, der Klumpfuß. Lulu räusperte sich, die hintere Reihe rückte ein, und sie nahm Platz. Das Getuschel und die gegenseitig in die Seiten gerammten Ellenbogen ignorierte sie. Die Erfahrung lehrte, dass es am besten war, die Herren Studiosi erstens nicht unnötig auf sich aufmerksam zu machen und zweitens jeden Versuch einer Kontaktaufnahme, sogar wenn sie nicht aufdringlich, überheblich oder gar herabwürdigend daherkam, zu ignorieren. Deshalb schlüpfte Lulu stets erst nach Beginn der Vorlesungen herein und verließ den Saal, ehe Herzog zum Schlussplädoyer anhob.

»Die Ätiologie hat bei Fällen von *pes varus congenitus* mehrere Momente zu berücksichtigen.«

Ätiologie? Die Lehre von den Ursachen? Lulu war sich nicht sicher, aber egal. Vorne auf dem Untersuchungswagen lag ein Neugeborenes. Seine Füße waren wie an einem Scharnier nach innen oben geklappt und lagen fast bis zum Knie am Unterschenkel an. Es tat ihr in der Seele weh hinzusehen, gleichzeitig spürte sie eine fast schon unnatürliche Faszination und den unbändigen Wunsch zu helfen. In solchen Momenten wusste sie genau, dass sie Ärztin werden wollte. Dass sie es konnte. Wenn bloß die vielen Fachbegriffe nicht wären ...

Schwester Rosalia hob den Jungen vom Tisch und übergab ihn an ... Elsa? Lulu streckte sich, um besser zu sehen. Sie war es. Gott sei Dank. Normalerweise erledigten hauptsächlich die Barmherzigen Schwestern diese Arbeit, keine Wärterinnen, aber die von Lulu bei Onkel Herzog platzierten Einflüsterungen, was Elsas Eignung für den Hörsaaldienst anbelangte, trugen Früchte. So fühlte Lulu auch dieses Mal bei Elsas Anblick ein Glücksgefühl aufkommen. Die kleinen Verschnaufpausen taten ihr bestimmt gut, ehe sie wieder im Waschhaus oder sonst wo schuften musste. Andererseits ... Eine Gänsehaut kroch Lulu über die Arme, als die Freundin mit dem armen Wuzerl durch die Reihen ging, um seine verkrüppelten Beinchen zu zeigen. Der kleine Kerl weinte bitterlich, und Elsa fand partout kein Mittel, ihn zu beruhigen. Mit jedem Laut, der aus dem Mund des Säuglings drang, wurde sie nervöser.

Kein Wunder.

Bei all der Schuld, die sie auf sich geladen hatte, musste ihr das verkrüppelte Neugeborene vorkommen wie ein Fingerzeig Gottes. Leider war keiner von Lulus Versuchen, mit Elsa über die Angelegenheit zu reden, von Erfolg gekrönt gewesen, die Freundin fraß alles in sich hinein. Das konnte nicht gut sein. Lulu machte sich Sorgen. Außerdem vermisste sie die gemeinsamen Übungsstunden, auf die sie schweren Herzens verzichtete, weil Babette ihnen eingebläut hatte, dass jede Minute Ruhe für die werdende Mutter kostbar sei.

Als Elsa wieder vorne ankam, griff Herzog mit zwei Fingern eins der deformierten Füßchen.

»Hochgradige Varusstellung, die Fußsohle zeigt rückwärts. Starke Verkürzung der Plantarfaszie. Hinzu kommt eine Adduktion des Vorderfußes im Chopart- und Lisfranc-Gelenk, die Fußspitze ist also nach innen gedreht.« Herzog sah in die Runde. »Diagnostische Schwierigkeiten wird Ihnen der Klumpfuß keine machen, jedoch müssen Sie bei der Behandlung unterscheiden, ob Sie es mit dem Klumpfuß eines Neugeborenen zu tun haben, wie wir ihn hier vor uns haben, oder ob er bereits zur Fortbewegung benutzt wurde und wie lange.«

Lulu notierte sich die wichtigsten Stichpunkte in ihr Notizbuch.

»Außerdem sollten Sie sich das familiäre Umfeld genau ansehen, denn eine unblutige Dauerbehandlung hat nur dann Erfolg, wenn das Kind entsprechend lang in einer Anstalt belassen werden kann oder die Mutter in der Lage ist, die nötige minutiöse Pflege zu Hause selbst durchzuführen.«

Verstohlen schielte Lulu in die Aufzeichnungen ihres Nebenmannes. Mit nur wenigen Strichen hatte er die Fußdeformation des Säuglings skizziert. Bemerkenswert.

»Manche Autoren empfehlen, die Mütter solcher Kinder mit dem Ratschlag aus dem Kindbett zu entlassen, durch tägliche korrigierende Handgriffe und Massagen das Übel zu beseitigen. Doch davon rate ich dringend ab. Nach meiner Erfahrung lassen sich damit zwar kleinere Erfolge erzielen, in fast allen Fällen versagt man den kleinen Patienten aber so die Chance auf ein weitgehend normales Leben.« Herzogs Zeigefinger fuhr die Konturen der verkrümmten Gliedmaßen noch einmal nach. »Im vorliegenden schweren Fall ist definitiv eine Bindenbehandlung nach von Oettingen-Fink das Mittel der Wahl, der ich immer ein modellierendes Redressement ohne Narkose vorangehen lasse. Meiner Meinung nach ist der einmalige Schmerz bei der Repositionierung nämlich leichter zu ertragen als ein ständig quälender Zug.«

Dass sich die abgeknickten Füße des Säuglings ohne Operation einstellen ließen, grenzte für Lulu an ein Wunder. Sie wollte unbedingt auch solche Wunder vollbringen. Irgendwann.

Elsa legte den Säugling zurück auf den Untersuchungswagen. Wenigstens hatte sie wieder etwas mehr Farbe im Gesicht, stellte Lulu fest und nahm ihren Stift zur Hand.

»Das Fersenbein wird mit der einen Hand gefasst, während die andere zuerst die Fußspitze korrigiert.« Er machte es vor, und natürlich empörte sich der kleine Mann nun erst recht über die entsetzliche Welt, in die er vor nicht einmal achtundvierzig Stunden hineingeboren worden war. »Fassen Sie anschließend den Knöchel und drängen Sie den Fuß mit hebelnden Bewegungen in die Pronation. Immens wichtig ist, dass Sie dabei auch die Ferse in Pronationsstellung bringen.«

Pronation? Lulu schloss die Augen. Einwärtsdrehung der Gliedmaßen? Oder auswärts? Elsa hatte ihr dazu eine Eselsbrücke vorgesagt. Irgendetwas mit Brot und Suppe. Lulu bewegte die Hand probeweise, als würde sie Suppe löffeln. Suppe wie Supination. Dann war Pronation die gegenteilige Bewegung. Pronation, als würde man einen Laib *Prot* anfassen?

»Als Letztes korrigiert man die Spitzfußstellung, was beim Neugeborenen sehr leicht gelingt, auch ohne Tenotomie.«

Ohne operative Durchtrennung der Sehne also. Wenigstens da war sich Lulu sicher. Sie notierte das Gesagte.

»Wenn sich das Füßchen nach mehreren Wiederholungen butterweich bewegen lässt, können Sie damit beginnen, den Klebeverband anzulegen.«

Lulu schielte erneut in die Notizen ihres Banknachbarn. Die Zeichnung wurde mit jedem Strich plastischer. Fast wie eine Fotografie.

Gedankenverloren führte Fanny den Bleistift in schnellen, gleichmäßigen Bewegungen hauchzart über das Papier und drückte an manchen Stellen fester an, um die Konturen herauszuarbeiten. Sie hörte weder, was der Dozent zu sagen hatte, noch bekam sie mit, was in den eng besetzten Reihen in dem provisorischen Hörsaal um sie herum geschah. Einzig Dinglreiters Ellbogenrempler holten sie ab und an aus der Versenkung, aber nur kurz, denn all ihr Denken kreiste um eine Sache.

Ich werde heiraten.

Immer wieder ging ihr dieser vermaledeite Satz durch den Kopf. *Ich werde heiraten.* Heiraten. Heiraten. Doch damit musste Schluss sein. Fanny drückte den Bleistift zu fest auf das Papier, ein Riss entstand. Genervt blies sie sich eine vorwitzige Strähne aus der Stirn. Das mit Ferdl hätte sowieso keine Zukunft gehabt. Er, der Dienstmann, und sie, die Schwarzfahrerin. Die Beihelferin zur Kindstötung. Die Betrügerin. Ausgeschlossen!

Außerdem ... ihren Traum vom Medizinstudium für einen Mann aufgeben? Das würde sie sowieso nicht tun. In hundert Jahren nicht. Niemals. Trotzdem wurde ihr schon wieder die Kehle eng. Seit Sonntag heulte sie fast ununterbrochen, wenn das so weiterging, würden sich ihre Augen entzünden.

Fanny verbannte den Bleistiftgriffel hinter ihr Ohr und lenkte all ihre Aufmerksamkeit auf die Ausführungen des Dozenten. Wenigstens die Demonstrationen am Patientenmaterial musste sie verfolgen, sonst konnte sie gleich das entsprechende Kapitel im Buch nachlesen. Sie richtete sich auf, fuhr sich mit beiden Händen durch die Haare und zwang sich nach vorn zu schauen. Der Professor bestrich gerade Ober- und Unterschenkel sowie den Fuß des Säuglings mit Klebstoff. Das Mischverhältnis schrieb sein Assistent an die Tafel: *Rp. Colophon. 50, Mastich. 25, Alkohol 95 %. 360, Terebinth. 30, Res. Alb. 15.*

Hochprozentiger Alkohol! Fast hätte Fanny laut gelacht. Was für ein vielseitig einsetzbarer Stoff, keineswegs nur als Lösungsmittel zu gebrauchen, sondern auch sehr effektiv, um Kummer und Sorgen zu ertränken. Die von Änny verordnete, nicht ganz so hochprozentige Absinthkur nach dem Festakt zur Einweihung des Friedensengels hatte ihr zumindest vorübergehend Linderung verschafft und eine gewaltige Armada an Gefühlen und Empfindungen freigesetzt: Selbstmitleid. Wut. Verzweiflung. Sogar Todessehnsucht. Und schließlich Trotz. Viel Trotz.

Fanny stutzte. War das Elsa neben Professor Herzog, der gerade die vorbereitete weiche Binde am Rand der kleinen Zehe festklebte? Für einen Moment vergaß sie ihren eigenen Kummer. Seit Elsa wieder als Wärterin arbeitete, hatte Fanny nicht mehr mit ihr gesprochen, war ihr aber zuletzt manchmal bei den Vorlesungen im Kinderspital über den Weg gelaufen. Obwohl ihr – oder besser gesagt Anton – jedes Mal bei Elsas Anblick der Schreck in die Glieder fuhr, wäre sie bei diesen Gelegenheiten dennoch allzu gern zu ihr gegangen, um sie in den Arm zu nehmen und ihr Mut zuzusprechen. Um ihr zu sagen, dass, dank der akribisch ausgetüftelten Pläne, alles gut werden würde. Doch inkognito verbot sich jede Annäherung von selbst, schließlich durfte niemand –

auch Lulu und Elsa nicht – von Fannys betrügerischer Maskerade erfahren.

Dass Änny sie dabei so bereitwillig unterstützte, rührte Fanny. Denn nicht nur um Elsas willen hatte die Schauspielerin ihrem Galan eine hochansteckende Krankheit vorgegaukelt, solange sich die Freundin in ihrem Schlafzimmer von der Abtreibung erholte. Auch wegen Fannys Rollentausch mit dem Bruder hatte sie sich besonders ins Zeug gelegt. Weil Elsa und Lulu sicherlich den Unterschied bemerkten, wenn sie den echten Paintner erst kannten.

Ein grimmiges Lächeln stahl sich auf Fannys Lippen. Anton, der Feigling, hatte die ganze Zeit keinen Fuß in Ännys Wohnung gesetzt und die Pflege seiner Geliebten bereitwillig seiner Zwillingsschwester überlassen.

Sie beugte sich etwas zur Seite. Erstaunlich. Man sah Elsa die Schwangerschaft weiterhin kaum an. Ob ihr die kleine Rundung, die sich unter dem Kittel abzeichnete, überhaupt aufgefallen wäre, wenn sie nicht Bescheid wüsste? Allerdings waren es nach Babettes Rechnung bis zur Geburt noch um die zehn Wochen. Die kritische Zeit, was das Verbergen ihres Zustands anging, stand Elsa also noch bevor.

»Die Binde wirkt als Pronationszügel«, erklärte Herzog. »Natürlich darf der Verband nicht zu fest sitzen, aber ein Wattebäuschchen hier und da hilft, Stauungen zu verhindern.«

Die Position der neuralgischen Stellen musste Fanny unbedingt in ihren Aufzeichnungen markieren. Sie ließ sich doch nicht von diesem vermaledeiten Gendarm von ihren Zielen abbringen. Nie im Leben! Ihre Rechte flog zum Ohr, doch ein Zupfen am Ärmel ließ sie den Bleistift verfehlen, er entglitt ihr und landete auf dem Schoß ihres Banknachbarn.

Lulu traute ihren Augen nicht.

»Herr Paintner?«

Er musste es sein. Die Ähnlichkeit war frappierend, und hätte Lulu nicht gewusst, dass es einen Zwillingsbruder gab, sie hätte Stein und Bein geschworen, Fanny selbst säße neben ihr.

»Sie sind Fannys Bruder, nicht wahr?«

»Verzeihung? Kennen wir uns?«

Sogar die Stimme klang ähnlich. Einen Hauch tiefer, aber dennoch unverkennbar.

»Nein, nein. Wir kennen uns nicht.« In Ännys Wohnung waren sie einander nie über den Weg gelaufen, solange Elsa dort gewesen war, und bestimmt hatte Fanny ihrem Bruder nichts von der neuen Kameradin aus der Fahrschule und erst recht nichts von der Begegnung an Heiligabend erzählt. »Ich bin eine Bekannte Ihrer Schwester. Lulu von …« Sie brach ab. Die engen verwandtschaftlichen Bande zum Direktor des Hauses auszuplaudern war keine gute Idee. Womöglich versuchte sonst noch jemand mit ein paar beim Töchterchen platzierten Schmeicheleien seine Aussichten auf gute Noten oder eine Assistentenstelle zu verbessern. Bislang hatte Lulu deshalb alle Gesprächsversuche abgewehrt. Vermutlich nahmen die Herren Studenten an, sie sei eine von den wenigen geduldeten Hörerinnen, die es an der Universität gab. Doch bei Anton musste sie eine Ausnahme machen. Er weckte ihre Neugier. »Lulu ist mein Name«, wiederholte sie deshalb.

»Ist mir ein Vergnügen.«

Allzu großes Vergnügen schien Fannys Bruder dieser Zufall nicht zu bereiten. Er fischte seinen Bleistift aus ihren Fingern und widmete sich wieder seiner Zeichnung.

»Das sieht verblüffend echt aus. Sie sind sehr begabt«, wagte Lulu einen neuerlichen Anlauf.

»Das ist er.« Der Student, der neben Anton Paintner saß, reichte Lulu die Hand. »Dinglreiter mein Name. Rupp Dinglreiter. Sie müssen die Tochter des Direktors sein. Es hat sich schon herumgesprochen, dass sie Herzogs Vorlesungen manchmal hören. Darf ich erfahren warum?«

Alle wussten also bereits, wer sie war? Lulu seufzte. Was sollte sie ihm antworten? Konnte sie ihre romantischen Träume als Grund anführen? Besser nicht. Das wäre viel zu pathetisch und hätte nur bestätigt, was die Männerwelt ohnehin von solchen Ambitionen hielt: dass Frauen viel zu rührselig waren, um als Ärztinnen bestehen zu können.

»Vielleicht brennt in ihr das gleiche Feuer für die Medizin wie in dir«, rettete Anton Lulu vor einer Antwort, aber es klang etwas spöttisch.

»Sehr befremdlich«, bemerkte Dinglreiter, ebenfalls mit einem Hauch Ironie in der Stimme.

»Aber genauso ist es«, bestätigte Lulu dennoch und schickte ein stummes *Danke sehr* in Antons Augen, als er ihr kurz zulächelte. Er war Fanny wirklich wie aus dem Gesicht geschnitten, und sogar die Lücke zwischen den Vorderzähnen sah haargenau aus wie die seiner Schwester. War so etwas möglich?

»Alle ein bis zwei Tage muss der Verband erneuert werden. Falls nötig, können Sie ihn durch Überziehen eines Billroth-Batist-Säckchens gegen Nässe schützen.« Lulu sah wieder nach vorn, wo Herzog sich in der bereitstehenden Schüssel die Klebstoffreste von den Händen wusch und rubbelte. »Wie bereits eingangs erläutert, sollten die halbwegs patenten Mütter in der Klinik verbleiben, bis sie das Verbandanlegen beherrschen.«

Elsa übernahm ein weiteres Mal den Säugling aus Schwester Rosalias Händen und zeigte das nun in Überkorrektur gehaltene Bein herum. Als sie die hinteren Reihen ansteuerte, sah sie Lulu kurz in die Augen, wandte sich aber sofort wieder ab. Kein angedeutetes Nicken wie sonst. Was war nur los mit ihr? Ging es ihr nicht gut?

»Wer traut sich zu, das Redressement am anderen Fuß nach meinen Anweisungen durchzuführen?«, fragte Herzog.

Niemand meldete sich. Vor Säuglingen und Kleinkindern schreckten viele zurück, das war Lulu schon aufgefallen. Fannys Bruder duckte sich sogar regelrecht weg, was zu dem passte, was ihr Änny über seine Ambitionen als Medizinstudent erzählt hatte.

»Nicht einmal Sie, Paintner?«

Lulu horchte auf. In Herzogs Worten lag nicht der Hauch von Sarkasmus, das wäre ihr aufgefallen. Im Gegenteil, sie glaubte sogar so etwas wie ... Stolz aus seiner Stimme herauszuhören. Auch die anderen Studenten lachten nicht, was sie definitiv getan hätten, wäre Herzogs Frage eine Gemeinheit gewesen. Meinte er es etwa ernst?

Fannys Bruder stand auf, drückte sich an Lulu vorbei und ging nach vorne, wo er das zweite Füßchen des kleinen Patienten einstellte, als wäre es die leichteste Übung der Welt. Komisch.

Elsa schwitzte. Sie griff sich in den Rücken und unterdrückte ein Stöhnen. Zu allem Überfluss begann der Junge wieder zu schreien, sein Wehklagen ging ihr durch Mark und Bein. Früher hatte sie sich an Neugeborenen und Kleinkindern kaum sattsehen können, doch seit ...

Möglichst unauffällig beugte sie sich nach vorn, um dem unangenehmen Ziehen auszuweichen, und versuchte sich auf Herzogs Ausführungen zu konzentrieren. Der Anblick der verkrümmten Beinchen erinnerte Elsa an ihren Vater, der bei so schwerwiegenden Missbildungen stets mit Hilfe der Wissenschaft die genauen

Ursachen zu ergründen suchte. Elsas Mutter hingegen hielt sich lieber an das Buch Jeremia, Kapitel 17, Vers 10: *Ich, der Herr, erforsche das Herz/und prüfe die Nieren, um jedem zu vergelten, wie es sein Verhalten verdient,/entsprechend der Frucht seiner Taten.*

Die Taten des Neugeborenen konnten es kaum sein, die mit diesem Gebrechen vergolten werden mussten, eher schon die der Eltern. Der Mutter. Elsa hatte in den letzten Monaten oft an den Bibelvers gedacht, der sie jedes Mal den Entschluss verwerfen ließ, heimzukehren und alles zu beichten. Mit Milde konnte sie bei ihrer Mutter nicht rechnen. Nicht bei einem solchen Vergehen.

Sie schob die Hüfte ein Stück nach vorne, um die Spannung aus Bauch und Rücken zu nehmen. Bislang hatte ihr Zustand Elsa kaum Probleme bereitet – keine körperlichen jedenfalls. Nun jedoch wurde es jeden Tag beschwerlicher. Ihr Bauchumfang wuchs. Manchmal wunderte sie sich, dass noch niemand etwas bemerkt hatte. Aber die Kittel und Schürzen waren weit und aus schwerem Stoff, darunter ließ sich so einiges verbergen. Und natürlich aß Elsa nur mäßig und schnürte ihr Korsett weiterhin so fest es ging.

Wenigstens war die Demonstration bald vorüber. Nur das zweite Bein musste noch bandagiert werden, dann würde sie den Kleinen zurück in sein Bettchen bringen, beim Mittagessen helfen und sich dann für eine Stunde in der kühlen Kapelle ausruhen, ehe sie ins Waschhaus musste.

Seit den frühen Morgenstunden quälte sie eine latente Übelkeit. Als man sie vorhin überraschend in den Hörsaal beordert hatte, konnte sie ihr Glück kaum fassen. Es bedeutete leichte Arbeit und obendrein frei Haus ein paar neue medizinische Erkenntnisse. Außerdem wusste die Oberin dann nicht auf die Minute genau, wann an anderer Stelle wieder mit ihr als Wärterin zu rechnen war. Ein bisschen Zeit zum Durchschnaufen also. Genau das brauchte sie jetzt. Allerdings war ihr vorhin, als sie den weinenden Buben durch die Reihen zeigen musste, kurz schwindelig geworden. Nicht auszudenken, was dabei hätte passieren können. Vor aller Augen. Vor Professor Herzog. Und vor Lulu und Fannys Bruder, die heute nebeneinandersaßen und tuschelten, obwohl *Studiosus Paintner* normalerweise immer in der ersten Reihe saß und Lulu ausnahmslos in der letzten. Zumindest in Elsas Beisein waren die beiden noch nie gleichzeitig in Herzogs Hörsaal gewesen. Und nun sogar als Banknachbarn? War das Zufall?

Ein neuerliches Ziehen fuhr Elsa in den Rücken. Sie atmete tief ein, um ein Stöhnen zu unterdrücken. Die Luft war drückend heiß im Hörsaal. Ihr Blick wanderte von Lulu und Paintner weg durch die Reihen der Studenten. Da saßen sie, die jungen Herren, geschniegelt und geschnäuzt, mit Feder oder Bleistift im Anschlag, um frisch voranzuschreiten in ihre blendende Zukunft. Elsas Traum hingegen war in unendliche Ferne gerückt. Allein der schäbige Hocker, der neben dem Utensilientisch stand, lag noch innerhalb ihrer Reichweite. Fast amüsierte sie die Erkenntnis, was ihr an Visionen für ihre Zukunft geblieben war. Ein Hocker. Um sich auszuruhen. Ein sehr bescheidener Ausblick, der ihr aber in diesem Moment extrem verlockend vorkam. Konnte sie sich hinsetzen? Wenigstens für ein paar Minuten? Jetzt da *Klassenprimus Paintner* nach vorne kam und wie üblich alle Aufmerksamkeit beanspruchte, würde es bestimmt niemandem auffallen.

Eine neue Welle der Übelkeit rollte heran. Elsa drehte dem Auditorium den Rücken zu, ihr ganzer Körper verkrampfte sich. Sicherheitshalber rückte sie die Schüssel näher zu sich heran. Womöglich musste sie sich übergeben. Oder Schlimmeres. Sie fühlte sich, als würde sie jeden Moment … Im Kinderspital grassierte die Diarrhö, vielleicht hatte sie sich angesteckt. Ihr wurde heiß und kalt. Nicht auszudenken, wenn ihr hier vor der versammelten Studentenschaft ein Malheur passierte.

Sie zwickte sich in die Haut auf dem Handrücken und drehte, bis es wehtat, um sich abzulenken. Es half nichts. Also wankte sie zum Hocker und setzte sich. Sofort warf ihr Schwester Rosalia einen warnenden Blick zu, doch Elsa zuckte nur mit den Schultern und lehnte sich an die Wand. Ihr Bauch fühlte sich steinhart an. Sie hätte das Mieder nicht so eng schnüren dürfen.

War da etwa Nässe zwischen ihren Beinen? Elsa beugte sich nach vorn, spürte noch mehr Flüssigkeit. Konnte sie den Urin nicht mehr halten? Oder war das die Art Durchfall, mit der die Kinder auf der Isolierstation gerade zu kämpfen hatten?

Elsa stand auf, spürte das warme Rinnsal nun an ihren Schenkeln abwärts laufen. Tröpfchenweise. Sie musste an ihren kleinen Bruder denken, der zum Geburtstag eine Tüte Gummiballons geschenkt bekommen hatte. Einige davon hatten sie mit Wasser gefüllt und sich gegenseitig damit abgespritzt. Es war ein ähnlich heißer Sommertag gewesen wie heute. Die Luft duftete herrlich nach Heu, das Gras pikte unter den nackten Füßen … und hier und heute fühlte es sich ganz ähnlich an. Als würde jemand Wasser aus einem Ballon in ihrem Bauch quetschen.

Das konnte doch nicht sein? Es durfte nicht sein. Es war zu früh!

Die nächste Welle schickte das unerträgliche Ziehen bis in die Kniekehlen. Um ein Haar hätte Elsa den Schmerz hinausgeschrien und spürte im selben Moment, wie ein ganzer Schwall aus ihr herausquoll und auf den Boden platschte. Ohne groß darüber nachzudenken, hob sie den Arm, ließ ihn auf die Waschschüssel herabfallen und zog diese über den Rand.

Lulu starrte wie paralysiert nach vorn, sämtliche Härchen an ihren Armen richteten sich auf. Etwas stimmte nicht mit Elsa. Die Waschschüssel hatte sie mit voller Absicht zu Boden gerissen. Oder etwa nicht? Nun waren Schürze und Rock durchnässt, Schwester Rosalia versuchte, Elsa am Ellenbogen zu greifen, sie zu stützen, doch die Wärterin wehrte ab. Vehement sogar. Ein Wortwechsel folgte, immer heftiger schüttelte Elsa den Kopf, auch Herzog und Paintner mischten sich ein, aber sie blieb hartnäckig. Das sah man sogar aus der Ferne. Also begann Schwester Rosalia die Scherben aufzulesen und das Wasser aufzuwischen, während Professor und Student sich wieder ihrem Patienten auf dem Untersuchungswagen zuwandten, um ihr Werk zu vollenden.

Lulu stand auf. Etwas verloren schüttelte Elsa Wassertropfen aus Rock und Schürze, so als wüsste sie nicht genau, was sie da tat. Dann verzog sie das Gesicht, fasste sich in die Seiten und verließ durch das Lehrmittelzimmer den Hörsaal.

»Das beweist wieder einmal, dass Weiber für so etwas zu zart besaitet sind.« Dinglreiter beugte sich aus der Bank und sah zu Lulu hoch. »Wie geht es da Ihnen?«

»Gut.«

»Als Tochter des Direktors mag das anders …«

Den Rest hörte Lulu nicht mehr, sie rollte der Reihe nach die Finger aus den geschlossenen Fäusten und rechnete. Es war unmöglich. Völlig ausgeschlossen. Sie hatten über alle denkbaren Varianten gesprochen, aber nicht über diese.

Ohne Dinglreiter weiter zu beachten, wandte sie sich um und verließ den Hörsaal durch den Eingang für die Studenten. Vom Zugang zum Lehrmittelzimmer aus führte eine Tröpfchenspur sie durch die Gänge bis zu einer Mauernische. Elsa kauerte am Boden. Lulu beugte sich über sie und legte ihr sanft eine Hand auf die Schulter.

»Ist es das, was ich denke?«

Elsa nickte.

»Seit wann?«

»Ein paar Stunden.«

Lulu wurde mulmig zumute. »Aber wir hatten doch vereinbart, dass ...«

Mit ihren riesigen Augen sah Elsa zu ihr hoch. »Am Morgen habe ich nur ein leichtes Ziehen gespürt. Außerdem war mir schlecht. Ich dachte, ich bekomme Durchfall.«

Himmel! Lulu brach der Schweiß aus, sie sah den Gang hinauf und hinunter. Das Gelingen ihres Plans hing vor allem davon ab, dass Elsa Anfang September – oder eben beim ersten Anzeichen von Wehen – das vereinbarte Prozedere ins Rollen brachte. Der Oberin den gefälschten Brief vorlegen, in dem stand, dass Elsa sich wegen einer neuerlichen Erkrankung der Mutter für ein oder zwei Wochen zu Hause um ihre jüngeren Brüder kümmern müsse. Dann zu Änny fahren, Babette holen, das Kind zur Welt bringen, es bei der privaten Kostfamilie unterbringen, die Änny ausgesucht hatte und die sie auch bezahlen würde.

Besonders Fanny und Lulu waren anfangs skeptisch gewesen, weil sie sich nicht vorstellen konnten, dass sich eine Schwangerschaft so lange verheimlichen ließ, aber die Hebamme und auch Änny hatten ihnen versichert, dass das schon tausendmal gelungen sei. Unter weiten Röcken, mit halbwegs geschnürtem Korsett ließ sich vieles verschleiern. Sogar die verheirateten Damen der gehobenen Gesellschaft verbargen ihren erfreulichen Zustand, so lange es irgendwie ging. Das beste Beispiel war Lulus älteste Schwester Amy. Dass sie ein Kind erwartete, hatte Lulu erst erfahren, als der kleine Robert von Ranke-Graves das Licht der Welt erblickte. Tja. Nur heimzukehren ins Breisgau, davon hatten Babette und Änny abgeraten, eine Mutter bemerkte die Veränderung vermutlich irgendwann, aber das war für Elsa ohnehin nie ernsthaft in Frage gekommen. In der weitestgehenden Anonymität als Wärterin im Kinderspital hatte das Versteckspiel gut funktioniert – bis jetzt.

»Wir müssen dich hier wegschaffen, ehe uns jemand sieht.« Lulu versuchte Elsa hochzuziehen.

»Ich kann nicht.«

»Du musst.«

Elsa stöhnte auf, krümmte sich zusammen. Lulu brauchte Hilfe. Wen konnte sie holen? Änny? Ohne die Kontakte der Schauspielerin und ihre Großzügigkeit wäre der schöne Plan von Anfang an zum Scheitern verurteilt gewesen. Vermutlich hätte sich Elsa inzwischen vor den Zug geworfen, wie sie es schon an Heiligabend hatte tun wollen. Denn als sie nach der versuchten Abtreibung in Ännys Schlafzimmer aufgewacht war, hatte sie stunden- und tagelang nur geweint und wirres Zeug von sich gegeben. Lulu war sich ziemlich sicher, dass Elsa gehofft hatte, das Kind irgendwann doch noch zu verlieren. Es wäre die einfachste Lösung gewesen. Für sie alle. Aber das Wuzerl hatte andere Pläne. Es war ein Kämpfer. Gewesen. Wurde das Flehen seiner Mutter nun doch noch erhört?

»Ich habe gelesen, dass sich vorzeitige Wehen manchmal durch die Einhaltung strenger Bettruhe beruhigen lassen.«

Elsa blickte Lulu aus großen Augen an. »Das Wasser ist gebrochen.«

Dieser Umstand änderte alles. Lulu wurde die Brust eng, sie hatte Ahlfelds *Lehrbuch der Geburtshilfe* eingehend studiert. Kinder, die vor der achtundzwanzigsten Woche geboren wurden, blieben nur äußerst selten am Leben. Mit jedem Tag, der verstrich, stiegen zwar ihre Überlebenschancen, aber nach Babettes Einschätzung und den spärlichen Angaben, die Elsa selbst gemacht hatte, war die Schwangerschaft höchstens in der dreißigsten oder einunddreißigsten Woche.

Egal, was sie von nun an taten. Das Baby würde sterben.

Fanny rannte auf Lulu zu, die versuchte, ihr den Weg zu versperren.

»Aber Herr Paintner, die Vorlesung ist doch noch gar nicht zu Ende. Was machen Sie denn hier draußen auf dem Gang?«

Wie ein Hampelmann sprang sie von einem Bein auf das andere und fuchtelte mit den Armen durch die Luft, um ihr die Sicht zu versperren. Wäre die Lage nicht so ernst gewesen, Fanny hätte lauthals gelacht. Aber sie hatte das Platschen des Wassers gehört, bevor die Schüssel auf dem Boden zerschellt war. Sie war sich absolut sicher, und das konnte nur eines bedeuten.

Schroffer als beabsichtigt stieß sie Lulu zur Seite und ging nun selbst vor Elsa in die Hocke. Was sollte sie sagen? Wie anfangen? Vermutlich erschreckte sie die in Schwierigkeiten geratene Wärterin mit ihrer Anwesenheit zu Tode, denn einen wildfremden Studenten wünschte sich in einer solch heiklen Situation garantiert niemand an der Seite.

»Ich bin's, du …«, begann sie, doch Elsas Blick aus den riesigen, angsterfüllten Augen ließ sie verstummen, und auch Lulus aufgeregte Stimme drang schon wieder an ihr Ohr.

»Sicher ist es nur eine Magenverstimmung. Wenn Sie so freundlich wären, mir zu helfen, Wärterin Elsa in ihre Kammer zu bringen, dann lässt sich das bestimmt mit ein paar Tagen Bettruhe auskurieren.«

Auskurieren? Hoffentlich meinte Lulu das nicht ernst? Fanny drehte sich zu ihr um und wäre um ein Haar zur Seite gekippt, weil die Direktorentochter wie verrückt an ihrem Janker zerrte.

»Magenverstimmung? Bettruhe?«, keifte sie und gab sich keine Mühe mehr, ihre Stimme zu verstellen, als sie sich hochrappelte. »Bist du blind?«

»Nicht, was mich angeht.«

Fanny und Lulu fuhren gleichzeitig zu Elsa herum, die wieder etwas Farbe im Gesicht hatte.

»Sieh hin, Lulu.« Elsa nahm Fannys dargebotene Hand, kam stöhnend auf die Beine und lächelte gequält. »Der schöne Anton ist etwas zu schön, findest du nicht?«

Fanny schwankte wie nach einem Schlag in die Magengrube. »Woher weißt du …?« Obwohl die Enttarnung ihrer Maskerade im Vergleich zu dem, was Elsa gerade durchmachte, selbstredend eine Lappalie war, schickte sie Fanny kalte Schauer über den Rücken. Wenn Elsa den Mummenschanz durchschaute, taten es andere früher oder später auch.

»Keine Bange«, sagte Elsa, als könne sie ihre Gedanken lesen. »Der Anzug ist tadellos und die Frisur auch. Ich habe euch reden hören. Dich und Änny. An meinem Krankenbett. Als ich noch zeitweise im Delirium lag.«

»Oh.« Fanny atmete auf, nur … worüber hatten sie noch gesprochen? Über Ännys Nebeneinkünfte? Über Rosa? Sie hätten vorsichtiger sein müssen. Viel vorsichtiger.

»Deinem Gesichtsausdruck nach zu urteilen fürchtest du wohl, ich könnte dich verraten? Obwohl ihr so viel für mich getan habt?« Elsa verzog den Mund und fasste sich an die Seite. »Sei ganz unbesorgt, bei mir ist dein Geheimnis sicher.«

»Ist er etwa eingeweiht?«, fragte Lulu dazwischen und hakte Elsa unter, um sie zu stützen. »Seit wann?«

»Anton eingeweiht? Der ist wie immer völlig ahnungslos. Genau wie du«, bleckte Fanny und wunderte sich über sich selbst. Gerade hätte sie noch weinen können, weil all ihre Träume nach der Demaskierung drohten, den Bach runterzugehen, doch jetzt – obwohl Elsas Kind sich anschickte, viel zu früh zur Welt zu kommen – stahl sich ein Grinsen in ihre Mundwinkel. Weil sie förmlich mitansehen konnte, wie die Gedanken sich hinter Lulus unschuldig blasser Stirn überschlugen. Wie dort alle Lichter auf einmal angingen.

»Aber ...« Lulu griff ihr blitzschnell in die kurzen Haare, zog daran, packte sie dann am Kinn und zwang sie den Mund aufzumachen. »Da, die Zahnlücke! Die ist mir vorhin schon verdächtig vorgekommen. Du, du ... ich fasse es nicht! Du gibst dich als Mann ...«

Elsa stieß einen kehligen Laut aus und krallte die Finger in die Arme ihrer Helferinnen. »Schluss mit der Zankerei! Bringt mich hier weg. Schnell!«

Also nahmen Fanny und Lulu die Freundin in die Mitte und gelangten wie durch ein Wunder unbemerkt über die Hintertreppe in den Hof.

»Dein Koffer?« Lulu wischte ihre verschwitzten Hände am Rock ab. »Du musst deinen Koffer mitnehmen, sonst glaubt dir das doch kein Mensch mit der Krankheit deiner Mutter.«

»Stimmt«, gab Fanny ihr recht. »Kannst du ihn holen?«

»Er ist noch nicht gepackt«, gestand Elsa.

»Und der Brief?«

»Ich dachte, ich hätte noch Zeit, und wollte nicht riskieren, dass ...«

»Herrje!« Fanny warf den Kopf in den Nacken. Ihre schönen Pläne lösten sich in Luft auf. »Außerdem können wir dich so nicht in eine Kutsche setzen. Du bist klatschnass.«

Elsa sackte stöhnend in die Knie. Im selben Moment kam eine Barmherzige Schwester aus der Wäscherei und trug einen riesigen Stapel Grauwäsche vor sich her. Lulu versperrte ihr die

Sicht und gab vor, dem verirrten Studenten Paintner zu zeigen, wie er zurück zum Hörsaal gelangte. So naiv und unschuldig war die Direktorentochter vielleicht doch nicht, dachte Fanny und spielte mit, bis die Schwester endlich im Haupthaus verschwand.

»Die Kontraktionen kommen in recht kurzen Abständen, kann das sein?« Lulu tippte auf ihre Uhr, als könne sie so die Zeit anhalten. »Die Eröffnungsperiode dauert bei Erstgebärenden eigentlich um die achtzehn Stunden, hat Babette gesagt. Die Austreibung ungefähr zwei Stunden. Die Nachgeburtsperiode noch mal ein bis zwei Stunden. Insofern sollten die Abstände noch viel größer sein, oder?«

»Kommen die Wehen überhaupt schon regelmäßig?«, fragte Fanny nach. Erst dann sprach man eigentlich vom Beginn der Geburt. Oder war alles sowieso ganz anders, weil die Schwangerschaft noch nicht ausgereift war? Den vorzeitigen Blasensprung hatte die Hebamme jedenfalls nur am Rande erwähnt. *Darüber reden wir am besten gar nicht,* so ihre Worte.

»Wir müssen dich in Ännys Wohnung schaffen. Irgendwie. Kannst du auf …?«

Weiter kam Lulu nicht. Elsa erbrach sich mehrmals, schob dann eine Hand unter den Rock und starrte nur einen Atemzug später auf ihre blutigen Finger.

»Ich glaube, es kommt.«

»Jetzt?«

Elsa nickte.

»Das kann doch … Das ist völlig un…«, stammelte Lulu entsetzt.

Während Fanny noch überlegte, was um Himmels willen sie tun könnte, stieß Elsa ein tiefes, langgezogenes Knurren aus, das ihr alle Haar zu Berge stehen ließ.

»Sie presst doch nicht etwa?«, formten Lulus Lippen über Elsa hinweg lautlos die Worte.

»Wo sollen wir sie hinbringen? In die Wäscherei?« Fanny wusste, dass Elsa dort versucht hatte, die Eiblase aufzustechen, doch Lulu schüttelte den Kopf.

»Um diese Zeit geht es dort zu wie in einem Taubenschlag. Eigentlich kommt nur das Kesselhaus in Frage, aber Josef, der Maschinist, er …«

Von beiden Seiten umfassten sie Elsas Oberkörper, griffen ihr unter die Kniekehlen, hievten sie hoch und liefen über den Hof. Elsa wog nicht viel und machte ihnen doch große Mühe. Bei jedem Schritt hatte Fanny das Bild von einem Kind im Kopf, das aus Elsas Röcken fiel wie ein Apfel aus den Ästen eines Baumes.

»Hier rein.« Lulu drückte mit Ellbogen und Hinterteil die Tür auf, leitete sie an der riesigen Dampfmaschine vorbei bis zu einer Kammer am hinteren Ende der Halle.

Das Maschinistenzimmer.

Auf dem provisorischen Schreibtisch lagen Detailpläne von Maschinen ausgebreitet, darüber gebeugt ein rothaariger Mann, der von einem Leberwurstbrot abbiss und ein seltsam geformtes Stück Holz zwischen den Fingern drehte. Er sah hoch und vergaß zu kauen. Sekundenlang sprang sein Blick von einer zur anderen, und erst ein weiteres tiefes Knurren aus Elsas Kehle erweckte ihn zum Leben, ließ ihn Atem holen und hinunterschlucken.

Für Erklärungen blieb keine Zeit. Fanny und Lulu stellten Elsa auf die Füße, sie ging jedoch sofort stöhnend in die Hocke und krallte sich an Fannys Unterarmen fest. Lange. Sehr lange. Bis die Anspannung endlich nachließ und ein Aufatmen durch ihren Körper lief. Ihr zartes Gesicht schien nur noch aus Augen zu bestehen. Riesige, angsterfüllte durchscheinend blaue Augen, die in Josefs Richtung blickten. Sie zitterte.

Fanny strich ihr über den Rücken, sie wollte etwas sagen, sie trösten, aufmuntern, ihr gut zureden, doch ihr fiel nichts ein. All die Mühe, das Versteckspiel, das Planen war umsonst gewesen. Hätte Elsa damals die Eihaut durchstoßen und nicht irgendeine Vene oder sonst etwas verletzt, wäre ihr und dem Kind viel erspart geblieben.

»Der Kopf, er ist ... da.«

Der Kopf. Ist. Da? Die Worte donnerten wie Hammerschläge von innen gegen Fannys Schädel. So schnell?

Lulu schien die Nachricht weitaus besser zu verdauen, sie schnippte erst in Josefs und dann in Richtung Pritsche. »Sie muss sich hinlegen. Sofort.«

Der Stuhl kippte, als der Maschinist aufsprang, seinen Schreibtisch umrundetet und Joppe, Kappe und ein paar andere Sachen zusammenraffte.

Fanny dagegen konnte sich keinen Millimeter mehr bewegen. Sie stand da wie eingefroren, sah unbeteiligt zu, wie Josef mit den Händen mehrmals über den abgewetzten Bezug wischte, bis kleine Staubwolken zur niedrigen Decke aufstiegen, während Lulu sich Elsas Arm um die Schultern legte und versuchte die Freundin hochzuziehen. Doch Elsa wehrte Lulus Bemühungen ab, kauerte sich stattdessen erneut auf den Boden.

Nie zuvor in ihrem Leben hatte Fanny sich so hilflos gefühlt, obwohl sie als Einzige seitenweise die Inhalte aller gängigen Geburtshilfelehrbücher herunterbeten konnte, wenn es sein musste. Aber es war Lulu, die geistesgegenwärtig ihr Tuch von den Schultern riss, als Elsas Adern am Hals dick wie Regenwürmer anschwollen, die sich neben der Freundin auf den Boden kauerte, ihre Röcke anhob und die Hände ausstreckte. Keine Sekunde zu früh, denn fast augenblicklich glitt ein winziges, glitschiges Etwas hinein. Josef eilte zu Hilfe, hob Elsa hoch und wie auf ein geheimes Zeichen hin trug er sie zur Pritsche, während Lulu mit dem Neugeborenen hinterherkam und dabei genau darauf achtete, die Nabelschnur nicht zu spannen.

Gott!

Arme und Beine des Babys fuhren auseinander, wie um irgendwo Halt zu finden. Es sah krebsrot und faltig aus. Fanny brachte es nicht fertig, irgendetwas Sinnvolles zu tun. Dann spürte sie auf einmal Josefs Blick. Eine Gänsehaut kroch ihr in den Nacken. Er umrundete ein weiteres Mal den Schreibtisch und trat dicht an sie heran.

»Verschwinde!«, zischte er, und sein Atem traf Fanny wie ein harter Windstoß im Gesicht. »Raus hier!«

Lulu spürte die Wärme dieser wundersam weichen Haut sich tief in ihr Herz eingraben. Sie löste eine solche Welle der Zärtlichkeit aus, dass sie vergaß zu atmen. Dann erst kam die Angst. Und die Traurigkeit.

Das Neugeborene war so klein. So hilflos. So voll Blut. Darunter rot und mager. Die Haut über und über mit Haaren bedeckt. Wie ein Äffchen. Aber viel runzeliger. Wie schwer mochte es sein? War es ein Mädchen? Oder ein Junge? Lulu war sich nicht sicher. Bewegte es sich überhaupt?

Josef schob Elsa seine Jacke als Kissen ins Genick und ging zur Seite, um etwas Platz zu schaffen für …

… ein erstes Kennenlernen? Das endgültige Abschiednehmen? »Raus hier!«

Lulu wandte den Kopf, sah Josef Nasenspitze an Nasenspitze mit Fanny stehen. Dachte er etwa, Studiosus Paintner hätte Elsa in Schwierigkeiten gebracht?

Doch Lulu musste sich jetzt um andere Dinge kümmern, das winzige Bündel Mensch in die Arme seiner Mutter legen. Wenigstens ein Mal.

»Hier kommt dein Kind«, sagte sie leise und hob der frisch gebackenen Mutter das Neugeborene entgegen. Elsa stützte sich auf den Ellbogen ab ... und erschrak? Mehrmals schnappte sie nach Luft, versuchte sich wie panisch nach hinten wegzuschieben. Und drehte sich zur Wand. Langsam und endgültig.

Lulu zersprang das Herz in tausend Teile. Sekundenlang starrte sie auf Elsas Rücken, hörte ihren stoßweisen Atem. Himmel! Was gab es Schlimmeres, als eine Mutter, die ihr Kind nicht in die Arme schließen wollte?

Vorsichtig legte sie das kleine Wesen am Fußende der Pritsche ab, denn noch waren Mutter und Kind verbunden. Die Nabelschnur pulsierte. *Funiculus umbilicalis.*

Erst wenn sie abkühlte, würde sie aufhören zu schlagen. Hatte Babette ihnen erklärt. *Gebt dem neugeborenen Würmchen etwas Zeit*, hatte sie außerdem gesagt. *Es braucht ein wenig, bis sie den ersten Atemzug tun. Manchmal dauert es nur ein paar Augenblicke, manchmal länger. So oder so ist es schwer auszuhalten.*

Die Sekunden verstrichen. Lulu griff nach ihrem Schultertuch und wischte dem Baby damit über das winzige Gesicht. Über Hals, Bauch und Arme. Noch einmal über Nase und Mund. Oh! Was sie für Blut gehalten hatte, war keines. Unterhalb des linken Nasenlochs klaffte ein Spalt. Eine Hasenscharte.

Hatte Elsa sich deshalb erschrocken?

Lulu blies dem Neugeborenen ins Gesicht. Der winzige Mund zuckte, der Spalt wurde größer, formte ein schiefes Lächeln. Gar nicht dramatisch. Lulu hatte schon weitaus schlimmere Spaltbildungen gesehen.

Ein Fäustchen reckte sich nach oben, die Augen unter den

durchscheinenden Lidern bewegten sich, doch der Pulsschlag in der Nabelschnur ebbte allmählich ab.

Kein kräftiger Schrei. Kein Atemholen. Nichts.

In Laufzorn, wenn die Ferkel im Stall geboren wurden und die Lebensschwachen nicht gleich zappelten und versuchten, an die Zitzen zu kommen, dann packte der Knecht sie bei den Hinterläufen und schüttelte sie, dann rubbelte er sie ins Leben.

»Es ist zu klein.«

Josef stand auf einmal hinter ihr. Er sprach so leise, dass Elsa es unmöglich hören konnte.

»Soll ich es fortbringen?«

Fortbringen? »Wohin?«

Er hob die Schultern. »Isar?«

»Du willst es wie ein Kätzchen ertränken?«

»Das wird nicht nötig sein. Es atmet nicht. Umso dringender müssen wir es verschwinden lassen. Niemand darf es sehen.«

Lulu begann mit den Fingern Wellenlinien über den leblosen Körper zu ziehen, blies ihm stärker ins Gesicht.

Der Maschinist legte eine Hand auf ihren Arm, wie um sie aufzuhalten. »Manchmal ist es gnädiger, sie gehen zu lassen.«

»Woher willst du das wissen?«

Er seufzte. »Weil ich auch das Kind einer ledigen Mutter bin, mit einem Vater, der sich einen Dreck um uns geschert hat.« Er nickte in Richtung Tür, hinter der Fanny verschwunden war.

»Aber ...«

»Kein Aber!«, unterbrach er sie. »Acht Tage nach meiner Geburt musste meine Mutter die Gebäranstalt verlassen, sie wusste nicht, wohin, und es war bitterkalt. Also hat sie mich im Allgemeinen Krankenhaus auf einen Wagen gelegt und ist davongelaufen.«

»Oh.«

»Ich weiß es nur deshalb, weil sie mir einen Brief in die Windeln steckte, den die Barmherzige Schwester, die mich damals gefunden hat, für mich aufbewahrte.«

»Die Schwestern haben dich aufgezogen?«

Josef schüttelte den Kopf. »Nein. Findelkinder kommen auf Koststellen, und dort reicht man sie weiter, wenn sie unbequem werden. Ich war auf elf verschiedenen Koststellen. Es ist ein schmutziges Geschäft.«

Lulu wurde mulmig zumute. Vielleicht hatte Josef recht. »Bei ihr wird es anders sein, wenn sie ...«

»Überlebt?« Er legte den Kopf schief. »Du weißt schon, dass gut ein Drittel aller Neugeborenen in München kein Jahr alt wird, oder? Für Kostkinder sieht es noch schlechter aus. Von ihnen sterben ungefähr die Hälfte, die meisten schon im ersten Monat. Erst recht, wenn sie in einem solchen Zustand sind.«

Die Haut des Kindes verfärbte sich ins Bläuliche.

Josef schob Lulu beiseite, griff nach der Nabelschnur, und ehe Lulu verstand, was er tat, drückte er sie mit dem Fingernagel seines Daumens so fest gegen seinen Zeigefinger, dass sie bereits zur Hälfte durchtrennt war.

»Was tust du da?«

»Das, was nötig ist.« Er kappte auch noch die letzte Verbindung zwischen Mutter und Kind, wischte die blutigen Hände an seiner Hose ab und wollte die Kleine hochnehmen. Doch Lulu kam ihm zuvor, presste das Würmchen an sich, strich ihm über den Kopf, spürte die weiche Haut diesmal wie Samt an ihrem Hals.

»Elsa muss entscheiden«, sagte sie.

Doch Elsa rührte sich nicht. Auch nicht, als Lulu ihr auf die Schulter tippte und ihr ins Ohr hauchte, um zu fragen, was nun geschehen solle. Die Freundin starrte einfach stur gegen die

Wand, und Lulu blieb nichts anderes übrig, als Josef zuzusehen, wie er die Pläne beiseiteschob, ein leidlich sauberes Handtuch und eine Decke aus dem Blechschrank holte und sie auf dem Schreibtisch ausbreitete. Den ledernen Tornister, in dem er sein Leberwurstbrot und das Bier hergebracht hatte, leerte er und stellte ihn daneben. Um das Neugeborene darin fortzubringen. Um Elsas Kind verschwinden zu lassen. So, als hätte es nie existiert.

Josef Bauer streckte die Arme aus. Er wollte es hinter sich bringen, wollte tun, was getan werden musste. Doch ehe er mit seinen großen, schwieligen Händen zupackte, umschlossen Lulus Finger die stäbchendünnen Fesseln des Mädchens. Sie hob es kopfüber hoch und schüttelte es, klopfte ihm dabei kräftig auf den Rücken. Einmal. Zweimal. Zigmal. Sie konnte nicht mehr damit aufhören, obwohl sie tief in ihrem Inneren wusste, dass alle Mühe vergebens war.

»Lass es«, zischte Josef nach einer Weile und drückte von hinten Lulus Arme nach unten.

Sie wehrte sich, versuchte ihn wegzuschubsen, doch er war stark. Viel stärker. Und er hatte recht.

Als Lulu sich geschlagen gab und die Kleine zurück auf die Pritsche bettete, strömten die Tränen wie Sturzbäche über ihre Wangen. Elsa starrte weiterhin apathisch gegen die Wand, interessierte sich kein bisschen für ihr Kind, das zwischen ihren Beinen lag.

Und starb.

Nein! Es durfte nicht sein. Irgendjemand musste doch für das kleine Wesen kämpfen, wenn es die Mutter schon nicht tat. Mit der Armbeuge wischte Lulu die Tränen fort und begann ihre Fingerspitzen erneut in kräftigen Wellenlinien über den mageren Körper zu ziehen. Zwischendurch rüttelte sie. Rubbelte. Immer

abwechselnd. Immer stärker. Gerade als Josef erneut zugreifen wollte, um endlich zu tun, was getan werden musste, bäumte sich Elsas Baby auf und machte seinen ersten Atemzug.
Dann öffnete es die Augen und sah Lulu an.

Elsa fühlte nichts als eine tiefe, unendliche Leere in ihrem Inneren.
Und Schuld.
Ein Kainsmal. Vergeltung für ihre Sünden. Mutters Worte.
Dabei hatte sie in den letzten Tagen angefangen zu glauben, sie könnte ihr Kind vielleicht doch lieben. Es in die Arme schließen, sich wenigstens verabschieden, wenn es schon nicht bei ihr bleiben durfte. Doch jetzt fühlte es sich an, als hätte jemand in sie hineingefasst und das Leben aus ihr herausgerissen. Elsa war zersprungen. In tausend Stücke. Erst recht, als sie die Lippenspalte sah. Es war, als stünde ihre Mutter leibhaftig vor ihr, mit diesem missbilligenden Zug um den Mund und dem Bibelvers auf den Lippen.
»Fräulein Hirschberg?«
Elsa zuckte zusammen, riss die Arme über den Kopf. Es dauerte, bis sie die Stimme zuordnen konnte. War er denn nicht auch davongelaufen? Erst Fanny, dann Lulu und schließlich er?
»Ich habe sauberes Wasser und Seife geholt. Darf ich?« Elsa spürte einen feuchten Lappen auf der Stirn. Auf den ausgetrockneten Lippen. An Wangen und Hals. »Leider ist es eiskalt.«
Die Kälte tat gut. In der Kammer direkt neben dem Kesselraum war die Hitze mörderisch, es gab kaum Frischluft, trotzdem wollte Elsa nicht, dass Josef weitermachte, dass er ihr Schweiß und Tränen abwischte, dass er ihre Hände und Arme abrubbelte, dass er versuchte, sie zum Leben zu erwecken. Schon wieder. Aber

sie hatte nicht die Kraft, ihn aufzuhalten, also ließ sie es geschehen. So wie sie seit dem Tag im Waschhaus alles einfach hatte geschehen lassen.

Er legte eine Hand auf ihre Schulter und zwang sie, sich von der Wand wegzudrehen. Es brauchte noch zwei Finger am Kinn, damit auch ihr Kopf nachfolgte, doch sie konnte ihm beim besten Willen nicht in die Augen sehen, als er ihr eine verschwitzte Strähne aus der Stirn strich.

Sie hatte ihr Kind verstoßen. Sich nicht darum geschert. Kein bisschen.

Er trat ans Fußteil der Pritsche und hob ihren Rock an. »Ich werde sie später vergraben.«

Sprach er von ihrem Baby? Lag es noch dort zwischen ihren Beinen? »Ist es«, sie versuchte, sich aufzurichten, »tot?« Jetzt sah Elsa Josef doch an.

Er zuckte mit den Schultern. »Ich weiß es nicht. Auch nicht, wohin Fräulein von Ranke es gebracht hat. Aber es ist klein. Winzig klein. Ich hätte nicht gedacht, dass es überhaupt anfängt zu atmen, trotzdem wird es …«

Er musste es nicht aussprechen, sie wusste es selbst. Deshalb hatte sie den ganzen Morgen lang nicht glauben wollen, dass das Ziehen in Bauch und Rücken Wehen sein könnten. Weil sie in einem so frühen Stadium einer Schwangerschaft nicht Leben brachten – wie das eigentlich der Fall sein sollte –, sondern Tod.

»Aber ich meinte nicht das Kind, ich habe von der Nachgeburt gesprochen. Ich werde sie zusammen mit der Leibwäsche vergraben. Sicher ist sicher.«

Die Nachgeburt. Die Leibwäsche. Elsa biss so fest auf ihre Unterlippe, dass sie anfing zu bluten, als Josef ihr erst die Schuhe, dann Beinkleider und Unterrock auszog, die Nachgeburt darin einwickelte und alles in seinem Tornister verstaute, um schließlich mit festen Strichen Blut und Schleim von ihren Beinen zu wischen. Dann half er ihr, sich aufzusetzen, holte den Rest seines Leberwurstbrotes und was vom Bier übrig war.

»Du musst etwas essen und trinken, Elsa, damit du schnell wieder zu Kräften kommst.«

Du? Elsa? »Ich kann nicht, Josef.« Sie atmete tief durch. Förmlichkeiten waren nun wirklich fehl am Platz.

Er setzte sich neben sie auf die Pritsche. »Du musst. Je eher du wieder deiner Arbeit nachgehst, desto besser.«

»Aber ...«

Er hatte recht. Sich bei Änny zu verkriechen machte keinen Sinn mehr. Es war geschehen, schneller, als sie alle erwartet hatten, und jetzt musste es weitergehen. Weil niemand erfahren durfte, was sie für eine war. Weil Lulu und die anderen ein großes Risiko eingegangen waren, um ihr zu helfen. Weil nur so eine winzige Chance auf ein bisschen Zukunft erhalten blieb. Und weil viele Frauen überall auf der Welt kurz nach einer Geburt wieder ihrem Tagwerk nachgingen. Warum also nicht auch sie.

Elsa richtete sich auf, umschloss den Krug mit beiden Händen und trank ihn in einem Zug leer.

»Jetzt das Brot.«

Josef hielt es ihr direkt unter die Nase. Der Geruch war alles andere als angenehm, aber sie zwang sich hineinzubeißen.

»Gut so.«

Das Kauen machte Mühe. Elsa wünschte, sie hätte etwas Bier aufgespart. Ob ihr Kind noch lebte? Vielleicht glitt es genau in diesem Moment hinüber? Elsa war froh, dass wenigstens Lulu bei ihm war. Wo sie es wohl hinbrachte?

»Heute Abend soll es gewittern.«

Überrascht wandte sie den Kopf.

Er lächelte. »Da wern's fluchen, die Bauern, wenn's ihnen das Heu verregnet.«

Ein verzweifeltes Lachen gluckste Elsa aus der Kehle. Sie verschluckte sich daran und musste husten.

»Du weißt, was ich sagen will?«

Oh, ja, Elsa wusste es. Ihr Geheimnis war bei ihm sicher, und sie mussten nicht weiter darüber reden. Sie lehnte den Kopf an seine Schulter und begann zu weinen.

Lulu ließ Oberin Amalberga nicht aus den Augen, als diese Elsas Baby aus dem Handtuch wickelte, es in die Wiegemulde legte und das Laufgewicht verschob, bis sich die Waage einpendelte.

»Tausendeinhundertneunzig Gramm.«

Ihr Vater schlug das Stationsbuch auf und ließ den Zeigefinger über die Tabelle mit den durchschnittlichen Geburtsgewichten gleiten. Lulu wagte nicht, näherzutreten oder auch nur in seine Richtung zu sehen. Noch hatte er keine Fragen gestellt, aber das würde er tun. Ganz sicher.

»Scheitel-Sohlen-Länge neununddreißig Zentimeter.« Die Oberin rollte das Maßband auf, sortierte es zurück in die Schublade, nahm im selben Zug das Thermometer heraus, gab etwas Öl auf die Spitze und schob es dem Baby in den Po. Einige bange Minuten vergingen, dann atmete sie auf. »Sechsunddreißig, neun. Noch keine Unterkühlung messbar.«

Das hätte Lulu ihr auch sagen können.

Direktor von Ranke hob das Neugeborene selbst zurück auf den Untersuchungstisch, um es erstmals genauer in Augenschein zu nehmen. »Atmung oberflächlich und unregelmäßig, Haut leicht bläulich. Fingernägel erreichen nicht die Fingerkuppen. Körper großflächig mit dichtem Lanugohaar bedeckt. Ohrmuschel unreif und die Schamlippen haben ebenfalls noch das etwas zwitterhafte Aussehen. Rachen- und Patellareflex nicht vorhanden.« Er neigte den Kopf und überlegte. »Achtundzwanzigste bis dreißigste Woche, würde ich annehmen. Allerhöchstens einunddreißigste.«

Ein Mädchen also. Lulu freute sich darüber.

Oberin Amalberga holte einen neuen Patientenbogen aus einer Schublade und notierte die bislang gesammelten Daten, kontrollierte die Temperatur des Wassers in der Badewanne, hüllte das kleine Mädchen in eine dünne Stoffwindel und ließ es endlich in die Wärme gleiten. Sofort bewegte es Arme und Beine und entspannte sich.

»Ziemlich sicher vergebene Liebesmüh«, hörte Lulu ihren Vater sagen. »Nur knapp fünf Prozent der Frühgeburten unter tausend Gramm überleben das erste Jahr. Keine allzu gute Prognose.«

»Dann hoffen wir mal, dass die knapp zweihundert Gramm den Unterschied machen«, schickte Schwester Amalberga hinterher und ließ die Kleine so weit wie möglich im Wärmebad versinken. Die Stoffwindel umschloss Kopf und Gliedmaßen wie eine Eihaut. Nur Nase und Mund ragten noch heraus.

»Es kommt jetzt alles darauf an, dass wir dem Fröschchen die bestmögliche Pflege angedeihen lassen.« Lulus Vater fuhr sich durch den Backenbart und seufzte. »Mir sind tatsächlich nicht viele Fälle persönlich bekannt, in denen solche Kinder ohne größere Komplikationen oder Schädigungen überlebt hätten, trotzdem ... oder gerade deshalb ... wollen wir unser Bestes geben.« Er trat neben Schwester Amalberga. »Sie wissen, worauf es ankommt, Frau Oberin?«

»Aber natürlich, Herr Direktor. Wärmepflege, Mutter- oder wenigstens Ammenmilch und peinliche Sauberkeit, um Infektionen zu vermeiden.«

»Exakt.« Professor von Ranke sah über die Brillengläser hinweg in Lulus Richtung. »Operiert nicht Kollege Herzog heute Nachmittag den Nabelschnurbruch?«

»Ja.« Oberin Amalberga warf einen Blick auf die Uhr an der Wand. »In gut einer Stunde.«

Der neugeborene Junge war frühmorgens in die pädiatrische Poliklinik gebracht und von dort sofort auf Station überstellt worden. Lulu hatte die kindskopfgroße Ausbuchtung, wo sich Leber und Darm durch die dünne Haut deutlich abgezeichneten, selbst gesehen.

»Macht die Mutter einen gesunden Eindruck?«

»Sehr gesund sogar.«

Nun verstand auch Lulu, worauf die Oberin und ihr Vater hinauswollten. »Soll ich sie holen?«, fragte sie aufgeregt.

Eine erst kürzlich von ihrem Kind entbundene Mutter als Amme wäre geradezu perfekt. Zwar war Kolostralmilch nicht die optimale Nahrung für ein Frühchen, denn eigentlich brauchte es nur das, was durch die Plazenta zugeführt wurde, aber soweit Lulu wusste, gab es keine bessere Alternative.

»Frühgeburten mit einem Geburtsgewicht unter tausenddreihundert Gramm können in den ersten Lebenstagen normalerweise nicht selbst saugen«, gab Oberin Amalberga zu bedenken. »Erst recht nicht mit Lippenspalte. Es reicht also, um etwas Milch zu bitten.«

»Aber man soll doch selbst die Kleinsten unbedingt an die Brust legen«, wandte Lulu ein und erntete dafür zwei Paar hochgezogene Brauen. »Habe ich gelesen«, schob sie hinterher.

Ihr Vater nickte. »Frau Oberin, wären Sie so freundlich, nachzufragen? Ich denke, es ist besser, wenn Sie der jungen Mutter die Umstände erklären. Da sie um unentgeltliche Behandlung ihres Kindes gebeten hat, nehme ich an, ihr wäre ein kleiner Zuverdienst als Amme willkommen.«

»Davon gehe ich aus.«

»Falls sie sich bereit erklärt, soll Assistenzarzt Wollenweber sie untersuchen. Tuberkulose, sonstige Infektionskrankheiten. Sie wissen schon.«

»Natürlich.«

»Mein Fräulein Tochter wird inzwischen übernehmen.«

Etwas überrumpelt sah Lulu ihren Vater an. Normalerweise schickte er sie stets aus dem Raum, wenn Untersuchungen oder Behandlungen stattfanden. Um *ihr zartes weibliches Gemüt* zu schonen, wie er sagte. Außerdem stehe sie sowieso nur im Weg herum. Lulu ärgerte sich jedes Mal über seine herablassenden Äußerungen und war skeptisch, ob er es diesmal wirklich ernst meinte. Als er ihr aber aufmunternd zunickte, trat sie neben die Schwester ans Wärmebad, tauchte die Hände hinein und ließ sich das Neugeborene auf den Unterarm legen. Mit Daumen und Zeigefinger umschloss sie das dünne Ärmchen direkt unterhalb der Schulter. Die schwarzen Augen blickten wach und aufmerksam zu ihr hoch, fast als würde das Wuzerl seine Retterin wiedererkennen. Lulu klopfte das Herz bis zum Hals, das verzweifelte Rütteln, Rubbeln und Reiben kam ihr in den Sinn, ein kalter Schauer huschte ihr über den Rücken, und sie bemerkte kaum, dass Schwester Amalberga sich neben ihr die Hände abtrocknete und den Raum verließ.

»Häng dein Herz nicht an das Fröschchen. Nur wenn sie eine große Kämpferin ist, wird sie den morgigen Tag erleben.« Lulus Vater stützte sich mit beiden Händen am Beckenrand auf. »Und dann geht der Kampf erst richtig los. Die nächsten fünf Tage, der erste Monat, das erste halbe Jahr. Der erste Geburtstag. Auch die Spaltenoperation muss überstanden werden. Nichts wird einfach sein. Auch danach noch.«

Lulu sah zu ihrem Vater hoch und spürte mit einmal Mal die

alte Verbundenheit. Als sie klein war, hatte er oft in diesem Ton mit ihr gesprochen, ihr Dinge erklärt, sich für ihre kindlichen Wünsche und Träume interessiert und begeistert. Sie war Papas Liebling gewesen, doch mit jedem Jahr, das sie älter und ihr Dickkopf größer geworden war, hatten sie sich voneinander entfernt.

Sie nahm eines der Beinchen zwischen Zeige- und Mittelfinger und strich vorsichtig von er Wade abwärts über Knöchel und Fußrücken bis zu den winzigen Zehen. »Ich weiß, dass wenig Hoffnung besteht.«

»Gemäß dem *Deutschen Hebammenlehrbuch* gelten Neugeborene erst ab der neunundzwanzigsten Woche als Frühgeburt, vorher spricht man von Abort, von Fehlgeburt. Viele Hebammen handeln entsprechend und legen solche Kinder beiseite, um der Natur ihren Lauf zu lassen.«

Lulu wurde die Kehle eng. Sie musste an Babette denken. Was sie wohl getan hätte? Und an Josefs Worte. Dass es vielleicht wirklich gnädiger wäre.

»Sterben die Babys nicht innerhalb von Stunden oder Tagen, landen sie meist doch noch bei uns im Krankenhaus. Manchmal legt man sie uns sogar einfach vor die Tür.« Der so selten gewordene warme Ton in der Stimme des Vaters verschwand.

Lulu spürte seinen Blick wie Feuer auf der ihm zugewandten Wange. Ihr wurde heiß und kalt. Zum Glück musste sie sich ganz auf das kleine Wesen in ihren Händen konzentrieren und brauchte ihm nicht in die Augen zu sehen.

»Wo, sagtest du, hast du sie gefunden?«

Sie räusperte sich. »Auf den Stufen vor dem Portal. Um ein Haar wäre ich über sie gestolpert.«

»Beim Kommen oder beim Gehen?«

»Ähm … macht das einen Unterschied?«

»Durchaus. Also?«

In Lulus Kopf wirbelten die Gedanken durcheinander. Sie war eine miserable Lügnerin. »Als ich hier angekommen bin.«

»Ich dachte, du warst in Herzogs Vorlesung?«

Er wusste von ihren Besuchen im Hörsaal? Lulu wurde blass. Erst recht, als er ihr eine Hand auf die Schulter legte, wie um die Wahrheit, was dieses Findelkind anging, aus ihr herauszudrücken.

»Kollege Wittmann hat mich darüber informiert. Dein lieber Onkel Herzog hat natürlich bestritten, dass er davon Kenntnis hat, aber ...« Lulus Vater winkte ab. »Ich hätte es rigoros verboten, nur damit du es weißt, aber deine Mutter ist fest davon überzeugt, dass es dich, genau wie diese fast schon alberne Leidenschaft fürs Radfahren, davon abhält, anderen Unsinn zu treiben.« Er schob seine Brille hoch. »Vielleicht hat sie recht, ich allerdings hege die Hoffnung, dass sich dieses Hirngespinst vom Medizinstudium in Wohlgefallen auflöst, wenn dir erst klar wird, was die jungen Männer leisten müssen, wie hart die Realität eines Arztes ist und dass es ohne Anstrengung nicht geht. Arzt zu werden und zu sein hat rein gar nichts mit deinen romantischen Vorstellungen zu tun. Außerdem hast du dich schon immer sehr überschwänglich für Dinge begeistert, aber schnell die Lust verloren, sobald es beschwerlich wurde.«

Er sprach von den Klavier-, Mal- und Reitstunden und wahrscheinlich auch von der höheren Töchterschule. Lulu konnte ihm nicht einmal widersprechen, denn er hatte recht. Weh tat es trotzdem, ihn so reden zu hören.

»Wage es nicht, nun auch in meiner Vorlesung aufzutauchen. Das verbitte ich mir. Verstanden!«

»Werde ich nicht«, sagte sie kleinlaut.

Er griff sich das Handtuch vom Untersuchungstisch und zog es auseinander. »Darin war es eingewickelt?«

Fast wünschte Lulu, ihr Vater würde weiter von ihrem mangelnden Durchhaltevermögen und ihren Hirngespinsten sprechen und nicht von der vorgetäuschten Aussetzung.

»Siehst du die Initialen?« Er wies auf die eingestickten Buchstaben. »B und J. Wie Bauer Josef, unser Maschinist.«

Verdammt! Daran hatte Lulu keine Sekunde gedacht, als sie Elsas Tochter nach ihrem ersten Atemzug in schierer Panik in das nächstbeste Handtuch gewickelt hatte und mit ihr ins Haupthaus des Haunerschen Kinderspitals hinübergerannt war. Was, wenn ihr Vater Josef zur Rede stellte? Jetzt gleich? Dann würde er Elsa dort antreffen! Damit wäre ihr Leben endgültig ruiniert. Und das des Maschinisten gleich mit. Niemand würde ihm glauben, dass er mit dieser Geburt nicht das Geringste zu tun hatte. Oder war dem gar nicht so? Der Gedanke war nicht neu, aber bislang hatte Lulu das für völlig abwegig gehalten und da er vorhin fast auf Fanny – also eigentlich Anton – losgegangen wäre …

»Das wird er mir erklären müssen. Ein Kind auszusetzen ist strafbar.«

Lulu brach der Schweiß aus. »Aber es gibt sicherlich Dutzende Bauer Josefs in München.« »Oder Johanns, Josefas, Johannas, Basls, Bartls, Bruckners? Zig Varianten sind vorstellbar.«

»Auch wieder wahr.«

»Und er wäre doch niemals so dumm, das Kind ausgerechnet bei uns vor die Tür zu legen. Mit seinem Handtuch.«

»Vermutlich nicht. Der Maschinist ist ein schlauer Bursche, aber in der Not haben schon die intelligentesten …«

»Außerdem habe ich jemanden wegrennen sehen. Eine Frau.« Lulu musste Vaters Spekulationen unbedingt in andere Bahnen lenken.

»Tatsächlich? Wie sah sie denn aus?«

»Ungefähr so groß wie ich, schlank, in Rock und weißer Bluse.« Lulu zählte auf, was ihr gerade in den Sinn kam und keinesfalls auf Elsa zutraf. »Kein blütenweißer Teint, eher dunkle Haut, auch die Haare braun oder schwarz. Eine Dienstmagd vielleicht. Oder nein, keine Dienstmagd. Ein bisschen exotischer, etwas aufgetakelter. Sie war schnell.«

Professor von Ranke sah seine Tochter über die Brillengläser hinweg an. »Dann muss sie eine Komplizin gewesen sein, denn nach dem Zustand des Nabels zu urteilen, ist die Geburt keine Stunde her. Kaum vorstellbar, dass die Mutter nach so kurzer Zeit schon derart gut zu Fuß war, meinst du nicht?«

Oh, oh, er roch den Braten. Eindeutig.

»Lag das Kind eigentlich in einem Körbchen? War ein Brief dabei oder sonst etwas?«

»Nichts, nein.« Es kostete Lulu Mühe, ihre Stimme fest und bestimmt klingen zu lassen, und sie war keinesfalls sicher, ob ihr Vater sie nicht trotzdem durchschaute.

»Also warst du gar nicht in Herzogs Vorlesung?«

»Ähm … doch.« Was sagte Ida immer? *Wenn du lügst, bleib möglichst nah an der Wahrheit, das ist am sichersten.* Also erzählte sie von Elsas Malheur mit der Wasserschüssel, erwähnte ein paar Mal das Wort Diarrhö und dass sie die Wärterin in ihre Kammer begleitet hatte.

»Und dann?«

»Was meinst du?«

»Warst du noch einmal zu Hause? Du sagtest vorhin, du hast das Kind gefunden, als du …«

Die Tür ging auf, und Oberin Amalberga kam mit einer rundlichen, jungen Frau herein. Es musste die Mutter des Nabelschnurbruchs sein, denn ihre Augen waren vom Weinen gerötet, und vorne auf ihrer Bluse zeichneten sich deutlich zwei nasse, kreisrunde Flecken ab. Direkt hinter ihnen schob Schwester Rosalia eine Couveuse ins Säuglingszimmer.

»Die Bettflaschen habe ich mit heißem Wasser befüllt, der Schwamm ist getränkt, und warme Tücher habe ich auch gleich mitgebracht.« Sie stellte das Wärmebett an die Wand und half der frisch gebackenen Mutter, sich zu waschen. Die Oberin nahm Lulu das Neugeborene ab, hob es aus dem Wasser, trocknete es ab und wickelte es in die warmen Tücher. »Dann wollen wir mal.«

Als sich die Amme auf dem Stillstuhl zurechtsetzte und die Schwester ihr das winzige Kind an die Brust legte, begann sie herzzerreißend zu weinen. »Aber des is doch für mei Bubilein, wenn er wieder aufwacht.«

»Es ist genug für alle beide da, keine Angst«, beruhigte sie die Oberin. »Aber jetzt pssst! Je ruhiger wir uns alle verhalten, desto besser.«

Gebannt beobachtete Lulu, wie die Barmherzige Schwester die Wange des Babys vom Ohr her immer wieder Richtung Mund über die Brustwarze strich, wie sie auch den kleinen Finger zu Hilfe nahm, um den Suchreflex auszulösen, aber das Mädchen wandte nicht ein einziges Mal den Kopf oder öffnete die Lippen.

»Das wird nichts«, sagte die Oberin nach einigen weiteren vergeblichen Versuchen und nickte in Richtung Mitteltisch, wo die Milchpumpe schon bereitstand. »Dann muss eben der gute alte Löffel herhalten.« Sie probierte es mehrmals, doch auch damit funktionierte es nicht.

»Also die Sonde«, beschied Lulus Vater, der alles mit etwas Abstand beobachtet hatte, und nahm den dünnen Nélatonkatheter vom Tisch, während Schwester Rosalia das winzige Baby zurechtlegte.

Lulu ging ein Brennen durch Mund, Kehle und Bauch, alles in ihrem Inneren zog sich zusammen, als ihr Vater die Sonde einführte, die Oberin eine winzige Menge Milch in den Trichter gab und dabei leise auf das Neugeborene einredete. Erst als nach einer kleinen Ewigkeit der Pegel im Schlauch sank, entspannte Lulu sich.

»Es hilft, wenn man ihnen gut zuredet, dann nehmen sie die Nahrung besser auf«, erklärte Lulus Vater und zog den Patientenbogen zu sich heran. »Fütterung bis auf weiteres alle drei Stunden, die Menge langsam steigern.« Er rechnete, notierte die genauen Anweisungen für die nächsten Stunden und verstaute den Bogen anschließend in dem dafür vorgesehenen Fach des Brutschranks.

Währenddessen schraubte Schwester Rosalia die obere Glasplatte ab und bettete die Kleine in der Couveuse auf die Matratze. »Und jetzt heißt es schlafen, schlafen und noch mal schlafen«, sagte sie.

Wenig später verließ Oberin Amalberga mit der Amme die Säuglingsabteilung, um in der Milchküche alles Weitere mit ihr zu besprechen, und Lulus Vater wurde vom Assistenzarzt in die Innere Abteilung gerufen.

»Darf ich noch eine Weile hierbleiben?«, fragte Lulu, ehe er hinauseilte.

»Meinetwegen.« Professor von Ranke blieb stehen und schaute sich noch einmal nach seiner Tochter um. »Aber denk bitte daran, was ich dir gesagt habe.«

Häng dein Herz nicht an das Fröschchen. Lulu nickte, doch dafür war es längst zu spät.

Als sich die Tür hinter dem Vater schloss, trat Schwester Rosalia neben Lulu und zeigte auf das Thermometer im Brutkasten. »Sie braucht es schön warm, darf aber nicht überhitzen. Könntest du ein Auge darauf haben, dass die Temperatur im grünen Bereich bleibt? Wenn sie anfängt zu sinken, musst du nur die Glasplatte auflegen und festschrauben. Geht das?«

»Ich denke schon.«

»Ruf mich, wenn etwas ist.«

Erst jetzt bemerkte Lulu, dass im angrenzenden Säuglingszimmer gleich mehrere der kleinen Patienten bitterlich weinten. All ihre Sinne waren einzig und allein auf dieses winzige Wesen hinter der Glasscheibe gerichtet, der Rest der Welt war ausgesperrt gewesen. Lulu streckte die Hand aus und strich über die runzelige Stirn. Sie musste nach Elsa sehen, ihr beistehen. Und Josef warnen.

»So leid es mir tut, kleine Madame, ich muss dich verlassen, sobald Schwester Rosalia zurückkommt.«

Das zu früh geborene Mädchen verzog das Gesicht, als ob ihm nicht gefiele, was es hörte. Lulu lächelte, gleichzeitig versetzte ihr das Klaffen der Lippenspalte einen Stich. Behutsam strich sie über die zarten Wangen, tippte gegen die geballten Fäustchen und schnappte nach Luft, als sich eine Hand öffnete und sich die dünnen Finger im nächsten Augenblick um Lulus Zeigefinger schlossen. Erstaunlich fest.

»Gut so. Das ist sehr gut«, schluchzte sie auf. »Du bist eine Kämpferin. Bravo!«

Ehe Lulu etwa eine halbe Stunde später das Couveusenzimmer verließ, nahm sie den Patientenbogen aus der Halterung, strich das Wort *Anonyma* durch, das ihr Vater zuoberst eingetragen hatte, und schrieb in die vorgesehene Zeile für den Namen stattdessen: Tilda.

Die Kämpferin.

 # Hackenviertel

einen Tag später | Anatomische Anstalt, Schillerstraße 25

Fanny schlich die Stufen zum Lieferanteneingang des Leichenkellers hinunter. »Seid so gut und verplappert euch nicht, sonst ...«

»Ja, ja«, blaffte Änny im Flüsterton zurück, »Lulu und ich passen auf. Keine Angst.«

Das wollte Fanny ihnen auch geraten haben. Sie riskierte mit dieser Nacht-und-Nebel-Aktion eine Menge, aber erstens hatte Änny es verdient, dass auch mal jemand etwas für sie tat, zweitens hatte der freipräparierte Fötus der Frauenleiche Fannys Entschlusskraft um einiges gestärkt, und drittens hatte sie das Geld bitter nötig. Ihre Lage wurde mit jedem Tag verzweifelter. Wäre nicht gerade Sommer, hätten sie und ihr Bruder frieren und vermutlich auch hungern müssen. Außerdem brauchte sie dringend einige Bücher, und die Miete war fällig. Anton drohte seit Neuestem damit, sie demnächst auffliegen zu lassen, wenn sich nichts änderte, und nicht einmal Änny konnte ihn noch zur Räson bringen. Vielleicht wollte sie es auch gar nicht. *Bring mich zu Rosa*, hatte sie stattdessen vor einer Woche gesagt und mit den hundert Mark durch die Luft gewedelt.

Änny. Sie war schon ein komischer Vogel. Gerade hauchte sie kühn wie eine Berufsverbrecherin in ihre Fäuste, obwohl die Nacht ungewöhnlich lau war. Fanny wusste, die harte Fassade war nur aufgesetzt. Das stets so unerschütterliche Fräulein Geissler-

Lee war nervös. Immerhin hoffte sie zu erfahren, ob die Tote wirklich ihre Freundin war.

Allerdings war sich Fanny nicht so sicher, ob von der Leiche genug übrig war, um sie eindeutig zu identifizieren. Und selbst wenn, damit war noch rein gar nichts bewiesen. Rosa konnte auch freiwillig ins Wasser gegangen sein. Viele unterschiedliche Szenarien waren denkbar und vermutlich ließ sich nichts davon hieb- und stichfest beweisen. Außerdem hatte Fanny keine Ahnung, ob Änny einem solchen Anblick überhaupt gewachsen war.

Etwas linkisch zupfte sie ein weiteres Mal ihre Haare unter der Kappe zurecht. Obwohl Fanny wusste, dass Elsa ihre Maskerade nur deshalb durchschaut hatte, weil sie ein Gespräch zwischen ihr und Änny mitgehört hatte, fühlte sie sich heute in Antons Kleidern beinahe genauso nackt und ausgeliefert wie an ihrem ersten Tag als Student Paintner. Sie liebte das Dasein an der Universität, keine Frage, aber mit jedem Tag, der verging, fand sie es ungerechter, dass sie sich dafür verstellen musste. All die kindischen Sternschnuppenwünsche waren dumm gewesen. Sie wollte nicht in die Haut ihres Bruders schlüpfen, um zu tun, was sie liebte, sie wollte es in ihrer eigenen tun. Als ordentlich immatrikulierte Studentin. Hier in München.

Sie nahm die Kappe ab und wischte mit der Hand darüber. Die überstürzte Geburt des kleinen Mädchens steckte ihr noch in den Knochen. Fanny durfte gar nicht daran denken, wie haarscharf sie daran vorbeigeschrammt waren aufzufliegen. Und wie überfordert sie mit der Situation gewesen war. Sie schämte sich sehr deshalb. Geburtshilfe war definitiv nicht ihr Metier. Sie war einfach davongelaufen und nicht zurückgekommen.

Von Lulu wusste Fanny, dass Josef sich auch diesmal um alles gekümmert und er Elsa aufgepäppelt hatte. Heute Morgen war sie schon wieder ihren Pflichten als Wärterin nachgegangen, als wäre nichts gewesen. Erstaunlich. Aber Babette hatte genau das gestern Abend vorhergesagt, als Fanny kurz bei ihr gewesen war, um ihr zu sagen, dass ihre Pläne sich in Luft aufgelöst hatten. Körperlich werde sich Elsa sehr schnell von der Geburt erholen, so die Hebamme, aber die belastenden Umstände, die missglückte Abtreibung im Waschhaus, die Ungewissheit danach und jetzt auch noch die traumatische Sturzgeburt gingen keinesfalls spurlos an ihr vorüber. Und die Lippenspalte konnte alles noch schlimmer gemacht haben.

Obwohl Lulu aus Fannys Sicht das einzig Richtige getan hatte, als sie das Neugeborene in die Obhut des Spitals gab, sah Babette darin ein nicht kalkulierbares Risiko – für sie alle. Es war unmöglich abzuschätzen, wie Elsa auf ihre Tochter reagieren würde, nachdem sie die Kleine direkt nach der Geburt nicht einmal ansehen wollte und sich bislang auch nicht nach ihr erkundigt hatte. Jedes Mal, wenn Lulu versucht hatte, mit Elsa zu reden, war sie ihr ausgewichen, so als erinnere sie sich überhaupt nicht an das, was vor nicht einmal vierundzwanzig Stunden passiert war.

Das zu früh geborene Findelkind war im Kinderspital Gesprächsthema Nummer eins, trotzdem konnte Lulu nicht mit Sicherheit sagen, ob Elsa den Zusammenhang schon erkannt hatte. Vermutlich brauchte sie einfach Zeit, um alles zu verdauen. Mehr als hoffen und beten, dass Elsa in einer Kurzschlussreaktion nicht doch noch alle verraten und ins Unglück stürzen würde, konnten sie jetzt ohnehin nicht tun.

»Am besten gehst du mit Elsa allein ins Couveusenzimmer«, sagte Änny unvermittelt zu Lulu, als hätte sie Fannys Gedanken erraten. »Dann siehst du, wie sie es aufnimmt, und kannst entsprechend reagieren.«

»Das wird nicht so ohne Weiteres möglich sein. Sämtliche Schwestern, Ärzte und Wärterinnen wollten schon einen Blick auf die kleine Tilda werfen, aber Schwester Rosalia, die für ihre Pflege abbestellt ist, wacht wie eine Löwin über sie und lässt niemanden zu ihr.«

»Tilda? Wie Mathilda, die Kämpferin? Wer hat das denn ausgesucht?«, wollte Änny wissen. »Soweit ich weiß, bekommen Findelkinder ihren Namen erst, wenn feststeht, dass nicht doch noch eine Mutter auftaucht, oder wenn man sie endgültig ins Waisenhaus oder auf eine Koststelle gibt.«

Fanny brauchte die Antwort nicht zu hören, sie sah Lulu an der Nasenspitze an, dass sie dafür verantwortlich war. »Eine gute Wahl«, lobte sie. »*Nomen est omen*. Mir gefällt er.«

Ob Elsa ebenso dachte? Fanny konnte sich nicht entsinnen, dass sie sich je zu möglichen Jungen- oder Mädchennamen geäußert hätte. Doch das war im Moment nebensächlich. Die kleine Kämpferin hatte den ersten kritischen Tag überstanden, nur darauf kam es an.

Fanny wandte den Kopf und musterte Lulu. Im schwachen Mondlicht schimmerten ihre Haare wie Kupfer. Ihre Augen lagen in tiefen schwarzen Höhlen. Es kam Fanny vor, als wäre die Direktorentochter über Nacht erwachsen geworden. Sie hatte außerdem überraschend geistesgegenwärtig reagiert – bei allem, was mit Elsa und ihrem viel zu früh geborenem Kind zu tun gewesen war. Und sie hatte Fanny bislang nicht auf ihren gestrigen Aussetzer angesprochen. Dafür war sie ihr überaus dankbar. Trotzdem hätte Lulu gar nicht hier sein dürfen, aber gerade als Fanny mit Änny zu dem nächtlichen Ausflug aufbrechen wollte, stand sie auf einmal vor der Tür, um ihnen von Tilda zu berichten. Ihren etwas wirren Schilderungen zufolge, hatte sie fast den ganzen Tag und die halbe Nacht abwechselnd im Couveusenzimmer und in Elsas Kammer verbracht. Sie hatte sicher kaum geschlafen, ließ sich aber nicht davon abhalten, in die Anatomische Anstalt mitzukommen.

»Wie macht sich Tilda? Was hast du für ein Gefühl?«, fragte Änny.

Fanny wusste, sie war untröstlich, dass Elsa ihr Kind nicht wie geplant in ihrem Ankleidezimmer bekommen hatte. Schon seit Ewigkeiten lag eine Garnitur viel zu vornehmer Babywäsche in Seidenpapier eingeschlagen in ihrem Schrank bereit, und jetzt konnte die Schauspielerin nicht einmal ins Spital gehen, um die kleine Tilda anzusehen oder sie wenigstens einmal auf den Arm zu nehmen. Jedenfalls nicht, ohne verdächtig zu wirken. Für Fanny galt das Gleiche, nur zersprang ihr nicht das Herz deswegen, so wie es bei Änny aus unerfindlichen Gründen der Fall zu sein schien und was eigentlich gar nicht zu ihr passte.

»Sie schläft die ganze Zeit.« Lulu fuhr sich mit beiden Händen über das Gesicht. »Und sie hat abgenommen. Fünfzig Gramm seit gestern.« Die Sorge stand ihr ins Gesicht geschrieben.

Fanny lächelte aufmunternd. »In den ersten Tagen ist das normal, glaube ich.«

»Das sagt Vater auch«, versuchte Lulu etwas heiterer zu klingen. »Er hat Tilda heute während der Sondierung ein Wattestäbchen mit Milch in den Mund geschoben, und sie hat tatsächlich angefangen zu saugen.«

»Ein gutes Zeichen, oder?«, fragte Änny vorsichtig.

Oh, es konnte noch so viel passieren. Fanny war am späten Nachmittag in der Bibliothek gewesen. Zwar hatte die medizinische Fachliteratur zur Versorgung Frühgeborener nur wenig zu bieten, aber dass ein solches Leben am seidenen Faden hing, hatte sie trotzdem verstanden.

»Das Atmen macht ihr Probleme, ihre Haut marmoriert immer wieder ins Bläuliche, und sie hat Atemaussetzer. Manchmal denke ich, wenn niemand da wäre, um sie anzustupsen, würde sie einfach aufhören.«

Fanny legte einen Arm um Lulu. »Genau deshalb ist ja dauernd jemand bei ihr, nicht wahr?«

Lulu nickte. Fanny sah die Tränen in ihren Augen glitzern.

»Ihr Muskeltonus ist insgesamt viel zu schlaff. Sie spreizt häufig die Finger, worüber ich mich jedes Mal gefreut habe, aber laut Oberin Amalberga zeigt das an, dass sie sich nicht wohlfühlt und ihr etwas zu schaffen macht.«

»Sieht sie schlimm aus?« Änny tippte mit dem Finger gegen ihre Oberlippe.

»Nein, gar nicht.« Lulu schüttelte den Kopf. »Gaumen und Kiefer sind nicht betroffen. Sie hat Glück, da Professor Herzog sie operieren wird. Die Korrektur der angeborenen seitlichen Lippenspalte ist sein Lieblingseingriff. Es wird nur eine kleine Narbe bleiben.«

Wenn es dazu kam. Fanny sah, dass sie alle das Gleiche dachten.

»Ist das erblich?«, fragte Änny in das nachdenkliche Schweigen hinein.

Herrjemine! Fanny spürte ein Kribbeln in der Magengrube. »Daran habe ich noch gar nicht gedacht. Vielleicht hat der Kindsvater auch eine?« Weder Lulu noch Änny noch Fanny wusste, wer Tildas Vater war. Elsa hatte nie ein Wort darüber verloren.

»Josef hat jedenfalls keine«, bemerkte Änny, die auf dem Weg hierher von den Verdächtigungen wegen des Handtuchs erfahren hatte. »Und Männer mit Hasenscharte dürfte es in München haufenweise geben. Da wird es schwierig werden, den Verantwortlichen zu finden.«

»Auch wieder wahr.« Fanny setzte die Kappe zurück auf den Kopf. »Wann wird Herzog sie operieren?«

»Sobald sie dreitausend Gramm wiegt.«

»Und wie lange dauert es bis dahin?«

Lulu zuckte mit den Schultern. »Das lässt sich schlecht vorhersagen. Zuerst einmal muss sie den nächsten Tag, die nächste Woche überstehen. Und ihr Geburtsgewicht wieder erreichen.«
Ein Schritt nach dem anderen. Fanny verstand.

Das Ratschen eines Schlüssels ließ die drei jungen Frauen zusammenzucken, die Tür ging einen Spalt breit auf, und der Widerschein eines Lichts blendete sie.

»Tut mir leid, ausgerechnet heute war der Nachtportier mit seiner Runde spät dran, deshalb ...« Rupp stoppte mitten im Satz. »Was zum Teufel macht sie hier?« Er nickte in Lulus Richtung. »Bist du verrückt geworden, Anton?«

»Sie will nur ein kleines Abenteuer erleben«, mischte sich Änny ein und streckte Rupp die Hand hin. »Änny Geissler-Lee. Ist mir ein Vergnügen. Und vorab schon mal vielen Dank.«

Um ihren Kommilitonen erst gar nicht ins Zetern kommen zu lassen, schlug Fanny ihm kameradschaftlich auf die Schulter. »Nun hab dich nicht so, Rupp. Ob sie uns zu dritt oder zu viert erwischen, macht keinen Unterschied.«

»Das ist nicht lustig! Neben dem Portier wohnen mehrere Laboratoriums- und Saaldiener im Institut. Sie sind zwar daran gewöhnt, dass auch nachts manchmal Betrieb herrscht oder etwas angeliefert wird, aber ...«

»Vorsicht ist die Mutter der Porzellankiste. Ja, ja.« Fanny boxte ihm freundschaftlich gegen die Brust.

Normalerweise ließ sie sich nicht zu derlei Vertraulichkeiten hinreißen, aber sie wollte nicht, dass er wegen Lulu einen Rückzieher machte. Und tatsächlich, der verkniffene Zug um Rupps Mund entspannte sich. »Hier entlang«, sagte er und führte sie durch einen langen, sterilen Gang. Fanny konnte nur mit Mühe die Beschriftungen an den Türen entziffern. Sie passierten das Photographische Atelier, ein Röntgenzimmer, Konservierung I und II sowie die Vorratsräume I bis III. Vor der letzten Tür blieb Rupp stehen. »Da wären wir.«

Sie lag im Aufbahrungsraum? Wirklich? Fanny hätte Rupp am liebsten umarmt. In diesem kapellenartig ausgestatteten Zimmer konnten Hinterbliebene Abschied nehmen. Sicher war es auch für Änny leichter, ihre Freundin – wenn es denn Rosa war – in einer solchen Umgebung und nicht in den eigens für das Leichenmaterial konstruierten Konservierungsbehältern oder auf den gekühlten Granitplatten aufgestapelt zu sehen. »Danke«, sagte sie überwältigt und drückte Rupps Hand. Dinglreiter mochte ein Tollpatsch sein, aber er hatte definitiv ein großes, mitfühlendes Herz. »Macht es dir etwas aus, uns allein zu lassen?«

Und ob es ihm etwas ausmachte, die Kinnlade fiel ihm regelrecht herunter, aber Lulu reagierte prompt, hakte sich bei ihm ein und zog ihn mit sich fort.

»Wäre es möglich, dass Sie mir alles zeigen?«, schmeichelte sie. »Das wäre fantastisch.«

»Sie wollen den Leichenkeller sehen, Fräulein von Ranke?«

»Unbedingt!«

Damit war es entschieden. Das neu formierte Paar ging davon, und Fanny öffnete die Tür, um Änny den Vortritt zu lassen. Doch die Schauspielerin stand da wie ein Kind ganz vorne am Fünfmeterbrett. Der letzte, alles entscheidende Schritt kostete zu große Überwindung, also packte Fanny ihre Hand und zog sie mit sich. Das hier konnte sowieso nicht behutsam vonstattengehen, dann lieber ein Sprung ins kalte Wasser, umso schneller war es vorbei.

Sie schloss die Tür hinter sich, hörte die Schritte der anderen sich entfernen. Rupp hatte sich große Mühe gegeben. Sogar ein kleiner Strauß Wiesenblumen stand auf dem Beistelltisch mit dem Kruzifix, Kerzen brannten.

Änny schlug trotzdem die Hand vor den Mund, als Fanny den Kopf der Toten aufdeckte. Von der rechten Gesichtshälfte war nicht viel übrig. Nur auf der linken Seite, im Bereich von Augenbraue, Nase und Mund, gab es noch ein handtellergroßes unversehrtes Stück Haut. Für jemanden wie Änny, die nie zuvor mit Toten oder gar Leichenpräparation in Berührung gekommen war, musste es ein verstörender Anblick sein. Doch zu Fannys Überraschung erlangte die Schauspielerin schnell die Fassung zurück, nahm ihr sogar das Tuch aus der Hand und schlug es ganz zurück.

»Gewöhnt man sich an den Anblick?«

»Recht schnell sogar.«

»Sie ist es.«

Wie lange hatte Änny für diese Erkenntnis gebraucht? Fünf Sekunden? »Bist du sicher?«, fragte Fanny skeptisch, aber die Freundin wies ruhig und bestimmt auf eine Narbe unterhalb der Augenbraue.

»Ihr kleiner Bruder hat sie dort aus Versehen mit der Mistgabel erwischt. Als sie zwölf war.«

Fanny inspizierte die Stelle etwas genauer. Zweifelsfrei eine alte Narbe.

»Wo ist das Begleitheft, von dem du gesprochen hast?«

Es lag am Fußende der Bahre. Rupp hatte wirklich an alles gedacht.

»Hier.«

Änny nahm es in die Hand und blätterte durch die Einträge. Manchmal schnaubte sie laut auf. »Rosa war keine Zigeunerin. Ihre Großmutter stammte aus Italien. Sie konnte sehr gut schwimmen.«

Sogar wenn sie Olympiasiegerin im Schwimmen gewesen wäre, dachte Fanny, half das in eiskaltem Wasser rein gar nichts.

»Dreißigster Dezember 1898?«

Natürlich fiel ihr das auf. Auch Fanny hatte es die Haare aufgestellt, als Dinglreiter das Todesdatum erwähnt hatte.

»Zeig mir das Kind. Bitte.«

Also klappte Fanny einige Hautlappen zurück, verschob Organe und Strukturen, bis der inzwischen gänzlich freipräparierte Fötus zum Vorschein kam.

Änny sah genau hin. »Mutter und Kind im Tode vereint. Soll mich das trösten?«

Die Schauspielerin zuckte mit den Schultern und atmete tief durch. Nur das kaum wahrnehmbare Stocken verriet Fanny, wie emotional dieser Moment für sie war.

»Wenigstens durfte Elsas Baby zur Welt kommen und musste nicht so enden.«

Fanny war nicht sicher, ob sie ebenso empfand. Sie hatte die pragmatische Sicht auf die Welt von ihren Eltern übernommen. Manchmal war ein Tod eben gnädiger als das Leben, und ob sich der Kampf für Tilda lohnte, würde sich erst noch herausstellen. Oftmals war der Preis zu hoch. Trotzdem hoffte sie, dass wenigstens Elsa sich recht bald besann und es als glückliche Fügung betrachtete, dass sie und ihr Kind noch am Leben waren, dass ihre Kleine außerdem so nah bei ihr war und sie etwas Anteil nehmen durfte.

Änny streckte die Hand aus und berührte den Kopf des Fötus. »Das hier ist jedenfalls der Grund, warum Rosa sterben musste.«

»Badetod klingt sehr plausibel«, Fanny verwies auf die entsprechende Stelle im Begleitheft. »Das kalte Wasser, die Schwangerschaft. Sie kann ohne Weiteres an Kreislaufversagen gestorben sein.«

»Bestimmt hat er sie vergiftet.«

Er? »Dafür gibt es keinerlei Anzeichen. Außerdem kann sie genauso gut freiwillig ins Wasser gegangen sein.«

»Er hat damit gedroht, sie zu vergiften. Rosa hat es mir selbst erzählt.«

»Wer hat ihr gedroht?«

Änny winkte ab. »Ich kenne seinen Namen nicht, aber ich weiß, wie er aussieht.«

Das klang mehr als vage.

»Was passiert mit ihr?«

Fanny verstand nicht ganz.

»Wenn ihr mit ihr fertig seid.«

Ach so. »Sie wird bestattet.«

Änny nickte und holte eine Schere aus ihrer Tasche. Nach kurzem Zögern schnitt sie eine Strähne von Rosas Haar ab und wickelte sie sich wie einen Ring um den Finger. »Darf ich ihr Herz mitnehmen?«

Ihr Herz? Fanny fiel aus allen Wolken. Hatte sie gerade richtig gehört? »Auf keinen Fall.«

»Ich möchte zu Hause begraben werden, wenn irgendetwas passiert, hat sie gesagt.«

Fanny schluckte. Hätte sie sich doch nur nicht auf diese Sache eingelassen. Ihr schlug das Herz bis zum Hals. Oder hörte sie Schritte? Auf dem Gang? Lief jemand auf Zehenspitzen in ihre Richtung?

Das federleichte Getrappel kam schnell näher. Dann ging die Tür auf, und Lulu schlüpfte herein.

»Der Hausmeister ist noch mal zurückgekommen, fast hätte er mich gesehen«, flüsterte sie atemlos. »Wir sollen hier drinbleiben, alle Lichter löschen und warten, bis Rupp uns ein Zeichen gibt.«

Sofort blies Änny die Kerzen aus, und Fanny legte den Lichtschalter um. »Jesus, Maria und Josef«, stieß sie aus, als sie sich wieder umdrehte. Rosas Magen leuchtete in der Dunkelheit blass gelbgrün.

»Was ist das?«

Fanny spürte, wie sich Ännys Fingernägel in ihre Haut bohrten, doch sie konnte nicht antworten, denn sie sah den Absatz auf Seite 175 in Guder's *Gerichtliche Medizin* vor sich, als hätte jemand soeben das Buch vor ihr aufgeschlagen. *Die Vergiftungen mit Phosphor enden oft am ersten Tag schon tödlich, ehe noch parenchymatöse Zerstörungen sich ausgebildet haben. Dann kann man im Magen den knoblauchartig riechenden Phosphor im Dunkeln leuchten sehen.*

»Fanny«, flehte Änny tonlos. »Was ist das? Bitte sag es mir.«

»Phosphor.«

»Von Zündhölzern?« Diesmal war es Lulus Stimme. »Um die Frucht abzutreiben?«

»Zündhölzer?« Ännys Fingernägel bohrten sich noch tiefer in Fannys Arm. »Natürlich! Jetzt erinnere ich mich. Es lagen drei leere Schachteln in Rosas Kammer auf dem Boden, als ich ein paar Tage nach ihrem Verschwinden bei ihr war und mir ihre Vermieterin den Prospekt von der Hamburg America Line gezeigt hat.«

»Vielleicht wollte Rosa vor ihrer Abfahrt die letzten Zündhölzer verbrauchen und hat danach vergessen aufzuräumen?«

»Nur gab es keinen Ofen in Rosas Kammer.«

»Trotzdem. Sie kann es auch selbst getan haben. So wie viele andere Frauen vor ihr. Verrenn dich nicht, Änny. Bitte!«

»Warum dann die Mär von der Schiffspassage nach New York?«

Darauf hatte Fanny auch keine Antwort.

 ## Nymphenburg

drei Tage später | Südliche Auffahrtsallee zum Volksgarten

Lulu rutschte auf dem Sattel hin und her und drehte den Kopf. »Spürst du etwas, Ida?«, fragte sie ratlos nach hinten.

Die Freundin trat fester in die Pedale und holte auf. »Oh, ja, durchaus.« Sie verzog das Gesicht wie ein Kind, das den Eltern gerade den Streich seines Lebens spielte.

»Wirklich? Ich merke rein gar nichts. Nichts Angenehmes jedenfalls.«

»Du musst erst die richtige Stelle finden, du Dummerchen. Beug dich mal etwas weiter nach vorn.«

Lulu versuchte es und tatsächlich, wenn sie sich in einem bestimmten Winkel gegen das Vorderteil des Sitzleders drückte und dabei ganz leicht bewegte, spürte sie, dass dieser – von ihr bislang völlig unbeachtete – Punkt da unten zwischen ihren Beinen bis in ihre Eingeweide ausstrahlte. Eine merkwürdige Hitze loderte dort, die umso intensiver pulsierte, je mehr Lulu ... daran arbeitete?

»Aha! Du bist fündig geworden.« Ida lachte übermütig und warf den Kopf zurück.

Sofort setzte Lulu ein teilnahmsloses Gesicht auf und schaute sich um. Hätte sie ihre Eltern nicht vor gut einer Woche zufällig vom Turnsaal aus über dieses Thema sprechen hören, sie wäre nie im Leben auf die Idee gekommen, wozu ein Fahrradsattel noch gut sein konnte. Dabei reichten ihr die anderen Vorzüge des Radfahrens vollkommen. Seit sie mit ihrem Veloziped immer öfter allein durch die Stadt radelte, kam es ihr vor, als streife sie dabei jedes Mal eine von den vielen Schichten ihrer konventionell anerzogenen Zwänge ab. Sie fühlte sich zum ersten Mal in ihrem Leben als denkende, selbstständige Frau – zumindest ansatzweise.

Die junge, leidenschaftlich auftretende Berlinerin, die beim letzten Treffen des Vereins für Graueninteressen gesprochen hatte, kam Lulu in den Sinn. Sie vertrat die Meinung, dass sich die neue Selbstständigkeit der Frau auch auf die eigene Sexualität erstrecken müsse. Diese Idee war für Lulu vollkommen neu. Und sie machte ihr ein bisschen Angst, um ehrlich zu sein.

Masturbation.

Herrjemine! Das Berliner Fräulein hatte das Wort so oft in den Mund genommen, dass Lulu davon ganz schwindlig geworden war. Zum Glück hatte sie es da bereits in *Meyers Konversationslexikon* nachgeschlagen, sonst wäre sie sich reichlich dumm vorgekommen. Im Kompendium wurde unter dem Buchstaben M auf *Onanie* verwiesen, wovon Lulu immerhin schon gehört hatte. Allerdings war sie davon ausgegangen, dass nur Männer so etwas taten. Die Formulierung, *dass die betreffende Person sich selbst durch allerhand Manipulationen mit den Geschlechtsteilen diejenigen Wolllustempfindungen zu verschaffen sucht, welche naturgemäß bei der Begattung empfunden werden*, ging ihr seither nicht mehr aus dem Kopf – ganz besonders, wenn sie sich in den Sattel schwang.

Abhilfe schaffe, so das Lexikon weiter, *angemessene körperliche und geistige Tätigkeit bei mäßiger Nahrungszufuhr und Vermeidung aller reizenden Speisen und Getränke*. Was mit reizenden Speisen und Getränken wohl gemeint war? Auch luftige Bekleidung half angeblich. Ebenso ein kühles Lager und die Vermeidung der

Rückenlage beim Schlafen. Lulu schlief seitdem nur noch auf der Seite oder auf dem Bauch, obwohl sie sich nicht vorstellen konnte, was das für einen Unterschied machte.

Ida hatte längst gewusst, was Masturbation bedeutete. Nach dem Tod ihrer Mutter fühlte sich ihr Vater in der Pflicht, dafür zu sorgen, dass seine Tochter bei der Erörterung von Frauenfragen nicht zu kurz kam. Lulu wusste, dass er die Sache etwas zu wissenschaftlich anging und Ida bei seinen Erläuterungen so manches Mal am liebsten im Erdboden versunken wäre, obwohl die Informationen prinzipiell nützlich waren – früher oder später jedenfalls.

Herzogs neuester Coup war ein Buch mit annähernd tausend Seiten, das er Ida Anfang der Woche ins Zimmer gelegt hatte. *Krankheiten und Ehe. Darstellung der Beziehungen zwischen Gesundheitsstörungen und Ehegemeinschaft*, hieß es. Es gab darin ein Kapitel über den Beischlaf, das Ida längst mit Lulu hatte *durcharbeiten* wollen, aber die Sturzgeburt, die kleine Tilda ... Lulu verbrachte jede freie Minute im Spital und wusste nicht, wo sie die Zeit hernehmen sollte. Außerdem plagte sie sofort das schlechte Gewissen, sobald sie das Couveusenzimmer verließ. Was wenn Tilda ausgerechnet dann einen Atemaussetzer hatte und niemand da war, um sie anzustupsen?

»Ich bin wahnsinnig aufgeregt«, tönte Idas Stimme munter.

Einzig und allein aus diesem Grund hatte Lulu sich umstimmen lassen. Weil sie Ida nicht den Spaß verderben wollte. Außerdem brauchte Lulu nach den langen Tagen im Krankenhaus dringend etwas Frischluft, und, na ja, auch ihr sauste seit dem Aufstehen ein Schwarm Heuschrecken durch die Eingeweide, denn der Tag war gekommen. Es war der dreiundzwanzigste Juli. Magdalenensonntag. Das Stelldichein mit dem unverschämten Thaddy Pschorr stand an.

Natürlich waren sie und Ida nicht die Einzigen, die an diesem herrlichen Sommertag dem südlichen Teil des Schlossrondells in Nymphenburg zustrebten, um vor den Vergnügungen traditionsgemäß Andacht in der Hofkapelle zu halten und sich die ausgestellten Sehenswürdigkeiten entlang des Rondells anzusehen. Massenhaft brausten Radfahrer an ihnen vorbei, sie sahen unzählige Reiter, hörten die unermüdliche Tram tuten … Die Fremdstallungen waren längst überfüllt, und vor der Einfahrt zum Abstellhof für die Equipagen hatte sich eine lange Schlange gebildet. Auch die Kutsche der Familie von Ranke musste dort irgendwo sein.

Ein mulmiges Gefühl kroch Lulu in den Magen. Sie hatte am Morgen Übelkeit vorgetäuscht, um nicht mitzumüssen. Weil sie bei Tilda im Kinderspital sein wollte. Aber wenn sie ehrlich war, hatte es schon da gänzlich andere Gründe gegeben. Das Rennen, zu dem Hardy sie eingeladen hatte, fand um ein Uhr statt. Wäre Lulu wie geplant gemeinsam mit ihrer Schwester Sissy, Siegi und ihm in die Kutsche gestiegen, hätte sie keinesfalls um zwölf Uhr bei der oberbayerischen Almhütte vorbeischauen können.

»Jetzt komm!«, rief Ida ihr zu und winkte. »Es sind so viele Menschen hier, da werden wir nicht ausgerechnet den dreien über den Weg laufen. Und ins Velodrom müssen wir ja sowieso nicht.«

Der Abstellplatz für Räder war ebenfalls überfüllt. Es dauerte ein Weilchen, ehe sie eine geeignete Stelle fanden. Am großen Eckgebäude zwischen Kanal und Hauptrestauration blieben sie kurz stehen, um zu verschnaufen.

Ida tupfte ihre Stirn trocken und sah an der Fassade hoch. »Ein Jammer, dass das Tanz- und Sportsaalgebäude nie eröffnet wurde.«

Das fand Lulu auch. Die neuste Attraktion des Volksgartens war schon vor drei Jahren gebaut worden. Tausend tanzende Paare hätten in dem großen, ohne Tragsäulen errichteten Saal Platz gehabt. Nicht einmal der größte Bierpalast Münchens, der Kindl-Keller, konnte da mithalten, nur hatte die Lokalbaukommission das Gebäude nie abgenommen.

»Wenn ich mir das so durch den Kopf gehen lasse«, sagte Ida, »ist es kein Wunder, dass der Volksgarten mit dem Velodrom als alleinige neue Attraktion bankrottgegangen ist. Wer will schon dauernd Radrennen sehen, wo heutzutage beinahe jeder selbst fährt?«

Lulu sah das etwas anders, aber in einem Punkt hatte Ida recht. Es ging bergab mit dem Volksgarten. Nicht einmal die Feierlichkeiten zur Eingemeindung von Nymphenburg Anfang des Jahres hatten hier, sondern bei der kleineren Konkurrenz im Kurgarten stattgefunden.

Immerhin reihte sich auf der Festwiese wie gewohnt Bude an Bude. Lulu freute sich darüber, als Ida sie durchs Gedränge dirigierte, denn die diesjährige Magdalenendult hatte lange Zeit auf der Kippe gestanden. Doch Karussell, Glückshafen, Schießbuden und was das Herz sonst noch begehrte – alles war da, nur das Plattenwerfen und die Schiffschaukeln hatte der Magistrat diesmal nicht genehmigt, aber dazu hatte Lulu sowieso keine Lust.

Beim Anstieg zur Almhütte begann ihr Herz allmählich wild zu hämmern. Sie geriet sogar vollkommen außer Atem und hätte sich das Korsett am liebsten vom Leib gerissen, obwohl der künstlich aufgeschüttete, vielleicht zehn Fuß über der bayerischen Hochebene liegende Berg mit Felsen und Waldung kaum eine Herausforderung darstellte. Seit sie regelmäßig Fahrrad fuhr, brachte sie nichts so schnell aus der Puste.

»Ich muss es immer wieder sagen, die Hütte sieht wirklich aus, als stünde sie mitten in den Bergen«, sagte Ida.

Innen, das wusste Lulu, erinnerte sie eher an ein normales

Wirtshaus, nur dass die Bedienungen, die Musiker und Tänzer Tiroler Tracht trugen und alle paar Stunden einen Schuhplattler aufs Parkett brachten.

Ida blieb stehen. »Findet das Tête-à-Tête eigentlich drinnen oder draußen statt?«

»Woher soll ich das wissen?«

»Wer denn sonst?«

»Und wenn er es vergessen hat?«

»Dann machen wir beide uns einen schönen Tag. Auch nicht verkehrt.«

»Und falls er ...« Lulu wusste nicht recht, wie sie es ausdrücken sollte. »Wenn er ... du weißt schon.«

»Unlautere Absichten hegt?« Ida zog Lulu weiter. »Das wollen wir doch schwer hoffen. Soviel ich weiß, bist du immer noch ungeküsst. Das muss sich endlich ändern.«

»Deshalb bin ich ganz gewiss nicht hergekommen«, entrüstete sich Lulu und spürte, wie ihr die Hitze in die Wangen stieg.

»Wozu dann?«

Das wusste sie ehrlich gesagt auch nicht mehr, aber das Flattern in ihrem Bauch wurde immer unerträglicher.

Eine halbe Stunde später waren sie viermal um die Almhütte herum und dreimal hindurch gelaufen. Thaddäus Pschorr war nicht da.

Lulu versuchte sich einzureden, es mache ihr nicht das Geringste aus, dass er sie versetzte hatte, sondern sei sogar besser so, aber der Kloß in ihrem Hals schwoll trotzdem an wie ein Schneeball, der ins Tal rollte und sich dabei zu einer Lawine auswuchs. Nicht einmal Ida konnte sie noch aufmuntern. Wäre sie doch bloß ins Spital gegangen ...

Ein vielleicht achtjähriger Junge in Lederhosen blieb an ihrem Tisch stehen. Seine Stirn legte sich in Falten, als müsse er eine verflixt schwere Rechenaufgabe lösen. Dann holte er einen Zettel aus der Hosentasche, strich ihn an der Tischkante glatt und hielt ihn Lulu vor die Nase.

Ein Pfennig Frohsinn ist ein Pfund Kummer wert.

Lulu blinzelte. Las noch mal. Das konnte nur …

»I hab scho gmoant, i find des Fräulein gar nimmer.«

»Wer bist du überhaupt?«, fragte Ida den Burschen etwas ruppig, bot ihm aber im nächsten Augenblick ihre Radlerhalbe an. »Und wer schickt dich?«

»I bin da Beppi«, antwortete der Blondschopf selbstbewusst, schlug die Hacken zusammen und trank erst einmal durstig. »Oana von de Rennfahra schickt mi. Für a Markl sollt i zur Alm renna und den Zettel da«, er wedelte damit durch die Luft, »zustelln.«

»Und woher weißt du, dass wir die Richtigen sind?« Ida zog fordernd die Brauen hoch.

»Rothaarig, bleich und Sommersprossn«, er zeigte auf Lulu. »Und a blonde Dürre, schee wiara Madonna.«

Ida lachte entzückt, stemmte die Arme in die Seiten und drehte den Oberkörper hin und her. »Jetzt verstehe ich«, sagte sie neckisch.

Lulu lachte. Sie schnappte sich den Zettel und drehte ihn um. *Schade, dass wir uns in der Pschorr-Bierhalle in der Neuhauser Straße verpasst haben*, stand da. Die Peinlichkeit schoss sofort in alle Glieder. Sie zeigte die Nachricht Ida, die nur mit den Schultern zuckte.

»Und weiter?«

»Jetz müssn'S mitkemma, dann griag i no a Mark.«

»Wohin denn?«

»Ins Velodrom.«

»Ins Velodrom?«, rief Lulu entsetzt und sah sich im Geiste

schon Hardy über den Weg laufen. Oder ihrer Schwester. »Das geht nicht.«

Sogar Ida erkannte, dass das ein Problem darstellte. »Warum ausgerechnet dorthin?«, fragte sie den Grünschnabel.

Der zuckte mit den Schultern. »Weil's hoid nur dort a Fahrerbox gibt.«

»Du sollst uns in die Fahrerbox bringen?« Da wollte Lulu schon immer mal hin. »Wirklich?«

»So wahr mia Gott hülfe«, versicherte der Bub theatralisch und kreuzte die Finger vor der Brust.

Ida fasste sich an die Stirn. »Die Tribünen liegen direkt neben den Fahrerboxen, oder?«

»Die gedeckten scho.« Beppi nickte.

Ida sah Lulu an und hob ratlos die Schultern.

»Was is jetz? Kommt's ihr oder bleibt's da?«

Das Siezen wurde dem Lausbub wohl zu mühselig. Lulu schmunzelte. In die Fahrerbox! Die Verlockung knisterte in ihren Adern wie Bonbonpapier in den Fingern ihrer Nichten und Neffen, aber es war unmöglich.

»Es geht nicht, leider.«

»Vo mia aus, dann lasst's es halt blei'm. Mia wuascht«, raunzte Beppi und machte auf dem Absatz kehrt.

Ida erwischte ihn gerade noch an den Hosenträgern und drehte ihn zu sich herum. »Sieht man denn von den gedeckten Tribünen aus überhaupt in die Fahrerbox hinein?«.

Er überlegte kurz. »Kimmt drauf a, wos'd stehst.«

Ida zog die Stirn in Falten, schien abzuwägen, und Lulu musste mehrmals gegen die Enttäuschung anschlucken.

»Wenn du nicht gehst, Lulu, wirst du es bereuen. Bis in alle Ewigkeit. Das ist so sicher wie das Amen in der Kirche.«

»Wenn ich gehe, erst recht.«

»Zweitausendfünfhundert Tribünenplätze.« Ida liebte das Abenteuer. »Du musst es riskieren, Lulu. Es hilft nichts.«

»Und wenn Hardy mich sieht?«

»Das wird er schon nicht.« Ida klatschte in die Hände, sie wollte, dass die Freundin endlich aufstand.

Lulu gab sich einen Ruck. »Meinetwegen.«

»Na, da wärn'S a ganz schee deppert gwesen, wenn ned. Is a schneidiger Bursch, da Thaddy, da stehn die Damen Schlange.«

Als sie in der Fahrerbox ankamen, ließen sich die Rennfahrer gerade von ihren Helfern an die Startlinie schieben.

»In da Mitt'n issa«, sagte Beppi. »Sie soin dableim, bis er fertig is.«

Wie viele Anweisungen bekam sie denn noch? Lulu ärgerte sich ein wenig und schielte möglichst unauffällig in Richtung Betonbahn, wo einige weibliche Zaungäste zwischen den Helfern, Mechanikern und Ausstattern herumflatterten wie die herausgeputzten jungen Gänse, die regelmäßig vor dem Hoftheater warteten, nur um einen Blick auf ihren Lieblingsschauspieler zu erhaschen. War sie auch so eine dumme Gans?

Der Startschuss fiel, und Ida kreischte auf. »Himmel, hab ich mich erschreckt!« Sie musste kurz durchatmen. »Ich hoffe, die fahren nicht so elendiglich lang wie letztes Jahr bei diesem Benefizrennen.«

Lulu verdrehte die Augen. Ida hatte wie immer keine Ahnung, wenn es ums Radfahren ging. »Nein, keine achtzig Kilometer mit Schrittmachern. Das hier ist Kurzstrecke. Olympische Disziplin. Zweitausend Meter. Sechs Runden. Dauert nur um die drei Minuten.«

»Dann wird der gnädige Herr ja bald Zeit für uns haben, oder?«

Lulu und Beppi schüttelten im Gleichtakt die Köpfe. »Vorläufe, Zwischenläufe, Semifinale und Finale«, sagte Beppi. »Des ziagt se.«

Aber zwischen den einzelnen Läufen war durchaus Zeit, und wo verbrachte ein Fahrer diese? In seiner Box natürlich. Es konnte also nicht mehr lange dauern, bis Thaddy auftauchte, da hatte Ida schon recht.

Ein Kribbeln tänzelte durch Lulus Magengrube. Schnell fasste sie Ida am Ellbogen, vergewisserte sich, dass niemand sie von den Rängen aus beobachtete, zog den Hut etwas tiefer ins Gesicht und pirschte sich zusammen mit der Freundin näher an die Bande heran. Wenn sie schon mal hier war, wollte sie das Spektakel auch in vollen Zügen genießen, und bestimmt saßen Sissy, Siegi und Hardy nicht ausgerechnet auf der angrenzenden Tribüne. Das wäre schon ein großer Zufall.

»Frollein von Ranke?« Lulu und Ida fuhren herum. Eine junge Dame in einer fast schon anzüglich gut geschnittenen Fahrradtoilette hob ihnen ein Tablett entgegen. »Mit de *best greetings from* Thaddy.«

»Was ist das?«, fragte Ida.

»Champagner Julep.« Das vermutlich amerikanische Schankmädel überlegte kurz. »*You want something different?*«

Was anderes? »Nein. *No!*«

Die hohen Gläser waren bis zum Rand mit Eis gefüllt, es klackerte verführerisch. Lulu bemerkte erst jetzt, wie durstig sie war. Sie griff zu, und Ida tat es auch.

»*Thank you.*«

»Bitte sehr schön.«

Die beiden Freundinnen kicherten, als die Servierkraft sich abwandte. Dann schwenkten sie ihre Gläser und inspizierten das Präsent genauer. Sonnenschein und Champagner ließen die kleinen Eisbrocken wie Gold glänzen, dazwischen schwammen Erdbeerstückchen, ein Minzzweig sorgte für Kontrast, und um die beiden Strohröhrchen schlängelte sich eine Zitronenlocke.

»*Cheers!*«

Es schmeckte, wie es aussah: absolut himmlisch! Lulu hätte den Cocktail am liebsten in einem Zug geleert, doch in diesem Moment flogen die Fahrer an ihnen vorbei – nicht umsonst nannte man sie Flieger –, und die Glocke läutete, das Zeichen für die letzte Runde.

Sogar Ida ließ sich von der Euphorie anstecken, und als die Führenden wenig später Kopf an Kopf auf die Zielgerade einbogen, waren die Anfeuerungen ohrenbetäubend laut.

»Ja, ist denn das die Möglichkeit!« Die hallende Stimme des Stadionsprechers überschlug sich fast, als er ins Sprechrohr brüllte. »Ich glaub's ja nicht. Wir sind gerade Zeugen einer kleinen Sensation geworden, verehrtes Publikum. Thaddy Pschorr, unser Lokalmatador aus dem Pechviertel, hat Glück und gewinnt als Außenseiter auf der Kurzstrecke den ersten Vorlauf mit einem hauchdünnen Vorsprung vor dem haushohen Favoriten …«

Der Rest ging im Jubelgeschrei unter. Es gab kein Halten mehr. Sogar Hüte flogen durch die Luft. Lulu und Ida wurden wenig behutsam beiseite gedrängt und konnten gerade noch ihre Gläser auf ein vorbeitorkelndes Tablett stellen, ehe jemand die Boxentüren öffnete.

Zuerst kamen die Ausgeschiedenen mit hängenden Köpfen herein, hinter ihnen diejenigen, die eine Runde weiter waren. Auch Thaddy. Sie alle wurden von der wogenden Menge verschluckt. Hände fuhren mal tröstend, mal bewundernd auf Schultern und Rücken nieder. Man gratulierte und umarmte sich. Die Mechaniker übernahmen die Räder, um sie für die kommenden Rennen flottzumachen, die nächsten Fahrer stiegen schon auf ihre frisch geölten Maschinen und wurden an die Linie geschoben.

Lulu sah hinüber zur Tribüne, auch dort waren die Zuschauer aufgesprungen und applaudierten. Einige Ferngläser blitzten in der Sonne. Wer nicht hautnah am Geschehen sein konnte, verfolgte die Athleten aus der Ferne bis in die abgeschirmten Areale.

»Herrjemine, ist das aufregend!«, trällerte Ida begeistert.

Lulu hingegen stand da wie paralysiert. Keine zehn Meter entfernt applaudierte Hardy, direkt an der Brüstung. Geradezu frenetisch. Noch hatte er sie nicht entdeckt. Lulu packte Idas Hand und schlängelte sich mit ihr im Laufschritt in Richtung Ausgang, doch gerade als sie durch das Tor verschwinden wollten, umfasste jemand von hinten ihre Taille und hob sie in die Luft.

»Ich bin ja so froh, dass du gekommen bist.«

Es war Thaddy. Lulu hätte seine Stimme überall wiedererkannt, und sie spürte seine Berührung überdeutlich an Bauch und Rücken. Ihr wurde schwindelig davon, und sie wünschte, sie hätte in den letzten Wochen weniger gegessen. Viel weniger! Sie musste tonnenschwer sein. Doch dann zuckte Hardy durch ihre Gedanken wie ein Blitz. Wenn er in diesem Moment …

»Lass mich gefälligst runter!«

»Wolltest du davonlaufen?«

Sie wurde abgestellt, an den Armen gefasst und herumgedreht wie eins von den wächsernen Mannequins in den schicken Kaufhäusern. Und genauso hohl kam sie sich vor. Ohne Willen. Ohne Kraft. Völlig ausgeliefert. Lulu hörte noch, wie Ida etwas von kühlen Cocktails faselte, sich entschuldigte und verschwand, registrierte die frische Narbe an Thaddys Kinn und dass er das Haar jetzt viel kürzer trug. Nicht mehr braun und lockig, nein, es lag in leichten Wellen dicht am Kopf an und schimmerte schwarz wie das Gefieder eines Raben.

Sein herber Geruch schoss ihr tief in die Lunge, gebannt verfolgte sie, wie ein einzelner Schweißtropfen von seinem Kinn auf die breite Brust im eng anliegenden schwarz-weißen Einteiler tropfte. Und noch einer. Um sie herum standen Leute, sahen ihnen zu. Lulu konnte nicht klar denken, hatte keine Ahnung, was sie sagen oder tun sollte.

Dann beugte er sich etwas näher zu ihr, sah ihr noch tiefer in die Augen, wie um herauszufinden, ob sie überhaupt da war. »Lulu?«

Sie lächelte schief. »Ähm, ich ...«

»Es ist schön, dich wiederzusehen. Kurz dachte ich, du würdest mich versetzen.«

Ein Räuspern war nötig, um ihre Stimme daran zu erinnern, wofür sie da war. »Wo ... warst du die ganze Zeit?«

Er lachte über ihre komische Frage. »In Amerika. Flandern. Zuletzt in Frankreich.«

»Ich dachte, du machst mit deinem Freund die Reifeprüfung?«

»Das musste ich verschieben.« Jemand reichte ihm ein Glas, er trank gierig. »Mein erster Start beim Bol d'Or. Ich bin erst seit vorgestern zurück.«

»Die goldene Schale?« Lulu konnte es kaum glauben. »Das Vierundzwanzig-Stunden-Rennen mit Schrittmachern in Paris?«

»Du kennst dich aus.«

»Ein wenig.«

»Dann stört es dich nicht, dass ...« Er umfasste die Fahrerbox mit einer ausladenden Armbewegung. »Ich bin kurzfristig für einen Freund eingesprungen. Es ging nicht anders.«

»Es stört mich kein bisschen, im Gegenteil.«

»Warum läufst du dann vor mir davon, obwohl ich den Vorlauf gewonnen habe?« Er legte den Kopf schief. »Für dich übrigens.«

»Für mich?« Sie musste lachen. »Wer's glaubt.«

Sein Grinsen wurde breiter. »Geschadet hat es jedenfalls nicht, dass du noch vor dem Startschuss aufgetaucht bist. Gerade als ich dachte, du hättest es vergessen.«

Am Magdalenensonntag um zwölf Uhr auf der Alm. Wie könnte jemand eine solche Unverschämtheit vergessen. Doch der süße Aufruhr in ihrem Innern schmeckte plötzlich bitter. Lulus Blick schweifte über Taddys Schulter in Richtung Tribünenplätze. Sie hatte sich nicht getäuscht. Hardy stand immer noch an der Brüstung, mit dem Unterschied, dass er Lulu nun sehr wohl bemerkt hatte. Als sein weidwunder Blick sie traf, zuckte sie zusammen wie Ida vorhin, als der Startschuss gefallen war.

Thaddy sah sich nun ebenfalls um. »Wer ist das?«

Lulu schluckte. Sie fühlte sich schummrig, konnte den Blick aber nicht abwenden. »Niemand.«

»Wirklich?«, sagte er ruhig und drehte sich wieder zu ihr um. »Dann ist es ja gut.« Er schnippte mit den Fingern, wollte ihre ungeteilte Aufmerksamkeit. »Ich muss mich jetzt auf den zweiten Vorlauf einstellen. Bleib hier, bis alles vorbei ist.«

Keine Frage oder Bitte, nein, eine weitere Anweisung. Lulu nickte, und dann ging sie in Thaddys dunklen blauen Augen endgültig verloren.

 # Klinikviertel

27. Juli | Sterilisationszimmer, Kinderspital, Lindwurmstraße 4

Elsa ließ die Impfmesser aus der Wanne in das Wasserbecken gleiten. Sie mussten von Blut, Lymphgewebe und sonstigen Verunreinigungen befreit werden, ehe man sich daranmachen konnte, sie zu desinfizieren und für den nächsten Impftag steril zu verpacken.

Das Wartezimmer in der Zentralimpfanstalt war heute besonders voll gewesen. Elsa wusste nicht, wie viele Kinderarme sie abgeseift und trockengerubbelt hatte, obwohl die Impflinge laut Vorschrift eigentlich blitzsauber gewaschen und in reinen Kleidern zum Impftermin gebracht werden mussten. Na ja, wenn man wusste, wie manche Familien in der Au oder sonst wo in den billigen Herbergsvierteln hausten, war das kein Wunder. München hatte bald eine halbe Million Einwohner, der Zustrom in die Stadt war ungebrochen, aber die Zahl der Unterkünfte wuchs deshalb noch lange nicht – zumindest nicht in dem Maß, wie es notwendig gewesen wäre. Es wurde enger und enger, und die hygienischen Zustände verbesserten sich dadurch nicht gerade. Elsa hatte schon das eine oder andere Schauermärchen gehört, wenn die Ärzte der Poliklinik sich nach ihren Expeditionen zu den kranken Kindern in den Wohnungen der Stadt gegenseitig damit zu übertrumpfen versuchten, wer von ihnen es bei den Hausbesuchen diesmal am schlimmsten erwischt hatte.

Sie tauchte die Hände ins Spülwasser, fischte nach dem Schwamm und begann das erste Platin-Iridium-Messer mit der gebauchten, abgerundeten Schneide sorgfältig abzuwischen, um es dann zum Abtropfen auf das vorher ausgekochte Trockentuch zu legen. Ihr Vater hatte genau dieselbe Art Messer für die Pockenimpfung verwendet, weil sie lange scharf blieben und sich leicht in einer Flamme desinfizieren ließen.

Ihr Vater.

Elsa schloss die Augen und atmete tief durch. Sie musste damit aufhören, sich ständig zu fragen, was er wohl sagen würde, wenn er sie jetzt sehen könnte. Es half ihr nicht weiter, im Gegenteil, es stürzte sie nur immer tiefer ins Elend, denn er hatte seine Tochter Zeit seines Lebens angespornt, über Grenzen zu gehen, sich nicht zu fürchten. Vor gar nichts.

Du musst mutig sein. Und tapfer!

Doch Elsa hatte allen Mut verloren. Der Weg war zu steinig. In ihr waren nur noch Verzweiflung, Angst, Trauer, Wut und … Ohnmacht. Vor allem Ohnmacht. Ja, sie war abgetaucht. In ein tiefes Meer, wo nichts und niemand sie mehr erreichte – nicht einmal sie selbst.

Nur Josef, der Elsa stets nach dem Wetter fragte, wenn er ihr zufällig über den Weg lief, schaffte es, sie etwas näher an die Oberfläche zu locken. Aber er war Maschinist, er verbrachte sein Leben im Kesselhaus. Manchmal ging er in die Stadt und kam dann pfeifend und torkelnd zurück, um sich wieder in seinem Dienstzimmer zu verschanzen, obwohl er genauso gut in seine leere Wohnung in der Feilitzstraße hätte gehen können.

Elsa legte das letzte Messer auf die Ablage und trocknete sich die Hände ab. Es war jetzt acht Tage her. Acht Tage, in denen sie Stunde um Stunde um Stunde einen Fuß vor den anderen gesetzt hatte, als wäre rein gar nichts passiert. Sie hatte inzwischen mehr als genug Übung darin, und doch sank sie mit jedem Schritt noch tiefer in die Finsternis hinab.

Es tat ihr von Herzen leid. Nicht für sich selbst, sondern für Lulu und die anderen, die ihr alle nur helfen wollten. Die sich aus unerfindlichen Gründen so sehr um sie bemühten. Wie Schwestern. Sie hätte dankbar sein müssen, doch sobald Lulu im Kinderspital auftauchte, nahm Elsa Reißaus, weil sie allein bei ihrem Anblick drohte, endgültig zu ertrinken. Sie konnte nicht darüber reden. Jetzt nicht. Vielleicht nie. Aber Lulu würde nicht lockerlassen. Sie hatte gesehen, wie Elsa ihr Kind verstoßen, wie sie sich von ihm abgewandt hatte. Vielleicht war das das Schlimmste. Welche Mutter wollte ihr Kind nicht in die Arme schließen? Was stimmte nicht mit ihr? Elsa meinte, genau diese Fragen in Lulus Augen zu lesen.

Natürlich wollte die Tochter des Direktors außerdem hören, was jetzt werden sollte, nachdem von ihrem schönen Plan nichts übrig war. Sie alle drei – Lulu, Fanny und Änny – hatten ein Recht darauf zu erfahren, was Elsa vorhatte, was sie zu tun gedachte. Doch Elsa hatte keine Ahnung. Die meiste Zeit verbot sie sich, an das winzige Wesen zu denken, redete sich ein, dass das unreife Findelkind, um das sich seit einer Woche fast jedes Gespräch im Spital drehte, rein gar nichts mit ihr zu tun hatte. Vermutlich war sie die Einzige, die ihm noch keinen Besuch abgestattet hatte. Manchmal wünschte sie gar, es wäre bei der Geburt gestorben, wie Kinder eben starben, besonders wenn sie zu früh zur Welt kamen. Aber das kleine Mädchen lebte. Es ließ sich nicht weglügen.

Elsa entzündete die Spirituslampe, zog Handschuhe über und packte mit der Zange das erste Messer am Griff, um es in die Flamme zu halten. Nach fünf Sekunden glühte die Schneide rot, nach acht war sie wieder so weit abgekühlt, dass Elsa das Impfmesser mit der Spitze voraus in eins der Glasröhrchen stecken konnte, die in einem hölzernen Gestell bereitstanden. Sie waren mit kleinen, in Alkohol getränkten Wattebauschen ausgelegt, damit das Glas nicht zersprang, wenn die Messer hineinglitten. Als alle zwanzig Röhren befüllt waren, setzte Elsa die desinfizierten Verschlusskorken auf und begann von Neuem.

»Ah, hier stecken Sie.«

Wie vom Donner gerührt fuhr Elsa herum und stieß dabei gegen eins der Gestelle. Zwanzig Glasröhren ergossen sich auf den Steinboden und zersprangen in tausend hauchdünne Scherben.

Die Oberin schlug die Hände über dem Kopf zusammen, nahm den Besen aus dem Schrank und begann die Bescherung aufzukehren. »Was ist denn nur mit Ihnen los?«

»Verzeihung, ich ...« Elsa bückte sich und sammelte einzelne Scherben in ihre Hand.

»Lassen Sie das! Sie schneiden sich doch nur die Finger auf.«

Also ließ Elsa es bleiben, sah stattdessen zu, wie Oberin Amalberga für Ordnung sorgte und anschließend die Stühle an den Mitteltisch des Sterilisationszimmers rückte. Erst jetzt bemerkte sie, dass bereits zwei dampfende Tassen und ein Teller darauf standen.

»Ich habe Ihnen Tee mitgebracht. Und ein Butterbrot.« Schwester Amalberga schob Elsa beides über das Tischeck hinweg zu und setzte sich. »Es wird Ihnen leider zur Gewohnheit, das Abendbrot zu versäumen.«

»Ich ...«

Die Oberin winkte ab. »Es ist allseits bekannt, dass Sie nie müde werden, auch die kleinsten Aufgaben stets zu Ende bringen, aber der Mensch muss essen. Das ist ein Naturgesetz.«

»Ich esse, nur ...« Elsa wies auf die gespülten Impfmesser auf der Ablage.

»Das kann bis morgen warten. Ich habe etwas mit Ihnen zu besprechen. Setzen Sie sich hin und greifen Sie zu.«

Besprechen? Sofort spürte Elsa ein dumpfes Pochen in den Schläfen. Flog ihr Versteckspiel auf? Seit März rechnete sie fast täglich damit. Vielleicht wäre es eine Erlösung?

»Lassen Sie mich vorausschicken, dass Ihr Benehmen tadellos ist und Ihr Arbeitseifer ungebrochen. Ich muss zugeben, Sie sind für die Krankenpflege sehr gut geeignet. Ich hatte noch nie eine junge Frau wie Sie unter meinen Fittichen. Ihr Vater hat Ihnen viel beigebracht, und ich finde, Sie haben ein natürliches Gespür für die kleinen Patienten. Wirklich außergewöhnlich. Professor Herzog hat das früher erkannt als ich, das wird er mir ein Leben lang unter die Nase reiben.« Sie lächelte verschmitzt.

Oh, oh! Elsa ahnte, worauf dieses Gespräch hinauslief. Die Generaloberin hatte über ihr Aufnahmegesuch entschieden, und Schwester Amalberga war im Begriff, ihr die gute Nachricht kundzutun. Aber das durfte nicht geschehen. Wieso nur hatte sie den Antrag nicht längst zurückgezogen?

»Nun essen Sie endlich!« Schwester Amalberga zeigte auf das Butterbrot und nippte an ihrem Tee. »Wussten Sie, dass Ihre Mutter einen Brief an die Kongregation geschrieben hat? An unsere Wohlehrwürdige Frau Mutter, um genau zu sein.«

Elsa schüttelte den Kopf. »Wann denn?«

»Mitte März schon. In eben jener Woche, als Sie so überstürzt heimreisen mussten, um sich um Ihre Brüder zu kümmern.«

Nach der versuchten Abtreibung. Ihr Alibi. Das Blut schoss Elsa in die Wangen. Schnell biss sie in das Brot, kaute ausgiebig und spülte mit dem Tee nach.

»Welche Krankheit war das gleich noch mal, die Ihre Mutter so urplötzlich befallen hat?«

Elsa räusperte sich mehrmals. »Lungenentzündung.«

»Stimmt. Jetzt, wo Sie es sagen.« Die Schwester fuhr mit dem Zeigefinger den Rand der Tasse entlang. »Komisch, dass sie in ihrem Brief gar nichts davon erwähnt, aber wer spricht schon gerne von Siechtum.« Sie zog die Brauen hoch und seufzte. »Jedenfalls hat sie uns in ihren Zeilen ihre große Freude darüber kundgetan, dass Sie sich entschlossen haben, Barmherzige Schwester zu werden. Sie hat eine Mitgift von zehntausend Mark in Aussicht gestellt.«

Zehntausend Mark. Genau die Summe, die der Vater für Elsas Medizinstudium zurückgelegt hatte.

»Wir können nicht alle Mädchen aufnehmen, die als Kandidatinnen eintreten möchten. Es sind einfach zu viele, und die meisten sind ohnehin nicht für ein derart hartes Leben geeignet. Auch bei Ihnen war ich anfangs skeptisch. Sie erinnern sich sicher an unser Gespräch.«

Natürlich erinnerte sich Elsa. Sie sei aufgrund ihres gutbürgerlichen Elternhauses viel zu verhätschelt aufgewachsen und deshalb den Anforderungen niemals gewachsen, hatte die Oberin gesagt.

»Ich muss mich revidieren. Sie arbeiten unermüdlich, dazu die tiefe Frömmigkeit, Ihre gute Gesundheit, eine gewissenhafte und kundige Arbeitsweise, ein sehr brauchbares schriftliches Vermögen, ein sehr guter Leumund und hervorragende Zeugnisse. Sie haben all meine Bedenken ausgeräumt, nur Ihre Bildung ist vielleicht ein wenig zu gut.« Die Schwester lachte. »Habe ich recht?«

Elsa zuckte lahm mit den Schultern.

»Wissen Sie, was ich Ihnen sagen will?«

»Ähm … nicht so ganz, Frau Oberin.«

»Unsere Ehrwürdige Mutter hat mich heute zum Gespräch gebeten.«

Elsa pochte das Herz bis in den Hals, sie wollte etwas sagen, der Schwester zuvorkommen, doch …

»Sie hat sich bei mir erkundigt, wie gut Sie sich in die Abläufe und die Gemeinschaft im Kinderspital einfügen und ob ich Ihnen zutraue, eine Barmherzige Schwester zu werden.« Oberin Amalberga hielt kurz inne und sah Elsa dabei unverwandt an. »Wissen Sie, was ich ihr geantwortet habe?«

»Ähm, nein.«

»Dass es wohl nur sehr wenige besser geeignete Bewerberinnen gibt.«

Elsa verspürte Übelkeit. Sie hatte sich selbst und Gott belogen, sie konnte niemals eine Barmherzige Schwester sein.

»Trotzdem habe ich ihr abgeraten, das Aufnahmegesuch positiv zu bescheiden.«

Elsa wurde heiß und kalt, sie schloss kurz die Augen. Natürlich! Die Oberin wusste Bescheid, sie durchschaute alles.

»Interessiert es Sie denn gar nicht, warum?«

»Ich hätte niemals …«

»Man muss sich berufen fühlen, eine Barmherzige Schwester zu werden. Man muss es aus tiefstem Herzen wollen. Es darf nicht nur ein Ausweg sein. Verstehen Sie, Wärterin Elsa?«

»Aber …«

»Es gibt noch einen Grund. Seit Sie von ihrem recht überraschenden Heimaturlaub im März zurück sind, haben Sie sich verändert. Etwas drückt Ihnen auf die Seele. Schwer, wie ich annehme, denn ein trauriges junges Fräulein waren Sie davor schon, aber nun? Um ehrlich zu sein, warte ich schon sehr lange darauf, dass es irgendwann aus Ihnen herausbricht, aber wie es scheint, verkriechen sie sich immer tiefer in Ihr Schneckenhaus.« Schwester Amalberga fasste über den Tisch nach Elsas Hand, obwohl die Ordensfrauen sonst jeden Körperkontakt vermieden. »Sie können sich mir anvertrauen. Oftmals ist es eine Erleichterung, seinen Kummer zu teilen. Ich werde gewiss nicht urteilen.«

Oh doch, Oberin Amalberga würde urteilen. Ganz sicher sogar. Trotzdem sehnte Elsa sich danach, all ihre Verfehlungen zu beichten. Dennoch schüttelte sie den Kopf.

»Wie Sie wollen. Sollten Sie es sich anders überlegen, steht Ihnen meine Tür jederzeit offen, das wissen Sie hoffentlich.«

»Vergelt's Gott.«

Die Oberin erhob sich. »Bevor ich es vergesse: Sie können selbstverständlich als Wärterin im Spital bleiben, wenn Sie das wollen. Obwohl ich nicht denke, dass Ihnen diese Laufbahn vorbestimmt ist.« Sie klatschte in die Hände. »Und jetzt essen Sie schleunigst Ihr Brot auf, denn ich muss Sie bitten, eine Nachtschicht zu übernehmen. Schwester Rosalia hat sich vorhin beim Tischabräumen den Knöchel verstaucht, sie kann nicht auftreten, und Schwester Alma, die sie normalerweise bei den Frühgeborenen vertritt, ist seit mehr als vierundzwanzig Stunden auf den Beinen. Das heißt, Schwester Rosalia wird im Rollstuhl sitzen und Ihnen Anweisungen geben, und Sie müssen für sie Augen, Ohren und Hände sein.«

 ## Universitätsviertel

am selben Tag | Wohnung Geschwister Paintner, Amalienstraße 13/II

Fanny hob die schwere Bütte samt der am Vorabend mit Ölseife angeriebenen Wäsche zum Ausguss, ließ das kalte Wasser ablaufen, stellte sie zurück auf den Tisch und schüttete die heiße Lauge aus dem Kessel hinein. Hauptsächlich Hemden. Die meisten von

Anton. Und ihr einziges Wechselhemd. Sie brauchte dringend ein frisches, aber bis morgen trocknete es bestimmt nicht mehr. Oder vielleicht doch? Fanny drückte die Hände ins Kreuz und ließ es knacken. Der Abend war lau, vielleicht hatte sie Glück.

Probehalber steckte sie einen Finger ins Wasser. Au! Viel zu heiß. Die Wäsche musste in der Lauge durchziehen und das Wasser sich etwas abkühlen, ehe sie mit dem Einseifen anfangen konnte, aber Fanny war todmüde, ihr fielen die Augen schon im Stehen zu. Sie wollte endlich fertig werden, dann den Rest erledigen und wenigstens einmal früh ins Bett gehen. Schlafen. Hätte sie bloß gestern die Wäsche nicht mehr sortiert und eingeweicht, dann müsste sie jetzt nicht weitermachen, weil sonst am Ende die vermaledeiten Stockflecken alles ruinierten.

Ein Rumpeln aus dem Treppenhaus ließ Fanny aufhorchen. Schnell wischte sie die nassen Hände an der Schürze ab. Kam Anton etwa schon nach Hause? So früh? War ihm das Geld ausgegangen? Die Apanage der Eltern traf immer pünktlich zum Ersten des Monats ein. Heute war der siebenundzwanzigste Juli, es konnte also durchaus sein. Andererseits scherte sich ihr Zwillingsbruder meist nicht sonderlich um die wiederkehrende Leere in seinem Portemonnaie, schließlich gab es genug Cafés, Bier- und Weinschänken, in denen er anschreiben lassen konnte. Das Leben war so einfach, wenn man sich keinen Deut scherte. Um nichts. Das Geld stehe ihm als Entschädigung für die entgangene akademische Ausbildung zu, behauptete er seit Neuestem frech. Fanny wurde Himmelangst, wenn sie an die Summen dachte, die womöglich auf den Zetteln der Wirte standen.

Wieder ein Rumpeln. Lauter diesmal. Fanny ging zur Wohnungstür und schaute hinaus. Von Anton keine Spur, aber war da nicht ein Wimmern? Wie von einem Kind?

»Fanny, bist du's?«

War das Änny? »Wo steckst du?«

»Hier.«

Fanny trat ins Treppenhaus und lief ein paar Stufen hinunter. Durch die rautenförmige Bleiverglasung fiel nur ein milchiger Schimmer in den Hausgang. »Wo?«

»Direkt hinter der Haustür.«

»Bist du betrunken?«

»Ein bisschen.«

Das rauchige Lachen der Schauspielerin schwappte über Fanny hinweg wie eine Flutwelle. Wollte Änny etwa die ganze Nachbarschaft aus den Wohnungen locken? Fanny zog das Kopftuch aus der Schürzentasche, band es sich um und lief der Freundin entgegen. Es kostete sie einige Mühe, Änny die Treppen hinauf bis in die Wohnung zu zerren.

»Was ist los mit dir?«, fragte sie, als endlich die Tür hinter ihnen ins Schloss fiel.

»Nichts. Nur mein Leben ist ruiniert. Endgültig.«

Fanny drückte die Freundin auf die schmale Bank neben dem Ausguss und stellte ihr ein Glas Wasser hin. Die Schminke in ihrem Gesicht war überall, nur nicht dort, wo sie hingehörte. Ein Zeitungsausschnitt steckte wie ein Orden am Revers ihres Paletots. »Darf ich?«, fragte sie und zog die Haarnadel heraus, die ihn an Ort und Stelle hielt.

»Ja, lies ruhig. Alle haben es gelesen. Diesem Schmierfinken von Theaterkritiker werde ich den Hals umdrehen!«

> Münchner Schauspielhaus: Leider mussten wir gestern Abend krankheitsbedingt auf Fräulein Ida Müller, die uns mit ihrer Darbietung als Else in *Das Lumpengesindel* und in zahlreichen anderen Rollen schon viele vergnügliche Abende beschert hat, verzichten. Die Zweitbeset-

zung, Fräulein Geissler-Lee, schlug sich recht wacker, dennoch blieb ihre Darbietung, im Vergleich zum Original, weitestgehend blass. Viele Passagen wurden zu betont und geziert vorgetragen, und dennoch fehlte es an der Intensität, für die Fräulein Müller vom Münchner Publikum so verehrt wird, für die die kundige Theaterwelt auch Fräulein Geissler-Lees Mutter, die große Selma Lee, vergöttert.

Das war in der Tat starker Tobak. Fanny holte die Schnapsflasche aus dem Schrank, goss sich ein Glas ein und kippte es.
»Ich will auch.«
»Du hast genug.«
Änny sah schrecklich aus. Fanny hatte sie nie zuvor in einem solch derangierten Zustand erlebt, obwohl die Schauspielerin an den meisten Abenden, wenn sie ausging, beschwipst heimkehrte.
»Na ja, du musstest kurzfristig einspringen. Wer könnte da mehr erwart…«
»Die große Selma Lee!« Änny spie die Worte aus wie verdorbenes Fleisch. »Wie kommen die nur darauf, mich mit ihr zu vergleichen?«
»Man wird immer an den Taten der Eltern gemessen. So ist es nun mal.«
»Dann sei lieber froh, dass dein Vater ein einfacher Postbote ist und deine Mutter ihm brav den Haushalt führt.«
Fanny goss sich noch einen Schnaps ein und spülte Ännys Gemeinheit hinunter. Außerdem brauchte sie etwas Mut für die Sache, wegen der sie seit Tagen mit der Freundin sprechen wollte.
»Es war meine Chance! Vielleicht meine einzige.« In Ännys Augen glitzerten Tränen. »Wie soll ich nun jemals eine bezahlte Rolle bekommen, damit ich …?«

Fanny wusste, worauf Änny hinauswollte. Sie griff nach der Seife, tauchte sie ins Wasser und bearbeitete den ersten Kragen damit. »Das wird schon.«

»Glaubst du wirklich?« Änny lehnte sich zurück und schloss die Augen. »Wie bei dir? Wo sich alles wie von allein fügt und zum Guten wendet? Wo sich alle Sorgen in Luft auflösen?« Sie schnippte mit den Fingern. »Einfach so.«

Ännys Sarkasmus tat weh, aber Fanny ließ sich nichts anmerken, rieb stattdessen die Seife fester und fester in den schmutzigen Kragen. Spott, das wusste sie aus eigener Erfahrung, konnte ungemein hilfreich sein, um mit Ängsten, Nöten und Rückschlägen umzugehen, ebenso um Schwäche zu überspielen. Kurz sah Fanny Ferdl vor sich. Sein Grübchen am Kinn. Spürte seine Lippen auf ihren. Aber was half es schon, wehmütig zu sein? Zu leiden? Nichts! Rein gar nichts. Änny brachte große Opfer, um ihren Traum von der Schauspielerei zu verwirklichen, und Fanny musste es auch tun. Sie beide waren nicht die einzigen Frauen auf der Welt, denen es so erging.

»Soll ich dir helfen?« Änny versuchte aufzustehen, prallte gegen die Ausgusskante und fiel wenig grazil zurück auf die Bank. Sie kicherte, lachte und weinte. Alles auf einmal.

»Hast du überhaupt schon mal Wäsche gemacht?«

»Es gibt für alles ein erstes Mal.«

Fanny kam der kleine Aufschub ganz gelegen, denn sie fürchtete sich vor dem, was sie zu sagen hatte. »Na gut.« Sie holte ein zweites Stück Seife und drückte es Änny in die Hand. »Erst alles gründlich einseifen und dann die schmutzigsten Stellen an Kragen, Nähten und Säumen so fest du kannst abreiben, damit der Dreck sich löst.«

Änny versuchte es, sofort schwappte Wasser aus der Wanne und platschte auf den Boden. Das konnte ja heiter werden.

»Sachte.«

»Sachte und zugleich stark reiben? Wie passt das zusammen?«

»Das geht schon. Man braucht nur etwas Übung.«

»Ist zum Wäschewaschen nicht das Waschhaus da?« Änny zeigte auf die Wasserpfütze auf den Dielen.

»Das dürfen die Mietleute nur an Samstagen und Sonntagen benutzen.«

»Warum?«

Weil es unter der Woche die Geschäftsleute im Erdgeschoss in Beschlag nahmen. Warum sonst? Aber Fanny wollte mit Änny nicht über Waschtage diskutieren. »Kannst du es mir beibringen?«, fragte sie statt einer Antwort.

»Das Wäschewaschen?«, prustete die Schauspielerin los und spritzte der Freundin Wasser ins Gesicht.

Fanny streifte das Kinn an der Schulter trocken. »Nicht das! Wie man es macht, will ich wissen.«

»Wie man was macht?«

»Sich Kunden zu beschaffen und sie ... zufriedenzustellen.« Ihr Herz drohte Fanny aus der Kehle zu springen.

Änny hörte auf zu rubbeln. »Wie bitte?«

»Du hast mich schon verstanden. Es geht nicht anders. Wenn der Winter kommt, haben Anton und ich entweder nichts zu heizen oder ich muss aufhören, zur Universität zu gehen.«

»Das ist jetzt nicht dein Ernst.« Änny ließ die Seife fallen. »Hast du überhaupt schon einmal mit einem Mann? Du weißt schon ...«

Fanny schüttelte entsetzt den Kopf. »Natürlich nicht!«

Änny lachte. »Wie stellst du dir das vor?«

Vorstellen? Fanny vermied genau das, obwohl sich in ihrem Kopf seit Tagen alles nur noch darum drehte. Was sollte sie denn sonst tun? Eine Bank ausrauben?

»Nur damit ich dich richtig verstehe«, Änny fasste sich an die Stirn. »Du willst auf der Bayerstraße die Herren bezirzen und sie zur Theresienwiese locken? Für fünf Mark? Oder lieber doch auf der Neuhauser- und Kaufingerstraße oder am Marienplatz, wo man sowieso schon alle vier bis sechs Schritte das Vergnügen hat, einer Priesterin zu begegnen. Wie das mit den Visitenkarten läuft und wie man Aufmerksamkeit erregt, weißt du ja bereits.« Änny lachte grausam. »Vom Tal dagegen hältst du dich schön fern, weil du dich mit dem Laster und der Verkommenheit, die dort bei Tag und Nacht herrschen, natürlich nicht gemeinmachen willst. Auf keinen Fall.« Ihre Augen funkelten böse. Sie redete sich in Rage und gestikulierte so übertrieben, als spiele sie in einem Stück. »Du könntest dich freilich auch beim *Klösterl* in der Kapuzinerstraße mit den Herren in die Schlange stellen, wo sich das Sommerfalettchen im Vorgarten als Sprungstall bestens bewährt hat.«

Sprungstall? Fanny hätte sich am liebsten die Ohren zugehalten, gleichzeitig spürte sie Wut aufkommen. Ausgerechnet Änny hielt ihr eine Moralpredigt?

»Oder besser ganz puristisch unter freiem Himmel? Die Theresienwiese ist nicht der einzige Ort für einschlägige Treffen. Englischer Garten, Kohleninsel, Marsfeld, die Gasteig-Anlagen? Mir fallen noch ein Dutzend andere ein. Aber nein, das ist dann doch zu weit draußen. Das wäre zu unbequem. Und ein oder zwei Mark pro Kunde ist ja auch zu wenig.« Ännys Stimme troff nur so vor Sarkasmus. »Obwohl? Mit, sagen wir, fünf Kunden die Woche kämst du immerhin auf acht bis zehn Mark. Und wenn du gut bist, brauchst du dafür nur eine Stunde insgesamt. Vielleicht sogar weniger. Eine ungelernte Arbeiterin muss sich dafür die ganze Woche in der Fabrik den Rücken krumm schuften.«

Fanny stiegen Tränen in die Augen. Sie musste an Ferdl und die Namen auf dem Zettel des Zuhälters denken. Regina Knurr,

Lotte Niederhöfer, Lina Schlenz und Marie Serini. Sie hatte keinen vergessen. Keinen einzigen. Und jetzt war sie drauf und dran, ihren eigenen dazuzuschreiben? »Änny, du weißt genau, dass ich ...«

Aber Änny war noch nicht fertig. »Die Zeit der offiziellen Lokale hast du leider verpasst. Von Staats wegen verboten, aber bunte Fenster und geschlossene Jalousien? Will heutzutage sowieso keiner mehr. In den Rendezvous-Häusern, Animierkneipen, Varietés, Tanzsalons oder Singspielhallen dagegen«, Änny pfiff durch die Zähne wie ein Kutscher, »wo Mann sich auf höchstmögliche Diskretion verlassen kann, bleibt wenigstens die Illusion eines Flirts oder echter Verliebtheit erhalten. Ist doch gleich viel schöner, und die schillernden Aufführungen liefern, quasi frei Haus, obendrein so manch delikate Anregung fürs Séparée. In solchen Häusern fühlt sich der Mann von Welt zu Hause. Im *Monachia* oder *Kil's Coloseum*.« Änny nahm die Flasche, schraubte den Deckel ab und trank. »Ist es das, was dir vorschwebt?«

Fanny riss Änny den Schnaps aus der Hand und goss sich selbst noch ein Glas ein.

»Ich würde dir ja raten, dein Gewerbe im siebten Stadtbezirk, direkt vor deiner Haustür, zu etablieren. Erstens ist das sehr praktisch und zweitens stehen dort die Chancen am besten, nicht von der Polizei behelligt zu werden, weil die Stadtväter froh sind, wenn sich das unsittliche Treiben des schamlosen Weibsvolks in die Peripherie verlagert. Und die Kundschaft geht im Josephsplatzviertel auch nicht so schnell aus. Vom Osten kommen die Studenten und vom Westen die Soldaten aus der Max-II-Kaserne. Besser geht's nicht. Könnte allerdings sein, dass dann dein Bruder von dir bedient werden will. Oder Rupp.«

»Hör auf, bitte, ich ...«

»Jetzt hab ich's! Wieso ist mir das nicht gleich eingefallen?« Änny tippte sich an die Stirn. »Am gescheitesten wäre es, du entscheidest dich doch für Tal und Angerviertel. Gleich um die Ecke, in der Zweibrückenstraße, sind die Schweren Reiter stationiert und die Berittenen gehen dort auch ein und aus. Mit etwas Glück gewinnst du Ferdl als Stammkunden.«

»Sei endlich still!« Fanny knallte die Flasche auf das Regalbrett neben dem Ausguss. Der Schnaps spritzte bis an die Decke. »Du weißt genau, dass ich es nicht tun würde, wenn …«

»Wenn dein Ferdl keine andere Braut gewählt hätte?«

Fanny blieb der Mund offen stehen.

»So ist es doch!«, schrie Änny viel zu laut. »Wenn er frei wäre, hättest du dir diesen Unsinn niemals ausgedacht. Gib es zu.«

Fanny schüttelte den Kopf. Immer wieder. Tränen tropften ihr vom Kinn. »Was soll ich denn sonst tun?«

»Deinen Bruder zur Vernunft bringen.«

»Das habe ich versucht. Tausendmal. Du weißt selbst, wie er dazu steht.«

»Er ist ein Scheusal.«

»Das stimmt, aber Anton kennt es nicht anders. Unsere Eltern, besonders Mutter, haben ihm immer das Gefühl gegeben, er sei der Nabel der Welt.«

»Deshalb muss er es doch nicht gleich glauben.«

»Tut er aber.«

»Ich werde ihm sagen, was du vorhast.«

»Das wirst du nicht. Du schuldest mir etwas.«

»Wofür?«

»Für Rosa.«

»Dafür habe ich dich bezahlt.«

»Trotzdem.«

Sie maßen einander mit Blicken. Keine von ihnen gab nach,

bis Fanny die Augen niederschlug und langsam die Luft durch die zusammengepressten Lippen stieß. »Bitte, Änny, hilf mir! Ich flehe dich an.«

»Ich kann dir doch nicht beibringen, das zu tun, wofür du mich verachtest?«

»Ich verachte dich nicht. Ich bin längst kein so dummes Ding mehr wie noch Anfang des Jahres.«

»Du hast doch garantiert keinerlei Erfahrung mit Männern.«

»Es gibt für alles ein erstes Mal. Du hast es vorhin selbst gesagt, und ich habe keine Wahl. Das weißt du.« Es fiel Fanny unendlich schwer, die Dinge laut auszusprechen. Alles. »Deine Liebhaber sind hauptsächlich Studenten und Offiziere, richtig?«

Änny nickte.

»Und ein Abend mit einem gut situierten Kavalier bringt dir um die hundert Mark ein?« Das hatte Änny durch die Blume angedeutet, als sie Fanny wegen der Sache mit Rosa ständig bedrängte.

»Ah, das Fräulein Paintner hört zu. Und sie will hoch hinaus und gleich um die Residenz herum auf Kundenfang gehen. Als Pariser Kokotte vielleicht?«

»Stimmt es denn? Einhundert Mark pro Abend?«

»Im besten Fall. Aber Kavaliere von diesem Kaliber habe ich nur einen. Die gibt es nicht wie Sand am Meer, denn manche Männer sind zwar bereit, ein schönes Sümmchen zu zahlen, aber dafür verlangen sie zumeist einige Extras. Unschöne Extras, wenn du verstehst, was ich meine.«

Fanny hatte keinen blassen Schimmer, worauf Änny anspielte, und sie wollte es auch gar nicht so genau wissen. »Wenn du mir hilfst, einen solchen Kavalier zu finden, dann müsste ich es nur alle zwei Monate tun. Anfangs vielleicht öfter, um die Schulden loszuwerden.« Fanny griff über den Tisch und nahm Ännys

Hände in ihre. »Ich weiß nicht mehr weiter. Sonst würde ich doch nicht fragen.«

»Ach, Kindchen.« Ännys Rausch war verflogen und ihr Ärger auch. Sie sah Fanny ernst an. »Es ist nicht so einfach, wie du dir das vorstellst. Was, wenn dich dein Kavalier öfter will? Weist du ihn dann ab?«

Fanny nickte. »Natürlich.«

Und Änny lachte, sie lachte Fanny aus. Ihre Augen glänzten dabei dunkel. »Es mag sich für dich anhören wie ein lukratives Geschäft, bei dem du die Regeln bestimmst, aber die Wahrheit ist: Du machst dich zur Ware. Zu einem schönen Stück Fleisch, das sich die Männer kaufen, wenn sie Lust darauf haben. Bist du nicht verfügbar, kaufen sie woanders.«

»Aber …«

»Du wirst danach nicht mehr dieselbe sein. Nie mehr.«

Fanny schluckte die Angst herunter. »Ich habe es mir gut überlegt. Wirklich.«

»Ach ja? Dann sag mir doch, wo du es tun willst? Herrenbesuch ist hier im Haus nicht gestattet.«

Fanny zog die Stirn in Falten. »Aber du bringst deine Kavaliere doch auch hierher, oder glaubst du, ich weiß immer noch nicht, was deine Sprechschüler in Wirklichkeit sind?«

»Deshalb zahle ich ja auch die dreifache Miete für meine Zimmer.«

Fanny verstand nicht gleich.

»Risikoprämie! Die Vermieter kassieren mit, Fanny.« Änny lachte bitter. »Alle wollen einen Anteil vom Kuchen abhaben. Und sie werden für dich keine Ausnahme machen.«

Oh, nein! Fanny wurde ganz schummrig zumute. Das hieß wohl, mit ein- oder zweimal im Monat wäre es nicht getan.

»Außerdem brauchst du die passende Garderobe. Noch ein

Problem. Und wie steht es mit Kondomen, Spülkannen und -spritzen, mit Schwämmen, Okklusivpessaren oder Vaginalkugeln? Kennst du dich überhaupt damit aus? Hast du dich schon für eine Methode entschieden?«

Fanny schüttelte den Kopf. »Nein.«

»Dann willst du also enden wie Elsa?«

»Ich lerne schnell. Du könntest mir zeigen …«

»Nein, Fanny. Ich zeige dir gar nichts. Beim besten Willen nicht.«

»Aber …«

»Wenn Ferdl schon glaubt, eine andere heiraten zu müssen, obwohl er ganz offensichtlich in dich verliebt ist, dann solltest du dir vielleicht diesen Dinglreiter schnappen. Er scheint mir ein recht anständiger Kerl zu sein. Und vermögend ist er obendrein. Sein werter Vater ist ein hohes Tier in der Stadtverwaltung.«

»Rupp?« Wie kam Änny denn jetzt auf den? Und woher wusste sie über seinen Vater Bescheid? »Aber er kennt mich doch gar nicht. Jedenfalls nicht die weibliche Version von mir.«

»Trotzdem ist er ganz vernarrt in dich.«

»Vernarrt?«

»Wie er dich anschmachtet. Wie er bei jedem Wort von dir an deinen Lippen hängt. Sag bloß, das ist dir bislang nicht aufgefallen?«

»Das bildest du dir ein, Änny. Er denkt doch, ich sei Anton.«

Die Freundin stöhnte auf. »Noch nie etwas vom anderen Ufer gehört?«

»Du meinst, er ist …«

»Entweder das, oder sein männlicher Instinkt durchschaut deine Maskerade.«

Fanny musste an die Wannenbäder denken und die tausend anderen Gelegenheiten, bei denen Rupp viel zu penetrant ihre

Nähe suchte. »Du meinst also, er wäre ein geeigneter Kandidat für mich. Als gut situierter Kavalier?«

»Aber nein«, wehrte Änny ab. »Ich meinte, du könntest dir einen echten Verehrer suchen. Einen, der dich nicht zur Hure macht, sondern dich hofiert.« Änny stand auf.

»Ich soll ihm falsche Hoffnungen machen und mich von ihm aushalten lassen?«

»Wer sagt denn was von falschen Hoffnungen? Nicht alle Ehen werden aus Liebe geschlossen. Er scheint wirklich ein netter Kerl zu sein, und nicht jeder Sohn kommt nach seinem Vater.«

Wieso nach seinem Vater? Fanny verstand nur noch Bahnhof. »Aber …«

»Kein Aber.« Änny ging zur Tür. »Schlag dir diesen Unsinn aus dem Kopf. Dafür bist du viel zu …«

»Zu tollpatschig?«

Änny blieb stehen und drehte sich noch einmal um. »Auch.« Sie lachte traurig. »Das habe ich nicht gemeint.«

»Was dann?«

»Du bist zu schade dafür. Viel zu schade.«

 ## Klinikviertel

zur selben Zeit | Couveusenzimmer, Kinderspital, Lindwurmstraße 4

Elsa öffnete leise die Tür. Natürlich stand Lulu vor dem Wärmebett. Am liebsten hätte sie auf dem Absatz kehrtgemacht und sich davongeschlichen.

»Endlich, Schwester Rosalia. Tildas Mahlzeit ist seit einer halben Stunde überfällig, wir müssen sie dringend wecken. Das Bad habe ich schon eingelassen.«

»Ich bin's.«

Lulu fuhr herum.

Elsa bemerkte sehr wohl, wie der Freundin der Schreck ins Gesicht sprang.

»Du?«

Sie blieb in der Tür stehen und ließ unschlüssig die Arme hängen.

»Wo ist Schwester Rosalia? Sie sollte längst hier sein.«

Der Weg in die Säuglingsabteilung und weiter ins Couveusenzimmer hatte Elsa große Überwindung gekostet. Lulu hier anzutreffen machte es nicht besser. Sie würde Fragen stellen. So viele Fragen. Zu viele. »Schwester Rosalia hat sich den Knöchel verstaucht, sie wird noch verarztet. Ich soll ihr die Nacht über zur Hand gehen.«

»Aber das hätte ich doch tun kö…« Mitten im Wort schloss Lulu den Mund, weil ihr offensichtlich aufging, dass es längst Zeit war, dass Mutter und Kind sich kennenlernten.

»Oberin Amalberga hat es angeordnet«, erklärte Elsa achselzuckend.

»Verstehe.« Lulu winkte sie näher. »Komm, sieh sie dir an. Sie ist so süß.«

Elsa wusste, dass die Tochter des Direktors jede freie Minute im Couveusenzimmer verbrachte, aber mit eigenen Augen zu sehen, wie vernarrt Lulu in ihr Kind war, versetzte ihr einen schmerzhaften Stich. Gleichzeitig war es eine Erleichterung. Tilda wurde geliebt. Wenn auch nicht von ihrer Mutter.

Lulu schraubte das Glasverdeck ab. »Wir können sie schon mal baden. Das macht sie wach, und vielleicht trinkt sie dann endlich aus der Flasche.« Ihre Stimme klang völlig unbeschwert. »Komm her«, lud sie Elsa erneut ein.

Doch Elsa konnte sich nicht bewegen. Keinen Millimeter. Sie sank und sank. Tiefer und tiefer. Schneller als je zuvor. Alle Kraft schien aus ihr herauszufließen. Als sie keine Anstalten machte näher zu kommen, lief Lulu ihr leichtfüßig entgegen und zog sie mit sich.

»Sie macht sich wirklich gut. Heute hat sie ihr Geburtsgewicht erreicht. Es geht aufwärts. Natürlich wird sie einige Jahre hinterherhinken, was ihr Längenwachstum angeht, aber die meisten Frühchen holen alles auf, bis sie eingeschult werden.«

Außer sie hatten Herzfehler oder Gehirnblutungen. Auch alle Stufen von Entwicklungsstörungen des Geistes bis hin zu Imbezillität und Idiotie waren möglich. Die Littlesche Krankheit kam bei Frühgeburten gehäuft vor.

Elsa gab sich keinen Illusionen hin. Es war ihre Schuld, dass dieses Kind nicht weiter im Mutterleib reifen durfte. Weil sie nie die Hände auf ihren Bauch gelegt, weil sie es nie willkommen geheißen hatte. Weil Elsa ihr Herz nicht an ein Kind hängen wollte, das sowieso nicht bei ihr sein durfte. Und so war das kleine Leben in ihrem Bauch ein Fremdkörper geblieben. Etwas Unwillkommenes. Das abgestoßen wurde. Eine völlig natürliche Reaktion.

Dennoch spähte Elsa durch die Scheibe. Die Kleine sah verletzlich aus, unglaublich zerbrechlich. Elsas Kopf, ihre Glieder, sie wurden bleischwer. Wieso nur hatte sie nicht besser auf ihr Kind achtgegeben?

»Schon bald wird sie ihre Körpertemperatur konstant halten können, dann müssen wir nicht mehr so arg aufpassen, dass sie nicht auskühlt.« Routiniert griff Lulu in den Brutkasten und hob Tilda heraus. »Willst du sie nehmen?«

Elsas schüttelte den Kopf.

»Der Name ... Ich wusste nicht ... Du hast nie etwas erwähnt.« Lulu lächelte schief. »Tilda hat einfach zu perfekt gepasst. Bitte verzeih!«

»Schon gut.« Was sollte Elsa auch anderes sagen. Sie hatte weder einen Mädchen- und erst recht keinen Jungennamen ausgesucht.

Lulu trug Tilda zum Mitteltisch, legte sie auf die gepolsterte Unterlage und zog sie aus. Das kleine Mädchen schlief noch. Seelenruhig. Als könne sie nichts erschüttern. Nur manchmal bewegte sie eins der Fäustchen, oder sie verzog ein klein wenig den Mund.

»Professor Herzog wird die Lippenspalte operieren, sobald es geht. Man wird später kaum etwas sehen.«

Elsa hörte die Beklemmung in Lulus Stimme. Natürlich war von Rankes Tochter nicht entgangen, dass Elsa dieses Kainsmal direkt nach der Geburt fürchterlich erschreckt hatte. Dabei sah es gar nicht so schlimm aus. Wirklich nicht. Als Lulu aber das Leibchen aufschnürte, sog Elsa scharf die Luft ein.

»Oh Gott! Was ist das?« Jedes Mal, wenn Tilda atmete, bildete sich ein großes, tiefes Grübchen in der Mitte des Sternums. »Ist das eine Trichterbrust?«

»Aber nein.« Lulu strich mit der flachen Hand über die Stelle. »In den ersten Tagen und Wochen braucht das Zwerchfell unreifer Kinder meist noch etwas Unterstützung von den auxiliären und inter... den interdingsbums Atemmuskeln.«

Es war für Elsa schwer mitanzusehen, wie Lulu kämpfte und dabei lautlos mit den Fingern schnippte. »Den intercostalen Muskeln. Lateinisch *inter*, also zwischen, und *costa*, Rippe«, half sie aus.

»Genau die!« Lulu verzog das Gesicht. »Du merkst, die ausgefallenen Übungsstunden machen sich bemerkbar. Sie fehlen mir, und das nicht nur, weil ich sie bitter nötig habe.«

»Mir auch.« Es rutsche Elsa über die Lippen, ehe sie darüber nachdenken konnte. Aber es stimmte. Sie vermisste Lulu.

»Vielleicht könnten wir …?«

Elsa wurde leicht ums Herz, sie kam der Oberfläche wieder etwas näher. »Gern.«

»Dann läufst du also nicht mehr vor mir weg?«

»Wenn du mir nicht zu viele Fragen stellst.«

Lulu sah Elsa überrascht an, dann tippte sie mit dem Zeigefinger in das Grübchen auf Tildas Brust. »Rippen und Brustbein sind noch übermäßig weich, deshalb gibt es da so viel Bewegung. Es sieht schlimmer aus, als es ist, sagt Vater, und es wird sich verlieren, sobald ihr das Atmen etwas leichter fällt. Sicher werden dann auch die as… die asphyktischen«, sie wackelte triumphierend mit dem Kopf, »Anfälle bald der Vergangenheit angehören. Obwohl ich nicht genau weiß, ob das eine mit dem anderen zusammenhängt, wenn ich ehrlich bin.«

Elsa beneidete Lulu um ihren grenzenlosen Optimismus.

»Im Moment bekommt sie viermal täglich sechs Tropfen Koffein, um ihre Herzkraft zu stärken. Das hilft auch beim Atmen.« Sie zeigte auf eine Pipette. »Es wird schon werden.«

Nach einem langen, ausgiebigen Bad rubbelte Lulu die Kleine ab, wickelte sie in die angewärmten Tücher und hob sie hoch. Elsa stand die ganze Zeit still daneben und beobachtete.

»Kannst du mir ihre Milch geben?«, fragte Lulu.

Elsa öffnete das Türchen an der Aufwärmvorrichtung und holte die Flasche heraus.

»Willst du sie füttern?«

Der Sauger auf dem Flaschenhals war wesentlich kleiner als alle, die Elsa bislang in ihrem Leben gesehen hatte. »Ich dachte, sie wird noch mit der Sonde ernährt?«

»Seit gestern geht es mit dem Löffel, aber vorher versuchen wir es immer mit dem Sauger.«

»Und die Amme?«

»Die legt sie auch an, aber sie hat neben ihrem eigenen Neugeborenen hier in der Klinik ja noch drei größere Kinder. Die brauchen sie auch, deshalb muss sie nachts zu Hause sein und kommt nur tagsüber alle paar Stunden.« Lulu nickte in Richtung Nebenraum. »Tildas Milchbruder liegt dort drüben. Er hat seine Nabelschnurbruchoperation gut überstanden.«

Elsa sah das Bettchen durch die Tür im angrenzenden Zimmer stehen. Auf der Neugeborenenstation hatte sie bislang nie zu tun gehabt, die Krankengeschichte des Jungen kannte sie trotzdem. Als sie sich wieder umdrehte, stand Lulu direkt vor ihr und hielt ihr Tilda hin. Energisch verschränkte sie die Arme vor der Brust. »Ich möchte nicht.«

»Aber ich muss aufs Closet.«

»Kann das nicht warten, bis Schwester Rosalia da ist?«

»Es ist dringend.«

Hilfesuchend sah Elsa sich um. Keins der Kinder quengelte, auch nicht im Nebenraum. Es gab keine Ausrede. Also ließ sie es zu, dass Lulu ihr das Baby in die Arme bettete und sie zum Stillstuhl dirigierte, der stets für die Ammen bereitstand.

»Bin gleich zurück«, sagte Lulu und drückte ihr das Fläschchen in die Hand.

Die Tür fiel ins Schloss, und Elsa starrte auf das kleine Gesicht hinab. Große, dunkle Augen sahen zu ihr hoch. »Schau mich bloß nicht so vorwurfsvoll an«, flüsterte sie, prüfte die Temperatur des Fläschchens an ihrem Hals und strich dann mit dem Sauger über Tildas Lippen. »Ich wollte das nicht. Nichts davon. Wir sollten alle beide gar nicht hier sein.«

Tilda öffnete den Mund. Die Spalte klaffte auseinander. Sofort spürte Elsa die Ohnmacht wieder. Die Schuld. Das Verderben. Das Atmen fiel ihr schwer. Sie begann zu schwitzen. Und sie sank wieder. Tiefer und tiefer. In die Hoffnungslosigkeit. Wie sollte dieses Kind überstehen, was ihm bevorstand? Elsa hatte gehört, was Josef direkt nach der Geburt gesagt hatte. Es wäre gnädiger, sie sterben zu lassen, denn was für eine Zukunft wartete auf so ein Kind? Vor allem jetzt, da es niemand mehr in der Hand hatte. Da nicht einmal Änny mit ihren vielen Kontakten in der Stadt irgendetwas für sie tun konnte, weil das Brandmal längst aufgedrückt war. Ein Findelkind. Dem Bodensatz der Gesellschaft zugehörig.

Tildas Lippen begannen zu zittern, aus ihrer Kehle drang ein leises Wimmern, das Elsa sofort bis ins Mark fuhr. Schnell steckte sie ihrer Tochter den Sauger in den Mund, doch es half nichts, das Zittern und Empören ging weiter, bis etwas Milch auf ihre Zunge tropfte. Tilda erstarrte, schien erst zu überlegen, dann zu staunen und begann schließlich zu saugen. Anfangs drang durch die Lippenspalte immer wieder Luft ein und unterbrach den Sog, doch dann merkte Elsa, dass Tilda schluckte. Nicht kräftig oder gierig, wie es reife Stillkinder gewöhnlich taten, aber die kleine Kämpferin in ihren Armen brachte genug Kraft auf, um die Milch aus der Flasche zu ziehen.

In Elsa taumelten sämtliche Gefühle durcheinander. Einerseits freute sie sich über den Fortschritt, andererseits versuchte sie, jede Euphorie im Keim zu ersticken. Es war nur ein kleiner Erfolg. Es konnte noch so viel passieren. Und sie hatte wahnsinnige Angst, etwas falsch zu machen. Wenigstens kam in diesem Moment Lulu zur Tür herein. Sie schob Schwester Rosalia im Rollstuhl vor sich her. Die beiden jungen Frauen gerieten völlig aus dem Häuschen, als sie sahen, was Tilda geschafft hatte.

»Ich wusste es«, freute sich Lulu und umarmte Elsa innig. »Das ist wunderbar.«

Auch Schwester Rosalia lächelte glückselig. »Gut gemacht«, lobte sie.

»Nicht mein Verdienst«, wehrte Elsa ab. »Wahrscheinlich war sie einfach so weit.«

Gemeinsam beobachteten sie, wie Tilda das Fläschchen leer trank. Es dauerte lange und war mühsam, aber es gelang. Am Ende schlief sie völlig erschöpft in Elsas Armen ein.

Lulu brachte eine Wärmflasche und legte sie unter Tildas Füße. »Dann kannst du sie noch halten, solange ich mit Schwester Rosalia die Abendrunde bei den Kindern auf der Station drehe. Danach gehe ich nach Hause, da ich hier ganz offensichtlich nicht gebraucht werde.«

Elsa sah der Freundin hinterher, wie sie die Barmherzige Schwester von Bett zu Bett schob und nach ihrer Anweisung kontrollierte, ob auch jedes Kind gut für die Nacht versorgt war. Ehe sie ins nächste Zimmer gingen, drehte sich Lulu noch einmal um. »Ruf einfach, wenn etwas ist. Wir sind sofort bei dir.«

Elsa nickte und starrte bald auf die geschlossene Tür. Unbeholfen begann sie die Kleine in ihren Armen zu wiegen. Wovor hatte sie sich nur so gefürchtet? Ihr Kind zu halten fühlte sich gut an. Aber waren ihre Lippen vorher auch schon so dunkelrot gewesen? Vorsichtig strich sie mit dem Finger darüber. Färbten sie sich blau? Auch die Haut? Elsa horchte auf Tildas Atem. Hörte man so kleine Kinder atmen? Sie schlug die Decke zurück, beobachtete den Brustkorb. Kein Grübchen in Höhe des Brustbeins. Hob und senkte sich da überhaupt etwas?

Ein dumpfes, unheilvolles Pochen setzte sich in Elsas Kopf fest wie ein Kuckuck, der im fremden Nest schlüpfte. Sie musste nach Lulu und Schwester Rosalia rufen, doch ihre Lippen bewegten sich nur langsam, und kein Laut drang aus ihrer Kehle. Dafür färbte sich Tildas Gesicht immer dunkler. Allmählich verschwamm Elsa ihr Gesichtchen vor den Augen. Auch die Arme wurden ihr schwer. Sie konnte ihre Tochter kaum noch halten. Unaufhaltsam sank sie dem Grund entgegen. Rasend schnell. Jeden Moment würde ihr Kopf zerplatzen wie ein Kürbis, der aus großer Höhe auf das Kopfsteinpflaster aufschlug.

Vielleicht war dann endlich alles vorbei?

Vielleicht war es besser so?

Vielleicht blieb der kleinen Tilda dadurch viel erspart. Und ihr auch.

Sie erreichten den Grund. Gemeinsam. Es wurde still. Und friedlich. Doch dann kamen die großen, zu Krallen gekrümmten Hände des Vaters auf sie zu. Sie trafen Elsa im Gesicht, schlitzen ihr die Haut auf. Rüttelten sie wach. *Du musst es wollen. Von ganzem Herzen. Du musst kämpfen*, schienen sie zu sagen. *Für dein Kind. Und am allermeisten für dich selbst. Lass nicht zu, dass alles verdirbt.*

Tilda bewegte die Arme, spreizte die Finger. Suchte Halt. Und Hilfe. Sie kämpfte. Elsa spürte es. Und da, just in dem Moment, nach so langer Zeit, verstand sie, dass dieses Kind zu ihr gehörte. Schon seit Wochen und Monaten. Dass es kein Fremdkörper und auch nicht die Strafe Gottes für ihre Sünden war, sondern ein Mensch. Den sie nicht weglügen durfte. Ein Kind. Ihr Kind. Ihre Tochter. Ihres Vaters Enkelkind.

Mit einem kräftigen Stoß katapultierte Elsa sich nach oben, schwamm der Oberfläche entgegen, tauchte auf und holte Luft. Zum ersten Mal seit Monaten atmete sie richtig durch. Jetzt musste sie nur noch dafür sorgen, dass ihre Tochter es ebenfalls tat. Sie hob Tilda hoch, kniff sie in die Wange, befreite sie von der Decke, dem Leibchen, ging mit ihr so schnell wie möglich zum Waschbecken, ohne sie zu sehr durchzuschütteln. Rasch drehte sie das kalte Wasser auf und spritzte ihr einige Tropfen ins Gesicht. Nichts.

»Schnell! Hilfe!«, schrie sie.

Lulu stürmte herein, Schwester Rosalia vor sich herschiebend. »Was ist mit ihr?«

»Sie atmet nicht.« Elsa wurde flau im Magen. »Erst war sie blau, jetzt färbt sie sich weiß.« War es schon zu spät?

Lulu drückte den Notfallknopf neben der Tür, und Schwester Rosalia stemmte sich aus dem Rollstuhl hoch. Sie übernahm Tilda aus Elsas Händen, legte sie auf der Unterlage ab und begann die Brust des Mädchens zu massieren und ihre Füßchen zu drücken. »Die Kanüle auf dem Mitteltisch, Lulu. Das Koffein. Gib es ihr!«

Während Schwester Rosalia weiter massierte, spritzte Lulu die Flüssigkeit in Tildas Mund. Es waren nur wenige Sekunden, die vergingen, bis endlich etwas Spannung in Tildas Körper zurückkehrte, sie anfing hektisch zu atmen und ihre Haut allmählich rosiger wurde, doch Elsa kam es vor wie ein ganzes Leben.

Schwester Rosalia legte ihr Ohr an Tildas Brust. »Der Puls wird kräftiger.«

»Dem Himmel sei Dank.« Lulu hatte Tränen in den Augen und legte einen Arm um Elsa. »Ich hoffe, du hast dich nicht zu sehr erschreckt.«

»Solche Atemaussetzer kommen bei Frühchen leider manchmal vor, nachdem sie getrunken haben«, erklärte Schwester Rosalia und strich Tilda zärtlich über die Haut. »Nur sind es selten so schwere. Meist fangen die Kinder von selbst wieder an zu atmen, da der zunehmende Sauerstoffmangel im Blut das Atemzentrum stimuliert.«

»Aber manchmal brauchen sie eben Unterstützung«, ergänzte Lulu. »Deshalb muss immer jemand da sein.«

»Jemand, der schnell reagiert«, fügte Elsa an und spürte die Schuld tonnenschwer auf ihren Schultern. Fast hätte sie zu lange gezögert.

»Aber manchmal hilft auch das nicht.« Schwester Rosalia sah sich zur Tür um, deckte Tilda zu und rückte die Wärmflaschen links und rechts an den winzigen Körper. »Wo bleibt denn der Doktor? So schlimm war es noch nie.«

»Doch, einmal«, sagte Lulu. »Gleich bei der …«

Elsa blieb das Herz stehen.

»Bei was?« Schwester Rosalia hob den Kopf. »Ich kann mich gar nicht erinnern. Von so einem Vorfall steht nichts in ihrem Bogen.« Sie schlug das Geheft auf und blätterte darin.

Elsa schloss die Augen. Vielleicht wäre es heilsam, einfach mit den Lügen aufzuhören. Ein für alle Mal. Denn Lügen hatten kurze Beine, wie Mutter gerne sagte.

Lulu lief die Stufen hinunter, trat in den Hinterhof hinaus und atmete einige Male tief durch. Erst Tildas Erstickungsanfall und jetzt das. Hatte Schwester Rosalia es bemerkt? Hatte sie Elsas entsetztes Gesicht gesehen? Wenn ja, dann …

Dabei hatte Lulu vor wenigen Minuten noch die ganze Welt umarmen wollen. Tilda hatte getrunken! Aus der Flasche. Und endlich, endlich hatte Elsa ihr Kind in die Arme geschlossen. Sie hatte sogar recht normal reagiert und war auch nicht wieder vor ihr davongelaufen. Lulus Befürchtungen, die Freundin stehe kurz vor dem Zusammenbruch, vor einer Hysterie oder sonst einem nervösen Ausbruch, hatten sich zum Glück nicht bewahrheitet. Blieb zu hoffen, dass Tildas heutige schwerere Atemkrise eine einmalige Angelegenheit bleiben würde, sonst …

Nein, stopp. Nicht darüber nachdenken! Tilda würde wachsen und gedeihen. Lulu musste nur fest genug daran glauben. Alles andere wäre unerträglich.

Auf dem Heimweg strich der laue Abendwind schmeichelnd

wie Seide über Lulus Haut. Wie musste es sich erst anfühlen, wenn Arme und Beine ebenfalls unbedeckt waren? Die Haare offen und die Füße nackt? Sofort spazierte ein Kalabreser durch Lulus Gedanken, direkt gefolgt von einem gut gebauten Rennfahrer im engen Einteiler. Thaddys Berührungen waren nicht lau gewesen. Sie glichen eher Stromschlägen. Man verbrannte sich daran. Hielte Tildas überstürzte Ankunft Lulu nicht so sehr auf Trab, wäre sie längst vor Sehnsucht gestorben. Seit Sonntag waren bereits fünf Tage vergangen. Eine Ewigkeit. Und sie musste sich noch zwei weitere gedulden, ehe sie ihn wiedersah. Im Englischen Garten. Was für ein Glück, dass die treue Ida allzeit für ein Alibi geradestand.

Als Lulu die Sophienstraße erreichte und im Begriff war, in den Durchgang zum Hinterhof einzubiegen, trat gerade eine Frau aus der Vordertür. War das Frau von Schenk, eine der größten Gönnerinnen des Kinderspitals? Hatte Vater sie etwa überredet, ein weiteres Sümmchen locker zu machen? Lulu schmunzelte. Was das Auftreiben von Spendengeldern anging, konnte man ihm wirklich nichts vorwerfen.

Sie stellte ihr Rad ab und lief pfeifend durch den Dienstboteneingang ins Haus. Spätestens als sie die Kappe abnahm, wusste sie, dass Besuch da war. So spät am Abend noch? Ein *dîner* an einem Donnerstag? Hatte sie es vergessen? Das würde Ärger geben. Aber die Eltern wollten doch ins Theater? Komisch.

Auf Zehenspitzen schlich Lulu den Gang entlang. War am Ende die Polizei gekommen? Wegen Tildas fingierter Aussetzung? Hatte jemand Lulu gesehen, als sie mit Elsas neugeborenem Kind vom Kesselhaus durch den Hinterhof auf die Straße gelaufen war, nur um vorne wieder hereinzukommen und Alarm zu schlagen?

Sie blieb vor der Tür zum Salon stehen und lauschte. Ihr Vater sprach mit … Oh, nein! Lulu spürte Panik aufsteigen. Ihre schlimmsten Befürchtungen wurden also doch noch wahr. Schon seit Tagen huschte sie wie ein Schatten durchs Haus, immer darauf gefasst, dass jeden Moment das Donnerwetter ihres Lebens über sie hereinbrach. Aber nichts, rein gar nichts war passiert. Kein Entsetzen. Kein Tadel. Keine Androhung von Konsequenzen. Doch nun geschah es. Hardy war vorbeigekommen, um ihren Eltern von ihrem skandalösen Auftritt in Nymphenburg zu berichten.

»Vielen Dank, Herr Direktor, dass Sie mich so spät noch empfangen.«

»Das ist doch selbstverständlich, mein lieber Eberhard. Sie gehören ja quasi zur Familie.«

Lulu fühlte Übelkeit aufsteigen. Warum nur musste sich ihr Vater bei diesen Wölfen von Königsfeld so anbiedern? Erbärmlich!

»Den werten Eltern geht es gut?«

»Ja, danke der Nachfrage.«

»Richten Sie Ihnen meine herzlichen Grüße aus, Eberhard. Es würde mich und meine Gattin außerordentlich freuen, wenn unsere Familien gegen Ende September erneut zu einem *dîner* oder *souper* zusammenkämen.«

Wie er *Ende September* betonte! Noch hoffte er wohl, nach den Tagen am Genfer See, die Lulu und Hardy in inniger, aber unschuldiger Zweisamkeit miteinander verbringen sollten, über eine Verlobung verhandeln zu können. Lulus Flehen, Ida zuliebe in München bleiben zu dürfen, war nicht erhört worden. Nicht einmal Mutter hatte ihrem Nesthäkchen beigestanden. Lulu ballte die Fäuste. Sie konnte aber nicht fort. Jetzt weniger denn je. Wegen Tilda. Und wegen Thaddy.

»Eine Einladung wird Ihnen und Ihren verehrten Eltern in den nächsten Tagen zugehen.«

Hardy räusperte sich. Mehrmals. Setzte zwei-, dreimal an zu sprechen, brachte schlussendlich aber keinen Ton heraus. Lulu spürte Schweißtropfen auf der Stirn. In den Sommermonaten war es manchmal entsetzlich heiß und drückend in der Wohnung.

»Nur heraus mit der Sprache, sicherlich wollen Sie die Details der Sommerfrische am Genfer See mit mir besprechen. Keine unnötige Zurückhaltung deshalb, wir wissen beide, dass sich die Aufenthalte gewisser Personen tunlichst überschneiden sollten.«

Ihr Vater lachte viel zu laut, viel zu selbstgefällig und vor allem viel zu zuversichtlich. Er würde noch sein blaues Wunder erleben. Fast freute sich Lulu darauf. Vielleicht sollte sie bei der Gelegenheit erwähnen, welche Rolle sie bei Tildas Auffinden gespielt hatte? Das gäbe einen noch größeren Skandal als nur ein Techtelmechtel mit einem drittklassigen Rennfahrer.

»Meine verehrte Gattin, meine Tochter Sissy und auch Lulu reisen Anfang nächster Woche nach Évian-les-Bains. Ich werde Mitte August nachkommen, und die gemeinsame Rückkehr ist für Anfang September geplant.«

»Ähm ... ich ... Herr Direktor von Ranke, ich muss Ihnen leider sagen, dass ...«

»Sie dürfen mir auf der beschwerlichen Reise sehr gerne Gesellschaft leisten. Wenn ich mich recht erinnere, hatten Sie wie ich die letzten beiden Augustwochen für die Sommerfrische ins Auge gefasst? Oder haben sich Ihre Pläne geändert?«

»In gewisser Weise schon, Herr Direktor von Ranke, deshalb will ich ja mit Ihnen ...«

»Wenn ich Ihnen damit entgegenkomme, kann ich meine Abreise auch um eine Woche nach vorne oder nach hinten verschieben. Wie es Ihnen besser passt, nur spätestens am neunten September müsste ich zurück in München sein, und vor dem zehnten August bin ich leider unabkömm...«

»Das ist es nicht, Herr Direktor.«

»Was ist es dann?«

»Ich muss …«

Lulu riss die Tür auf und stürmte hinein. »Oh, Verzeihung!«, rief sie. »Ich wusste nicht, dass du so spät noch Besuch hast, Vater.« Sie gab Hardy zur Begrüßung die Hand und rang sich ein unschuldiges Lächeln ab. »Außerdem wolltest du Mama doch heute Abend ins Theater ausführen?«

»Wir haben es uns anders überlegt«, stellte Lulus Vater klar und prostete Hardy mit seinem Cognac zu, als wäre der junge Mann die Heilige Offenbarung.

»Und die Karten?«, bohrte Lulu nach. Das ärgerliche Funkeln in Vaters Augen entging ihr keineswegs. »Mutter hat dafür doch Himmel und Hölle in Bewegung gesetzt.«

Hardys Schultern sackten tief. »Jetzt habe ich alles verdorben. Das tut mir leid. Sie hätte mir sagen müssen, dass …«

»Ach, Papperlapapp, Eberhard. Sie haben sich rein gar nichts vorzuwerfen. Die Planänderung hat mit Ihrem Besuch nichts zu tun.«

Von wegen. Lulu wusste haargenau, dass Papa jedes gesellschaftliche Ereignis freudig beiseiteschob, wenn der auserkorene Schwiegersohn um eine Audienz bat.

»Wo waren wir noch mal stehengeblieben?«

Hardy sah Lulu an. In seinem Blick lag ein Meer aus Elend und tiefster Verletzung. Am liebsten wäre sie im Erdboden versunken. Gleichzeitig wollte sie ihn am Kragen packen und ihm ins Ohr zischen: *Untersteh dich, du elende kleine Petze!* Ohne Uniform kamen ihr seine Schultern schmächtig, das Gesicht teigig und die Haut blass vor. Was genau Ida an ihm gutaussehend fand, verstand Lulu nun erst recht nicht mehr. Auch dass sie Hardy im Traum als Wolf gesehen hatte, kam ihr in diesem Moment lächerlich vor. Er war kein Wolf. Er war bestenfalls ein Schoßhündchen. Lulu musste den Impuls unterdrücken, sich die Hand am Rock abzuwischen, so feucht und warm war sein Händedruck gewesen.

»Was wollten Sie denn sagen? Nur zu.«

»Ich wollte ...«

Lulu schloss die Augen und wappnete sich. Ja, sie schämte sich. Dafür, dass sie Hardy angelogen und ihm mit ihrer Unentschlossenheit vielleicht Hoffnungen gemacht hatte. Doch wegen ihrer Gefühle für Thaddy schämte sie sich kein bisschen. Sie könnte Hardy niemals lieben. Und sie wollte ihn auch nicht heiraten. Trotzdem musste er nicht aus gekränkter Eitelkeit ihr Leben zerstören, indem er zu den Eltern rannte und ihnen alles brühwarm erzählte.

»Ich werde nicht an den Genfer See reisen. Das wollte ich Ihnen sagen, Herr Direktor.«

Lulu wandte sich um und sah, wie dem Vater die Kinnlade herunterfiel.

»Um Gottes willen! Wieso denn nicht, Eberhard? Die von und zu Aufseß haben Sie ausdrücklich eingeladen. Siegi spricht in den höchsten Tönen von Ihnen, er freut sich sehr auf Ihren Besuch. Es wäre ein Affront, nicht anzunehmen. Außerdem haben Sie das schon, soviel ich weiß.«

»Das stimmt, aber Siegi wird meine Beweggründe verstehen.«

Direktor von Ranke stellte den Cognacschwenker ab. »Darf ich fragen, welche das sind?«

Lulu fiel nichts ein, womit sie Hardy aufhalten konnte. »Ich ...«

»Nun?« Professor von Ranke hob die Augenbrauen und gebot Lulu still zu sein.

»Ihrer Tochter ist die Vorstellung von einer baldigen Ehe zuwider.«

»Wie bitte?«

Der Direktor fuhr herum und starrte Lulu an, als wolle er jeden Moment Satisfaktion von ihr verlangen.

»Ihre Tochter fühlt sich zu jung, das hat sie mir schon vor Monaten anvertraut. Sie will erst ihr Abitur machen und dann Medizin studieren.«

»Ach was! Das sind doch alles nur Hirngespinste, Eberhard. Nichts weiter als alberne Träumereien. Wenn erst Kinder im Haus sind, wird sie den Unsinn sehr schnell vergessen.«

Kinder im Haus? Lulu traute ihren Ohren nicht.

Auch Hardy räusperte sich angesichts dieser Indiskretion mehrmals verlegen und brauchte ein wenig, ehe er fortfuhr: »Ich bin selbst noch sehr jung, meine Karriere beim Militär steckt noch in den Anfängen. Nach reiflicher Überlegung bin ich zu der Überzeugung gelangt, dass es ein Fehler wäre, die Dinge zu überstürzen. Ich kann warten. Wir haben alle Zeit der Welt.«

Ihr Vater wurde leichenblass. »Verstehe ich Sie richtig, Eberhard? Sie wollen die Verlobung lösen?«

»Wir sind noch nicht verlobt, Papa«, rief Lulu ihrem Vater in Erinnerung, der ihren Einwand aber wie eine lästige Fliege beiseitewedelte und gebannt der Worte harrte, die aus Hardys Mund noch kommen würden.

Doch dessen waidwunder Blick sprang erst noch eine Weile zwischen Lulu und dem großen Direktor von Ranke hin und her. Dann nahm Hardy all seinen Mut zusammen und sagte mit fester Stimme: »Unter den gegebenen Umständen möchte ich Lulu die Möglichkeit geben, um sich über ihre Gefühle klar zu werden und ihre Träume zu verwirklichen. Das ist alles.«

Was redete er da? Lulu war vollkommen klar, was ihre Gefühle für Hardy anging. Sie brauchte keine Zeit. Die Klarheit konnte er sofort haben. Stante pede sozusagen.

Direktor von Ranke erhob sich aus seinem Sessel. »Angesichts dieser neuen Erkenntnisse, wird es selbstverständlich Lulu sein, die auf die Reise nach Évian-les-Bains verzichtet.«

Herbst 1899

Graggenau

3. September | Königliche Residenz, Max-Joseph-Platz

Fanny gab sich einen Ruck, bauschte mit den Füßen ihren Rock nach vorn und wiegte die Hüften etwas stärker als zuvor. Das Froufrou ihrer mehrschichtigen, aus spröden Taften genähten Unterröcke mache garantiert jeden Mann verrückt, hatte das übereifrige Fräulein Stoffverkäuferin versprochen.

Na schön! Gleich noch mal. Wie um sich selbst anzufeuern, sprach Fanny dieses Mal leise mit: »Froufrou. Froufrou. Froufrou.« Es klang eher wie das Gurren einer Taube als nach dem Lockruf einer Kurtisane. Fanny kam sich dumm vor, und insgeheim sandte sie tausend Stoßgebete gen Himmel, dass nur ja kein Galan auf sie aufmerksam wurde.

Das fruchtlose Gespräch mit Änny lag inzwischen über einen Monat zurück, und die Freundin hatte jeden weiteren von Fannys Überredungsversuchen abgeschmettert. Sie wolle nicht daran beteiligt sein, wenn Fanny sich ins Unglück stürze. Punkt. Stattdessen hatte sie Geld auf den Tisch gelegt. Schon mehrmals. Für die Miete. Für Bücher. Für Essen. Fanny könne es zurückzahlen, wann immer sie wolle. Das sei kein Problem.

Natürlich war es ein Problem. Fanny wusste, was Änny für dieses Geld tun musste. Sie konnte es nicht annehmen, keinesfalls, und wenn es noch so verlockend war.

Hoppla! Um ein Haar wäre ihr ein kleines Mädchen mitten in die aufgebauschten Röcke gerannt. Fanny drehte sich gerade rechtzeitig zur Seite und sah dem vielleicht fünfjährigen Lausdirndl hinterher, das ein paar ältere Buben um das Monument von König Max I. jagte. Wahrscheinlich spielten sie Räuber und Gendarm. In dem Alter durfte auch ein Mädchen noch Gendarm sein. Fanny beneidete sie. Wie schnell sie laufen konnte. Wie lebendig sie war. Ihr und den anderen Kindern schien die Hitze nichts auszumachen, wohingegen ihre Gouvernanten mit hochroten Köpfen dasaßen. Das Geplapper nahm kein Ende.

»Hast du's gehört? Seine Königliche Hoheit der Prinzregent ist am Samstag von der Jagd bei Linderhof nach Hohenschwangau übergesiedelt. Und Prinz Ludwig soll heute wieder in München eintreffen. Er wird Anfang der Woche nach Stuttgart reisen, um der Kaiserparade beizuwohnen. Wenn ich doch nur auch mitkönnte, aber die Herrschaft ...« Der Rest ging im Geschrei des Spiels unter.

Allzu ernst schienen die Aufpasserinnen ihre Pflichten nicht zu nehmen, stattdessen schickten sie, sobald sie zwischendurch einmal Luft holten, recht herablassende Blicke in Fannys Richtung.

War es so offensichtlich? Fanny selbst hätte noch im letzten Herbst keinesfalls die kleinen Gesten, die obszönen Melodien, die etwas zu rosigen Wangen oder die unauffällig präsentierten Visitenkarten als eindeutige Zeichen erkannt, doch allmählich bekam auch sie ein Auge dafür. Sie war nicht die einzige junge Frau, die an diesem Sonntagnachmittag vor der Residenz auf gut situierte Kundschaft hoffte.

Ein Schweißtropfen kitzelte ihre Stirn. Sie blieb stehen und wischte ihn ab. Wie oft hatte sie den guten König Max vor seinem Hoftheater nun schon umrundet? Sollte sie besser doch die Maximilianstraße hinunterflanieren, wie sie es an Heiligabend getan hatte? Der Herr mit dem lächerlich hohen Zylinder kam ihr in den Sinn. Würde sie ihm eine ihrer handgeschriebenen

Karten geben? Und dann in dem billigen Zimmer, das ihr eines der Schankmädel für ein paar Stunden überlassen hatte, auf ihn warten? Die Vorstellung war grauenhaft, doch hatte Fanny eine Wahl? Nicht wirklich. Dabei schleppte sie seit Ende des Sommersemesters fünf- bis sechsmal die Woche fünfzehn, sechzehn, manchmal sogar neunzehn Stunden lang Krüge an die Tische einer heruntergekommenen Bierschwemme in Schwabing und musste sich dafür noch an Hintern und Busen fassen lassen – das war anscheinend im Preis inbegriffen. Längst ärgerte sie sich darüber, dass sie wieder einmal viel zu naiv gewesen war, denn die zwielichtige Verdingerin, die ihr die Arbeit als Schankmädel zugeschanzt hatte, knöpfte Fanny nicht nur zehn Mark Vermittlungsgebühr ab, sondern hatte ihr auch einen Tageslohn von *mindestens ein paar Mark* versprochen. Dass davon noch der Sold für die Wassermädchen, die zerbrochenen Krüge, Zahnstocher, Zündhölzer und sogar Zeitungsabonnements bezahlt werden mussten, davon hatte das Miststück kein Sterbenswörtchen gesagt. Bis jetzt war Fanny jedes Mal mit leeren Taschen nach Hause gekommen, weil sie das Geld für die obligatorische fesche Tracht der Biermadl, das ihr die Wirtin milde lächelnd vorgestreckt hatte, ebenfalls abstottern musste.

Im Nachhinein betrachtet war sich Fanny sicher, dass die bösartige Wirtin haargenau gewusst hatte, dass ihr neues Schankmädel diese Schulden nicht so schnell würde begleichen können und deshalb umso länger an die Schwemme gebunden blieb.

An eine der toskanischen Säulen des königlichen Postgebäudes gelehnt stand ein etwas untersetzter Herr in auffällig prächtigem Sonntagsstaat und musterte sie von weitem. Fanny spürte seine Blicke wie Wespenstiche auf der Haut, trotzdem ließ sie den Schlüssel, den sie an einem Band mit sich trug, auffällig von einer Hand in die andere schwingen – das Zeichen für interessierte

Männer, dass sie über ein Zimmer verfügte. Oh Gott! Es war so entsetzlich. So demütigend. So falsch. Das beißende Stechen kehrte in Fannys Magen zurück. Sie hätte das Kapitel über ansteckende Geschlechtskrankheiten in Dr. Hopes Buch nicht lesen sollen, aber Babette hatte demonstrativ eine gepresste Distelblüte zwischen die entsprechenden Seiten gelegt, damit sie es ja nicht übersah, und Büchern, ja, Büchern konnte Fanny noch nie widerstehen. Deshalb spukten ihr nun die Bilder von syphilitischen Ausschlägen durch den Kopf. Nicht hilfreich. Gar nicht hilfreich.

Sie fasste in die Rocktasche und umklammerte die Dose mit dem *Le Parisien*. *Benutze nie etwas anderes als diese Dinger hier*, hatte Babette ihr eingebläut, als sie Fanny die Schachtel in die Hand drückte. *Benutze sie immer. Immer! Hörst du! Keine Schwämme, keine Spülkannen, kein sonst was. Nur Pariser. Sie schützen dich nicht nur vor einer Schwangerschaft, sondern auch vor Krankheiten.*

Sogar ein selbstgebasteltes Gestell, auf dem Fanny die wertvollen Kautschukschläuche nach dem Auswaschen aufziehen und trocknen sollte, hatte Babette ihr mitgegeben, und ihr die Handhabung dieses Gottesgeschenkes, wie sie es nannte, in allen Details erklärt.

Babettchen. Fanny kannte niemanden, der die Dinge so geradeheraus ansprach. Absolut verstörend. Trotzdem war die Hebamme ein Schatz. Nicht ein geringschätziger Blick aus ihren Augen. Kein Vorwurf. Keine Moralpredigt. Keine Fragen. *Man urteilt nicht, wenn man schon so viel gesehen hat wie ich.*

Fanny umrundete König Max ein weiteres Mal, schlängelte sich durch die Flaneure, warf einigen Männern, die sie für Suchende hielt, herausfordernde Blicke zu, erntete dafür allerdings meist nur hochgezogene Brauen. So ganz beherrschte sie die Sprache der Verführung wohl noch nicht. Also versuchte sie es mit einem Zupfen am Ärmel, am Paletot – noch ein Zeichen dafür, dass sie Begleitung nicht abschlagen würde.

Sie blieb stehen und seufzte. Vor einem Jahr, fast auf den Tag genau, war sie mit Anton in München angekommen, und nun war sie im Begriff, sich zu verkaufen, nur weil sie sich mit ihrem Platz in der Welt nicht zufriedengeben wollte? War es das überhaupt ...?

»Verzeihung, gnädiges Fräulein?«

Fanny traf fast der Schlag. Sie fuhr herum, doch die Erleichterung folgte auf dem Fuß. Vor ihr stand nur ein mageres Bürschchen, vielleicht zwölf oder dreizehn Jahre alt. Keine zehn Schritte hinter ihm gafften seine Kumpane und stießen sich gegenseitig in die Rippen.

»Sie haben ein Zimmer?« Er zeigte auf den Schlüssel.

Ernsthaft? Fanny stemmte die Arme in die Seiten. »Bist du dafür nicht noch etwas jung?«

»Darum geht es ja gerade«, retournierte er schlagfertig, lief aber trotzdem rot an. »Ich habe Geld.«

»Wie viel?«

»Zehn Mark.«

Nicht gerade das, was Fanny sich vorgestellt hatte, dennoch könnte sie davon – sie überschlug es kurz im Kopf – gut acht Zentner Kohle für den Winter oder dreieinhalb Zentner Kartoffeln kaufen. Das Sümmchen taugte außerdem, um an die zweiundvierzig Maß auf Antons Bierdeckeln zu tilgen. Oder Fanny kaufte sich den Goldfüllhalter aus der Auslage in der Neuhauser Straße. Nein, das ging natürlich nicht, sie brauchte jeden Pfennig für die Miete. Nicht einmal an neue Sohlen für ihre durchgelatschten Schuhe durfte sie denken, aber bei Schmidt-Bertsch an der Ecke zur Schellingstraße könnte sie vielleicht die dringend benötigten Lehrbücher leihen.

»Was ist jetzt? Geht da was bei Ihnen oder nicht?«

Ganz schön frech, das Burschi. Fanny konnte es kaum fassen. »Wenn'st nimma gar so grün bist hinter den Ohren vielleicht. Und jetz' schleich di!«

Seine Freunde lachten ihn aus, als er ihnen mit hängendem Kopf entgegenkam, aber das machte nichts, vielleicht überlegte er es sich dann bei nächster Gelegenheit zweimal, bevor er den großen Mann markierte.

Fanny wandte sich um. Um Gottes willen! Der Überkandidelte hatte seinen Lauerposten verlassen und kam über die Straße direkt auf sie zu. Er fixierte sie wie ein Jäger seine Beute, in seinem Blick lag ein solch kaltblütiges Begehren, dass Fanny binnen Sekundenbruchteilen die Panik in jeden Winkel ihres Körpers kroch. Ihre innere Stimme schrie: Bring dich in Sicherheit! Schnell! Aber sie konnte sich nicht bewegen. Keinen Zoll.

Viel zu dicht vor ihr blieb er stehen, hängte seinen Spazierstock über den Unterarm und öffnete den Mund. Fanny hörte nur ein dumpfes Summen, in ihren Ohren schwärmten tausend Bienen, kurz wurde ihr sogar schwarz vor Augen, doch dann bemerkte sie unter der feinen Minznote, die sein Atem verströmte, den fauligen Geruch nach ... Sie kam nicht gleich darauf. Der Gestank war mit einer Erinnerung an ihre Kindheit verknüpft. Mit Unheil. Und Tod.

»... residiere im ... begleiten ... etwas Vergnügen ...«

Lungenkrebs! Das war es. Der Bruder ihrer Mutter war daran gestorben. Viel zu früh. Er hatte genauso gerochen.

»...zig Mark!«

Der runde Knauf des Spazierstocks touchierte Fanny an der Schulter und holte sie zurück ins Hier und Jetzt.

»Verstehen Sie mich?«

»Verzeihung.« Fanny räusperte sich. »Was sagten Sie?«

»Ich residiere im *Bellevue*. Ist nicht weit von hier. Sie können mich begleiten. Sechzig Mark. Interessiert?«

Fast eine Monatsmiete! Fanny atmete flach, ihr Herz polterte wie ein Güterzug in ihrer Brust. Sie konnte sich nicht überwinden, dem Mann in die Augen zu sehen, starrte stattdessen knapp an seinem rotgeäderten Gesicht vorbei in Richtung Postgebäude, suchte die Fresken an den Wänden, die Rossebändiger.

Und auf einmal entdeckte sie ihn. Ferdinand Schiffer. Da stand er mit ausgestrecktem Arm und zeigte der Reihe nach auf das alte Opernhaus, auf Hof- und Nationaltheater, das König-Max-Monument, bis seine Gestalt zu Eis gefror und sein Arm sank. Er blickte Fanny direkt an. Neben ihm eine junge Frau. War das Theres? Sie war so gar nicht nach der neuesten Mode gekleidet, auch ihre Frisur war überaus bäurisch. Genauso hatte Fanny ausgesehen, als sie vor einem Jahr zum ersten Mal einen Fuß in die Residenzstadt gesetzt hatte. So sah sie auch heute noch aus, wenn sie nicht gerade Antons Kleider trug oder in ihren neuen Hurengewändern durch die Stadt tänzelte.

»Wie alt bist du?« Der faulige Atem streifte Fannys Hals. »Du siehst jung aus. Das gefällt mir.«

Ferdls Verlobte war hübsch. Auf eine schlichte, sehr natürlich eindringliche Art. Oder waren die beiden am Ende schon verheiratet?

»Bist du etwa noch ...?« Fannys Freier war auf einmal ganz aufgeregt. »Na gut, meinetwegen siebzig Mark. Was sagst du?«

Ferdl starrte weiter in Fannys Richtung, schüttelte den Kopf, als wolle er sie aufhalten. Theres bemerkte, dass etwas nicht stimmte, zupfte ihn am Ärmel. Zweimal. Dreimal. Ein viertes Mal. Da erst senkte er den Blick, beugte sich ihr entgegen, flüsterte in ihr Ohr, bis sie lächelte, und bot ihr seinen Arm. Strahlend vor Glück schmiegte sie sich an ihn, und gemeinsam gingen sie in Richtung Promenadeplatz davon.

Fanny sah ihnen hinterher. Wie gebannt vor Scham und Schmerz.

»Achtzig. Mein letztes Angebot.« Der Alte ließ den Stock einmal um das Handgelenk kreisen und stieß ihn dann in Richtung Centralbahnhof. »Auf geht's!«

Mit einem schalen Lächeln auf den Lippen hakte Fanny sich bei ihm ein.

 ## Kreuzviertel

zur selben Zeit | Blumenkiosk am Karlsplatz

Lulu sah über die Schulter. Hoffentlich hörte sie niemand. An Sonntagnachmittagen, noch dazu bei so schönem Wetter, war am Stachus immer viel los. Nicht einmal die Bauarbeiten zur Neugestaltung des Karlstor-Rondells schreckten die Leute ab, was verständlich war, denn in einer Stadt wie München, wo an allen Ecken und Enden gebaut wurde, könnte man ja sonst nirgends mehr hingehen.

»Es kommt noch besser. Pass auf!« Ida faltete das mitgebrachte Blatt Papier auseinander. »Zu der beschriebenen horizontalen Lage werden von Naturvölkern, aber auch von höher kultivierten Völkern offenbar zu einem hohen Prozentsatz andere Körperstellungen gewählt, die nicht als normal anzusehen sind und gegen die ein entschiedenes ärztliches Veto einzulegen ist.« Sie sah kurz auf und fuhr Gott sei Dank etwas leiser fort. »Kaum eine mögliche Kombination von Liegen, Stehen, Sitzen, Kauern, Knieellenbogenlage, Beinverschränkungen und Stehen des einen oder anderen Beteiligten wird ausgelassen.«

»Knieellenbogenlage? Bist du dir sicher?«

»Natürlich. Du könntest dich selbst überzeugen, würdest du mir endlich mal wieder die Ehre eines Besuches erweisen.« Ida verzog das Gesicht. »Wir wollten das Kapitel über Beischlaf gemeinsam lesen, aber ich erinnere mich schon gar nicht mehr, wann du zuletzt bei uns warst. Dabei wollten wir uns einen schönen Sommer machen, nachdem dir der Aufenthalt am Genfer See erspart geblieben ist.«

Es stimmte. Lulu vernachlässigte Ida, aber es fiel ihr nach wie vor schwer, sich von Tilda zu trennen. Sie zog das Federkissen etwas zurück, damit es der Kleinen nicht zu heiß wurde. Es war ihre erste Ausfahrt im Kinderwagen. Tilda wog inzwischen annähernd zweitausendfünfhundert Gramm. Der schwere Atemaussetzer Ende Juli war der letzte gewesen, trotzdem hatten sie seither einige weitere Höhen und Tiefen durchgestanden. Tilda trank gut – auch an der Brust ihrer Amme –, konnte die Temperatur halten, nahm ordentlich zu und entwickelte sich insgesamt besser als erwartet. Lulu war stolz auf sie.

»Ich werde nicht mitkommen. Auf keinen Fall!« Ida wackelte mit dem Kopf. »Ich bin ja nicht verrückt.«

Lulu ahnte, worauf die Freundin mit diesem abrupten Themenwechsel hinauswollte. Vor einigen Tagen hatte sie ihr die Einladung zum Ersten Bayerischen Frauentag in die Hand gedrückt, der im Oktober vom Verein für Roaueninteressen in München ausgerichtet wurde. »Bitte, überleg es dir noch mal, bestimmt gibt es dort viel Interessantes zu hö…«

»Damit mich alle endgültig für eine Emanze halten? Das kannst du vergessen.«

»Fanny wird mitkommen und Änny auch.«

»Die haben ja auch keinen Ruf zu verlieren.« Ida hielt der Freundin den ausgestreckten Zeigefinger ins Gesicht. »Nein, nein, keine zehn Pferde bringen mich da hin.«

»Beim Festabend werden Gedichte von Ricarda Huch, Emmy von Egidy und Marie Janitschek vorgetragen.«

»Wirklich? Emmy von Egidy?«

»Und vergiss nicht das Stück von Marie Haushofer.« Ida liebte die Malerin ebenso wie die jungen Dichterinnen. Wenn sie bei diesen Ködern nicht anbiss, konnte Lulu es nicht ändern.

»Was ist mit Elsa? Geht sie auch hin?«

»Bestimmt würde sie, wenn sie könnte, aber sie hat ja immer nur am Sonntag ein paar Stunden frei.«

Ida sah Lulu an, als ginge ihr gerade auf, was für ein privilegiertes Leben sie führte. »Wollte sie heute nicht auch kommen?«

Lulu nickte, sie hatte alles extra so arrangiert, dass Elsa dabei sein konnte. »Ein Notfall im Kinderspital. Sie musste für eine kranke Schwester einspringen.« Das Ganze noch einmal zu verschieben war unmöglich gewesen, da Lulus Vater in den nächsten Tagen mit Sissy und Mutter vom Genfer See zurückkehren würde und er einen solchen Unsinn niemals erlaubt hätte. *Wo kämen wir denn hin, wenn wir anfingen, mit unseren Patienten spazieren zu fahren?*, hatte sogar Onkel Herzog gewettert. Nur Dank Schwester Rosalia war das Husarenstück geglückt, weil sie davon überzeugt war, dass Tildas Lunge umso kräftiger wurde, je mehr Frischluft sie bekam.

Ida beugte sich über den Kinderwagen. »Sie ist wirklich goldig, das muss ich zugeben. Wann wird ihre Lippe operiert, sagtest du?«

»Sobald sie dreitausend Gramm wiegt, in zwei, drei Wochen ungefähr.« Vielleicht auch vier oder fünf, fügte Lulu im Stillen hinzu.

»Und dann?«

»Werde ich sie adoptieren.«

»Ha, ha, ha.« Ida verdrehte die Augen. »Nein, im Ernst, was passiert mit ihr, wenn sie nicht mehr medizinisch versorgt werden muss?«

»Zum Glück schickt man sie nicht in ein Waisenhaus oder sonst wohin aufs Land. Ihre Amme wird sie als Kostkind nehmen, weil ihr neugeborener Sohn leider zwei Wochen nach der Operation gestorben ist. Ihr ist seine Milchschwester sehr ans Herz gewachsen.«

Ida strich der schlafenden Tilda mit dem Zeigefinger über die Stupsnase. »Das klingt vielversprechend.«

»Ist es, auch für mich. So kann ich sie weiterhin besuchen.«

»Nur nicht mehr so oft«, sagte Ida und stieß Lulu mit dem Ellenbogen an.

»Das freut dich wohl?«

»Nein.« Ida wurde ernst. »Ich weiß doch, wie schmerzhaft es für dich sein wird, sie herzugeben.«

Und noch tausendmal schmerzhafter für Elsa. Lulu durfte gar nicht daran denken. Elsa hatte ohnehin so selten Gelegenheit, ihr Töchterchen zu besuchen. Nach Lulus Versprecher vor Schwester Rosalia waren sie noch mehr auf der Hut. Sie durften nichts riskieren.

»Weißt du, wie sie Tilda im Krankenhaus nennen?« Lulu biss sich schuldbewusst auf die Lippen. »Mademoiselle Ranke.«

»Oha!« Ida machte große Augen. »Weiß dein Vater davon?«

Lulu schüttelte den Kopf. »Und er darf es auch nie erfahren.«

Ida stellte sich in die Schlange am Blumenkiosk, um ein Sträußchen für zu Hause zu kaufen. »Wo treibt sich Thaddy eigentlich gerade herum? Ist er noch in Kanada?«

Allein der Klang seines Namens ließ Lulus Herz schneller schlagen. Die prächtigen Fassaden von Justizpalast, *Grand Hotel Bellevue* und *Hotel Stachus* verschwammen vor ihren Augen. Dabei hatte sie den jungen Pschorr nach dem aufregenden Rendezvous in der Fahrerbox nur noch zweimal heimlich getroffen – dank Idas Hilfe –, denn schon Anfang August war er nach

Amerika und dann weiter nach Montreal gereist. Zur Bahnradweltmeisterschaft. Weil dort erstmals motorisierte Schrittmacher eingesetzt wurden und er das um nichts in der Welt versäumen wollte, wie er ihr sagte. Nicht einmal für sie. Lulu verspürte einen Stich in der Brust.

»Von Kanada ist er direkt nach Berlin gereist und hat dort einige Amateurrennen bestritten. Langstrecke hauptsächlich. Auch ein Sechstagerennen war dabei, soviel ich weiß. Bis zum *Großen Preis von Berlin* am zehnten September will er mindestens bleiben. Heute öffnet die Internationale Motorwagen Ausstellung, die schaut er sich natürlich auch an.«

»Ein Abenteurer und Weltenbummler.« Ida seufzte. »Beneidenswert. Hat er dir geschrieben?«

»Zwei Postkarten.«

»Mehr nicht?«

Lulu schüttelte den Kopf. »Sehr schnöde Postkarten noch dazu. Ohne ein einziges leidenschaftliches Wort, ohne jede versteckte Botschaft. Nichts als nüchterne Worte zu Aufenthalt, Dauer und neuen Zielen. Sauber aneinandergereiht wie die Knöpfe an einem Hemd.«

»Enttäuschend.«

»Sehr sogar!« Lulu war zum ersten Mal verliebt, sie hatte sich natürlich Briefe erhofft, die ihre Knie weich werden und ihre Wangen erröten ließen. Mit jedem Tag, der verging, fraß sich die Kränkung tiefer in ihre Seele, und das alles nur, weil ihr Vater die Zeichen der Zeit nicht erkannte und immer noch kein Telefon in ihrer Privatwohnung installieren ließ, obwohl die Herzogs und halb München längst eines hatten. *Ich bin kein großer Schreiber*, hatte Thaddy nach ihrem bewusstseinsverändernden Abschiedskuss in Lulus Ohr gehaucht, *aber anrufen würde ich dich jeden Tag.* Lulu wusste allerdings nicht, ob das so einfach möglich war. Aus dem Ausland.

»Darf ich dir einen Rat geben, liebste Freundin?«

Lulu zuckte mit den Schultern, Ida würde sowieso aussprechen, was ihr auf der Seele lag.

»Thaddy Pschorr ist ein Luftikus, wie er im Buche steht. Es gibt so einige Geschichten über ihn, die dir nicht gefallen würden.«

Davon hatte Lulu auch schon gehört, aber bei ihr war er anders, das spürte sie.

»Und mit dir wird es nicht anders sein. Er liebt die Jagd und das Erlegen der Beute. Danach verliert er schnell das Interesse, wird gemunkelt.« Sie zuckte mit den Schultern. »So sind die Männer eben. Die meisten jedenfalls. Also sei besser auf der Hut.«

Was für ein ausgemachter Blödsinn! »Ich bin kein Häschen, Ida, und außerdem … Woher willst ausgerechnet du das wissen?«

Die Freundin neigte mokant das Haupt. »Tu ich nicht, aber mein Instinkt sagt mir …«

»Instinkte können trügen.«

»Ich wünsche mir nur, dass du vorsichtig bist und dein Herz nicht zu sehr an ihn hängst.«

Solch gut gemeinte Ratschläge hatte Lulu in letzter Zeit ein paar Mal zu oft gehört.

»Erwarte nichts, dann kann dich nichts enttäuschen.«

Ida mit ihren altklugen Sprüchen. Seit dem Tod ihrer Mutter hatte sie sich verändert. Sie flatterte zwar scheinbar unbekümmert wie eh und je durchs Leben, aber Lulu wusste, dass die Freundin sich tief in ihrem Inneren davor fürchtete, irgendwann erneut einen so schweren Verlust verschmerzen zu müssen. Ida suchte nicht die große Liebe wie andere junge Frauen in ihrem Alter, sie wollte einen Ehemann, der ihr jenes Leben bieten konnte, das sie sich ausmalte.

»Hätte ich gewusst, dass du dich derart kopflos in die Sache stürzt, hätte ich es verhindert.«

»Hast du aber nicht. Im Gegenteil. Du hast mich sogar noch ermutigt, also fang jetzt nicht an, es mir auszureden. Dafür ist es zu spät.«

»Das mit Thaddy sollte eigentlich nur ein wie soll ich es nennen? Ein Amuse-Bouche, ein Appetithäppchen, auf die Ehe sein, wenn du so willst. Ein kleines Abenteuer. Mehr nicht. Konnte ich ahnen, dass du gleich dein Herz verschenkst?«

»Ein Amuse-Bouche? Bist du noch bei Trost?«

Ida räusperte sich und ging etwas näher an Lulu heran. »Meinem Gefühl nach muss man Thaddäus Pschorr den Naturvölkern zurechnen, wenn du verstehst, was ich meine.«

Wie bitte? Lulu sprang die Röte ins Gesicht, sie schnappte nach Luft.

»Bestimmt beschränkt er sich nicht auf die von den Ärzten als normal angesehenen Körperstellungen. Mach dich also auf etwas gefasst, falls du vorhast, es je so weit kommen zu lassen.«

»Ida!«

»Die Ehemänner des Kaiser- und Königreiches sollen leider recht einfallslos sein, was die gemeinsam verbrachte Zeit im Schlafgemach betrifft, also wäre Thaddy möglicherweise eine aufregende Alternative. Ich für meinen Teil beabsichtige, mir einen Franzosen als Liebhaber zu nehmen. Von denen hört man nur das Beste.«

»Sei endlich still!«

»Und ich werde vorbereitet sein. In jeder Hinsicht. Dazu rate ich dir im Übrigen auch.«

»Ida, ich flehe dich an, halt endlich den Mund. Wenn uns jemand hört!«

»Ich meine ja nur.« Die Freundin sah auf die Uhr. »Thaddy ist ein Hallodri, du musst auf alles gefasst sein. Bei Hardy hätte ich in dieser Hinsicht keinerlei Bedenken. Höchstens was die Langeweile zwischen den Laken angeht.«

Laken? Hardy? »Wenn du nicht sofort damit aufhörst, gehe ich! Und außerdem: Wie kommst du auf Hardy?«, wollte Lulu wissen. »Er wird nie wieder ein Wort mit mir wechseln.«

»Sei dir da mal nicht so sicher.«

»Er hat mich in den Armen eines anderen Mannes gesehen. Hast du das vergessen?«

»Nein. Aber er hat sich deinem Vater gegenüber sehr anständig verhalten, das musst du zugeben.«

»Weil ich zufällig da war, um zu verhindern, dass er mich verpetzt wie ein Schulmädchen. Nur deshalb.«

»Das glaube ich nicht. Das passt nicht zu ihm.«

»Du hast eine viel zu hohe Meinung von Hardy«, brauste Lulu auf, obwohl der junge Wolf von Königsfeld nicht einmal Sissy oder Siegi von ihrem skandalösen Auftritt in Nymphenburg erzählt hatte.

»Er will auf dich warten.«

»So hat er es nicht gesagt.«

»Aber so ähnlich.« Ida presste beide Hände gegen die Brust. »Das ist so was von romantisch.«

»Es war aber nicht ernst gemeint. Von mir aus kann er warten, bis er schwarz wird. So viel Zeit kann niemals vergehen, dass ich irgendwann den Wunsch verspüren werde, seine Frau zu werden.«

»Wieso dieser Groll?« Ida schüttelte den Kopf. »Dabei solltest du ihm dankbar sein. Dein Vater hat dich von der Reise an den Genfer See nur deshalb entbunden, weil Hardy sich nicht genötigt fühlen sollte, Siegis Einladung auszuschlagen. Zudem wird dein Vater dir wahrscheinlich sogar erlauben, Abitur zu machen, nur um vor seinem Wunsch-Schwiegersohn, der Hardy nach wie vor ist, nicht als rückständig dazustehen. Und nicht zuletzt verschafft dir die Andeutung, dass er, der wohlhabende Grafensohn, auf dich warten würde, Zeit. Sehr viel Zeit sogar. Für alles Mögliche, und danach bleibt dir immer noch, zu tun, was du willst. Niemand kann dich heutzutage zwingen.«

Und ob! Ida mit ihrem freigeistlichen Vater hatte ja keine Ahnung. Trotzdem war etwas Wahres dran an dem, was sie sagte. Hardys Einstellung veränderte die Meinung ihres Vaters – zumindest hatte er Lulus Wunsch nicht sofort abgeschmettert, was er sonst sicherlich getan hätte, als sie ihn vor seiner Abreise in die Sommerfrische auf die möglicherweise schon im nächsten Jahr stattfindenden Kurse bei Gymnasialprofessor Sickenberger angesprochen hatte. Trotzdem! Es brachte Lulu schier um den Verstand, dass ihre Pläne für die Zukunft, ihre Träume von der Gunst der Männer abhingen. Dass sie deren Zustimmung brauchte, um ihr Leben nach ihren eigenen Wünschen zu gestalten.

»Hast du inzwischen mit ihm gesprochen?«

»Mit meinem Vater? Aber das weißt du …«

»Mit Hardy, du Dummerchen.«

»Nein, natürlich nicht.«

»Das solltest du aber. Dringend sogar. Wenigstens eine Erklärung bist du ihm schuldig.«

Lulu stöhnte. »Hätte ich ihn in den Armen einer anderen gesehen, hätte sich mir auch niemand erklärt. Darauf kannst du Gift nehmen. Außerdem ist er noch in Évian-les-Bains, soviel ich weiß.«

»Trotzdem gehört sehr wenig dazu, eine Dame ins Gerede zu bringen, und darauf hätte er es durchaus anlegen können. Sag einfach Danke, dann fühlst du dich besser.«

»Wer behauptet, dass ich mich schlecht fühle?« Lulu schob den Kinderwagen aus dem dichter werdenden Gedränge vor dem Blumenkiosk. »Wollte Änny nicht längst hier sein? Sie freut sich doch so darauf, Tilda kennenzulernen.«

»Ah, dahinten! Sie kommt gerade durchs Karlstor.« Ida winkte.

»Wieso sie sich ausgerechnet für dieses Findelkind interessiert, ist mir ehrlich gesagt ein Rätsel. Man könnte glatt auf die Idee kommen, sie hätte das Würmchen selbst vor dem Kinderspital ausgesetzt.«

Lulu fuhr der Schreck in alle Glieder.

»Gut, dass ihr noch da seid.«

Die Freundinnen wandten erneut die Köpfe, wieder in eine andere Richtung.

»Elsa!«, rief Lulu überrascht. »Ich dachte, sie brauchen dich auf der Isolierstation?«

»Das Mutterhaus konnte doch Ersatz schicken, Gott sei Dank.« Elsa beugte sich über den Kinderwagen.

Das schwarz emaillierte Riemenfedergestell, auf dem der fein lackierte, gut gepolsterte Kasten montiert war, begann zu wippen, als sie hineinfasste, um die zarten Bäckchen zu streicheln. Die Gummi-Tandemräder quietschten freudig, so kam es Lulu vor, und ihr ging das Herz auf, als Tilda die Augen öffnete und reihum in die Gesichter sah, die sie von oben anlächelten.

»Na, wie gefällt dir dein erster Ausflug, Spätzchen?«, sagte Elsa sanft.

Ida schüttelte den Kopf. »Sie ist entzückend, das muss ich zugeben, aber warum ihr alle so ein Gewese um sie macht, gibt mir Rätsel auf.«

Lulu und Elsa wechselten Blicke. Ida hatte keine Ahnung und das musste auch so bleiben.

»Ist das nicht Fanny da drüben?« Ida zeigte in Richtung *Grand Hotel Bellevue*. »Wollte sie auch kommen?«

»Nein, nein, sie arbeitet heute in dieser Bierschwemme in Schwabing. Sie kann es nicht sein.« Lulu reckte den Hals und ging auf die Zehenspitzen. »Außerdem trägt sie keine solchen Kleider. Das wäre ja ganz was Neues.«

»So neu nun auch wieder nicht«, warf Ida ein. »Denk nur an Heiligabend.« Sie zog die Brauen hoch. »Ist sie in Begleitung? Gehört der Herr zu ihr? Hat sie einen Verehrer? Aber was hätte sie dann im *Bellevue* zu schaffen?«

Das ungleiche Paar verschwand im Schatten einer Markise. Elsa, Lulu und Ida starrten den beiden hinterher.

»Tut mir leid, dass ich mich verspätet habe«, sagte Änny außer Atem, »aber es herrscht ein solches Gedränge überall, man kommt kaum durch.«

Wieder fuhren die jungen Damen herum.

»Außerdem musste ich noch etwas abholen.« Die Schauspielerin zog eine wunderschön punzierte silberne Kinderrassel mit Beißring aus der Tasche. »Ich habe ihren Namen und das Geburtsdatum eingravieren lassen.«

»Wirklich? Wie aufmerksam von dir«, sagte Ida übertrieben enthusiastisch.

Lulu sah die Gedanken hinter der Stirn der Freundin förmlich Saltos schlagen. Sie musste Ida dringend ablenken, doch gerade als sie den Kinderwagen und die anderen in Richtung Botanischer Garten dirigieren wollte, bemerkte sie die Kutsche. Oh, oh.

Fanny biss die Zähne zusammen, so wie sie es als Kind getan hatte, als der Arzt mit dem Pockenmesser in ihren Oberarm schnitt oder als sie zum ersten Mal den Nachttopf des Großvaters leeren musste. Sie war fünf oder sechs Jahre alt gewesen, hatte gebettelt und gefleht, geschimpft und geschrien, bis die schallende Ohrfeige des Vaters sie Demut lehrte. Seitdem wusste Fanny, wie man sich davonschlich und alle Sinne und jedes Gefühl ausschaltete, um zu funktionieren. Fanny konnte arbeiten wie ein Tier, auch wenn ihr vor etwas grauste oder ihr alles weh tat. Das Blut war tausendmal von ihren wundgescheuerten Knöcheln aufs Waschbrett getropft, und trotzdem hatte sie kein einziges Mal gejammert. Es half eh nichts. Die Arbeit musste getan werden. *Kopf ausschalten und tun*, wie die Mutter sagte.

»Rein da.«

Sie stolperte über die Türschwelle des Hotelzimmers und spürte Panik aufsteigen.

Kopf ausschalten und tun.

»Zieh dich aus!«

Ferdl kam Fanny in den Sinn.

Das durchschnittliche Strafmaß für unerlaubte Prostitution liegt bei sieben Tagen Gefängnis.

»Mach schon!«

Im fortgesetzten Wiederholungsfall droht die Ausweisung aus München oder zwei Jahre Arbeitshaus.

Ausweisung. Arbeitshaus. Erniedrigung. War die Medizin, war eine Träumerei das wert?

Der feine Herr warf den Zylinder aufs Bett und stellte sich dicht hinter Fanny. »Muss man dir alles zweimal sagen?«

Seine Nase strich ihren Hals entlang, als wäre sie ein Parfumfläschchen.

»Zieh dich endlich aus, sonst ...«

Kopf ausschalten und tun.

Fannys Hände zitterten. Sie brauchte mehrere Anläufe, um das erste Knöpfchen am Kragen ihrer Matinee durch die kleine Schlinge zu schieben. Auch der Rest machte Mühe. Die unter den Batistrüschen aufgesetzten üppigen Spitzenvolants gerieten ihr andauernd zwischen die Finger, sie verhedderte sich, wurde immer fahriger, besonders da ihr Galan weiter an ihr klebte, als wolle er sie inhalieren. Samt Haut und Haar.

Mit jeder Sekunde wurde es unerträglicher.

Einfach tun.

Schließlich war sie diesem grässlichen Mann aus freien Stücken ins *Grand Hotel Bellevue* hinterhergelaufen wie ein Kälbchen zur Schlachtbank. An der Rezeption vorbei. Unter all den herablassenden Blicken, denn natürlich wusste jeder im prunkvollen Foyer – erst recht das Personal in seinen Operettenlivreen –, was gespielt wurde. Doch der feine Herr schnippte mit den wie Tontauben hinausgeschossenen Münzen alle Bedenken fort. Man sprach Fanny mit *Gnädige Frau* oder *Werte Gemahlin* an und lobte die exquisite Wahl ihrer Garderobe. Nichts als falsche Freundlichkeit und maskierte Verachtung.

Einfach tun.

Er ging zum Waschtisch und säuberte sich die Hände. Katzenwäsche. Reine Symbolik. Fanny fragte sich, was er vorhatte, löste gleichzeitig die beiden roten Schleifenbänder, die ihre schlicht geputzte Untertaille vor der Brust zusammenhielt.

Sie sah sich um. Wohin konnte sie die Kleider legen? Aufs Bett? Nein. Dort wären sie nur im Weg. Über den Herrendiener? Auch nicht, da hingen bereits mehrere Krawatten und Hosen. Auf den Boden?

Zu Fannys Erstaunen zog ihr Galan einen ledernen Koffer unter dem Bett hervor, hievte ihn auf die Matratze, öffnete ihn und musterte sie über den Deckel hinweg von oben bis unten. Wählte er aus mehreren Optionen? Konnte er sich nicht entscheiden? Nach einigem Zögern legte er tatsächlich eine Auswahl auf die Laken und strich mit den Händen darüber, als wären es Schätze.

Fanny wurden die Knie weich. Sie wollte nur noch weg.

»Probier das hier zuerst.« Er reichte ihr einen Turnanzug für Knaben. Fanny hielt ihn sich vor den Oberkörper und zog die Blusenweste auseinander. Viel zu klein. Auch die dazugehörige Pumphose.

Verärgert riss er ihr das Ensemble aus der Hand, legte es sorgsam zurück in den Koffer und warf ihr stattdessen ein Mullkleid hin. Eindeutig die Art Ballkleid, wie sie drei- bis vierjährige Mädchen zu besonderen Anlässen trugen. Mit Rüschen, Flitterstickerei und verspielten Blumenornamenten. In Rosa und Creme. Nur größer.

»Ich will, dass du dir Zöpfe flichtst.«

Zöpfe? Sie musste für ihn ein Kindchen mimen? Das wollte er? Fanny zog die Nadeln aus den Haaren und nahm den Hut ab. Vielleicht wollte er sie nur ansehen. Vielleicht …

Aus einem Seitenfach des Koffers nahm er etwas, das an eine Haarbürste erinnerte, nur um einiges größer. Feinstes, glattpoliertes dunkles Holz. Keine Borsten. Ein Wäschepaddel? Er wiegte es in der Hand wie … nahm ein zweites, etwas kleineres heraus.

»Ich habe es mir anders überlegt. Ich möchte gehen.«

Er hob den Kopf und starrte sie an, zog dann eine Klammer mit Scheinen aus der Jackentasche, umrundete das Bett und hielt sie Fanny unter die Nase. »Riechst du das? Deshalb bist du doch hier, oder? Meinetwegen mache ich die Hundert voll. Wie wäre das?«

Hundert Mark.

Einfach tun, tun, tun, bläute sich Fanny ein, aber sie konnte nicht. »Es tut mir leid«, sagte sie schnell und begann die Knöpfe zu schließen. »Sie müssen sich eine andere suchen. Ich will nicht.«

»Dann eben nicht.« Er zog Luft durch die Schneidezähne, steckte das Geld zurück in die Tasche, ließ die Schultern einmal kreisen, und ehe Fanny wusste, wie ihr geschah, packte er sie am Kinn und drosch ihren Hinterkopf gegen die Wand.

Nur mit Mühe blieb sie auf den Beinen, versuchte sich zu fangen, den Schmerz auszublenden, doch er stand so dicht vor ihr, dass sie nicht wagte, sich zu bewegen.

»Es tut dir leid? Wirklich? Das dumme Gör will nicht mehr? Wie schade!« Seine Finger rutschten tiefer, umschlossen nun ihren Hals. Er nahm die andere Hand dazu. »Dir werde ich Gehorsam beibringen. Ein für alle ...«

Sein Griff wurde fester und fester. In Fannys Kopf wummerte ein dumpfer Schmerz, sie rang nach Luft, versuchte seine langen Krallen von ihrem Hals zu lösen. Erreichte rein gar nichts. Ihr Sichtfeld wurde schwarz und schwärzer, der Schleier dichter. Sie zog ein Knie an, schlug um sich. Versuchte zu schreien. Sie gehörte nicht zu jenen Frauen, die bei Gefahr in Schreckstarre verfielen. Sie war kein Opossum, das sich totstellte. Nein. Aber sie hatte keine Chance. Nicht die geringste. Je mehr sie sich wehrte, umso besser gefiel es ihm. Er schlug ihr ins Gesicht. In den Bauch. Gegen die Scham. Jedes Mal, wenn Fanny kurz davor war, ohnmächtig zu werden, lockerte er den Griff und ließ sie kurz Luft holen, nur um gleich wieder zuzudrücken.

Würde sie sterben? Hier und heute? Dieser Mann gebrauchte Gewalt wie andere Leute eine Kleiderbürste. Es ging ihm leicht von der Hand, sehr leicht, und als er Fanny aufs Bett schleuderte, ihr Gesicht in die Matratze drückte und sie dennoch nach einer Weile wieder genug Sauerstoff im Körper hatte, um denken zu können, kamen ihr die Worte der Mutter erneut in den Sinn: *Kopf ausschalten und tun.*

Waren das eiserne Schließen neben dem Koffer? Stricke? Biss er ihr in die Schulter? Fraß er sie bei lebendigem Leib auf? Fanny drehte sich zur Seite. Schrie. Sofort kam ihr seine Faust aus der anderen Richtung entgegen, sie spürte das Wäschepaddel auf den Hintern klatschen. Fest und fester.

»Du wirst jetzt schön brav das Kleidchen hier anziehen. Hast du mich verstanden?«

Doch das Opossum hörte nichts mehr, es stellte sich tot. Vielleicht rettete diese Taktik ihr das Leben. Oder auch nicht. Sie war diesem Mann ausgeliefert. Sie spürte kaum, wie er sie an den Haaren packte, vom Bett hochriss und …

… sich das Haarteil löste. Wie vom Strick geschnitten fiel sie zurück auf die Matratze, rollte sich auf den Rücken, sah Erstaunen und eine neue Gier in den Augen ihres Peinigers.

Fanny erwachte. Zum Leben.

Elsa umfasste den Anschieber des Kinderwagens so fest, dass ihre Knöchel weiß wurden. Ihr Herz brannte. Mit eingezogenem Kopf verfolgte sie, wie Direktor von Ranke seine Tochter in die Kutsche scheuchte und den Schlag hinter sich zuwarf.

»Oh, oh«, sagte Ida. »Gar nicht gut.«

Das Gefühl hatte Elsa auch. Sie kippte den Kinderwagen nach hinten und drehte ihn um hundertachtzig Grad. »Dann werde ich Tilda jetzt besser wie angeordnet zurück ins Spital bringen.« Sie seufzte. Ihr war aber auch nichts vergönnt. Dabei hatte sie sich so gefreut, dass sie Lulu, Änny und Ida noch am Blumenkiosk angetroffen hatte. Dass sie wenigstens ein Weilchen bei ihrer Tochter sein konnte. Und nun?

Elsa hatte Professor von Ranke niemals zuvor so erlebt. Normalerweise bewahrte er stets die Ruhe, führte das Kinderspital mit großer Autorität und Umsicht, nur ab und an brach sein Jähzorn durch. Sehr selten vor den Schwestern oder Patienten, schon eher im Umgang mit faulen Wärterinnen oder begriffsstutzigen Assistenzärzten und ganz besonders bei Professor Herzog. In Bezug auf den Leiter der Chirurgischen Abteilung war von Rankes Zündschnur extrem kurz und entzündete sich an Kleinigkeiten. Aber auch das wusste der Direktor in den allermeisten Fällen gut zu verbergen. Dass er sich hier, vor den Augen der Öffentlichkeit, so hatte hinreißen lassen, nur weil er seine Tochter mit einem Kinderwagen auf dem Stachus angetroffen hatte, verhieß wirklich nichts Gutes.

»Der beruhigt sich schon wieder«, sagte Änny und hielt Elsa zurück, die schon im Begriff war, den Heimweg anzutreten. »Wenigsten fünf Minuten. Bitte.«

Auch Änny hatte den Tag herbeigesehnt, das wusste Elsa. Also blieb sie stehen, überließ ihr den Kinderwagen und schielte in Idas Richtung. Ahnte Lulus Freundin etwas? Zumindest hatte sie vorhin sehr seltsam auf Ännys Mitbringsel reagiert. So als wisse sie genau, dass die anderen sie über die Beweggründe dieses Treffens im Unklaren ließen. Professor Herzogs Tochter war nicht dumm und keinesfalls war sie so hilflos mädchenhaft, wie sie sich manchmal gab.

»Wie winzig Tilda immer noch ist«, staunte Änny.

»Da hättest du sie mal direkt nach der …« Elsa brach ab, weil Ida sie aufgeregt am Ärmel zupfte.

»Seht mal, wer dort drüben den Sonntagnachmittag mit seiner Liebsten genießt.«

»Ist das nicht Fannys Gendarm?« Zwar hatte Elsa so einiges von Ferdl gehört, aber getroffen hatte sie ihn bislang nur einmal. An Heiligabend.

»Genau der«, bestätigte Ida bissig. »Ich dachte lange Zeit, er wäre ein netter Kerl, aber seit er Fanny das Herz gebrochen hat …« Sie hob die Hand und begann wie ein ausgelassener Backfisch zu winken und zu jauchzen. »Den werde ich jetzt mal schön ins Schwitzen bringen. Erst den verliebten Gockel spielen und dann die Hochzeit mit einer anderen verkünden. Das ist nicht die feine Art.« Wie ein Gummiball hüpfte sie ihm entgegen.

Elsa sah ihr hinterher. Änny schien die Sache auch nicht zu gefallen. Sie trat neben Elsa.

»Ob das eine gute Idee ist?«

Als Ferdinand Schiffer Ida entdeckte, wollte er gerade mit seiner Begleiterin die Straße in Richtung Centralbahnhof überqueren. Um einen Zug zu erreichen? An Sonn- und Feiertagen fuhren dort über sechshundert Personenzüge aus und ein. Gut möglich, dass einer davon die Verlobte zurück nach Hause bringen sollte. Lulu hatte Elsa alles erzählt.

»Jesus!« Änny schirmte die Augen gegen die Sonne ab. »Müssen wir uns Sorgen machen? Will er Ida über den Haufen rennen?«

Aber Ferdinand Schiffer lief an Ida vorbei.

»Wieso um alles in der Welt hat er es so eilig?« Änny sah über die Schulter. »Verfolgt er jemanden?«

Langsam wurde auch Elsa nervös. Sie nahm Änny den Anschieber des Kinderwagens aus der Hand und zog Tilda zu sich heran. »Ich sollte gehen. Hätte ich längst tun sollen.«

Da war Schiffer auch schon bei ihnen, packte Änny am Arm und zog sie mit sich. Die Schauspielerin war so überrumpelt, dass sie kein Wort herausbrachte und sich auch nicht wehrte. Nur Ida versuchte zu protestieren, aber der Schutzmann in Zivil hob nur den Zeigefinger, und sie schloss den Mund wie ein gut dressierter Hund, der vor seinem Herrchen kuschte.

»Halleluja!«, zischte sie, als sie sich hinter Elsas Rücken verkroch. »Habe ich da irgendetwas verpasst oder warum …?«

»… allein deine Schuld!«

Elsa versuchte, diskret etwas Abstand zu gewinnen, aber Ida hielt sie an Ort und Stelle.

»Das ist allein dein Werk, Änny. Du hast sie dazu gebracht.«

»Ich? Wie in Gottes Namen kommst du auf den Blödsinn?«

»Spiel nicht die Unschuldige. Das hier ist keine billige Theatervorstellung.« Er nahm den Hut ab und raufte sich die Haare. »Weißt du, wo ich sie vorhin gesehen habe? In ihrem lächerlichen Aufzug? Willst du wissen, was sie getan hat?«

Änny schüttelte den Kopf, aber für Elsa sah es so aus, als wüsste sie haargenau, von wem der Schutzmann sprach. Der fuhr sich mit beiden Händen über das Gesicht, blickte kurz in Elsas und Idas Richtung und sprach danach so leise, dass kein Wort mehr bis zu ihnen herüberdrang. Es musste eine sehr schlechte Nachricht sein, denn Elsa beobachtete, wie Ännys Augen sich vor Entsetzten weiteten.

»Will er sie verhaften?«, fragte sie leise.

Ida schlug den Zeigefinger gegen ihre Lippen: »Schsch!«

»… hatte keine Ahnung.«

Wenigstens Ännys Stimme war laut genug. Sie wurde immer aufgebrachter.

»Auf mein Geheiß? Hast du den Verstand verloren? Ich würde nie …?«

»Sei ehrlich!«

»Das bin ich.«

»Ist das dein letztes Wort?«

»Und ob!«

»Na schön.« Ferdl ließ Änny stehen, kehrte auf dem Absatz um und tippte im Vorübergehen an seinen Hut.

»Was war denn los?«, fragte Ida zuckersüß. »Müssen wir uns Sorgen machen?«

Gendarm Schiffer blieb tatsächlich stehen. Er seufzte. »Das fragst du Änny besser selbst.«

»Das werde ich.« Ida lächelte unschuldig. »Sie ist sehr hübsch. Gratuliere.«

Es dauerte einen Moment, ehe Schutzmann Schiffer verstand. »Hör auf damit, Ida. Tu uns beiden den Gefallen. Ich weiß, was du vorhin im Sinn hattest.« Er drehte den Kopf, als hätte er Schmerzen in Genick oder in den Schultern. Seine Begleiterin stand noch an Ort und Stelle. »Lass sie aus dem Spiel. Sie hat nichts damit zu tun.«

»Ach nein?« Ida verzog den Mund zu einem schiefen Lächeln. »Ich würde sagen, sie hat alles damit zu tun.«

Elsa schluckte, sie hätte niemals den Mumm gehabt, einem Wachmann der Königlichen Schutzmannschaft so frech über den Mund zu fahren, auch dann nicht, wenn sie ihn wie Ida von der Fahrschule gekannt hätte.

Ferdl ließ sich nicht aus der Reserve locken. Ganz im Gegenteil, er kam noch einen Schritt näher. »Darf ich?«, fragte er und nickte in Richtung Kinderwagen.

»Natürlich.« Elsa machte ihm Platz.

»Ist das etwa das ausgesetzte Kind?« Er tippte sich an die Lippen und sah sich um. »Ist Lulu auch hier, Fräulein Hirschberg?«

Er erinnerte sich an ihren Namen? Elsa staunte. »Das war sie. Bis vor fünf Minuten.«

Schiffers Blick wanderte zu Änny und wieder zurück. Elsa fand, dass sie beide, der Gendarm und die Schauspielerin, äußerst mitgenommen wirkten. Etwas stimmte hier definitiv nicht. Obwohl es gut über fünfundzwanzig Grad hatte, kroch eine Gänsehaut über ihre Unterarme.

»Wussten Sie, dass Lulu von Ranke von der Polizei befragt wurde?«, fragte Ferdl sie.

Davon hatte Elsa gehört. Sie nickte.

»Laut ihren Angaben hat sie eine Frau davonrennen sehen, als sie das Kind fand.«

»Wirklich?« Diese Information war ihr neu. Eine dumpfe Übelkeit kroch Elsa in die Magengrube.

»Stimmt«, mischte sich Ida ein und drängte nach vorn. »Das hat sie mir auch erzählt. Hat die Polizei schon jemanden festgenommen?«

»Nein, aber ein gewisser Josef Bauer, Maschinist im Kinderspital, scheint in die Angelegenheit involviert zu sein. Das Handtuch, in dem das Kind eingewickelt war, gehört ihm.«

»Und?«, fragte Ida nach.

»Er behauptet, er habe es über den Zaun gehängt und jemand … vermutlich die Mutter … hätte es gestohlen.«

»Klingt plausibel«, beeilte sich Elsa zu versichern.

»Na ja.« Ferdinand Schiffer atmete tief durch. »Was ich eigentlich sagen wollte …«

»Ja?«

»Die Beschreibung passt haargenau auf Änny.«

Elsa wie auch Ida waren so perplex, dass sie beide nichts darauf erwidern konnten.

»Eher dunkle Haut, Haare braun bis schwarz. Exotisches Aussehen, aufgetakelte Garderobe. Lulu hat noch mehr ausgesagt.« Er zog die Brauen hoch. »Würde man nach der Beschreibung ein Bild malen, käme ein Porträt von Änny Geissler-Lee heraus.«

Um Himmels willen, was hatte Lulu sich nur dabei gedacht? Elsa musste etwas tun, etwas sagen, um Änny aus der Schusslinie zu bringen. Aber was? Die Wahrheit? Die Gelegenheit dafür hatte sie längst verpasst, und zwar ehe sie ihr Kind zum ersten Mal im Arm gehalten hatte. Seit der missglücken Abtreibung und erst recht nach der Sturzgeburt ging es nicht mehr nur um sie allein. Jetzt auf einmal alles zuzugeben, würde vor allem Lulu in die Bredouille bringen. Und Josef. Sogar Babette konnte es immer noch Kopf und Kragen kosten.

»Änny soll das gewesen sein?« Ida warf den Kopf zurück, obwohl sie von den wahren Geschehnissen an diesem Tag am allerwenigsten wusste. »Das ist lächerlich.« Professor Herzogs Tochter schlug ihren Fächer auf. »Ich muss dich wohl an Ännys sensationelle Fahrradtoilette bei der Ausfahrt zur Einweihung des Friedensengels erinnern? Unerhört eng geschnitten … völlig unmöglich! Wer könnte sich an einem Tag mit einer solchen Sanduhrtaille zeigen und am nächsten ein Kind gebären? Das wäre Zauberei.«

»Von wegen Zauberei. Änny hat zum ersten Mal das Reformkostüm getragen, zu dem ich euch allen tausendmal geraten habe. Ich weiß es deshalb so genau, weil ich angenommen hatte, dass sie sich als Letzte von der alten Kleiderordnung trennen würde. Davor war sie wochenlang nicht in der Fahrschule. Angeblich, weil sie Proben hatte. Und außerdem! Wieso sollte sie an einem Sonntagnachmittag mit einem Findelkind eine Ausfahrt unternehmen, wenn es sie rein gar nichts angeht? Oder ist etwa eine von euch die Mutter?« Ferdl sah in die Runde. »Ein anderer plausibler Grund fällt mir nämlich nicht ein, und sogar Direktor von Ranke hat gesagt, dass er die Mutter im Umfeld seiner Klinik vermutet und er nicht ausschließen kann, dass seine Tochter mehr weiß, als sie zugibt.«

Elsas Entsetzen wurde immer größer. Ferdl kam der Wahrheit gefährlich nahe.

»Stimmt«, sagte Änny, die unbemerkt näher gekommen war. »Ich habe an dem Tag zum ersten Mal das Reformkostüm getragen.«

»Aber ...« Ida brauchte nur ein paar Wimpernschläge, um sich neu zu formieren. »Aber es ist doch rein gar nichts passiert. Tilda geht es gut. Was gibt es in so einem Fall zu ermitteln?«

»Ein Kind auszusetzen ist strafbar«, erwiderte Ferdl ruhig. »Auch wenn es an einem häufig frequentierten Ort geschieht und man davon ausgehen kann, dass es gefunden wird.«

Daraufhin herrschte Stille. Sekundenlang.

Bis Änny Ferdl am Ärmel packte und auf eine Bank hinter dem Blumenkiosk zeigte. »Ich denke, mir bleibt nichts anderes übrig, als ein paar Dinge geradezurücken. Können wir reden? Allein?«

Ferdinand Schiffer sah zu seiner Verlobten hinüber. »Theres'

Zug fährt in einer Viertelstunde ab«, sagte er. »Wartest du solange hier auf mich?«

»Ist er überhaupt dafür zuständig?«, wagte Ida einen weiteren Vorstoß. »Und im Dienst ist er auch nicht. Am besten, du ...«

Änny berührte Idas Arm. »Schon gut. Die Polizei ist immer im Dienst, und ich weiß schon, was ich tue. Du solltest Elsa jetzt zurück ins Kinderspital begleiten.«

»Ich ...« Elsas Stimme zitterte vor Aufregung und Anspannung. Sie durfte nicht zulassen, dass Änny sich für sie opferte. Bestimmt kam sie ins Zuchthaus.

Doch Ännys Blick ließ Elsa verstummen, ihre Lippen formten lautlos Worte. Ferdl konnte es nicht sehen, aber Elsa verstand.

Geh. Jetzt. Sofort.

Lulu starrte stur aus dem Fenster. Es war wie damals, als Vater ihr verboten hatte, mit dem Sohn von Kutscher Ritthaler aus dem Rückgebäude zu spielen. Fritzl war ihr bester Freund gewesen, der lustigste und treuste Gefährte, den man sich vorstellen konnte, aber von einem Tag auf den anderen durfte sie ihn nicht mehr sehen. Sie war neun Jahre alt gewesen.

»Mademoiselle Ranke, ist das zu fassen?« Der Vater fuhr über seinen Backenbart. »Hätte ich es nicht mit eigenen Ohren gehört, ich würde es nicht glauben. Nicht auszudenken, welche Blüten das Geschwätz noch treiben wird. Aber wen wundert's? Dass du einen solchen Narren an diesem armen Geschöpf gefressen hast, geht weit über das gesunde Maß hinaus. Das fällt auf. Und dass du mehr über die Herkunft dieses Kindes weißt, als du vorgibst, ist mir nicht entgangen, junge Dame, aber ...«

... es war weitaus angenehmer, die Augen zu verschließen und zu hoffen, dass sich die Irritation ohne viel Aufhebens in Luft auflöste. Nach Lulus Gefühlsleben, nach ihren Wünschen und Träumen und erst recht nach ihren Ängsten und Nöten hatte sich der Herr Papa lange nicht erkundigt. Mit jedem Jahr, das seine Jüngste älter wurde, schlug sie mehr aus der Art. Sie war ihm viel zu überschwänglich – in allen Lebensbereichen –, und sie verbrüderte sich mit dem gemeinen Volk. Das fand er ordinär, damit konnte er nichts anfangen. Und jetzt auch noch das Desaster mit Hardy. Natürlich gab er ihr daran die Schuld. Dass ihr Vater sie auf seine Art trotzdem liebte, vergaß Lulu manchmal.

»Es gibt im Moment weiß Gott genügend andere Dinge, die mir Sorgen bereiten«, wetterte von Ranke weiter. »Die Ausgaben des Spitals steigen und steigen. Die Behandlung mit dem Behringschen Heilserum ist ein großer Erfolg, aber sie kostet mehr Geld als ursprünglich kalkuliert. Dazu die Scherereien mit dem Diphterie-Pavillon. Nur deshalb bin ich schon vom Genfer See zurück.«

Die Bauarbeiten hatten zeitig im Frühjahr begonnen, und eigentlich hätte der Neubau im Herbst mit Patienten belegt werden sollen. Lulu freute sich schon auf die zwei nebeneinanderliegenden Krankensäle im Erdgeschoss, zusammen hundertsechzig herrlich geräumige Quadratmeter. Dazu ein Dampfzimmer mit Terrazzoboden und fugenfreiem englischem Zementputz, was die Desinfektion extrem erleichtern würde. Außerdem bekam der Diphterie-Pavillon ein ebenerdig gelegenes OP-Zimmer sowie Bad und Closet. Im Obergeschoss waren sechs Separat- und ein Assistentenzimmer, eine Garderobe und zwei Kammern für Pflegepersonal geplant. Auch dort sollte es Bad und Closet geben. Die Wege würden kürzer und alles weitaus großzügiger und schöner sein. Vor allem aber konnte man mit den neuen Räumlichkeiten die diphtheriekranken Kinder besser separieren und unnötige Ansteckungen vermeiden, zudem gewann man im Haupthaus reichlich Platz für andere Kranke dazu.

»Ein Jahr. Fast ein ganzes Jahr. Bis zum Sommer 1900 soll sich die Vollendung des Baus verzögern. Ist das zu fassen!«

Das waren in der Tat keine guten Nachrichten.

»Außerdem bereitet mir die geplante Verlegung der Zentralimpfanstalt schlaflose Nächte. Die im Staatsministerium stellen sich stur, und sollte dort endlich doch etwas in Bewegung kommen, muss erst noch der Landtag zustimmen. Dabei ist die direkte Nachbarschaft zu unseren Infektionsbaracken ein untragbarer Zustand.« Von Rankes Spazierstock fuhr zwischen den Schößen seines Gehrockes auf den Kutschenboden nieder. »Man könnte zwei Fliegen mit einer Klappe schlagen, denn wenn die Zentralimpfanstalt an anderer Stelle ein adäquates Zuhause findet, kann das Ambulatorium vom Haupthaus des Kinderspitals in das freiwerdende Nebengebäude umziehen, das Ansteckungsrisiko für die stationär aufgenommenen Kinder wäre durch die räumliche Trennung zu den ambulant versorgten Patienten um ein Vielfaches geringer.« Er schnaubte. »Das will augenscheinlich aber niemand verstehen. Und als ob das alles nicht Ärger genug wäre, muss ich mir jetzt auch noch darüber Gedanken machen, wieso meine Jüngste ein so abnormes Interesse an einem Findelkind hat.« Der Stock sauste ein zweites Mal auf und ab. »Dieses Theater muss aufhören, Luise, dafür habe ich keine Nerven! Du vergeudest nur deine Zeit.«

Zum ersten Mal sah Lulu ihren Vater an. Dass er sie vor ihren Freundinnen wie ein ungezogenes Kind in die Kutsche gescheucht hatte, nahm sie ihm übel. Dass er ihre Ambitionen, was die Medizin betraf, als Zeitverschwendung betrachtete, schmerzte tausendmal mehr.

»Spazierfahrten in aller Öffentlichkeit!« Der Stock tockte gleich mehrmals. »Was, wenn es Gerede gibt?«

»Aber, Papa, es ist doch nichts dabei. Tilda könnte das Kind meiner Schwester sein. Einer Freundin. Ganz egal.«

»Ist sie aber nicht. Das ist der feine Unterschied.«

Lulu verstand die Aufregung nicht. »Wofür wurden die Kinderwagen denn dann vom Unterstützungsverein in dieser Werkstatt in der Färbergasse geordert? Bei ... bei ... mir fällt der Name nicht ein.«

Wie beabsichtigt geriet der Vater ins Stocken und runzelte die Stirn.

»Du weißt schon, dieses neue Spezialgeschäft für Kinderwagen und Kindermöbel.«

»Riepolt. August Riepolt.«

»Genau. Ein ausgesprochen feines Geschäft mit vorzüglicher Handarbeit. Vielleicht sollte das Spital noch weitere solche Gefährte anschaffen. Was meinst du?«

Doch Papa schüttelte den Kopf. »Lenk nicht ab, junge Dame. Die neuen Kinderwagen sind für eine Fahrt oder ein Schläfchen im Hof gedacht, nicht für einen Ausflug in die Stadt. Und es muss nicht ausgerechnet die Tochter des Direktors sein, die sich damit zeigt.«

Schade. Lulus Ablenkungsmanöver war verpufft.

»Was hatte eigentlich Wärterin Elsa bei euch zu suchen? In Zivilkleidung hätte ich sie beinahe nicht erkannt.«

Das Eis unter Lulus Füßen war schlagartig dünner geworden. »Wir sind uns nur zufällig begegnet.« Sie versuchte so beiläufig wie möglich zu klingen. »Heute ist ihr freier Nachmittag, bestimmt wollte sie zu Verwandten oder Freunden. Jetzt verliert sie mindestens eine Stunde, dabei hätten Ida und ich die kleine Tilda genauso ins Spital zurückbringen können.«

»Damit euch noch mehr Leute sehen? Bloß nicht. Außerdem kann Elsa hinterher immer noch ihren freien Tag genießen.«

Na ja, ganz so war es nicht. Von einem freien Tag konnte sowieso kaum die Rede sein. Die Wärterinnen hatten üblicherweise nur den Sonntagnachmittag für sich. Drei, manchmal vier Stunden. Männliche Hilfskräfte oder andere Angestellte hatten – das wusste Lulu erst seit einem Mitgliederabend im Verein für Fraueninteressen – zusätzlich einen freien Abend während der Woche. Als ob die Wärterinnen weniger leisten würden als ihre männlichen Pendants. Eine himmelschreiende Ungerechtigkeit, zumal ihr Lohn auch noch niedriger war.

»Mich wundert, dass Ida bei so einer Schnapsidee mitmacht. Ihr untadeliger Ruf ist neben einem recht gefälligen Äußeren doch das Einzige, was sie zu bieten hat.«

Lulus Vater hatte keine allzu hohe Meinung von Ida. *Kein Ehrgeiz, keine Mitgift, keine Klasse*, pflegte er zu sagen. Womit er eigentlich Idas Vater meinte.

»Du bringst mich noch ins Grab.« Von Ranke fasste sich an die Brust und schnaubte. »Dieser Unsinn muss ein Ende haben, Lulu. In meinem Alter ist Aufregung Gift.«

Sofort schoss Lulu das schlechte Gewissen ein. »Es tut mir leid, Papa. Die Spazierfahrt war eine dumme Idee, aber … ich werde keinesfalls aufhören, Tilda zu besuchen. Niemals.« Es wäre ein noch schwerwiegenderer Verrat als der, den sie an Fritzl begangen hatte. »Und ich werde weiter ins Kinderspital gehen.«

»Du tust, was ich dir sage, sonst …«

»Sperrst du mich ein?«

»Wenn es sein muss.«

Geh hinauf! Hätte Lulu seit ihrer Geburt eine Strichliste geführt, wäre das vermutlich der Satz, den der Vater am häufigsten ihr gegenüber ausgesprochen hatte.

»Du könntest selbst Kinder haben. Sehr bald schon. Eberhard ...«

»Ich werde ihn nicht heiraten.« *Niemals!,* hätte Lulu am liebsten hinausgeschrien, aber sie mäßigte sich. Denn auch wenn es ihr zuwider war, von anderen abhängig zu sein, durfte sie ihren einzigen Trumpf, den sie in Sachen Gymnasialkurse und Studium in der Hand hielt, nicht leichtfertig aufs Spiel setzen. Idas pragmatische Sichtweise auf die Dinge traf absolut ins Schwarze. Hardys Zuneigung war Lulus Ausweg. »Nicht sofort jedenfalls«, fügte sie versöhnlich hinzu.

Die steilen Falten im Gesicht des Vaters glätteten sich. »Eberhard von Königsfeld ist ein wahrer Gentleman. Ich hatte in der letzten Woche Gelegenheit, einige sehr aufschlussreiche Gespräche mit ihm zu führen. Er ist dir sehr zugetan. Du hast Glück, dass er so geduldig mit dir ist. Ich an seiner Stelle hätte dir nicht erlaubt, solche Sperenzchen aufzuführen, nur um etwas Aufschub zu erhalten.« Seine Worte klangen scharf, aber er lächelte. »Du darfst dich in der Zwischenzeit nicht ins Gerede bringen, hörst du? Wir wissen nicht, wie viel er noch hinzunehmen bereit ist, also tu mir den Gefallen und sei in Zukunft vernünftig. Keine Eskapaden mehr, versprich es!«

Eskapaden? Wenn der Vater wüsste! »Ja, Papa.«

»Natürlich solltest du Eberhards Geduld nicht überstrapazieren. Er ist zwar ein Mann von Ehre, trotzdem wird er nicht ewig warten.«

Genau das hatte Lulu vor: Eberhards Geduld auszureizen bis zum Letzten. »Dann ist es also abgemacht?«, fragte sie forsch. Man musste das Eisen schließlich schmieden, solange es heiß war.

»Dass ihr heiraten werdet?«, fragte Lulus Vater verwirrt.

»Nein ... doch, später, aber das habe ich nicht gemeint.«

»Was dann?«

»Du erlaubst, dass ich im nächsten Jahr die Gymnasialkurse für Mädchen bei Professor Sickenberger besuche und später die Reifeprüfung ablege?«

Professor von Ranke musste tief durchatmen. »Wenn dein Zukünftiger es gutheißt, soll es mir recht sein.«

Lulu wollte ihrem Vater um den Hals fallen, ihr Glück in die ganze Welt hinausschreien, stattdessen schickte sie nur ein stilles Dankgebet gen Himmel. Vorhin, als des Vaters Equipage am Karlsplatz neben ihr stehen geblieben war, hatte sie mit den schlimmsten Konsequenzen gerechnet. Und jetzt? Er erlaubte ihr die Gymnasialkurse? Er drängte nicht weiter auf eine sofortige Verlobung? Halleluja!

Lulu hatte nicht nur die erste Hürde auf dem Weg zum Medizinstudium genommen, sondern war auch, was diese dumme Ausfahrt anging, mehr als glimpflich davongekommen.

Es war fast zu schön, um wahr zu sein.

Fanny fing das Haarteil auf, das er ihr entgegenschleuderte, packte die Waschschüssel, holte aus und rammte sie dem Scheusal gegen die Schläfe. Er brauchte zwar nur eine Hand, um sie abzuwehren, aber er taumelte. Einen kurzen Moment lang, und die Zeit reichte, um über das Bett auf die andere Seite zu gelangen, die Tür zu erreichen und …

Nein! Hatte er etwa abgeschlossen? Fanny warf sich gegen das Holz, drückte die Klinke …

… und fiel auf den Gang. Dicht hinter sich hörte sie sein Schnaufen, doch sie sah nicht zurück, warf sich auf allen vieren nach vorn, rappelte sich auf und lief um ihr Leben. Den Gang entlang, die Treppe hinunter, hinein ins Foyer. Alle Augen richteten sich auf sie, es war, als renne Fanny gegen eine Wand. Sie blieb stehen. Wie angewurzelt. Erst jetzt dachte sie an den Zustand ihrer Garderobe. An ihre Haare. Auf dem Kopf und in ihrer Hand. Zitternd raffte sie die Volants vor der Brust zusammen. Kam er ihr hinterher? Sie wagte einen Blick über die Schulter. Schritte? Oder nahm er eine Abkürzung? Lauerte er ihr auf? Vor den Gästen und dem Personal des *Bellevue*?

Eine Hand berührte sie am Ellbogen. Fanny schreckte davor zurück wie der Hase vor dem Fuchs. Der livrierte Diener nickte in Richtung Seitenausgang. Blindlings lief Fanny darauf zu, wankte ins Freie. Atmete. Weinte. Schämte sich.

Die Passanten gafften, nur einige wenige wandten sich pikiert ab. Auf der Straße war ein solcher Anblick eine willkommene Abwechslung für die Sonntagsausflügler und Spaziergänger. Dennoch versuchte Fanny unsichtbar zu werden, duckte sich. Ein Spießrutenlauf begann.

Aus den Augenwinkeln sah sie etwas. Waren das etwa Ida und Elsa? Natürlich, der Ausflug mit Tilda. Fanny blieb stehen. Würden die beiden ihr helfen? Ihr einen Hut geben? Ein Schultertuch? Etwas, womit sie das Blut abwischen konnte?

Sie hob die Hand, wollte sich bemerkbar machen, spürte die Erleichterung wie eine warme Welle über sich schwappen, doch dann entdeckte sie die anderen. Änny. Und Ferdl.

Fanny senkte den Blick und lief in die andere Richtung davon.

 # Klinikviertel

zwei Tage später | OP-Zimmer Chirurgische Abteilung, Lindwurmstraße 4

Elsa zitterte. Sie hatte Angst. Tilda war zu klein. Zu zart. Zu zerbrechlich. Das hier war nicht richtig, alles daran war verkehrt, aber sie konnte es nicht verhindern.

»Höhergradige Spaltbildungen reichen bis in die Nasenhöhle, dann verliert der Nasenflügel seinen normalen Schwung.«

Professor Herzog fuhr mit einer Pinzette den Verlauf von Tildas Lippenspalte nach, ohne die Haut zu berühren, dennoch konnte Elsa es kaum ertragen.

»Das Lippenrot ist nicht unterbrochen, sondern lediglich in den Spalt hineingezogen.« Herzog spreizte die Spalte so behutsam es ging mit den Fingern. »In manchen Fällen geht das Rot direkt in die Schleimhaut der Nase über. Hier nicht.«

Er sah reihum in die Gesichter des kleinen Kreises an auserwählten Studenten, die der Operation beiwohnen durften. Fanny – oder besser gesagt ihr Bruder – war ebenfalls unter ihnen, sie stand Elsa schräg gegenüber. Unter dem teilnahmslosen Ausdruck, den Student Paintner zur Schau trug, erkannte Elsa dieselbe Sorge, die ihr gerade die Kehle zuzuschnüren drohte. Aber da war noch etwas anderes. Irgendetwas stimmte nicht mit Fanny. Sonst sprühte ihr der Enthusiasmus für die Medizin förmlich aus den Augen, doch heute wirkten sie leer. Fast wie tot.

»Mal sind die Spaltbildungen groß, mal klein, einseitig oder doppelseitig ausgeprägt, mal greifen sie bis in den Oberkieferfortsatz oder Gaumen, durchsetzen den Zahnfortsatz oder reichen mehr oder weniger weit in das Dach der Mundhöhle hinein. Der sogenannte Wolfsrachen ist der schwerste Grad der Missbildung.«

Schwester Rosalia reichte Professor Herzog ein Tuch.

»Auch die leichteren Grade bedeuten immer Entstellung, weshalb sich sogar die operationsscheuesten Eltern meist entschließen, ihr Kind nicht ein Leben lang mit einem solchen Kainsmal herumlaufen zu lassen.«

Elsa spürte Schwester Rosalias Blick im Genick. Seit Lulus Versprecher im Säuglingszimmer beobachtete die Barmherzige Schwester sie ganz genau, vor allem, wenn sie in Tildas Nähe war. Oder bildete sie sich das nur ein?

»Trotz ausgereifter Technik und sorgfältiger Nachbehandlung birgt die Operation Gefahren. Kann mir jemand sagen, welche das sind?«

Niemand meldete sich, nicht einmal Paintner, aber Elsa wusste es auch so: Blutungen. Wundinfektionen. Hinzu kam die Schwere des Eingriffs selbst. Seit sie erfahren hatte, dass die Operation schon heute stattfinden würde, dachte sie an nichts anderes. Es beruhigte sie auch nicht, dass Professor Herzog bei den über hundert Spaltoperationen, die er in seinem Leben bereits durchgeführt hatte, bislang nur drei Kinder gestorben waren, nur eines davon an den direkten Folgen der Operation.

»Mit der richtigen Wahl des Zeitpunktes lässt sich Lebensgefahr fast völlig vermeiden.«

Der richtige Zeitpunkt! Elsa spürte ein klammes Pochen in der Herzgegend.

»Neugeborene und Säuglinge werden in der Regel erst operiert, wenn sie mindestens dreitausend Gramm wiegen und ihre Gewichtskurve an mehreren aufeinanderfolgenden Tagen ansteigend ist. Sind die Missbildungen dagegen so schwerwiegend, dass sie ein Weiterleben unmöglich machen, was vorkommt, muss sofort operiert werden.«

»Was hier jedoch nicht der Fall ist.« Die Worte rutschten über Elsas Lippen, ehe sie darüber nachdenken konnte. Sofort richteten sich alle Augen auf sie.

»Seit wann mucken denn die Wärterinnen auf?«, raunte ein Student leise.

»Sie hat recht. Weshalb die Eile?« Klassenprimus Paintner erwachte zum Leben, herausfordernd sah er den Professor an. »Soweit ich weiß, liegt hier keine Dringlichkeit vor. Wieso also ein Risiko eingehen, wo doch so viel von der Konstitution und Lebenskraft der kleinen Patienten abhängt. Nur um es noch einmal zu betonen, beides lässt sich ohne große Mühe durch Zuwarten und gute Pflege um ein Vielfaches steigern. Alles, was es dafür braucht, ist Zeit.«

Professor Herzog richtete sich auf und setzte mehrmals zu einer Erwiderung an. Eigentlich ermutigte er seine Studenten stets, ihre Meinung kundzutun und diese zu vertreten, aber heute bemerkte Elsa eher Verstimmung in seinem Blick. Oder war es Gleichmut? Resignation?

»Je früher man operiert, umso ansehnlicher das Ergebnis. Das ist eine Tendenz, die sich deutlich abzeichnet.«

Für Elsa klang das recht halbherzig, und Fanny war offensichtlich derselben Meinung.

»Oder steckt etwas anderes dahinter?«

Was meinte sie?

»Was wollen Sie unterstellen, Paintner?«

»Es ist nur ein Findelkind. Geeignetes Patientenmaterial also, um auszutesten, ob derartige Operationen auch bei unreifen Kindern zu einem so frühen Zeitpunkt gelingen und wie sich das auf das Ergebnis auswirkt.« Fanny verschränkte die Arme vor der

Brust. »Genauso wie das Zuwarten bei Kindern, die neben einem Spalt noch andere schwere Missbildungen haben, die Operationsliste von allein schrumpfen lässt. Sie haben es vorhin selbst gesagt.«

Die Luft im Operationszimmer vibrierte vor Anspannung. Was Fanny ihrem Dozenten da vorwarf, war unerhört, aber nicht völlig abwegig. Elsa traute Doktor Wittmann und sogar Professor von Ranke solche Beweggründe durchaus zu. Die Gier nach neuen wissenschaftlichen Erkenntnissen war groß, es war wie ein Lebenselixier für die Professoren und Wissenschaftler, dem sie nachjagten, und das sie das Wohl ihrer Patienten ab und an hintanstellen ließ. Neue, bahnbrechende Publikationen verhalfen ihnen zu Ruhm und Ehre, nur sie machten unsterblich. Aber Herzog gehörte nicht zu diesen Karrieristen. Nicht er.

»Sie tun uns unrecht, Paintner«, verteidigte er sich auch schon. »Die Vorteile und Risiken wurden sorgsam abgewägt. In der Geschichte der Haunerschen Kinderklinik gab es bislang keine Frühgeburt mit einem so geringen Initialgewicht, die sich so prächtig und fast ohne Probleme entwickelt hat. Tilda ist ein absoluter Ausnahmefall, und als solcher wird sie auch behandelt.«

»Aber ...«

Herzog wies mit dem Ellenbogen in Richtung Wanduhr. »Diese Diskussion sollten wir auf später verschieben, meine Herren, sonst wird das heute nichts mehr.«

»Vielleicht wäre es besser so?«

Zu Elsas Verzweiflung konnte auch Fannys letzter Zwischenruf nicht verhindern, dass Herzog seine Erläuterungen fortsetzte, die verschiedenen Operationsmethoden anhand eines Schaubilds erläuterte und schließlich begann, sich die Hände zu waschen.

»Die besten Resultate erzielt man meiner Erfahrung nach mit der Zickzacknaht nach Hagedorn. Sie ist etwas komplizierter, lässt sich aber durch die einzelnen Hautschnitte am besten variieren und den Verhältnissen anpassen. Schließlich ist jede Hasenscharte anders, und kaum ein anderer kosmetischer Fehler ist so störend wie ein dauerhaftes Verziehen des Mundes, was sich mit der Zickzacknaht vermeiden lässt.«

Gleich würde es losgehen. Elsas Herz drohte in ihrer Brust zu zerspringen. Mit zitternden Händen reichte sie Schwester Rosalia die Binden.

»Eine Narkose wenden wir nur an, wenn die Kinder bereits älter als ein Jahr sind und sich ihr Erinnerungs- und Lokalisierungsbewusstsein bereits ausbildet. Ansonsten halte ich sie bei Säuglingen und Neugeborenen für unnötig und gefährlich. Chloroform ist ein zu starkes Gift für den kindlichen Organismus, vor allem da eine Spaltoperation etwas länger dauert und der Blutverlust ohnehin ein großer Schock ist. Längere Äthernarkosen scheiden wegen der Bronchitisgefahr ebenfalls aus, zumal unter Narkose das Blut sehr leicht eingeatmet wird. Durch das kräftige Schreien ohne Narkose wird es hingegen eher ausgespuckt, weshalb die Atemwege in der Regel nicht verlegt und dadurch Pneumonien verhindert werden.« Professor Herzog lächelte Schwester Rosalia zu, die Tilda fast fertig eingeschnürt hatte. »Das feste Binden muss in diesem Alter die Narkose ersetzen. Zusätzlich werden die Patienten von einem Helfer oder einer Helferin aufrecht gehalten und fixiert, so geht es meiner Erfahrung nach am besten.«

Elsa übernahm Tilda aus Schwester Rosalias Händen, die sich noch einen Mundschutz umbinden und Handschuhe anziehen musste. Einen kurzen, gestohlenen Moment lang drückte sie ihre Tochter fest an sich, atmete ihren süßen Duft ein, der wie immer in Sekundenbruchteilen ihren Körper mit Wärme flutete. *Mein Kind. Meine Kleine. Hoffentlich geht alles gut.*

»Gerade Säuglinge sind, was Blutverluste angeht, sehr empfindlich, weshalb die Finger des haltenden Assistenten, in unserem Fall Schwester Rosalia, bei Bedarf die *A. Coronariae* komprimieren wird. Auch mit Adrenalin getränkte Wattebäusche helfen, ebenso die Exaktheit der Schnittführung und die Schnelligkeit des Operateurs.«

Elsa legte Tilda auf dem Operationstisch ab, wusch ihr Gesichtchen mit Seife und Wasser und wischte ihr den Mund mit der vorbereiteten rosafarbenen Desinfektionslösung ab.

»Der einleitende wichtigste Akt ist die Ablösung der Wangenweichteile vom Oberkieferknochen. Sie müssen so weit abgelöst und mobilisiert werden, dass sich die Spalte ohne jede Spannung zum Verschwinden bringen lässt. Wird dies sorgfältig durchgeführt, sind weitere Entspannungsschnitte oder -nähte überflüssig, die nur eine zusätzliche Verunstaltung bedeuten würden.«

Verunstaltungen. Elsa mochte das Wort nicht. Widerwillig hob sie Tilda hoch und legte sie Schwester Rosalia, die sich inzwischen auf dem Hocker zurechtgesetzt hatte, mit dem Rücken an die Brust. Die Knie der Schwester fixierten Tilda von unten, mit Händen und Unterarmen hielt sie Körper und Köpfchen fest.

»Achten Sie stets darauf, die Ablösung des Lippenrots sowie alle anderen Schnitte möglichst scharf und geradlinig vorzunehmen. Verwenden Sie keine Pinzetten oder Gewebsklammern, damit verursachen sie nur weitere Verletzungen, nehmen sie stattdessen die Finger, sie sind ihr wichtigstes und bestes Werkzeug.«

Herzog strich Tilda über die Stirn. »Durch ein Verbreitern der Nahtflächen wird mehr offene Wundfläche generiert, was die Durchblutung fördert und die Heilung begünstigt. Achten Sie auch darauf, die Naht möglichst tief zu setzen, sie aber niemals zu fest anzuziehen, damit keine Abschnürungen oder gar ungewollte Durchtrennungen auftreten.« Herzog führte die Nahttechnik an einer Tomate vor. »Dieses Gemüse hier hat eine ähnlich feine Haut wie ein Neugeborenes. Bei vollständigen Spalten müssen die äußeren Nähte bis tief in die Nase hineingesetzt werden. Bei so kleinen Kindern bedeutet das diffizilste Handarbeit, wie Sie sich vorstellen können. Da heißt es vorher üben, üben, üben, denn trotz der notwendigen Sorgfalt muss alles zügig vonstattengehen.

Ist die äußere Naht gelegt, können Sie sich daranmachen, die innere Schleimhaut zu vernähen. Ich empfehle, die Wunde außen mit Harzlösung zu verschließen und ein feines Stückchen Gaze darüberzulegen. Direkt nach der Operation sollten Sie außerdem die Nasenlöcher tamponieren, damit kein Tropfen infiziertes Nasensekret an die Wunde kommt.«

Schnitte. Nähte. Tamponieren. Elsa konnte es kaum noch ertragen, sie tastete nach Tildas eingeschnürten Beinen und drückte sie leicht. Noch schaute ihre Tochter wach und aufmerksam zu, was um sie herum geschah. Fanny stand Elsa gegenüber wie ein Spiegel, auch aus ihrem Gesicht sprach tiefstes Entsetzen.

»Einen Tag lang dürfen die Patienten keine Milch bekommen, sie ist ein zu guter Nährboden für Bakterien und Keime. Erst am zweiten Tag nach der Operation, wenn die verletzten Schleimhäute bereits oberflächlich verklebt sind, darf wieder Milch gegeben werden. Nach jeder Mahlzeit unbedingt mit klarem Wasser nachspülen. Weisen Sie hierzu Ihr künftiges Pflegepersonal genau an.« Herzog sah in die Runde, um seinen Worten Nachdruck zu verleihen. »Den Harzgazeverband lassen Sie eine Woche lang liegen und streichen nur gelegentlich etwas Harz nach. Am siebten Tag entfernen Sie die Nähte, da zu diesem Zeitpunkt die Wunde so weit verheilt sein wird, dass ein Aufgehen oder -platzen nicht mehr zu befürchten ist. Nur die Kinderhände müssen von der Wunde ferngehalten werden, aber dafür gibt es Manschetten oder versteifte Ärmel, die ihren Zweck bestens erfüllen.«

Elsa zeigte die angesprochenen Hilfsmittel herum.

»Am achten Tag können die meisten Kinder bereits entlassen werden. Nachoperationen sollten frühestens nach zwei Monaten erfolgen, was im vorliegenden, sehr leicht ausgeprägten Fall vermutlich nicht nötig sein wird.«

Herzog griff nach dem Skalpell. Er setzte sich auf den für ihn vorbereiteten Hocker und rückte nah an Tilda heran. Schwester Rosalia zog mit den Fingern die Kinderbäckchen auseinander und Herzog fasste vorsichtig die kleine Oberlippe, um mit der Abtrennung der Wangenweichteile vom Oberkieferknochen zu beginnen.

Elsa spürte jeden Schnitt, als würde das Skalpell in ihr eigenes Fleisch schneiden. Tildas Schreie hallten in ihrem Innern wider. Und wider. Und wider.

Hackenviertel

eine Woche später | C. M. Rosipal, Manufaktur-, Mode- Schnitt- und Tuchwarengeschäft, Rosenstraße 3

Lulu flüchtete unter den Säulenvorsprung und schüttelte ihren Schirm aus. Es regnete in Strömen. Seit Tagen. Nach einem langen, ungewöhnlich trockenen Sommer eigentlich eine Wohltat für Land, Tier und Mensch, doch nun schlug es ins Gegenteil um. Schon gestern hatte das Hochwasser Uferbefestigungen und Wehre im Stadtgebiet beschädigt. Neumüller-, Montgelas-Damm, die jungen Maximiliansanlagen und das Maximilianswerk hatte es schlimm erwischt, soviel Lulu wusste, und vorhin beim Passieren der Luitpoldbrücke war ihr angesichts der tosenden Fluten ganz mulmig geworden.

»Nun komm endlich, Kind!«, rief die Mutter ungeduldig und hielt ihr die Tür auf.

Sie wollte einige Sessel im Salon neu beziehen lassen und hatte darauf bestanden, dass ihre Jüngste mitkam. Lulu fragte sich, wozu. Um sie nach ihrer Meinung zu fragen? Ungewöhnlich, denn erstens war Mutter für ihren guten Geschmack bekannt und ließ sich ganz gewiss nicht dreinreden, und zweitens war Lulu in solchen Angelegenheiten keine Hilfe. Scherte man sich wie sie kein bisschen um Webarten, Muster und dergleichen, langweilte man sich schnell, wenn der zwanzigste Stoffballen enthusiastisch vor einem ausgerollt wurde, sich aber nicht der kleinste Unterschied zum Vorgänger ausmachen ließ.

Viel lieber wäre Lulu im Spital geblieben, aber seit dem Vorfall am Stachus versuchte sie mehr Zeit mit Beschäftigungen zu verbringen, die ihrem Alter, Stand und Geschlecht entsprachen und den Eltern Freude bereiteten. Ein Kränzchen mit Freundinnen hatte sie bereits hinter sich gebracht, und bei einem Wohltätigkeitsbasar, der im Oktober zugunsten der städtischen Krankenhäuser stattfand, hatte sie sich ins Organisationskomitee wählen lassen. Sogar mit dem Stickrahmen hatte sie sich ein paar Stunden herumgeärgert. Das sollte fürs Erste genügen.

»Hier entlang, die Damen.«

Die nicht enden wollende Auswahl und das Interieur des Geschäftes waren beeindruckend, das musste Lulu zugeben. Wie Bücher in einer riesigen Bibliothek reihten sich auf drei Ebenen in prächtigen hölzernen Regalen Stoffballen an Stoffballen. Für Bezüge. Für jede Art von Kleidern. Für Uniformen. Außerdem Perserteppiche. Volants. Dekoration. Alles, was das Herz begehrte, und noch viel mehr.

Vom Erdgeschoss hatte man freie Sicht bis hinauf zum Glaskuppeldach, das bei sonnigem Wetter alles sicherlich noch schöner hätte aussehen lassen. Trotz der vielen Wolken verstand Lulu zum ersten Mal, wieso man solche Lichthöfe auch Himmelsschächte nannte. Die Stuckdecken, die umlaufenden Balkone, von reich verzierten Säulen getragen und mit kunstvoll geschmiedeten Geländern umwehrt, suggerierten weitaus mehr, als die Bezeichnung Tuchwarengeschäft je hätte annehmen lassen. Das Rosipal-Haus war ein Palast – keine Frage –, als ihre Mutter sich jedoch wie befürchtet Stoff um Stoff um Stoff über das Geländer legen ließ, wurde die zur Schau gestellte Pracht schneller schal als ein frisch gezapftes Helles in der prallen Sonne.

Es nahm und nahm kein Ende. Lulu spielte mit der Kette an ihrem Täschchen, lehnte sich über die Brüstung und sah nach oben. Der Regen prasselte unablässig auf das Glasdach. Das Geräusch lullte Lulu ein. Wenn sie es doch bloß machen könnte wie Fanny. Einfach in die Kleider eines Mannes schlüpfen und zur Universität gehen. Dann könnte sie auch andere Vorlesungen hören, nicht nur die von Professor Herzog. Ob sie den Mut dazu aufbringen würde, wenn sie die Möglichkeit hätte?

Lulu gähnte. Sie schlug die Hand vor den Mund. Gab es an der Fensterfront zur Straße nicht einige Sessel? Alles war besser, als sich noch mehr Stoffe ansehen zu müssen.

»Würden Sie mir freundlicherweise sagen, wo ich die feinen Stoffe für Balltoiletten finde?«, fragte Lulu deshalb.

»Ein Stockwerk höher«, antwortete die Verkäuferin. »Soll ich jemanden rufen, der Sie berät?«

»Nein, nein, ich möchte mich nur umsehen. Darf ich?« Die Frage war an Mama gerichtet, und zu Lulus Erleichterung nickte sie zerstreut.

In der Abteilung für Kleiderstoffe ging es emsiger zu als bei den

Bezügen. Lulu strich über Musselin, Samt, Atlas, italienischen Brokat und persische Seide, sie beobachtete eine Mutter mit ihren Töchtern, die sich leise stritten, trat schließlich an eines der großen Fenster und sah hinunter. Eine Marktfrau schob ihren Karren mit Rüben und Salatköpfen durch die enge Gasse. Ihre zwei abgemagerten Hunde trotteten mit eingezogenen Schwänzen hinterdrein. Alle drei waren pitschnass. Ein trostloser Anblick.

Lulu nahm auf einem mit dunkelgrünem Samt bezogenen Sessel Platz. Erst hoch aufgerichtet, wie es sich gehörte, doch die Müdigkeit hing zu schwer in ihren Knochen, und die hohe Lehne hielt fremde Blicke fern, also ließ sie sich zurücksinken, schloss die Augen und döste ein, nur um wenig später wie von der Tarantel gestochen hochzufahren. Die Szenen von Tildas dramatischer Geburt verfolgten sie. Das Rütteln und Schütteln. Die dicke Nabelschnur, die langsam aufhörte zu pochen. Josefs ausgeräumter Tornister. Tildas blaue Haut. Jedes Detail hatte sich wie ein Scherenschnitt in ihre Linse eingebrannt. Grauenhaft. Lulu schauderte.

Dabei sah alles sehr gut aus. Bereits früh am Morgen waren bei Tilda die Fäden gezogen worden, die Wundränder hatten sich perfekt zusammengefügt. Keine Dellen. Keine Entzündungen. Kein Aufplatzen. Welch ein Glück! Erst recht, dass die Kleine diesen Wahnsinn überlebt hatte. Wenn Lulu daran dachte, was alles hätte passieren können, schlug ihr das Herz bis zum Hals. Warum ihr Vater mit der übereilten Operation ein solches Risiko eingegangen war und warum Herzog dabei auch noch mitgespielt hatte, war ihr nach wie vor ein Rätsel. Sie sei emotional viel zu stark involviert, um das zu verstehen, so ihr Vater, als sie ihn deshalb zur Rede stellte, und Onkel Herzog hatte in dieselbe Kerbe geschlagen, also war vielleicht etwas dran. Lulu musste zugeben, das Ergebnis sprach für sich.

Also Schwamm drüber! Es war überstanden, das allein zählte. Auch die Amme stand fest zu ihrem Wort und wollte die Milchschwester ihres verstorbenen Sohnes aufnehmen. Besucher seien herzlich willkommen. Egal wann. Egal wie oft. Das perfekte Arrangement. Bei Hedwig würde Tilda es guthaben, ihr ging es nicht bloß ums Geld, sie hatte Elsas Kleine ins Herz geschlossen, und sollte doch etwas nicht so sein, wie Lulu sich das vorstellte, konnte sie immer noch eingreifen. Tilda lebte schließlich nur einen Katzensprung entfernt.

In Lulus Rücken näherten sich Stimmen. Vorsichtshalber richtete sie sich auf und nahm eine von den Zeitungen zur Hand, die vor ihr auf dem Tischchen lagen. Es war eine Ausgabe der *Münchener Ratsch-Kathl* vom dritten Mai. Uralt. Na ja. Vater verabscheute dieses Schundheft, wie er das in seinen Augen zu volksnahe Unterhaltungsblatt schimpfte, deshalb musste sich Lulus Mutter die *Ratsch-Kathl* jeden Mittwoch- und Samstagabend heimlich von der Köchin leihen.

Im »Fall Sauter« gleich auf der ersten Seite ging es um die Treue der Ehefrauen von Metzgern, die angeblich schlechter war als die anderer Berufsangehöriger. Wer's glaubt! Lulu blätterte weiter.

Ein Gymnasium für dumme Gänse!

Hatte sie sich verlesen? Nein, da stand es schwarz auf weiß. Dumme Gänse! Sie las weiter:

Hier befassen sich etliche Frauenzimmer, die besser täten, ihren Strümpfen die diversen Löcher zuzustopfen, ihren Unterröcken den Saum anzunähen und die Wäsche im entsprechenden Reinlichkeitszustande zu erhalten, mit einer Gymnasialgründerei für moderne Greteln. Ekeln möchte es einem, dieses Ungeziefer sich an's Licht herandrängen zu sehen, das es nicht verträgt.

Soll denn unser ohnedies schon weit herabgekommenes Menschengeschlecht noch total verkommen, indem die minderwertige Gehirnsubstanz des Weibes ...

Ungeziefer? Ans Licht drängen? Minderwertige Gehirnsubstanz? Das wurde ja immer doller. Lulu spürte Zorn aufsteigen.

... Deutschland kann sich jetzt schon auf die Missgeburten freuen, die aus der Paarung mit solchen Weibern, die ihre natürliche Bestimmung vollständig verkennen, hervorgehen werden. Oder sollen diese faden Greteln, die wissensgeschwollen die Gesetze der Natur verstümmeln, unfreiwillig zu Zölibaterinnen verurteilt werden? Ein Mannsbild, das eine solche moderne Gans heiratet, müsste unbedingt auf seinen geistigen Zustand geprüft werden.

»Hier steckst du!«
Lulu fuhr zusammen. »Mutter! Du hast mich zu Tode erschreckt.«
»Versteckst du dich vor mir?«
»Aber nein. Ich musste mich kurz ausruhen.« Lulu unterdrückte ein neuerliches Gähnen. »Ich bin schrecklich müde.«
»Kein Wunder.« Luise von Ranke zog die Brauen hoch. »Um welche Uhrzeit bist du heute ins Krankenhaus gefahren?«
Ein livrierter Bursche stellte ein Tablett mit zwei Tassen duftendem Kaffee und einer kunstvoll bemalten Zuckerdose vor ihnen ab und ersparte Lulu damit die Antwort.
»Und? Bist du fündig geworden?«
»Leider nein. Bisher war nicht das Rechte dabei, deshalb lässt die Verkäuferin noch einige Ballen aus dem Lager in der Königin-

straße holen, aber vielleicht kommen wir besser an einem sonnigeren Tag wieder.« Sie wies in das Grau des Himmels. »Man erkennt die Farben heute gar nicht richtig.«

Noch mehr Auswahl? Lulu schwante nichts Gutes, aber im Grunde interessierte sie der Fortschritt in Sachen Stoffauswahl gerade überhaupt nicht. Sie schnippte mit dem Zeigefinger gegen das Papier. »Hör zu, Mama, was diese Zeitungsschmierer sich erlauben!«

Das größte Unglück, das die menschliche Gesellschaft treffen könnte, wäre das Anwachsen einer Anzahl gelehrter Mädchen, denn dann würde die Welt erst zu einem wirklichen Jammertale von nie geahnter Größe und Ausdehnung. Glücklicherweise aber wird die Natur selbst Sorge tragen, dass solches Geschmeiß sich nicht zu üppig entfaltet, indem sie sofort einen ergiebigen Reinigungsprozess eintreten lassen würde, der dieses Geschwür an der Gesellschaft zum Abfaulen brächte.

»Ist das ernst gemeint?« Lulu ließ die Zeitung sinken. »Das kann unmöglich ernst gemeint sein, oder?« Die ablehnende Haltung vieler Männer, was eine höhere Schulbildung oder gar eine universitäre Laufbahn für Frauen betraf, kannte Lulu zur Genüge, aber das hier ging weit darüber hinaus. Diese Verachtung schockierte sie. »Oder soll das provozieren?«

Ihre Mutter setzte sich, goss etwas Milch in jede Tasse, hob den Deckel der Zuckerdose an und griff mit der Zange je zwei Stück Würfelzucker, die sie vorsichtig in den Kaffee gleiten ließ. »Beruhige dich, Liebes. Das ist die *Ratsch-Kathl*, ein Schmierblatt, dein Vater hat schon recht, wenn er so was nicht im Haus haben will, aber Klappern gehört zum Geschäft.«

»Hast du nicht zugehört? Geschmeiß und Geschwür nennen sie junge Frauen, die nach Bildung streben. Dürfen die das?«

Luise von Ranke nahm Lulu die Zeitung aus der Hand. »Vergiss das dumme Geschwätz und hör mir zu.«

»Reinigungsprozess, Mutter!« Lulu senkte die Stimme. »Degenerierte Weiber, das ist doch …«

»Schluss damit!«, hieb Luise von Ranke entschieden dazwischen und rührte in ihrem Kaffee, bis sich ein tiefer Strudel bildete. »Tilda wurde heute entlassen.«

Entlassen? Lulu verstand nicht ganz. »Was meinst du damit?«

»Sie wird in diesem Moment weggebracht.«

»Zu Hedwig? Schwester Rosalia hat gesagt, sie würden noch zuwarten, bis Tilda dreieinhalb Kilo wiege.«

»Dein Vater hat anders entschieden.«

»Vater?«

»Ja.« Luise von Ranke konnte ihrer Tochter nicht in die Augen sehen. »Es ist besser so.«

Lulu legte den Löffel auf der Untertasse ab und trank. Im Grunde machte es kaum einen Unterschied, ob Tilda jetzt schon zu Hedwig kam oder in drei, vier Wochen. Die Kleine machte ihre Sache gut. Sie nahm zu. Alles war bestens. Nur für Elsa tat es Lulu leid, sie konnte ihr Kind ab jetzt nur noch an Sonntagen besuchen – wenn überhaupt.

»Wäre es nicht besser gewesen, wenigstens abzuwarten, bis sich das Wetter beruhigt? Die Au ist teilweise Schwemmland, vielleicht müssen die Leute dort aus ihren Wohnungen? Außerdem breiten sich bei Hochwasser oft auch Infektionskrankheiten aus, was für Tilda noch viel zu riskant ist.«

Luise von Ranke stutzte. »Was hat das eine mit dem anderen zu tun?«

»Die Schuhmacherwerkstatt von Joseph Schmutz liegt direkt

am Auer Mühlbach, und überall in der Stadt sind die Bäche schon über die Ufer getreten.«

»Wer ist Joseph Schmutz?«

»Na, Hedwigs Mann.«

»Und wer ist Hedwig?«

»Die Amme.«

»Tildas Amme?«

»Ja.«

Luise von Ranke stellte ihre Tasse ab und legte die Hände in den Schoß. »Tilda hat ab sofort eine andere Amme.«

Lulu blieb das Herz stehen. »Wovon redest du da?«

»Dein Vater hat alles arrangiert. Dort, wo sie hinkommt, wird gut für sie gesorgt.«

»Bringt er sie nun etwa doch ins Waisenhaus?« Lulu hatte bislang nicht viel Gutes über solche Anstalten gehört. »In welches? Das städtische? Aber die Englischen Fräulein nehmen nur Kinder zwischen sechs und vierzehn Jahren.«

Ihre Mutter zuckte mit den Schultern.

»Und bei den Diakonissinnen vom evangelischen Waisenhaus in der Kaulbachstraße ist es auch nicht anders.« Lulu wurde schwindelig. »Das Kinderasyl etwa?« Sie krallte die Hände in die Stuhllehnen. »Wo lässt Vater Tilda hinbringen? Eine Koststelle auf dem Land?«

Ihre Mutter sah unverwandt durch das Fenster in den Regen hinaus. »Ich bin völlig ahnungslos, Liebes. Dein Herr Papa hat mir wohlweislich kaum etwas gesagt, weil er ahnt, dass ich deinem Drängen nicht widerstehen könnte. Ich sollte mit dir in die Stadt fahren, dich eine Weile ablenken und dich dann mit den Tatsachen konfrontieren. Was ich hiermit getan habe.« Sie versuchte Lulus Hand zu fassen. »Nimm es nicht so schwer. Tilda kommt zu guten Leuten, sei unbesorgt.«

»Zu guten Leuten? Was bedeutet das? Ein kinderloses Ehepaar? Bauern, die in ihr nur eine kostenlose Arbeitskraft sehen oder auf das Geld von der Fürsorge aus sind?«

»Lulu, ich bitte dich, sei nicht albern.«

Albern nannte sie das? Josef Bauer, der Maschinist, hatte exakt ein solches Martyrium durchgemacht.

»Ein paar Wochen und du hast sie vergessen.«

Lulu schnaubte empört auf. »Oh, nein!« Sie rutschte von dem Sessel und ging vor ihrer Mutter auf die Knie. »Bitte, Mama, sag mir, wo sie ist. Ich flehe dich an!«

»Um Himmels willen, Lulu, steh auf! Wenn uns die Leute sehen.«

Aber Lulu war das vollkommen egal, sie legte den Kopf in den Schoß ihrer Mutter. »Ich muss es wissen, Mama. Bitte.«

Entsetzt wand sich Luise von Ranke aus der Umklammerung ihrer Tochter und zog sie mit sich hoch.

»Wieso tut er mir das an?«

»Um dich zu schützen, Liebes.« Sie fasste Lulu an den Schultern, wartete, bis ihre Tochter einigermaßen stabil stand, und legte ihr dann beide Hände an die Wangen. »Sieh mich an, Kind, und hör mir gut zu. Du hast deinem Vater keine andere Wahl gelassen. Er musste Maßnahmen ergreifen, um dir all die Chancen für die Zukunft zu bewahren, die du selbst so leichtfertig aufs Spiel setzt.«

 # Klinikviertel

später am Nachmittag | Haunersches Kinderspital, Lindwurmstraße 4

Elsa wäre am liebsten umgekehrt. Die peinliche Ordnung in Schwester Amalbergas Dienstzimmer machte alles noch schlimmer, denn die Dinge würden durcheinandergeraten, und das fiel auf. Schon jetzt konnte Elsa kaum atmen, kam schier um vor Verzweiflung, aber wenn man sie erwischte, wie sie …

Auf dem Schreibtisch lagen nur wenige Akten und Papiere. Halb blind vor Aufregung wühlte sie durch die Dokumente, tat sich schwer, die verschnörkelte Schrift der Oberin zu entziffern. Dienstpläne. Einkaufs- und Wäschelisten. Schon ausgestellte Quittungen für die Entgegennahme der Behandlungsgelder von zahlungsfähigen Eltern. Auch eine Beschwerde an den Vereinsausschuss des Dr. von Haunerschen Kinderspitals war darunter. Das Wort Armenpflegschaftsrat stach ihr ins Auge, doch im entsprechenden Abschnitt und in allen folgenden ging es nicht um Tilda, sondern um Patientenbetten, die nicht gründlich genug gereinigt werden konnten, um mangelhafte Lichtverhältnisse in den Krankensälen und darum, dass es für Pflegepersonal und Ärzte nicht einmal in der Infektionsabteilung eine Gelegenheit zum Händewaschen gab. Ein Missstand, der nach Elsas Verständnis längst hätte beseitigt werden müssen.

Aber deshalb war sie nicht hier. Die Nachricht von Tildas Verschwinden fühlte sich an, als hätte man erneut das Leben aus Elsa herausgerissen. Alles passte auf einmal zusammen. Die überstürzte Lippenspaltenoperation. Das unnötig eingegangene Risiko. Auch das zu frühe Ziehen der Fäden. Professor von Ranke wollte Elsas Kind außer Reichweite seiner Tochter bringen. Ein für alle Mal. Dass damit für Elsa jede Aussicht auf ein bisschen Teilhabe am Leben ihres Kindes dahin war, zog ihr den Boden unter den Füßen weg. Spätestens jetzt wusste sie, dass sie Tilda vorbehaltlos liebte.

Möglichst leise zog sie die oberste Schublade des Schreibtisches auf. Als Lulu von Ranke am Nachmittag völlig aufgelöst im Kinderspital aufgetaucht war, hatte Elsa kurz gehofft, sie wüsste, wo Tilda hingebracht worden war, aber ein Blick in die Augen der Freundin genügte, und alle Hoffnung war dahin.

In der zweiten Schublade lagen eine Bibel und ein Rosenkranz. Die dritte war leer. Elsa drehte sich um, riss die Türen der Nussbaumkommode auf und kniete sich davor hin. Eine beachtliche Sammlung sorgsam beschrifteter und in grünen Stoff eingeschlagener Notizhefte. Elsa nahm eines in die Hand und blätterte es auf. Zeile für Zeile waren darin sämtliche Schenkungen an das Spital chronologisch vermerkt. Kleinere und größere Geldbeträge, Wäsche, Lebensmittel und beinahe jede Art von Inventargegenstände. Den Einbandrücken nach zu urteilen reichten die Aufzeichnungen viele Jahre zurück. Im Hauner gab es überall Schränke mit solchen Journalen. Alles, einfach alles wurde in diesem Haus notiert und vermerkt, also musste es auch eine Niederschrift dazu geben, was mit Tilda geschehen war. Wenn ihre Existenz dem Bezirksstandesamt bekannt gemacht worden war – wie Elsa annahm –, existierte Tilda auf dem Papier, und es musste irgendwo eine Spur von ihr geben. Direktor von Ranke würde sie doch niemals auf eigene Kosten irgendwo unterbringen? Wieso sollte er? Mit Sicherheit hatte er den korrekten Weg beschritten, was bedeutete, der Armenpflegschafts- oder Waisenrat hatte definitiv Kenntnis von Tildas Aufenthaltsort. Erstens mussten Koststellen nämlich behördlich genehmigt werden, und zweitens konnte nur so die Zahlung des Pflegegeldes und die Kontrolle durch den zuständigen Polizeikommissar erfolgen, dem sich innerhalb von fünf Tagen eine Untersuchung des Kindes durch einen Polizeiarzt anzuschließen hatte.

Theoretisch.

In der Praxis sah die Sache anders aus, hatte Josef Elsa vorigen Sonntagabend erklärt, denn nur ein Bruchteil dieser wegen der hohen Kindersterblichkeit eingeführten Kontrollen wurde auch wirklich durchgeführt. Es gab einfach zu viele eltern- und mittellose Kinder in und um München.

Josef war sehr erleichtert darüber gewesen, dass Tilda ein solches Schicksal erspart bleiben würde, weil jemand – und damit meinte er Lulu – ein Auge auf sie ...

Oh, nein! Kamen Schritte den Gang entlang? War das Schwester Rosalias Stimme? Und die der Oberin?

Schnell schloss Elsa das Schränkchen, kam hoch, schob die Schriftstücke auf dem Schreibtisch wieder zu einem ordentlichen Stapel zusammen und huschte in die Mauernische hinter dem Vorhang.

»... vorbereitet sein. Sorgen Sie dafür, dass jedes entbehrliche Behältnis mit Wasser aufgefüllt wird. In der Küche, im Waschhaus und in den Krankensälen. Noch sprudelt es aus den ...«

Die Tür ging auf. Elsa blieb fast das Herz stehen. Der Vorhang war recht durchsichtig und nicht bodentief, sich dahinter verstecken zu wollen war lächerlich.

»Wir müssen uns auch auf eine erhöhte Zahl von Einlieferungen gefasst machen. Unfälle, Infektionen, Durchfälle. Versetzen Sie die anderen Schwestern in Alarmbereitschaft. Wir müssen gewappnet sein.«

»Jawohl, Frau Oberin.«

»Gut, dann werde ich nun die Listen ...«

»Könnten Sie vorher noch mit mir nach dem Jungen mit der Bauchfellentzündung sehen? Sein Zustand hat sich in der letzten halben Stunde rapide verschlechtert.«

»Na, dann kommen Sie, Schwester.«

Die Stimmen entfernten sich. Elsa atmete auf. Hatte Rosalia die Oberin gezielt fortgelockt? Elsa hatte keine Zeit, sich darüber Gedanken zu machen, auf Zehenspitzen schlich sie zur Tür und horchte. Da waren immer noch Stimmen. Jemand unterhielt sich. Recht weit entfernt. Doktor Wollenweber? Mit einer besorgten Mutter? Kamen sie näher? Besser sie wartete ab, bis die Luft rein war.

Elsa lehnte die Stirn gegen das kühle Holz der Tür. Als Lulu das Krankenhaus genauso Hals über Kopf wieder verlassen hatte, wie sie gekommen war, und mit ihr jede Hoffnung schwand, dass alles nur ein Missverständnis war, hatte Elsa sich sofort Tildas Jourbuch angesehen. In diesen Kladden wurden nicht nur die Krankengeschichten genau dokumentiert, sondern neben dem Datum der Entlassung oder des Todestages stets auch notiert, wer ein Kind oder dessen Leichnam mitgenommen hatte und wer sich fortan kümmerte. Die Eltern. Eine Base. Die Koststellenmutter. Waisenhaus. Großmutter. Schwester. Oder eben eine Leichenfrau. Bei Tilda Anonyma gab es in der entsprechenden Zeile hinter dem heutigen Datum allerdings keinen Eintrag.

Wieso?

 # In Richtung Au

am Abend | Ludwigsbrücke

Lulu blieb stehen und sah in den Himmel hinauf. Unerbittlich prasselten die Regentropfen auf sie nieder. Ihr Schirm stand noch bei Rosipal, an ihn hatte sie nicht gedacht, als sie in blinder Verzweiflung davongerannt war. Hinaus auf die Straße. Weg von der Mutter und ihren Worten, die ihr wie Ohrfeigen ins Gesicht klatschten.

Mutter hatte recht. Lulu war schuld an allem. Ihre Leichtfertigkeit hatte die Dinge ins Rollen gebracht. Weil sie sich nicht zurückhalten konnte. Weil sie unbedingt diese Sonntagsausfahrt machen musste. Weil sie einfach nie genug bekam. Hätte Lulu ihren Vater nicht gegen sich aufgebracht, hätte er niemals eine so drastische Maßnahme ergriffen. Ein Ritter von Ranke konnte freilich nicht zulassen, dass ein Findelkind eine so prominente Rolle im Leben seiner jüngsten Tochter spielte. Vermutlich bereitete ihm die Ahnung, dass sie auf irgendeine Weise an der Aussetzung beteiligt sein könnte, erst recht schlaflose Nächte. Die Leute redeten für ihr Leben gern. Und sie reimten sich Dinge zusammen, die schnell zur Wahrheit wurden, je öfter man sie aussprach.

Mit beiden Fäusten schlug sich Lulu gegen die Stirn. Sie war so blind gewesen, so naiv. Natürlich musste er etwas unternehmen, wenn sie Tilda im Spital schon Mademoiselle Ranke nannten. Hätte sie doch nur besser aufgepasst.

Von ihren Wimpern tropfte Wasser. Tränen oder Regen? Es gab keinen Unterschied mehr. Ihr ganzer Körper fühlte sich hohl an. Wie abgestorben. Oder gelähmt. Was hatte sie da nur angerichtet.

Im Kinderspital wusste niemand, wo ihr Vater mit Tilda hinwollte. Weder Schwester Rosalia noch Oberin Amalberga, nicht Professor Herzog noch sonst wer konnte eine von Lulus stürmischen Fragen beantworten. Das Schlimmste jedoch war, dass Lulu ihnen glaubte. Sie verheimlichten Tildas Verbringungsort nicht, sie kannten ihn schlicht nicht. Sie sagten die Wahrheit. Wie Lulus Mutter. Und sie waren beinahe ebenso schockiert wie Lulu selbst. Schwester Rosalia hatte sogar geweint. Etwas, das eine Barmherzige Schwester eigentlich niemals außerhalb ihrer Kammer tat.

An Elsa durfte Lulu gar nicht erst denken. Kein Wort hatte sie mit ihr wechseln können, ständig wollte jemand von Lulu erfahren – nur weil sie von draußen hereinkam –, wie sich die Lage in der Stadt entwickelte. Als ob sie darüber Kenntnis hätte. Es regnete. So viel wusste Lulu. Auch dass die Turbinen im Maximilians- und im Muffatwerk außer Funktion gesetzt worden waren und die elektrische Tram seit der Nacht nicht mehr fuhr. Dass aber der Magistrat fürchtete, die Wasserleitungen könnten Schaden nehmen, davon hatte sie bislang nichts gehört. Hoffentlich war das nur ein Gerücht, denn ein Ausfall der städtischen Wasserversorgung wäre eine Katastrophe für das Kinderspital ebenso wie für alle anderen Krankenhäuser der Stadt.

Wieso Direktor von Ranke ausgerechnet einen solchen Tag gewählt hatte, um sich um die Unterbringung eines Findelkindes zu kümmern, ließ so manche Schwester und einige Assistenzärzte den Kopf schütteln, und sicherlich barg das noch mehr Stoff für Spekulationen.

Ein Ellbogen bohrte sich schmerzhaft in Lulus linke Seite. Die Schaulustigen kämpften mit harten Bandagen um die besten

Plätze. Auch sie begann sich zwischen staunenden Menschen hindurch in die vorderste Reihe am steinernen Geländer der Inneren Ludwigsbrücke zu drängen.

Die Isar unter ihr tobte. Gegenüber, am Quai die Steinsdorfstraße hoch, herrschte kolossales Gewimmel. Angeblich bot sich entlang des gesamten linken Isarufers – von den Isarauen bis zur Max-Joseph-Brücke – überall das gleiche Bild. Die Neugier trieb die Menschen aus ihren Löchern, obwohl es unablässig regnete und immer wieder Uferabschnitte in die Fluten stürzten.

Am rechten Isarufer, entlang der Insel, hatte das Wasser bereits Stücke der Bretterverschlagung von den Balkengerüsten der nur imitierten und mit Kupferüberzug kaschierten Quaimauer gerissen. Wie es bei der Likörfabrik Riemerschmid und beim Restaurant *Isarlust* auf der Praterinsel zuging, konnte Lulu durch den Regenvorhang kaum erkennen, aber vor der Mariannenbrücke und dem Wehrsteg staute sich eine beträchtliche Menge Treibholz.

Die Lage war bedrohlich, das sah jedes Kind, doch Lulu durfte sich nicht davon aufhalten lassen. Rückwärts schlängelte sie sich aus dem Gedränge und lief weiter. Nach dem Einsturz der Fraunhoferbrücke und der Sperrung einiger Straßen und Brücken im Bereich der Kohleninsel galt tagsüber auf der Ludwigsbrücke jetzt ein Rechtsgehgebot, damit auf einer der wenigen intakten Isarbrücken der Verkehr nicht ins Stocken geriet.

Er stockte trotzdem, denn am nordseitigen Geländer der Äußeren Ludwigsbrücke standen noch viel mehr Menschen. Wieder kämpfte sich Lulu nach vorne. Auf dieser Seite schützte keine Uferbefestigung den nördlichen Ausläufer der Kohleninsel. Das Wasser hatte die Wohnhäuser schon unterspült, ein Rückgebäude stand nur noch zur Hälfte, und beim Nachbargrundstück konnte man mit der Uhr in der Hand beobachten, wie vom lauschigen, sicherlich mit viel Liebe gepflegten Garten alle fünf Minuten ein kubikmetergroßer Erdballen samt Rosenstöcken, Geranien, Weinreben oder jungen Bäumen in die gurgelnden Fluten sank. Dass trotzdem noch ganze Kolonnen von Möbelwagen vor den Häusern hielten, um den Hausrat zu bergen, wunderte Lulu.

Mit einem Mal kam Bewegung in die Gaffer, etwas machte die Runde. Ein Gerücht ging von Mund zu Mund, breitete sich aus wie ein Lauffeuer. Menschen bekreuzigten sich, manche schrien vor Entsetzten auf, alle stoben auseinander. »Laufen'S, Fräulein«, mahnte ein älterer Herr, der auf seinen Stock gestützt an Lulu vorbeihumpelte. »D'Leit sagn, d'Max-Joseph-Bruck wär eigstürzt. Ned dass' uns da auf der Ludwigsbruck herom am End geht wia beim Hochwasser von achtzehndreizehn. Des war a am dreizehnten September.«

Das gleiche Datum! Ein vermeintlich schlechtes Omen zwickte die Nerven? Lulu verstand, trotzdem bewegte sie sich keinen Millimeter, starrte stattdessen weiter wie paralysiert in die lehmgelben, tosenden Fluten.

Wo hatte ihr Vater Tilda hingebracht? Welches Schicksal erwartete die Kleine dort? Wie sollte Lulu Elsa jemals wieder in die Augen sehen? Und was sagten wohl Änny und Fanny, wenn der Bursche ihnen die Nachricht überbrachte?

Vielleicht hatte sich Mutter ja verhört? Vielleicht wollte Vater Lulu nur glauben lassen, Tilda sei woanders untergebracht worden, damit sie nicht täglich in die Au rannte, um das Findelkind zu besuchen. So musste es sein! Wie könnte Vater dieses unschuldige, kleine Wesen aus seinem gewohnten Umfeld reißen? Tildas Leben aufs Spiel setzen. Das wäre zu herzlos, das traute sie ihm nicht zu. Lulu musste sich vergewissern. Deshalb war sie in diese Richtung gelaufen.

Doch in den verwinkelten Gassen der Unteren und Oberen

Au stand zwischen verschachtelten Quartieren, Häuschen, windschiefen Anbauten, leiterartigen Holzaufgängen, Werkstätten, Remisen und Gärten das Wasser. An manchen Stellen reichte es Lulu bis an die Knie. Sie kam kaum voran. Ganze Karawanen mit in Tüchern eingeschlagenem Hab und Gut kamen ihr entgegen. Zweimal musste sie umkehren, weil es kein Weiterkommen gab. Wenigstens ragte der neugotische Turm der Mariahilfkirche als verlässlicher Wegweiser allzeit in den Himmel auf. Während sie darauf zulief, wunderte Lulu sich über die niedrigen Räume und Fensterstöcke. Dass hier im Herbergsviertel die einfachen Leute hausten, Arbeiter, Tagelöhner und Handwerker, die sich in der Stadt verdingten oder auch nicht, das wusste sie natürlich. Auch dass manche Betten stundenweise an Schlafgänger vermietet wurden, dass ganze Familien manchmal nur eine winzige Kammer für sich hatten. Ob es im Haus des Schuhmachermeisters Schmutz in der Krämerstraße, Tildas neuem Zuhause, jedoch ähnlich beengt zuging, darüber hatte sie sich bislang keine Gedanken gemacht. Ein Versäumnis, das ihr in diesem Moment absolut unentschuldbar vorkam. Aber wie sagte Babette immer? Das Glück findet in der kleinsten Hütte Platz.

Der Mariahilfplatz kam in Sicht. Die untere Hälfte glich eher einem See als einem Platz, erst zur Kirche hin, in Richtung Nockherberg, wo das Gelände leicht anstieg, war er nicht mehr überflutet. Doch es gab andere Hürden. Vor Lulu toste der Auer Mühlbach, überspülte wütend den hölzernen Steg, der auf den Platz hinüberführte, wo an der Ecke bei der Bedürfnisanstalt das Wasser jeden Moment in die wenn auch sehr tief liegenden unteren Fenster hineinzulaufen drohte. Lulu zögerte. Wie weit und wie schnell stieg der Pegel an? Sie konnte nicht schwimmen, davonspülen lassen durfte sie sich nicht, sonst ertrank sie am Ende noch.

Konnte sie es wagen? Der Auer Mühlbach gurgelte ihr schlimmer entgegen als jedes Ungeheuer. *Die Krämerstraße liegt direkt hinter dem Mariahilfplatz, isarseitig,* hatte Hedwig ihr erklärt. *Die kannst du nicht verfehlen.*

Augen zu und durch? Lulu atmete tief ein und hielt sich am Geländer fest, während sie den reißenden Bach überquerte, watete dann quer über den Platz und fand die Krämerstraße zwischen Entenbach- und Mariahilfstraße. Hier, auf dem ehemaligen Isar-Schwemmland, war das Gewinkel noch ungeheuerlicher. Kreuz und quer standen Häuser, Auf- und Anbauten durcheinander, teilweise wie Pappschachteln gestapelt. Fast fürchtete Lulu, sie könnten wie solche einfach davonschwimmen. Selbstgemalte Schilder priesen Kramerläden, Spezereienhändler und Handwerker an. Von den oberen Stockwerken schauten die Leute auf sie herunter und riefen ihr dummes Zeug hinterher. Sie versuchte es auszublenden, patschte stur weiter durchs Wasser, bis sie endlich die Hausnummer sechs entdeckte.

Von den unteren Fenstersimsen plätscherte das Wasser in das Schuhmachermeisterhaus. Drei wie Orgelpfeifen aufgestellte Buben sahen vom oberen Fenster aus zu und schienen sich prächtig darüber zu amüsieren. Sie lagen vom Alter her eng beieinander, waren vielleicht fünf, vier und drei Jahre alt und hatten das gleiche hellblonde Haar wie Hedwig.

»Seid ihr die Buben vom Schmutz?«

Die drei nickten.

»Ist eure Mutter daheim?«

»Die hockt im Scheißheisl«, sagte der Ältere und zeigte auf den aus Holz gezimmerten Abort mit dem eingesägten Kleeblatt im Giebel, der direkt an die Hauswand angebaut war.

Drinnen rumorte es, dann wurde die Tür aufgeschoben, was gegen den Wasserwiderstand etwas mühsam war, und Hedwig trat heraus.

»Aber Fräulein Lulu!«, rief sie überrascht. »Was machan denn Sie da bei uns herent?«

»Ich muss dich etwas fragen«, kam Lulu direkt zur Sache.

Hedwig stutzte. »Und desweng kemma'S extra zu uns in d'Au? Bei so am Sauweda?«

»Es ist wegen Tilda. Sie ...« Lulu konnte es nicht aussprechen.

Hedwig schlug die Hand vor den Mund. »Jessasmariaundjosef, iss ebba g'storm?«

»Aber nein!«, beschwichtigte Lulu. »Sie hat das Fädenziehen gut überstanden, aber ...«

»Am Herrgott sei Dank!« Hedwig bekreuzigte sich. »Reicht schon, dass mei Bubi sterm hat ...«

Die vielen Worte, die noch aus Hedwigs Mund kamen, drangen nicht mehr zu Lulu durch, denn alles, was sie von der Amme wissen wollte, hatte sie soeben erfahren.

Tilda. War. Nicht. Hier.

Haidhausen-Nord

einen Tag später | Äußere Prinzregentenstraße

Fanny hob den Hut an und strich die kurzen Haare zurück. »Ist das wirklich eine gute Idee?«

»Hast du eine bessere?«, fragte Änny.

Nein. Fanny war mit ihrem Latein am Ende. Nicht nur was Tildas Verschwinden anging, sondern genauso, was ihr eigenes Leben betraf. Die blauen Flecken, die Bisswunde an der Schulter, das alles verheilte, aber sobald sie an die Vorkommnisse im

Bellevue dachte, begannen ihre Hände zu zittern, dann roch sie wieder den Atem dieses …

»Wann kommt er denn normalerweise?«

Fanny zog die Brauen hoch. »Rupp hat mir gegenüber lediglich ein einziges Mal erwähnt, dass er mich gerne an einem Donnerstagabend zu sich nach Hause einladen würde, weil …«

»… an diesem Tag *normalerweise*«, die Schauspielerin malte Gänsefüßchen in die Luft, »weder sein alter Herr noch die neue Gattin zu Hause sind.«

Sie mussten es versuchen, Änny hatte recht, aber schon die Fahrt hierher war ein Fiasko gewesen. Immer noch wogten tausende Fußläufige die Straßen längs der Isar auf und ab, dazwischen Herrenreiter und Offiziere, Droschkenführer und elegante Fuhrwerke, um die Schäden und die tosenden Fluten zu begutachten. Prinzregentenbrücke gesperrt. Max-Joseph-Brücke eingestürzt. Maximiliansbrücke stark beschädigt. Immerhin hatte man sie an Letzterer nach einigem Hin und Her die Isar überqueren lassen. Irgendwie mussten die Leute schließlich nach Bogenhausen gelangen.

Änny beugte sich zur Seite, zog den Vorhang zurück und blickte in den Himmel hinauf. »Schade. Jetzt ist sie schon wieder weg.«

Am frühen Morgen hatte es endlich aufgehört zu regnen, und als zeitweise sogar die Sonne hinter den Wolkenschleiern hervorlugte, ging ein Aufatmen durch die Stadt. Das Schlimmste sei überstanden, hieß es. Trotzdem blieb die Situation angespannt, denn auch wenn die Pegel langsam sanken, setzten die tosenden Wassermassen ihr zerstörerisches Werk fort, nagten weiter an Ufern, unterminierten Brückenfundamente und brachten große Mengen Treibholz, zerrissene Flöße und entwurzelte Baumstämme ins Stadtgebiet.

Änny hob den Arm und klopfte. Der Schuber über ihr ging auf, und der Kutscher sah durch die kleine Öffnung auf sie herab.

»Fahren Sie noch ein Stück näher heran.«

»Is recht, Fräulein.« Er schnalzte mit der Zunge und ließ die Riemen sachte auf den Rücken seines Schimmels klatschen.

»Herrlich, oder?«, schwärmte Änny, als sie nach einem Ruck wieder zum Stehen kamen.

Die Villa Dinglreiter sah in der Tat aus wie ein Palast. Erst im Juli war Rupp mit seiner Familie dort eingezogen. Elegante Quartiere mit prächtigen Privatbauten, wie sie Frankfurt, Dresden oder Hamburg seit Langem kannten, und das Leben in Einzelhäusern, das in der Rheingegend vorherrschte, sah man zwischen Münchens Mietskasernen erst seit Anfang der achtziger Jahre. Zuerst an der Theresienwiese, dann in Schwabing, Bogenhausen, am Maximilianeum, in Neuwittelsbach und Gern.

»Irgendwann möchte ich auch so wohnen«, schwärmte Änny.

»Mir würde schon genügen, wenn ich wüsste, wovon ich die Miete bezahle.« Kaum ausgesprochen, bereute Fanny ihre unbedachten Worte.

»Dann läuft es also nicht gut mit deiner«, Änny räusperte sich, »alternativen Einnahmequelle?«

Fanny schoss das Blut in die Wangen. Änny fragte sie seit ein paar Tagen auffallend oft nach ihrer finanziellen Lage.

Hatte sie etwas mitbekommen? Wusste sie, dass Fanny ihr erstes Mal als Gunstgewerblerin bereits hinter sich hatte? Aber woher? Hatte Ferdl es ihr erzählt? Dort vor dem *Bellevue*? »Ähm, doch, bloß …«

»Bloß was?«

Nur mit Mühe schaffte sie es, die Tränen zurückzuhalten.

»Du hast es also getan?« Das sonst stets etwas spöttische Funkeln in Ännys Augen verschwand.

Fanny nickte. Sobald sie daran dachte, kamen all die schrecklichen Bilder zurück. »Es war ganz leicht«, log sie.

»Wirklich?« Änny zog die Brauen hoch. »Das freut mich für dich.«

»So leicht nun auch wieder nicht«, schob Fanny hinterher, als ihr aufging, wie das für Änny klingen musste. »Aber leichter als gedacht.«

»Dann bist du wohl ein Naturtalent, was?«

Ein schales Lachen sprang Fanny aus der Kehle. »Man tut, was man muss. Das weißt du doch am besten.«

»Und ich habe gehofft, du würdest zur Vernunft kommen.«

Nein, Fanny war nicht zur Vernunft gekommen. Vernunft war etwas, das sie sich nicht leisten konnte. Bald fing das neue Semester an, die Schulden für die Kellnerinnentracht in der Schwabinger Bierschenke waren längst nicht abgearbeitet, und von irgendetwas musste sie die Miete bezahlen. Anton war nutzloser denn je. Jeden Tag kam er später, jeden Tag noch benebelter nach Hause. Untertags verließ er die Wohnung inzwischen nur noch, um gegen diesen vermaledeiten ledernen Ball zu treten.

»Hast du dein Geld bekommen?«

»Selbstverständlich.« Fanny ballte die Fäuste und nickte grimmig.

»Und trotzdem kannst du die Miete nicht bezahlen?« Änny applaudierte. »Na bravo!«

»Es ist noch kein Meister vom Himmel gefallen. Oder hast du etwa sofort mit den ganz großen Gagen angefangen?«

»Wer sich einmal unter Wert verkauft …«

»Hör auf!«

»Dann hör du auf, mich anzulügen.«

Fanny wandte sich ab, die Tränen waren nicht mehr aufzuhalten. »Ich lüge nicht. Ich ... ich hab's versucht, aber ... dieses Scheusal wollte, dass ich Kinderkleider ... Und dann hat er mich gewürgt. Ich dachte, ich sterbe.«

Änny nahm Fannys Hände in ihre und ließ sie nicht mehr los, bis sie sich ihren Kummer von der Seele geredet hatte. »Du armes Ding. Ich habe dir doch gesagt, das ist nichts für dich, dass es grässlich werden kann.«

»Was soll ich denn sonst tun? Noch mehr kellnern? Das funktioniert nicht.«

»Dann werde ich dir ...«

»Fang nicht wieder damit an!« Fanny riss sich los. »Ich nehme dein Geld nicht. Wie oft muss ich es denn noch sagen? Schließlich weiß ich, womit du es verdienst. Wie könnte ich?«

Änny lehnte sich zurück. »Das meinte ich nicht.«

»Was dann?«

»Ich werde dir helfen, die richtigen Kunden zu finden. So, wie du es wolltest.«

Fanny schluckte. Die Vorstellung, sich wieder in eine solche Lage zu bringen – und diesmal richtig –, war entsetzlich. Sie trieb ihr binnen Sekunden den Angstschweiß auf die Stirn. »Wirklich?«

Es klang wie ein *Bitte nicht!* und Änny hörte es wohl, denn sie lächelte Fanny aufmunternd zu. »Nicht alle Freier sind Monster, weißt du. Manche benehmen sich wie Gentlemen. Man bekommt mit der Zeit ein Gespür dafür.«

»Trotzdem ...«

»Ja, sie verlangen eine Gegenleistung für ihr Geld.«

Fanny nickte tapfer. »Wenn du mir helfen würdest, das ... wäre wunderbar.«

Änny lachte. »Wunderbar ist kein Wort, das ich in diesem Zusammenhang benutzen würde, aber bevor du wieder allein auf die Straße rennst und dein Leben riskierst«, sie strich ihren dunklen

Rock glatt und zupfte ihre weiße Bluse zurecht, »werde ich etwas für dich arrangieren. Das ist sicherer.«

Ein Arrangement. Sicherheit. Fanny presste die Lippen aufeinander und wippte vor und zurück.

»Komm her.«

Änny streckte die Arme aus, und Fanny stürzte sich erleichtert hinein.

»Es tut mir leid. Ich hätte dir von Anfang an beistehen sollen, aber ich habe wohl unterschätzt, wie stur du bist.«

Rupp freute sich über den Besuch seines Kommilitonen Anton Paintner. Sehr sogar. Annys Anwesenheit hingegen irritierte ihn. Wahrscheinlich befürchtete er, ihm stehe ein weiterer nächtlicher Ausflug in die Tiefen der Anatomischen Anstalt bevor. Als seine Sorge jedoch ausgeräumt war, ließ er Kaffee, Tee und Gebäck im Salon servieren und führte die unangekündigten Besucher auf Annys Bitte hin gut gelaunt durchs Haus. Darin war – wie er nicht ohne Stolz erwähnte – das Beste von der in direkter Nachbarschaft liegenden Villa Stuck und den Palais von Lenbach am Königsplatz und von Kaulbach im Universitätsviertel vereint, was Exterieur und Fassaden anging. In Sachen Innenausstattung und Komfort dagegen seien sie moderner an die Sache herangegangen und hätten mehr Wert auf einen größeren, nach toskanischem Vorbild gestalteten Garten gelegt.

Wie viele Bauherren mit gehobenen Ansprüchen hatte auch Rupps Vater die Arbeiten von Heilmann & Littmann ausführen lassen. Änny staunte, jauchzte, erkundigte sich nach allen möglichen Details. Besonders die Ausführung der Böden, Wände und Decken, die Warmwasserheizung, das elektrische Licht, die Gasversorgung für Küche, Waschküche, Bügelöfen und das Warmwasser interessierten sie. Fanny hörte kaum zu, als Rupp die Details aufzählte, sie dachte in einem Fort nur an die *besseren* Kunden, die Änny ihr zuschanzen wollte, und was sie dann erwartete. Dennoch musste sie zugeben, dass der Charakter des Hauses, trotz des offen zur Schau gestellten Luxus, ein behaglicher, familiärer geblieben war – mit einer verblüffend persönlichen Note.

»Dein Vater arbeitet im Amtsgericht? Stimmt das?« fragte sie, ehe Änny sich noch die Baupläne zeigen ließ.

»Ja«, antwortete Rupp leichthin, blieb stehen und drehte sich einmal um die eigene Achse. »Das hier ist das Atelier. Mein Lieblingsraum.«

»Ist es deines?« Fanny vergaß ihre Frage. Sie hatte Rupp nie zuvor so gesehen. Seine Augen strahlten.

»Nein. Wo denkst du hin! Vater hat es für Francesca planen und einrichten lassen. Die Malerei ist in seinen Augen die einzige unanstößige Beschäftigung für eine junge, ganz besonders für seine eigene junge Frau.«

»Ist sie denn begabt?«, wollte Fanny wissen. »Das Atelier ist beeindruckend.«

Rupp zuckte mit den Schultern. »Sie müsste eigentlich ein gutes Auge für Formen, Farben und Licht haben, denn sie hat meinen Vater bei der Einrichtung der Villa exzellent beraten, aber in der Malerei fehlt ihr dieses Gespür. Und selbst wenn sie Talent hätte! Man muss Bedeutendes, ja, Aufsehenerregendes schaffen, um sich von der Masse abzusetzen. Es reicht nicht, einige ansehnliche Landschaften oder Porträts aufs Papier zu bringen.«

Änny trat an eine der Staffeleien heran und hob das Tuch an. »Du hast recht, eine Jeanna Bauck oder Bertha Wegmann ist sie nicht gerade.« Sie lachte.

»Deshalb verbringt sie auch sehr wenig Zeit hier, aber man kann ihr daraus kaum einen Vorwurf machen, denn wenn man etwas nicht gut kann, hat man eben auch keine Freude daran. So einfach ist das.«

Fanny hob nun ebenfalls das Tuch von einem der Bilder. Sie erschrak. »Bin ich das?«

Rupp stürzte auf sie zu und verhüllte das Porträt wieder. »Wie kommst du denn darauf?«

»Sie sieht aus wie ich.«

»Nur dass du ein Mann bist, Anton. Vergiss das bitte nicht.« Änny tippte Fanny mit dem Finger gegen die Stirn und wandte sich dann an Rupp. »Gehe ich recht in der Annahme, dass nicht deine neue Mutter die Urheberin dieses Werkes ist, sondern du?«

Er zuckte mit den Schultern. »Da sie selbst keine Lust hat, lässt sie mich das Atelier benutzen, wenn Vater aus dem Haus ist.«

»Sie gibt also deine Werke als ihre aus?« Änny nickte anerkennend, fasste an Rupp vorbei, packte das Leintuch, zog es weg und ließ es auf den Boden fallen.

»Sie will nicht undankbar erscheinen. Daher haben wir eine Abmachung getroffen. Es hilft uns beiden.«

»Skandalös«, flötete Änny und hob noch ein paar weitere Tücher an.

»Wieso übernimmst du nicht einfach das Atelier von ihr?«, wollte Fanny wissen.

»Das würde ich. Liebend gern sogar, aber das erlaubt Vater nicht. Niemals.«

»Weil du Arzt werden musst?«

»So in etwa.« Rupp stieg eine leichte Röte in die Wangen. »Immer wenn Vater und Francesca donnerstags aufs Land fahren, dann …«

Tat er von Mittag bis spätabends das, wofür sein Herz schlug. Fanny verstand endlich. »Wieso hast du denn nie etwas gesagt?«

Er zuckte mit den Schultern und blickte zu Boden.

Änny kehrte von ihrer Erkundungsrunde zurück und blieb vor Fannys Porträt stehen. »Es sieht so lebendig aus, fast wie eine Fotografie. Die junge Frau muss dir sehr am Herzen liegen, deine Zuneigung ist in jedem Pinselstrich sichtbar«, schob sie zuckersüß hinterher und fuhr in gebührendem Abstand die Konturen der in Öl gemalten Lippen Fannys nach. »Anton hat gar nicht erwähnt, dass du eine Liebschaft hast.«

Rupp sah Änny an, als hätte sie ihm einen Zuber Wasser ins Gesicht geschüttet, dann flüchtete er auf den Balkon und stützte sich mit beiden Armen auf der Brüstung ab. Fanny zog die flache Hand über ihre Kehle, um Änny endlich zum Schweigen zu bringen. Doch die war noch nicht fertig.

»Kein Wunder, dass er sich ertappt fühlt«, flüsterte sie. »Er sieht die Dinge, wie sie sind, und hat das Objekt seiner Begierde quasi … entschlüsselt. Chapeau!«

Fanny rieselte ein ungutes Gefühl in den Magen, am liebsten hätte sie Änny den Mund zugehalten, damit sie nicht noch mehr unbequeme, lange verdrängte Wahrheiten aussprach. Stattdessen schubste sie die Freundin in Richtung Balkon, wo sie angesichts der Pracht, die sich unter ihnen entfaltete, in Verzückung geriet.

»Wunderschön!«, jauchzte sie. »In meinem ganzen Leben habe ich keinen solchen Garten gesehen, und das, obwohl er erst vor wenigen Wochen angelegt wurde. Ein Meisterwerk.«

Fanny konnte sich nur wundern. Änny war sonst nie so enthusiastisch.

»Der starke Regen hat ihm leider etwas zugesetzt.« Rupp wies auf einige verfaulte Rosenknospen in der frisch bepflanzten Rabatte. »Aber ersparen wir uns weiteres Geplänkel, kommt zum Punkt. Was wollt ihr? Weshalb seid ihr hergekommen?« Die Anspielungen auf die Ähnlichkeit seines Bildes mit Fanny – oder vielmehr Anton – schlug ihm offensichtlich aufs Gemüt.

»Wir brauchen eine Information«, übernahm Änny das Verhandeln.

»Rosa betreffend?« Er wedelte durch die Luft. »Habt ihr etwas in Erfahrung gebracht?«

»Nicht wirklich«, beantwortete Fanny die Frage, ehe Änny noch einfiel, auch deshalb nachzuhaken.

Die Schauspielerin hatte Rosas Vermieterin gleich am Tag nach dem Besuch in der Anatomischen Anstalt wegen der vielen Zündholzschachteln in Rosas Zimmer zur Rede gestellt, aber angeblich konnte die sich nicht erinnern. Sowieso glaubte Änny mittlerweile nicht mehr, dass die Alte etwas mit Rosas Tod zu tun hatte, sondern höchstens dabei geholfen hatte, die Umstände zu vertuschen. *Welche Häuslerin*, hatte sie zu Fanny gesagt, *die zum Wucherpreis an Prostituierte vermietet, will schon die Polizei im Haus haben und mit einem Mord in Verbindung gebracht werden?* Nein, das passte nicht. Änny suchte nach einem Mann. Unter Rosas Stammkunden. Doch sie kannte weder seinen richtigen Namen noch wusste sie, wo er wohnte. Angeblich hatte Änny ihn nur einmal kurz mit Rosa angetroffen, das war alles. Er hatte ihrer Freundin die Ehe versprochen, aber wohl kalte Füße bekommen, als er von ihrer Schwangerschaft erfuhr – zumal dieses Geständnis so ungünstig mit seiner geplanten Hochzeit mit einer anderen zusammenfiel. Fanny hatte Ännys sarkastischen Tonfall noch im Ohr. Trotzdem. Bewiesen war deshalb längst nichts, und Fanny wollte auf keinen Fall, dass Änny die mysteriösen Umstände von Rosas Tod hier und heute zum Thema machte. Sie waren wegen Tilda hergekommen. Das hatte Vorrang.

»Es geht nicht um Rosa. Wir suchen ein Kind«, erklärte sie deshalb schnell.

»Ein Findelkind, um genau zu sein«, ergänzte Änny.

»Ihr Name ist Tilda.«

»Und wie könnte ich da helfen?«

»Dein Vater arbeitet im Amtsgericht. Du hast einmal erwähnt, dass er seit Kurzem für das Findel- und Kostkinderwesen zuständig ist.« Fanny erinnerte sich nur deshalb daran, weil Rupp im selben Atemzug erwähnt hatte, dass sein Vater von allen zur Verfügung stehenden Kandidaten am allerwenigsten für diese Aufgabe geeignet war, da ihm das Wohlergehen verwaister oder verarmter Kinder völlig egal wäre.

»Das Mädchen wurde im Juli direkt nach der Geburt vor der Haunerschen Kinderklinik abgelegt und gestern weggebracht«, übernahm Änny erneut. »Wir müssen wissen, wohin.«

»Warum? Was ihr beschreibt, ist ein völlig normales Vorgehen. Solange solche Kinder medizinisch versorgt werden müssen, bleiben sie im Spital, und danach kümmert man sich um ihre Unterbringung. Vollwaisen kommen fast immer auf Koststellen aufs Land.«

»Welche Koststelle? Wo? Würdest du das für uns in Erfahrung bringen?«

»Das kann nur mein Vater tun, und dafür müsste ich ihm einen triftigen Grund liefern. Gibt es einen?«

Fanny zögerte, Änny nicht. »Ja.«

»Der da wäre?«

Die Schauspielerin ruckte mit dem Kinn in Fannys Richtung.

»Oh.« Rupps Miene versteinerte. »So ist das also. Und die Mutter?«

»Kann sich nicht kümmern.« Änny hob vielsagend die Brauen.

»Eine Prostituierte?«

»So ungefähr.«

Binnen Sekunden war sie Vater geworden? Fanny wollte Änny den Kragen umdrehen. Wie konnte sie nur? Aber natürlich gab es kaum einen triftigeren Grund, nach einem Kind zu forschen, als eine Blutsverwandtschaft. Anscheinend sah Rupp das genauso.

»Ich werde sehen, was ich tun kann. Auf welchen Namen wurde sie getauft?«

»Tilda Anonyma.«

Dinglreiter runzelte die Stirn. »Das glaube ich kaum. Bei uns hier in München bekommen Findelkinder keinen lebenslangen Stempel aufgedrückt, indem man ihnen Nachnamen wie Anonymus, Exposito, Findling oder Inillo gibt. Man denkt sich etwas Neutraleres aus. Manchmal mit Bezug zur Auffindesituation, zum Monat, zur Jahreszeit oder zum Kind selbst.«

Änny und Fanny sahen in fragend an.

»Die junge Dame könnte also Sommer heißen. Oder Juli. Korbin, wenn sie in einem Korb lag. Portner, falls sie vor einer Pforte abgelegt wurde. Oder Stetter, da sie ja in einer Stadt gefunden wurde. Auch Rosin gab es schon, weil ein Kind besonders rosige Bäckchen hatte. Nicht mal der Vorname muss noch derselbe sein.« Er neigte den Kopf. »Ihr wisst, worauf ich hinauswill?«

Ja. Fanny verstand. Es gab tausende Möglichkeiten. Ihr wurde schlecht.

»Manchmal steht auch der Finder Pate für den Namen.«

Mademoiselle Ranke? Fast hätte Fanny trotz aller Verzweiflung laut gelacht. »Tilda wurde erst gestern aus der Universitätskinderklinik fortgebracht. Auch wenn der Name nicht bekannt ist, kann es nicht allzu viele Kinder geben, die in Frage kommen, oder? Außerdem hat sie eine frische Narbe an der Oberlippe.«

Rupp nickte langsam und sah Fanny dabei tief in die Augen. Sie las Enttäuschung darin, aber auch Sorge und vielleicht so etwas wie Anerkennung dafür, dass ihm, Anton, nicht egal war, was mit seinem Kind geschah.

»Ich kann euch nichts versprechen, aber ich werde sehen, was ich bei Vater erreiche.«

»Danke. Ich weiß das sehr zu …«

»Was willst du bei mir erreichen, Rupert?«

Alle drei fuhren sie wie vom Donner gerührt herum. Vor ihnen stand ein Ebenbild Rupps, nur älter, stattlicher und mit einem – im Gegensatz zum Sohn – akkuraten Haarschnitt.

»Vater? Was machst du denn hier?«

»Die Luitpoldbrücke ist soeben eingestürzt, die Nachricht verbreitet sich wie ein Lauffeuer in der Stadt. Es herrscht große Bestürzung. Immerhin ist es die Brücke unseres Prinzregenten. Francesca wollte umkehren. Sie ängstigt sich.« Er lächelte kalt. »Wie ich sehe, hast du unsere Abwesenheit dafür genutzt, dir eine«, der Hausherr durchquerte das Atelier und trat dicht vor die jungen Leute hin, »Hure ins Haus zu holen.«

Er kannte Änny? Er wusste über sie Bescheid? Fanny stellten sich sämtliche Haare auf, und sie bemerkte eine Veränderung in der Haltung ihrer Freundin. Wappnete sie sich für etwas? Schlüpfte sie gerade in eine Rolle?

»Schön, dich zu sehen, Giacomo.«

»Die Freude liegt ganz auf meiner Seite.« Er küsste die dargebotene Hand. »Wie lang ist es her?«

»Ein Jahr und ein paar Monate.« Änny umfing Garten und Haus mit einer ausladenden Handbewegung. »Wie ich sehe, hast du dir deinen Traum erfüllt. Alles ist beinahe so geworden, wie wir es uns ausgemalt haben. Nur die Halle«, sie schnalzte tadelnd mit der Zunge, »auch da hättest du es bei unseren ursprünglichen Plänen belassen und sie in hell getöntem Stuck ausführen sollen. Ebenso Türumrahmungen und Sockel. Bardiglio wäre die weitaus bessere Wahl gewesen. Und der Boden? Wo sind die Fliesen in Siena hell, die mir so gefallen haben? Wollte dein neues Frauchen etwa auch ein Wörtchen mitreden?«

Zehn Minuten später stand Fanny am Geländer der Hochterrasse. Immer noch fassungslos. Unter ihr, dort wo so viele Menschen die Einweihung des Friedensengels gefeiert hatten, war nichts mehr. Nur Wasser. Die Prinzregenten- oder vielmehr Luitpoldbrücke war weg. Eine Hauptschlagader der Stadt abgerissen. Eingestürzt. Fortgespült.

Nur einige größere Teile ragten noch aus den Fluten der Isar, ansonsten war der Mittelpunkt eines der schönsten neuen Stadtteile, ein Symbol der Baukunst und Stärke, einfach vom Angesicht der Welt hinfort gespült worden.

Unfassbar.

Doch weitaus schrecklicher fand Fanny, was sie eben in der Villa Dinglreiter erlebt hatte. Spätestens jetzt wusste sie, was Änny damals in der Küche gemeint hatte: *Du wirst danach nicht mehr dieselbe sein. Nie mehr.*

Der Preis war hoch. Und auch Änny, die Fanny für so weltgewandt und mit allen Wassern gewaschen gehalten hatte, war nur eine junge Frau mit Träumen. Die den falschen Leuten glaubte, vertraute und sie liebte. Wie Rosa und so viele andere. Die schlechten Geschichten wiederholen sich. Immer und immer wieder.

Königsplatzviertel

knapp fünf Wochen später | Prinzensaal im Café Luitpold, Brienner Straße 11

Lulu strich über die kleine, blauweiß gestreifte Ansteckschleife, die alle Teilnehmerinnen erhalten hatten. Ihr Herz klopfte vor Aufregung.

»Wer hätte das gedacht«, bemerkte Ida und ordnete ihre Frisur.

»Das war knapp.« Fanny drückte sich an einigen Damen vorbei, um zu ihrem Stuhl zu gelangen. »Fünf Minuten später und wir wären nicht mehr reingekommen.«

Es stimmte. Nie im Leben hätte Lulu sich träumen lassen, dass der Erste Bayerische Frauentag schon bei der Eröffnung – am heutigen 18. Oktober 1899 – ein derart großes Interesse wecken könnte. Frauen aller Schichten hatten sich vor dem *Café Luitpold* in die Schlange gestellt, Hunderte mussten abgewiesen werden. Wenn das kein Zeichen war! Von wegen die Frauensache sei ein Hirngespinst einiger weniger.

»Ihr wolltet mir ja nicht glauben«, sagte Änny und nahm Platz. »Es sollen auch viele männliche Unterstützer hier sein ... sehr prominente sogar.«

»Zum Beispiel?«

»Georg von Vollmar, der Landesvorsitzende der bayerischen SPD. Max Bernstein, Rechtsanwalt und Schriftsteller.«

»Elsa Bernsteins Mann?«, fragte Lulu nach. »Dann ist sie also auch hier?«

»Mit Sicherheit.«

Lulu hatte es gehofft, denn sie verehrte Elsa Bernstein, eine der bedeutendsten Dramatikerinnen Deutschlands, auch wenn sie unter dem Pseudonym Ernst Rosmer publizierte.

»Doktor Max Haushofer habe ich vorhin selbst mit seiner Gattin gesehen.«

Natürlich. Der berühmte Professor für Volkswirtschaft hielt am morgigen Abend im Alten Rathaussaal schließlich einen Vortrag über das Erwerbsleben der Frau, war außerdem Vereinsmitglied und noch dazu mit einer Frauenrechtlerin verheiratet. Emma Haushofer-Merk war nicht nur ebenfalls Schriftstellerin, sondern Mitbegründerin der von Anita Augspurg 1894 ins Leben gerufenen *Gesellschaft zur Förderung geistiger Interessen der Frau*, dem jetzigen *Verein für Fraueninteressen*.

Lulu sah sich im Prinzensaal um. Nicht die schlechteste Kulisse für eine solch wegbereitende Veranstaltung. Dass sie möglich geworden war, verdankten sie einer neuen Rechtslage, denn erst im vergangenen Jahr war Artikel 15 des bayerischen Vereinsgesetzes gelockert worden, der Frauenpersonen und Minderjährigen die Mitgliedschaft in politischen Vereinen sowie die Teilnahme an politischen Veranstaltungen untersagte. Nun gestattete man erwachsenen Frauenpersonen zwar großzügig, ihr Gehirn zu benutzten, aber eine Änderung des Gesetzestextes war das nicht wert gewesen. Pah! Die würden sich noch wundern.

Lulu tippte auf das Programm, das vor ihnen auf dem Tisch lag. »Ich gedenke, sämtliche Veranstaltungen zu besuchen. Wer kommt mit?«

Änny hob die Hand. »Bin dabei.«

»Ich muss leider passen.« Fanny zupfte einen Fussel von ihrer Bluse. »Das Semester hat begonnen, ich kann nicht alle Vorlesungen schwänzen. Beim besten Willen nicht.«

»Dabei solltest gerade du dich dafür einsetzen, dass diese Maskerade, die du seit fast einem Jahr veranstaltest, möglichst schnell ein Ende nimmt«, merkte Änny leicht schnippisch, aber leise genug an, damit Ida es nicht hörte.

Lulu war ganz Ännys Meinung. »Besonders da Elsas neuerliche Eingabe beim Ministerium um Zulassung als Hörerin auch diesmal abgelehnt wurde«, sagte sie deshalb in Fannys Richtung und zog die Brauen hoch. »Mit derselben Begründung wie im Jahr zuvor übrigens.«

»Mangels getrennter Räume für die Präparierübungen? Was für eine Frechheit.« Fannys Blick verfinsterte sich.

»Sie hat ihre Eingabe erneuert?«, fragte Änny überrascht nach.

»Wann denn? Ich dachte, sie hätte sich längst in ihr Schicksal gefügt und würde auf ewig Wärterin bleiben.«

»Schon Anfang des Jahres, bevor ...«

Fanny legte einen Finger auf ihre Lippen und nickte in Idas Richtung, die sich ihnen wieder zuwandte.

»Was macht ihr denn für lange Gesichter?« fragte Herzogs Tochter neugierig.

»Weil das Ministerium immer noch Anträge von Frauen auf eine Zulassung zum Medizinstudium ablehnt, und zwar mangels getrennter Räume für die Präparierübungen«, durchbrach Änny das betretene Schweigen.

»Also, ich habe da ehrlich gesagt auch so meine Bedenken«, warf Ida ein. »Weniger was die gemeinsamen Übungen angeht, sondern vielmehr beim klinischen Unterricht am Patienten. Soviel ich weiß, hat das auch die Universität Halle veranlasst, Protest einzulegen. Stellt euch doch mal vor, wie peinlich das in der Männerabteilung werden kann.«

»Ida!«, rief Lulu entsetzt. »Umgekehrt ist das doch genau dasselbe. Wir Frauen müssen uns andauernd von Männern untersuchen lassen. In den intimsten Momenten unseres Lebens.«

»Das ist es ja gerade.« Ida zuckte mit den Schultern.

»Umso wichtiger wäre es, dass endlich mehr Ärztinnen zur Verfügung stehen. Doch das will man verhindern, weil es den armen männlichen Mitstudenten oder Professoren peinlich sein könnte, mit Frauen zusammen ...« Lulu brach ab, sie war schon viel zu laut geworden. Das Thema ging ihr dermaßen an die Nieren. Ausreden! Nichts als Ausreden waren das. »Seit wann interessierst du dich überhaupt für so etwas, Ida?«

»Du wirst es nicht glauben, liebste Freundin, auch ich lese Zeitung.«

»Der Protest, von dem Ida spricht«, mischte sich Fanny ein,

»war ein herber Rückschlag für das Frauenstudium. Dass ausgerechnet Halle, eine der ersten Universitäten im Deutschen Reich, die Frauen als Hörerinnen zum medizinischen Studium zugelassen haben, diesen Versuch als gescheitert bezeichnet und dann auch noch alle Universitäten dazu auffordert, Frauen vom klinischen Unterricht auszuschließen, ist eine Katastrophe.«

»Und ein Witz«, fügte Lulu hitzig hinzu. »Denn gleichzeitig behaupteten sie, dass sich ihr Protest nicht gegen das Frauenstudium an sich richte. Dass ich nicht lache! Wie bitte soll eine Frau Medizin studieren, ohne am klinischen Unterricht teilzunehmen? Ohne Präparierübungen? Kann mir das mal jemand verraten?«

»Sie machen es euch so schwer wie möglich.« Änny nahm ihr Glas zur Hand. »Bevor eine Frau an ein Studium denken kann, muss sie – wie ihre männlichen Kollegen – das Reifezeugnis eines Gymnasiums oder einer Realschule erster Ordnung vorweisen. Vollkommen berechtigt. Das Problem ist nur, abgesehen von Karlsruhe, Berlin, Leipzig und Königsberg gibt es keine solche Schulbildung für Mädchen. Alles muss über Umwege, oft kostspielige private Anstrengungen, Anträge und Erlaubnisse erreicht werden. Genauso ist es mit der Zulassung zum Studium. Sowieso werden Frauen nur als Hospitantinnen geduldet. An keiner deutschen Universität können sich Frauen offiziell immatrikulieren und müssen deshalb nach Prüfung ihrer Zeugnisse und Ausstellung des Erlaubnisscheins durch den Rektor für jede Vorlesung, die sie besuchen wollen, einzeln die Einwilligung der Professoren und Dozenten einholen. Stellt sich nur einer von ihnen quer, macht das im schlimmsten Fall die Weiterführung oder den Abschluss des Studiums unmöglich.«

Alle sahen Änny an. Woher wusste sie so genau Bescheid?

»Ich bin umgeben von ambitionierten jungen Damen. Man

schnapp so einiges auf«, beantwortete die Schauspielerin die unausgesprochene Frage. »Außerdem habe ich vorhin mit einer sehr interessanten Frau gesprochen, die mir genau diese Probleme erläutert hat. Marianne Weber vom Heidelberger *Verein für Frauenbildung-Frauenstudium*.«

»Hört, hört«, spöttelte Fanny. »Steht dir etwa der Sinn nach einer akademischen Laufbahn?«

»Spar dir deinen Spott. Sorge lieber dafür, dass diese Ungerechtigkeiten aufhören, und spiel in der Posse nicht auch noch mit.« Änny prostete Ida zu, deren Stirn sich angesichts dieser Anspielung bereits in grüblerische Falten legte, und trank ihren Wein in einem Zug leer. »Marianne Weber hat mir auch ein paar Zahlen für euch mitgegeben, die ich recht aufschlussreich finde.«

»Lass hören«, drängte Lulu.

»Mit Beginn dieses Wintersemesters hören um die 650 Frauen an deutschen Universitäten mit allerhöchster Genehmigung Vorlesungen. Davon allein etwas über vierhundert in Berlin. Knapp fünfzig sind es in Breslau, es folgen fast gleichauf Bonn, Göttingen und Halle. In Kiel, Freiburg, Straßburg, Königsberg und Heidelberg sind es nur noch zwanzig und weniger. Marburg hat acht Studentinnen oder besser gesagt Hospitantinnen, Erlangen und Tübingen je fünf, Würzburg eine. Und jetzt ratet mal, wie viele es in München sind?«

Niemand antwortete.

»Null. Und das gilt auch für Gießen, Greifswald, Jena, Leipzig, Münster und Rostock. Zumindest stehen an diesen Universitäten keine Frauen in den Personalverzeichnissen.«

»Beschämend!« Lulu konnte es nicht glauben.

»Einige gibt es aber, so viel ist sicher«, widersprach Fanny, als Ida aufstand, um eine Freundin zu begrüßen. »Ich habe schon Frauen in medizinischen Vorlesungen gesehen.«

»Trotzdem«, beharrte Lulu. »Ausgerechnet München ist derart rückständig. Im fortschrittlichen Berlin müsste man leben.«

»In meiner modernen Heimatstadt dürfen die Damen bis jetzt auch nur zuhören und sind auf die Gunst der Professoren angewiesen«, stellte Änny klar. »Marianne Weber hat mir noch einen Rat für euch mitgegeben.«

Lulu richtete sich auf. »Welchen denn?«

»Petitionen. Überzieht die Ministerien mit Petitionen für eine gleichwertige Zulassung von Studentinnen. Je mehr es sind, umso schwieriger wird es sein, sie zu ignorieren. Elsa soll ihre Eingabe beim Ministerium wieder und wieder schreiben, und ihr macht das Gleiche in Sachen Mädchengymnasien. Außerdem müsst ihr euch mit Gleichgesinnten zusammentun.«

»Das werden wir, Änny.« Lulu nickte der Freundin über den Tisch hinweg dankbar zu. »Schade nur, dass Elsa nicht hier ist, um sich in dieser inspirierenden Gesellschaft neuen Mut zu holen, denn manchmal kommt es mir so vor, als hätte sie den Glauben daran, dass ihr Traum vom Medizinstudium irgendwann doch wahr werden könnte, vollends verloren.«

Viel schwerer wog, dass sie zunehmend auch den Glauben verlor, Tilda jemals wiederzusehen. Bereits Anfang des Jahres hatte Elsa die neuerliche Eingabe auf Zulassung verfasst. Lulu glaubte kaum, dass sie diese erneuert hätte, wenn sie zu diesem Zeitpunkt bereits von der Schwangerschaft gewusst hätte. Elsa hatte einiges hinter sich. Der Tod des Vaters. Die Ablehnung des Ministeriums, der fehlende Rückhalt durch ihre Mutter. Die Geldsorgen. Dann die Schwangerschaft. Eine fehlgeschlagene Abtreibung und schließlich die traumatische Geburt. Dazu ein kaum lebensfähiges Kind, das wider Erwarten alles gut überstand.

Und jetzt? Tilda war wie vom Erdboden verschluckt. Seit fünf Wochen versuchten sie über alle zur Verfügung stehenden Kanäle etwas in Erfahrung zu bringen, doch bislang gab es keine Spur. Und der einzige Mensch, der ihnen weiterhelfen konnte, schwieg. Lulu hatte das Arbeitszimmer ihres Vaters zu Hause und sein Dienstzimmer im Kinderspital durchsucht, hatte ihn angefleht, ihn beschimpft und verflucht, aber erweichen ließ er sich nicht. Ihre absurd heftige Reaktion bestärke ihn sogar in seiner Entscheidung, hatte er Lulu über ihre Mutter mitteilen lassen, weil sie sich – seit klar war, dass er ihr niemals Tildas Aufenthaltsort verraten würde – strikt weigerte, mit ihm in einem Raum zu sein.

Lulu seufzte. Es war still geworden, zu Hause und auch hier am Tisch. An Ännys und Fannys Nasenspitzen konnte sie ablesen, dass die Freundinnen ebenfalls an Tilda dachten. Gut, dass Ida noch weitere Bekannte zu begrüßen hatte.

»Morgen sprechen Doktor Helene von Forster und eine gewisse Frau Hauptmann-Berg im Saal des Alten Rathauses über die Reform des Kostkinderwesens. Vielleicht können die beiden uns weiterhelfen? Bestimmt haben sie gute Beziehungen.«

»Lulu«, Fanny griff über den Tisch nach ihrer Hand. »Rupp hat zwar über seinen Vater nichts in Erfahrung gebracht, aber er konnte uns mit ziemlicher Sicherheit sagen, dass in dem in Frage kommenden Zeitfenster kein Kind an eine Koststelle vermittelt wurde. Kein Neugeborenes mit Namen Tilda oder Mathilda, das am 19. Juli oder in den Tagen davor und danach auf die Welt kam, wurde ins Geburtenregister eingetragen.« Sie machte eine Pause und drückte Lulus Hand noch fester. »Dein Vater muss Tilda bei Privatleuten untergebracht haben. Es kann gar nicht anders sein, und wir sollten versuchen, uns damit zu trösten, dass er den Platz bestimmt gut gewählt …«

»Was ist euch denn schon wieder für eine Laus über die Leber gelaufen?« Ida kehrte strahlend an den Tisch zurück. »Kaum zu glauben, wer sich alles für die Frauensache engagiert. Meine

Freundin hat mich eben Carry Brachvogel, Ricarda Huch und Ernst Freiherr von Wolzogen vorgestellt.«

»Ach was?« Änny reckte den Hals. »Brachvogels Debütroman *Alltagsmenschen* habe ich verschlungen, und in Huchs erstem Bühnenstück *Evoë!* habe ich schon gespielt. Wenn auch eine sehr, sehr kleine Rolle.«

»Ein gewisser Rainer Maria-Rilke stand auch dabei.« Ida begann zu flüstern. »Ein blutjunger Dichter mit seiner etwas älteren verheirateten Geliebten. Angeblich haben oder hatten die beiden in Wolfratshausen ein Liebesnest, das sie *Loufried* nannten.« Ida verdrehte vielsagend die Augen. »Behauptet zumindest meine Freundin.«

Für Klatsch und Tratsch war Ida immer zu haben. Lulu rang sich ein Lächeln ab, obwohl die Erinnerung an Tilda ihr die Kehle zuschnürte.

»Sie haben von ihren Russlandreisen berichtet, die sie dieses Jahr unternommen haben. Äußerst interessant.« Ida stupste Lulu an. »Gut, dass du mich mitgeschleift hast. Das Publikum hier ist so … schillernd. Gar nicht, wie man sich einen Frauentag vorstellt.«

»Ida! Was sind das denn für verquere Ansichten?«, gab sich Änny empört, lenkte aber sogleich ein. »Marianne Weber hat vorhin Ähnliches erwähnt. Eine Besonderheit der Münchener Frauenbewegung besteht darin, dass sie eng mit der Literatur- und Kunstszene verbandelt ist und auch von Männern, Gelehrten, Künstlern und Industriellen unterstützt wird.«

Fanny wies in Richtung Podium, wo letzte Vorbereitungen getroffen wurden. »Ich glaube, es ist bald so weit. Wir sollten uns setzen.«

Lulu saß längst, sie lehnte sich auf ihrem Stuhl zurück und versuchte die aufkommende Schwermut fortzuschieben, die sich regelmäßig einstellte, wann immer sie an Tilda dachte. Erst durch ihr Schicksal sowie durch die Freundschaft zu Elsa und Fanny verstand sie, wie schwer Leben und Überleben für viele Frauen und Kinder waren. Wenigstens schien sich Fannys Situation gebessert zu haben. Sie machte einen viel glücklicheren Eindruck, seit sie nicht mehr als Biermadl in dieser zwielichtigen Schwemme in Schwabing schuften musste. Endlich konnte sie auch all die Bücher kaufen, die sie so dringend für das Medizinstudium brauchte. Ob ihr Bruder zur Vernunft gekommen war und sie unterstützte?

Da fiel ihr ein: »Wenigstens den Vortrag von Doktor Brendel über die prekäre Lage der Kellnerinnen und Dienstboten am Samstagmorgen solltest du dir anhören, Fanny. Immerhin hast du am eigenen Leib erfahren, wie es ist, so schamlos ausgebeutet zu werden.«

»Ja, ja, ja, ihr habt wie immer recht. Ich werde wohl doch einige Vorlesungen schwänzen«, Fanny legte einen Finger an die Lippen. »Aber jetzt Ruhe, es geht los.«

Um Punkt sieben Uhr erklomm Ika Freudenstein, die erste Vorsitzende des *Vereins für Saueninteressen*, das Podium. Es wurde mucksmäuschenstill im Prinzensaal, als sie eine warme Begrüßung und einige einleitende Worte sprach, dann aber sofort zum Punkt kam.

»Mit dem Ersten Bayerischen Frauentag verfolgen wir drei Ziele: die Erziehung der Frauen zur selbstständigen Mitarbeit am Gemeinwohl, das Schaffen besserer Arbeitsbedingungen für alle Frauen und die rechtliche Gleichstellung der Frau.«

Wie der Rest des Publikums bekundete Lulu durch stürmisches Klopfen ihre Zustimmung.

»Leider sind immer noch viele Menschen der Auffassung … und ich sage ganz bewusst Menschen, nicht Männer, dass die ungebildete Frau für den gebildeten Mann die bessere Gattin sei. Auch müssen wir es ertragen, dass nach wie vor über unsere Ziele gespottet wird, doch«, die Rednerin umfasste den zum Bersten gefüllten Saal mit einer ausladenden Armbewegung, »die Zeit ist reif, dass sich die Dinge ändern. Um es mit den Worten von Elisabeth von Heyking einzuleiten, die sagte: Frauen sitzen eigentlich immer da und warten, ob die Türe aufgeht und jemand kommt. Damit muss Schluss sein!«

Ein Schauer lief Lulu über den Rücken. Die letzten Sätze trafen ins Schwarze. Auf den Punkt gebracht fassten sie Lulus bisheriges Leben zusammen. Es war, als hielte ihr Ika Freudenberg einen Spiegel vor. Auch ein Kalabreser spazierte wie immer präpotent durch Lulus Gedanken.

Thaddy.

Dieser Idiot! Sie hoffte schon viel zu lange darauf, dass endlich die Tür aufging und er zu ihr zurückkehrte.

»Wir haben genug gewartet, liebe Mitstreiterinnen. Wir müssen aufstehen und die Türen selbst öffnen.«

Lulu ballte die Fäuste. Genau das würde sie tun.

Fanny musste an Erleuchtung denken. Lulu, die ihr schräg gegenübersaß, glühte regelrecht vor Begeisterung. Seit der Eröffnungsrede hörte sie gebannt zu, hing auch jetzt an Clementine von Braunmühls Lippen, die mit ihrem Vortrag über den Zweck des Mädchengymnasiums allmählich zum Ende kam. Fanny sprach die Leiterin des Künstlervereins und erste Vorsitzende des *Vereins zur Gründung eines Mädchengymnasiums* ebenfalls aus der Seele, aber ihre Ausführungen lösten gleichzeitig Beklemmung in ihr aus.

Um sie herum waren so viele beeindruckende Frauen versammelt, die trotz aller Widrigkeiten etwas aus ihrem Leben gemacht hatten. Unter ihnen kam Fanny sich ... nun ja, wie eine dumme Gans vor, die Verkleiden spielte. Hätte sie auch nach Zürich gehen sollen, um Medizin zu studieren? Elisabeth Winterhalter hatte es getan und alle nötigen Umwege in Kauf genommen, um ihren Traum zu verwirklichen. Dort vorne stand sie mit ihrem Doktortitel. Nicht weit vom Podium entfernt. Aufrecht und selbstbewusst. Die zweite Ärztin Frankfurts und erste gynäkologische Chirurgin Deutschlands. Außerdem Stiftungsmitglied des *Vereins zur Gründung eines Mädchengymnasiums*, weil sie wusste, dass sich nie etwas ändern würde, solange Mädchen nicht die gleichen Bildungschancen hatten wie Jungen. Man munkelte, sie lebe mit einer Frau zusammen. Einer Künstlerin. Sogar das – obwohl es ihr ungeheuerlich vorkam – fand Fanny beeindruckend, denn es zeugte von noch mehr Mut.

Und trotzdem kam die promovierte Ärztin in Deutschland nicht über den Status einer Kurpfuscherin hinaus. Man setzte sie hierzulande mit jenen Scharlatanen gleich, die Kinder ohne jede medizinische Kenntnis in Gipsbetten fixierten und sie darin dahinvegetieren ließen. Lulu hatte Fanny davon berichtet. Schrecklich. Auch Dr. Hope, von der Babette in höchsten Tönen sprach, durfte ihren Namen nicht an die Tür der Praxis hängen, in der sie Tag für Tag Patientinnen empfing und behandelte.

Neben Dr. med. Elisabeth Winterhalter stand der zweite Vorsitzende des Vereins zur Gründung eines Mädchengymnasiums: Professor Dr. Franz Ritter von Winckel. Wie Lulus Vater war er Beisitzer im Medizinalkommittee der Ludwig-Maximilians-Universität. Von Winckel hatte viele Besserungen die Gynäkologie und Geburtshilfe betreffend auf den Weg gebracht, doch Fanny war in seiner Vorlesung zur Frauenheilkunde vor allem davon beeindruckt gewesen, wie er für die Rechte der Frauen eintrat, die Operationswut mancher Ärzte anprangerte und mehr ärztliches

Taktgefühl gegenüber Patientinnen forderte. Von ihm könnte sich Professor von Ranke eine Scheibe abschneiden, dann hätte Lulu in ihrem Vater einen wertvollen Unterstützer, da war Fanny sicher.

Als erster Extraordinarius für Kinderheilkunde an der Münchner Universität kämpfte er seit Anbeginn für eine bessere pädiatrische Ausbildung der Studenten. Die Kinderheilkunde war bislang nicht Teil der ärztlichen Prüfungsordnung und wurde deshalb von manchen Studenten erst gar nicht belegt oder sträflich vernachlässigt. Von Ranke wollte das unbedingt ändern, da seiner Meinung nach nicht richtig gelernt wurde, was man nicht abprüfte, inzwischen aber kein Hausarzt mehr ohne Kenntnisse in der Pädiatrie auskam.

Änny tippte unter dem Tisch gegen Fannys Oberschenkel und beugte sich an ihr Ohr. »Er will dich sehen.«

Fanny erstarrte. Sie hatte schon damit gerechnet, dass es bald wieder so weit sein würde. »Wann?«

»Am Sonntag.«

»Dieselbe Uhrzeit?«

»Ja.«

Änny hatte Wort gehalten und Fanny Kundschaft zugeschanzt. Die Schauspielerin war zum ersten Treffen sogar mitgekommen und hatte sie dem neuen Galan vorgestellt, weil Fanny es sonst nicht über sich gebracht hätte. Der Neue war ein Gentleman. Gebildet. Höflich. Wahnsinnig schüchtern. Außerdem ein Schauspielkollege, weshalb Änny ihn nicht selbst bedienen konnte, wie sie sagte. Er brauche eigentlich nur jemanden zum Reden, hatte sie prophezeit. Er müsse erst Vertrauen fassen, dann werde er schon irgendwann zum Punkt kommen. Sie kenne ihre Pappenheimer.

Hätte dieser Mann Fanny nach einem langen Spaziergang und durchaus interessanten Gesprächen nicht achtzig Mark zugesteckt, sie hätte den Nachmittag genossen. Das zweite Treffen war ähnlich verlaufen, aber Fanny wusste, worauf es am Ende hinauslaufen würde, und sie fürchtete sich davor. Mehr denn je. Gar nicht so sehr vor dem Akt selbst, den würde sie mit einem so sanftmütigen Kerl schon irgendwie hinter sich bringen. Viel mehr als je zuvor hatte sie nun auch Angst vor einer Demütigung, denn wie Rupps Vater Änny behandelt hatte, ließ Fanny jetzt noch das Blut in den Adern gefrieren.

Ein lautes Geräusch riss Fanny aus ihren Gedanken.

»Ich fasse zusammen: Unser Staat will die Frauen zwar zum medizinischen Studium zulassen, natürlich zu den gleichen Bedingungen, wie sie auch die Männer erfüllen müssen, aber er gedenkt nicht, für den Gymnasialunterricht der Mädchen zu sorgen.«

Wieder ließ Clementine von Braunmühl die Faust auf das Podium niedersausen und schob ihre Brille nach oben. Fanny fand, sie sah aus wie ein gutmütiges, altes Mütterchen, nicht wie jemand, der seit Jahren für die Rechte der Frauen in die Schlacht zog.

»Man öffnet uns zwar gnädigerweise das Tor zum medizinischen Studium ... zumindest einen Spalt breit ... und lässt uns ein bisschen zuhören. Aber ehe wir eintreten, wirft man uns Knüppel zwischen die Beine, indem man uns eine entsprechende Vorbildung verweigert. Das alles nur, damit wir mit den männlichen Kollegen ja nicht Schritt halten können.«

Ein drittes Mal rumste es vorne am Podium.

»Alle Staaten, die sich wie ein Gürtel um unser Deutsches Reich legen, sogar der Ferne Osten und der Norden Europas, haben bereits Mädchengymnasien etabliert, um Frauen angemessen auf eine akademische Laufbahn vorzubereiten. Und unsere westlichen Nachbarn über dem Ozean gehen wie in fast allen Bereichen mit großartigem Beispiel voran. Nur Deutschland zögert noch. Damit muss Schluss sein!«

Wieder prasselten Knöchel wie starker Regen nieder.

»Um diesen Missstand endlich zu beheben, soll uns Münchnerinnen unser lang ersehntes Gymnasium dienen.«

Jubelrufe erklangen, donnernder Applaus brandete auf, und Fanny ließ sich mitreißen von dieser Welle der Euphorie. Clementine von Braunmühls Forderungen waren so einleuchtend, ihre Argumente so überzeugend, da konnten doch nicht einmal mehr die verstocktesten Regierungsbeamten die Augen vor der Notwendigkeit eines Mädchengymnasiums verschließen. Oder?

Sendling/Westend

vier Tage später | Theresienwiese, Ruhmeshalle und Bavaria

Lulus Atem ging stoßweise. Einige Strähnen ihres roten Haares hatten sich gelöst, und der Schweiß rann ihr in Strömen über den Rücken. Eins von den Schafen, die sie vorhin im Mondlicht auf der Theresienwiese hatte liegen sehen, blökte. Ein Hund bellte. Sie trat in die Pedale und beschleunigte. Eine Runde noch. Wenigstens eine.

Elisabeth von Heykings Worte gingen ihr nicht mehr aus dem Kopf. In den letzten Tagen hatte Lulu so viele Vorträge gehört, so viel Neues erfahren, so viele interessante, beeindruckende Menschen kennengelernt, dass sie sich nicht mehr sicher war, ob sie vorher überhaupt schon gelebt hatte. Dennoch war es dieser eine Satz, der sie mitten ins Herz getroffen, der sie am meisten wachgerüttelt hatte.

Frauen sitzen eigentlich immer da und warten, ob die Türe aufgeht und jemand kommt.

Wie dumm, wie verhätschelt, wie passiv und naiv sie gewesen war. Lulu wusste nichts von der Welt, sie hatte sich einfach in das gefügt, was ihr Eltern, Familie, Freunde und Gesellschaft als anständig und erstrebenswert vormachten, was man ihr vor die Nase setzte. Meistens jedenfalls. Dabei hatte sie es immer in sich gespürt. Nicht umsonst schalten die Eltern sie rebellisch, vor allem der Vater, dabei war Lulu bislang ein Lämmchen gewesen. Doch spätestens jetzt wusste sie es mit absoluter Sicherheit: Sie wollte sein wie diese anderen Frauen, von deren Existenz sie bislang nur geahnt hatte. Die nach einer neuen, freieren Lebensform strebten, die eigene Ansichten und Lebensentwürfe vertraten und die vorherrschenden Moralvorstellungen über Bord warfen. Dass der Aufbruch in die Freiheit auch Sorgen mit sich brachte, das hatte keine dieser Damen verschwiegen. Es kostete Kraft und Anstrengung, die eigene Unabhängigkeit zu erlangen und zu erhalten, sich weder von der Gesellschaft noch von den Eltern oder einem Ehemann etwas sagen zu lassen. Mitunter machte es sogar einsam.

Grimmig beugte sich Lulu tiefer über den Lenker und trat noch fester, noch schneller in die Pedale, bis die Oberschenkel wieder brannten und ihr Herz lebendiger und härter in der Brust schlug als je zuvor. Mit Einsetzen der Dämmerung hatte sie aufgehört zu zählen. Wieder und wieder hatte sie die Theresienwiese umrundet. Zum Glück schien der Mond hell auf sie herab, die Straße war bestens zu sehen, und es tat so gut, seine Grenzen auszutesten. Den eigenen Körper zu spüren. Die Freiheit zu inhalieren.

Seit dem ersten Tag in der Fahrschule wusste Lulu, dass sie Rennen fahren wollte, aber wieder einmal hatte sie sich davon abbringen lassen. Von der öffentlichen Meinung. Von Konventionen. Von der Herablassung der Männer. Auch vom Gekeife einiger unverbesserlicher Frauen. Der Deutsche Radfahrbund setzte seit Jahren alles daran, Damenrennen zu verbieten. *Damenrennsport und Weiblichkeit sind unvereinbar*, so die These. Doch viel schlimmer, auch die Autorinnen des *Vademecums* stimmten in diesen Chor ein. *Wir wollen keine kampflüsternen, ruhmlechzenden Amazonen, die siegesgierig, in Außerachtlassung aller dem Weibe geziemenden Anstandsgefühle, in krummer, den Schönheitssinn verletzender Haltung atemlos und schweißbedeckt dahinstürmen*, schrieben sie in ihrem *Fahrrad-Ratgeberhandbuch für Damen*. Es sei ein Anblick des Abscheus und des Ekels und schade dem Ansehen des Damenradfahrens.

Längst war auch Lulu atemlos und schweißbedeckt und am Ende ihrer Kräfte, trotzdem versuchte sie, die Geschwindigkeit noch einige Meter länger aufrechtzuerhalten. Nie wieder wollte sie sich von solchen Reden, von anderen Meinungen und dummen Vorbehalten einschüchtern lassen. Auch Änny sollte kein weiteres Mal recht bekommen. Sie hatte es Lulu schon am ersten Tag in der Fahrschule auf den Kopf zugesagt, dass sie als junge Dame aus gutem Hause sich doch nicht trauen würde.

Vor der Ruhmeshalle ließ sich Lulu vom Pedalschwung über Sattel und Stange heben, stieg ab und lehnte die Maschine an eine der Säulen neben dem Treppenaufgang. Stufe für Stufe schleppte sie sich zur Plattform hoch, blieb direkt unter der Bavaria stehen und vollführte eine Halbdrehung, um wie die kolossale Bronzestatue über die Theresienwiese in Richtung München zu schauen.

Bavaria. Lateinisch für Bayern. Die Personifizierung ihres Heimatlandes. Die Patronin. Die Beschützerin. Lulu hatte sich bislang nie Gedanken darüber gemacht, dass eine Frau auserwählt war, um Bayern zu symbolisieren. In der Ruhmeshalle, deren

Insassen die Bavaria mit ihrem in die Lüfte erhobenen Eichenkranz ehrte, war kein Platz für Frauen. Keine einzige hing dort als Büste an der Wand. Nicht eine.

»Sieh an.«

Lulu erschrak fast zu Tode.

»Hier bist du.«

Sie fuhr herum. Eine dunkle Gestalt löste sich aus dem Schatten des Sockels.

»Ich wollte es Ida nicht glauben, als sie mir sagte, dass du hier bist, um zu trainieren.« Er lachte und kam noch einen Schritt näher. »Du bist verrückter, als ich dachte.«

Thaddy! Lulus Kopf fühlte sich an, als schwappe siedend heißes Wasser hindurch. Ihr gefiel, dass sein Haar wieder länger war, aber sie hasste es, dass sie sich so sehr darüber freute, ihn zu sehen.

»Böses Mädchen!« Er strich ihr die zerzausten Haare in den Nacken und stellte sich dicht hinter sie. Lulu konnte seinen Atem auf der Haut spüren. »Wieso bist du nicht gekommen? Ich habe eine Ewigkeit gewartet. Hat dich meine Nachricht denn nicht erreicht?«

»Doch.« Sie zu ignorieren war Lulu sehr schwergefallen, aber nie wieder, das hatte sie sich in den letzten Tagen geschworen, würde sie dasitzen und warten, bis die Tür aufging.

Thaddy umrundete sie und blieb vor ihr stehen. Viel zu nah. Lulu schnappte unwillkürlich nach Luft. Erst jetzt bemerkte sie die Fäden einer frisch genähten Wunde über seinem rechten Auge.

»Ich hatte mich so sehr darauf gefreut, mit dir durch den Hofgarten zu spazieren und dich hinterher ins *Tambosi* auf ein Stück Luitpoldtorte einzuladen. Wieso versetzt du mich«, er nickte unbestimmt in Richtung Theresienwiese und Lulus Herrenrad, »hierfür? Das ist grausam.«

Meinte er das ernst? »Grausam ist es, Dinge zu versprechen und sie dann nicht zu halten.«

Er legte den Kopf schief und fuhr mit zwei Fingern leicht über ihre Wange. Lulu spürte die Berührung wie Feuer auf der Haut, und sie erinnerte sich an seinen Abschiedskuss. Ihr ganzer Körper erinnerte sich.

»In Berlin hat man mir ein einmaliges Angebot gemacht. Das konnte ich nicht ausschlagen.«

Gerne hätte Lulu nachgefragt, was er damit meinte, aber die Enttäuschung, nachdem sie über Dritte erfahren hatte, dass er im September nun doch nicht wie geplant nach München zurückkehren würde, ehe er im Oktober seinen einjährigen Militärdienst in Lagerlechfeld bei Augsburg antrat, saß zu tief.

»Sei nicht böse. Bitte.«

Sie schob ihn von sich und ging zur rückwärtigen Seite des Postaments, auf dem die Bavaria mit ihrem Löwen thronte.

Thaddy folgte ihr. »Morgen muss ich zurück in die Kaserne. Ich möchte vorher wenigstens noch ein klein wenig Zeit mit meiner Circe verbringen.«

»Circe?«, schnaubte Lulu, »Willst du etwa Schach spielen?«

»Du bist süß, wenn du wütend bist«, er lachte, »aber ich hatte eher die Tochter des Sonnengottes Helios im Sinn.« Mit einer schnellen Bewegung zog er ihr den Kamm aus den roten Haaren und zwirbelte eine Strähne um seinen Finger.

»Au!« Lulu schlug nach seiner Hand. »Du tust mir weh.«

Doch Thaddy ließ nicht los, im Gegenteil, er zwang sie näher zu sich heran.

»Soll ich mich über so einen Vergleich etwa freuen? Hat nicht Helios zu seiner Frau Perse gesagt: *Lass uns eine Schönere machen*? Weil der Mutter Stimme und Schönheit der ältesten Tochter zu unvollkommen erschienen?«

Er wich zurück und wickelte die Strähne langsam wieder ab. »Gerade Circes Unvollkommenheit ist es doch, die so verführerisch ist. Ihre Verletzlichkeit. Die Naivität. Ihre Faszination für alles Sterbliche ... in deinem Fall vermutlich das Unbekannte. Dazu diese Skepsis gegenüber den Göttern.« Er sah sie durchdringend an. »Noch weiß ich nicht genau, worauf sich diese Skepsis mir gegenüber gründet, aber ich gedenke ...«

Lulu lachte auf. »Du hältst dich für einen Gott? Im Ernst?«

Er kam wieder einen Schritt näher, beugte sich zu ihr herab. Erwartungsvoll. Einladend. Dieses Mal fuhr Lulu zurück. Kopfschüttelnd. Verärgert. Aufgekratzt. Es entwickelte sich eine Art Tanz zwischen ihnen. Ein Annähern und Ausweichen. Lulu wollte ihn ja küssen. Sie hatte wochen- und monatelang von nichts anderem geträumt, aber ...

»Wie viele Circes gibt es in deinem Universum, wenn ich fragen darf?«, blaffte sie, als seine Lippen fast die ihren berührten.

Thaddy hielt entrüstet inne, legte Daumen und Zeigefinger ans Kinn und überlegte. »Gerade fällt mir nur eine ein.«

Lulu schnaubte. Sie war nicht blind. In der Fahrerbox des Velodroms hatte sie hautnah miterlebt, welche Anziehungskraft Thaddy auf Frauen ausübte. Trotz oder gerade wegen seiner Jugend lagen sie ihm zu Füßen – auch die reiferen Damen. Und jedermann wusste, dass man – vor allem in Lulus Kreisen – jungen Frauen moralisches Fehlverhalten nur schwerlich verzieh, während sich die jungen Männer selbstverständlich die Hörner vor der Ehe abstoßen durften. Man ermutigte sie sogar dazu, egal ob sie liiert, verlobt oder sonst wie versprochen waren. Einer wie Thaddy, der auf allen Bühnen der Gesellschaft tanzte, machte da sicher keine Ausnahme. Ida hatte Lulu oft genug gewarnt.

»Bist du etwa eifersüchtig?«

»Nennen wir es realistisch.«

Er zeigte auf den Eingang zur Bavaria. »Willst du da hinauf?«

Wollte sie eigentlich nicht. »Was dagegen?«

»Es ist stockdunkel. Du wirst dir den Hals brechen«, wandte er ein.

»Der Mond scheint hell.«

»Nicht dort drinnen, glaub mir. Außerdem ist …«

Trotzig stürmte Lulu die Stufen des Postamentes hoch, drückte die Klinke und krachte mit der Nase gegen die Tür, als diese nicht nachgab.

»… abgeschlossen, wollte ich gerade sagen.«

Hätte er mal! Es tat höllisch weh. Lulu musste die Zähne zusammenbeißen, um sich nichts anmerken zu lassen.

»Soll ich dir aufmachen?«

»Hast du denn einen Schlüssel?«

»So was Ähnliches.«

Er zog Lulu eine Nadel aus dem Haar, verbog sie ein paar Mal, steckte sie ins Schloss, und die Tür sprang auf.

War er auch noch ein Dieb? Das wurde ja immer schöner. Trotzdem duckte sich Lulu durch die Öffnung, wusste im selben Moment, dass er recht hatte. Es war finster. Die Aussichtsöffnungen lagen viel zu weit oben, als dass durch sie das Mondlicht bis hinunter in den Sockel hätte fallen können. Oder doch nicht? Sie blinzelte. Ein paar Konturen konnte sie erkennen.

»Wenn du hinaufgehst, werde ich es auch tun. Das weißt du hoffentlich.«

Sie ignorierte seinen Einwand.

»Jemand muss dich schließlich auffangen.«

»Mach dir um mich keine Gedanken, das hast du in den letzten Monaten auch nicht getan.« Herrje! Sie hörte sich an wie ein zickiges, altes Weib. Entschlossen marschierte sie los.

»Nimm wenigstens die hier.« Ein kleiner Lichtkegel erhellte die Dunkelheit.

»Was ist das?«

»Ein Taschenlicht. Oder *flashlight*, wie es die Amerikaner nennen. Ich habe es aus New York mitgebracht.«

Lulu hatte davon gehört. Ihr Bruder Ludwig interessierte sich für alles, was mit Fortschritt und Erfindungen zu tun hatte. Wenn sie sich recht erinnerte, sollte die New Yorker Polizei demnächst damit ausgestattet werden.

»Sie leuchtet leider immer nur kurz, weil die Batterien nicht lange strahlen können, aber es ist besser als nichts.«

Lulu musste sich zurückhalten, um nicht nach dem stabförmigen Etwas zu greifen. Gerne hätte sie es ausprobiert.

»Und meine Jacke solltest du auch anziehen.« Er schlüpfte heraus und streckte sie ihr entgegen. »Sonst frierst du.«

»Werde ich nicht.« Noch war sie erhitzt von der körperlichen Anstrengung.

»Aber bald.«

Auch damit hatte er vermutlich recht, wenngleich die Oktobernacht verhältnismäßig lau daherkam. Trotzdem schlug Lulu Licht und Wärme aus und taste sich zur nächsten Stufe vor.

»Anstatt für mich den Aufpasser zu spielen, solltest du deinem berühmten Vorfahren in der Ruhmeshalle einen Besuch abstatten. Dann war der Weg hierher wenigstens nicht umsonst.«

»Mein Vorfahr? Ich weiß nicht, von wem du sprichst.«

Musste sie ihm wirklich auf die Sprünge helfen? »Ein Bierbrauer hat Eingang in die Ruhmeshallen gefunden, aber bislang keine Frau. Dabei gäbe es unzählige, die es mehr verdient hätten.«

»Du glaubst immer noch, ich wäre ein echter Pschorr?« Thaddy stieg Lulu hinterher und erhellte mit seinem Taschenlicht ihren Weg.

»Bist du keiner? Wieso hast du Ida dann diesen Bären aufgebunden?«

»Den Bären hat sie sich selbst aufgebunden. Ich heiße zwar Pschorr, und es existiert wohl auch eine entfernte Blutsverwandtschaft, aber die geht so weit zurück, dass es schon nicht mehr wahr ist. Jedenfalls sind meine Mutter und ich nicht gerade vermögend, sonst würden wir kaum im Glockenbachviertel in so einer einfachen Bleibe hausen.« Endlich verstand Lulu. Deshalb hatte der Sprecher im Velodrom das Pechviertel, wie man das Armeleuteviertel zwischen Isar und Pesenbach heute noch nannte, erwähnt.

»Ida war so hingerissen vom Reichtum in der Pschorr Villa und den dort stattfindenden Gesellschaften auf der Theresienhöhe«, fuhr Thaddy fort, »dass sie es glauben wollte. Ich habe mich ihr lediglich mit meinem Namen vorgestellt.« Er blieb stehen. »Wie es scheint, ist deine liebe Freundin auf eine gute Partie aus, dabei habe ich damals lediglich meinen Freund Franz Marc zu dem *souper* begleitet. Ihn hat man eingeladen, nicht mich. Er war im Übrigen ganz entzückt von Ida. Leider hat sie nur mich mit Aufmerksamkeit überhäuft und ihn nicht weiter beachtet.«

Hörte sich ganz nach Ida an, das musste Lulu zugeben. »Woher wusstest du dann, dass wir in der Pschorr Bierhalle nach dir gefragt haben?«

»Ich kenne den Pächter. Dort fragen andauernd junge Damen nach mir.« Er nahm zwei Stufen auf einmal und lachte.

Dieser Aufschneider! »Und das Geld für deine Reisen? Wo kommt das her?«

Er antwortete erst, als er sie erreicht hatte. »Sagen wir mal so: Ich habe glücklicherweise einige Gönner, die meine Rennfahrerambitionen unterstützen.«

Wohl eher Gönnerinnen. Man hörte so einiges über solche Arrangements. Lulu wurde schwer ums Herz. Sie ging weiter.

Bald hatten sie die sechsundsechzig Steinstufen des Sockels bestiegen. Von dort führte eine schwindelerregend steile, enge Wendeltreppe aus Eisen wie in einer Korkenzieherlocke weiter nach oben. Noch einmal sechzig Tritte. Lulu hatte nie zuvor das Innere der Bavaria erklommen und mit den ausladenden, langen Röcken, wie sie Frauen normalerweise trugen, kam es ihr schier unmöglich vor. Außerdem durfte man weder Höhenangst haben noch klaustrophobisch veranlagt sein.

»Willst du umkehren?«, tönte Thaddy von hinten.

Lulu gab sich einen Ruck und schloss die Finger um den Handlauf des Geländers. Trotz der Taschenleuchte blieb das Licht diffus, doch mit jeder Stufe wurde es heller, und die umgekehrten Reliefs zeichneten sich deutlicher ab. Lulu erkannte die Falten der Tunika. Den Löwenkopf. Das Bärenfell.

Dann erreichten sie den Hals der Bavaria. Lulu musste sich wie eine Amazone um die eigene Achse durch die Engstelle winden und mit beiden Armen nach oben ziehen, um in den mächtigen Hohlraum unter dem Haarkranz der Statue zu gelangen. Von allen Seiten fiel durch kleine Luken Mondlicht herein und tauchte den Innenraum in einen milchig braunen Schimmer.

»Sind das Bänke?« Lulu konnte es nicht fassen. An den Schläfen des Negativgesichtes – in etwa auf Augenhöhe – standen zwei wie mit Samt überzogene und mit Kordeln verzierte Sitzpolster. Lulu strich darüber. Die Illusion täuschte, sie waren aus Bronze, hart und kalt und doch so einladend, dass sie sich kurz setzen musste.

Thaddy lachte auf, nahm ihr gegenüber Platz und ließ Lulu den Vortritt, als sie wenig später aufstand, um durch das vordere Guckloch unterhalb der Stirnlocke des bronzenen Meisterwerks hinauszuschauen.

Der Anblick war magisch. Lulu wurde die Kehle eng. Hinter

der Theresienwiese ragten die Konturen ihrer Heimatstadt auf, als hätte jemand sie mit weißer Farbe übertüncht.

»An klaren Tagen sieht man von hier aus das herrliche Alpenpanorama. Dachstein, Watzmann, Kaisergebirge, Wendelstein, die Schlierseer Berge und die Tegernseer Gipfel. Auch den Unnütz, das Karwendel, Herzogstand, Wetterstein und natürlich die Zugspitze kann man erkennen.«

Während Thaddy sprach, lehnte er sich dicht neben Lulu in die Stirn der Bavaria hinein. Seine Wange berührte ihre, als er ebenfalls hinausspähte.

»Bist du eine Bergsteigerin?«

Sie schüttelte den Kopf, spürte, wie er ihr seine Jacke um die Schultern legte, und ließ es geschehen.

»Willst du eine sein?«

»Ja.« Sie wollte so vieles sein.

»Dann nehme ich dich im Frühjahr einmal mit. Zäh genug bist du offensichtlich.« Er wandte ihr das Gesicht zu und touchierte mit seinen Lippen wie aus Versehen ihren Hals. »Ich dachte schon, du hörst gar nicht mehr auf. Beeindruckend.«

Er hatte sie beim Rundendrehen beobachtet?

»Die Wut auf mich war offensichtlich ein guter Motor.«

Dieser eingebildete Geck! Jetzt grinste er auch noch unverschämt. »Es dreht sich nicht alles um dich, glaub mir.«

»Schade eigentlich. Sonst würde ich versuchen, das Pfund Kummer«, er zwinkerte ihr zu, »das ich mit meiner langen Abwesenheit verursacht habe, wieder aufzuwiegen.«

Ein Pfund nur? Lulu hätte am liebsten laut gelacht. »Mach dir keine Umstände.«

Seine Lippen strichen ihren Hals entlang bis zum Ohrläppchen. »Bitte«, flüsterte er. »Sei nicht böse auf mich. Ich hatte keine Wahl. Mit ein wenig Glück kann ich nächstes Jahr, wenn der

Militärdienst vorbei ist, Berufsrennfahrer werden. Deshalb konnte ich im September nicht wie geplant nach München kommen.«

»Wieso schreibst du mir dann nicht einfach ein paar Zeilen, um es zu erklären?«

Er zuckte mit den Schultern.

Lulu wusste haargenau, was er damit meinte. Was musste er sich schon groß vor ihr rechtfertigen? Vor einem Kind. Das er dreimal getroffen und zum Abschied etwas zu leidenschaftlich geküsst hatte.

»Ich habe oft an dich gedacht.«

Idas warnende Worte kamen Lulu in den Sinn. *Er liebt die Jagd und das Erlegen der Beute. Danach verliert er schnell das Interesse.*

»Weißt du, warum mir das Radfahren so wichtig ist?«

»Weil das große Geld lockt?«

Er schüttelte den Kopf. »Es hat mir das Leben gerettet.«

Nun sah Lulu Thaddy doch an.

»Die Leute glauben mir das meist nicht, aber als Kind war ich gehbehindert. Ich hatte Gehirnthyphus, meine Mutter musste mich im Sommer mit dem Kinderwagen und im Winter mit dem Schlitten zur Schule fahren. Erst als ich anfing, heimlich mit dem Hochrad meines Vaters zu fahren, wurde es besser, und irgendwann konnte ich nicht mehr damit aufhören. Es ist wie eine Sucht.«

Gehbehindert? Das war schwer zu glauben. Lulu strich mit dem Daumen leicht über die Wunde in seiner Braue. »Und das hier?«

»Eine Rauferei.« Er grinste schief. »Nicht weiter schlimm.« Er küsste der Reihe nach ihre Fingerspitzen.

Lulu sog scharf die Luft ein. Sie musste weg von hier. Sonst konnte sie es nicht mehr aufhalten. Es war wie in ihrer Kindheit, als sie sich mit Fritzl Ritthaler, dem Sohn des Kutschers, im Englischen Garten den Hügel am Monopteros hinuntergerollt hatte. Ab einem gewissen Punkt verlor man die Kontrolle.

Thaddys Hände umfassten Lulus Gesicht, wanderten weiter in ihren Nacken. Seine Daumen strichen hauchzart über ihre Ohren. Es kitzelte. Dann küsste er sie. Endlich. Sanft und stürmisch zugleich. Seine Zunge umkreiste ihre. Noch ein Tanz, den Lulu wie selbstverständlich mittanzte. In ihrem Inneren tobte ein Sturm, der völlig neu für sie war, der alles übertraf. Er fraß sich durch ihre Eingeweide, nahm alles ein. Auf eine gute Art. Trotzdem war es kaum auszuhalten.

Die Zweifel kamen wie ein Fingerschnippen aus dem Nichts. Ob sie es richtig machte? Das Küssen. Auch das obligatorische Korsett, das die Dame unter dem Negligé zu tragen hatte, schlich sich in ihre Gedanken. Zum ersten Mal in ihrem Leben als junge Frau war Lulu heute ohne aus dem Haus gegangen. Was dachte er nun von ihr? Außerdem war sie verschwitzt und trug ihre sportlichste Fahrradtoilette. Das Oberteil hatte sie sogar von ihrem Bruder geliehen. Sie gab sicher ein schreckliches Bild ab.

Thaddy sah sie an. Forschend. Seine buschigen Brauen zogen sich zusammen, und auf einmal spürte Lulu Bavarias Schädeldecke schmerzhaft in ihrem Rücken. Sie versteifte sich.

Lässig stieß Thaddy sich von der Wand ab, nahm Lulus Hand und zog sie vom Ausguck weg zwischen die beiden bronzenen Sitzbänke.

»Hör auf zu denken, kleine Circe. Lass es einfach geschehen. Es ist die natürlichste und schönste Sache der Welt, und ich werde nichts tun, das dich in Schwierigkeiten bringt. Das verspreche ich dir.« Noch während er redete, packte er das Bündchen von Ludwigs wollenem Überzieher und zog ihn ihr langsam über den Kopf.

Wenn Vater und Mutter hiervon erfuhren, dann …

Himmelherrgott! Was tat er da? Auf einmal war er hinter ihr, presste sich an sie. Sie spürte etwas Hartes an ihren Pobacken. Lulu musste an den Neptun im Brunnen beim Glaspalast denken. Kurz nur, denn Thaddys Lippen fanden jedes Stückchen blanke Haut, seine Finger den kleinsten Knopf und die verstecktesten Haken. Mit beiden Händen wagte er sich bald in Zonen vor, von denen ihre Brüder unter vorgehaltener Hand nur als *die verminten Gebiete* tuschelten.

In Lulus Kopf überschlugen sich die Gedanken. Da waren Idas pikante Flüstereien am Stachus. Amuse-Bouches und Le Parisiens. Einfallslose Ehemänner und Elsas Misere. Auch Naturvölker und ärztliche Empfehlungen flatterten dazwischen, als Thaddy sie an beiden Schenkeln packte und auf seine Hüfte hob.

Jesus, Maria und Josef!

Ihr blieb gar nichts anderes übrig, als beide Arme um seinen Hals zu schlingen. Und schon berührten sich ihre Nasenspitzen wieder. Ihre Lippen. Ihre Zungen. Als wären sie genau für diesen Moment geschaffen worden.

Erst nach einer halben Ewigkeit öffnete Lulu die Augen. Schöpfte Atem. Thaddy lachte kehlig. Stellte sie ab, hatte die Hände schon wieder überall. Knöpfte die eigene Weste und das Hemd auf. Schob Lulu das Leibchen von den Schultern. Nestelte an Verschnürungen. Küsste sie zwischendurch. Immer mehr nackte Haut traf aufeinander.

Wenigstens schien Madam Bavaria nichts gegen die moralische Entgleisung in ihrem Kopf zu haben. Sie sah zufrieden aus. Vielleicht gefiel es ihr sogar. Immerhin symbolisierte ihre große, jüngere Schwester auf Bedloe's Island vor New York Freiheit und Unabhängigkeit. Genau das, was Lulu für sich auch wollte. Irgendwie beruhigte sie das. Besonders als Thaddy vor ihr auf die Knie ging und seine Zungenspitze an ihrem Nabel abwärts strich.

Der Punkt war erreicht. Das hier ließ sich nicht mehr aufhalten. Lulu vergrub die Hände in Thaddys dichtem Haar und purzelte jauchzend den Berg hinunter.

Hackenviertel

24. Dezember | Christkindl- und Krippenmarkt, Allee in der Sonnenstraße & Sendlingertoranlagen

Elsa rieb abwechselnd die Finger der einen Hand in der Innenfläche der anderen und hauchte hinein. In diesem Jahr führte der Winter ein ungewöhnlich strenges Regiment und bedachte die Residenzstadt reichlich mit seinen Gaben. Der Schnee knirschte unter ihren Füßen, und längst war ihr eiskalt geworden, trotzdem lief sie Josef ohne zu murren zwischen den Buden der Christkindldult hinterher.

Sie hätte seine Einladung ausschlagen sollen. Es wäre besser gewesen, denn eine von den anderen Wärterinnen zog sie bereits wegen ihres heimlichen Verehrers auf. Dabei sprachen Elsa und Josef sehr selten miteinander – eigentlich nur, wenn sie sich zufällig über den Weg liefen. Doch seit Tildas Verschwinden versuchte er sie mit kleinen Aufmerksamkeiten aufzuheitern. Mal ein vierblättriges Kleeblatt als gutes Omen für die Suche. Mal eine Hortensienrispe. Auch ein Stück in Glitzerpapier eingewickelte Schokolade hatte sie schon auf der morschen Bank vor dem Leichenhaus im hintersten Winkel des Gartens gefunden, von wo aus sie vor jedem Zubettgehen in den Nachthimmel hinaufsah, um nach einem bestimmten Sternbild Ausschau zu halten.

»Da g'langst dir ja ans Hirn!«

Elsa wusste, worüber sich Josef aufregte. In der Stadtverwaltung war offensichtlich jemand auf die Idee gekommen, die Buden am Sendlingertorplatz und den Krankenhausanlagen – der neuen Heimstätte des Christkindlmarktes – nicht wie gewohnt mit den Verkaufsauslagen gegenüber aufzustellen, sondern so, dass alle in eine Richtung schauten. Jetzt starrte man, anstatt hüben und drüben durch die Waren stöbern zu können, auf der einen Seite auf die Bretterrückwände der Buden.

»Kein Wunder, dass die Leute ausbleiben.«

Elsa hatte im Ambulatorium eine Frau davon reden hören, dass die Weihnachtsdult deshalb schlechter besucht war als in den Jahren zuvor. Ihr gefiel der Anblick trotzdem. Sowieso konnte sie ihre Geschenke nicht – wie es heutzutage bei den besser Betuchten üblich war – in den pompösen Geschäften der Innenstadt kaufen, denn wenn man nicht Hunderte von Mark, sondern nur Hunderte von Pfennigen ausgeben wollte, ging man eben auf den Christkindlmarkt. Sie mochte die schlichte Originalität der hiesigen Händler ohnehin besser. Hier fand man Unikate, etwas, das sonst niemand hatte.

»Sollen wir einen Punsch trinken?«, fragte Josef in Elsas Gedanken hinein. »Ich zahle.«

Widerspruch war zwecklos, der Maschinist ließ sie gar nicht zu Wort kommen, und als er sich in der langen Schlange geschickt nach vorne schummelte und Elsa der würzige Duft in die Nase stieg, konnte sie es kaum erwarten, die eiskalten Finger um den heißen Becher zu schließen. Bei einem Mädchen, das in einem Bauchladen allerhand Süßkram und Gebäck feilbot, kaufte sie noch schnell eine Tüte Kletzenbrot. Als sie mit Josef schweigend die Leckerei vertilgte, spürte Elsa überraschenderweise einen Hauch von Weihnachtsstimmung aufkommen.

Letztes Jahr um diese Zeit war sie gerade im Kinderspital gestrandet. Mit einem verstauchten Knöchel, Verzweiflung im Herzen und der Gewissheit, dass es nicht mehr schlimmer kommen konnte. Von wegen.

»Willst du dir nicht doch ein Bäumchen in deine Kammer stellen?« Josef leckte seine Finger ab. »Ich trage es dir auch heim.«

»Wo es dann recht armselig herumsteht, weil ich keinen Schmuck habe.«

»Was sich sehr schnell ändern ließe.« Er deutete hinter, vor und neben sich. »Außerdem gibt es im Kinderspital so viel davon, dass auch für dich etwas übrig wäre.«

Elsa winkte ab. »Ich habe heute Abend sowieso Dienst.«

»Dann wenigstens einen Rauschgoldengel. Denk an die Feiertage, die noch kommen.«

Und die sie ganz allein verbringen würde. Ohne Familie. Wie Josef.

»Einen Daxnboschn? Mit Strohstern? Wenigstens ein grünes Zweigerl musst du haben. Zu meiner Beruhigung.«

Nun lachte auch Elsa. »Gestern bei meinem Botengang durch die Stadt habe ich jede Menge Tannengrün bestaunt. Das reicht vollkommen.«

An ganzen Wäldern von Fichten und Tannen war sie vorbeigelaufen. Genug, dass in jeder noch so kleinen Stube heute Abend ein Bäumchen aufgestellt werden konnte. Im Kinderspital standen auch welche. Bereits gestern früh hatte Josef – mit jenem Handkarren, mit dem er und Lulu Elsa damals heimlich durch die Nacht geschoben hatten – für jeden Krankensaal einen geholt und aufgestellt. Das Schmücken ließ sogar die Augen der elendsten Kinder glänzen.

Elsas Augen hatten erst während der Spitalsbescherung am heutigen Vormittag geglänzt. Vor Kummer. Wenn sie wenigstens wüsste, dass es Tilda gutging, dass ihr Kind geliebt wurde.

Josef gab die Becher zurück, und sie schlenderten weiter. In der nächsten Budengasse nahm Elsa ein kunstvoll aus Blech gefertigtes Luftschiff in die Hand. Ihr ungestümer jüngster Bruder Julius würde in Jubelgeschrei ausbrechen, wenn er ein solches unter dem Baum fände. Im Sommer war er acht geworden. Genau eine Woche nach Tildas Geburt. Er hatte von seiner großen Schwester keine Glückwunschkarte bekommen und ihr daraufhin einen Brief geschrieben. *Hast du mich schon ganz vergessen?*, stand darin. Sonst nichts.

»Willst du es kaufen?«, brach Josef in Elsas Gedanken.

Sie drehte das Preisschild um. »Nein.«

»Ich könnte dir das Geld leihen.« Treuherzig sah er sie an.

Die Versuchung war groß, musste Elsa zugeben. Sie vermisste ihre Brüder. Besonders Julius. Nicht nur weil er denselben Namen trug wie der Vater. »Danke, nein.« Sie legte dem Maschinisten eine Hand auf den Arm. »Du hast schon genug für mich getan.«

Er verstand. Das tat er immer. Genau das mochte sie an ihm.

»Lass uns zum Krippenmarkt weitergehen«, schlug Elsa vor. »Wonach suchst du gleich noch mal?«

»Nach etwas Ausgefallenem, das hierzu passt.« Er holte einen Stoffbeutel aus seiner Tasche, zog die Kordel auseinander und ließ sie hineinschauen.

Drei geschnitzte Heilige Drei Könige lagen darin. Unbekleidet.

»Hast du die selbst gemacht?«

Er nickte.

Auf einmal erinnerte sich Elsa an Tildas Geburt. Die Stunden in Josefs Kammer. Und das Stück Holz auf seinem Schreibtisch. Mit dem komischen runden Ende, aus dem Zacken ragten. Jetzt erkannte sie es in Melchiors Turban mit der Krone wieder. »Sie sind wunderschön geworden.«

»Nur bin ich mit der Nadel leider nicht sehr geschickt.«
»Da könnte ich dir helfen.«
»Das würdest du tun?«
»Sehr gern sogar.«
Also machten sie sich auf die Suche. Bis zu den ersten Buden unter der Allee in der Sonnenstraße war es nicht weit. Anders als der Christkindlmarkt, der nur vom 22. bis 24. Dezember seine Tore öffnete, ging der Kripperlmarkt von Anfang Dezember bis zum Dreikönigstag – früher sogar bis Lichtmess. Vom primitivsten Machwerk bis hin zu modernster Bau-, Schnitz- und Schneiderkunst gab es hier alles zu kaufen, was für die sechs Vorstellungen, beginnend mit Maria Verkündigung über den Einzug der Heiligen Drei Könige bis zur Hochzeit von Kanaan nötig war. Die Münchner waren ganz vernarrt in die fantasievollen Nachstellungen des Stalls von Bethlehem. Auch Elsas Vater, der in Schwabing aufgewachsen war, hatte die Krippenleidenschaft mit seinen Kindern zelebriert. In den Wochen vor Weihnachten war er stets in eine ameisenartige Betriebsamkeit verfallen. Sobald er aus Universität oder Spital heimkehrte, begann das Klopfen, Hämmern und Laubsägen, es wurde dekoriert, geschnitzt und arrangiert. Jedes Jahr aufs Neue.

Aus diesem Grund hatte Elsa den Markt bislang an keinem ihrer freien Nachmittage besucht. Es wäre zu schmerzlich gewesen. Mit Josef aber war es auszuhalten.

Er blieb vor einem schlichten Bretterladen mit den wunderbarsten, wie lebensecht wirkenden Figuren stehen. Kaspar, Melchior und Balthasar in Samt und Seide, mit Gold- und Silberstickereien. Ochs und Esel. Hirten in Tirolerkostümen. Ein grimmig dreinschauender Herodes. Sogar ein Storch hatte sich auf ein Stalldach verirrt. Maria und Josef kamen bescheidener daher. Wollene Oberkleider und Tuniken. Nur das neugeborene Jesuskind in der Krippe trug nichts als eine dünne Windel.

Ob Tilda es warm hatte?

Die Sehnsucht schnürte Elsa den Hals zu. Sie wandte sich ab, sah sich die Auslagen auf der Schräge vor dem Stand an. Heidekraut, Moos, Felsenstücke, Treibholz, Tannengrün, Wacholderstauden, Barbarazweige, alle möglichen Rindenungetüme und sogar das Grün von Alpenrosen zum Ausstaffieren von Stall und Krippendrumherum wurden feilgeboten. Sie wollte einen Tropfstein in die Hand nehmen, doch ehe sie zugreifen konnte, packte Josef sie am Arm und schob sie weiter.

Auf einem längs vor dem nächsten Stand aufgebockten Nussbaumbrett zog eine riesige Beduinenkarawane mit einer ganzen Herde von Kamelen und Dromedaren, Mekka-Eseln, eigenartigen Schafen, Ziegen und einigen wolfsartigen ägyptischen Hunden über eine echt aussehende Düne. Vermutlich Sand von Münchens – nach dem Hochwasser noch zahlreicheren – Isarkiesbänken, den die Krippenbauer kübelweise für den Wegebau heimtrugen.

»Ist eine fast originalgetreue Nachbildung von achtzehnhundertneunzig«, sagte die Standlfrau und hielt ihnen eine vergilbte Fotografie hin.

Beduinenkarawane des Herrn Ernst Pinkert, Direktor des zoologischen Gartens in Leipzig, stand darauf geschrieben.

»Mit einem aus elf Wagen bestehenden Extrazug sind die zum Oktoberfest angereist und vom Bahnhof durch Landsberger- und Rennbahnstraße zur Theresienwiese gezogen. Ich hab's mit eigenen Augen gesehen. War das ein Auflauf! Unbeschreiblich.«

Elsa interessierte sich mehr für die vielen, nach Art und Größe unterschiedlichen Stofffetzen in der Auslage direkt am Stand.

Sie tippte Josef auf die Schulter. »Da finden wir bestimmt das Passende für deine Heiligen. Sogar Goldbordüren, Perlenverzierungen und Pelzstücke gibt es.«

»Echtes Elfenbein auch«, pries die Marktfrau an und zeigte auf einen fingerhutgroßen Pokal. »Und Schlangenhaut. Schaun'S nur. Die wird gerne für Stiefel genommen. Lässt sich leichter verarbeiten als Leder.«

Doch Josef wollte weder von Tuch noch von Staffage etwas wissen, er starrte weiter wie hypnotisiert auf die Karawane. Ehrfürchtig nahm er eins der edlen, prunkvoll aufgezäumten Araberpferde in die Hand und begutachtete es von allen Seiten.

»Hast du schon Reittiere für dein Trio?«, fragte Elsa.

»Noch nicht, die wollte ich eigentlich bis zum nächsten Jahr selbst schnitzen, aber so kunstvoll bekomme ich die niemals hin.«

Elsa musste zugeben, dass sie noch nie so schöne Figuren gesehen hatte. Die Beduinen mit ihren leichten Gewändern über den schlanken Körpern erwachten zusammen mit den neben ihnen tanzenden verschleierten Frauen im Lichterschein der einbrechenden Dämmerung fast zum Leben. Sie trat noch einen Schritt näher heran und ließ die Finger am Brett entlangstreichen. Eine Figur stand etwas abseits. Eine junge Frau. Eine Bettlerin? Ihr Kinn und die Haut an den Händen waren bemalt. Tätowiert? Es kam Elsa vor, als sehe sie ihr direkt in die Augen. Der Blick so intensiv, die Hände so flehend in ihre Richtung ausgestreckt, dass sie sich davon abhalten musste, in ihre Tasche zu greifen, um eine Münze hineinzulegen.

Auf ihrem Rücken saß ein Kind. Ein Mädchen. Ein halbes Jahr alt. Höchstens.

An seiner Oberlippe klaffte ein Spalt. An genau derselben Stelle wie …

Elsa nahm die Figur in die Hand, strich über das kleine Gesicht. »Fröhliche Weihnachten, mein Spatz«, sagte sie leise und wusste im selben Moment, dass Schmerz und Sehnsucht sie ein ganzes Leben lang begleiten würden.

Für immer.

Jahrhundertwende 1899|1900

 # Graggenau

Silvester | Marienplatz

Fanny füllte ihr Glas am Punschbrunnen auf und nippte daran. Das Silvestertreiben im Ratskeller übertraf alles, was sie bislang in ihrem Leben gesehen hatte. Die farbenfrohen Gewölbe, die mondänen, dunklen Holzelemente, die überbordenden Buffets in den verschiedenen Sälen, aber am allermeisten die schiere Masse an Vergnügungswütigen, die sich ausgelassen amüsierte, als gäbe es kein Morgen.

»Nichts da!« Änny nahm Fanny das Glas aus der Hand und reichte ihr stattdessen eine bis zum Rand gefüllte Champagnerflöte. »Höchstens eine Viertelstunde, dann beginnt ein neues Jahrhundert. Darauf müssen wir stilvoller anstoßen, das ist dir doch hoffentlich klar?«

Fanny sah dem bauchigen Kristallglas mit den Früchten wehmütig hinterher. Punsch wäre ihr lieber gewesen, sie konnte mit Schampus rein gar nichts anfangen, aber sie wollte Änny und Lulu den Spaß nicht verderben, nachdem die beiden Himmel und Hölle in Bewegung gesetzt hatten, um sie in den Ratskeller einzuschleusen, damit sie alle zusammen diesen besonderen Jahreswechsel feiern konnten.

Dass Elsa auch hier war, grenzte für Fanny an ein Wunder. In ihrem Kleid mit gestickter Gaze und dem Schleifenschmuck sah sie unverschämt hübsch aus. Mal abgesehen von der kurzen Begegnung an Heiligabend hatte Fanny Elsa Hirschberg bislang nur in Wärterinnentracht, einfacher Straßentoilette oder elend zwischen den Laken von Ännys Bett kennengelernt. Mit eingefallenen Wangen, schwarzen Ringen unter den Augen, aufgerissenen Lippen und starrem Blick. Das letzte Jahr des alten Jahrhunderts hatte es mit Elsa wahrlich nicht gut gemeint, und dass sie sich nun damit abfinden musste, ihre Tochter nie mehr wiederzusehen, setzte dem Ganzen die Krone auf.

Am heutigen Abend allerdings merkte man ihr den Kummer nicht an. Was Ida in Ännys *cabinet de toilette* zwischen Gewändern, Schleifen, Rüschen und Haarteilen mit etwas aufgetupfter Farbe zustande gebracht hatte, durfte sich mit Fug und Recht als Kunstform bezeichnen. Ida war in ihrem Element gewesen. Und auch Fanny sah aus und fühlte sich fast wie ein junges Fräulein der gehobenen Gesellschaft.

»Da kommen sie endlich.« Änny nickte in Richtung Tanzfläche, an deren Rand sich Lulu und Ida zu ihnen durchschlängelten, und drückte Elsa ebenfalls ein Glas in die Hand.

Fast wünschte Fanny, sie alle hätten auch den Jahreswechsel in Ännys Wohnung verbracht – die unbeschwerten Stunden im Ankleidezimmer waren viel zu schnell vorbei gewesen.

Jetzt trieb das Orchester den Abend musikalisch auf seinen Höhepunkt zu und spielte flottere Stücke. Die Stimmung wurde immer ausgelassener, überdreht, fast schon orgastisch. Etwas, das Fanny den spießbürgerlichen Münchnern außerhalb von Schwabing und abseits der Faschingszeit gar nicht zugetraut hätte. Ihr selbst taten vom vielen Tanzen bereits die Füße weh, außerdem hatte sie sich zu reichlich am Buffet bedient. Viel zu reichlich, um ehrlich zu sein, aber wenn sie hochrechnete, was sie für die Zutaten eines jeden Häppchens auf dem Viktualienmarkt oder gar beim Dallmayr nur ein paar Häuser weiter hätte hinblättern müssen, lohnte sich das Zugreifen allemal. Ohnehin war es ihr längst zur Gewohnheit geworden, jede Ausgabe in die Stunden umzurechnen, die sie mit ihrem Galan dafür verbringen musste. Das mahnte zur Sparsamkeit. Zu ihrem Glück war er weiterhin höflich, freigiebig und – das war die Hauptsache – unentschlossen. Fanny fragte sich, wieso Änny ihr ausgerechnet diesen Kunden überließ. Kollege hin oder her. Es war allzu leicht verdientes Geld. Oder nahm sie an, dass er und sie längst …?

Gott! Musste Fanny ihr etwa beichten, dass sie zwar den Stempel Prostituierte trug, aber immer noch Jungfrau war? Wie Maria mit dem Kind. Die unbefleckte Empfängnis. Amen?

Sie legte eine Hand auf die Emailleschließe ihres Gürtels und beugte sich etwas nach vorn. Ida hatte das Korsett geschnürt, sie konnte kaum atmen. Die Decken im Ratskeller waren niedrig, die Luft war entsprechend stickig. Fanny lechzte nach Frischluft. Vielleicht konnte sie die anderen überreden, draußen auf das neue Jahr anzustoßen? Doch gerade als Lulu und Ida fast bei ihnen waren, verbeugten sich drei junge Männer, stellten sich vor und baten um den nächsten Tanz.

Schon seit elf Uhr wurden nur noch Extratouren getanzt. Fanny hatte gehofft, zwischendurch ein bisschen verschnaufen zu können, aber eine Aufforderung auszuschlagen, wäre sehr unhöflich gewesen. Sowieso nahm Änny ihr und Elsa bereits wieder die Gläser aus den Händen, stellte sie auf den Tisch zurück und schob die Freundinnen ihren Kavalieren in die Arme.

Na schön. Auf in die Schlacht! Fanny zog die pastellfarbenen Handschuhe hoch, hätte dasselbe gerne mit dem nach ihrem Geschmack viel zu tief ausgeschnittenen Kleid getan und hoffte auf einen Schleif- oder wenigstens Schnellwalzer, aber die Kapelle stimmte einen Marsch an. Den *Washington Post*, um genau zu sein, das Standardstück für den Two-Step, einen Modetanz aus Amerika, der hierzulande immer populärer wurde. Hoffentlich erinnerte Fanny sich an die Schritte und Figuren, die Änny ihr seit Wochen genau für diesen Abend beizubringen versuchte.

Lulu kam außer Atem bei ihnen an, tippte auf ihre Uhr, fuchtelte mit den Armen und faselte etwas von einem Treffen draußen am Fischbrunnen. Um halb eins? Wozu?

Fanny wunderte sich, ihr wurde im Oberstübchen ganz schummrig von den vielen Fragezeichen. Vermutlich hätte sie das letzte Glas Punsch nicht in einem Zug hinunterkippen dürfen. Das davor womöglich auch nicht. Ihr schmucker Tanzpartner trat hinter sie, Fanny hob die Hände über die Schultern, er nahm sie, beide tippten mit der Zehenspitze des linken Fußes zweimal auf, wiederholten das Ganze mit der anderen Seite und galoppierten dann vier Schritte nach rechts, halbe Drehung, Galopp wiederholen und so weiter und sofort. Um ein Haar hätte Fanny gewiehert. Sie kam sich albern vor, aber es machte unheimlich viel Spaß, besonders da ihr Partner wusste, was er tat. Sogar dass er ständig von hinten seine Wange an ihren Hals und ihr Gesicht zu schmiegen versuchte und dabei in ihren Ausschnitt schielte, machte ihr nichts aus. Gleich fing ein neues Jahrhundert an, wer nahm es da schon so genau? Und wenn man bedachte, womit sie ihr Geld verdiente …

Dann begannen die Anwesenden die Sekunden herunterzuzählen. Die Musik setzte aus. Fanny sah sich nach den Freundinnen um, konnte aber keine von ihnen in diesem Tollhaus entdecken. Das Licht ging aus. Sie kreischte auf – was eigentlich nicht ihre Art war –, im nächsten Moment drückten sich feuchte Lippen auf ihre. Kurz und stürmisch. Sie schubste den Schuft von sich und hörte, dass überall um sie herum das Gleiche geschah. Die Menschen umarmten und küssten sich im Dunkeln. Deshalb war die Tanzfläche kurz vor dem Jahreswechsel noch voller geworden! Änny hätte Fanny durchaus vorwarnen können, doch ihr blieb keine Zeit, sich darüber zu ärgern, denn das Licht ging wieder an. Leuchten, Türen und Fenster erzitterten von den aufbrandenden Neujahrsovationen, die sich nach Ännys Verheißung bis in den frühen Morgen hinein in den Lokalen und auf der Straße fortsetzen würden.

Fannys Tanzpartner fischte zwei Sektkelche vom Tablett eines Kellners und grinste schief. »Prosit Neujahr, gnädiges Fräulein.« Sie stießen an.

»Sollen wir ein bisschen frische Luft schnappen gehen?«

Er wollte das Küssen fortsetzten? Draußen? Fanny gluckste. Wieso eigentlich nicht? Sie kippte das Glas Sekt im zweiten Zug. Egal. Letztes Mal zu Weihnachten, nun eben zu Neujahr. Eine Torheit pro Jahr musste erlaubt sein. Das Leben war hart genug.

An der Garderobe ließ sie sich die geborgte Pellerine um die Schultern legen. Sie brauchte etwas Hilfe, um die steinerne Treppe vom Keller hinauf zur Dienerstraße zu meistern, und fühlte sich nur ein klitzekleines bisschen liederlich, als sie sich von ihrem Tänzer zwischen den vielen euphorisch gestimmten Menschen unter der gotischen Laterne am Eingang zum Ratskeller an die Wand drücken und sie mit seinen feuchten Küssen malträtieren ließ. Als seine Lippen jedoch über ihren Hals abwärts mäanderten und er drauf und dran war, die Nase tief in ihr Dekolleté zu stecken, stieß sie ihn doch rüde von sich.

»Obacht, Bursche!« Ein Rückfall ins Bayerische, wie fast immer, wenn es brenzlig wurde.

»Fanny?«

Ihr wurde heiß.

»Fanny! Belästigt dich der Herr?«

Träumte sie? War das Hufschlag? Durch ihren Kopf galoppierte ein Ritter in silberner Rüstung.

»Geht es dir gut?«

Seine Stimme zu hören fühlte sich an, als drehe sich die Zuckerwatte auf dem Oktoberfest nicht um den üblichen dünnen Holzstab, sondern um Fannys Kopf. Doch fast sofort quetschte sich die Erinnerung an den Sonntag am Max-Joseph-Platz zwischen die süße Wonne und kippte Fanny zurück ins *Grand Hotel Bellevue*. Zu dem stinkenden, gewalttätigen Widerling. Zu Ferdls entsetztem Blick.

Er hat mich gesehen!
Er weiß, was ich für eine bin.

Da war's vorbei mit der Zuckerwatteromantik.

»Belästigt er dich?«

»Wer?« Fanny sah sich um. Der Nassküsser und Pellerinenschlüpfer wich vor dem Schutzmann zu Pferde zurück wie ein Hund, der den Schwanz einzieht. »Da, er verzieht sich doch schon. Schau!«

»Bist du betrunken?«

»Ich schätze.« Die Frischluft tat ihr nicht gut. Himmel! Alles drehte sich.

»Wer war das?«

Sie zuckte mit den Schultern. »Keine Ahnung. Du weißt ja«, sie wedelte mit dem Arm durch die Luft, »damit nehm ich's nicht so genau.« Fanny spürte Scham und Wut und Scham und dreimal Wut im Bauch. Dieser Mistkerl! Heiratete einfach eine andere. Am liebsten hätte sie den Tänzer zurückgepfiffen und ihn vor Ferdls Augen nun selbst an die Wand gedrückt und abgeschleckt.

»Bist du allein hier?« Ferdinand Schiffer stieg vom Pferd, packte Fanny am Ellenbogen und zog sie etwas tiefer in die Dienerstraße hinein.

»Nicht ganz.« Erneut umriss sie die Menschenmenge in der Gasse mit einer viel zu ausladenden Armbewegung. Ferdl hatte Mühe, sie zu halten, sein Pferd scheute.

»Apropos.« Fanny riss sich los, duckte sich unter den Zügeln hindurch und torkelte ein paar Schritte, ehe sie wieder sicheren Stand erlangte. »Bist du schon Vater geworden?«

»Vater? Wie in drei Gottes Namen kommst du denn darauf? Wir sind noch nicht einmal verheiratet.«

Fanny sah ihn verdutzt an, dann prustete sie los, obwohl ihr eigentlich zum Heulen war. »Du dachtest, ich spreche von Theres?«

»Nicht?«

»Nein.« Fanny strich ihre Haare zurück und richtete sich hoch auf. »Ich meinte Pechmarie.«

»Ah.« Er wurde rot. »Das Fohlen kommt im März zur Welt. Hoffentlich geht alles gut.«

Das Grübchen in seinem Kinn, als er lächelte, traf Fanny wie ein gut platzierter Magenschwinger. Sie musste ein paar Mal tief durchatmen, ehe sie weitersprechen konnte. »Glückwunsch. Jetzt musst du nur noch dafür sorgen, dass sich auch der Kindersegen recht bald einstellt. Dann ist das Glück perfekt.« Die Worte sollten unbekümmert klingen, doch sie gerieten bitter. Sehr bitter sogar. Fanny merkte es selbst. »Wie willst du das eigentlich anstellen? Du hier in München? Sie in Halsbach?«, schob sie deshalb spöttisch hinterher. »Ich meine, du kannst nicht damit rechnen, gleich in der Hochzeitsnacht einen Volltreffer zu ...«

»Hör auf!« Ferdl packte sie grob am Handgelenk, sein Blick wurde finster. »Diese Derbheit steht dir nicht.«

Wie bitte? *Spinnt der?* »Ich kann daherreden, wie ich will. Das kann dir doch egal sein. Erspar mir die Moralpredigt! Wieso kümmert es dich, was ich hier mache? Wie und mit wem ich herumpoussiere? Und überhaupt: Gescheiter, du wärst auf deinem Gaul hocken geblieben. Vui gscheida!«

»Mach das nicht. Bitte.« Ferdl sah sie unverwandt an. »Du

musst mir nicht beweisen, wie stark du bist, Fanny. Tu nicht so, als ob dir das alles nichts ausmacht. Ich weiß, wie verzweifelt man sein muss, um …«

Ach, jetzt fuhr er also das ganz große Geschütz auf. »Woher, bitte schön, willst du das verdammt noch mal wissen?« Sie verschränkte die Arme vor der Brust. »Du hast ja keine Ahnung!«

Er ließ ihr Handgelenk los, kam dafür einen Schritt näher. »Das vielleicht nicht«, flüsterte er, »aber ich habe oft genug mit Frauen zu tun, die … die wie du keinen anderen Ausweg sehen, als …« Er räusperte sich. »Ich weiß, wie schwer es für euch Frauen ist, euren Lebensunterhalt zu verdienen, besonders da dein ehrenwerter Bruder …« Er ballte die Fäuste. »Wenn ich diesen Hallodri je in die Finger bekomme, dann gnade ihm Gott!«

»Woher weißt du von An…«

Ferdl winkte ab. »Egal. Was ich sagen will: Ich verurteile dich nicht, glaub mir.«

Fanny starrte sekundenlang ins Leere, ehe es aus ihr herausplatzte: »Wie großmütig. Recht schönen Dank, gnädiger Herr«, höhnte sie. Und ob er sie verurteilte! Schon wie er sie ansah, war Verurteilung genug. Wie könnte er nicht schlecht von ihr denken? Er war Polizist. Er steckte Frauen wie sie für solche Vergehen ins Loch. »Ach, rutsch mir doch den Buckel runter«, spie sie aus. »Auf deine Absolution is gesch… Ich pfeif drauf. Oder besser gesagt: Juckt mi ned.«

Fanny wollte nur noch weg. Stürmisch drängte sie in Richtung Marienplatz an ihm vorbei, doch er verstellte ihr den Weg.

»Es tut mir leid. Wirklich. Ich wünschte, ich …«

Wie damals bei der Einweihung des Friedensengels ertönten auf einmal Böllerschüsse. Vom Nockherberg? Sie gingen Fanny durch Mark und Bein.

»Wahrscheinlich lädst du mich vor lauter Großmut auch noch zu deiner Hochzeit ein, was?«

Er legte den Kopf schief und sah Fanny tiefer denn je in die Augen.

»Steht das Datum fest?«, presste sie hervor und stieß ihn zur Seite, ehe sie von seiner Starrerei noch ohnmächtig wurde. »Ist die Aussteuer schon verhandelt?«

»Es gibt nichts zu verhandeln, Fanny. Theres hat keine Familie. Sie ist vor Jahren zu uns gekommen, als meine Mutter noch lebte. Das Kind einer toten Freundin. Mein Vater hat es nicht übers Herz gebracht, meine kleine Schwester – denn das war sie für mich – fortzuschicken, nachdem wir die Mutter verloren hatten. Ich war zwölf. Sie zehn.«

Oh! Fanny ballte die Fäuste. Nicht einmal wütend durfte sie sein, ohne sich schlecht dabei fühlen zu müssen. Himmel, Arsch und Zwirn! Ihr wurde übel von so viel Treue und Gutherzigkeit.

»Du musst verstehen, dass ich so ein Versprechen nicht so einfach …«

Freilich durften solche Versprechen nicht gebrochen werden. *Versprochen ist versprochen und wird auch nicht …*

Fanny schlug die Hand vor den Mund, beugte sich nach vorn und kotzte sich die Seele aus dem Leib.

Elsa lehnte sich gegen die Hausmauer des Hotels *Englischer Hof* und beobachtete das wilde Treiben in der Dienerstraße. Gott sei Dank hatte sie das Spiel durchschaut und war vor dem fingierten Elektrizitätsausfall von der Tanzfläche geflüchtet. Ob ihr Tanzpartner wohl noch ein anderes Opfer gefunden hatte? Fast tat es Elsa für den jungen Burschen leid, aber die Vorstellung, sich von einem Wildfremden küssen zu lassen, war einfach zu grässlich.

Außerdem wollte sie jetzt nicht an so etwas denken. Sondern an Tilda. Der Gedanke an ihre kleine Tochter war immer da. Besonders an einem Tag wie heute. Wider Erwarten hatte Elsa die Stunden in Ännys Ankleidezimmer dennoch genossen. Dabei wollte sie Lulus Drängen erst nicht nachgeben, weil sie fürchtete, den anderen den Spaß zu verderben. Als aber auch Oberin Amalberga sie quasi des Hauses verwiesen hatte, blieb ihr kaum eine andere Wahl, als bei dieser Schurkerei mitzumachen.

Elsa seufzte. Vielleicht hatte Voltaire recht. Heilte die Zeit alle Wunden? Man vernarbte. Das mit Sicherheit. Ihr blieb ohnehin nichts anderes übrig, als sich an die Hoffnung zu klammern, Professor von Ranke möge dafür gesorgt haben, dass es ihrem Kind gutging. Wie viele Male war sie ihm in den letzten Wochen und Monaten auf dem Gang begegnet, in einem Krankensaal über den Weg gelaufen oder im Operationszimmer zur Hand gegangen und hatte doch nie den Mut aufgebracht, ihn zu fragen, wo Tilda war. Ihm zu sagen, sie, die Mutter, habe ein Recht darauf, es zu erfahren. Hunderte solcher Gelegenheiten waren verstrichen. Bestimmt war es besser so. Wie hätte sie auch für ihr Kind sorgen sollen?

Trotzdem sorgte sie sich. Andauernd. In welchem Bettchen Tilda wohl heute Nacht schlief? Ob ihr jemand sanft über die Stirn strich, wenn sie am Morgen aufwachte? Ob sie noch lebte?

Elsa wurde die Brust schwer, sie zog das Cape enger um die Schultern. Langsam kroch ihr die Kälte nach den überhitzten Stunden im Ratskeller unter die Haut. Der Besuch des Krippenmarktes kam ihr in den Sinn. Und Josef. Er tauchte zuletzt häufig in Elsas Gedanken auf. Der Maschinist hatte sie nach den Feiertagen eingeladen, den Silvesterabend mit ihm zu verbringen. Die Enttäuschung in seinem Gesicht zu sehen, als sie die Einladung ablehnte, tat ihr jetzt noch in der Seele weh, aber es wäre falsch gewesen, ihm Hoffnungen zu machen. Mehr als Freundschaft konnte Elsa ihm nicht geben. Sie brauchte einen Freund, nicht die nächste seichte Liebelei.

Tilda war jetzt fast ein halbes Jahr alt. Würde sie ihre Tochter noch erkennen? Nicht einmal ihr unverwechselbares Mal an der Lippe war eine Garantie dafür, denn viele Babys hatten Hasenscharten. Und was war in ein, zwei oder mehr Jahren?

Wenn Elsa einen einzigen Wunsch für das neue Jahrhundert frei hätte, dann würde sie darum bitten, dass es Tilda gutging. Dass sie geliebt wurde. Doch Elsa hatte im vergangenen Jahr so viele Fehler begangen, sie hatte es gar nicht verdient, dass sich ihre Wünsche erfüllten.

Setz dem Kind keine Flausen in den Kopf.

Was Mutter wohl gerade machte? Schickte sie ihrer einzigen Tochter in Gedanken Neujahrsgrüße? Oder überwog der Unmut, dass sie selbst nach dem abgelehnten Aufnahmegesuch nicht zurück nach Hause gekommen war? Zu den Brüdern. Die Elsa jetzt so gerne umarmt hätte. Denen sie beim Spielen zusehen, deren Kummer sie anhören und deren Augen sie mit ein paar Schelmereien zum Glänzen bringen wollte. Wie könnte sie heimkehren, nach allem, was geschehen war?

Vor ihr brach ein Tumult los. Sie machte einen Schritt zur Seite, um besser zu sehen. War das Fanny? Und dieser Schutzmann? Wollte er sie etwa schon wieder festnehmen? Nein. Fanny keifte. Ferdl parierte. Und es ging immer so weiter. Sie sprachen über ... oje! Elsa wollte das nicht hören, sie hätte sich am liebsten die Ohren zugehalten.

Du meine Güte. Fanny wird doch nicht ...?

Elsa wich einen Schritt zurück und stieß gegen die Verglasung der Auslage des Hutgeschäftes, vor dem sie sich herumgedrückt hatte. Ein paar Haare des kurz gestutzten Schweifes von Schiffers Fuchs strichen ihr durchs Gesicht, so nah kam ihr das Hinterteil des Gauls, der vor Fannys Fontänen zurückwich.

Fontänen! Anders konnte man es nicht nennen. Fanny spie sich die Seele aus dem Leib. Was hatte sie nur alles gegessen?

Sollte Elsa sich bemerkbar machen? Fanny helfen? Oder den beiden noch ein wenig Zeit gönnen? Obwohl, von gönnen konnte keine Rede sein. Elsa hatte außerdem Dinge mitgehört, die nicht für ihre Ohren bestimmt waren, also war es vermutlich besser, sich aus dem Staub …

»Elsa? Bist du das?«

Fanny torkelte auf sie zu und warf sich in ihre Arme. Jetzt war nicht nur Fannys Kleid ruiniert, sondern Elsas gleich mit. Na bravo!

»Bring mich weg von hier. Bitte.«

Ferdinand Schiffer setzte ein paar Mal an, sich zu erklären. Er wollte helfen. Er wollte Fanny nicht gehen lassen, das sah Elsa ihm an. Doch dann stieg er auf sein Pferd, tippte an seinen Helm und ritt in Richtung Schrammerstraße davon.

»Ist er weg?«

»Ja.«

»Oh Gott! Zieh mir ein Brett über den Kopf und verscharr mich in der nächsten Grube. Bitte! Es ist so peinlich.« Fanny versuchte gerade zu stehen und wischte sich wenig damenhaft mit dem Unterarm übers Gesicht.

»Nicht! Die Handschuhe.« Zu spät, nun waren die auch noch hinüber. Elsa reichte Fanny ihr Taschentuch. »Nimm das hier.«

»Ich hätte weniger trinken sollen.«

»Und essen.«

Fanny lachte schal. »Das auch.«

»Fühlst du dich besser? Jetzt, da … alles draußen ist?«

»Ja.« Fanny ließ Elsas Arm los und versuchte auf eigenen Beinen zu stehen. »Viel besser.«

»Dann lass uns zum Fischbrunnen gehen.«

Lulu riss beide Arme in die Höhe. »Wo bleibt ihr denn so lange?«

»Wir dachten schon, eure Tanzpartner hätten euch verschleppt«, feixte Änny.

»Oh!«, sagte Ida tonlos, als sie die Bescherung bemerkte. »Ein Malheur.«

»*Le grand malheur*«, verbesserte Lulu. »Ob eure Wäscherin das wird retten können?«

Ida ließ sich nichts anmerken. Lulu fand, sie war eine Heldin, denn beide Kleider stammten aus Idas Garderobe. Sie musste entsetzt sein, verzog aber keine Miene. Im Gegenteil.

»Ach, die alten Fetzen sind in ein paar Monaten ohnehin aus der Mode, also lasst uns lieber anstoßen, jetzt da Lulu und ich das Pflichtprogramm mit unseren Familien hinter uns gebracht haben.«

Lulu reichte den Neuankömmlingen die herausgeschmuggelten Champagnerflöten. Fanny wehrte ab, doch Lulu ließ nicht locker. »Wenigstens einmal müssen wir alle zusammen auf das neue Jahrhundert anstoßen.«

Die Gläser klirrten, Fanny würgte, und Elsa sah wie immer traurig aus, aber darauf konnte Lulu jetzt keine Rücksicht nehmen.

»Ich habe noch ein paar ... nennen wir es ruhig Relikte, mitgebracht, die ich mit euch auf dem Scheiterhaufen des alten Jahrhunderts verbrennen möchte.« Sie stellte ihr Glas vor dem Brunnen ab und zog einige zusammengefaltete Zeitungsausschnitte aus ihrem Täschchen. Sie drückte Elsa den ersten in die Hand, vielleicht kam sie dann auf andere Gedanken. »Lies vor, was die *Neue Bayerische Landeszeitung* schreibt.«

»Derjenige Staat, in dem die Weiber professions- oder sportmäßig in die politischen und wissenschaftlichen Berufe hineinpfuschen, ist dem Untergang geweiht. Die Männer haben ohnehin unter sich schon zu viel Konkurrenz, also können sie die weibliche nicht auch noch brauchen.« Elsa setzte kurz ab und sah in die Runde.

»Die Ärmsten. Sie fürchten sich«, warf Änny bissig ein. »Aber lies weiter, das scheint interessant zu werden.«

»Die Ausbreitung des Frauenstudiums ist ein gemeingefährlicher Unfug«, fuhr Elsa fort. »Frauen gehören nicht in die Hörsäle und ins Gymnasium.«

Lulu riss ein Zündholz an und hielt es an das dünne Papier, das sich sofort in der Flamme zusammenrollte. »Weg mit diesem Schwachsinn.«

Ehe Elsa sich die Finger verbrannte, packte Lulu ihr Handgelenk und dirigierte es über den Brunnen, wo sie das brennende Zeitungspapier gerade rechtzeitig in das leere Bassin fallen ließ. Erstaunlicherweise lachte sie.

»Jetzt du.« Lulu reichte Fanny ein weiteres ihrer Mitbringsel.

»Frauen drücken das Niveau eines jeden Berufes, den sie ergreifen. Gerade das hohe Ansehen des Mediziners sinkt dadurch.«

Fanny bleckte die Zähne, als wolle sie jemanden zerfleischen, deshalb kniff Lulu sie vorsichtshalber in die Seite, damit sie nicht noch anfing, vor Ida von der überragenden Intelligenz des falschen Anton Paintner zu prahlen. »Lies weiter, Fanny. Auf geht's.«

»Ein Studium ist Frauen generell zwar möglich, aber die weiblichen Eigenarten wie Schönheit und Anmut werden dadurch zerstört.«

»Interessant«, lachte Ida. »Ich wusste schon immer, weshalb es mir nie in den Sinn gekommen ist zu studieren.«

»Dann hör gut zu«, warf Lulu ein, »gleich kommt noch ein Argument für dich.«

»Frauen verringern sich durch ein Studium ihre Heiratschancen.« Fanny hob den Zeigefinger. »Sie werden durch geistige Tätigkeit gewissermaßen geschlechtslos.«

Änny konnte offensichtlich nicht fassen, was sie da hörte, denn sie kam aus dem Kopfschütteln gar nicht mehr heraus. »Das ist alles viel schlimmer, als ich gedacht habe.«

»Es wird noch besser.« Lulu tippte auf die untere Ecke der zusammengestellten Collage.

»Durch das Frauenstudium wird die Universität zum Bordell ... Frauen vor dem Seziertisch mit Studenten rufen unweigerlich Peinlichkeiten und derbe Witzeleien hervor«, fuhr Fanny fort und lief rot an.

Lulu wunderte sich kurz darüber, ehe sie sagte: »Ist das etwa unsere Schuld? Wenn die Herren damit nicht umgehen können, sind sie vielleicht diejenigen, die nicht für ein Studium der Medizin geeignet sind.«

»Ganz genau«, pflichtete ihr Änny bei.

»Jetzt du, Ida.« Lulu schnappte das Papier und reichte es an ihre Freundin weiter.

»Frauen studieren nur, um an der Universität einen Mann zu finden.« Ida zog die Brauen hoch. »Hört, hört. Wenn das so ist, wäre eine akademische Laufbahn vielleicht doch etwas für mich.«

»Weiter!«, drängte Lulu.

»Männer verfügen über logisches, intelligenteres, ordnendes und disziplinierendes Denken, über Kreativität und Entscheidungsfreude. Frauen sind dagegen gefühlsbetont, fürsorglich und mitleidend, schwankend in ihren Fähigkeiten und Entschlüssen, entsprechend kaum geeignet für intellektuelle Arbeit und eigene Entscheidungen. Dafür sind sie gute Befehlsempfänger.«

»Befehlsempfänger?«, empörte sich Änny. »Das steht da?«

»Die jungen Damen der besseren Gesellschaft sollten sich auf Beschäftigungen beschränken«, las Ida weiter, »die als sittsam und wohlgefällig gelten: Musizieren, Malen, Sticken oder die Lektüre schöngeistiger Literatur. Selbstverwirklichung durch Arbeit und Erwerbstätigkeit zählen nicht dazu.«

»Der zelebrierte Müßiggang soll das Ideal sein?« Fanny sah die anderen der Reihe nach an. »Ist das wirklich so in euren Kreisen? Ich dachte immer, das wäre ein Märchen.«

»Keineswegs. Je größer der Müßiggang der Ehefrau, umso höher das Ansehen des Ehemannes.« Ida kicherte. »Meine Tante holt sich seit Jahren heimlich Näharbeiten ins Haus, weil das Geld knapp ist, aber nach außen mimt sie die untätige Hausfrau und führt einen prächtigen Salon.«

»Du kannst davon ausgehen«, ergänzte Elsa, »dass es sich nur Aristokratengattinnen und die Damen des reichen Bürgertums leisten können, Müßiggang zu zelebrieren, alle anderen tun nur so.«

»Wieso?« Fanny verstand das nicht. »Da, wo ich herkomme, zeichnet sich eine Frau dadurch aus, wie fleißig sie ist. Sie ist Hausfrau, Mutter und geht dem Mann im Geschäft oder auf dem Hof zur Hand. Sie arbeitet unermüdlich.«

»Wenn ich einmal verheiratet bin, würde ich es vorziehen, zur ersten Gruppe zu gehören, um ehrlich zu sein«, gestand Ida. »Aber natürlich sollten die Lulus dieser Welt, die diesen Luxus nicht zu schätzen wissen, es anders machen dürfen.«

»Danke schön.« Lulu nahm ihre Freundin kurz in den Arm. »Und jetzt tu es!« Sie reichte Ida die Zündholzschachtel.

Als auch dieser Unsinn von den zweckfreien Beschäftigungen in Flammen aufging, wurde Lulu ganz leicht ums Herz. Diese

Marotte schloss junge Damen der gehobenen Gesellschaft seit Jahrzehnten vom wirklichen Leben aus, isolierte und verdammte sie zur Langeweile. Auch sie selbst.

»Sogar wenn Professorentöchter wie Lulu, Elsa und Ida als Lehrerinnen arbeiten, gilt das hier in Deutschland fast schon als anstößig. Jede andere Arbeit sowieso.« Änny zuckte mit den Schultern. »Dabei herrscht ein solcher Frauenüberschuss im Land, dass gar nicht alle einen passenden Ehemann finden können, der sie versorgt. Wovon soll eine ledige Frau dann leben? Von Almosen?«

Elsa faltete die letzten beiden Zeitungsausschnitte auseinander, räusperte sich und setzte an, um die nächsten Absonderlichkeiten vorzutragen. Lulu kannte jedes Wort davon auswendig. Dass ausgerechnet die *Ratsch-Kathl* – obwohl der Name des Blattes eher auf weibliche Solidarität hoffen ließ – die schlimmsten Schimpftiraden abdruckte, nur weil Frauen die gleichen Bildungschancen forderten, die den Männern ganz selbstverständlich offenstanden, wollte ihr immer noch nicht in den Kopf. Verunglimpfungen wie dumme Gänse, Ungeziefer, fade Gretcln, verrückte Weiber, Geschmeiß, Geschwür, geistig hochgradig verblödet, ekelhafte Dinger, Emanzipationstrudeln, Zwitterhaftigkeit und dergleichen mehr reihten sich aneinander, und so manches Mal hielt sie inne, um tief durchzuatmen, ehe sie weiterlesen konnte.

»Weg damit!« Diesmal riss Fanny das Zündholz an, und die anderen klatschten, als das Geschmiere in Flammen aufging.

»So, meine Lieben, und jetzt hoch die Gläser«, gab Lulu erneut den Ton an und prostete dem Metzger-Altgesellen oben auf der Brunnensäule zu, der seinen Kelch bereits erhoben hatte. »Wieder ist ein kleiner Schritt geschafft. Seit genau«, sie sah auf die Uhr, »einer Stunde und zehn Minuten ist das neue *Bürgerliche Gesetzbuch* in Kraft. Wir Frauen sind jetzt uneingeschränkt geschäftsfähig.«

Die Gläser klirrten, eines zerbrach sogar.

»Dass die Neufassung noch immer viele Wermutstropfen enthält, darüber wollen wir heute großmütig hinwegsehen. Lasst uns stattdessen lieber auf eine neue Zeit anstoßen.«

»Mit mehr Rechten für Frauen«, brachte Änny ebenfalls einen Toast aus. »Ach, was! Nicht nur mehr Rechte, nein, auf die vollgültige Teilnahme der Frauen am gesamten öffentlichen Leben sollten wir trinken.«

»Genau! Zugang zu Bildung, zu Universitäten, gerechte Bezahlung«, schrie Fanny in die Nacht hinaus und boxte Änny in die Seite. »Wir Frauen sollten wählen dürfen, denn nur wenn die Regierenden um unsere Stimme buhlen müssen, werden sie anfangen, uns zuzuhören.«

»Ah, da fällt mir noch etwas ein.« Lulu kramte in ihrem Täschchen. »Ich habe dir ein Buch mitgebracht, Elsa. Du musst es unbedingt lesen.«

Elsa machte große Augen. Sie reichte Ida ihr Glas und wischte sich die Hände am Rock ab. »Ernst von Wolzogen. *Das dritte Geschlecht*. Worum geht es darin?«

»Nur darum, dass wir sein dürfen, wer wir sein wollen. Um die Einstellung zu Ehe und Berufstätigkeit der Frau. Im Prinzip kommen alle namhaften Münchner Frauenrechtlerinnen darin vor.« Lulu kicherte. »Idealisiert, retuschiert, karikiert und wunderbar verpackt in einem kurzweiligen Roman. Ernst ist Mitglied im Verein für Graueninteressen, das Buch ist vor ein paar Monaten erschienen und hat bereits einen hübschen Skandal verursacht. Es wird dich auf andere Gedanken bringen und daran erinnern, weshalb du nach München gekommen bist.« Sie schlug den Buchdeckel auf und tippte auf einen Zettel, der dort eingeklemmt lag. »Eine Liste von Autorinnen, die du ebenfalls lesen solltest: Carry Bachvogel, Helene Böhlau, Gabriele Reuter, Maria Janitschek, Emmy von Egidy«, las sie vor. »Und es gibt noch einige andere, die ich dir empfehlen kann, wenn du damit durch bist.«

»Es geht immer um Freiheit«, sagte Änny.

»Und um Selbstbestimmung,« ergänzte Ida.

»Es wird dich garantiert wachrütteln«, prophezeite Fanny.

»Ihr habt sie alle schon gelesen?«

Die anderen nickten. Sogar Ida.

»Na gut.« Elsa lächelte scheu. »Vielen Dank.«

»Lasst uns alle gemeinsam einen Schwur leisten oder, besser gesagt, ein Bündnis eingehen.« Lulu holte die Freundinnen in einem Kreis zusammen. »Wir werden dieses neu angebrochene Jahrhundert zu unserem machen. Jede auf ihre Weise, aber lasst uns einander unterstützen. Ohne Vorbehalte. Immer. Wenn wir zusammenhalten, wird alles leichter sein.« Beschwörend sah sie die anderen an.

»An Heiligabend vor einem Jahr hat uns das Schicksal bei scheußlichem Wetter vor dem Haunerschen Kinderspital zusammengeführt. Erst mich, Elsa und Fanny. Beim *Verein für Fraueninteressen*, später in der Fahrschule und bei unseren Radausflügen kamen Änny und Ida dazu. So unterschiedlich wir sind, wollen wir doch in dieselbe Richtung, also lasst uns gemeinsam gehen. Was meint ihr?«

Vor allem auch Elsas Schwangerschaft und Tildas Geburt haben uns zusammengeschweißt, hätte Lulu gerne hinzugefügt, aber noch immer war Ida ahnungslos. Das schlechte Gewissen ließ Lulu einen kurzen Moment innehalten, ehe sie beide Hände in die Mitte des Kreises streckte.

»Wer ist dabei?«

»Ich!«, Änny schlug als Erste ein.

»Eine gute Idee.« Auch Fanny nahm die Arme nach vorn.

Ida verdrehte die Augen. »Ich weiß zwar nicht, wohin ich gehen soll, aber meinetwegen marschiere ich ein wenig mit, ehe ich in den sicheren Hafen der Ehe einlaufe.«

Fanny und Änny lachten, nur Lulu hätte Ida am liebsten an den Schultern gepackt und wachgerüttelt.

»Du findest schon noch heraus, wofür dein Herz brennt. Sei gewiss! Und dann wirst du einen Ehemann verfluchen, der dich davon abhalten will.«

Beim Stichwort Ehemann flatterte in Lulus Magengrube der Schwarm Kolibris auf, der sich seit den Entgleisungen im Kopf der Bavaria darin eingenistet hatte und immer dann aufstob, wenn sie an Thaddy dachte.

Sollte auch nur die Hälfte von dem, was ihr die Eltern ein Leben lang als verboten, unziemlich und böse vorgegaukelt hatten, so wunderbar sein wie diese gestohlenen Momente mit Thaddy, dann ...

»Teufel noch mal!«, rief sie und warf die Arme in die Luft. »Wir Frauen sollten uns wirklich nicht länger Vorschriften machen lassen. Komm schon, Elsa! Worauf wartest du?«

Elsa musste bei Lulus Anblick daran denken, wie kämpferisch sie und ihr Vater gewesen waren, wenn es um das Thema Frauenstudium und Frauenrechte ging. Auch wusste sie – im Gegensatz zu Ida – einmal haargenau, wofür ihr Herz brannte, doch wohin hatte das stolze Streben sie gebracht? Lulus Bündnis klang verlockend, trotzdem konnte sie sich nicht durchringen, in die ausgestreckten Hände einzuschlagen. Ida kannte immer noch nicht die ganze Wahrheit. Auch was Elsa vorhin in der Dienerstraße bei Fannys Zankerei mit Ferdl aufgeschnappt hatte, war ein Päckchen, das womöglich zu schwer wog. Dieses Neujahrsversprechen begann mit Lügen und Heimlichkeiten. Nicht die beste Basis.

»Elsa!«, rief Lulu. »Lass uns nicht hängen. Bitte.«
»Es ist aussichtslos.« Elsa verschränkte die Arme vor der Brust. »Sollte mir das Kultusministerium eines Tages tatsächlich gestatten, Medizin zu studieren, woher soll ich dann das Geld nehmen?«
»Allein scheint es unmöglich, aber zusammen …« Lulu warf den Kopf zurück. »Vielleicht musst du bei deiner Mutter genauso hartnäckig dein Recht einfordern wie gegenüber dem Staat. Gemeinsam werden wir einen Weg finden. Es gibt immer eine Lösung.«

Elsa lächelte. Lulus grenzenloser Optimismus hatte ihr schon am Tag ihres ersten Zusammentreffens imponiert. Aber Direktor von Rankes Tochter lebte in einer Seifenblase. Immer schien sich alles für sie zu fügen. Doch Seifenblasen platzten.

»Jetzt zier dich nicht so, Elsa. Ruiniere uns nicht unseren schönen Neujahrspakt.« Änny rempelte forsch gegen Elsas Schulter. »Es ist doch nur ein kleines Versprechen auf etwas, das wir ohnehin schon tun. Was hält dich zurück?«

Die Freundinnen hatten recht. Ohne Lulus, Fannys und Ännys Hilfe wäre Elsa untergegangen. Vielleicht wäre sie gar nicht mehr am Leben. Trotzdem. »Die Arbeit im Kinderspital kommt dem am nächsten, was ich immer für mich wollte. Vielleicht sollte ich damit zufrieden sein.«

»Papperlapapp!« Lulu wollte nichts davon hören. »Wir geben uns nicht länger mit den paar Brocken zufrieden, die man uns hinwirft. Das Haunersche Kinderspital ist höchstens eine Zwischenstation für dich. Eine Verschnaufpause. Dein Weg ist noch lange nicht zu Ende. Unsere Wege sind noch nicht zu Ende! Sie fangen gerade erst an. Und ab jetzt gehen wir gemeinsam. Und damit basta!«

Änny lachte rau. »Hört, hört! Lulu, unser Küken, reißt die größten Sprüche, aber sie hat recht: Es schadet nie, Freundinnen zu haben, auf die man bauen kann. Komm schon, gib dir einen Ruck.«

Doch Elsa zögerte noch immer. Es fühlte sich nicht richtig an. Sie wusste nicht einmal genau, warum, bis Lulu das unvollständige Handknäuel in der Mitte des Kreises auseinanderriss.

»Natürlich!«, die Direktorentochter schlug sich hart gegen die Stirn. »Wir müssen es richtig machen.«

Zu Elsas unendlichem Erstaunen verbog Lulu die Finger zu Krallen und stieß ein heiseres Krächzen aus. Es klang zwar mehr wie das eines verhungerten Kätzchens als das einer Löwin, aber Elsa verstand. Sie spürte, wie ihre Mundwinkel zuckten, wie sie anfing zu lächeln und wie das angriffslustige Knurren aus ihrem Inneren aufstieg. Lulu war ein solcher Schatz. Dass sie daran dachte! In diesem Moment. Unglaublich.

Zum ersten Mal, seit Elsa an Heiligabend vor der Haunerschen Kinderklinik gestürzt war, fiel die Beklemmung von ihr ab, die sie seither – und noch mehr nach Tildas Geburt und erst recht nach ihrem Verschwinden – stets begleitet hatte. Auf einmal sehnte sie sich nach Aufbruch. Nach Gemeinschaft. Nach Rückhalt. Nach Veränderung. Auch für ihre Tochter. Egal, wo sie jetzt gerade war. Sie sollte es einmal besser haben. Sie sollte tun können, was immer sie wollte.

Als die anderen nach Lulus kurzer Erklärung ebenfalls die Finger zu Krallen formten und in ihr wildes Gebrüll einstimmten, züngelte wie in kalter Asche, in die man am Morgen nach einer langen Winternacht blies, eine kleine Flamme der Hoffnung in Elsa empor und wärmte ihr das Herz.

»Wir werden gemeinsam kämpfen«, sagte Lulu. »Aber nicht wie Löwen. Nein, wir werden kämpfen, wie es sich für echte bayerische Löwinnen gehört.«

Etwa eine halbe Stunde später stahl sich Elsa in Richtung Abrissgrube des geplanten Rathaus-Anbaus davon und setzte sich auf einige wohl schon für das Aufstellen des Baugerüstes aufgestapelte, schwere Planken.

Über ihr ragten die Zwillingstürme der Frauenkirche auf, und am Nachthimmel des neuen Jahrhunderts fand sie schnell das Haus mit dem spitzen Dach.

Kepheus.

Als Elsa noch ein kleines Mädchen war, hatte der Vater ihr und den Brüdern das Sternbild gezeigt. Er erzählte dazu keine Geschichte über den König von Äthiopien, Kassiopeia, Andromeda und die Nereiden, sondern sagte zu seinen Kindern: *Dort oben ist unser ewiges Zuhause. Auch wenn wir hier unten irgendwann getrennt sein sollten, wenn jeder von euch seiner Wege geht, müssen wir nur in den Himmel hinaufschauen und sind daheim.*

Elsa öffnete den Verschluss ihres Täschchens und nahm das kleine Präsent mit der roten Samtschleife heraus. Im Krankensaal der Chirurgischen Abteilung war Josef gestern unverhofft mit seinem verspäteten Christkindl aufgetaucht. Vor den Augen einer Schwester und zweier Wärterinnen wollte er es ihr geben. Elsa war so überrumpelt und beschämt gewesen, dass sie ihn fortgeschickt hatte. Sie brauche nichts von ihm, hatte sie ihm viel zu schroff entgegengeschleudert. Dabei wollte er ihr nur eine Freude machen. Auch er war allein gewesen an Heiligabend und den Feiertagen danach. Ganz allein sogar, denn er hatte keine Familie. Nirgendwo. Elsa schon.

Andächtig fuhr sie mit dem Finger die Umrisse des Geschenks nach. Heute, ehe sie zu dem Treffen mit Lulu, Fanny, Ida und Änny aufgebrochen war, hatte Elsa es auf der Schwelle vor ihrer Kammer vorgefunden. Eigentlich wollte sie es ihm zurückgeben, doch Josef war nicht dagewesen, deshalb trug sie es immer noch bei sich.

Sie zog an der Schleife, bis sich das glitzernde Papier öffnete wie die Blüten einer Blume.

Es war das Kind der Bettlerin. Ohne die Mutter. Ein Ebenbild Tildas. Elsa strich über die verblasste Narbe an der Lippe. Keine klaffende Spalte wie beim Original. Hatte Josef es geschnitzt? Bei all den winzigen Details musste er ununterbrochen daran gesessen haben. Sogar die punzierte silberne Rassel hielt Tilda in der Hand.

Mit Tränen in den Augen drückte Elsa die Figur an ihr Herz und hob den Zettel auf, der beim Auspacken auf den Boden gefallen war. Im schalen Licht konnte sie Josefs Schrift kaum entziffern.

Wir werden Tilda finden. Dein Vater wird von seinem Häuschen aus, zu dem du immerfort hinaufschaust, schon dafür sorgen.

Elsa legte den Kopf in den Nacken und blickte zu den Sternen. Mit einem Mal fühlte sie sich ganz leicht.

Dank

Mit einem Gläschen Champagner Julep möchte ich hier an dieser Stelle mit all jenen anstoßen, die an der Entstehung dieses Buches beteiligt und von Anfang an vom Stoff und meiner Idee begeistert waren.

In Reihenfolge »des Erscheinens« ein herzliches Dankeschön ...

... meinem fabelhaften Agenten Thomas Montasser, der mich in seine kleine, aber feine Agentur aufgenommen, beim Tunen des Exposés geholfen und den Buchvertrag mit Goldmann in Rekordgeschwindigkeit eingetütet hat. *Chapeau!*

... einer – jetzt meiner – urnetten Lektorin bei Goldmann, Lisa Krämer, die mich schon beim ersten Telefongespräch davon überzeugen konnte, dass Goldmann für mich goldrichtig ist, und mit der sich die Zusammenarbeit nicht wie Arbeit anfühlt.

... den Entscheider*innen beim Goldmann Verlag und damit auch der Penguin Random House Verlagsgruppe für das große Vertrauen, das in mich gesetzt wurde.

... an Clarissa Bill, die mich in allen medizinischen Fragen beraten und unterstützt hat. Was hätte ich nur ohne dich getan?

... meinen Testleserinnen Sofia, Christiane, Lisa, Luise, Helga, Franziska und Clarissa für die ersten Rückmeldungen und das mühselige Fehler-Aufspüren. Seid gedrückt!

... in Richtung Angela Troni, freie Lektorin und Autorin in München, die meinen Blickwinkel mit der so wichtigen Sicht von außen noch mal entscheidend justiert hat.

... an Katrin Cinque und Barbara Henning aus der Presseabteilung für den herzlichen Empfang beim ersten Treffen im Verlag, und Fotograf Dominik Rößler für seine Geduld.

… ebenso an Covergestaltung, Satz, Druck, Korrektorat, Marketing und Vertrieb. Es ist unglaublich, was, wer und wie viel alles dranhängt, bis so ein Buch im Laden liegt.

… natürlich auch an alle, die solche Bücher mögen, denn sonst dürfte ich mein Dasein erst gar nicht als Geschichtenerzählerin fristen.

Einen Orden verdienen – weil sie mich in der langen, langen und manchmal sehr nervenaufreibenden Zeit des Schreibens ertragen haben – mein Mann Georg, der allerallergrößter Kritiker und wichtigster Unterstützer zugleich ist, meine Tochter Sofia, die nun schon zum zweiten Mal als Testleserin herhalten musste und eine echte Spürnase geworden ist, und auch meine zwei Jungs Levin und Jonah, die das Roman-Genre weiterhin erst noch für sich entdecken müssen.

Cheers!

Champagner Julep

1–2 Stückchen Würfelzucker, etwas Krauseminze, einige Erdbeeren oder Orangenscheiben werden in einen großen Kelch gegeben, dieser mit zerkleinertem Eis angefüllt und Champagner darüber gegossen. Dekor: Zuckerrand am Glas und Strohröhrchen mit Zitronenlocke

Hegebarth's Getränkebuch, 1899

Fiktion und Wirklichkeit

Goldene Träume erzählt eine fiktive Geschichte, die von wahren Begebenheiten und Persönlichkeiten inspiriert ist. So sind die Zustände im Dr. von Haunerschen Kinderspital, in der Residenzstadt München sowie der Medizinischen Fakultät der Ludwig-Maximilians-Universität und an allen Schauplätzen möglichst realitätsnah nachgezeichnet.

Historische Personen wie zum Beispiel Prinzessin Ludwig, Direktor von Ranke und Oberarzt Doktor Herzog, der ehrenwerte Anatom Professor Rückert, die gestrenge Oberin Amalberga und viele andere tauchen als Nebenfiguren auf oder werden – wie der Münchner Franz Marc – manchmal nur am Rande erwähnt.

Die außergewöhnlichen Lebenswege von Lulu, Elsa und Fanny sind erfunden, orientieren sich jedoch stark an denen der ersten immatrikulierten Medizinstudentinnen der Ludwig-Maximilians-Universität.

Auch Änny Geissler-Lee gab es wirklich. Sie wird im Bericht des Vereins für Fraueninteressen des Jahres 1900 als Mitglied geführt, wohnte aber in der Schellingstraße 981. Ob sie wirklich so unkonventionell war, wie hier beschrieben, und ihr Glück als Schauspielerin versuchte, darf jedoch bezweifelt werden.

Die Bescherung in den Krankensälen des Kinderspitals fand damals tatsächlich um zehn Uhr vormittags an Heiligabend statt. Wortwörtlich heißt es im Jahresbericht von 1898: *Die Freude so vieler kranker, oft todkranker Kinder, die leuchtenden Auges sich an*

Baum und Gaben nicht sattsehen können, das ist ein Bild, das man nicht so leicht wieder vergessen wird.

Allerdings war Prinzessin Ludwig, die damalige Schutzpatronin des Unterstützungsvereins, wohl nicht anwesend, denn das hätte Professor von Ranke garantiert in seinen jährlichen Berichten ebenso erwähnt, wie er Krankenstände, Verpflegtage und -kosten pro Kind, Herkunft der Patienten, bauliche Maßnahmen, Streitigkeiten mit dem Magistrat und alle sonstigen besonderen Ereignisse akribisch in seinen Aufzeichnungen festhielt. Die meisten Namen von Assistenz- und Oberärzten sowie Maschinisten und Hausdienern, die als Personal von Kinderklinik und Universitäten im Buch auftauchen, stammen aus den entsprechenden Chroniken.

Was die Zustände in der Residenzstadt München angeht, so haben mir historische Fotografien und besonders auch Zeitungsberichte geholfen, die Zeit lebendig werden zu lassen. Auch einige sehr gute Bücher über das alte München und die Prinzregentenzeit gibt es. Eine Auswahl der für mich wichtigsten Titel sind weiter hinten abgedruckt. So einige Stunden habe ich natürlich auch in Staatsbibliothek, Stadtarchiv, Staats-, Hauptstaats- und Kriegsarchiv und dem Archiv der LMU verbracht, um wenigstens eine vage Vorstellung davon zu bekommen, wie es damals zugegangen ist.

Im Adressbuch der Stadt München von 1900 ist auf fast zweitausend Seiten alles festgehalten, was man als Münchner wissen musste. Von Adressen, Hauseigentümern, Einwohnerzahlen pro Bezirk, Postämtern, Kutschenwartestellen, Radfahrschulen, Tramlinien, Vereinen, Geschäften, Handwerkern, Obdachlosenasylen über Regeln zum Verhalten im Straßenverkehr und, und, und findet man fast alles. Eine schier unerschöpfliche Quelle, dank der ich die von Rankes, die Herzogs, die Hebamme Babette Rauch oder die von und zu Aufseß und noch einige andere dort unterbringen konnte, wo sie damals tatsächlich gewohnt haben. Es stimmt übrigens, dass Lulus Vater mindestens bis 1902 keinen Telefonanschluss in der Privatwohnung installieren ließ, der gute Onkel Herzog und seine erfundene Tochter Ida dagegen schon.

Für die erste Tramfahrt zum Volksgarten musste ich mir dennoch weitere Unterstützung holen. Klaus Onnich, Archivleiter des Vereines der Freunde des Münchner Trambahnmuseums (www.trambahn.de), hat mir so einige Detailfragen beantwortet. Vielen Dank dafür.

Und was war mit Strom, Wasser, Heizung und Licht? Im damaligen München existierten alle möglichen Arten der künstlichen Beleuchtung parallel. Dasselbe gilt für Warmwasserversorgung, Heizungen und Lüftungen. In Privatwohnungen und -häusern gab es elektrisches Licht jedoch erst ab 1899, und es dauerte bis in die Fünfzigerjahre, bis es flächendeckend installiert war. Für die Geschichte macht es aber kaum einen Unterschied, ob Lulu, Elsa oder Fanny nun den Schalter für elektrisches Licht umdrehen oder die Gasbeleuchtung anknipsen. Würden die drei jungen Damen hingegen in der Au wohnen, müssten sie noch weitaus öfter den Glühstrumpf anzünden.

München war ab 1900 in vierundzwanzig Stadtbezirke eingeteilt, die nicht nur Nummern, sondern auch Namen hatten. Abweichend davon gab es verschiedene Bezeichnungen für einzelne Stadtviertel. Das ist durchaus nicht so leicht abzugrenzen. Ich habe für dieses Buch die Namen der Stadtbezirke verwendet, wie sie von der Polizei eingeteilt waren. Eine Ausnahme gibt es allerdings: Das Schlachthofviertel, zu dem die Lindwurmstraße und somit das Haunersche Kinderspital wie auch viele andere medizinische Einrichtungen gehörten, habe ich als Klinikviertel bezeichnet – ebenfalls eine gängige Bezeichnung damals, aber eben nicht der offizielle Bezirksname.

Was die Prostitution in München und generell die Härte eines Frauenlebens zu der Zeit angeht, muss ich mich bei Sybille Krafft bedanken, die in *Zucht und Unzucht – Prostitution und Sittenpolizei im München der Jahrhundertwende* sowie in *Frauenleben in Bayern – Von der Jahrhundertwende bis zur Trümmerzeit* sehr genaue Bilder zeichnet.

Die Barmherzigen Schwestern haben sich von 1853 bis 1981 im Haunerschen Kinderspital um Krankenpflege und Hauswirtschaft gekümmert. Ihre markanten Flügelhauben sind vielen Münchnerinnen und Münchnern sicherlich noch im Gedächtnis. Dr. Susanne Kaup, Archivarin der Barmherzigen Schwestern, hat mich mit vielen wichtigen Informationen versorgt, für die sie manchmal tief ins Archiv eintauchen musste. Sogar mit Generaloberin Rosa Maria Dick durfte ich ein Gespräch im Mutterhaus in Berg am Laim führen. All das hat mir sehr geholfen, den dort herrschenden Geist zumindest ein wenig zu spüren.

Haarsträubend war damals die allgemeine Meinung über die Studierfähigkeit der Frau. Wer denkt, ich hätte übertrieben, sollte sich unbedingt Theodor Ludwig Wilhelm Bischoffs Schrift *Das Studium und die Ausübung der Medicin durch Frauen* aus dem Jahr 1872 zu Gemüte führen. Heutzutage liest es sich wie Satire, damals jedoch war es bitterer Ernst. Bischoff war im Übrigen ein hoch angesehener Anatom an der Universität München und nur einer von vielen Wissenschaftlern seiner Zeit, die sich gegen das Frauenstudium aussprachen. Natürlich gab es auch andere. Arthur Kirchhoff zum Beispiel erstellte ein Gutachten, das die Befähigung der Frau zum wissenschaftlichen Studium beweisen sollte. *Die Akademische Frau* erschien 1897. Darin kamen Universitätsprofessoren aus allen Fakultäten, aber auch Lehrer und

Schriftsteller zu Wort. Dieses Gutachten fiel deutlich positiver aus, dennoch blieb die Skepsis groß. Am allermeisten hat mich jedoch das Heftlein des Neurologen und Psychiaters Paul Julius Möbius schockiert, das erstmals im Jahr 1900 erschien. Durchaus in provokanter Absicht zu Papier gebracht, erreichte er mit seiner zwanglosen Abhandlung *Über den physiologischen Schwachsinn des Weibes* große öffentliche Aufmerksamkeit und musste sein Werk immer wieder neu auflegen. Aus den gerade mal dreiundzwanzig Seiten dampft extreme Herablassung gegenüber uns Frauen, flankiert von Rassismus und anderen haarsträubenden Weltanschauungen. Unfassbar!

Dass Professor von Ranke nicht in dasselbe Horn blies, hoffe ich sehr. Laut Personalverzeichnis der Ludwig-Maximilians-Universität war Lulus Vater außerordentlicher Professor, Direktor der königlichen Universitäts-Kinderklinik und Poliklinik im Dr. von Haunerschen Kinderspital, ordentlicher Beisitzer des Medizinal-Comités und des Gesundheitsrates der Stadt München, Ritter des Verdienstordens der Bayerischen Krone, Ritter I. Klasse des Verdienstordens vom Heiligen Michael, Inhaber des Erinnerungszeichens für Civilärzte 1866 und des Verdienstkreuzes für den 1870/71er Krieg, Ritter des K. Preußischen Kronenordens IV. Klasse, Inhaber des ... Es geht noch doppelt so lange weiter. Auszeichnungen und Ehrenzeichen waren damals hip, so viel steht fest.

Aber was ist mit Lulu? Professor von Ranke hatte tatsächlich eine Tochter, die Luise hieß. Sie starb sehr jung, deshalb durfte Lulu als extreme Nachzüglerin ihren Platz einnehmen. Ob ihr Bruder Fred zu den ewig Gestrigen zu zählen war ... man weiß es nicht. Jedenfalls sind Lulus Geschwister allesamt reale Personen, die ich aber mit erfundenen Eigenschaften und ausgedachten äußeren Merkmalen ausgestattet habe, wie es mir gefiel. Mögen mir die Nachkommen diese Unverschämtheit verzeihen.

Dass Lulus Vater und Professor Herzog nicht das allerbeste Verhältnis zueinander hatten, entspricht hingegen ebenso der Wahrheit wie Herzogs umgängliche Art mit Patienten und Studenten sowie seine Opferbereitschaft für das Spital. Fiktion und Wirklichkeit vermischen sich also immer wieder.

Bei den medizinischen Details und Behandlungsmethoden habe ich versucht, alles möglichst so darzustellen, wie es nach damaligem Wissensstand gemacht wurde. Die nötigen Informationen stammen aus diversen Lehrwerken für Studenten und Ärzte, von denen ich einige alte Ausgaben auf meinem Büchertisch stehen habe, die aber vereinzelt auch digitalisiert in Internet-Archiven zu finden sind, was eine enorme Erleichterung war. Dennoch stand nicht für jedes Jahr und jede medizinische Disziplin ein Nachschlagewerk zur Verfügung, es kann – auch wenn ich hoffe, dass es nicht so ist – daher sein, dass es einige Medikamente und Verfahren noch gar nicht gab, während andere schon wieder überholt waren. Die Medizin schreitet voran. Stetig. Deshalb waren die Ausgaben der *Münchener Medizinischen Wochenschrift (MMW)*, die Professor von Ranke mit einigen Kollegen herausgab, eine sehr willkommene und schier unerschöpfliche Quelle. Von Rankes Periodikum *MMW* besteht übrigens heute noch als Fusion mit der Zeitschrift *Fortschritte der Medizin* fort. Den Schwangerschaftstest nach Aschheim/Zondek, bei dem man den Urin von Frauen Mäusen unter die Haut spritzte, habe ich allerdings wissentlich um fast dreißig Jahre vorverlegt. Sorry. Es hat einfach zu schön gepasst.

Weil ich als Nichtmedizinerin sowieso oftmals etwas falsch verstehe oder interpretiere, bin ich einer Person von Herzen dankbar, die alle medizinischen Szenen in diesem Buch kontrolliert hat: Clarissa Bill. Eine engagierte, zielstrebige junge Frau, die sehr gut Vorbild für Elsa, Lulu und Fanny hätte sein können. Als ich angefangen habe zu recherchieren und zu schreiben, war sie noch Medizinstudentin, inzwischen arbeitet sie als internistische Assistenzärztin in einer Münchner Klinik und ist mit ihrer Doktorarbeit fertig. Manchmal konnte Clarissa nicht glauben, wie brachial die Behandlungsmethoden damals waren, deshalb sind wir recht bald dazu übergegangen, dass ich ihr zur ausformulierten Szene immer auch die Originalquelle mitgeschickt habe.

An dieser Stelle muss ich erwähnen, dass die Corona-Pandemie auch ihre guten Seiten hatte. Das Institut für klinisch-funktionelle Anatomie in Innsbruck hat deshalb nämlich begonnen, die anatomische Präparation von menschlichen Strukturen auf Video aufzuzeichnen und ins Netz zu stellen. Wer so einen Sezierkurs also einmal fast live miterleben will, dem kann ich den Innsbrucker YouTube-Kanal wärmstens empfehlen. Manche Ausschnitte habe ich mir so oft angesehen, dass ich die Stimme von Hannes Stofferin wohl zu jeder Zeit und überall auf der Welt wiedererkennen würde.

Zur Alten Anatomischen Anstalt in der Schillerstraße 25, wo Fanny sich bei ihrer ersten Präparierübung vor Professor Rückert beweisen muss, gab es nur sehr wenig Material. In *Die Universität München – Ihre Anstalten, Institute und Kliniken* aus dem Jahr 1928 fand ich zwar eine Abbildung mit kurzer Beschreibung, aber all die Details zum katastrophalen Platzmangel stammen aus der Eröffnungsrede bei der Einweihung der Neuen Anatomischen Anstalt in der Pettenkoferstraße. Gehalten wurde diese von – Tataa! – Professor Rückert, der darin anführt, warum der Neubau der Anatomie so dringend notwendig war und doch so oft aufgeschoben wurde. Zum Thema Leichenkonservierung hatte er ebenfalls einiges zu sagen.

Es existiert mindestens ein Beweisfoto, dass sich damals Frauen als Studenten ausgegeben haben, um ihre Träume zu verfolgen.

Eine gewisse Zofia Lubanska-Grzymala tat dies, um an der Königlich Bayerischen Akademie der Bildenden Künste zu studieren. Das Foto wurde im Jahr 1911 aufgenommen, denn die Kunstakademien öffneten ihre Türen für Studentinnen noch später als die Medizinische Fakultät – nämlich erst mit Einführung des Frauen-Wahlrechts 1919. Die Münchner und die Düsseldorfer Kunstakademien zögerten es sogar noch länger hinaus, denn mit der Unterzeichnung der Weimarer Verfassung im August 1919 mussten sie sich erst im darauffolgenden Jahr zur Bewerbungsmöglichkeit für Frauen gesetzlich verpflichten. Sie haben es also bis zum Letzten ausgereizt, den Damen den Zutritt zu verweigern. Die *Malweiber* sollten in ihren teuren privaten Malschulen und Damenakademien bleiben. Beschämend, oder?

Und wer glaubt, früher wären die Herren Studenten fleißiger gewesen als heute, dem sei hier noch mal gesagt: *Studiosus est animal aut nihil aut aliud agens.* Der Student ist ein Tier, das entweder nichts tut oder nicht das, was es soll. Darüber und über den deutschen Studenten im Allgemeinen hielt ein gewisser Philosophieprofessor Ziegler Ende des 19. Jahrhunderts in Straßburg Vorlesungen. In einer Stadt wie München, in der die gehobene Gesellschaft das süße Nichtstun zelebrierte, wo die Schwabinger Bohème definitiv zu feiern wusste, fand der Schlendrian einen äußerst guten Nährboden. Des is g'wiss!

Ach ja, Lateinunterstützung leisteten mir Antonia und Martin Perzlmeier. *Gratias valde multum!* Hoffentlich habe ich wenigstens das allein hinbekommen.

Der Verein für Fraueninteressen hieß bei seiner Gründung durch Anita Augspurg und Sophia Goudstikker im Jahr 1894 noch Gesellschaft zur Förderung geistiger Interessen der Frau. Ihn gibt es heute noch! Wer die Homepage besucht, findet dort das Drachenornament der Fassade des Hof-Ateliers Elvira, das von

Augspurg und Goudstikker, die damals als Paar zusammenlebten, als Photographische Anstalt gegründet und durch ihre Arbeit in der Frauenbewegung berühmt wurde. Leider ist der Drache, der eigentlich ein Tier der Unterwasserwelt ist, irgendwann aus dem Stadtbild verschwunden.

Details aus der geschilderten Generalversammlung Anfang März 1899 sind dem Jahresbericht des darauffolgenden Jahres entnommen, also um ein Jahr vorverlegt. Die Mitgliederabende haben im Restaurant *Eckel* aber wie beschrieben stattgefunden. Kluges Debattieren zu üben würde auch heutzutage nicht schaden.

Den Prévost, und damit meine ich *Les Demi-vierges*, Marcel Prévosts gefeierten Roman *Starke Frauen*, hat natürlich Franziska Gräfin zu Reventlow ins Deutsche übersetzt – nicht Fanny. Allerdings hatte Fanny zu Reventlow zu genau derselben Zeit in München ebenfalls mit Geldsorgen zu kämpfen, lebte als alleinerziehende geschiedene Frau in verschiedenen Wohnungen in Schwabing und musste sich zeitweise prostituieren, um über die Runden zu kommen. Auch ihr reichte das Geld, das sie mit Übersetzungen, Schriftstellerei und als Schauspielerin verdiente, hinten und vorne nicht. Als höhere Tochter aus gutem Haus legte sie einen überaus schillernden, absolut unkonventionellen Lebensweg hin, den sie zum Glück in Tagebüchern festgehalten hat, sonst wüsste vermutlich niemand mehr so genau, durch welche Höhen und Tiefen sie einst ging.

Radfahren war in der Zeit, als Lulu, Fanny und Änny es lernten, bei Weitem nicht so einfach wie heute. Zwar ließ sich der Amerikaner A. P. Morrow bereits 1889 den Freilauf patentieren, der 1898 durch eine Rücktrittbremse ergänzt wurde, aber deshalb waren längst nicht alle Fahrräder sofort damit ausgestattet. Im Buch *Der Radfahrsport*, 1897 von Dr. Paul von Salvisberg herausgegeben, steht alles über diesen schönen Sport und seine Ausübung, wie es damals üblich war, und zwar – inklusive einer genauen Anleitung mit Abbildungen, wie man es – ohne Freilauf – erlernen konnte. Amelie Rother plaudert im Kapitel »Das Damenfahren« aus dem Nähkästchen, mit welchen Gemeinheiten die Leute sie als Radfahrpionierin in Berlin und anderswo überzogen haben. Die Vorurteile gegenüber den Rad fahrenden Damen waren haarsträubend. Speziell die Hosen tragende Radlerin schürte Ängste vor der Vermännlichung der Frau oder sogar Rollenumkehr.

Bis ich für dieses Buch recherchiert habe, war mir gar nicht bewusst, dass das Fahrrad eine solche Emanzipationsmaschine war. Rosa Mayreder, eine österreichische Frauenrechtlerin, sagte 1905: »Das Bicycle hat zur Emanzipation der Frau in den höheren Gesellschaftsschichten mehr beigetragen als alle Bestrebungen der Frauenbewegung zusammen.« Warum? Wie Lulu, Fanny, Ida und Änny hatten viele junge Frauen und Mädchen dadurch auf einmal die Möglichkeit, auf eigene Faust loszufahren und die Welt zu erobern. Dass man ihnen diese neu gewonnene Freiheit nicht zugestehen wollte, zusammen mit den damit einhergehenden Anfeindungen, ließ sie enger zusammenrücken. Vor allem die Damen der gehobenen Gesellschaft – denn erst in den Zwanzigerjahren konnten sich Frauen aus einfacheren Verhältnissen Fahrräder leisten – machten sich daraufhin erste Gedanken zur Gleichberechtigung.

Welche Inszenierungen damals in den vielen Theatern und Bühnen Münchens zu sehen waren, stand jeden Tag in der Zeitung. Wie es dagegen hinter den Kulissen im Münchener Schauspielhaus aussah, habe ich dem *Theater-Almanach* oder vielmehr einer Denkschrift zur Feier der Eröffnung desselben aus dem Jahr 1901 entnommen. Ein bisschen was dazuerfinden musste ich dennoch. Ob Änny dort als Darstellerin wirklich nicht bezahlt worden wäre, kann ich nicht mit letzter Sicherheit sagen, aber im Jahr 1895 beschäftigte sich ein gewisser Dr. Paul Schlenther eingehend mit dem Frauenberuf im Theater. Seine Abhandlung erschien in einer Heftreihe mit dem Titel *Der Existenzkampf der Frau im modernen Leben* und zeigt noch einige Missstände mehr auf als die, von denen Änny ihrer neuen Freundin Fanny auf der Balustrade berichtet.

Das wunderbare Menü, das Lulu mit den Gästen der Abendgesellschaft im Hause von Ranke nach ihrem ersten Fahrschulabenteuer genießt, ist eine Empfehlung aus *Speemanns goldenes Buch der Sitte*, das 1901 erschien. Graf und Gräfin Baudissin geben darin Ratschläge für alle Lebenslagen. Man hat heute ja keine Vorstellung mehr davon, wie viele Fettnäpfchen es damals zu umschiffen galt.

Wer sich darüber hinaus für exquisites Essen interessiert, sollte einen Blick in Ernst von Malories *Das Menu* aus dem Jahr 1888 werfen. Dort findet man auf fast fünfhundert Seiten nicht nur nach Monaten und Anlässen geordnete Menüfolgen, sondern auch echte historische Menüs, wie zum Beispiel das *souper* zum Ball des Vizekönigs von Ägypten bei der Eröffnung des Suezkanals 1869, ein Festessen zu Ehren des Deutschen Kaisers in Hamburg 1881 oder ein *dîner* Ludwigs VII, von Frankreich im Jahr 1129.

Eine Vorstellung davon, wie groß die Verzweiflung bei vielen Frauen war, die wie Elsa ungewollt schwanger wurden, liefern Prof. Dr. L. Lewins und Dr. M. Brennings 1899 in ihrem Handbuch für Ärzte und Juristen namens *Die Fruchtabtreibung durch Gifte und andere Mittel*. Darin sind so viele Fallbeispiele von unterschiedlichen missglückten und auch für die Mutter tödlich verlaufenden Abtreibungsversuchen beschrieben, dass man es kaum glauben kann. Der von Elsa durchgeführte Eihautstich wurde quasi zu jeder Zeit und überall auf der Welt angewandt.

Und Verhütung? Da wurde seit der Antike so einiges ausprobiert: Gemische aus Krokodilkot, Amulette, Herausniesen, mit allen möglichen Pflanzensuden getränkte Schwämmchen, Scheidenspülungen et cetera pp. kamen zum Einsatz. Mit Hilfe von Scheidenpulverbläsern sowie Ballon- und Mutterspritzen gelangten alle möglichen Toxine, Säuren und Laugen in den Uterus. Zwischen Abortiv- und Verhütungsmittel unterschieden wurde kaum, dafür das Blaue vom Himmel herunter versprochen.

Einigermaßen sichere Verhütungsmittel gab es erst ab Mitte des 19. Jahrhunderts, als die seit Urzeiten bekannten Kondome aus tierischen Membranen, Baumwolle oder Leinen endlich eine Haut aus Gummi bekamen. Auch das Diaphragma feierte Ende des 19. Jahrhunderts seine endgültige Geburtsstunde. Ein Segen für die Frauen, könnte man meinen, doch um 1900 herum, als das nationalstaatliche Interesse an einer hohen Bevölkerungszahl wuchs, wurden der Vertrieb von Verhütungsmitteln sowie die dazugehörige Werbung mit Zuchthaus bis zu einem Jahr oder einer Geldstrafe bis zu tausend Mark belegt.

Was war die Folge? Die Zahl der ungewollten ledigen Kinder, die irgendwie betreut werden mussten, wenn die Mütter es nicht selbst bewerkstelligen konnten, wurde nicht kleiner. Zum Glück hat eine gewisse Petra Sulner ihre Dissertation über *Strategien zum Umgang mit der Problematik ungewollter Kinder* unter besonderer Berücksichtigung der historischen Konstellation in München geschrieben. Darin fand ich viele wichtige Informationen zum Kostkinderwesen und zur erhöhten Sterblichkeit bei Kost- und Haltekindern.

Womit wir auch schon beim Thema Frühgeburten wären. Zu Lulus Zeit gab es längst nicht die medizinischen Möglichkeiten wie heute. Die künstliche Beatmung mit Sauerstoff hatte ihre Geburtsstunde erst 1907, als ein gewisser Heinrich Dräger in Lübeck das Patent für den Pulmotor anmeldete. Fakt ist jedoch – und das hat mich wirklich überrascht –, dass auch damals extreme Frühgeburten wie Tilda überlebten. Sehr selten zwar, aber es passierte. Im *Lehrbuch der Geburtshilfe zur wissenschaftlichen und praktischen Ausbildung für Ärzte und Studierende* von Johann Friedrich Ahlfeld aus dem Jahr 1898 ist von einem ähnlichen Fall die Rede. Eine speziell auf Säuglinge spezialisierte Abteilung gab es im Haunerschen Kinderspital aber erst über zehn Jahre später.

Das Jahrhunderthochwasser von 1899 hat München voll erwischt und schlimm verwüstet. Die Zeitungen waren – gut für mich – voll davon. Seither hat man viel für den Hochwasserschutz getan, weshalb ein Jahrhundertereignis wie damals München heutzutage dank der Renaturierungen und des Sylvensteinspeichers kaum etwas anhaben kann.

Was Frauenstudium und Mädchengymnasium anbelangt, war die Situation in Deutschland seinerzeit eine Katastrophe. Die Zahlen, die im Kapitel vom Ersten Bayerischen Frauentag genannt sind, stammen aus einem Artikel der *Münchener Post* vom 31. November 1899, alle Details zum Frauentag aus Ingvild Richardsens *Frei und gleich und würdig – Die Frauenbewegung und der Erste Bayerische Frauentag 1899*. Nur bei Ika Freudenbergs Eröffnungsrede habe ich ein Zitat aus Elisabeth von Heykings Bestseller *Briefe, die ihn nicht erreichten* aus dem Jahr 1903 dazu gemogelt. Das mit dem Warten, bis sich endlich eine Tür öffnet, hat mir einfach zu gut gefallen, und es passte so schön zu Lulus Liebschaft mit Thaddy. Andauernd verzehrte sie sich nach ihm, das dumme Ding!

Ein gewisser Thaddäus Robl aus dem alten München hat übrigens verblüffende Ähnlichkeit mit Lulus Thaddy. Das mit der

Gehbehinderung und dem Gehirnthyphus ist nicht erfunden. Wer sich die Mühe macht, den echten Thaddy zu googeln, wird feststellen, dass es da noch einige Parallelen mehr gibt.

Was mich sofort an das Innenleben der Bavaria denken lässt, huch, und auch an die Ruhmeshalle. Was glaubt ihr – denn über das Sie sind wir doch längst hinaus –, wie viele Frauen dort wohl hängen? Schätzt mal!

Es sind vier: Lena Christ, Clara Ziegler, Emmy Noether und Therese von Bayern. Muss ich dazu noch mehr sagen?

# (Kl)eine Bücherauswahl für Interessierte

München & die Haunersche Kinderklinik

Bauer, R. (2021): Lehel – Zeitreise ins alte München.
Bauer, R. (2012): Ludwigvorstadt – Zeitreise ins alte München.
Bauer, R. (2013): Maxvorstadt – Zeitreise ins alte München.
Bauer, R. (1988): Prinzregentenzeit – München und die Münchner Fotografien.
Bauer, R./Graf, E. (1986): Stadt im Überblick – München im Luftbild 1890–1935.
Bauer, R. (1982): Zu Gast im alten München – Erinnerungen an Hotels, Wirtschaften und Cafés.
Bayerischer Architekten- und Ingenieurverein (1912): München und seine Bauten.
Destouches, E. von (1898): Führer durch München und die Ausstellung II. Kraft- und Arbeitsmaschinenausstellung München 1898.
Greipl, Prof. Dr. E. (2008): Münchener Lebenswelten im Wandel – Au, Haidhausen und Giesing 1890–1914.
Hartwig, W./Tenfelde K. (1990): Soziale Räume in der Urbanisierung – Studien zur Geschichte Münchens im Vergleich 1850 bis 1933.
Herleth-Krentz, S. (2015): Hadern – Zeitreise ins alte München.
Kutter, K. (2012): Das Pferdebeschaffungswesen in der Bayerischen Armee von 1880–1920 an Hand der Akten des Kriegsarchives in München.
Locher, W. (1996): 150 Jahre Dr. von Haunersches Kinderspital 1846–1996. Von der Mietwohnung zur Universitätsklinik.
Locher, W. (2011): August von Hauner – Helfen, Forschen, Heilen.
Metzger R./Brandstätter C. (2008): München – Die große Zeit um 1900 – Kunst, Leben & Kultur 1890–1920.

Neumeier, G. (1995): München um 1900 – Wohnen und Arbeiten, Familie und Haushalt, Stadtteile und Sozialstrukturen, Hausbesitzer und Fabrikarbeiter, Demographie und Mobilität – Studie zur Sozial- und Wirtschaftsgeschichte einer deutschen Großstadt vor dem Ersten Weltkrieg.
Oelwein, C. (2006): Weihnachten im alten München.
Prinz, F./Krauss, M. (1988): München – Musenstadt mit Hinterhöfen. Die Prinzregentenzeit 1886 bis 1912.
Rädlinger, C. (2004): Geschichte der Münchner Stadtbäche.
Rambaldi, K. Graf von (1894): Die Münchener Straßennamen und ihre Erklärung.
Singer, Dr. K. (1899): Die Wohnungen der Minderbemittelten in München und die Schaffung unkündbarer kleiner Wohnungen.
Staatsministerium des Innern (1898): Dienstvorschrift für die k. Schutzmannschaft der Haupt- und Residenzstadt München.
Stephan, M./Karl, W. (2015): Schwabing – Zeitreise ins alte München.
Walter, U. (2013): Der Umbau der Münchener Altstadt (1871–1914).
Weisser, J. (1997): Zwischen Lustgarten und Lunapark – Der Volksgarten in Nymphenburg (1890–1916) und die Entwicklung der kommerziellen Belustigungsgärten.

Medizin

Adams, Dr. H. B. (1900): Das Frauenbuch – Ein ärztlicher Ratgeber für die Frau in der Familie und bei Frauenkrankheiten.
Ahlfeld, J. (1903): Lehrbuch der Geburtshilfe zur wissenschaftlichen und praktischen Ausbildung für Ärzte und Studierende.
Braun vom Fernwald, R. (1895): Über Asepsis und Antisepsis in der Geburtshilfe.
Braunmühl, C. von (1899): Besprechung des Referates über das Medizinstudium der Frauen auf dem 26. deutschen Ärztetag zu Wiesbaden den 28. und 29. Juni 1898: Vortrag gehalten im Verein zur Gründung eines Mädchengymnasiums in München.

Bumm, A. (1907): Handbuch der Massage und Heilgymnastik für praktische Ärzte.

Guder P./Stolper, Dr. P. (1900): Guder's Gerichtliche Medizin für Mediziner und Juristen.

Hauser, Dr. O. (1901): Grundriss der Kinderheilkunde mit besonderer Berücksichtigung der Diätetik.

Karewski, Dr. F. (1894): Die chirurgischen Krankheiten des Kindesalters.

Lewin, Prof. Dr. L./ Brenning, Dr. M. (1899): Die Fruchtabtreibung durch Gifte und andere Mittel – Ein Handbuch für Ärzte und Juristen.

Mendelsohn, Dr. M. (1896): Der Einfluss des Radfahrens auf den menschlichen Organismus.

Möbius, P. J. (1902): Über den physiologischen Schwachsinn des Weibes.

Pfaundler, Prof. Dr. M. von/Schlossmann, Prof. Dr. A. (1923): Handbuch der Kinderheilkunde – Ein Buch für den praktischen Arzt.

Pfaundler, Prof. Dr. M. von (1911): Die K. Universitäts-Kinderklinik im Dr. v. Hauner'schen Kinderspital zu München – Bau, Errichtung und Betrieb.

Romberg, E. (1901): Plaudereien eines Arztes über das Radfahren der Damen.

Schäffer, Dr. O. (1899): Anatomischer Atlas der Geburtshilflichen Diagnostik und Therapie.

Schultze, Dr. B. (1880): Lehrbuch der Hebammenkunst.

Schweikardt, C. (2008): Die Entwicklung der Krankenpflege zur staatlich anerkannten Tätigkeit im 19. und 20. Jahrhundert.

Senator, Prof. Dr. H./Kaminer, Dr. S. (1904): Krankheiten und Ehe – Darstellung der Beziehung zwischen Gesundheitsstörung und Ehegemeinschaft.

Stummer, S. (1972): Die Geschichte der Kinderchirurgie in der Universitäts-Kinderklinik im Dr. von Haunerschen Kinderspital in München.

Frauenleben

Commission des Verbandes »Arbeiterwohl« (1882): Das häusliche Glück – Vollständiger Haushaltsunterricht nebst Anleitung zum Kochen für Arbeiterfrauen.
Kempf, R. (1911): Das Leben der jungen Fabrikmädchen in München.
Krafft, S. (1993): Frauenleben in Bayern – Von der Jahrhundertwende bis zur Trümmerzeit.
Krafft, S. (1996): Zucht und Unzucht – Prostitution und Sittenpolizei im München der Jahrhundertwende.
Richardsen, I. (2019): Frei und gleich und würdig – Die Frauenbewegung und der Erste Bayerische Frauentag 1899.
Richardsen, I. (2018): Evas Töchter – Münchner Schriftstellerinnen und die moderne Frauenbewegung 1894–1933.
Schlenther, Dr. P. (1895): Der Frauenberuf im Theater (Heft 2). In: Der Existenzkampf der Frau im modernen Leben – Seine Ziele und Aussichten.
Schmitz, O. (1912): Wenn wir Frauen erwachen (später: Bürgerliche Bohème).
Sulner, P. (2008): Von der Findelstube zur Babyklappe – Strategien zum Umgang mit der Problematik ungewollter Kinder unter besonderer Berücksichtigung der historischen Konstellation in München.
Weiser, I./Gutsch, J. (2006): F. Gräfin zu Reventlow: Wir sehen uns ins Auge, das Leben und ich. Tagebücher 1895–1910.
Zentralkomitee des Bayerischen Frauenvereins vom Roten Kreuz (1905): Das Büchlein für die Mutter.

Frauenstudium

Abele-Brehm, A. (2003): 100 Jahre akademische Frauenbildung in Bayern und Erlangen – Rückblick und Perspektiven.

Beuys, B. (2015): Die neuen Frauen – Revolution im Kaiserreich 1900–1914.
Bischoff, T. (1872): Das Studium und die Ausübung der Medicin durch Frauen.
Bleker, J. (2000): Ärztinnen aus dem Kaiserreich – Lebensläufe einer Generation.
Ebert, M. (2003): Zwischen Anerkennung und Ächtung – Medizinerinnen der Ludwig-Maximilians-Universität in der ersten Hälfte des 20. Jahrhunderts.
Geiger, F. (1928): Die Universität München – Ihre Anstalten, Institute und Kliniken.
Gemkow, A. (1991): Ärztinnen und Studentinnen in der Münchener Medizinischen Wochenschrift 1870–1914.
Kirchhoff, A. (1897): Die akademische Frau.
Wilke, C. (2003): Forschen, Lehren, Aufbegehren – 100 Jahre akademische Bildung von Frauen in Bayern.

Gesellschaft & Freizeit & Mode etc.

Baudissin, W. Graf/Baudissin, Gräfin E. (1901): Spemanns goldenes Buch der Sitte.
Bleckmmann, D. (1998): Wehe wenn sie losgelassen! Über die Anfänge des Frauenradfahrens in Deutschland.
Duska, S. (2019): Modegeschichten: Die Damenwelt des 19. Jahrhunderts.
Fünderich M.-S. (2019): Wohnen im Kaiserreich – Einrichtungsstil und Möbeldesign im Kontext bürgerlicher Selbstpräsentation.
Ganzenbacher, A.-K. (2009): Mieder und Reformkleid – Zum Wandel der Damenmode von 1900 bis 1918.
Jung, Dr. E. (1902): Radfahrseuche und Automobilen-Unfug – Ein Beitrag zum Recht auf Ruhe.
Kurz, J. (2006): Kulturgeschichte der häuslichen Wäschepflege – Frauenarbeit und Haushaltstechnik im Spiegel der Jahrhunderte.

Maierhof, G./Schröder K. (1992): Sie radeln wie ein Mann, Madame – Als Frauen das Rad eroberten.

Salvisberg, Dr. P. von (1897): Der Radfahrsport in Bild und Wort.

Thom, S. (2012): Die modische Vielfalt in Berlin – Eine Bestandsaufnahme der Damenbekleidung von 1890 bis 1905.

Autorin

Ina Bach ist das Pseudonym einer deutschen Autorin, die bereits Kriminalromane veröffentlich hat. Neben dem Nervenkitzel gehört ihr Herz seit jeher den außergewöhnlichen Frauen im historischen Kontext. »Goldene Träume« ist der Auftakt ihrer mitreißenden Ärztinnen-Saga im München der Jahrhundertwende.